ATLAS DO
CORPO E DA
IMAGINAÇÃO

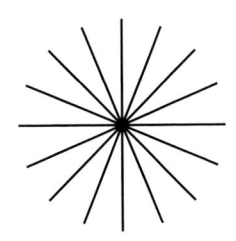

"Ser leitor até ao fim, ou seja: ser escritor", lemos em um dos fragmentos deste monumental *Atlas do corpo e da imaginação*. Aliás, gosto de pensar nesse atlas menos como sinônimo de conjunto de textos e mais como imagem mitológica do esforço de carregar um mundo nas costas. Ou na cabeça. Mundo de perguntas, análises, hipóteses, iluminações, espantos — do autor e nosso.

Mas ser leitor até o fim: é o que Gonçalo faz aqui. É leitor do início ao fim. Acompanhado de dezenas de autores, autoras, livros, lê textos para ler o mundo. Lembro de quando fui seu aluno na Universidade Nova de Lisboa: na primeira aula, ele disse algo como "vamos ler, mas vamos ler armados" e ergueu uma caneta no ar. Como Barthes, tantas vezes evocado no *Atlas*, para Gonçalo ler é escrever e escrever é resultado da leitura. E leitura é ação, é físico. Poderíamos pensar: leitura é corpo e imaginação.

Em outro livro, Gonçalo já anotou: "o poder de ser influenciado: Sou tão forte que tenho diversas influências". E aqui exibe toda a sua força: de Clarice a George Steiner, de Seneca a Llansol, de Sloterdijk a Bachelard, são infinitas as influências que exibe e infinita é a força das ideias que aqui surgem porque "todas as ideias são nossas contemporâneas". Estado, leis, movimento, imaginação, conceitos, alimento, linguagem, não cabe aqui a lista de temas que envolvem nossa condição de ser corpo entre corpos e que Gonçalo debate, questiona, analisa com "exatidão que inaugura infinitas interpretações".

Como método (leitura feita de liberdade, espanto e imaginação) e como obsessões (a tecnologia, o medo, as ligações...) o *Atlas* parece espelho ou estrutura da obra de Gonçalo. O que também está na forma, o fragmento, que "obriga o relevante a aparecer logo (...) impõe uma urgência, uma impossibilidade de diferir (...) O fragmento acelera a linguagem, acelera o pensamento". Acelera o pensamento, mas, como o "deus da lentidão" evocado no livro, diminui o ritmo da leitura. Dar tempo a cada fragmento é quase uma exigência de leitura, como se lêssemos poesia: um espanto por vez. Talvez estejamos aqui diante de "uma antiga unidade (poesia-filosofia) que se torna uma nova unidade porque recuperada". Poesia que se dá também na relação com a imagem, a foto, em um livro dentro do livro, labirinto alternativo que Gonçalo cria ao jogar, interpretar, pensar com as fotos elaboradas pelo coletivo Os Espacialistas e que, por favor, não ilustram o livro. Escrevem o livro também.

Espero que você entre no *Atlas* com a atenção livre, "a atenção sem objetivos didáticos, atenção que não quer mais tarde fazer um relatório exato do que viu, quer sim fazer algo de novo com o observado (...), para se desviar para outro lado, não quer copiar, re-produzir, re-lembrar, quer sim começar". Acho que foi escrito assim. E pede para ser lido assim.

REGINALDO PUJOL FILHO

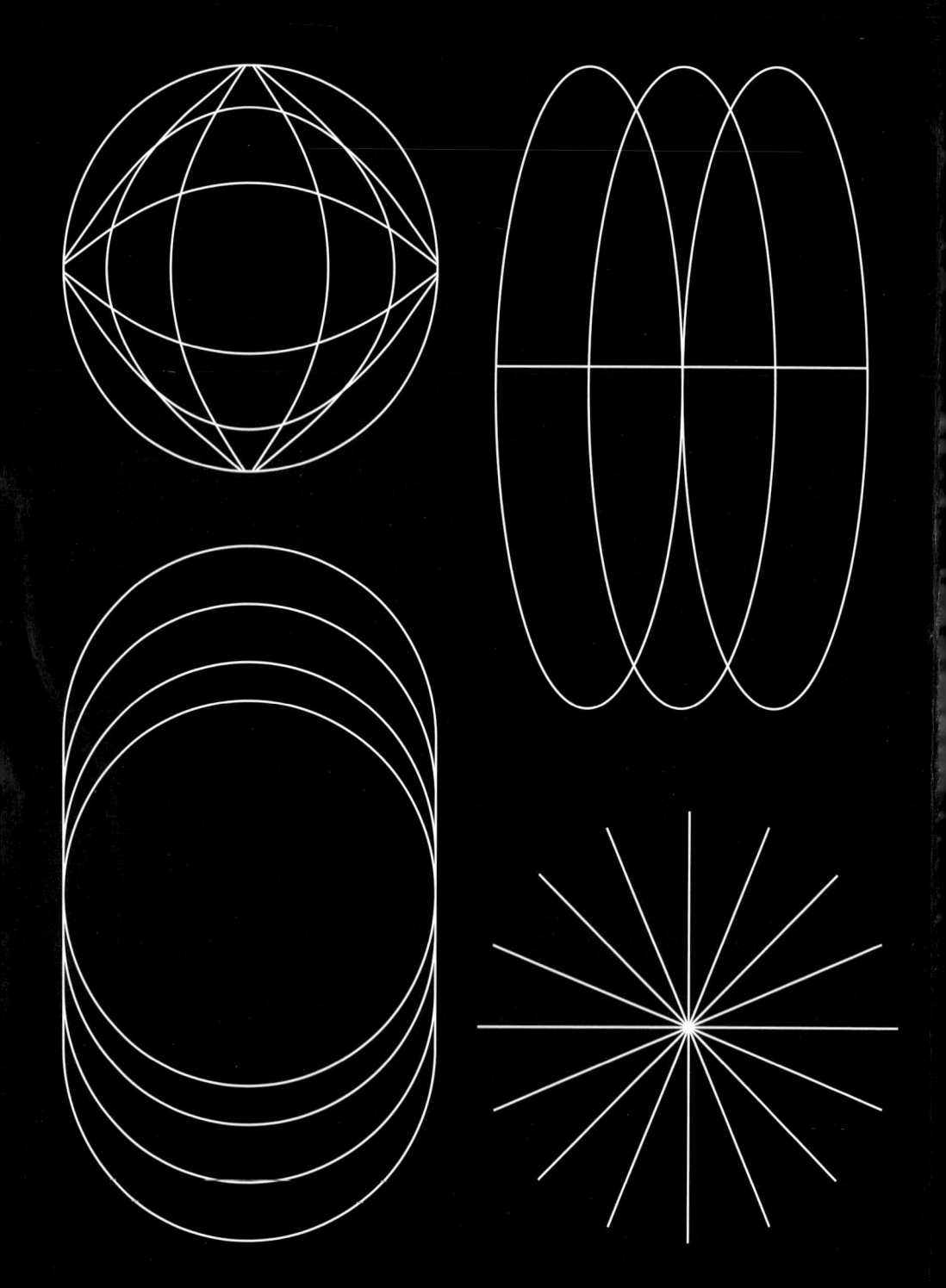

Gonçalo M. Tavares

Atlas

DO CORPO E DA IMAGINAÇÃO

teoria, fragmentos e imagens

2ª IMPRESSÃO

Porto Alegre · São Paulo
2023

IMAGENS Os Espacialistas

Copyright © 2013 Gonçalo M. Tavares

Edição publicada mediante acordo com Literarische Agentur Mertin,
Inh. Nicole Witt, Frankfurt, Alemanha

Revisado segundo o Novo Acordo Ortográfico da Língua Portuguesa.
Nos casos de dupla grafia, foi mantida a original.

CONSELHO EDITORIAL
Eduardo Krause, Gustavo Faraon, Luísa Zardo,
Nicolle Garcia Ortiz, Rodrigo Rosp e Samla Borges
PREPARAÇÃO E REVISÃO
Samla Borges
CAPA E PROJETO GRÁFICO
Luísa Zardo
FOTO DO AUTOR
Alfredo Cunha

**DADOS INTERNACIONAIS DE
CATALOGAÇÃO NA PUBLICAÇÃO (CIP)**

T231a Tavares, Gonçalo M.
Atlas do corpo e da imaginação:
teoria, fragmentos e imagens / Gonçalo M. Tavares ;
imagens Os Espacialistas.
Porto Alegre : Dublinense, 2021.
528 p. : il. ; 23 cm.

ISBN: 978-65-5553-013-1

1. Filosofia Portuguesa. 2. Ensaios filosóficos.
3. Literatura filosófica. I. Os Espacialistas. II. Título.

CDU: 101:869.0

Catalogação na fonte:
Ginamara de Oliveira Lima (CRB 10/1204)

Todos os direitos desta edição
reservados à Editora Dublinense Ltda.
Porto Alegre • RS
contato@dublinense.com.br

ao querido Bernardo Sassetti

Sumário

I. O corpo no método   19

1.1 Espanto e fragmento   21
- A INTERROGAÇÃO, O QUESTIONAR   21
- HESITAÇÃO E INVESTIGAÇÃO   22
- SEM-RESPOSTA   23
- GAVETAS, CONCEITOS   24
- GEOMETRIA, PENSAMENTO   26
- CONTESTAÇÃO DE TERRITÓRIOS   28
- IMAGINAÇÃO/RACIOCÍNIO   29
- CONVENÇÕES E ACASO   29
- ACASO COMO REFERÊNCIA   31
- ABANDONAR A CRONOLOGIA   32
- CONCEITOS COMO MATÉRIA   33
- INVESTIGAR A PARTIR DE PONTOS CONHECIDOS   33
- EMITIR LUCIDEZ   34
- EXCITAÇÃO BIOLÓGICA   35
- CRUZAMENTOS E BIOGRAFIAS   36
- DISTRIBUIDOR DE COMEÇOS   36
- O ERRO   37
- CONTRA A PRUDÊNCIA   38

1.2 Linguagem e beleza   41
- LINGUAGEM E IDEIAS   41
- CASA-PALAVRA   41
- BELEZA E ARGUMENTO   43
- BELEZA E FEALDADE   45
- POESIA E FILOSOFIA   47

1.3 Ideias e caminho 49
    CAUSA-EFEITO (SEPARAÇÃO) 49
    CRITÉRIO DA AUTORIDADE 50
    EXATIDÃO 51
    EXATIDÃO-SEPARAÇÃO 52
    RACIONALIDADE E HIERARQUIA 54
    MÉTODO E CAMINHO 55
    LIBERALISMO NAS IDEIAS 56
    NÃO HÁ LIGAÇÕES FIXAS 57
    O MUNDO 59
    ININTERRUPÇÃO 60
    EXPLICAÇÕES COMO ANALOGIAS 61
    A CONTESTAÇÃO DE UMA VERDADE ÚNICA 63

II. O corpo no mundo   65

2.1 Os Outros 67
    LEGISLAÇÃO 67
        LEGISLAÇÃO E ARTESANATO 67
        O NEGATIVO DAS LEIS (PROJETO LATERAL) 69
        LEIS E SANGUE 69
        PRISÕES (DIÁLOGO ENTRE FOUCAULT E DELEUZE) .. 71
        VIOLÊNCIA CIVILIZADA 72
        FORÇA E PODER (UMA PROPOSTA DE ARENDT) .. 74
        NÃO, NÃO E NÃO 75
        REPARA: NÃO É ILEGAL VOARES 76
        LEI DA GRAVIDADE 77
        MENTIRA COLETIVA E LINGUAGEM 78
        MORAL E MÚSCULOS 79
        PEQUENO E GRANDE MAL – UMA QUESTÃO ... 80
        RELAÇÃO PEQUENO MAL-GRANDE MAL 82
    NORMALIZAÇÃO 84
        NORMALIZAÇÃO DA MEDICINA, DA GUERRA, DO ENSINO .. 84
        NORMALIZAÇÃO DA EXISTÊNCIA 86
        NORMALIZAÇÃO (METODOLOGIAS COLETIVAS) .. 88
    GUERRA E TÉCNICA 90
        GUERRA (O CORPO PERDIDO NO MUNDO) 90
        PROPRIEDADE 91
        BEM INALIENÁVEL 92
        CORPO-PÁTRIA 93
        GUERRA E IMPOSSIBILIDADE DE LINGUAGEM .. 94
        ELOGIO E CRÍTICA DA TÉCNICA 95
        ELOGIO DA TÉCNICA – E A NATUREZA 96

	TÉCNICA E NATUREZA	97
	CARACTERÍSTICAS DAS MATÉRIAS	98
	TÉCNICA E SENTIMENTO	99
	TÉCNICA E PENSAMENTO	100
	MONOTONIA E TÉCNICA	101
2.2	**As Circunstâncias**	103
	MOVIMENTO E PROGRESSO	103
	VELOCIDADE, HISTÓRIA E NATUREZA – A TESE DE SLOTERDIJK	103
	MOVIMENTO PERIGOSO	105
	A CINÉTICA FILOSÓFICA DE SLOTERDIJK E CONSEQUÊNCIAS MORAIS	106
	PÉS E PENSAMENTO	107
	ATOS E ÉTICA	109
	PROGRESSO E MOVIMENTO	110
	LIBERDADE E DESORDEM	110
	DA IMPOSSÍVEL IMOBILIDADE	112
	PROGRESSO E VIDA	113
	MOVIMENTO E VERDADE	115
	VELOCIDADE DA REALIDADE, E LENTIDÃO	115
	LENTIDÃO, VERDADE	116
	MOVIMENTO E CIDADE	118
	CIDADE, MOVIMENTO E IMOBILIDADE	118
	CONSTRUIR SITUAÇÕES	119
	DESTRUIR SITUAÇÕES	120
2.3	**As Ligações**	123
	LIGAÇÃO E DESLIGAÇÃO	123
	PRÓTESES PSICOLÓGICAS	123
	SOLIDÃO E LIBERDADE	125
	LIGAÇÕES E ESTADO	126
	BARATA E BÚFALO	127
	UMA HISTÓRIA	128
	DESLIGAÇÃO E SENSAÇÕES	129
	LIGAÇÕES PETRIFICADAS E *O HOMEM SEM QUALIDADES*	131
	RECUSA DE LIGAÇÕES E IMAGINAÇÃO	133
	LIGAÇÃO E AMOR	134
	AMOR	135
	AMOR E ÉTICA	136
	AMOR E IDENTIDADE	137
	LADRÃO DA DOR	138
	REPARAR (N)O AMANTE	138

	EXCLUSIVIDADES	139
	PELE E INTERPRETAÇÃO	140
	SEGREDO, SENTIMENTO E TEORIA	142
	DISTÂNCIAS	143
	LINGUAGEM CUTÂNEA, PELE LINGUÍSTICA	144
	SISTEMAS DE CONTROLO	145
	VOZ	146
	LINGUAGEM E TÉCNICA	147
LIGAÇÃO E DESEJO		149
	DESEJO	149
	PRAZER-DESEJO	150
	AFECTOS/LIGAÇÕES	152
	AFECTOS-MOVIMENTOS	152
	NÃO O QUE TEMOS, MAS O QUE DESEJAMOS	153
	O HOMEM, PORTADOR DOS MELHORES DESEJOS	155

2.4 O discurso e a ação — 157

CIDADE, MOVIMENTO E FRASES		157
	AÇÃO, PENSAMENTO E DISCURSO (A PARTIR DE ARENDT)	157
	COISAS E AÇÕES – DESAPARECIMENTO	159
	ALIMENTOS E ARTE	160
	LABOR E TRABALHO	161
	TEMPO DE VIDA E CIDADE	162
	AÇÃO DE MÁQUINA E DE HOMEM	164
	ORGANIZAÇÃO DA AÇÃO	164
	DIZER MOVIMENTOS	166
	CONTAR HISTÓRIAS E URGÊNCIAS	166
	DISCURSO, AÇÃO, MULTIDÃO E INDIVIDUALIDADE	167
	CIDADE, INDIVÍDUO E ENTENDIMENTO	168
	LINGUAGEM, POESIA E CRIME	169
	LINGUAGEM E EXPERIÊNCIA	170
	LINGUAGEM COMO EXPERIÊNCIA FÍSICA	171
	PERIGO E LINGUAGEM	172
	A DISTÂNCIA (VER, FALAR)	174
	CRÍTICA À LINGUAGEM COMUM	175

III. O corpo no corpo — 177

3.1 Corpo e identidade — 179

A MULHER INCORPÓREA DE SACKS		179
	A HISTÓRIA DE CRISTINA	179
	CAIR DA CAMA	182
	INTENSIDADE	183

A COSTELETA DE BARTHES	184
CORPO DUPLO	184
CORPO MÚLTIPLO	184
A COSTELETA	185
O MOSCARDA DE PIRANDELLO	188
OLHAR PARA ONDE?	188
MOSCARDA E A SUA CONFUSÃO	189
CONSTRUÇÃO	190
UM, NINGUÉM E CEM MIL	193
O SENTIDO DE HENRI MICHAUX	194
SOBRE UM BURACO	194
CONSTRUÇÃO COM INÍCIO ESTRANHO	195
A CONSTANTE DE ROBERT MUSIL	197
ESTACA	197
ESTACA IMPREVISÍVEL	198
PERDÃO	198
FICÇÃO	199
OS QUATRO CORPOS DE PAUL VALÉRY	201
IDEIAS, ATOS	201
A TEORIA DOS QUATRO CORPOS	201
COMER, CRIAR	202
A TEORIA DO PASSO, DE BALZAC	203
MOVIMENTO	203
PROJETO DE BALZAC	204
ANOTAÇÕES SOBRE O PASSO	205
DUAS ANATOMIAS	206
IMOBILIDADE E MORALIDADE	207
OUTRAS CONSIDERAÇÕES DA TEORIA DO PASSO	208
MÚSCULO INDIVIDUAL E MÚSCULO SOCIAL	210
O PESO DE VERGÍLIO FERREIRA	212
O PESO (DENTRO/FORA)	212
"ODE AO MEU CORPO" – O NOJO DA FISIOLOGIA	213
ESPAÇO QUE OBEDECE AO CORPO	214
ALTERNATIVAS E DESCONHECIMENTO	215
BELO/FEIO	216
A LAMA DE DELEUZE	217
A VERGONHA	218
LEVANTAR A MÃO	219
A DOAÇÃO DE WITTGENSTEIN	220
MÃO DIREITA/MÃO ESQUERDA	220
QUANTOS CORPOS?	221
ATENÇÃO VIRADA PARA DENTRO	223
CRENÇA NO MEU CORPO	224
DESCONFIANÇA NO MEU CORPO	225

VELOCIDADE E CEGUEIRA	226
DOR EUCLIDIANA	228
A DOR DE DENTES *DELE*	228
OS NOMES E AS PEDRAS	231
O MEU BRAÇO AINDA SOU EU	233
UM É UM; OU SEJA: NÃO É DOIS	235
TENHO UMA DOR E VEJO: NÃO POSSO TER O TEU NOME	236

3.2 Racionalidade e limites — 239

MOVIMENTO E PENSAMENTO	239
MOVIMENTO COMO FUGA	239
IMOBILIDADE: MUSEU	240
PENSAR – AGIR	241
A IMPORTÂNCIA DO PENSAMENTO	241
PENSAR EM MOVIMENTO	242
CONSCIÊNCIA E INSTINTOS	243
O PENSAMENTO DOS INSTINTOS	243
INSTINTOS, CIDADE E SOBREVIVÊNCIA	245
RAZÃO E ORAÇÃO	247
RESISTÊNCIA	247
ORAÇÃO	247
MISTÉRIO E TABUADA	248
ORAÇÃO E INVESTIGAÇÃO	249
DIÁLOGO OU MONÓLOGO	249
A POSSIBILIDADE E A IMPOSSIBILIDADE DE SINTETIZAR	250
PALAVRAS E CONSEQUÊNCIAS INTERNAS	252
EMOÇÃO E LINGUAGEM (TEATRO)	254
O OUTRO POLEGAR, O MAIS IMPORTANTE	254
PALAVRAS POUCO SONORAS	255
NEM TUDO O QUE SE PENSA PASSA PARA A PALAVRA	256
O ATLETISMO AFECTIVO	257
PAIXÕES E MÚSCULOS	258
ANATOMIAS AFECTIVAS	258
DANÇA, PENSAMENTO E LINGUAGEM	260
MOVIMENTO E EXISTÊNCIA	260
A DANÇA ENQUANTO ELEMENTO DIONISÍACO	261
PESO E LEVEZA	263
MARCHA E DANÇA	263
ESPONTÂNEO E SURPREENDENTE	265
A GRAÇA DA DANÇA	266
A PREPARAÇÃO DA DANÇA	267
DANÇA E PENSAMENTO	269
MOVIMENTO DO PENSAMENTO	270
CAMBALHOTAS E OUTROS PENSAMENTOS	272

O MÉTODO DE PINA BAUSCH	273
ESTRANHEZA – UM COPO DE VINHO PEDIDO NA VERTICAL	274
PROVOCAÇÃO	275
JOGO E FICÇÃO	**277**
MAS NEM TUDO É PERFEITO (JOGO)	277
DESPERDÍCIO DO MORTAL	278
PENSAMENTOS VERDADEIROS E PENSAMENTOS FALSOS	280
PENSAMENTO E VESTUÁRIO	281
OS MONGES	283
DESAMARRADOS DE TUDO	284
FICÇÃO E DOENÇA	285
INTERIOR/EXTERIOR	287
UM OUTRO EXEMPLO	289

3.3 Saúde e doença — 291

SAÚDE, ESTADO E INDIVÍDUO	**291**
SAÚDE, DOENÇA, FILOSOFIA	291
SAÚDE E "QUALIDADE DO ESPETÁCULO"	293
SAÚDE E CUIDADOS DE SI	294
SAÚDE E PRAZER	296
SAÚDE PÚBLICA E SAÚDE INDIVIDUAL	298
INDIVÍDUO E GOVERNO	300
SALIVA E ALIMENTAÇÃO PÚBLICA	301
SAÚDE, MEDICINA E IMAGINÁRIO	**303**
O ESTRANHO MÉDICO DE LA SERNA	303
ESTRANHAS CAUSAS DE DOENÇAS E ESTRANHAS CURAS	304
O CASO DA BARBA	306
O CASO DO MICRÓBIO, O CASO DA ESTRANHA ANÁLISE	307
ANÁLISE FISIOLÓGICA – E O RESTO	308
OSSOS E FELICIDADE	310
OSSOS E LEIS	312
MULTIDÃO, INDIVÍDUO E DOENÇA	314
UMA PROPOSTA DOS KABAKOV (ASAS DE ANJO)	315
OUTRA PROPOSTA DOS KABAKOV	317
MEDICINA HUMANA E NÃO HUMANA – IMAGINAÇÃO E FISIOLOGIA	318
A SAÚDE SEGUNDO DELEUZE	319
LINGUAGEM E DOENÇA (ALIMENTAÇÃO E PALAVRAS)	321
ARTAUD E A DOENÇA	323
SAÚDE, LINGUAGEM, IMAGINAÇÃO	324

3.4 Corpo e dor — 325

DOR E MUNDO	**325**
CORPO, PROPRIEDADE E MUNDO	325
CORPO COMO BEM ÚLTIMO	326

	PROPRIEDADE DOS PRAZERES E DAS DORES	327
	DOR, DOENÇA E CIDADE	330
	DOR, PRAZER, MUNDO	331
	SENTIDOS DO CORPO E DA DOR (VISÃO, TATO, ETC.)	333
	POLEGAR OPONÍVEL – EXTERIOR E INTERIOR	335
	TOCAR, SER TOCADO	336
	DOR, PENSAMENTO	337
	PATOLOGIA INTELECTUAL	338
CORPO, DOR, SENSAÇÕES		**340**
	A ATENÇÃO	340
	DESCREVER SENSAÇÕES	341
	SENSAÇÕES E GRITOS	343
	MOVIMENTO E DOR	344
	ATOS INTERIORES	345
	SENSAÇÕES, INTENSIDADE E LOCALIZAÇÃO	347
	DOR E OUTRAS SENSAÇÕES	348
	QUAL O MATERIAL?	349
	ROSTO E DOR	350
	DOR INCONSCIENTE	352
	DOR, INCONSCIENTE E LINGUAGEM	353

IV. O corpo na imaginação 355

4.1 Imaginação e linguagem - Bachelard e outros desenvolvimentos 357

O OLHAR – RECEPÇÃO/EMISSÃO 357
    A ANGÚSTIA DE NÃO VER (PERDER A TERRA) 357
    ORGANISMO E RECEPÇÃO 358
    ROSTO EMISSOR 359
    OLHAR E DECOMPOSIÇÃO 360
    A VENDA NOS OLHOS 361
    OLHAR E POSSE DO OLHADO 362
    OLHAR ATIVO (EMISSOR) 362
    A IDADE DO OLHAR 363
    EXCESSO DE IMAGENS, ECRÃ 364
    OS CAVALOS BEBEM ÁGUA 365

IMAGINAÇÃO E CONSEQUÊNCIAS 367
    UMA VEZ, VÁRIAS VEZES 367
    DOIS MODOS DE PEGAR NUMA LUPA 368
    DIURNO, NOTURNO 369
    MEMÓRIA/IMAGINAÇÃO 370
    O CETICISMO É UMA MEDIDA 371
    DECISÕES, VELOCIDADE 372

A VIGILÂNCIA DO LOUCO	373
UM OU NADA	375
PORMENORES E MINIATURAS	376
DOIS OU TRÊS ERROS	377
EXAGERO E ESTATÍSTICA	379
MESCALINA E OBJETOS	379
"EU NÃO ME OCUPO DOS OUTROS"	381
IMAGINAÇÃO E FIM DA HISTÓRIA	384
CADA CONCEITO É LUTA	384
E/OU	386
TRAIÇÃO E MALDADE	386
LEVEMENTE PESADO	387
FIM DA HISTÓRIA E FELICIDADE	388
O ZERO E O UM	390
A MONOTONIA E AS PLANTAS	391
METÁFORAS E CONFIANÇA NO MUNDO	392
DESCONFIAR DO MUNDO	394
A EXATA IMAGINAÇÃO	395
MOVIMENTO E NÚMERO	396
REALIDADES	398
ESPAÇO E IMAGINAÇÃO	399
POESIA E PASSADO	401
ESCADA ESTRANHA (DE TÃO FAMILIAR)	401
INTERPRETAÇÃO EGOÍSTA	403
MORTE	404
FUTILIDADE E CONSCIÊNCIA DA MORTE: UM CONTO DE LISPECTOR	406
INSTINTO DE SOBREVIVÊNCIA	407
CUIDADO COM ESSE SOFÁ	409
MÃO, MATÉRIA E OBJETOS	**410**
O CORPO QUE FAZ CASA	410
OBJETOS E FUNÇÕES	412
MATÉRIA E FORMA	414
MÃO E PENSAMENTO	415
MÃO E FILOSOFIA	418
AGIR, FUNCIONAR	420
INDIVÍDUO/ESPÉCIE	421
AS MÃOS, AS COSTAS E A BARRIGA	423
TRAJETOS DA MÃO	424
CARÍCIA E BRUTALIDADE	426
O FOGO	427
RESISTÊNCIA	429
QUE ELEMENTO QUERES VENCER?	430
FILOSOFIA E EXCITAÇÃO	431

	FERRAMENTA E METÁFORAS	432
	INFORMAÇÃO	434
	MÃO E PALAVRA	435
MEDICINA, ALIMENTAÇÃO E LINGUAGEM		437
	SUBSTANTIVO E ESTÔMAGO	437
	MEDICINA E LITERATURA	438
	MEDICINA E IGNORÂNCIA ORGÂNICA	439
	SOLIDÃO	441
	LEITURA E SILÊNCIO E OS MÚSCULOS DA LARINGE	442
	LEITURA EM SILÊNCIO E MOVIMENTOS	442
	LEITURA E CRIAÇÃO	444
	PRAZER DE TEXTO – PRAZER DE CORPO	446
	PESOS E IMAGENS	447
	VER E OUVIR LETRAS	448
	RESPIRAÇÃO E ÉTICA	449
	RESPIRAÇÃO, LINGUAGEM E APRENDIZAGEM	450
	PULMÕES E POESIA	452
	RESPIRAÇÃO/POESIA	453
	BOCA E TERRITÓRIO VERBAL	455
	BOCA: COMER E BEBER	456
	COMER PARA RESOLVER A QUESTÃO DA PROPRIEDADE	457
	ALIMENTAÇÃO E ESPÍRITO	458
	ALIMENTAÇÃO E LINGUAGEM	459

4.2 Movimento e intenção — 461

MOVIMENTO E INTENÇÃO — 461
- FAZER OU SER FEITO? — 461
- CONSTRUIR, VIVER — 462
- O QUE DIZ O MOVIMENTO? — 463
- TEXTOS-MÃO, TEXTOS-BRAÇO — 465
- MOVIMENTOS VOLUNTÁRIOS E INVOLUNTÁRIOS E SUA INTERPRETAÇÃO — 466
- QUERER O QUERER — 469
- FAZER O QUE SE OUVE – O CASO DAS ORDENS — 470

4.3 Imaginação e pensamento - Wittgenstein e outros desenvolvimentos — 473

PENSAMENTO, MATÉRIA E LINGUAGEM — 473
- AGIR E CONHECER — 473
- PENSAMENTO E CÉREBRO — 474
- GRAMÁTICA PROFUNDA (ESCULPIR POR DENTRO) — 476
- PENSAMENTO E FISIOLOGIA — 476
- RIGOROSA LOCALIZAÇÃO DOS PENSAMENTOS — 479
- PENSAMENTO E LINGUAGEM (DE NOVO) — 480

ONDE SE PENSA?	481
NÃO HÁ PROBLEMAS FORA DA LINGUAGEM	481
COMPREENDER	483
LINGUAGEM E MOVIMENTO	484
LINGUAGEM: LETRA E PENSAMENTO	484
LOCALIZAÇÃO MATERIAL DO IMATERIAL	485
IMAGINAÇÃO E PENSAMENTO	487
IMAGINAÇÃO E IGNORÂNCIA	487
VER E PENSAR	487
TIPOS DE VISÃO E IMAGINAÇÃO	488
ESCUTAR, VER, CRIAR	489
VER E IMAGINAR	491
EXPERIÊNCIA EXTERIOR E INTERIOR	494
A POSSE DO IMAGINADO	496
OBJETO DA IMAGINAÇÃO	498
O CONCEITO DE ABSURDIDADE	499
UM OUTRO TIPO DE CEGUEIRA	500

Síntese 503

I

O CORPO
NO MÉTODO

1.1
Espanto e fragmento

A INTERROGAÇÃO, O QUESTIONAR

Começar aqui é interromper uma tarefa noutro lado, claro.

A propósito de Heidegger, Steiner escreve: "Precisamos de dar mais assistência ao pensamento"[1]. Esta assistência, esta atenção cuidadosa pode ser interpretada como a atenção que se tem em relação a um ferido e, sendo assim, é quase comovente: não tires os olhos do pensamento; ele precisa de ti. Eis o que cada um de nós poderia dizer. E neste pensamento há uma marca que permite o avanço; a "fonte do pensamento genuíno é o espanto, espanto por, e perante o ser. O seu desenvolvimento é essa cuidada tradução do espanto em ação que é o questionar"[2], escreve Steiner. Questionar "é a tradução do espanto em ação". Não basta, pois, o espanto imóvel, o espanto contemplativo, precisamos de um *espanto agressivo*, que ameace, que questione. Um espanto que sabe para onde vai. Como diz uma das personagens de Musil: é "tão simples ter força para agir e tão difícil encontrar um sentido para a ação!"[3] Para Heidegger, segundo a interpretação de Steiner, as "téc-

Se o que merece ser visto está escondido não precisas de olhos. É isso?

---

1   Steiner, George – *Heidegger*, 1990, p. 53, Dom Quixote.
2   Idem, p. 54.
3   Muitas das vezes, escreve ainda Musil, no mesmo excerto, o Homem encontra um sentido único e fecha-se nele: "o Homem não faz mais do que repetir, durante toda a sua vida, um só ato: ingressa numa profissão e progride nela". (Musil, Robert, *O homem sem qualidades*, 3º Tomo, p. 90, Livros do Brasil)

1.1 Espanto e fragmento

nicas metafísicas de argumentação e sistematização impedem-nos [...] de exprimir os nossos pensamentos no registo vital da interrogação"⁴. Mas a interrogação é essencial. Impor afirmações que põem questões.

No fundo, uma gaiola com olhos dentro. São objetivas de máquinas que ali balançam. São transportadas de um lado para o outro como animais domésticos. Cada objetiva já viu muito. Também se trata disto: de guardar, armazenar, memorizar o que muitos olhos mecânicos viram.

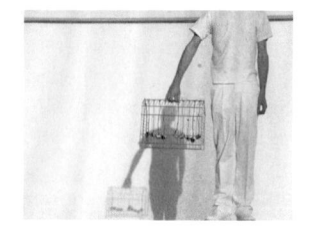

HESITAÇÃO E INVESTIGAÇÃO

Steiner, ainda no estudo que faz sobre Heidegger, aborda a sua "contralógica", definida como "o projeto singular de substituir o discurso agressivo, inquisitorial da investigação aristotélica, baconiana e positivista por uma dialética hesitante, mesmo circular, não obstante dinâmica"⁵.

Este termo, *hesitante,* parece-nos fundamental. Um *avanço hesitante:* eis um método; avançar, não em linha reta mas numa espécie de *linha exaltada*, que se entusiasma, que vai atrás de uma certa intensidade sentida; avanço que não tem já um trajeto definido, mas sim

---

4 Steiner, George – *Heidegger*, 1990, p. 54, Dom Quixote.
5 Idem, p. 54.

um trajeto pressentido, trajeto que constantemente é posto em causa; quem avança hesita porque não quer saber o sítio para onde vai – se o soubesse já, para que caminharia ele? Que pode ainda descobrir quem conhece já o destino? Hesitar é um efeito da ação de descobrir; só não hesita quem já descobriu, quem já colocou um ponto final no seu processo de investigação. "As minhas dúvidas formam um sistema"[6], escreveu Wittgenstein.

SEM-RESPOSTA

Mas voltemos ao questionar. Para Heidegger, como esclarece Steiner, no pensamento que questiona "não há nem um forçar nem uma investida programática da inquirição para obter uma resposta"; questionar, pelo contrário, "é entrar em concordância harmónica com o que está a ser questionado". Não há aqui pois uma relação de forças, não é o forte que questiona o fraco. "A 'resposta' suscitada pelo questionar autêntico é uma correspondência"[7]. Esta correspondência envolve uma luta – eventualmente amigável mas nunca resolvida. Escreve Steiner: "Não há, na verdade, muito a ganhar por perguntar mais uma vez qual a quilometragem até à lua ou qual é a fórmula para fazer ácido clorídrico. Nós sabemos as respostas", e saber já as respostas demonstra, "segundo Heidegger", a "não essencialidade" ou a "pouca-importância" da questão. "O que é 'digno de questionamento', por seu lado, é literalmente inesgotável". O que nunca termina de ser respondido é o essencial. "Não há respostas terminais, resolubilidades últimas e formais para a questão do sentido da existência humana ou do significado de uma sonata de Mozart ou do conflito entre consciência individual e condicionamentos sociais".

Steiner explicita então esta ideia fundamental de Heidegger: "A errância, a peregrinação em direção ao que é digno de ser questionado, não é aventura e sim voltar-a-casa"[8].

Errar, ou seja, circular de modo hesitante, só é útil

Os colecionadores são homens sempre *curvados*. Não há outra forma de colecionar. Tudo começa nas costas, na forma como o próprio corpo esconde aquilo que quer que ninguém roube.

---

6   Wittgenstein, Ludwig – *Da certeza*, 1998, p. 49, Edições 70.
7   Steiner, George – *Heidegger*, 1990, p. 54, Dom Quixote.
8   Idem, p. 54.

e profundamente humano quando é feito em redor do que não tem resposta, do que não está ainda decidido, do que ainda nos espanta, do que ainda nos confronta, daquilo sobre o qual ainda se discute, argumenta, luta. Clarifica Steiner: "O homem, na sua dignidade, regressa a casa para o sem-resposta".

Eis o que interessa: rodear o que não tem fórmula, o que não tem incógnitas concentradas num sítio, disponíveis para uma qualquer resolução objetiva e inequívoca. Pelo contrário, rodeia-se, sim, o informe, o oposto da fórmula. Fórmula como a quantificação de uma forma; o informe, pelo contrário, como o que não tem forma, o que não tem qualidades, características, muito menos medidas; o informe é o que se ri e troça da fórmula; é o inimigo da fórmula, que não pode ser agarrado: como combater o que não tem forma?

Em suma, só é digno de ser questionado, só é digno de ser investigado, o que ainda não tem fórmula, o que ainda não tem solução; e mais: o que nunca terá solução. Errar, circular, hesitar em redor do que não tem solução: um método[9].

GAVETAS, CONCEITOS

Mais de metade da energia humana, neste caso, energia intelectual, energia do pensamento, é atirada para uma ação: a de organizar. Organizar é arrumar o que existe, é limpar os obstáculos à utilização do que já existe: é *tornar eficaz a utilização do passado*; de certa maneira é *direcionar o que já se pensou*, o que já se fez, o que já se falou; e direcionar significa dizer com as ações: isto vai para aqui, aquilo vai para ali.

Bachelard fala da ideia de gaveta: "Como se sabe, a metáfora da *gaveta,* a exemplo de algumas outras, como a da 'roupa de confecção', é utilizada por Bergson para exprimir a insuficiência de uma filosofia do conceito. Os conceitos são *gavetas* que servem para classificar os conhecimentos; os conceitos são roupas de confecção que desindividualizam conhecimentos vividos"[10].

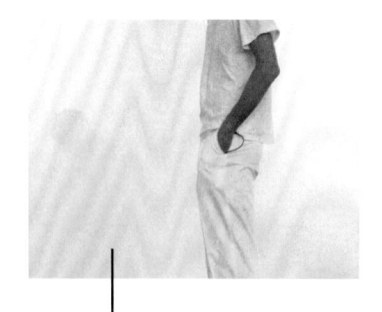

---

9   A ironia de Valéry (nos seus textos sobre estética): "Introduzamos aqui uma pequena observação que chamarei 'filosófica', o que simplesmente quer dizer que poderíamos passar sem ela". (Valéry, Paul – *Teoría poética y estética*, 1998, p. 94, Visor)
10 Bachelard, Gaston – *A poética do espaço*, 1996, p. 88, Martins Fontes.

Os conceitos são *organizações verbais*, arrumações verbais; os conceitos são palavras que arrumam outras palavras, palavras arrumadoras; necessárias num determinado período, mas que podem a seguir tornar-se, e até rapidamente, obstáculos. Bachelard vai ao limite e escreve: "Para cada conceito há uma gaveta no móvel das categorias. O conceito é um pensamento morto, já que é, por definição, pensamento classificado"[11].

Mas esta classificação é negativa apenas se for autoritária, se marcar o fim da linha. Todo o conceito que termina com a investigação conceptual, neste caso, é um conceito prejudicial. Todo o conceito que, pelo contrário, possibilita discordância, rejeição – isto é, que admite diálogo e que não impõe o fim da conversa, este tipo de conceito então, pelo contrário, é benéfico; mais: é indispensável[12]. Pensamos, de facto, por conceitos[13], mas as gavetas com comunicação múltipla entre si, com buracos, com declives, com passagens óbvias e outras mais secretas são divertidas; gavetas que segurem não materiais sólidos mas líquidos, materiais cuja essência seja o movimento, materiais que não estão num sítio: *circulam entre sítios*.

Não se trata pois de solidificar conceitos[14]; pelo contrário: torná-los flexíveis; são coisas que utilizamos, são meios, não são aquilo a que pretendemos chegar. Pretende-se *encontrar e multiplicar conceitos*, formas da linguagem – "falar fora das fórmulas"[15], como pedia Zambrano, ou falar "como quem se decide e se lava", como descreveu Llansol[16]. A mesma autora que faz alguém exclamar, como um dono autoritário:

"– Aqui, Texto! Sentado!"[17] Mas o Texto talvez não seja um animal tão doméstico como parece.

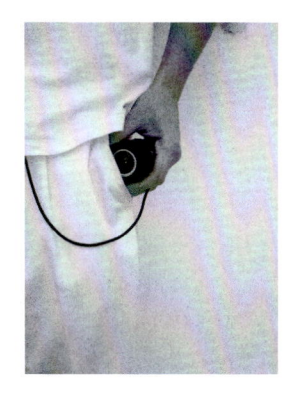

Um olho que se leva no bolso. Em vez de relógio de bolso. Olho-de-bolso. Uma máquina para recordar o que se vê.

---

11 Idem, p. 88.
12 Escreve Wittgenstein nas suas *Fichas*. "Na ciência, é normal fazer dos fenómenos que permitem uma medição exata critérios definidos de uma expressão; e depois tende-se a pensar que o significado verdadeiro foi *encontrado*. Inúmeras confusões surgiram deste modo". (Wittgenstein, Ludwig – *Fichas (Zettel)*, 1998, p. 103, Edições 70)
13 "Os conceitos levam-nos a fazer investigações", escreve Wittgenstein. Eles são "a expressão do nosso interesse e guiam o nosso interesse". (Wittgenstein, Ludwig – *Tratado lógico-filosófico/ Investigações filosóficas*, 1995, p. 458, Fundação Calouste Gulbenkian)
14 "Imaginemos um *povo* de daltónicos, o que pode bem acontecer. Não teriam os mesmos conceitos de cor que nós". (Wittgenstein, Ludwig – *Anotações sobre as cores*, 1996, p. 17, Edições 70)
15 Zambrano, María – *O homem e o divino*, 1995, p. 192, Relógio d'Água.
16 Llansol, Maria Gabriela – *Onde vais, drama-poesia?*, 2000, p. 90, Relógio d'Água.
17 Llansol, Maria Gabriela – *Ardente texto Joshua*, 1998, p. 59, Relógio d'Água.

1.1 Espanto e fragmento

1. correr em redor de um espaço
2. entrar no espaço
Basta traçares uma circunferência no chão e passam, de imediato, a existir dois espaços – o de dentro e o de fora. E um limite. E com o limite, leis distintas. Um, dois. Dentro, fora. Eis como tudo começa. E nem sempre o que começa é bom.

GEOMETRIA, PENSAMENTO

Separadas como coisas separadas pelo sim e pelo não, estão as coisas que existem *no interior* e *no exterior*. Dependendo do ponto de vista: do ponto onde estamos e do ponto onde estão as coisas que observamos, dizer dentro ou fora é dizer sim ou não. Sim ou não são pois palavras que exprimem indiretamente medidas, distâncias. O *Sim* aproxima, diminui a distância, diz que estamos perto; o *Não* afasta, determina uma distância maior. De facto, o *Sim* e o *Não* quase podem medir-se com uma régua, são medidas de uma geometria da linguagem, de um desenho verbal que exprime um dentro e um fora.

Bachelard explica de uma outra forma: "Os lógicos traçam círculos que se sobrepõem ou se excluem, e logo todas as suas regras se tornam claras. O filósofo, com o interior e o exterior, pensa o ser e o não ser"[18].

O que entendemos está dentro e o que não enten-

18 Bachelard, Gaston – *A poética do espaço*, 1996, p. 216, Martins Fontes.

demos está fora. *Compreender é puxar para dentro*, não compreender é empurrar para fora ou manter lá fora. A compreensão intelectual é uma compreensão física; com medidas de proximidade ou afastamento. E neste sentido distinguimos melhor o ser, o que existe, do que o que não existe; compreendemos melhor o que tem volume do que o que não ocupa espaço e nem tem mapa que o localize. *Compreender é localizar*[19].

O pensamento *define espaços* e é definido por espaços; o pensamento lógico separa e aproxima, inclui e afasta. Funciona como uma estrutura que gere territórios, um proprietário ou um legislador que permanentemente diz: isto está dentro, *pertence a*, e isto está fora, *não pertence a*. E a questão do desenho é fundamental: o pensamento deve desconfiar daquilo que não se pode desenhar; a impossibilidade de desenho, a manifestação de um *indesenhável*, é um desvio para o abstrato. Pelo contrário, aquilo que existe pode ser desenhado, mesmo que não seja facilmente localizável pelos olhos.

"Tudo se desenha, mesmo o infinito", escreve Bachelard. A importância dada ao *aqui e ali* toma assim uma dimensão desmesurada: "Muitas metafísicas exigem uma cartografia". Falemos do desenho não geométrico, pois este é como um desenho *ortodoxo*, um desenho com medidas certas, um desenho *previsível*. Desenhar um raciocínio capaz de fazer traços visíveis que exprimam *desenhos heterodoxos*, desenhos cujo marcar de uma certa linha num certo instante não permita a previsão certeira do próximo passo. Um pensamento e uma linguagem cujos primeiros passos tornam de imediato visível o segundo, o terceiro, até ao último, é um pensamento que não precisa de se desenvolver, pois é previsível: o primeiro passo anula a força de todos os outros.

Estamos pois na caminhada lateralizada, inquieta, que se aplica na *multiplicação da potência*, e não na sua diminuição. No final de cada raciocínio o objetivo é que as possibilidades de continuação desse raciocínio aumentem, nunca que diminuam. *Depois de tu pensares eu tenho mais armas para continuar a pensar*, eis um facto que deve merecer agradecimento. Se o pensamento vai até ao fim, acaba, impõe a sua autoridade, não deixa

Correr em redor de uma circunferência.

---

[19] Barthes lembra o clássico insulto daquele que não compreende: "Eu não compreendo, portanto vocês são idiotas". (Barthes, Roland – *Mitologias*, 1997, p. 52-53, Edições 70)

1.1 Espanto e fragmento

espaço para contradições, para discussões, para *insultos inteligentes,* então estamos no âmbito dos métodos definitivos, aqueles que impõem a última palavra (*fini*) sobre um assunto.

CONTESTAÇÃO DE TERRITÓRIOS

Ortega y Gasset é explícito na delimitação do objeto de estudo da filosofia: o filósofo interessa-se pelas coisas do Universo, e dentro deste está "o quadrado redondo, a faca sem lâmina nem cabo ou todos esses seres maravilhosos de que nos fala o poeta Mallarmé"[20]. O irreal e o fantástico são portanto também objeto da filosofia.

Quando falemos de imaginação estamos também no campo da *contestação por via do raciocínio*; não emotiva mas racional, contestação das fixações de um *aqui* e de um *ali*, de um interior e de um exterior. Deleuze lembra que a "filosofia serve para afligir. A filosofia que não aflige ninguém e não contraria ninguém não é uma filosofia"[21]. A certa altura, como escreve Bachelard: "Já não sabemos *imediatamente* se corremos para o centro ou se nos evadimos"[22]. Os movimentos ganham uma liberdade invulgar quando o centro se move, quando desaparece, quando se esconde. Há, na imaginação, uma ruptura com o desenho geométrico, e um avançar em direção ao *desenho livre*. Faz sentido pensar, quando muito, numa geometria esquizofrénica, uma geometria de vias duplas e simultâneas, vias que se contradizem, geometria impossível de construir, de ser transformada em coisa com volume; geometria surpreendente, geometria torta.[23]

Nesta geometria *espantosa* (que espanta, que surpreende), categorias como interior e exterior perdem força e sentido. E outras categorias estranhas poderão ganhar o seu lugar: tremer/não tremer; saltar/não sal-

Utilização dos olhos artificiais como anéis. Exemplo. Pensar num anel de noivado. Sem ouro. Uma câmara de filmar que se enfia no dedo da mulher amada.

---

20 Ortega y Gasset, José – *O que é a filosofia?*, 1999, p. 57, Cotovia: "Sugestivamente, Platão, quando quer achar a mais audaz definição de filosofia, na hora culminante do seu pensar mais rigoroso, em pleno diálogo *Sophistés*, dirá que é a filosofia *he epistéme tôn eleútheron*, cuja tradução mais exata é esta: a ciência dos desportistas".
21 Deleuze, Gilles – *Nietzsche e a filosofia*, s/data, p. 159, Rés.
22 Bachelard, Gaston – *A poética do espaço*, 1996, p. 217, Martins Fontes.
23 Wittgenstein, a este propósito, é muito claro: "Uma causa principal de doença em Filosofia é uma dieta unilateral: uma pessoa alimenta o seu pensamento apenas com um género de exemplos". (Wittgenstein, Ludwig – *Tratado lógico-filosófico/Investigações filosóficas*, 1995, p. 466, Fundação Calouste Gulbenkian)

tar; sabotar/não sabotar (linhas que tremem, espaços que saltam, ângulos que sabotam a definição de ângulo, etc., etc.)[24].

IMAGINAÇÃO/RACIOCÍNIO

Bachelard chama a atenção para a existência de "imagens que provam", imagens que "são testemunhos de uma imaginação que raciocina"[25].

A imaginação vista, não como uma ignorância ou um improviso mas uma racionalidade, uma *racionalidade livre* que constrói para si própria uma lógica, uma metodologia.

CONVENÇÕES E ACASO

As convenções que existem no início (ou ainda *antes do início*) do raciocínio científico ficam de imediato estabelecidas com esta (aparentemente estranha) frase de Wittgenstein: "Há *uma* coisa da qual não se pode afirmar que tenha um metro de comprimento nem que não tenha um metro de comprimento, que é o metro-padrão de Paris"[26].

Parte do raciocínio intelectual está assente em convenções, referências. Mas a sua aceitação coletiva não se pode identificar com a verdade[27], pois é simplesmente: a aceitação coletiva de uma referência[28]. Witt-

---

24 Claro que bem sabemos que tudo nos pode fortalecer. Como escreve Novalis: "Tudo tem de se tornar alimento"; e qualquer coisa é um começo: "Tudo é semente". (Novalis – *Fragmentos de Novalis*, 1992, p. 49, Assírio & Alvim)
25 Bachelard, Gaston – *A poética do espaço*, 1996, p. 139, Martins Fontes.
26 Wittgenstein, Ludwig – *Tratado lógico-filosófico/Investigações filosóficas*, 1995, p. 214, Fundação Calouste Gulbenkian.
27 Como escreve Nietzsche em *O anticristo*: "A verdade é a crença em que algo seja verdadeiro". Uma crença, neste caso, coletiva. (Nietzsche, F. – *O anticristo*, 1998, p. 44, Guimarães Editores)
E mesmo esta crença coletiva pode impor-se naturalmente, por assim dizer, como é expresso na célebre frase do físico Max Planck: "Uma verdade não triunfa nunca, mas os seus adversários acabam por morrer". (Citado em Sena, Jorge de – *Maquiavel, Marx e outros estudos*, 1991, p. 58, Cotovia)
28 Esta referência é que instala a ordem necessária. No livro *O barco farol*, Siegfried Lenz narra a história de um navio farol que é atacado e ocupado por piratas. Como diz uma personagem, que está dentro desse barco de referência: "Os outros [barcos] orientam-se pelos sinais de luz que o barco emite. É-lhes indiferente quem esteja a bordo do barco-farol, desde que recebam os sinais de luzes que orientam o rumo deles. Desde que a luz se acenda neste mastro, os homens nos outros barcos ficam satisfeitos, pois julgam que assim existe ordem no mar". (Lenz, Siegfried – *O barco farol*, 1987, p. 48-49, Fragmento) Esta ocupação do barco que é referência da luz por

1.1 Espanto e fragmento

A régua gigante. (Uma cidade tem medidas maiores do que o corpo humano.) Medir o corpo humano pela cidade. A cidade como régua, instrumento de medida.

genstein tem mesmo, a este propósito, uma pergunta provocatória: "Então se todos estivermos de acordo, não passa a ser verdade?"[29]

A partir dessa referência aceite, aí, sim, poderemos dizer: isto é falso, isto é verdadeiro (tendo em conta a referência aceite por todos). Mas poderíamos ter começado de maneira diferente, a referência podia ser outra; assim, a referência, o metro-padrão, não é verdadeiro nem falso, é necessário. É necessário termos uma referência para a verdade e para a falsidade[30]. A ciência começa então por uma certa crença. Pergunta a si próprio Wittgenstein:

"Não deverei eu começar a confiar nalgum ponto? Isto é: num certo ponto tenho de começar a não duvidar"[31].

Decidir é deixar de duvidar ou, no limite, *acreditar que se deixou de duvidar*[32].

Ainda sobre o metro-padrão de Paris, prossegue Wittgenstein: "É claro que com isto não lhe atribuímos qualquer propriedade extraordinária, apenas assinalamos o papel único que desempenha no jogo de linguagem de medir com a fita métrica"[33]. Analogamente, prossegue: "pense-se que, tal como para o metro, também os padrões de cores são conservados em Paris". Sobre o sépia-padrão, "não terá qualquer sentido afirmar" que tem "esta cor ou que não a tem".

---

bandidos é uma metáfora de múltiplas consequências: a luz, símbolo do conhecimento, a luz que impõe a ordem é emitida de um barco que está em poder de piratas!

29 Wittgenstein, Ludwig – *Tratado lógico-filosófico/Investigações filosóficas*, 1995, p. 466, Fundação Calouste Gulbenkian.
30 Para Benjamin, a expressão escrita de uma verdade pensada não é sequer "uma má fotografia". Pensando a partir das antigas máquinas, Benjamin escreve: "A verdade [...] recusa-se a ficar quieta e com expressão agradável diante da objetiva da escrita, quando nos acocoramos sob o pano preto. É de súbito, como que de um golpe, que quer ser arrancada à sua concentração em si, seja por um tumulto, uma música ou por gritos de socorro". (Benjamin, Walter – *Rua de sentido único e infância em Berlim por volta de 1900*, 1992, p. 97, Relógio d'Água)
31 Wittgenstein, Ludwig – *Da certeza*, 1998, p. 55, Edições 70.
32 Musil escreve sobre Ulrich, personagem central: "a sua devoção mais total à ciência nunca conseguira fazer-lhe esquecer que a beleza e a bondade dos homens provêm daquilo em que eles acreditam e não daquilo que eles sabem". (Musil, Robert – *O homem sem qualidades*, 3º Tomo, s/data, p. 191, Livros do Brasil)
33 Wittgenstein, Ludwig – *Tratado lógico-filosófico/Investigações filosóficas*, 1995, p. 214-215, Fundação Calouste Gulbenkian.

ACASO COMO REFERÊNCIA

Todo o acaso é maravilhoso – contacto de um ser superior.
Novalis

Um dos autores determinantes no aproveitamento do acaso é Marcel Duchamp. Nas considerações teóricas sobre uma obra intitulada *Caixa de 1914*, Duchamp explica o que fez:

"Se um fio direito horizontal de um metro de comprimento cair de um metro de altura sobre um plano horizontal deforma-se à *sua vontade* e dá uma nova figura da unidade de comprimento"[34]. Assim, Duchamp pretende fabricar "três unidades inteiramente acidentais de medida", deixando cair, nas condições atrás referidas, três fios de um metro, e conservando-os depois exatamente como caíram. Há aqui um jogo, como lembra Jiménez, entre o "máximo rigor" – conservar exatamente os três fios como caíram – e de gratuidade: os fios poderiam ter caído assim ou de outra maneira. Duchamp falará desta obra como sendo um "acaso em conserva", ou seja: o acaso é conservado como se fosse uma preciosidade, e mais: torna-se a referência – a partir dali a medida *um metro* teria aquelas *medidas*. Como escreve Jiménez: "O provocatório deste gesto tem as suas raízes no que implica de impugnação do suposto valor universal e absoluto do pensamento científico". Tal como estes fios que caem ao acaso e servem depois de referência, também para Duchamp a ciência será uma "fabricação intelectual" e "a validade das suas leis uma consequência da aceitação de determinados pressupostos ou convenções". Há, portanto, lembra Jiménez, uma "conexão entre acaso e conhecimento" (Mallarmé – "Todo o pensamento é um lance de dados"). Mas Duchamp não defende uma irracionalidade qualquer, ele defende sim o que designa como "racionalidade distendida"[35]. Distendida como aquilo que pode ainda fazer muitos movimentos e tem múltiplas opções.

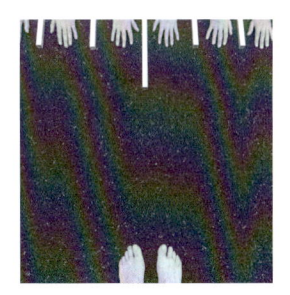

Quando no homem os pés e as mãos estão ao mesmo nível, estamos no acidente ou no jogo.

---

34 Jiménez, José – *A vida como acaso*, 1997, p. 162, Vega.
35 Idem, p. 168.

ABANDONAR A CRONOLOGIA

A propósito de Jaspers, Arendt fala da importância de "abandonar a ordem cronológica consagrada pela tradição, a sequência coerente em que cada filósofo transmitia a verdade ao seguinte"[36].

Este abandonar do "modelo temporal de passagem de testemunho, de sucessão linear" é fundamental. Quem está a pensar, neste preciso momento, neste ano, mês, dia, hora, faz uma ação que pode começar por qualquer começo, isto é: uma das marcas de se ser contemporâneo é *a possibilidade de definir começos*. E o começo individual pode não estar no mesmo *sítio* do começo coletivo. Fora do âmbito histórico, a partir do momento em que se pode ter no mesmo espaço físico, lado a lado, um livro do século x a. C. e um livro escrito em 2005, a partir do momento em que uma pessoa pode, no intervalo de algumas horas, ler passagens de um e de outro livro, isto é, em duas horas, pode saltar trinta séculos (e este *saltar* é um *unir*), a partir do momento em que tal sucede *a cronologia dos pensamentos* torna-se secundária. O que importa, defende Arendt, são os efeitos que a leitura de determinadas ideias provoca e não a data em que essas ideias foram escritas ou produzidas. A intensidade da influência não depende de datas mas sim da força da emissão, cruzada com o momento reflexivo do receptor.

"Jaspers" – escreve Arendt – "converteu a sucessão no tempo em justaposição espacial, de forma que a proximidade ou a distância deixaram de ser função dos séculos que nos separam de um filósofo, para passarem a depender exclusivamente do ponto livremente escolhido a partir do qual entramos nesse reino do espírito"[37].

Cada filósofo, cada filosofia, está aí, disponível, num espaço comum. No espaço da liberdade das combinações, em espaço livre de fixações cronológicas.

Ou seja, todas as ideias são nossas contemporâneas: *estão aí* – "todos os conteúdos metafísicos dogmáticos se dissolvem em processos, correntes de pensamento, que, dada a sua relevância para a minha existência e filosofar presentes, abandonam o seu lugar histórico

A fita métrica está numerada com numeração romana. Poderemos pensar numa fita métrica antiga que mede com os antigos números. Mas também podemos dizer que os antigos números ocupam o mesmo espaço que os números atuais. E isso é visível quando se utiliza uma régua gigante com numeração romana. Trata-se, portanto, neste exercício, de contar o número de flexões que cada atleta faz dentro do espaço de uma régua.

---

36 Arendt, Hannah – *Homens em tempos sombrios*, 1991, p. 96, Relógio d'Água.
37 Idem, p. 96-97.

fixo no encadeamento da cronologia e entram num reino do espírito onde todos são contemporâneos"³⁸.

É este *processo de tornar contemporâneo* que pode também ser descrito como *processo de conhecer*. *Conhecer é tornar presente*; conhecer algo do passado é resgatá-lo desse tempo, é puxá-lo para *aqui* e para *hoje*.

CONCEITOS COMO MATÉRIA

Para Wittgenstein "a palavra 'metodologia' tem um sentido duplo. 'Investigação metodológica' pode chamar-se a uma investigação física, mas também a uma investigação conceptual"³⁹. Investigam-se conceitos como em certas ciências se investigam bactérias, genes ou determinados tipos de materiais. O conceito é o material utilizado no pensamento. Conceito não definitivo – não feito para ser memorizado mas *para ser pensado*. Se quisermos, cada conceito é uma bactéria, um vírus que a nossa linguagem deve explorar, como o microscópio e múltiplos outros aparelhos exploram matérias: aumentando o tamanho da coisa observada, olhando com mais atenção para um lado, depois para outro, colocando um pormenor do conceito-vírus no centro da discussão, retalhando o conceito nas suas partes ou, variante mais usada – criando as condições para a procriação intensa, se possível infinita, de um conceito-vírus. Como escreve Gasset: "frente ao viver radical, a teoria é um jogo, não é uma coisa terrível, grave, formal"⁴⁰.

(O espaço desportivo é uma régua.)
Fazer exercício físico dentro de uma régua com numeração romana dá a sensação de se fazer exercício físico antigo, como se o corpo recuasse na História. Com os braços, dentro da fita métrica, fazer o sinal da cruz.

INVESTIGAR A PARTIR DE PONTOS CONHECIDOS

Sobre este caminhar empurrado ou empurrando outros caminhares, outros raciocínios, Wittgenstein fornece-nos uma imagem forte:

"É como se eu me tivesse perdido e perguntasse a alguém o caminho para casa. Ele diz que mo vai mostrar

---

38   Idem, p. 103.
39   Wittgenstein, Ludwig – *Tratado lógico-filosófico/Investigações filosóficas*, 1995, p. 159, Fundação Calouste Gulbenkian.
40   Ortega y Gasset, José – *O que é a filosofia?*, 1999, p. 90, Cotovia.

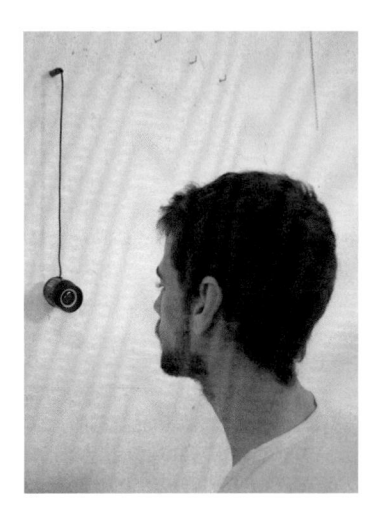

Os olhos: sim, não. E no meio diversos graus. Fechas os olhos, abres. Perder a visão: perder o sim.

e acompanha-me ao longo de um caminho agradável e tranquilo. Este finda de repente. E então o meu amigo diz-me: 'Agora, tudo o que tens a fazer é procurar o caminho para tua casa a partir daqui'"[41].

De certa maneira, a investigação que investiga conceitos é um pensamento que está perdido – há tanta coisa à nossa volta, tantos acontecimentos, livros, autores: porquê selecionar uns e não outros?, porquê mais atenção a esta obra e não a outra do mesmo autor?, a este conceito, a esta frase e não a outra?[42], qual a razão, enfim, para se avançar por este e não por aquele lado?[43] Todo o investigador investiga porque está perdido e será sensato não ter a ilusão de que deixará de o estar. Deve, sim, no final da sua investigação, estar mais forte. Continua perdido, mas está perdido com mais armas, com mais argumentos. Como alguém que continua náufrago, mas que tem agora, contra as intempéries e os perigos, um refúgio mais eficaz.

Llansol: "tentar dizer o que uma coisa é, é viver"[44].

EMITIR LUCIDEZ

"O que é uma investigação?"[45], pergunta Barthes, para logo a seguir responder: "desde o momento em que uma investigação se interessa pelo texto [...] a investigação torna-se ela própria texto, produção", nesse sentido "qualquer 'resultado' é-lhe à letra *im*-pertinente". Ou seja: "a investigação está do lado da escrita, é uma aventura do significante, um excesso da troca". Llansol escreve: "quem escolhe a palavra, decide o real"[46]. Daí que a ideia de conclusões se torne deslocada: "é impossível manter

---

41 Wittgenstein, Ludwig – *Cultura e valor*, 1996, p. 74, Edições 70.
42 Chamfort, numa das suas máximas diz, pela boca de um certo sujeito: "todos os dias engrosso a lista de coisas de que não falo; o maior filósofo seria aquele cuja lista fosse a mais extensa". Na mesma linha, Vila-Matas escreve: "Pintar não é mais que renunciar a tudo o que não se pode pintar". (Vila-Matas, Enrique – *Bartleby & companhia*, 2001, p. 86, Assírio & Alvim)
Deleuze, na análise à obra de Nietzsche, e mantendo o tom exagerado do autor alemão, associa o "factualismo" a uma "impotência para interpretar". (Deleuze, Gilles – *Nietzsche e a filosofia*, s/data, p. 91, Rés)
43 Escreve Llansol: "Se eu nunca arriscar a razão, nunca saberei./ Nunca saberei pensar". (Llansol, Maria Gabriela – *Finita*, 1987, p. 26, Rolim)
44 Llansol, Maria Gabriela – *Contos do mal errante*, 1986, p. 52, Rolim.
45 Barthes, Roland – *O rumor da língua*, 1987, p. 269, Edições 70.
46 Llansol, Maria Gabriela – *Finita*, 1987, p. 28, Rolim.

a equação: um 'resultado' *por* uma 'investigação'"⁴⁷.

De facto, "nada de mais seguro, para matar uma investigação e fazê-la ir parar ao grande desperdício dos trabalhos abandonados, nada de mais seguro do que o Método". Isso acontece quando "passou tudo para o Método" e "já nada resta à *escrita*"⁴⁸.

Para Barthes o método talvez pudesse ser descrito desta forma: "Ponho-me [...] na posição daquele que *faz* qualquer coisa, e já não na daquele que fala *sobre* qualquer coisa: não estudo um produto, endosso uma produção", em suma: "Emito uma hipótese, exploro"⁴⁹. Eis o método: colocação de múltiplas hipóteses e exploração e desenvolvimento de cada uma⁵⁰.

EXCITAÇÃO BIOLÓGICA

Quantas Línguas existem? As suficientes para não as conseguirmos contar. E em cada uma delas se pensa. Mais: em cada uma delas se pensa como em mais nenhum sítio, neste caso, como em mais nenhuma Língua.

Nesse sentido, a questão da tradução pode ser vista num âmbito mais físico, mais biológico, como na abordagem de Nietzsche:

"O que é mais difícil de traduzir de uma língua para outra é o ritmo do seu estilo, [...] ou, para me exprimir mais fisiologicamente, o ritmo médio do seu 'metabolismo'"⁵¹. Cada Língua é um percurso de excitações biológicas; no entanto, mais do que se pensar – visão perigosa – em organismos que determinam certas Línguas, devemos pensar no inverso: a Língua, a forma como as palavras se dizem, determina o metabolismo. Uma palavra dita resulta e é resultado de um esforço fisiológico, esforço aperfeiçoado geração após geração, sendo que agora a sua dificuldade não se nota.

É importante assinalar que se investiga – quando se investigam ideias – numa Língua.

Aquele homem trata um olho mecânico como se trata um pássaro. Brinca com ele.

---

47   Barthes, Roland – *O rumor da língua*, 1987, p. 269, Edições 70.
48   Idem, p. 271.
49   Idem, p. 249.
50   Como aconselha Eduardo Prado Coelho: "Temos que retomar a palavra de ordem de Deleuze/Guattari: *não interpretem, experimentem*. O sentido não é um ponto de chegada, mas um ponto de partida. O futuro está depois do futuro e não atrás do passado". (Coelho, Eduardo Prado – *Os universos da crítica*, 1987, p. 440, Edições 70)
51   Nietzsche, F. – *Para além de bem e mal*, 1998, p. 44, Guimarães Editores.

Cada Língua pode ser entendida como sendo determinada por um ritmo corporal, uma inteligência física. O som também faz pensar, promove associações, ligações, etc.

CRUZAMENTOS E BIOGRAFIAS

Wittgenstein diz, de forma expressiva:

"Tudo o que comigo se cruza torna-se para mim uma imagem do que estou a pensar na altura".

Cada pensamento visto assim como uma *deturpação biográfica* de um outro pensamento. Pensar o pensamento dos outros é necessariamente *deturpá-lo*, pois quem pensa é outro, tem *outra biografia*, caminha noutra direção; pega-se, então, no pensamento do outro de maneira errada, no sítio que levará o Outro a dizer: não pegues assim no meu pensamento *que o podes quebrar*.

Wittgenstein, nos textos agrupados no livro *Cultura e valor*, é muito claro: "Não creio ter alguma vez *inventado* uma linha de pensamento [...]. O que invento são novas comparações"[52].

Não se julgue que tal é uma afirmação modesta. Pelo contrário, é uma afirmação orgulhosa: inventar novas ligações: tarefa que deve impressionar.

DISTRIBUIDOR DE COMEÇOS

Por onde se começa? Onde se acaba? A única resposta é dizer: começa-se pelo sítio a que chamamos *início* e termina-se no sítio que denominamos *final*.

No prefácio de *Ideia da prosa*, de Giorgio Agamben, João Barrento fala, a propósito desses textos, num "jardim de muitos canteiros em que se semeiam ideias esperando que daí nasça alguma coisa"; textos estes atravessados por "um pudor do definitivo comparável àquele temor da conclusão, mísera e moral, e ao prazer dos inícios e reinícios de que fala Barthes em *Roland Barthes por Roland Barthes*"[53].

O fragmento é, pela sua natureza, *um ponto onde se inicia*; um fragmento nunca termina, mas é raro um

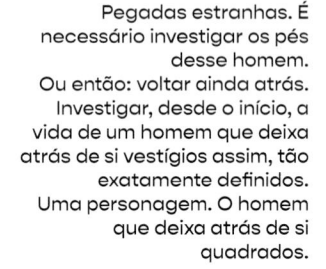

Pegadas estranhas. É necessário investigar os pés desse homem. Ou então: voltar ainda atrás. Investigar, desde o início, a vida de um homem que deixa atrás de si vestígios assim, tão exatamente definidos. Uma personagem. O homem que deixa atrás de si quadrados.

---

52 Wittgenstein, Ludwig – *Cultura e valor*, 1996, p. 36, Edições 70.
53 Agamben, Giorgio – *Ideia de prosa*, 1999, p. 9-11, Cotovia.

fragmento não começar algo. Poderemos dizer que o fragmento é uma *máquina de produzir inícios*, uma máquina da linguagem, das formas de utilizar linguagem, *que produz começos* – pois tal é a sua natureza.

Uma primeira frase é sempre uma primeira frase: começa. Mas o início tem uma força suplementar: é muitas vezes no início de um processo que se concentra a maior quantidade de uma certa substância, que o desenvolvimento desse mesmo processo só vai diluir ou espalhar por uma extensa área.

O fragmento tem essa característica: obriga o relevante a aparecer logo, a não ser adiado. O fragmento impõe uma urgência, uma impossibilidade de diferir. Um fragmento não quer que o outro fragmento que vem a seguir diga o que é da sua responsabilidade dizer. O fragmento *acelera* a *linguagem*, acelera o *pensamento*. Trata-se de uma questão de velocidade e mobilidade que aproxima o pensamento de uma certa urgência que existe, por exemplo, no verso.

Estamos pois no âmbito dos nascimentos; o fragmento é um mecanismo de parto; de início, de começo; clínica, usemos esta palavra – eis o que é o fragmento: espaço privilegiado, especializado – clínica de nascimentos.

O ERRO

O fragmento é também um espaço onde a prudência fica de fora. É um espaço *imprudente* no sentido em que, precisamente, a falta de espaço implica que a pessoa decida com rapidez. Mais suscetível se está pois de errar ou de acertar muito, isto é: com grande intensidade; no entanto, como escreveu Wittgenstein: "Se as pessoas não fizessem por vezes coisas disparatadas, nada de inteligente alguma vez se faria"[54]. Carlos Drummond de Andrade fala também da necessidade de uma "ração diária de erro, distribuída em casa"[55], mas esta é uma ração de erro positiva, de um *erro inventor*.

---

54   Wittgenstein, Ludwig – *Cultura e valor*, 1996, p. 79, Edições 70.
55   Andrade, Carlos Drummond de – *Antologia poética*, 1999, p. 25, Record.

1. Os quadrados que os pés produziram podem ser utilizados na engenharia simples.
Aquele homem que deixa atrás de si quadrados podia ser usado em vez de certas máquinas.
Cem homens com capacidade para deixar vestígios deste tipo devem ser contratados de imediato pelo senhor que faz casas e cidades organizadas. Não são pegadas, são projetos para uma cidade ortogonal.
2. Isto, só se quiseres uma explicação rápida do que é a natureza. Aqui vai: a natureza é o que torna instável, é o que faz tremer o itinerário que os pés percorreram. A terra treme e os caminhos deixam de ser direitos.
3. Uma das questões sempre foi a seguinte: quando ocorre um terramoto o que acontece aos tabuleiros de damas e xadrez que têm aquelas linhas horizontais e verticais tão bem definidas? O que acontece a essas linhas? Tremem, vão abaixo, desfazem-se? Poderíamos pensar que depois de cada terramoto teríamos de inventar novos jogos para aqueles novos tabuleiros tortos.
Exigir, portanto, depois de cada tremor de terra violento, a construção de novos jogos.

CONTRA A PRUDÊNCIA

Escreve Adorno *(Minima moralia,* Fragmento 44): "Quando os filósofos, para quem, como se sabe, é sempre já tão difícil o silêncio, se lançam na discussão, deviam dar a entender que nunca têm razão"[56]. Eis uma abertura para o erro. E Adorno prossegue: "Importaria ter conhecimentos que não fossem absolutamente exatos e invulneráveis – estes desembocam sem remédio na tautologia". A exatidão não como valor a ser alcançado, não como valor positivo em si, mas como valor, por vezes, negativo que impossibilita continuar a pensar[57]. *Sou tão exato que não consigo pensar. Fui tão exato que não vos deixei espaço para pensarem.* Eis duas frases que poderiam ser ditas.

Mas é evidente que uma crítica à obsessão pela exatidão não é uma entrega ao devaneio indiscriminado. A razão clássica é "aquilo que sabe meter as coisas no seu devido lugar"[58], o que envolve pois uma exatidão, um acertar. Na imagem de Jünger: "Não são os inúmeros golpes desferidos ao lado que pregam o prego, mas aquele que lhe acerta"[59]. E surge então, em Adorno, uma fórmula fundamental: "Num texto filosófico, todos os enunciados deviam estar à mesma distância do centro".

Este "todos os enunciados deviam estar à mesma distância do centro" é uma outra forma de valorizar o começo como ponto que, ao mesmo tempo, deve estar o mais próximo possível do final, desse centro para onde se quer caminhar. Não perder tempo, eis o conselho de Adorno. E este estudar o centro, o ponto de repouso, exige que este não seja esquecido em nenhum momento; é necessário manter, tanto quanto possível, a tal distância fixa. Como se cada frase ou, mais comedidamente, cada fragmento, fosse uma flecha atirada ao centro do alvo. Nenhum fragmento vira as costas ao alvo, o centro está sempre ali e qualquer fragmento pode atingi-lo, cada fragmento tem a obrigatoriedade, pelo menos, de tentar atingi-lo.

A casa com gaiolas. Ele trata dos seus olhos mecânicos diariamente (exato, relembrar: como se fossem pássaros) – limpa as lentes. Ataca o pó que não cessa de perturbar, sujar, degradar. Um olho mecânico numa gaiola ganha uma certa animalidade. Cá fora existe, por isso, uma ternura mecânica – uma compaixão pelo mecanismo.

---

56   Adorno, Th. W. – *Minima moralia*, 2001, p. 68, Edições 70.
57   Italo Calvino, em *Seis propostas para o próximo milénio*, defende a ideia de uma exatidão, diríamos nós, incompleta, que nunca está concluída: "uma obra verdadeira consiste não na sua forma definitiva mas sim na série de aproximações para a alcançar". (Calvino, Italo – *Seis propostas para o próximo milénio*, 1994, p. 94-95, Teorema)
58   Adorno, Th. W. – *Minima moralia*, 2001, p. 68, Edições 70.
59   Jünger, Ernst – *O coração aventuroso*, 1991, p. 103, Cotovia.

Adorno, no desenvolvimento da sua tese, critica o costume que associa a honradez intelectual do escritor ao explicitar: "todos os passos que o levaram a uma afirmação sua, para assim tornar cada leitor capaz de repetir o mesmo processo e, se possível – na atividade académica –, duplicá-lo"[60].

A lentidão, a explicitação dos passos é, muitas vezes, como diz Adorno, uma maneira de permitir a repetição, a reprodução. Pelo contrário, a velocidade de um acontecimento impede a sua reprodução, tal como a velocidade do raciocínio. Em Ciência Pura tenho de fazer de maneira a que possa, mais tarde, eu (ou outros) repetir. Na área do pensamento as coisas não se passam assim. A repetição de um raciocínio é, em última análise, inútil e, nesse sentido, aquele que raciocina explicitando de tal forma e diminuindo de tal maneira a velocidade, de modo a que os outros possam repetir, está a fazer algo desnecessário. Lentidão inútil.

Como escreve Adorno: "o valor de um pensamento mede-se pela sua distância à continuidade do conhecido. Objetivamente perde com a diminuição dessa distância"[61].

Definição determinante. Que distância vai daquilo que tu dizes/escreves até àquilo que eu conheço? É nesta distância que se joga tudo: "Os textos que ansiosamente se empenham em reproduzir sem omissões cada passagem caem irremediavelmente na banalidade e num tédio que não só afecta a tensão da leitura, mas também a sua própria substância". Esta distância, porém, rege-se por equilíbrios instáveis, que não podem ser resumidos em fórmulas aritméticas. Adorno defende o máximo de distância entre o que se faz/escreve/diz e o já conhecido, mas a necessidade de um pensamento que comunique pressupõe que a distância entre o que se diz e o já conhecido não possa ser de tal forma grande que as duas margens se percam de vista, pois tal significaria a estranheza completa e a impossibilidade de diálogo.

Porém, há que prosseguir e continuar a acompanhar esta crítica de Adorno à lentidão e à prudência. A prudência nas frases, eis como pode ser resumida: três passos à frente, dois atrás. No início da segunda parte

Como uma estufa. Ou como uma casa que cuida de pássaros. Ali: olhos mecânicos. Uma utilidade: substituir olhos que já não funcionem.

---

60 Idem, p. 78.
61 Idem, p. 78.

1.1 Espanto e fragmento

1. O olho de uma máquina de ver pode substituir um olho humano. Quando um avaria, entra em ação o outro. E assim sucessivamente.
2. Pensar o inverso: substituir o olho de uma máquina de filmar por um olho humano. Remendar a máquina com elementos orgânicos. Próteses em sentido contrário. Ter como objetivo a saúde das máquinas nem que, para isso, seja necessário sacrificar um ou outro olho humano.

de *Minima moralia*, no Fragmento 51, Adorno escreve: "A prudência que proíbe ir demasiado longe numa sentença quase sempre é agente do controlo social e, portanto, da estupidificação"[62].

O conflito sempre existente entre o individual e o social, entre a cidade que quer controlar a frase e o indivíduo que exige que a sua frase seja livre. A cidade social que exige uma diminuição de velocidade do pensamento e da linguagem, para que todos prossigam juntos e ao mesmo ritmo, e o indivíduo que quer apenas avançar no pensamento, ao seu ritmo.

Como fazer? Wittgenstein aponta o caminho: "em qualquer ponto é necessário começar com uma hipótese ou uma decisão"[63]. Em qualquer ponto, isto é: não há pontos privilegiados, de qualquer ponto se ataca o centro. Nesse sentido, o método parece simples: "eliminamos as frases que não nos fazem avançar"[64].

Wittgenstein dá, a este propósito, a seguinte imagem: "Acabei de tirar algumas maçãs de um saco de papel onde ficaram muito tempo. Tive de cortar metade de muitas delas e atirá-las fora. Mais tarde, quando estava a copiar uma frase que tinha escrito, cuja segunda metade era má, vi-a de repente como uma metade apodrecida de maçã. E é este o modo como as coisas se passam comigo"[65].

Poderíamos chamar a isto: método de eliminação sucessiva das maçãs podres.

No entanto, não é simples, não é fácil; tropeçamos constantemente em frases que dão um passo ao lado. Mas este é o caminho: eliminar o que não nos faz avançar.

---

62 Idem, p. 83.
63 Wittgenstein, Ludwig – *Da certeza*, 1998, p. 55, Edições 70.
64 Idem, p. 23.
65 Idem, p. 52-53.

1.2
Linguagem e beleza

LINGUAGEM E IDEIAS

A ligação entre filosofia e linguagem expressa por Wittgenstein: as "proposições e questões dos filósofos fundamentam-se na sua maior parte no facto de não compreendermos a lógica da nossa linguagem"[66]. Perceber a linguagem, saber manipulá-la, é saber pensar, é resolver certos problemas – e provavelmente criar outros. "Toda a filosofia é 'crítica da linguagem'", escreve Wittgenstein, e aqui se localiza um dos pontos centrais ("Investigações filosóficas: investigações conceptuais"[67]).

Wittgenstein e Bachelard: os dois autores centrais deste ensaio; os pontos de que não nos afastaremos.

CASA-PALAVRA

Olhemos para a relação entre linguagem e pensamento.

"As palavras", escreve Bachelard em *A poética do espaço* – são casas "com porão e sótão. O sentido comum reside no rés-do-chão, sempre pronto para o 'comércio exterior', no mesmo nível do outro, desse transeunte que nunca é um sonhador"[68]. A linguagem é, de facto, dupla, e a palavra comércio é aqui relevante. Há, sem

Como se fazem casas? O pé vai avançando e deixa uma marca atrás de si. Em vez de pegadas, o homem faz um traço – e assim se substitui a pegada animal pela reta que define a civilização.

66 Wittgenstein, Ludwig – *Tratado lógico-filosófico/Investigações filosóficas*, 1995, p. 53, Fundação Calouste Gulbenkian.
67 Wittgenstein, Ludwig – *Fichas (Zettel)*, 1989, p. 108, Edições 70.
68 Bachelard, Gaston – *A poética do espaço*, 1996, p. 155, Martins Fontes.

1.2 Linguagem e beleza

dúvida, palavras de que necessitamos para um comércio exterior, de sobrevivência, comércio de cidade.

A Bachelard agrada a imagem das palavras enquanto casas, com vários pisos: "Subir a escada na casa da palavra é, de degrau em degrau, abstrair. Descer ao porão é sonhar"[69].

O tratamento da linguagem – ou do raciocínio – deve considerar o desnivelamento do corpo (do utilizador da linguagem). Devemos olhar para a linguagem como se olha para um objeto – para uma mesa, por exemplo – e ver, por vezes, a linguagem de baixo para cima, de modo respeitoso, de cima para baixo, de modo altivo; observar depois um perfil da palavra, depois o outro; ver os *sapatos da palavra* e o seu *chapéu*, a sua nuca e o seu rosto. Porque pensar também é mudar de posição relativamente à própria linguagem. *Não olhar sempre da mesma maneira* para as palavras.

1. Com os pés faz-se uma casa no chão; é verdade que poderíamos pensar que só as mãos permitiriam fazer uma construção vertical, que se elevasse do solo, mas não – os pés fazem um desenho. A janela, a porta. E tudo fica logo ali, anunciado. Os traços podem tornar-nos crentes.
2. Os Homens-que-Creem-nos-Traços, eis uma definição possível para o bando de civilizados que somos. Aquele homem acredita nos traços das palavras e também no desenho. De tal forma que entra nele. Entra no desenho.
3. Por outro lado, isto: o que lá ao fundo, feito pelas mãos, permanece na vertical – as casas – está agora colocado no nível zero, ao nível dos pés. Sem altura, sem volume.
4. Só podes entrar naquilo que tem volume? A resposta é não.

---

69   Bachelard fala das casas, dos pisos: "Subir e descer nas próprias palavras é a vida do poeta. Subir muito alto, descer muito baixo é permitido ao poeta que une o terrestre ao aéreo", escreve Bachelard, que termina depois assim: "Só o filósofo será condenado por seus pares a viver sempre no rés-do--chão?" (Gaston Bachelard – *A poética do espaço*, 1996, p. 155, Martins Fontes)

BELEZA E ARGUMENTO

"Será que vou ficar feia quando morrer?"[70], pergunta uma das perversas/ingénuas personagens do dramaturgo Nelson Rodrigues. E esta preocupação com a beleza, com o julgamento estético do olhar dos outros (não ético ou intelectual) está também expressa na história contada por Jorge Luis Borges numa entrevista:

"Um ano depois da batalha de Caseros fuzilaram quatro degoladores. Um deles pediu linha e agulha enquanto os levavam no carro. Isso foi em 1853. Começou a coser o seu colete com as calças. Estranhíssimo, não é?"[71]

Estranho, de facto, mas logo surge a explicação: é que esse homem sabia (porque já o tinha observado) "que depois de serem fuzilados, os penduravam muitas vezes para que fossem vistos por todos. Então, se as calças estavam soltas, ficavam assim, muito largas. Ele dizia que queria fazer um bom papel. Fuzilaram-no; e quando o penduraram, as calças ficaram firmes, quase elegantes, as calças desse *dandy* macabro que degolara tanta gente". Borges termina esta história, dizendo: "Devia ser um homem vaidoso –, não lhe parece?"

Façamos um ligeiro desvio, mas não nos desviemos da questão da estética. Sejamos pois claros: o *argumento belo convence melhor*[72], a estética do argumento influencia o próprio argumento, a sua capacidade de conquista, a intensidade da adesão dos outros. Um exemplo convincente pode muitas vezes confundir-se com um exemplo belo. O belo exemplo é o exemplo belo. E a beleza poderá ser assim entendida como uma categoria da argumentação filosófica (Lispector: "O jardim era tão bonito que ela teve medo do Inferno"[73]).

A fealdade argumentativa não convence: feio é *o que*

Jogo: tentar saltar de modo a acertar com a cabeça na corda do enforcado.

---

70 Rodrigues, Nelson – *A vida como ela é*, 1992, p. 91, Companhia das Letras.
71 Bravo, Pilar; Paoletti, Mario – *1999, Borges verbal*, 2002, p. 65, Assírio & Alvim.
72 Mas claro que a beleza não é o fim. Não se pretende ouvir o que ouviu uma certa mulher: "Nunca fez outra coisa que não ser bela". (Jacob, Max – *O copo dos dados*, 1974, p. 127, Estampa)
A ambiguidade da beleza no mundo está ainda bem expressa nos versos de Baudelaire:
"Virás do céu profundo ou surges do abismo,/ Beleza?! O teu olhar, infernal e divino,/ Gera confusamente o crime e o heroísmo,/ E podemos, por isso, comparar-te ao vinho". (Baudelaire, Charles – *As flores do mal*, 1992, p. 87, Assírio & Alvim)
E Musil, numa frase, faz-nos hesitar na subleitura dos efeitos da beleza: "Stader foi um dia um rapaz bonito e é hoje um homem com êxito". (Musil, Robert – *Os visionários*, 1989, p. 58, Minerva)
73 Lispector, Clarice – *Laços de família*, s/data, p. 23, Relógio d'Água.
Como escreve Le Clézio, a beleza deixa de ser "um espetáculo. É uma atividade, um movimento, um desejo". (Le Clézio, J. M. G. – *Índio branco*, 1989, p. 24, Fenda)

1.2 Linguagem e beleza

não me convence, belo é o que arrebata, o que me conquista[74]. Ao feio digo não, ao belo digo sim. No limite, ao feio digo: é falso, ao belo digo: é verdadeiro. Os mais belos, como escreveu Thomas Mann, são "os favoritos da luz"[75]. O escritor Brodsky também faz a mesma associação: "a beleza é a distribuição da luz mais adequada à nossa retina"[76]; e poderíamos ainda encontrar milhares de outros exemplos.

Luz, mais uma vez, como metáfora clássica do conhecimento, a claridade, a clareza "é a gentileza do filósofo"[77], considerava Ortega y Gasset; iluminar é conhecer, compreender melhor, e os favoritos da luz são os mais belos, os mais bem iluminados – aqueles sobre os quais a luz incide a partir de um ângulo mais favorável. Eventualmente poderemos dizer: os mais bem iluminados são os mais bem compreendidos e os que melhor compreendem.

No início as escadas servem para subir. Parecem só ter um sentido. Mas depois percebemos que não, percebemos que não, percebemos que não.

Modalidade: lançamento de escadas. Um sacrifício moderno: atirares o mais longe possível, afastares de ti aquilo que te pode fazer subir. O instrumento de subida: atira-o para longe. Modalidade de sacrifício de um atleta moderno.

---

[74] A beleza também pode funcionar como uma proteção indireta. Como escreve Voltaire: "Quando um homem é amado por uma bela mulher, diz o grande Zaroastro, safa-se sempre de apuros neste mundo". (Voltaire – *Zadig*, 1972, p. 80, Verbo)
[75] Mann, Thomas – *José o Provedor*, s/data, p. 131, Livros do Brasil.
[76] Brodsky, Joseph – *Marca de água*, 1993, p. 73, Dom Quixote.
[77] Ortega y Gasset, José – *O que é a filosofia?*, 1999, p. 14, Cotovia.
De Bai Juyi (772-846), o mais popular poeta chinês, conta-se "que lia os poemas a uma sua criada, destruindo os que ela não entendia". (Carvalho, Gil de – *Uma antologia de poesia chinesa*, 1989, p. 87, Assírio & Alvim)

BELEZA E FEALDADE

Em *A gaia ciência*, no fragmento intitulado *Da origem da poesia*, Nietzsche desenvolve a ligação entre o pensamento e o verso. A poesia[78], defende, que visa fazer "penetrar o ritmo no discurso"[79], ritmo que "volta a ordenar todos os átomos da frase, que força a escolher as palavras e dá nova cor ao pensamento", infiltrara-se, desde os Antigos, nas ideias, pois observara-se "que um verso se retém melhor do que uma frase de prosa". Nietzsche já afirmara que a "esfera da poesia não está fora da realidade, nem é fantasia irreal saída do cérebro de um poeta: ela quer ser exatamente o contrário, a expressão sem rebuço da verdade"[80].

Nietzsche chama a atenção, no entanto, para que a obsessão pelo ritmo poderá constranger o pensamento, limitando-o. Soar bem e pensar bem não são sinónimos.

Mas há aqui, de qualquer forma, uma questão importante: a relação da beleza com a eficácia (exclama Bachelard: "Ah, como os filósofos haveriam de aprender se consentissem em ler os poetas!"[81]).

A fealdade de uma frase, de facto, não a torna falsa, mas torna-a distante. A fealdade, em qualquer elemento, é a determinação de uma distância entre observado e observador: afasto-me do que é feio, aproximo-me do que é belo. A beleza é um convite à aproximação, é uma sedução, e a fealdade uma ameaça, convite para que os observadores se afastem. Com a beleza e consequente aproximação, o leitor poderá ver pormenores, mas perderá, eventualmente, uma visão geral. Estar mais perto nem sempre é ver melhor. A emoção pode, neste sentido, ser considerada como um ver perto de mais. Como nas palavras de Llansol: "chora em vez de ver"[82]. A fealdade de uma frase e seu afastamento: posso ver de longe, posso pensar na frase à distância (ver e pensar, quando falamos de leitura, são praticamente sinó-

O fascinante na eletricidade é que na noite escura é ela que decide aquilo que tu podes ver.

---

78 Fala-se de poesia, não do discurso metapoético que quase sempre a anula, como lembra Valéry: "Seria fácil fazer uma tabela dos critérios do espírito antipoético. Seria a lista das maneiras de tratar um poema, de julgá-lo e de falar dele, manobras diretamente opostas aos esforços do poeta". (Valéry, Paul – *Teoría poética y estética*, 1989, p. 41, Visor)
79 Nietzsche, F. – *A gaia ciência*, 1996, p. 100-101, Guimarães Editores.
80 Nietzsche, F. – *A origem da tragédia*, 1995, p. 97, Lisboa Editora.
81 Bachelard, Gaston – *A poética do espaço*, 1996, p. 212, Martins Fontes.
82 Llansol, Maria Gabriela – *Da sebe ao ser*, 1998, p. 78, Rolim.

1.2 Linguagem e beleza

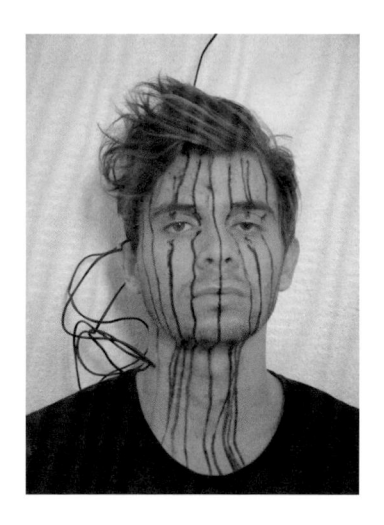

Nem comer, nem dormir. Somos demasiado modernos para estarmos cansados.

nimos: ver com calma é pensar com calma, ver apressadamente é pensar apressadamente).

Estamos, pois, diante de um sistema com perdas e ganhos. A beleza ou fealdade de uma frase determinam distâncias e estas podem trazer benefícios ao pensamento ou podem prejudicá-lo.

Um discurso que constantemente afaste o leitor para a seguir exigir dele uma aproximação poderá ser um dos caminhos. Discurso, portanto, belo e feio alternadamente; belo e a seguir feio, e feio e a seguir belo. Discurso que não para de pensar, mas que não esquece o ritmo, a excitação que é indispensável criar no leitor.

E essa excitação prende-se então com o ritmo, com a canção. Escrever é dançar, e fazer dançar. Se só o texto dança é porque quem o lê está suficientemente afastado para não ser puxado para dentro da canção, do ritmo. É um ritmo que contemplo enquanto leitor, mas não me engole, não me embala nem me exige movimentos. Estou afastado.

O texto sem ritmo, por seu turno, o texto que pensa sem dançar, é um texto que afasta, que assume a racionalidade como um *sítio de onde se vê à distância*, e que assume a proximidade, a sedução, como um perigo para a racionalidade. A beleza é perigosa, diz o discurso racionalista ortodoxo.

A propósito precisamente desta relação entre beleza e fealdade, Nietzsche escreve:

"Do ponto de vista fisiológico, todo o feio debilita e desgosta o homem. Traz-lhe à memória a decadência, o perigo, a impotência; de facto em presença do feio o homem perde energia"[83]. Uma ideia a reter, a lembrar em cada situação: "em presença do feio o homem perde energia". O leitor, se o considerarmos como aquele que *está preparado para pensar*, aquele que ouve para continuar, eventualmente com mais velocidade e alteração de direção, o percurso dos seus próprios pensamentos – se considerarmos o leitor como alguém que quer fazer, então o texto belo dar-lhe-á energia, energia para fazer o seu trabalho de leitor e o concluir; ser leitor até ao fim, ou seja: ser escritor. Ouvir para falar melhor, ler para escrever melhor. O texto que pensa sem ritmo, sem seduzir, que pensa de maneira feia, esse texto sintetizado tirará energia ao leitor: não o fará pensar, não o fará escrever.

---

83 Nietzsche, F. - *Crepúsculo dos ídolos*, 1996, p. 93-94, Guimarães Editores.

Nietzsche, no seu papel de provocador, diz que os efeitos daquilo que é feio podem medir-se "com o dinamómetro"; e ainda no mesmo fragmento acrescenta:

"Em geral, quando o homem está deprimido é porque detecta a proximidade de algo 'feio'. O seu sentimento de poder, a sua vontade de poder, o seu valor, o seu orgulho – tudo isso decresce com o feio, aumenta com o belo..."[84] Quais as consequências do feio? Segundo Nietzsche, peso, velhice, fadiga, falta de liberdade, paralisia, dissolução, decomposição, degenerescência.

O corpo face ao feio perde assim "vontade de poder", termo fundamental em Nietzsche e que Deleuze define como poder "de afectar e de ser afectado".

A beleza é, então, uma questão de energia, uma questão de *intensidade*. O feio é pouco intenso, o belo é intenso: excita, afecta.

Como naquela mulher, personagem de Clarice Lispector, Lóri, que ao ver um pardal depois de passear no chão sair, de repente, em direção ao céu, exclama:

"É tão bonito que voa!"[85]

POESIA E FILOSOFIA

Sobre o problema da expressão filosófica e dos "géneros literários próprios do pensar filosófico, da rica diversidade formal em que se verteu esse saber, que vai do Diálogo ao Sistema, do Tratado Breve às prolixas Investigações", María Zambrano dá atenção à relação poesia-filosofia: "A Filosofia separou-se rapidamente da Poesia – que velocidade vertiginosa no espaço percorrido desde o venerável poema de Parménides à antipoética prosa de Aristóteles!"[86]

Aristóteles como aquele que organizou a Grande Separação, esse divórcio brutal entre a qualidade estética da frase e a qualidade do pensamento da frase. No entanto, como lembra Zambrano, a História das ideias não terminou nem antes nem depois de Aristóteles; "filha da Poe-

1. Um homem que esteja ligado à tomada elétrica. Ligado com fios à ficha elétrica de maneira a recuperar a energia como as baterias das máquinas.
2. É evidente que não basta uma imagem para mudar o dia a dia de um atleta – mas podemos pensar nesta eletricidade que se recebe por fios como uma espécie de soro moderno. Não morres porque de vez em quando vais ali, àquele canto, encostas a cabeça à parede e recebes da parede imóvel tudo o que necessitas para voltar a cavalgar o perigo. E mesmo que não exista cavalo ou perigo, ficarás viciado nesta forma moderna de recuperar a força.

---

84 Idem, p. 94.
85 Lispector, Clarice – *Uma aprendizagem ou O livro dos prazeres*, 1999, p. 53, Relógio d'Água.
    Trata-se, em suma, de um poder, a beleza, qualquer que ela seja, e trata-se de uma fraqueza, a fealdade, qualquer que ela seja. Tudo o resto, diria Nietzsche no seu tom brutal, são subterfúgios moralistas, sendo certo que a moral "é imaginação", escreveu Musil em *O homem sem qualidades*, e as diferentes épocas, tal como "desenvolveram a inteligência à sua maneira", também "fixaram e paralisaram a imaginação moral" à sua maneira. (Musil, Robert – *O homem sem qualidades*, 3º Tomo, s/data, p. 431, Livros do Brasil)
86 Zambrano, María – *A metáfora do coração e outros escritos*, 2000, p. 47-48, Assírio & Alvim.

1.2 Linguagem e beleza

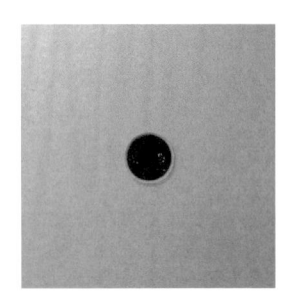

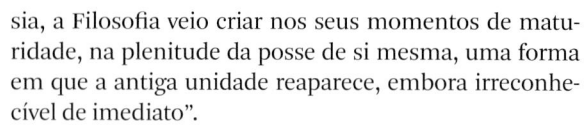

sia, a Filosofia veio criar nos seus momentos de maturidade, na plenitude da posse de si mesma, uma forma em que a antiga unidade reaparece, embora irreconhecível de imediato".

Uma antiga unidade (poesia-filosofia) que se torna uma nova unidade porque recuperada[87]. O novo, mais uma vez, como recuperação do Muito Velho[88].

Um conceito importante é o de "ritmo de pensamento". Deixar que a poesia volte a entrar na Filosofia é aceitar um aumento de velocidade da Filosofia: a frase que avança sem medo de dizer rapidamente o que tem a dizer.

No capítulo *Pensamento e poesia*, Zambrano chama a atenção para "as grandes verdades" que ficam "sem abrigo", sem "condições de visibilidade, sem presença, sem possibilidade de ação"[89] no caso de a Filosofia abandonar por completo a palavra poética. Conclui Zambrano: "Quem tem unidade tem tudo"[90].

---

[87] Jorge Luis Borges, numa entrevista, defende que o que faz é "extrair ou explorar as possibilidades literárias da filosofia". (Vásquez, María Esther – *Yo, Borges*, 1985, p. 92, Labirinto)

[88] Ortega y Gasset é também muito claro nesta ligação entre poesia e filosofia: "Com frequência achareis que aquilo que um dia teve somente o cariz de uma pura frase ou de um adorno metafórico, surgirá outro dia como expressão mais grave de um rigoroso problema". (Ortega y Gasset, José – *O que é a filosofia?*, 1999, p. 24, Cotovia)

[89] Zambrano, María – *A metáfora do coração e outros escritos*, 2000, p. 65, Assírio & Alvim.

[90] Um outro texto de Zambrano começa assim: "Tem de adormecer-se em cima da luz". (Zambrano, María – *Clareiras do bosque*, 1995, p. 43, Relógio d'Água)

1.3
Ideias e caminho

CAUSA-EFEITO (SEPARAÇÃO)

Há um livro extremamente curioso: *Justiça*, de Friedrich Dürrenmatt, que ilustra bem a velha ilusão de que é possível controlar por completo as ligações que um determinado elemento estabelece ou os efeitos da introdução de um acontecimento. Como se, de facto, fosse possível colocar dois elementos no mundo ligados por uma relação de causa-efeito, mas desligados de tudo o resto – como se introduzidos num cofre dentro do universo.

Neste romance alguém comete um crime, não tendo qualquer motivo para o fazer. Ou tendo, afinal, "motivos científicos": "a ciência constituiu o objetivo do crime"[91]. Alguém quer ver o que acontece se introduzir um dado novo, um novo acontecimento na realidade, um acontecimento desligado dos outros, um acontecimento sem causas: "Trata-se de sondar a realidade, de medir exatamente os efeitos de determinado ato"[92].

A preocupação deste criminoso invulgar era precisamente construir uma "simplificação possível do real" através da introdução de um acontecimento desligado de tudo. O ato de assassinar um homem, perfeitamente ao acaso, sem justificação, possibilitaria o estudo das suas consequências sem influência nem mistura com o efeito de outras causas. Trata-se, no fundo, de "elaborar

---

91 Dürrenmatt, Friedrich – *Justiça*, s/data, p. 75-76, Relógio d'Água.
92 Idem, p. 76.

a lista de todas as repercussões"[93] de um ato totalmente isolado. Estamos portanto face a um cinismo neutro: o ato de assassinar um homem não é importante, mas sim o raciocínio anterior: "a vocação do homem reside no pensamento e não na ação. Agir está ao alcance dos bovinos"[94].

Eis então que uma das personagens concebe o sistema que está envolvido no crime e exclama: "Mandar estudar as consequências do seu próprio crime é uma obra-prima da aberração! Este indivíduo mata em pleno dia, com todo o à-vontade e sem motivo e resolve, em seguida, desenvolver estudos sociológicos a pretexto de atingir a realidade"[95].

Os protagonistas – o assassino e o investigador – procuram então estudar o que aconteceu, pelo facto de alguém ter sido morto, nos diversos espaços e campos onde o morto exerce uma certa atividade. Uma investigação sociológica foi o que motivou o próprio criminoso:

"– A Ciência, [...] a ciência acima de tudo"[96].

Mas a verdade é que tal processo fracassou e fracassa sempre: nenhum acontecimento existe apenas ligado a um outro. Os acontecimentos ligam-se em rede, associados sempre a múltiplas causas e efeitos[97]. A realidade não é controlável nem redutível, portanto pensar sobre ela é assumir que se deixa sempre algo de fora: pensar sobre algo é ter a consciência de que, ao fazê-lo, se está a deixar de pensar em alguma outra coisa. *Não podemos pensar em tudo ao mesmo tempo*, eis a exclamação sensata. E exclamar isto é reconhecer: *aquilo em que não consigo pensar pode ser decisivo*.

CRITÉRIO DA AUTORIDADE

A argumentação filosófica clássica tem por suporte autores consensuais; como escreve Alberto Manguel: "Já na época de Labé o respeito era concedido à autoridade de um texto que vigorava há muito". Não é, portanto,

---

93 Idem, p. 53.
94 Idem, p. 53.
95 Idem, p. 59.
96 Idem, p. 61.
97 E nós não estamos de fora – como diz uma personagem de Botho Strauss: "nós somos maquilhados pelas coisas que acontecem". (Strauss, Botho – *A teoria da ameaça*, 1989, p. 14, Difel)

pecado recente: "No século XII, Abelardo denunciara o hábito de atribuir as próprias opiniões a outros, a Aristóteles ou aos Árabes, a fim de evitar críticas diretas; isto – 'o argumento da autoridade' que Abelardo comparava à corrente usada para prender os animais e conduzi-los cegamente – era possível porque, na mente do leitor, o texto clássico e o seu autor reconhecido eram considerados infalíveis"[98]. O que credibiliza por norma não é tanto a citação citada, mas o autor: pois pressupõe-se esse autor como fonte de infinitas citações[99]. E umas poderão ser sensatas, outras não. A mesma frase, se tiver por autor um indivíduo de nome Ludovico, não tem o mesmo peso de uma frase de Wittgenstein. Assim, o reforço filosófico pela autoridade, reduzido ao essencial, encontra nomes, e não ideias. Para reforçar a autoridade da *Tese A* podemos referir, sem frases destes, os nomes de Roland Barthes, Ludwig Wittgenstein ou Paul Valéry, por exemplo. Em suma, utilizando só as iniciais dos nomes, um parágrafo, uma tese pode terminar, simplesmente, com: "esta ideia é reiterada por R. B, L. W. e P. V.".

Ao lado de uma argumentação pessoal poderemos empilhar uma coluna de letras, uma espécie de "prova dos nove" argumentativa: *comprovado porque R, B, L, W, P, V também o disseram.*

Uma bengala que esteja fixa ao solo. Quem precisa de apoio dirige-se à bengala e assim pode suportar melhor a passagem do tempo. Como viver? Eis uma pergunta antiga. Em parte, uma resposta, embora mínima: ter uma bengala numa posição fixa que localizemos com facilidade.
A única questão: para não caíres tens de te deslocar até àquilo que não te deixa cair. Mas não é um paradoxo, é apenas a exigência de um esforço físico. Tens de caminhar até mereceres não cair. Etc. Enfim. Sobre esta imagem poderíamos ainda dizer outras coisas.

EXATIDÃO

Há, portanto, uma ligação entre infalibilidade e autoridade. Mas, novamente, o que significa exatidão? O mesmo pergunta Wittgenstein, para logo responder com um longo exemplo:

"O que significa a palavra 'exatidão'? Se te esperam para o chá às 4:30 e tu chegas quando um bom relógio dá as 4:30, será isso a verdadeira exatidão?"[100], pergunta que parece simples, mas que envolve tempo (nature-

---

98 Manguel, Alberto – *Uma história da leitura*, 1998, p. 270-271, Presença.
99 Há ainda o divertido "citacionismo pós-moderno" referido por Umberto Eco em *O segundo diário mínimo*, essa obsessão pelas citações que leva a que, no limite, uma palavra isolada e vulgar quando referida num texto o seja enquanto citação; como neste exemplo de Eco, em tom de paródia:
"vez" (cf. Viollet-le-Duc, *Opera omnia*)
(Eco, Umberto – *O segundo diário mínimo*, 1993, p. 86, Difel)
100 Wittgenstein, Ludwig – *O livro castanho*, 1992, p. 14, Edições 70.

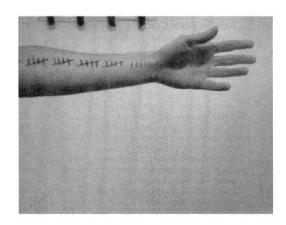

za) e instrumento para o medir (tecnologia). Wittgenstein prossegue:

"Ou apenas se poderia falar de exatidão se começasses a abrir a porta no momento em que o relógio começasse a dar as horas? Mas como poderá esse momento ser definido e como poderá ser definido o 'começar a abrir a porta'?"

Alguns poderão já dizer, mas para quê tanta minúcia? para quê tanto pormenor? por que razão ir *ao tão mínimo*? Em suma, eis o argumento: para quê ser tão exato a definir exatidão?

Pois bem, Wittgenstein conclui com nova pergunta: "Seria correto dizer que 'é difícil dizer o que é a verdadeira exatidão, visto que apenas conhecemos aproximações grosseiras'?"

De facto, só conhecemos aproximações grosseiras desse conceito – exatidão; pelo menos se nos referirmos aos acontecimentos da existência.

EXATIDÃO-SEPARAÇÃO

Olhemos ainda com pormenor e de um outro ponto de vista para a questão da exatidão. Para a exatidão possível por via da linguagem, linguagem que, como se sabe, não é um instrumento de medidas exatas, não é um instrumento que dê números. As palavras não quantificam a realidade – olham para ela, tentam descrevê-la, por vezes chegam a provocá-la, mas não a medem nem pesam. *Não são instrumentos do mundo da quantidade*, são instrumentos do *mundo das aproximações*. Utilizemos, neste contexto, um relato de Manguel, a propósito das leituras que fazia a Borges:

"Interrompendo-me depois de uma frase que achou muito cómica em *New Arabian nights*, de Stevenson ('vestido e pintado para representar uma pessoa relacionada com a Imprensa em circunstâncias difíceis' – 'Como [terá dito Borges] é que alguém pode vestir-se assim? O que achas que Stevenson tinha em mente? Estava a ser incrivelmente preciso? Não achas?')", Borges passou então "a analisar a figura de estilo que consiste em definir algo ou alguém por meio de uma imagem ou categoria que, embora pareça exata, obriga o leitor a construir uma definição pessoal"[101].

---

101   Manguel, Alberto – *Uma história da leitura*, 1993, p. 31, Presença.

Uma exatidão com "definição pessoal", uma exatidão subjetiva, uma *exatidão privada* – eis a boa definição.

Manguel, ainda falando de Borges, dá outro exemplo: "Ele e o seu amigo Adolfo Bioy Casares tinham jogado com aquela ideia num conto de dez palavras: 'O forasteiro subiu as escadas no escuro: tic-toc, tic-toc, tic-toc'"[102]. Neste tic-toc, na subida das escadas: cada um verá uma subida exata.

Estamos perante uma pequena história exata e ambígua: qualquer um pode completá-la, desenhá-la, como quiser. E poderá dizer: é assim!

Interessa-nos particularmente esta questão, a exatidão: um objetivo; escrever como quem marca um ponto na folha, ponto que pode ser interpretado, ponto que está disponível para que os olhares sobre ele se multipliquem e discutam. Uma *exatidão que inaugura infinitas interpretações*. Exatidão, não como ponto final mas como primeira letra de uma frase. *Sou tão exato que comecei*, sou tão exato que podes continuar.

1. A geometria como efeito da mão que não treme. Traço não humano, portanto.
2. Cubos agressivos. Extermínio geométrico. Pensar que os sólidos geométricos que o homem introduziu no mundo se podem virar contra ele, como uma nova espécie quase animal.

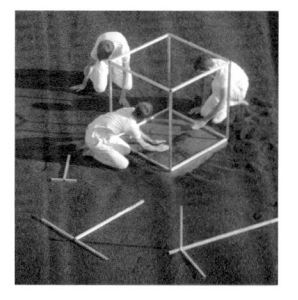

102 Idem, p. 31.

54 1.3 Ideias e caminho

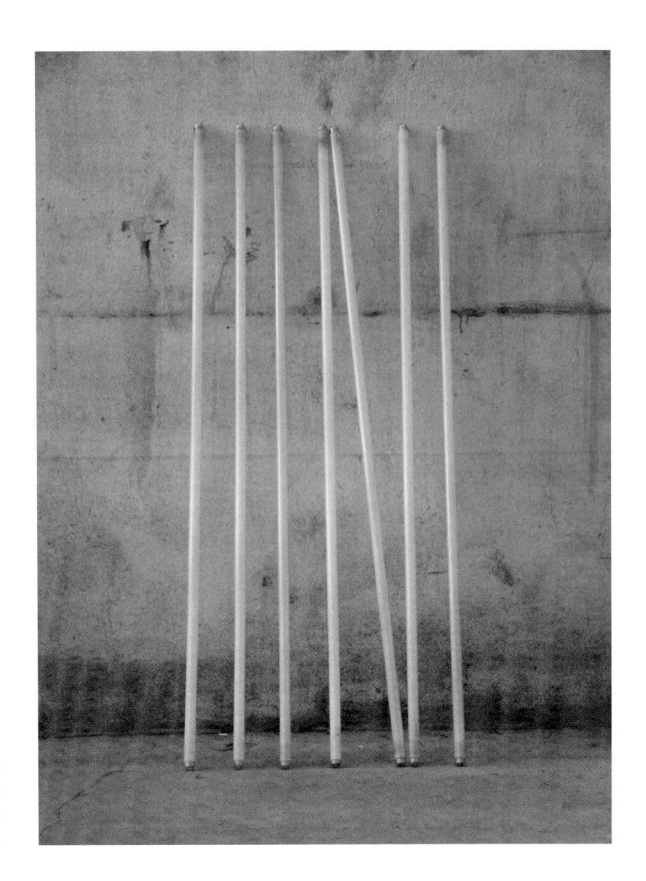

Olhamos sempre para o que não está direito. O que não está direito pode receber um novo nome: centro.

RACIONALIDADE E HIERARQUIA

E ser racional é olhar para baixo e para cima; perceber as diferenças, as distâncias. Estou mais próximo, mais afastado, escolho, ignoro.

A ligação entre racionalidade de um sistema e hierarquia é analisada, entre outros, por Michel Serres, que chama a atenção para que "só parece racional um sistema de hierarquia, transferindo o poder e a legislação de um conjunto qualquer para um dos seus elementos, por isso privilegiado"[103].

Os sistemas teóricos totalmente estruturados envolvem assim uma relação de poder: há ideias que mandam e ideias que obedecem, ideias que são o centro e outras que se instalam na pobre periferia. E este mapa de poderes assume-se, não como contingente, mas

---

103   Serres, Michel – *As origens da geometria*, 1997, p. 109, Teorema.

como definitivo: trata-se de um monopólio, da ditadura de um centro. "A razão é congelada na hierarquia"[104], escreve Michel Serres.

O que propor? Apenas isto: constante e contínua contestação do centro. O centro move-se, vai para o outro lado, é instável, depende do nosso olhar e da nossa atenção momentânea. Tudo pode ser centro.

Neste mesmo sentido, Serres defende a "Antiga ciência como conjunto de tabelas e a nova como tratamento dos possíveis"[105].

Tabelas com números que quantificam as decisões tomadas; em oposição a um tratamento das possibilidades numa tabela flutuante, tabela que não está ainda definida, tabela de elementos disponíveis para novas ligações[106].

MÉTODO E CAMINHO

A palavra cultura é muitas vezes diminuída, em sítios mal frequentados, mas pode ser novamente posta em circulação; como diz uma personagem de Roth: "'Sei muito bem que você é uma pessoa culta', disse a senhora Kupfer, 'por isso é que deve ganhar mais dinheiro, senhor Glanz'"[107]. Bragança de Miranda faz críticas à ideia de um método universal[108], monopolizador, mas também às posições-limite de Feyerabend[109]. Interessante, pois, pensar no *método enquanto caminho* – Walter Benjamin diz: "Método é desvio"[110] – e na atenção invulgar dada à metáfora como meio indispensável para a investigação (em grego, "*meta-phora*" significava etimologicamente o transporte de um lado para ou-

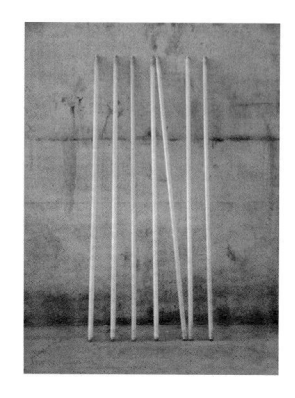

1. Seis linhas verticais encostadas à parede, à espera de serem utilizadas num gráfico. A sétima linha vertical (repare-se) perdeu a sensatez. Não será, portanto, utilizada em nenhum gráfico cientificamente sério.
E onde estão as abcissas, as linhas horizontais? Em que armazém?
2. Pensar num armazém horizontal onde se guardam as abcissas, e num armazém vertical onde se guardam as ordenadas. Imaginar (ou fazer o desenho) da localização dos dois armazéns: um baixo e o outro alto, frente a frente, nos dois lados da rua.
E nesse caminho, nessa rua a meio dos dois armazéns? O que passa aí? Eis o que eu imagino: cavalos. Um grupo de cavalos a passar entre os dois armazéns que fornecem material para os gráficos que bem conhecemos. Pois bem, pois sim, pois então. Uma imagem.

---

104 Idem, p. 119.
105 Idem, p. 116.
106 Note-se, como lembra uma personagem de Eco, que "qualquer dado se torna importante se for ligado a outro. A conexão altera a perspectiva". (Eco, Umberto – *O pêndulo de Foucault*, 1988, p. 328, Difel)
107 Roth, Joseph – *Hotel Savoy*, 1991, p. 36, Dom Quixote.
108 Miranda, José Bragança de – *Teoria da cultura*, 2002, p. 47-57, Século XXI.
109 "A posição de Feyerabend é claramente polémica, constituindo um assumido 'anarquismo metodológico'". (Miranda, José Bragança de – *Teoria da cultura*, 2002, p. 48, Século XXI) No *Diálogo sobre o método*, Feyerabend critica a educação clássica, aquela em que "em vez do chicote" utiliza "a argumentação", e onde as crianças sofrem "as pressões originadas por qualquer anão que os seus semelhantes olham como se fosse um 'grande homem', já que se supõe que, em vez de jantar, deve procurar a verdade". (Feyerabend, Paul K. – *Diálogo sobre o método*, 1990, p. 12, Presença)
110 Citado em Molder, Maria Filomena – *Semear na neve*, 1999, p. 59, Relógio d'Água.

1.3 Ideias e caminho

Se estar vivo fosse assim tão simples. Três caminhos para três pessoas.

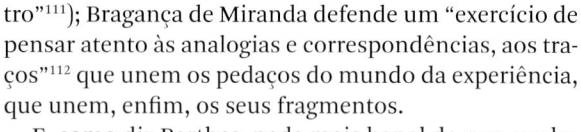

tro"[111]); Bragança de Miranda defende um "exercício de pensar atento às analogias e correspondências, aos traços"[112] que unem os pedaços do mundo da experiência, que unem, enfim, os seus fragmentos.

E, como diz Barthes, nada mais banal do que mudar de teoria, de prática: "faz-se como se respira; investe-se, desinveste-se, reinveste-se: as conversões intelectuais são a própria pulsão da inteligência, desde que esteja atenta às surpresas do mundo"[113].

LIBERALISMO NAS IDEIAS

Tudo está primeiro junto ou tudo está primeiro separado? Ernest Gellner, filósofo da linguagem, pega assim neste problema:

"A questão do conhecimento começa, por assim dizer, por uma condição desagregada: a agregação ou o todo, é alcançada ou construída, mas não existe no início"[114].

As ligações surgem depois; antes estão os elementos, uma solidão inata de cada parte do mundo[115]. Para Gellner o movimento "na psicologia e na filosofia da

---

111 Idem, p. 54.
112 Idem, p. 54-55.
113 Barthes, Roland – *O rumor da língua*, 1987, p. 247, Edições 70.
114 Gellner, Ernest – *Linguagem e solidão*, 1998, p. 22, Edições 70.
115 Há uma descrição elucidativa de Proust: "De cada vez que eu ia a Jouy-le-Vicomte, via um trecho do canal, depois, quando dobrava alguma rua, via um outro, mas então já não via o precedente. Por mais que os juntasse em pensamento, isso não me produzia grande efeito. Da torre de Santo Hilário já é outra coisa [...]. Da torre, do ponto alto, já se conseguem ver as ligações, já se veem, ao mesmo tempo, os vários trechos do canal. No entanto, nem essa visão é perfeita ou completa: da torre não se conseguia ver a água: Para ver bem tudo, preciso de estar ao mesmo tempo na torre de Santo Hilário e em Jouy-le-Vicomte". Coisa pouco possível, como se sabe. (Proust, Marcel – *Em busca do tempo perdido* (v. 1, *No caminho de Swann*), s/data, p. 108, Livros do Brasil)

mente conhecido como Associacionismo poderia de igual modo ser designado por Dissociacionismo"[116]; ou seja: a primeira tarefa é mostrar que tudo pode existir sozinho, atomicamente.

Tal consideração pode parecer afastar-se do método de *ligações sucessivas* de que se falou anteriormente, mas o essencial é lembrar que assumir uma separação inicial entre todas as coisas é permitir, a seguir, uma *liberdade de ligações*: "Tudo o que é separável deveria ser separado, pelo menos em pensamento, quando não mesmo na realidade. As ligações indissolúveis e inerentes devem ser evitadas"[117].

Primeiro separar; depois, sim, ligar[118]. E tanto quanto possível promover então *ligações raras*, ligações que surpreendam[119]. Tal permite-nos entrar num espaço bem amplo.

O homem que sorri quando vê passar um avião.

NÃO HÁ LIGAÇÕES FIXAS

Não há ligações fixas, não há ligações eletivas, não há ligações boas e más. No mundo do pensamento, escreve Gellner, as "alianças [...] são contingentes e livremente escolhidas [...]. As ideias comportam-se como homens individualistas: não estão incorporadas em classes ou castas, combinam-se livremente e anulam, de igual modo livremente, as suas associações"[120]. Não há castas de ideias, não há hierarquias, "as ideias estabelecem contactos livres e formam associações livres entre si, em vez de serem subordinadas pelo estatuto que lhes é imposto a partir de cima por alguma teoria mais abalizada do que elas próprias".

116 Gellner, Ernest – *Linguagem e solidão*, 1998, p. 22, Edições 70.
117 Idem, p. 22-23.
118 Na arte, este caminho de dissociação tem uma longa história. Duchamp, por exemplo, desenvolve muito a ideia de dissociação entre imagem visual e palavra. Podemos dar o exemplo do desenho de Duchamp de um ciclista – "esforçado com a cabeça inclinada sobre o guiador", onde ele colocou a frase: "Ter o aprendiz ao sol". Numa carta, Duchamp diz que o desenho representa "um ciclista ético", e tal observação esclarece um pouco. Mas, de facto, na altura, como o próprio artista reconhece o que ele procurava era a "ruptura da relação de complementaridade de imagem visual e palavra". (Citado em Jiménez, José – *A vida como acaso*, 1997, p. 168-170, Vega)
119 Alguma arte poderá ser definida por esta raridade e pela velocidade com que se instala uma estranheza. José Augusto Mourão lembra que Heidegger dizia "que a obra de arte nos atinge como uma pedrada", e tudo se concentra nesta imagem sugestiva. (Mourão, José Augusto – *A sedução do real (literatura e semiótica)*, 1998, p. 25, Vega)
120 Gellner, Ernest – *Linguagem e solidão*, 1998, p. 22-23, Edições 70.

1.3 Ideias e caminho

Uma cadeira.
A cadeira é portátil – até em termos de função. Pode transformar-se numa máscara. Se taparmos o rosto com o tampo de uma cadeira, o tampo da cadeira parece ganhar expressão. Osmose e memória.

Pensar envolve a liberdade de associações, a liberdade de ligações. As ideias são assim partículas livres que se excitam pela proximidade de outras, que assumem *noivados espontâneos*, mas não eternos, noivados que se podem quebrar a qualquer momento, devido a uma outra aproximação excitante[121].

Ernest Gellner fala na importância de se "manter um olhar atento sobre a possibilidade de novas combinações"[122] e é este olhar que define o pensamento; um olhar que tenta transformar o confuso que se vê numa clara ligação nova, pois a confusão, a mistura brusca entre elementos, é confusão enquanto o olhar não repara como se posicionam as coisas umas em relação às outras. *Não há confusão no mundo*, há apenas incapacidade do observador para detectar novas combinações.

Gellner defende ainda um liberalismo completo aplicado às ideias: "Homens, factos e ideias não podem restringir a livre concorrência, coligando-se em corporações e melhorando os seus próprios termos através do monopólio". Não há diferenças, a liberdade "de associação aplica-se às ideias tal como aos homens".

Uma tese única, uma teoria compacta não faz mais do que hierarquizar ideias: esta é mais importante do que aquela, aquela mais importante do que a outra. E esta *hierarquização* é sempre a definição de *impossibilidades*[123].

Note-se que há ligações que fundam sistemas sociais e que são indispensáveis. Ou melhor: só podem *existir sistemas sociais se existirem ligações que ninguém contesta*. "As culturas", escreve Gellner, "cristalizam as associações e conferem-lhes uma sensação de necessidade"[124].

Quando se fixam associações, quando certas associações de ideias passam de geração para geração, a certa altura assume-se aquela ligação *artificial* – feita, pois, pelos homens – como sendo uma ligação *natural*, criada então, *logo à partida*, sem intervenção do pensa-

---

121 Lispector escreve: "Os factos são sonoros mas entre os factos há um sussurro. É o sussurro que me impressiona". (Lispector, Clarice – *A hora da estrela*, 2002, p. 27, Relógio d'Água)
122 Gellner, Ernest – *Linguagem e solidão*, 1998, p. 22-23, Edições 70.
123 No famoso conto de Borges *O jardim dos caminhos que se bifurcam* as possibilidades são abertas: há uma "bifurcação no tempo, não no espaço". Em vez de, perante diversas alternativas, se optar por eliminar outras, Borges fala da possibilidade de se optar simultaneamente por duas vias. Trata-se aqui de nem sequer aceitar impossibilidades no tempo. (Borges, Jorge Luis – *Nova antologia pessoal*, 1987, p. 118, Difel)
124 Gellner, Ernest – *Linguagem e solidão*, 1998, p. 22-23, Edições 70.

mento humano, sem decisão e, por isso, sem hipótese de ser contestada ou substituída por outra, no tal mercado de livre concorrência. *O que sempre existiu não se contesta, aceita-se.*

É evidente, porém, que esta teoria tem brechas e sofre oposições[125] que o próprio Gellner desenvolve – pois no limite pode conduzir à loucura (a livre associação sem controlo) –, mas o que importa sobremaneira é esta marca de "livre concorrência" entre ideias. As ideias são traços (comuns, tanto no desenho como na escrita), e os traços são elementos desligados que querem, simplesmente, ligar-se.

E uma cadeira ainda. Se utilizarmos o encosto e o assento da cadeira como máscaras, ficamos com dois rostos. E se focarmos a nossa atenção no novo rosto dos homens, estranhamente, o encosto e o assento da cadeira parecem ganhar expressividade. Temos assim dois homens.

O MUNDO

No romance de Gombrowicz, *Cosmos*, dois protagonistas estão obcecados pela detecção de indícios ou manchas que se realcem a partir da homogeneidade do mundo. Uma determinada ordem, uma certa teoria não é mais, afinal, do que uma fixação do olhar sobre determinadas coisas em detrimento de outras.

---

125 Atente-se, por exemplo, no que lembra Michel Serres: "Para a língua grega, pensar, saber, supõe esta postura baixa e segura. Aristóteles: a razão pensa e conhece por repouso e paragem: pela pacificação da alma depois da agitação natural [...]. A epistêmê, saber ou ciência, requer um lugar estável onde o sujeito pare, em repouso". (Serres, Michel – *As origens da geometria*, 1997, p. 120, Terramar)

1.3 Ideias e caminho

Qualquer fenómeno banal a que se dê muita atenção torna-se central. Gombrowicz, na introdução do seu livro, escreve, a este propósito:

"Dado que construímos os nossos mundos por uma associação de fenómenos, nada me surpreende que, no começo dos séculos, tivesse havido uma associação gratuita e repetida, fixando uma direção no meio do caos e instaurando uma ordem"[126].

Uma teoria poderá ser assim entendida – define Gombrowicz – como "uma associação gratuita e repetida" de determinados fenómenos. Ligamos certos fenómenos para resolver certos problemas funcionais[127] como poderíamos ligar muitos outros (resolvendo, provavelmente, outros problemas).

Dois homens que falam entre si, discutem, brigam e depois ficam tranquilos.

ININTERRUPÇÃO

Em *As palavras e as coisas*, Michel Foucault chama a atenção para que "a natureza é, em si mesma, um tecido ininterrupto de palavras e de marcas, de narrativas e de caracteres, de discursos e de formas"[128]. E acrescenta que o que "é próprio do saber não é nem ver nem demonstrar mas interpretar"[129].

Interpretações diferentes: conclusões diferentes – as conclusões dependem da forma de olhar, do sítio para onde se olha, e das obsessões (muitas vezes biográficas) de cada observador individual. Daí que faça todo o sentido, muitas vezes, estudar e analisar-se não só o objeto mas o seu observador – sentido expresso na conhecida fórmula de Burroughs "Observar o observador observado"[130].

---

126 Gombrowicz, Witold – *Cosmos*, 1995, p. 8, Vega.
"Desde que o Mussolini lá está que os comboios na Itália partem sempre à tabela", escreveu a pena cínica de Tucholsky. (Tucholsky, Kurt – *Hoje entre ontem e amanhã*, 1978, p. 108, Almedina) A ordem é sempre sintoma de uma força que se exerceu.
127 Como alerta Edgar Morin em *Primeiras ideias sobre as ideias*: as ideias e os "sistemas de ideias" têm muitas vezes "apenas uma realidade instrumental". São instrumentos para resolver problemas concretos. (Morin, Edgar – *O método IV, as ideias: a sua natureza, vida, habitat e organização*, 2002, p. 107, Europa-América)
128 Foucault, Michel – *As palavras e as coisas*, 1998, p. 95, Edições 70.
129 Borges, a propósito da linguagem, mostra como também esta é feita de um tecido ininterrupto: "Considerei" – escreve Borges no conto *A escrita de Deus* – "que nas linguagens humanas não há ainda proposição que não implique o universo inteiro; dizer o tigre é dizer os tigres que o engendraram, os cervos que devorou, a terra que foi mãe do pasto, o céu que deu luz à terra". Cada palavra chama assim uma "concatenação de factos" infinita. De certa forma, nenhuma palavra "é inferior ao universo". (Borges, Jorge Luis – *Nova antologia pessoal*, 1987, p. 217, Difel)
130 Burroughs, William S. – *O fantasma de uma oportunidade*, 1997, p. 32, Teorema.

Vemos, portanto, que há dois pontos de partida possíveis (mas que até poderão misturar-se): o olhar fixa-se, *decide-se*, por determinados elementos e determinadas combinações (não por outros ou outras), e daí sai uma visão geral, uma teoria que liga racionalmente os diferentes elementos; ou então existe já uma teoria, um sistema de ligações, uma maneira racional de aproximar uma coisa de outra, de as fazer *simpatizar*, e esse sistema prévio leva o observador a olhar, naturalmente – e também cientificamente – para determinadas coisas, esquecendo outras.

Como chama a atenção Rom Harré (depois de questionar – "Serão possíveis as observações sem que o cientista tenha em mente uma teoria?"[131]) é agora "consenso geral dos filósofos a impossibilidade de realizar o ideal de um vocabulário descritivo aplicável às observações, mas inteiramente virgem de influências teóricas". Quando descrevemos, descrevemos com as palavras da teoria que temos.

Dois homens que têm dois fios fortes que os unem (duas ligações de metal). Dois irmãos.

EXPLICAÇÕES COMO ANALOGIAS

Toda a explicação é uma analogia, como bem demonstra Wittgenstein: "Isto é na realidade apenas isto"[132].

Sem analogias estaríamos sempre a repetir a mesma frase, pois a analogia – a ligação da frase anterior a outras frases – desloca, precisamente, a primeira frase, liga-a a outras ideias, isto é: *deturpa,* no sentido em que não repete; em suma: a explicação faz uma analogia. Explicar sem utilizar a analogia é entrar na tautologia: *isto é assim porque é assim*. Eis o beco sem saída.

Se não pensássemos por analogias e ligações, *estaríamos ainda a pensar o primeiro pensamento*, expresso numa primeira frase – por aí teríamos ficado. Pensar é, de facto, *acrescentar frases a uma primeira frase inicial*, pensar é multiplicar as frases em redor de uma primeira sentença. Nesse sentido, as explicações são muitas vezes *um andar à volta*. Wittgenstein utiliza mesmo o termo "Se explicarmos os arredores da expressão", e fala também dos "arredores da prova"[133].

---

131 Harré, Rom – *As filosofias da ciência*, 1988, p. 16, Edições 70.
132 Wittgenstein, Ludwig – *Aulas e conversas*, 1991, p. 53, Cotovia.
133 Idem, p. 58.

1.3 Ideias e caminho

Claro que não deveremos andar ou afastarmo-nos tanto para lá dos arredores da prova, ao ponto de nos esquecermos do centro. Até porque, além do mais, "Se a nossa explicação é complicada, é desagradável"[134].

Wittgenstein chama ainda a atenção para o facto de que explicar remete para um certo encantamento, o encantamento de ligar coisas que antes não estavam ligadas. Ficamos *maravilhados* com as explicações precisamente porque são ligações.

No entanto, se uma explicação "serve para afastar um equívoco ou para o impedir – portanto um equívoco que sem ela poderia surgir" – não basta "para afastar todos os equívocos que eu possa conceber"[135]. Há sempre novos equívocos que exigirão novas explicações.

Por outro lado, como vimos já, também se pode ver o pensamento como um objeto estético, que tem ritmo e forma: "Tudo o que estamos a fazer é a mudar o estilo do pensamento [...] e persuadir as pessoas a mudar os seus estilos de pensamento"[136].

É interessante o facto de podermos realmente classificar estilos de pensamento tal como classificamos estilos de escrita, estilos de corrida, etc.

O importante é a ideia de que uma teoria aceite pelos pares é como o aceitar da substituição de uma coisa por outra: "podemos dizer que a analogia correta é a aceite"[137]. Isto é, aceitamos novas ligações em substituição das velhas ligações.

Coletivamente, um grupo de investigadores decide, quase por votação implícita, qual a troca aceite: *troco este fenómeno, este conjunto de acontecimentos, esta forma de ligar acontecimentos por esta outra teoria – por esta outra combinação, ou, se a tal se chegar: por esta fórmula*.

Esta fórmula explica *isto*, portanto *isto* pode ser substituído por esta fórmula que o explica. E uma fórmula explica ligando. Uma fórmula é, em suma, uma analogia em que confiamos.

De novo. Um homem que corre em redor de uma circunferência. Corridas de cem metros em redor de uma circunferência. Vários atletas. Cada um, em vez de uma pista – uma linha mais ou menos reta – tem uma circunferência à sua frente. Ganha quem percorrer cem voltas à circunferência em menos tempo. Cem voltas ou cem metros. Duas opções ligeiramente diferentes. Modalidade de malucos. De obsessivos. Para curar os malucos. Ou para fazer novos malucos.

---

134 Idem, p. 71.
135 Wittgenstein, Ludwig – *Tratado lógico-filosófico/Investigações filosóficas*, 1995, p. 245, Fundação Calouste Gulbenkian.
136 Wittgenstein, Ludwig – *Aulas e conversas*, 1991, p. 58, Cotovia.
137 Nota a uma aula de Wittgenstein. (Idem, p. 53)

A CONTESTAÇÃO DE UMA VERDADE ÚNICA

A contestação da hierarquia das ideias, este abolir da noção de ligações privilegiadas, afeta significativamente a noção de verdade a que se chega pelo raciocínio (e não pela experiência científica pura). Hannah Arendt, a propósito de Lessing, diz que este se alegrava "com aquilo que sempre – ou pelo menos desde Parménides e Platão – afligiu os filósofos: o facto de a verdade, assim que é enunciada, imediatamente se transformar numa opinião entre muitas, ser contestada, reformulada, reduzida a um objeto de discussão entre outros"[138].

Um maluco muito direitinho.

Quando se discute se a verdade é verdade ou falsidade, discute-se, no fundo – contesta-se – as analogias privilegiadas, as ligações escolhidas, etc. Nesse sentido, a grandeza de Lessing, escreve Arendt, "não reside apenas na intuição teórica de que não pode haver uma verdade única no mundo humano, mas na sua satisfação por ela não existir".

Trata-se pois de uma grandeza a que se deve dar a atenção devida. A não existência de uma teoria central, de uma teoria que explique por completo, não deve entristecer ninguém, não deve desiludir. Não ter, de facto, nenhuma teoria central a apresentar, mas sim *várias*, que vão surgindo a cada passo, eis uma hipótese de método. *Multiplicar as possibilidades de verdade*, objetivo possível: multiplicar as analogias, as explicações, as ligações; multiplicar, enfim, as possibilidades de se continuar a pensar.

"Uma única verdade absoluta", afirma Arendt, "se pudesse existir, representaria a morte de todas as discussões"[139], isto é, o fim do diálogo, "o fim da amizade, e por conseguinte o fim da humanidade"[140].

Vistas como indiscutíveis, a verdade e a explicação única destroem a amizade, que deveremos definir como o *espaço onde podemos discordar sem matar*[141].

Sou teu amigo, posso discordar de ti. Ou seja: *pos-*

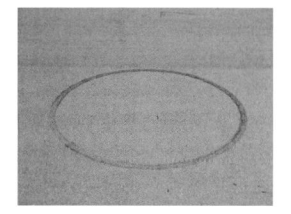

Um homem traça uma circunferência no chão com o dedo.
Levanta as mãos e é como se levasse num dedo a sombra da circunferência. Mas não, está apenas sujo.

---

138 Arendt, Hannah – *Homens em tempos sombrios*, 1991, p. 39, Relógio d'Água.
139 Idem, p. 39.
140 Idem, p. 37.
141 Albert Camus, a propósito de Saint-Just, fala desse instinto de considerar a crítica ou a oposição como uma traição: "O cutelo", escreve Camus, "converte-se [...] em raciocinador; a sua função consiste em refutar". A guilhotina refuta as críticas, é a contra-argumentação do Estado. (Camus, Albert – *O homem revoltado*, s/data, p. 175, Livros do Brasil)

so explicar de uma outra maneira; sei que não corro perigo se o fizer à tua frente.

Inimigo será, neste sentido, *aquele que não aceita discordar*. Inimigo é aquele que exige concordância, sempre; amigo, pelo contrário, é aquele que aceita e, por vezes, até exige, discordância.

Insultar o céu.

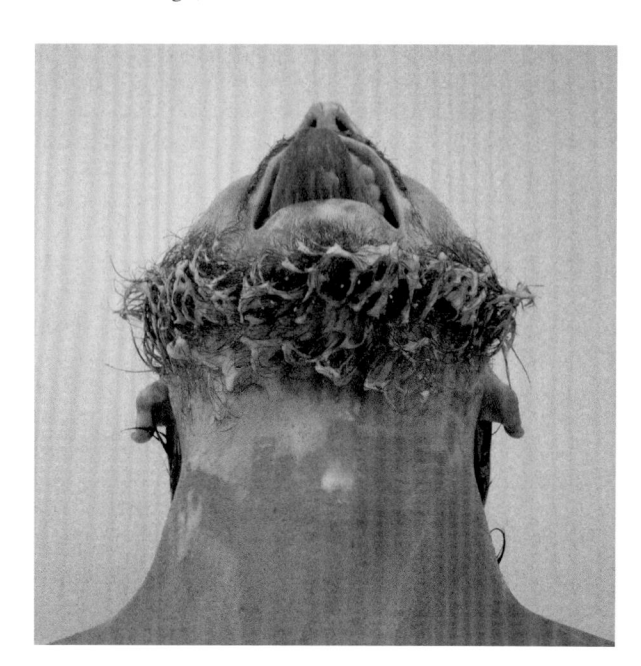

2

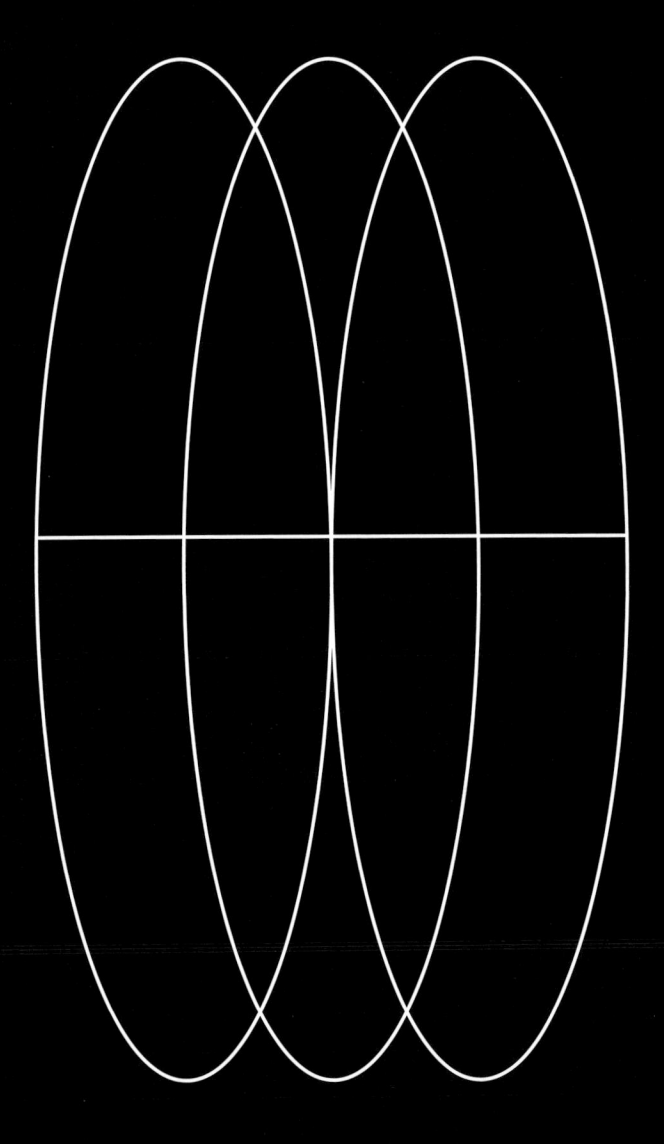

O CORPO
NO MUNDO

2.1
Os Outros

Legislação

LEGISLAÇÃO E ARTESANATO

Para os Gregos, ao contrário de civilizações posteriores e do que atualmente se considera, a função de legislar não era uma atividade política. Como refere Arendt: "o legislador era como o construtor dos muros da cidade, alguém cujo trabalho devia ser executado e terminado antes de a atividade política poder começar"[142]. Construtor, não político. Por isso "era tratado como qualquer outro artesão ou arquiteto, e podia ser trazido de fora e contratado", enquanto os atos políticos eram "privilégio exclusivo dos cidadãos".

Estamos perante um *artesão de frases sensatas*, frases claras, entendíveis por todos; artesão de leis, pois, como um escritor justo, linguagem e literatura da justiça, literatura que separa o Bem do Mal, literatura que castiga, pune, amedronta. Profissional que transforma os conceitos em redor da justiça em frases, tal como um artesão transforma a ideia de espada em espada, atuando sobre a matéria. Um escritor justo.

Arendt desenvolve e clarifica: "Para os gregos, as leis, como os muros em redor da cidade, não eram produto da ação, mas da fabricação". Fabricação vista como gesto menor quando comparado com a ação[143]: "An-

A – A caixa negra do mundo. As últimas palavras. Pensar também na caixa negra de um povo alvo de extermínio. Ou apenas na caixa negra de uma família. Eis o projeto. Fazer a Caixa Negra do Século XX *(Uma História do Século XX)*.

---

142 Arendt, Hannah – *A condição humana*, 2001, p. 244, Relógio d'Água.
143 Idem, p. 244-245.

tes que os homens começassem a agir, era necessário assegurar um lugar definido e nele erguer uma estrutura dentro da qual se pudesse exercer todas as ações subsequentes; o espaço era a esfera pública da *polis* e a estrutura era a sua lei"; lei como um *texto vindo do exterior* (da cidade e dos corpos) que destrói a desordem: "legislador e arquiteto pertenciam à mesma categoria". Profissões ligadas ao material do mundo.

No entanto, como relembra Arendt, para os socráticos "a legislação e a ratificação de decisões pelo voto eram as mais legítimas atividades políticas, porque nelas os homens 'agem como artesãos': o resultado da ação é, no seu caso, um produto tangível, e o processo tem um fim claramente identificável"[144].

Ou seja: tal como na construção da casa, a formulação de leis termina em algo material: as leis ocupam espaço, são algo para onde se pode olhar, algo que pode ser estudado, algo que não desaparece no momento em que é posto no mundo. Mas, mais do que ocuparem espaço, as leis procuram instalar a ordem no espaço da cidade[145], são um espaço (têm volume) que ordena o espaço, matéria que procura instalar ordem na matéria que a envolve e onde, de certa maneira, mergulha.

Arendt, insistindo nas suas definições centrais, chama a atenção para que aqui "não se trata ainda de ação (*praxis*), mas de fabricação (*poiesis*)"[146]; as leis fabricam-se: como se fossem o objeto para o qual os justos olham de modo a agir corretamente e em benefício do bem comum e da cidade.

Podemos ver, assim, o conjunto das leis de uma cidade como um *objeto moral*, mais: o objeto que personaliza não a moral individual, mas *a moral comum*[147].

---

144 Idem, p. 244-245.
145 Michel Serres salienta o ato primordial da justiça em Roma: "O primeiro a inaugurar uma sessão judiciária, aquele que denominamos o pretor, anunciava, na abertura das causas ou das coisas, na língua do direito romano antigo, proferido em língua latina arcaica, os três verbos primordiais da justiça: *do, dico, addico,* eu dou, eu digo, eu assino, atos ou dizeres performativos primeiros da mudança, do direito, da linguagem e da filosofia". (Serres, Michel – *As origens da geometria*, 1997, Terramar)
A importância da jurisdição estava já clara e envolvia o movimento e a linguagem: dar (que envolve um agir), dizer e assinar (que envolvem a palavra).
As leis cruzam o essencial: o discurso e a ação.
146 Arendt, Hannah – *A condição humana*, 2001, p. 245, Relógio d'Água.
147 As leis, ao permitirem uma certa estabilidade na relação com o outro, impedem o isolamento e, no limite, a loucura: "Anselm, um é um louco, dois uma nova humanidade". (Musil, Robert – *Os visionários*, 1989, Minerva) "Manda no que fazes", recomenda uma personagem de Llansol, porque "ninguém te dá quem és". (Llansol, Maria Gabriela – *Lisboaleipzig 1: o encontro inesperado do diverso*, 1994, p. 50, Rolim)

O NEGATIVO DAS LEIS (PROJETO LATERAL)

É interessante conceber uma espécie de negativo, de oposto deste objeto moral, do conjunto de leis que estabelece os limites morais nas relações humanas. Podemos pensar, em oposição, num *objeto imoral* que se constituísse como a *referência do Mal* ou, formulado de outra forma, aquilo para onde deve olhar aquele que quer praticar o mal e perturbar a cidade[148]. Esse objeto poderia também ser constituído por um conjunto de leis; leis, neste caso, perturbadoras das relações e dos negócios humanos, e perturbadoras e inimigas do bem comum. Uma **legislação negra**, esta, que de certa maneira já existe, implícita, algures, numa rua escura e escondida da cidade. Uma outra legislação, legislação torta, feita não para ordenar a cidade mas, pelo contrário, a desordenar[149].

B - A Caixa Negra levantada no céu como se fosse uma bíblia. Uma bíblia negra, precisamente.
A caixa negra como o que fica de uma tragédia.

LEIS E SANGUE

O que as leis acalmam é esse instinto violento que domina as relações entre indivíduos e corpos. Acalmar, porém, não é eliminar, mas adiar[150].

148 Diga-se que há casos em que o aparente Bem pode prejudicar a cidade. Um conto de Italo Calvino é, a este propósito, exemplar – e começa assim: "Havia uma terra onde eram todos ladrões. À noite todos os habitantes saíam, com as gazuas e a lanterna cega, e iam arrombar a casa de um vizinho. Tornavam a casa de madrugada, carregados, e davam com a casa assaltada. E assim todos viviam em concórdia, e sem dano". Havia portanto um equilíbrio que foi bruscamente interrompido: "Ora, não se sabe como, aconteceu que na terra se veio instalar um homem honesto. À noite, em vez de sair com o saco e a lanterna, ficava em casa a fumar e a ler romances". Pois bem, este homem honesto, que não assaltava a casa do vizinho quebrou toda a lei do equilíbrio e provocou o aparecimento de desequilíbrios sociais e o descalabro da cidade. O conto chama-se *A ovelha ranhosa*. (Calvino, Italo – *A memória do mundo*, 1995, p. 28, Teorema)
149 A anarquia é, neste particular, a *lei* que quer desordenar, que quer confundir os lugares. Jünger escreve em *Eumewill* que o individualista "foi expulso para fora da sociedade, enquanto o anarca expulsou a sociedade para fora de si próprio". (Jünger, Ernst – *Eumeswill*, s/data, p. 141, Ulisseia) Um livro particularmente feliz na análise irónica da anarquia é o romance *O homem que era quinta-feira,* de Chesterton, que relata as peripécias de uma associação de homens anarquistas – ou pelo menos que assim se julga – "um vasto movimento filosófico" de "homens que creem ter sido a felicidade humana destruída por regras e fórmulas". Homens que creem "que todos os males que provêm dos crimes humanos resultam do sistema que lhes chamou crimes". Em suma, que "não acreditam que o crime criou o castigo, mas sim que o castigo criou o crime". (Chesterton, G. K. – *O homem que era quinta-feira*, 1989, p. 49, Estampa)
150 Deleuze relembra uma discussão entre Calicles e Sócrates e mostra como Nietzsche está próximo do primeiro, considerando que a lei "é tudo aquilo que separa uma força daquilo que ela pode" e, neste sentido, "exprime o triunfo dos fracos sobre os fortes". (Deleuze, Gilles – *Nietzsche e a filosofia*, s/data, p. 89, Rés) A lei seria assim uma espécie de doença coletiva pois a doença, segundo Deleuze, "separa-me" também "daquilo que posso". (Idem, p. 100)

70 2.1 Os Outros

*A delicadeza da superfície que deixa passar o soco.
A timidez da superfície que deixa passar o soco.
A cobardia da superfície que deixa passar o soco.*

A relação entre guerra e as leis da paz é, pois, evidente; Foucault salienta-a: "Seria um erro acreditar, segundo o esquema tradicional, que a guerra geral [...] acaba por renunciar à violência e aceita a sua própria supressão nas leis da paz civil"[151]. Pelo contrário: "em cada momento da história a dominação fixa-se em um ritual". E eis que surge esta frase importante: "A regra é o prazer calculado da obstinação, é o sangue prometido"[152]. Diríamos: é não só o sangue prometido – o sangue que pode vir aí (que virá, certamente) –, é também a memorização, a fixação de um outro sangue, de um sangue que já saiu dos corpos. Cada regra, cada lei, terá assim como seu antepassado direto uma violência específica e como seu herdeiro o mesmo: uma violência. Para Lyotard, num conhecido texto sobre *A colónia penal*, de Kafka, a lei tem precisamente "ciúmes" do corpo porque "vem em segundo lugar e porque o sangue não esperou por ela para circular 'livremente'"[153]. A lei torna-se assim, quase perversamente, uma interrupção, o intervalo entre a expressão instintiva da força. A *lei como simples manifestação de um cansaço muscular* de uma nação ou de um conjunto de indivíduos ambiciosos, ou como o cansaço de uma ideia religiosa. E ao cansaço podemos chamar ainda: afiar de lâminas (preparação).

A regra, escreve Foucault, pode ser vista como "uma violência meticulosamente repetida. O desejo de paz, a doçura do compromisso, a aceitação tácita da lei" não são resultado de "uma grande conversão moral". Ontem era mau (o bípede guerreava), no dia seguinte é bom e pacífico: em vez de lâminas usa decretos-lei. Eis uma narrativa ilusória[154].

"A humanidade", escreve Foucault, "instala cada uma das suas violências num sistema de regras, e prossegue assim de dominação em dominação"[155]. As leis são como uma violência congelada; não explícita, mas suspensa, ameaçadora.

---

151 Foucault, Michel – *Microfísica do poder*, 1996, p. 25, Graal.
152 Idem, p. 25.
153 Lyotard, Jean-François – *A prescrição*, Revista Comunicação e Linguagens, 1988, n. 10-11, p. 168.
154 "Não se recorda dos feitos, julgados impossíveis, que os oficiais cometeram durante a guerra? Ao fazerem tudo o que lhes era possível, eles conseguiram fazer o que seria humanamente impossível, ou seja, não só comiam o pão que era devido aos seus subordinados, mas também retinham o pão que tinham o dever de distribuir pelos soldados e vendiam-no depois aos traficantes em troca de champanhe, bebida que eles achavam imprescindível beber para defenderem o seu país". (Walser, Robert – *O salteador*, 2003, p. 153, Relógio d'Água)
155 Foucault, Michel – *Microfísica do poder*, 1996, p. 25, Graal.

Foucault salienta o carácter submisso das regras. Poderíamos dizer então: as *regras são coisas que bajulam os fortes*; são armas legais, lâminas legais, lâminas do Direito (o sangue que sai do Direito: um outro sangue?). Eis que se poderia desde já entrar na discussão dos castigos e da violência exercidos sobre o corpo pelo Estado (visto como portador do Direito e da Moral) e pelo indivíduo (visto como instrumento excitado da natureza). A diferença entre crime individual e execução da pena de prisão (rapto legal) ou a pena de morte (assassinato regulamentar).

Escrita, caneta e sangue.

PRISÕES
(DIÁLOGO ENTRE FOUCAULT E DELEUZE)

Num diálogo entre Foucault e Deleuze, o primeiro fala de uma mulher presa que se queixava: "quando se pensa que eu, que tenho quarenta anos, fui punida um dia na prisão, ficando a pão e água"[156], e comenta: "Reduzir alguém a pão e água... isto são coisas que nos ensinam quando somos crianças". Deleuze replica: "Não são apenas os prisioneiros que são tratados como crianças, mas as crianças como prisioneiros".

Foucault prossegue nesse diálogo: "O que é fascinante nas prisões é que nelas o poder não se esconde,

---

156 Idem, p. 73.

não se mascara cinicamente, mostra-se como tirania elevada aos mais ínfimos detalhes" e é "inteiramente 'justificado'" por uma certa moral: "a sua tirania brutal aparece então como dominação serena do Bem sobre o Mal, da ordem sobre a desordem". Toda a lei fala e escreve (sobre o mundo) em nome do Bem.

Prossegue ainda Foucault: "Prender alguém, mantê-lo na prisão, privá-lo de alimentação, de aquecimento, impedi-lo de sair, de fazer amor, etc., é a manifestação de poder mais delirante que se possa imaginar".

A lei diz: é *proibido raptar*; no entanto o Estado pode raptar, como vimos, se partir do pressuposto de que o raptado é criminoso (ou até louco).

Depois de alguém ter *o estatuto de criminoso podem ser exercidos sobre ele determinados crime*s; uma das conclusões possíveis: o Estado pode executar crimes sobre os criminosos[157].

VIOLÊNCIA CIVILIZADA

A pena de morte decidida por um tribunal torna-se assim, subitamente, num *assassinato educado*, segundo as determinações da civilização; assassinato delicado, pois, quase uma demonstração de boas maneiras por parte do Estado: matamos, mas depois de ouvir os dois lados, depois de o Tribunal refletir longamente: matamos, ou apenas prendemos, mas de uma maneira intelectualmente elevada (continuemos na ironia): não somos bichos: não matamos nem raptamos sem primeiro refletirmos. Depois de muito estudo e discussão dialética, então sim: agimos violentamente.

As decisões legais de um tribunal sobre o corpo são vistas assim, não como violências físicas mas como processos intelectuais, conclusões racionais de uma série de procedimentos cerebrais; a pena de morte ou a sentença que determina a prisão surgem como *aparições racionais* e não como aparições animalescas (como no caso dos crimes individuais). Determina-se a pena de morte da mesma maneira que se chega ao resultado único de uma equação matemática, com a mesma

---

157 Foucault utiliza algumas vezes o termo "ortopedia moral" para classificar ações de *endireitamento moral* (endireitar é sempre violento) em nome do Estado. (Foucault, Michel – *Vigiar e punir*, 2002, p. 13, Vozes).

satisfação do dever cumprido e como conclusão de um percurso longo. Diz-se, e repete-se: a lei não é uma ciência e, no entanto, a lei tem consequências práticas mais importantes do que qualquer determinação científica. Uma lei age direta e imediatamente sobre o corpo dos homens, enquanto uma descoberta científica pode demorar anos até ter interferência *concreta* no dia *concreto* dos Homens. As leis do Estado são assim como que leis da Física – pensemos na lei da gravidade, por exemplo –, que são feitas cumprir, não pela própria Natureza – como a lei da gravidade (experimenta voar e verás) – mas pelos outros homens. Não voo, porque a Natureza não me deixa; e não mato porque os outros homens não me deixam.

Claro que há limites para esta aceitação da lei. Didier Eribon, num livro sobre a vida e a obra de Michel Foucault, cita a famosa frase de Camus: "Acredito na justiça, mas defenderei a minha mãe primeiro que a justiça"[158].

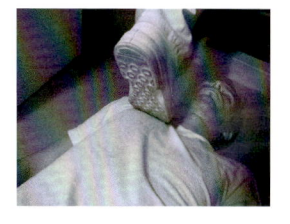

A – Ginásio de pisar homens.
Exercício de pisar homens.
B – Repare-se que a sola fica marcada na camisa branca de quem é pisado. E provavelmente a camisa branca não deixará nenhuma marca na sola de quem a pisou, o que talvez seja injusto.

C – Um ginásio que treine para o exercício de pisar homens. Diferentes hierarquias e estádios de aprendizagem. 1° nível, 2° nível e 3° nível. Mestres e aprendizes.

---

158   Eribon, Didier – *Michel Foucault*, 1990, p. 108, Livros do Brasil.

FORÇA E PODER
(UMA PROPOSTA DE ARENDT)

Dentro desta linha, Arendt aponta para uma diferença relevante entre força e poder: "O poder só nasce quando as pessoas agem em conjunto, e não quando as pessoas se fortalecem individualmente. Nenhuma força é suficientemente grande para substituir o poder; onde quer que a força tenha que enfrentar o poder, é sempre a força que sucumbe"[159].

Poderemos aqui interpretar a força como tendo uma carga positiva e o poder, uma carga negativa. O poder, diga-se, este poder referido por Arendt, estabelece-se, quase sempre, por via de um sistema de *hierarquias*[160]: o colectivo, o grupo, qualquer que ele seja, necessita de diferenciação. Por vezes a hierarquia parece quase uma *necessidade orgânica do grupo,* tal como a alimentação e o sono são necessidades do indivíduo[161].

Deleuze, num texto sobre a obra de Foucault, diferencia dois tipos essenciais de poder: o poder de ser afectado (como uma "matéria da força") e o poder de afectar (como uma "função da força"[162]).

No poder de afectar vemos o poder clássico, o que influencia, o que ensina, o que funciona, o que emite; no poder de ser afectado podemos ler, interpretamos nós, o poder para ser influenciado, a disponibilidade (material) para sofrer mudanças, para aprender; em suma: poder de aprendizagem.

---

159 Arendt, Hannah – *Homens em tempos sombrios*, 1991, p. 35, Relógio d'Água.
160 Na questão da hierarquia, a ideia de funcionário – aquele que está disponível para funcionar a qualquer momento – toma uma grande importância. Como o ponto mínimo onde a hierarquia se começa a edificar. Veja-se, como exemplo, uma personagem de Agustina Bessa-Luís que descreve o seu enorme desprezo pelo funcionário: "o amanuense, o cumpridor de horários, essa raça extrabíblica criada a uma luz que não é a do sol, vegetando entre dois muros móveis de orçamento, ridículos porque não são a miséria apostólica que mendiga mas que julga, mas a miséria do que trai, do que mente, do que imita, do que adula, do que espia, do que come pó e excrementos, do que sorri à injúria, não para salvar a vida, mas para obter o conforto dela". (Bessa-Luís, Agustina – *A sibila*, 1998, p. 146, Guimarães Editores)
161 Necessidade orgânica até para um grupo de galinhas: "em cada bando há sempre uma galinha que bica todas as outras sem ser bicada por nenhuma" e, no outro extremo, "há uma que é bicada por todas as outras galinhas"; a segunda galinha da hierarquia tem o *privilégio* de ser "apenas bicada pela líder". (Hall, Edward T. – *A linguagem silenciosa*, 1994, p. 58, Relógio d'Água)
Há, no entanto, nos grupos, ao mesmo tempo, uma certa necessidade de semelhança física. Num romance de Pynchon, fala-se de modificar um nariz para cumprir uma certa "harmonia cultural" – já que aquele nariz não era respeitado socialmente. (Pynchon, Thomas – *V*, 1989, 90, Fragmento)
162 Deleuze, Gilles – *Foucault*, 1987 p. 101, Vega.

NÃO, NÃO E NÃO

Não, não e não.

Diga-se também algumas palavras sobre a importância de aprender a dizer não; da palavra *não* como símbolo de resistência a esse poder emissor, ao poder que quer modificar. Como se a palavra *não* fosse a mais próxima de uma contra-ação. Eis uma história, de entre as *Histórias do Sr. Keuner*, contada por Arendt, curiosamente numa crítica a certas atitudes políticas de Brecht:

"Em tempos sombrios", conta uma das histórias, "um agente do poder chegou a casa de um homem que 'aprendera a dizer não'. O agente confiscou a casa e os víveres do homem e perguntou-lhe: 'Queres ser meu criado?'. O homem meteu-o na cama, tapou-o com um cobertor, velou-o durante o sono, e obedeceu-lhe durante sete dias. Mas fez tudo isto sem pronunciar uma palavra. Ao cabo dos sete dias, o agente estava gordo de tanto comer, dormir e dar ordens, e morreu. O homem embrulhou-o no cobertor imundo, pô-lo fora de casa, lavou a cama, pintou as paredes de novo, suspirou de alívio e respondeu: 'Não'"[163]. Em contraponto a este *não* ou ao *não* do funcionário Bartleby ("– Bartleby – disse eu – O Ginger Nut não está, importa-se de ir ao correio? [...] Ver se há alguma coisa para mim? Preferia não o fazer"[164]), em oposição então a estes dois exemplos, eis o original slogan de um partido conservador: "Façam como lhe dizem. Vote conservador"[165]. A boa obediência.

A obediência, acrescente-se, é um olhar para fora, um olhar primeiro para o Outro, para os Outros; a obediência "afasta uma pessoa do seu interior", escreve Arno Gruen[166].

---

163 Arendt, Hannh – *Homens em tempos sombrios*, 1991, p. 247, Relógio d'Água.
164 Melville, Herman – *Bartleby*, 1988, p. 38, Assírio & Alvim.
165 Marcus, Greil – *Marcas de baton: uma história secreta do século vinte*, 1999, p. 168, Frenesi.
166 Gruen, Arno – *A loucura da normalidade*, 1995, p. 83, Assírio & Alvim.

76   2.1 Os Outros

Foucault, ainda, a propósito do clássico *elogio cristão* à obediência, lembra um velho ditado: "Tudo aquilo que se faz sem a autorização do diretor espiritual constitui um roubo". E conta a história de um monge jovem, mas muito doente, próximo da morte, que, "antes que morresse pediu ao seu mestre autorização para morrer. O mestre proibiu-o de morrer, de maneira que ele viveu mais algumas semanas. Então, o mestre deu-lhe ordem para que morresse e o jovem monge morreu"[167].

No mesmo registo, Jünger lembra a história do superior de um mosteiro que, para desenvolver nos noviços a paciência e a obediência, ordenava-lhes que "enterrassem um bocado de madeira e que o regassem todas as manhãs, durante um ano inteiro"[168].

A obediência inútil e, do outro lado, o *prefiro não* de Bartleby[169].

REPARA: NÃO É ILEGAL VOARES

Voltemos à questão. A diferença entre a lei natural e a lei artificial reside nisto: mesmo que eu deseje voar, sem aparelhos técnicos cairei da ravina abaixo: a minha fisiologia tem em si essa lei; quando, pelo contrário, eu desejar matar, poderei fazê-lo – nada na minha fisiologia o impede: não é uma lei natural, é uma lei artificial. Podemos dizer: é uma lei moral, ao contrário das leis da Física: a lei da gravidade não é então uma lei moral, dir-se-á.

Será pois a lei da gravidade uma lei imoral, não ética? Diremos: disparate, essas leis não pertencem ao mesmo sistema: uma, a lei do Estado, pertence ao Sistema Moral – no caso de sermos ingénuos – ou ao Sistema da Força – no caso de sermos desencantados –, enquanto a lei da gravidade pertence ao Sistema da Fisiologia, ao sistema dos corpos, das matérias (daquilo que não pode existir de outra forma). Dependendo da

---

167   Foucault, Michel, *Verdade e subjetividade*, Revista Comunicação e Linguagens, 1999, n. 19, p. 219, Cosmos.
168   Jünger, Ernst – *Drogas, embriaguez e outros temas*, 2001, p. 63, Relógio d'Água.
169   Bem mais terrível é o relato de Hannah Arendt sobre a ausência de culpa nos oficiais nazis, precisamente pelo facto de *estarem apenas a cumprir ordens*: "E desde quando é um crime cumprir ordens? – Desde quando é uma virtude revoltar-se?" – assim pensavam, e se defenderam, oficiais nazis durante os julgamentos pós-guerra. (Arendt, Hannah – *Compreensão política e outros ensaios*, 2001, p. 69, Relógio d'Água)

Força que está no poder, uma lei do Estado pode mudar por completo, enquanto a lei da gravidade não. Mudam os presidentes, mas a lei da gravidade mantém-se.

LEI DA GRAVIDADE

É necessário repetir: a lei da gravidade não muda com uma revolução militar ou com qualquer alteração política[170]. A lei da gravidade não é Política; a cidade, as discussões entre os homens não mudam a intensidade com que uma força da Natureza interfere nas circunstâncias de um homem. *As circunstâncias humanas são assim legais* e *naturais* e se estas (as naturais) permanecem, independentemente do proprietário dos tribunais e das armas, as circunstâncias legais, essas, são flutuantes, uma *lotaria* onde muitos (a população) dependem das determinações de quem é proprietário do prémio principal. Como salienta Foucault, por vezes pensa-se "que o corpo tem apenas as leis da sua fisiologia, e que ele escapa à história". Mas não. O corpo "é formado por uma série de regimes que o constroem; ele é destroçado por ritmos de trabalho, repouso e festa; ele é intoxicado por venenos – alimentos ou valores, hábitos alimentares e leis morais simultaneamente"[171]. A *polis* impõe referências ao indivíduo; olhares coletivos que julgam negativamente ou elogiam.

Ficando-se apenas pelas leis, pode dizer-se, de uma forma simples, que a história do homem é uma mistura entre regras naturais e artificiais, e que estas segundas, como voz da Força, são afinal frágeis, flutuantes, *coisas que podem ser atacadas, destruídas*. Eis, pois, o aparente paradoxo: as leis impostas exteriormente ao corpo são a parte fraca da História, a parte subornável, a parte medrosa.

A mudança de leis de um país, ao longo de vários séculos, determina apenas a mudança coletiva da moral – sistema de movimentos classificados como aceitáveis e não aceitáveis –, não determina a mudança individual da moral. Isoladamente, o indivíduo continua a

Cara ou coroa.

---

170 Aliás, escreve Jünger: "a maioria dos revolucionários sofrem por nunca terem chegado a professores". (Jünger, Ernst – *Eumeswill*, s/data, p. 104, Ulisseia) Como se, em vez de derrubar leis, ambicionassem ensiná-las.
171 Foucault, Michel – *Microfísica do poder*, 1996, p. 147, Graal.

obedecer às primeiras leis do mundo: a força, os seus múltiplos disfarces e alíneas – e a expressão súbita da violência num determinado momento revelam isso mesmo: aquilo que as leis definem é uma voz, ou melhor: uma escrita coletiva que só compromete os homens enquanto conjunto e não o indivíduo. Este continua a querer o melhor para si. E só.

MENTIRA COLETIVA E LINGUAGEM

A lei, cada lei, a cada momento, poderá assim ser vista como uma ilusão escrita que o coletivo aceita como verdade temporária. Cada indivíduo (cada corpo) aceita a lei, mas aceitar não é o mesmo que ele próprio inventar algo, entusiasmadamente; aceitar é o ato que a parte fraca faz; a força não aceita: impõe; o fraco não impõe, aceita. A lei é assim imposta por um coletivo a cada um dos indivíduos. No entanto, nenhuma lei é capaz de extinguir a individualidade. Fisiologicamente um continua a ser um, e duas coisas distintas não podem ocupar o mesmo espaço ou comer o mesmo pedaço de comida. Nenhuma lei determina *o fim do apetite* ou a extinção do medo. Toda a lei moral atua nas ações exteriores – é proibido fazer isto ou aquilo – mas não consegue atuar na origem das ações. Seria, aliás, interessante pensar em leis que se exprimissem assim, quase com um tom infantil: é proibida a ambição, ou: é proibido alguém ter pensamentos maus, ou: é proibido o medo. Não há, de facto, leis humanas que possam interferir nas sensações fisiológicas, nos instintos básicos da matéria humana. Num certo sentido, podemos então dizer que as sensações humanas não são sensações verdadeiramente humanas ou civilizadas. Civilizado é aquilo que é *civil*, não militar, aquilo que se pode trocar, discutir: aquilo para o qual *não é necessário trazer a arma*. Pois bem, no mundo das sensações é mesmo necessário trazer a arma: é um mundo não civil, é um mundo claramente militar, guerreiro. A fala, a troca de argumentos (a base da civilização), a tentativa de convencimento pela palavra, é o oposto da arma, do animal e da *máquina fisiológica. Não podes convencer o teu estômago*, dir-se-ia. Não adianta argumentares com o teu fígado ou trocares razões com substâncias materiais como a

Quem vê de mais acabará por ser punido.

adrenalina. A linguagem é inútil. É um outro mundo, não interfere nos órgãos.

Podes, é claro, atuar sobre os órgãos e sobre os líquidos animais que passeiam pelo interior do teu corpo; isto é: podes utilizar instrumentos da medicina, por exemplo, para eliminar a dor num determinado órgão, mas não podes utilizar a palavra ou a escrita para convenceres uma dor a parar. Podemos dizer que tudo aquilo sobre o qual a palavra não tem efeito não pertence à civilização. O corpo é surdo em relação à palavra dita e analfabeto em relação à palavra escrita.

Toda a medicina ocidental nasce, aliás, desta crença, chamemos-lhe assim (que venceu a crença anterior, oposta): se disseres alto: a dor de cabeça vai passar, ela não passará (surdez do corpo), e se escreveres num papel: a dor de cabeça vai passar, ela não passará (analfabetismo do corpo). Isto é: o mundo da palavra é incompatível com o mundo da fisiologia humana; são dois sistemas que não comunicam, têm, quando muito, analogias, mas nada nos dois sistemas troca ou estabelece contactos concretos; as palavras são coletivas: úteis na relação entre homens, mas inúteis para o indivíduo isolado. *De que me serve ter a palavra se não tenho com quem a trocar?*

Sozinho, tenho um corpo. Na cidade, tenho palavras, linguagem.

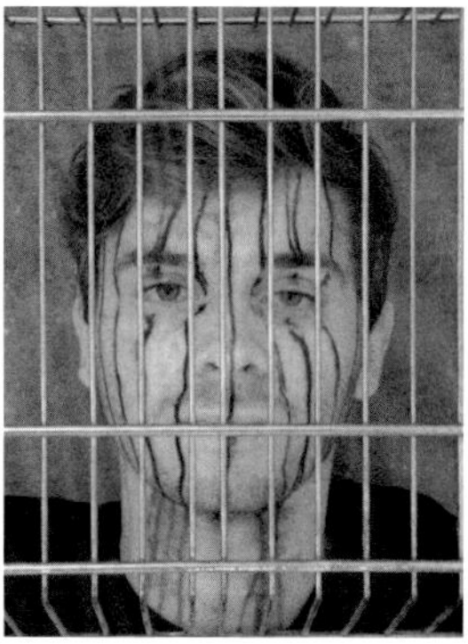

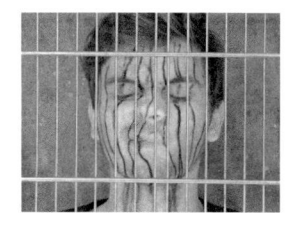

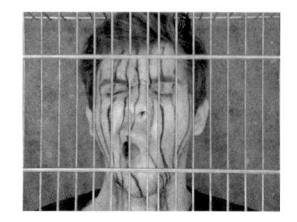

MORAL E MÚSCULOS

Um conhecido aforismo abre um espaço importante: "Uma seriedade tão afetada que leva, no fim de contas, a uma paralisia moral dos músculos da cara"[172], escreveu Lichtenberg.

Olhemos com atenção para esta "paralisia moral dos músculos da cara". Há, de facto, na musculatura, uma inscrição de acontecimentos: a anatomia muscular é influenciada não apenas pelas cargas físicas a que é sujeita ou pela herança genética recebida mas também pelas experiências a que o indivíduo é sujeito. Todos os acontecimentos da existência participam na expressão muscular de um corpo, já que a vontade expressa

Se o rosto está vivo, será impossível acompanhar a paciência das linhas metálicas.

---

172   Lichtenberg, G. C. – *Aforismos*, 1974, p. 26, Estampa.

pelos músculos é uma unidade, se a quisermos assim entender, mas composta por inúmeras partes – umas concretas, materiais, celulares, outras que são apenas vagas perturbações.

Os músculos tornam-se ainda meios para expressar uma moral – sistema, mais ou menos organizado, que julga, positiva ou negativamente, cada acontecimento do mundo e situação. Este julgamento imediato do momento, da conjuntura em que o indivíduo se encontra, é um julgamento cerebral, exercido pelo pensamento, mas com consequências físicas: qualquer julgamento da inteligência é ainda julgamento muscular (tem efeitos: contrações e relaxamentos).

O que o pensamento rejeita é então, de imediato, expresso em contrações musculares, mais evidentes ou subtis. O que atrai o pensamento provoca *excitações musculares* positivas, mesmo que mínimas.

A moral do ser humano que, no limite, diz *Sim* ou *Não* a algo – diz: é *Bom* ou é *Mau* –, essa moral, se permanecer apenas no campo dos valores, torna-se neutra, inconsequente. O julgamento moral efetivo, pelo contrário, é uma ação, uma intervenção no mundo. Julgar verbalmente é assistir; é *aceitar os acontecimentos*. É o inverso da definição de ação (agir é não aceitar os acontecimentos ou, pelos menos, interferir neles). Todo o julgamento verbal pode ser então entendido como manifestação de indiferença. O músculo como o único porta-voz (porta-ação, mais propriamente) da moral.

PEQUENO E GRANDE MAL – UMA QUESTÃO

Regressemos, pois, à expressão: "Paralisia moral dos músculos da cara"; podemos dizer ainda: paralisia moral de todos os músculos do corpo.

Pensemos no horror coletivo: o Holocausto. Coloca-se uma questão: depois do horror, como agir?

Depois "daquilo que aconteceu", como julgar moralmente as ações humanas? Os pequenos delitos, os pequenos crimes?

Depois do Holocausto, o nosso julgamento moral e ação consequente deverá ser mais ou menos benevolente face a um roubo insignificante?

2 O corpo no mundo   81

Como é que a Lei – consequência prática e linguística de um julgamento moral – se deverá adaptar?

Porque há dois tipos de julgamento moral: o julgamento individual – resposta a acontecimentos que classifica como tendo a marca do Mal, qualquer que seja a sua intensidade – e ainda o julgamento moral coletivo, sintetizado e condensado nas leis – são elas que *falam* pelo coletivo. Consciência individual e consciência de um país: as suas leis. Digamos que há músculos morais individuais e músculos morais que pertencem a um país: a constituição e as leis representam, de certa maneira, o desenho desta segunda musculatura. As leis escritas são a *anatomia moral de um país*; uma anatomia ainda inerte – está em papel, em palavras – mas que responsabiliza e suporta as ações concretas dos homens que, com essa base, podem agir em nome do Bem contra o Mal.

Grande plano de bala no canto de um compartimento.

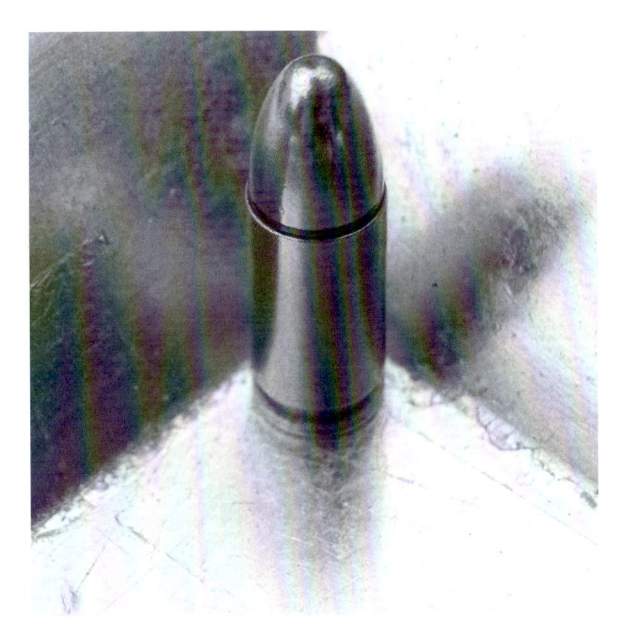

2.1 Os Outros

RELAÇÃO PEQUENO MAL-GRANDE MAL

Voltemos à questão: depois do *Holocausto* (ponto de referência), como se alterou o julgamento individual do Mal? E o julgamento coletivo? Duas questões.

A questão do julgamento moral e legal dos pequenos crimes é importante, se seguirmos a hipótese de que os grandes crimes são consequência de uma intensificação crescente, progressiva, do Mal. Nesta hipótese, o pequeno mal, não eliminado de início, transforma-se, cresce, ganha força e termina no grande Mal. Eis uma possibilidade de raciocínio. Mas podemos assumir, pelo contrário, que o Grande Mal – expresso terrivelmente no Holocausto – é um Outro Mal, com características próprias, que nada o ligam ao pequeno Mal, posto em movimento por indivíduos que agem isoladamente.

Parece (pressentimento transformado em raciocínio) que a separação entre Maldade Individual e Maldade Coletiva, como duas categorias distintas, é difícil de estabelecer. Se pensamos no Holocausto como maldade coletiva, industrial, levada a cabo por um grupo organizado de pessoas, também o pensamos, ao mesmo tempo, como consequência última de uma primeira Maldade individual, personificada, de forma extrema, nos seus chefes. A separação entre Maldade Coletiva e Individual traz também dificuldades nos julgamentos individuais dos participantes no Grande Mal.

Nos líderes do Grande Mal, se assim nos podemos exprimir, podemos ver, precisamente, que a vontade capaz de conduzir a um pequeno Mal, a um crime circunscrito, quando dotada de poder, se pode transformar no Grande Mal. O Grande Mal pode assim ser entendido como *o Pequeno Mal dotado de grandes instrumentos*, de maquinaria industrial. No limite, trata-se da substituição da arma individual por um exército.

Uma questão importante pode, então, ser esta: nos países democráticos deverá existir uma legislação pós-Auschwitz a nível do Grande e do Pequeno crime? O Código penal comum não deveria também ser um código pós-Auschwitz? Trata-se, no fundo, de estabelecer ligações entre os músculos morais do indivíduo e os músculos morais do coletivo.

O desaparecimento de uma nuvem.

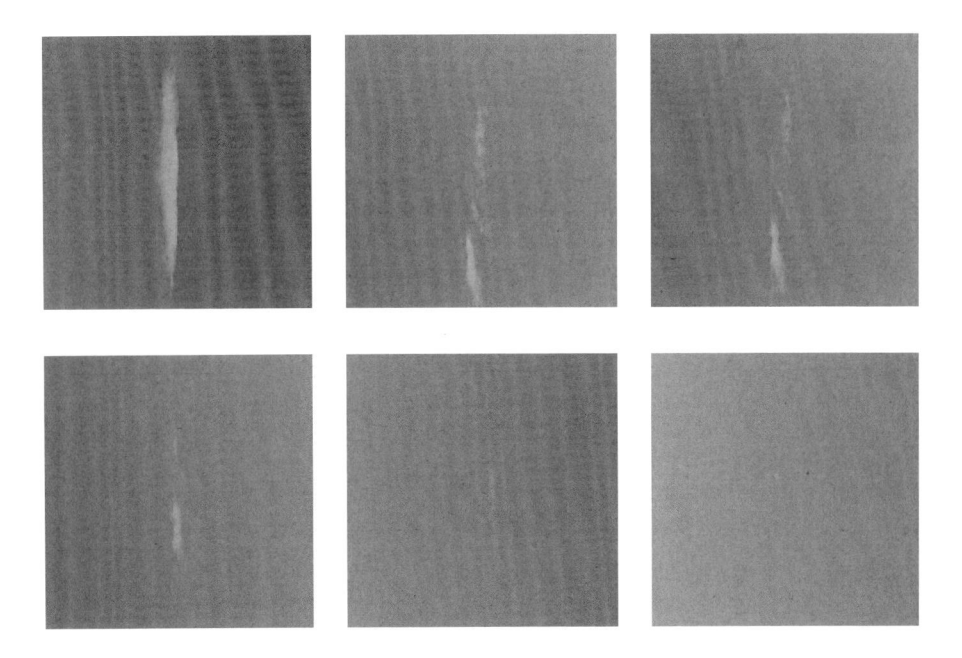

Nunca olhar de frente para o rosto de quem sofre. Deves baixar os olhos, desviar os olhos, fechar os olhos, arrancar os olhos.

Normalização

NORMALIZAÇÃO DA MEDICINA, DA GUERRA, DO ENSINO

Atentemos numa das teses essenciais de Foucault: o controlo "da sociedade sobre os indivíduos não se opera simplesmente pela consciência ou pela ideologia, mas começa no corpo"[173]. Não se trata, pois, apenas de uma questão de linguagem. É no corpo que tudo se passa, ele "é uma realidade biopolítica"[174].

Foucault, descrevendo a "polícia médica"[175], programada na Alemanha, e aplicada no final do século XVIII e começo do século XIX, chama a atenção para "a normalização da prática e do saber médicos", começando pela "normalização do ensino médico", por via de "um controlo, pelo Estado, dos programas de ensino", isto é: ainda antes "de aplicar a noção de normal ao doente, começa-se por aplicá-la ao médico". Afirma perentoriamente Foucault: "O médico foi o primeiro indivíduo normalizado na Alemanha".

Já em França, em meados do século XVIII, a "normalização das atividades, ao nível do Estado" começou com a indústria militar. "Normalizou-se primeiro a produção dos canhões e dos fuzis, [...] a fim de assegurar a utilização por qualquer soldado de qualquer tipo de fuzil, a reparação de qualquer canhão em qualquer oficina, etc."[176] É preciso normalizar, tornar previsível a utilização da arma, para depois, sim, se poder disparar (disparar tranquilamente, poderíamos ironizar)[177].

Continua Foucault: "Depois de ter normalizado os canhões, a França normalizou os seus professores". Formação de professores determinada pelo Estado,

---

[173] Foucault, Michel, *Microfísica do poder*, 1996, p. 80, Graal.
[174] Idem, p. 80. "Pobres corpos torcidos, magros, gordos, flácidos, que o deus da utilidade, sereno, implacável, com cueiros de bronze à nascença vestiu". (Baudelaire, Charles – *As flores do mal*, 1992, p. 61, Assírio & Alvim)
[175] Idem, p. 83.
[176] Idem, p. 83.
[177] A individualização das armas pode cair no grotesco, como o sarcasmo de Boris Vian bem exemplifica numa canção, onde se relata a construção, em casa, de uma bomba atómica: "Meu tio forte engenhocas/ Fabricava bombas atómicas/ Como amador". O problema é que "Só têm um raio de ação/ De três metros e cinquenta". (Vian, Boris – *Canções e poemas*, 1997, p. 64, Assírio & Alvim)

com um programa único, a "França normalizou os seus canhões e os seus professores, a Alemanha normalizou os seus médicos". A normalização terminológica é apenas um ponto periférico, o essencial joga-se no corpo[178].

Na terceira parte de *Vigiar e punir*, intitulada *Disciplina*, Foucault, ao refletir sobre a normalização dos gestos do soldado, escreve: "uma coação calculada percorre cada parte do corpo", tornando-o "perpetuamente disponível", prolongando-se para um "automatismo de hábitos"[179]. Grande parte da obra de Foucault está então centrada na "anatomia política"[180], na relação entre docilidade e utilidade: "tanto mais obediente quanto é mais útil"; centra-se nessa "disciplina do minúsculo"[181] que controla politicamente – nas mais diversas atividades – cada músculo, cada contração ou relaxamento; nesses dispositivos de fixação do corpo a um certo espaço, espaço dividido para melhor ser controlado[182]; nesses "esquemas anátomo-cronológicos do comportamento"[183] do soldado, do trabalhador; onde cada ato "é decomposto nos seus elementos", e em que se define "uma duração" para os atos; em suma: "o tempo penetra o corpo"[184]; um tempo, no entanto, que não pertence ao indivíduo, mas a quem o controla. O tempo político penetra e domina o corpo individual (o tempo que o indivíduo demora a fazer cada coisa); Foucault estuda ainda as "prescrições explícitas e coercivas"[185] da relação do corpo com os objetos; um corpo não livre, submisso[186].

---

178   Lateralmente a esta questão, pode até falar-se de uma normalização do desespero. Ernst Jünger relata um curioso episódio a propósito das modas (normalizações de gosto) que incluíam as formas de suicídio: "Se ocorresse a alguém imolar-se pelo fogo [...] logo outros o imitavam. Timão, não propriamente um filantropo, teria dito, numa assembleia do povo: 'Atenienses! Já vários se enforcaram na minha figueira. Tenho de mandar cortá-la. Quem, porventura, quiser ainda enforcar-se que se apresse!'" (Jünger, Ernst – *Um encontro perigoso*, 1986, p. 104, Difel)
179   Foucault, Michel – *Vigiar e punir*, 2002, p. 117, Vozes.
180   Idem, p. 119
181   Idem, p. 120.
182   Idem, p. 123-125.
183   Idem, p. 129.
184   Idem, p. 130.
185   Idem, p. 117.
186   Como escreve Habermas, toda a obra de Foucault ronda o "arquétipo do estabelecimento fechado", aplicado ao asilo, à fábrica, à prisão, à escola, ao quartel, etc. (Habermas, Jürgen – *O discurso filosófico da modernidade*, 1990, p. 232, Dom Quixote)

2.1 Os Outros

Não ensinar nada para não perturbar a paisagem.

NORMALIZAÇÃO DA EXISTÊNCIA

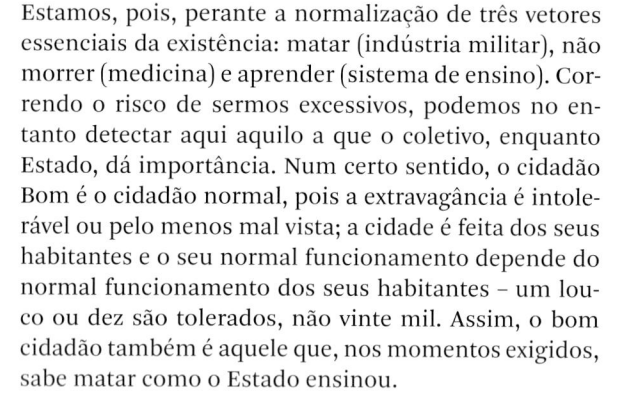

Estamos, pois, perante a normalização de três vetores essenciais da existência: matar (indústria militar), não morrer (medicina) e aprender (sistema de ensino). Correndo o risco de sermos excessivos, podemos no entanto detectar aqui aquilo a que o coletivo, enquanto Estado, dá importância. Num certo sentido, o cidadão Bom é o cidadão normal, pois a extravagância é intolerável ou pelo menos mal vista; a cidade é feita dos seus habitantes e o seu normal funcionamento depende do normal funcionamento dos seus habitantes – um louco ou dez são tolerados, não vinte mil. Assim, o bom cidadão também é aquele que, nos momentos exigidos, sabe matar como o Estado ensinou.

O ponto inicial é mesmo saber para quem apontar o cano, em que direção apontar a arma mortal. Deve apontar-se a arma na direção *boa,* isto é: em direção ao mal.

Sabes para onde deves dirigir a tua maldade? Pois bem, o Estado ensina-te; o Estado delicado, atencioso, carinhoso mesmo, segura por baixo do cano da espingarda (ou do canhão) e impede que a mão individual do cidadão, ao tremer, tenha influência na trajetória do tiro: o mal está ali, é para ali que se deve apontar ("He was a better target for a kiss"[187], escreve o poeta Stephen Spender sobre um jovem que está caído, morto, no meio de uma batalha).

187 Spender, S. – *Poemas*, 1981, p. 110, Visor.

Deve então o habitante normal saber matar ("Sem crueldade não há festa", escreve, brutalmente, Nietzsche[188]), saber salvar – no caso de ser médico – ou até *saber ser salvo*. E tal é curioso pois de certa maneira está aqui implícita uma ideologia do sofrimento, como se cada continente, ou mesmo cada país, determinasse um tipo de sofrimento, um sofrimento que leva a marca da educação recebida – sofrimento alemão, sofrimento francês, sofrimento indiano – sofrimento, dor, cuja intensidade depende claramente da medicina, dos instrumentos, dos medicamentos utilizados, das operações aceites, dos métodos rejeitados e dos métodos tidos como mais eficazes. A dor, o tipo de dor, é consequência do tipo de ataque à dor, do tipo de medicina; a dor, portanto, depende do mapa geográfico: é localizada, é *cultural*. Não é apenas orgânica, ou fisiológica; resulta de uma combinação entre a excitação negativa da matéria (a dor propriamente dita) e o modo intelectualizado, raciocinado, como as diferentes culturas atacaram e atacam essa excitação negativa. A medicina de cada país, pese embora a universalidade de muitos métodos, instrumentos e substâncias, continua a ser uma outra bandeira, desprovida de cores e bem menos simbólica. Pelo contrário: marca orgânica de um país que imediatamente se sente: *a medicina normalizada de um país determina a relação com a morte e o sofrimento*. Também nos tempos que correm: não se sofre da mesma maneira na Índia ou em Espanha e também não se salva um homem da mesma maneira.

Sim, e ainda: não se mata um homem da mesma maneira.

Há também, então, como vimos já, a marca da maldade, a marca patriótica da maldade, a marca cultural. Os assassínios – em grande escala ou íntimos (de um para um) – são ainda *especializações* que dependem da cultura onde se nasceu e se aprendeu. Atos físicos-limite, puramente físicos, puramente corporais, são ainda assim domesticados, dirigidos pelo sistema de raciocínio habitual. Aprende-se de uma determinada maneira, ensina-se de uma determinada maneira (normalização dos professores) e para quê? Para se viver de uma determinada maneira, para se sofrer e morrer de uma determinada maneira e para se matar de uma de-

Por vezes pensas que são vestígios de aviões que acabaram de passar. Mas talvez não.

---

188   Nietzsche, F. – *Para a genealogia da moral*, 1997, p. 72, Círculo de Leitores.

terminada maneira. *Esse não é o modo como o teu país te ensinou a ser cruel*, poderá alguém, cinicamente, dizer, testemunhando um determinado ato de impiedade e criticando o desrespeitoso esquecimento de uma herança cultural.

NORMALIZAÇÃO (METODOLOGIAS COLETIVAS)

Normalização do modo de salvar: instrumentos médicos com forma constante, padronizada; medicamentos com composições semelhantes; atos – movimentos dos médicos – concebidos como *passos de dança,* dessa dança absolutamente útil, sem qualquer desperdício de movimentos, que é a medicina (os atos do médico: dança utilizável, movimentos cuja *excitação da utilidade* ganha a máxima intensidade quando se evita a morte, que parecia inevitável, do doente).

Normalização do modo de matar – há uma *metodologia coletiva*, as armas comuns do exército permitem comparar resultados, como em qualquer ciência. A fixação das armas, *as mesmas armas para todos*, permite diferenciar, por exemplo, os atos de coragem responsáveis pelas medalhas de mérito. Se cada soldado tivesse uma arma pessoal, privada, como se poderiam comparar os méritos dos músculos individuais?

Normalização do ensino: aprende-se da mesma maneira os mesmos conteúdos. O mundo dos acontecimentos e dos conhecimentos é infinito, poderemos dizer em oposição, e há cem mil maneiras de nos aproximarmos do que acontece. A massificação da forma e dos conteúdos ensinados é uma fixação – uma dentre infinitas outras possibilidades. Não só a História é obscenamente ensinada de acordo com a autoimagem coletiva, como outros conteúdos, mesmo os puramente objetivos e aparentemente universais – a geografia, a matemática, etc. – são *privatizados* por países ou culturas. Digamos que 2 mais 2 são 4 em qualquer parte do mundo, porém, talvez exista, no limite, uma *privatização cultural dos números*, daquilo que por definição *não tem diferença ou discussão possível*.

Esta normalização do ensino é ainda uma forma de *fixar o modo de ouvir* e *de ver*. Aprender de determinada maneira é ouvir e ver de determinada maneira e só falar nestes dois sentidos – a audição e a visão – porque a educação centra-se neles, esquecendo, quase por completo, as divertidas aprendizagens pelo nariz, pela boca e a aprendizagem pelo tato (como o aluno *vê* não precisa de *tocar*).

Os alunos, caricaturando, são seres sem boca, nariz e mãos. E note-se que *escrever* não é dar predominância à mão, não é um *ato da mão*; escrever é dar predominância ao cérebro e às suas relações com a visão e a audição. O ato de esculpir, ou os desprezados trabalhos manuais, esses sim são trabalhos onde *a mão é escutada*. Mas esses tempos de discurso da mão são mínimos, ínfimos, quando comparados com os da visão e da audição. O corpo do estudante poderá ser desenhado com uns disformes e gigantescos ouvidos e olhos. A boca, lá ao fundo, quase desaparecendo, nada saboreia e de tempos a tempos responde a uma questão que nunca é colocada por si própria.

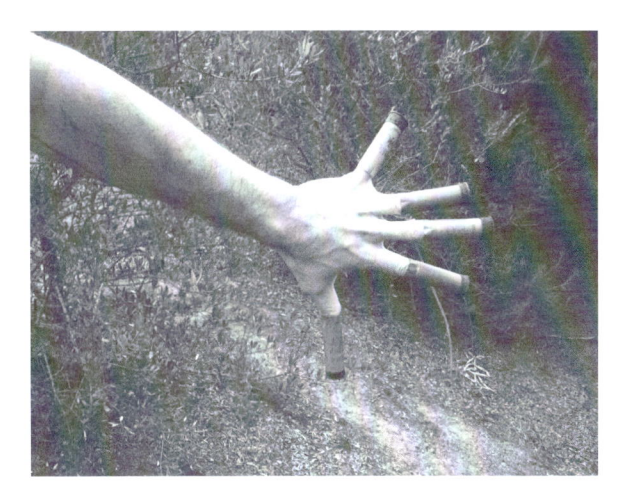

Cartuchos de espingarda podem ser resgatados do chão e colocados nas pontas dos dedos, fazendo o papel de unhas mais ou menos más. A bela mão que se abre anuncia algo que se fez no dia ou no minuto anterior: alguém disparou, mas certamente acertou, quando muito, em animais, senhores que rastejam e não falam de forma acertada. Por isso, tudo bem.

Guerra e Técnica

GUERRA (O CORPO PERDIDO NO MUNDO)

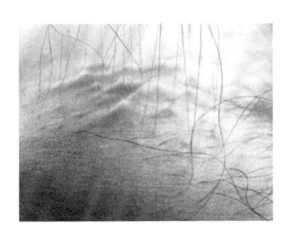

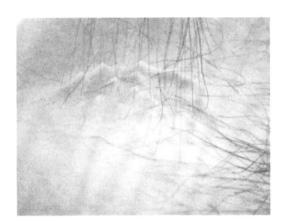

Há na experiência da guerra *um longo (e extenso) desassossego das circunstâncias*. Estas circunstâncias funcionam como Perigo supremo, pois a multiplicação das possíveis origens de imprevisibilidade torna o desassossego da existência individual uma constante, e não uma exceção. A experiência da guerra coloca o Mundo exterior como objeto central da atenção do indivíduo.

Porém, como o texto satírico de Karl Kraus bem ilustra, a sensação de que só existe mundo, e não existe corpo é, afinal, uma ilusão – o corpo nunca desaparece:

"O Imperador (rindo): Tá bem, Ganghofer, tá bem. Olhe, já almoçou?

Ganghofer: Não, majestade, numa época tão grande, quem é que ia preocupar-se com uma coisa dessas?"[189]

Ao contrário, estados como a preguiça e o absoluto desleixo só são possíveis quando o exterior é sentido como sendo insignificante – e tal *significa* inexistência de excitação negativa (perigo) ou positiva (desejo). Sem desejo ou perigo o Mundo exterior torna-se ameno, neutro.

O indivíduo relaxa a sua vigilância muscular quando despreza as circunstâncias (não constituem perigo ou desejo) ou, então, quando as vê como um conjunto de coisas e seres que o amam. A ideia de um espaço que se constitui como *lar* não é mais do que a ilusão de um sítio (imaginário) onde todas as circunstâncias existem para amar o ser que está em casa: desde os móveis que nos seguem há dez anos até à companheira cujos hábitos e o modo de respirar parecem repetir uma lengalenga infantil: *descansa, menino, nós olhamos para o mundo.*

No entanto ninguém é imortal, mesmo que escondido permanentemente no seu lar. A inexistência de imortalidade individual remete, precisamente, o mundo e o próprio organismo para fontes permanentes de perigo; perigo que terminará, qualquer que seja o momento, no mesmo ponto: a morte.

Deste modo, o indivíduo em situação de guerra encontra-se numa experiência oposta à do indivíduo que

---

[189] Kraus, Karl – *Os últimos dias da humanidade*, 2003, p. 99, Antígona.

adormece no pacato sofá da sua sala. Em vez da sensação de estar rodeado por seres que o amam, o soldado em combate sente-se rodeado por seres que o odeiam.

PROPRIEDADE

Dizemos pois que na guerra o homem perceberá a responsabilidade imediata que é a posse do corpo – *a propriedade torna-se existência*. Existo porque possuo algo: o corpo. Um materialismo centrado em absoluto no ego, materialismo egoísta, no seu sentido literal, mas que funda o conceito de homem e, em consequência, de cidade: cada um é responsável, em primeiro lugar, pelo seu corpo. Como se este não sobrevivesse sozinho: *o meu corpo precisa de mim para resistir*, para sobreviver, para existir. E o inverso também: *necessito do corpo para existir*. Assim se consegue conceber um certo louvor da guerra que coincide, em determinados autores, com o louvor da matéria, e dentro desta, da matéria humana por excelência: o organismo consciente.

Escreve Ernst Jünger em *O passo da floresta*:

"A riqueza de um país está nos seus homens e mulheres que fizeram as experiências extremas, experiências do género daquelas, que, no decorrer das gerações, só se aproximam dos seres humanos uma única vez. Isto dá modéstia, mas também segurança"[190].

E só estas experiências extremas podem deslocar, como dissemos, o conceito de *propriedade* para um outro sítio, um sítio aparentemente próximo, mas, afinal, sítio com inúmeros obstáculos à sua frente: o próprio corpo. Escreve Jünger sobre a experiência alemã: "Quem presenciou alguma vez o incêndio de uma capital, a entrada de tropas de leste, nunca há-de perder uma desconfiança viva em relação a tudo o que possa possuir". Tal relato, porém, não é colocado nas experiências que traumatizam, isto é, que inibem a ação futura; pelo contrário, tal experiência reverte-se "em seu favor", pois esse homem "contar-se-á entre aqueles que, sem lamentações demasiadamente grandes, voltam as costas aos seus haveres, à sua casa, à sua biblioteca, no caso de ser necessário".

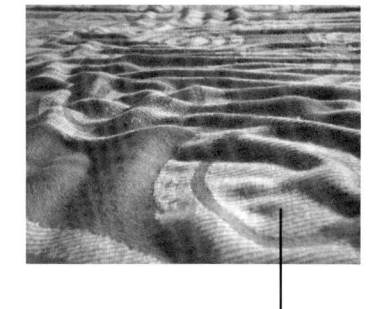

---

190   Jünger, Ernst – *O passo da floresta*, 1995, p. 90, Cotovia.

Esta *impressão* de que os acontecimentos-limite aproximam o Homem de uma certa origem esquecida não é apagável. O homem reencontra-se porque não se liga a nada, a nenhuma propriedade exterior. Esse homem irá reparar que a tal desprendimento "está ligado ao mesmo tempo um ato de liberdade". E conclui: "Só quem olha para trás sofre o destino da mulher de Lot".

BEM INALIENÁVEL

Note-se que aqui o olhar para trás não é um ato positivo, mas um adiamento da ação. Olhar para trás é não olhar para si próprio. E, nesse sentido, a liberdade será uma das propriedades secundárias daqueles que apenas se possuem a si próprios, e com isto se satisfazem. A liberdade pode, afinal, ser entendida como a aceitação da expropriação de todos os bens, exceto do corpo, ou mesmo como o resultado do homem que dá, ou esquece o que tem à sua volta. "Quando a expropriação atinge a propriedade enquanto ideia, então a escravatura será a consequência necessária". Isto, já que a "última propriedade" é ainda, como sempre foi, "o corpo e a sua força de trabalho"[191].

Num tempo-limite, escreve ainda Jünger, nos momentos de perigo, o melhor que o Homem faz é "mostrar poucos pontos vulneráveis". Não se trata de esconder, trata-se de reduzir tudo ao essencial. No inventário que faz de si próprio e das suas posses, o homem terá de distinguir "entre as coisas que não merecem sacrifício e aquelas pelas quais vale a pena lutar". E só estas são "os bens inalienáveis, a propriedade autêntica"[192].

A propriedade autêntica é o corpo, bem entendido.

Descansa em paz, menina.

---

191 Idem, p. 91.
192 Idem, p. 92.

Cortar a carne com as medidas exatas do mapa de um país.

CORPO-PÁTRIA

Claro que Jünger fala ainda de um organismo com uma espécie de *entendimento nervoso dos mapas*, ele escreve sobre a "pátria que trazemos no coração", cujas fronteiras são "o ponto mais extenso" do indivíduo; indivíduo que, então, sofre sempre que há violações de fronteira. Este organismo, como que ligado à pátria por um qualquer mecanismo elétrico, sofreria no corpo uma amputação (simbólica) correspondente à amputação do território do país. Este conceito de corpo ligado à pátria é a base de um espírito belicista, em que o corpo se torna símbolo, uma miniatura, um mapa do território que urge defender. *O corpo só estará completo se o país conservar as suas fronteiras intactas*. Temos pois aqui o conceito de corpo-pátria – tese relevante.

Tese, de certo modo, fisiológica e política. Estamos

perante uma *fisiologia política*, um funcionamento estranho que, através de pequenos passos, faz o grande salto de passar, afinal, do músculo mais delimitado para a legislação; entende-se assim a polícia como o músculo que faz cumprir a lei e o exército como um corpo único que mantém as fronteiras firmes. A fronteira do país é a sua pele exterior, e o chefe supremo, o seu coração.

Escreve Jünger: "Mas que espíritos são estes que ainda não sabem que nenhum espírito pode ser mais profundo e sapiente do que um qualquer dos soldados que caíram em qualquer parte no Somme ou na Flandres?" Por outras palavras, a revelação maior do espírito é o sacrifício do corpo. "Esse é o padrão de que precisamos"[193], conclui Jünger, na linha brutal de Marinetti, e da guerra como "única higiene do mundo"[194].

GUERRA E IMPOSSIBILIDADE DE LINGUAGEM

"Não é verdade", escreve Walter Benjamin "que no final da guerra as pessoas voltavam mudas dos campos de batalha? E não vinham mais ricas, mas sim mais pobres em experiência comunicável"[195].

Como se depois da violência-limite (o homem como emissor e receptor extremo do ódio) – a linguagem se tornasse ainda mais dispensável[196].

A este propósito, no romance *A lição de alemão*, há um momento fulcral, em que uma mulher recebe o marido, vindo da guerra, deficiente, sem pernas.

Com ajuda de dois homens, a mulher põe o marido na carroça. Este "deixara tudo entregue à mulher e estava de acordo com tudo o que ela aceitasse ou recusasse".

193 Jünger, Ernst – *O trabalhador*, 2000, p. 196, Hugin.
194 Marinetti, F. T. – *O futurismo*, 1995, p. 95, Hiena.
195 Benjamin, Walter – *Sobre arte, técnica, linguagem e política*, 1992, p. 28, Relógio d'Água.
196 A linguagem sempre foi vista como necessária, como o ponto luminoso que marca o herói: "O que é um herói? Aquele que tem a última réplica. Já se viu algum herói que não falasse antes de morrer?" (Barthes, Roland – *Fragmentos de um discurso amoroso*, s/data, p. 71, Edições 70)
Herói que, quando renuncia à linguagem, tem consciência da renúncia, do poder fazer e de não o fazer:
"Renunciar à última réplica [...] resulta então de uma moral anti-heroica: é a de Abraão: até ao fim do sacrifício que lhe é pedido, não fala".
No entanto, algo mudou com a tecnologia como chama a atenção, ironicamente, Karl Kraus: "O herói é alguém que está sozinho contra muitos. Na nova guerra, quem está predestinado para esta posição é o piloto bombardeiro, que até está sozinho por cima de muitos". (Krauss, Karl – *O apocalipse estável, aforismos*, 1988, Apáginastantas)

Os dois homens ficam depois a observar o casal que ia na carroça à frente, sem trocar uma palavra:

"Ainda não, não dizem uma palavra um ao outro". "Porquê?", pergunta um. Porque veem "o suficiente"[197], responde o outro.

Veem o suficiente, para quê falar? Como se a brutal modificação do corpo constituísse um insubstituível discurso. Nada havia para dizer: a falta no corpo exprimia tudo[198].

ELOGIO E CRÍTICA DA TÉCNICA

Sempre houve este fascínio por uma parte do mundo, criada pelo Homem, e que avança com certa independência: a técnica. Um exemplo, Ernst Jünger, em Berlim, com os olhos fixos numa roda motriz enorme, a movimentar-se em volta do seu eixo, "sem qualquer supervisão humana"; fascinado por essa "energia segura" da máquina, energia que faz do movimento mecânico algo, simultaneamente, "um pouco monótono" e "bastante excitante"[199].

Um corpo que, além de ser dispensado (não precisa de supervisionar), pode ser, ele mesmo, substituído e supervisionado pela técnica.

Técnica que vai dispensando o movimento, que vai dispensando um conjunto de decisões musculares, essenciais no humano. Facto, aliás descrito brutalmente por Paul Virilio, numa entrevista, em que conta que participou numa exposição, em França, para deficientes, intitulada *O Homem reparado*. Virilio relata que os verdadeiros deficientes estavam estupefactos e até escandalizados ao verificarem que a demonstração era feita por um homem sem qualquer problema físico; ficavam chocados ao verem homens corporalmente disponíveis utilizarem técnicas que se dirigiam a deficientes que, por exemplo, não conseguiam levantar-se para abrir uma janela[200]. Virilio conclui que a tecnologia tem

---

197 Lenz, Siegfried – *A lição de alemão*, 1991, p. 279, Dom Quixote.
198 É esse mesmo casal que depois desaparece:
"Ficámos muito tempo sobre o dique, de costas para o mar, deixámos que o par fosse ficando cada vez mais pequeno, deixámo-lo transformar-se num só corpo que por fim se ia reduzindo ainda mais e só deixava um movimento difícil de reconhecer". (Idem, p. 280)
199 Jünger, Ernst – *O coração aventuroso*, 1991, p. 63, Cotovia.
200 Virilio, Paul – *Cibermundo: a política do pior*, 2000, p. 71, Teorema.

Carregando uma forma de ver.

como referência o corpo deficiente e não o corpo que se movimenta com normalidade; e escreve: o "válido superequipado da domótica, [...] é o equivalente do inválido equipado".

Isto é: *certa tecnologia impõe uma imobilidade artificial ao corpo* para, a seguir, lhe dar uma mobilidade também artificial[201]. A fórmula da relação corpo saudável e uma parte da tecnologia poderia resumir-se assim: *imobilidade artificial mais mobilidade artificial igual a mobilidade natural*. Como se fosse um regresso então ao ponto de partida. A tecnologia permite que eu abra a janela sem me levantar, mas, inicialmente, eu, levantando-me, abria a janela à mesma. Eis um paradoxo, ainda mais porque tal é associado ao progresso.

ELOGIO DA TÉCNICA – E A NATUREZA

Ainda o elogio da técnica, por Marinetti: "novos músculos da terra"[202](os tubos metálicos), o sonho de criar um filho mecânico[203], o amor quase lascivo à máquina – o lavar apaixonado do "grande corpo poderoso da sua locomotiva"[204], o desejo de que a carne se afaste da natureza e se aproxime do artificial, que esqueça as "rugosidades dos rebentos das árvores" e fique "parecida com o aço que a rodeia"[205]. Enfim, são bem conhecidos estes discursos.

Porém esta fobia parece esquecer uma certa tranquilidade da Natureza, face a este ruído das máquinas, uma tranquilidade que vem da sua enorme dimensão.

A este propósito, sobre bombas que caem no mar, escreve-se, a dada altura, no romance de Siegfried Lenz:

"O mar apaga rapidamente o rasto das bombas [...]. Pouco tempo depois ninguém pode dizer que caiu ali uma bomba"[206]. O mar a engolir o metal, a absorvê-lo como uma grande coisa absorve uma pequena.

---

201 Na sua brilhante e divertida proposta de uma "Cacopedia", definida como tendo por objetivo uma "recensão total do antissaber" e "uma educação perversa e disforme", Umberto Eco faz uma listagem de saberes e aprendizagens tais como "desergonomia", "mecânica fulanística" e "deficiência artificial". (Eco, Umberto – *O segundo diário mínimo*, 1993, p. 191-194, Difel)
202 Marinetti, F. T. – *O futurismo*, 1995, p. 63, Hiena.
203 Idem, p. 53.
204 Idem, p. 55.
205 Idem, p. 83.
206 Lenz, Siegfried – *A lição de alemão*, 1991, p. 106, Dom Quixote.

TÉCNICA E NATUREZA

Uma tese estranha, moralmente ambígua, é apresentada por Dieter Eisfeld, estudioso e romancista, no livro *O génio*. Escreve ele:

"Uma Natureza que permite que o homem a destrua é uma natureza fraca". Natureza que "não merece mais do que ser dominada".

Há logo nestas afirmações uma crítica à designada defesa do meio ambiente "que entrara mundialmente em moda nos anos 70", pois esta parecia-lhe ser "um campo de atividades que não fora pensado até ao fim"[207].

A tese deste livro terminará, na prática, na tentativa de modificar tecnicamente o clima. Ouçamos pois o raciocínio até ao fim (colocado nas palavras da personagem principal do romance, Zabor):

"Que os gases da indústria e dos automóveis poluíssem o ar tinha para ele razões de ser tanto humanas como naturais. Por que é que a Natureza não era capaz de se haver com as suas próprias substâncias (mesmo que altamente concentradas pelos seres humanos)?"[208]

Pergunta provocadora, esta; pergunta que está como que do avesso; que vê o mundo de outra forma. Estaríamos aqui afinal, perante uma natureza inábil, sem tecnologia para se defender; seria isto, pergunta Zabor, "um falhanço humano ou da própria natureza?" E coloca nova questão estranha, perturbadora: "Teriam as pessoas de modificar o seu comportamento, ou a Natureza as suas características?"

Eis uma questão importante. A defesa do meio ambiente afirma que o Meio Natural deveria ser resguardado, que o Meio Natural antigo era o ideal para a existência do Homem. Deveria voltar-se atrás, defende-se.

Zabor, o protagonista deste livro, denominava estas ideias de "histeria de *status quo*", e a sua opinião era contrária; pensava "que a natureza deveria ser melhorada, isto é, que devia ser concebida mais de acordo com as concepções e a imaginação humanas". Desta maneira, conclui: "os problemas da defesa do meio ambiente seriam simultaneamente resolvidos".

Tese curiosa, esta: em vez de se formalizarem leis para

Fumo a sair do carro e a perturbar a atmosfera. Contabilizar desastres e nuvens. Perceber a relação.

---

207 Eisfeld, Dieter – *O génio*, 1988, p. 72, Gradiva.
208 Idem, p. 73.

impedir as más práticas humanas, desenvolver-se-ia sim a técnica de modo a que esta consiga alterar a Natureza, fazendo-a mais resistente às práticas humanas; por exemplo: em vez de se proibir o despejo de produtos poluentes na água, desenvolver uma técnica que faça com que a água suporte, com indiferença, tais despejos poluentes; e mais: que a água consiga transformar esses produtos poluentes em produtos bons para o Homem e para si própria, Natureza. Os problemas causados pelo desenvolvimento da técnica seriam então corrigidos com *mais técnica* e não com leis limitativas do comportamento dos homens e da sociedade. Uma proposta original, uma possibilidade que o pensamento não deve ignorar.

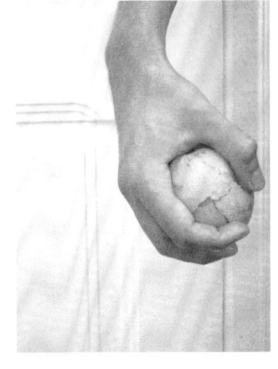

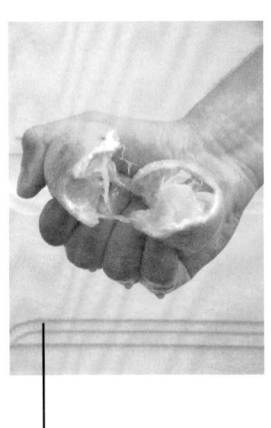

CARACTERÍSTICAS DAS MATÉRIAS

A imagem da técnica, da máquina, como matéria distinta do corpo é ancestral: existiu sempre a sensação assustada de que o ferro é *outra coisa*, que se distingue da carne. Céline, em *Viagem ao fim da noite*, na descrição do trabalho de operários no meio de máquinas, escreve: "Agora, tudo o que olhamos, tudo o que a mão apalpa é duro"[209].

Eis uma excelente fórmula para o diagnóstico atual da paisagem. A Natureza, *mole*, como que vai desaparecendo – apesar de a paisagem clássica ainda existir (no campo) e ainda podermos ver, na cidade, no meio da paisagem metálica, homens e alguns animais domésticos, coisas *moles*, portanto – enquanto o mundo duro que não se dobra facilmente, aí está, ganhando terreno: *o mundo olhado e tocado endureceu*: eis que a máquina ganha metros quadrados à carne, à *moleza*.

Em algumas páginas brutais, Céline descreve ainda a sensação de aversão crescente dos operários em relação à sua própria matéria; os operários não falavam entre si: "É preciso" – escreve o narrador de *Viagem ao fim da noite* –, é preciso "eliminar a vida exterior", é preciso "de igual forma transformá-la em aço, em qualquer coisa útil"[210]. As relações humanas não eram suficientes, já não interessavam, os operários "já não lhe tinham amor", era necessário, pois, fazer da vida exterior – da

---

209 Céline, L.-F. – *Viagem ao fim da noite*, 1997, p. 238, Frenesi.
210 Idem, p. 238.

vida de relação – "um objeto, algo sólido". Só assim se poderá dar importância a essa coisa – a vida exterior[211].

TÉCNICA E SENTIMENTO

Estamos perante uma dureza, uma frieza sentimental, esta necessidade de distância – o corpo que não quer a proximidade de outro corpo, mas sim a dureza do metal, da máquina. Sobre este assunto há duas páginas exemplares no romance *Os sonâmbulos*, de Hermann Broch[212]:

"O mais curioso é que neste mundo de máquinas e de caminhos de ferro", diz uma das personagens, "enquanto circulam os comboios e trabalham as fábricas, dois homens se defrontem e disparem um contra o outro".

Espanta, pois, que no meio desta transformação do mundo mole em mundo duro se mantenham emoções – se mantenha o ódio.

Continua Bertrand, uma das personagens do romance: "O que chamamos sentimentos constitui o que há de mais persistente no nosso ser. Trazemos connosco um fundo indestrutível de conservadorismo. São os sentimentos, ou antes, as convenções sentimentais".

Como se o progresso não chegasse nunca a tocar, muito menos a alterar, esse fundo do corpo, essa parte anterior e antiga – a parte que sente. Eis que, lá no fundo, algo no corpo humano continua – utilizemos de novo a palavra – *mole*. No entanto, tal diagnóstico não determina o final, o final ainda não chegou: algo se poderá ainda alterar: "Eu penso que o nosso sentimento da vida caminha sempre com um atraso de meio ou mesmo de um século em relação à verdadeira vida, à vida real".

Algo que ainda não progrediu o suficiente – esse tal

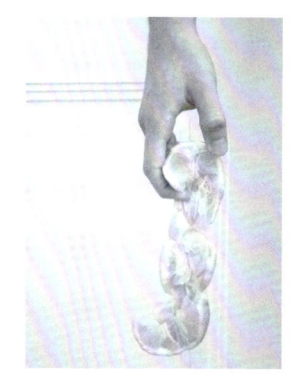

Vencendo uma pequena batalha.

---

211 Do ponto de vista da técnica como um Mal, como algo que entrou na carne e se confunde agora com ela, eis o exemplo de uma visão clássica: "Aquele punhal afiado enterrou-se até ao cabo entre as duas espáduas do touro a imolar, e a sua ossatura estremeceu, como um tremor de terra. A lâmina adere tão fortemente ao corpo que ninguém até agora a conseguiu extrair. Os atletas, os mecânicos, os filósofos, os médicos, tentaram, cada um por sua vez, os mais diversos processos. Não sabiam que o mal feito pelo homem não pode mais ser desfeito!" (Lautréamont, C. – *Cantos de Maldoror*, 1988, p. 140-141, Fenda) Como se o punhal estivesse ainda lá, no meio da carne e, mesmo assim, o corpo tentasse sorrir.

212 Broch, Hermann – *Os sonâmbulos* (v. I, *Pasenow ou O romantismo*), 1988, p. 56-57, Edições 70.

"sentimento de vida", esse corpo que sente é um corpo desatualizado: "O sentimento é, de facto, sempre menos humano que a vida no meio da qual nos encontramos". Sentimos ainda, ou o corpo ainda sente porque ainda não evoluiu o bastante; o sentimento "é preguiçoso", e o mundo é dominado "pela preguiça do sentimento".

É como se os sentimentos humanos estivessem ainda no século XIX e a técnica já no século XXI.

TÉCNICA E PENSAMENTO

Pergunta Wittgenstein (pensar é perguntar): "Poderia uma máquina pensar? – Poderia uma máquina ter dores?"[213]

A resposta pode obrigar-nos a procurar máquinas com certas características, mas a resposta pode afinal ser mais simples: será o corpo humano "uma tal máquina?" Responde Wittgenstein: o corpo humano é, de facto, "o que se aproxima mais de ser uma tal máquina". Máquina que tem dores e pensa.

Mas então, o que é pensar? Eis uma das perguntas que Wittgenstein repete, por diversas vezes, nas suas investigações: "Será o pensar um processo orgânico, específico, por assim dizer – como que mastigar e digerir no espírito?"[214] E se é, retoma Wittgenstein, podemos "substituí-lo por um processo inorgânico que cumpra o mesmo fim", isto é, podemos "arranjar uma prótese para pensar?"

Tal como há próteses para agarrar, andar – enfim próteses para ações exteriores –, também poderemos pensar, então, em *próteses para ações interiores*. Mas como "imaginar uma prótese do pensamento?", pergunta-se Wittgenstein. Que forma teria e como funcionaria?

A realidade é o material disponível. Põe o que quiseres dentro do ecrã.

---

213 Wittgenstein, Ludwig – *Tratado lógico-filosófico/Investigações filosóficas*, 1995, p. 384, Fundação Calouste Gulbenkian.
214 Wittgenstein, Ludwig – *Fichas (Zettel)*, 1989, p. 136, Edições 70.

MONOTONIA E TÉCNICA

A solidez do mundo não é de hoje, mas nunca foi assim. Neste particular, a obra de Ernst Jünger traça um excelente, por vezes um pouco assustador, diagnóstico do problema da relação técnica-corpo, a fusão[215], a ameaça, a oportunidade, etc. Mas há que salientar o livro *O trabalhador*, onde esta nova "paisagem das oficinas"[216] é desenvolvida[217] e se apresenta como tese central, comum a vários autores, a "unidade do mundo orgânico e mecânico": a técnica "torna-se órgão"[218].

Podemos falar ainda do texto *A histeria do corpo* – de Maria Teresa Cruz[219], que aborda a famosa frase de Stelarc – "o corpo está obsoleto" – e desenvolve a ideia de crise do conceito do corpo precisamente pela invasão da micromáquina; nele estabelece-se ainda a diferença entre carne e corpo – corpo como "aquilo que inventámos para a *relação* (a lei, o contrato, a linguagem, a troca) e para nos abrigar da *afecção*"[220] – e carne como matéria que ocupa espaço concreto no Mundo; o corpo cyborg, na sua vertente de mistura máquina/homem. A técnica como prolongamento, substituição parcial ou mesmo total do corpo.

Para Jünger, se é certo que a técnica solidifica o mundo, torna-o também previsível: "vivemos num deserto para cuja extensão de monotonia a técnica contribui de forma crescente, é a minha convicção de há longa data", escreve Ernst Jünger. No entanto – convém referir ainda – acrescenta que "a imaginação é estimulada pela monotonia"[221]. Digamos: uma certa tranquilidade exterior – uma tranquilidade dura, sólida – instalada pelas máquinas poderá permitir que o indivíduo isolado, dentro de si,

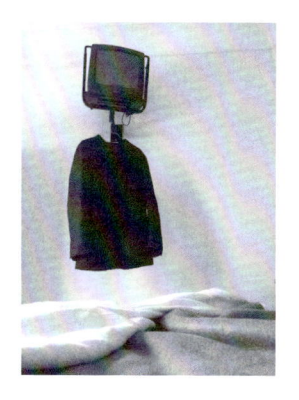

Claro que nem todas as cabeças têm tantas imagens.

---

215 Por vezes nem sempre essa fusão é clara: "Aqui o pulsar do coração; ali, o ritmo do motor; de um lado a máquina; do outro, o poema". (Jünger, Ernst – *Drogas, embriaguez e outros temas*, 2001, p. 127, Relógio d'Água)
216 Jünger, Ernst – *O trabalhador*, 2000, p. 168, Hugin.
217 Em contraponto, as paisagens clássicas desaparecem, vive-se "entre matérias de construção". (Jünger, Ernst – *Drogas, embriaguez e outros temas*, 2001, p. 72, Relógio d'Água)
218 Jünger, Ernst – *O trabalhador*, 2000, p. 178, Hugin.
219 Cruz, Maria Teresa – *A histeria do corpo*, Revista Comunicação e Linguagens, 2000, n. 28, p. 363-375.
220 Idem, p. 364.
221 Jünger, Ernst – *O problema de Aladino*, 1983, p. 118, Cotovia.

do seu cérebro, possa desenvolver ainda mais as suas capacidades criativas.

Uma possibilidade: a *previsibilidade dura do metal e das máquinas* tranquilizará o Homem e este, tranquilo, sem medo do que é sólido, poderá ser mais imaginativo. Uma hipótese, claro.

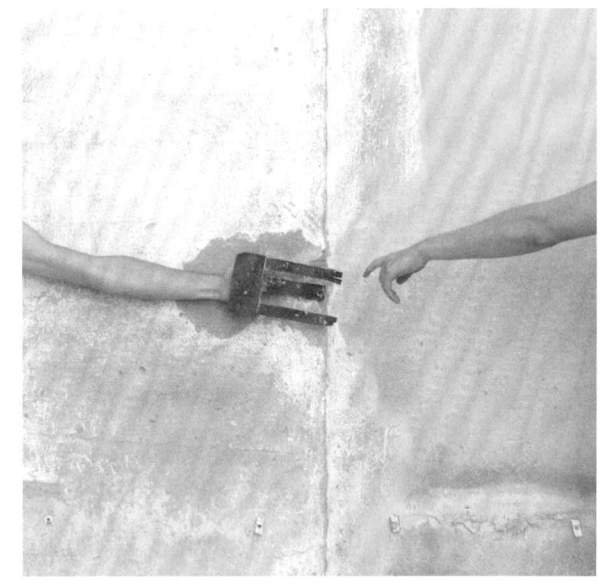

A mão metálica está presa à parede. A mão entra nessa outra mão como se calçasse uma luva.

2.2
As Circunstâncias

Movimento e progresso

VELOCIDADE, HISTÓRIA E NATUREZA – A TESE DE SLOTERDIJK

Peter Sloterdijk define a "utopia cinética", que fundaria a Modernidade, desta forma: "todo o movimento do mundo deve passar a ser a realização do plano que nós temos dele". Isto é: "aquilo que acontece cada vez mais se realiza por nós o fazermos". Os acontecimentos do mundo têm, cada vez mais, origem humana. No entanto, como salienta Sloterdijk, a Modernidade não se satisfaria com a exclusividade de "fazer a história humana"; "ela não quer fazer apenas história, mas também Natureza"[222].

Insatisfeitos com a utopia de os atos humanos pertencerem apenas aos homens – expulsando a vontade de deuses, demónios e *outras substâncias menores* –, os homens atiraram-se à Natureza[223]: ela será *feita*, como

Um homem que voltaremos a encontrar. Muitos caminhos sem saída há no mundo.

---

222 Sloterdijk, Peter – *A mobilização infinita*, 2002, p. 24-25, Relógio d'Água.
Diga-se que Llansol fala de uma outra forma de conceber a Natureza como algo que se cruza com os humanos, em suma, como outra forma de humanidade: "a mulher, o homem, a paisagem./ Essa é a novidade: a paisagem é o terceiro sexo". Pode, portanto, a paisagem – a natureza – receber a intensidade atrativa dos outros sexos. (Llansol, Maria Gabriela – *Onde vais, drama-poesia?*, 2000, p. 44, Relógio d'Água)

223 No fundo, os homens repetem a frase da personagem Kurtz, de *O coração das trevas*, que, virado para a selva invisível, gritava: "Ah, seja como for, hei-de arrancar-te o coração!" Mito do progresso humano que se baseia neste ato de raiva face ao que não nos obedece – a Natureza –, esta vontade de lhe arrancar o coração. (Conrad, Joseph – *O coração das trevas*, 1983, p. 129, Estampa)

uma construção, será remodelada, aperfeiçoada: declives aplanados, montes destruídos, estradas retas no meio daquilo que antes era incerto e assustador. A contabilidade sucessiva dos quilómetros numa autoestrada – números como símbolos maiores de uma ordem que os humanos controlam – substitui, a cada passo, a ausência de sinais que organizassem os caminhos; a natureza imprevisível e que não se repete é esmagada pela ação humana, que marca a Natureza rebelde com a exatidão de que só a *polis* é capaz.

Neste ponto, será bom referir que a Ecologia e os seus representantes seriam os últimos defensores de um Homem proibido de interferir no chão, nas plantas, nos animais e nos planetas. Quem faz a chuva? Quem faz o Sol ou o frio? Estas perguntas – de um certo ponto de vista, ridículas e, de um outro, essenciais – foram repetidas ao longo dos séculos; e a certa altura, o Homem terá perguntado a si mesmo – depois de sucessivos falhanços na identificação do autor da Natureza e dos seus atos – por que não eu? De que precisamos para poder interferir na Natureza?[224]

E eis que o Progresso das ideias e da tecnologia pode também ser visto como a entrada triunfal dos efeitos das ações do Homem no dia a dia da Natureza, para usarmos uma expressão doméstica. Se o Homem agir com certa intensidade e velocidade, a Natureza terá menos espaço de manobra; o simples exemplo de o jardineiro, com as suas rudimentares e minúsculas máquinas, conseguir controlar as ervas daninhas basta. As ervas, imprevistas, *agindo por conta própria* – ou seja: com ações não comandadas pela palavra humana, nem pelo gesto minucioso que a mão de polegar oponível permite –, essas ervas *que agem* encontram então um obstáculo que as vence. O Progresso humano, no limi-

---

[224] Italo Calvino, na sua obra *Marcovaldo*, ilustra bem a resistência da Natureza face à tentativa de domínio do Homem. Deixemos esta longa passagem:
"Na Primavera, no lugar do jardim uma empresa de construção implantou uma grande obra. As escavadoras desceram a grande profundidade para dar lugar aos alicerces, o cimento corria pelas armações de ferro, uma altíssima grua levava ferros aos operários que construíam as estruturas. Mas como se podia trabalhar? Os gatos passeavam por todos os andaimes, faziam cair tijolos e baldes de cal, brigavam no meio dos montões de areia. Quando se ia levantar uma armação dava-se com um gato empoleirado no alto que bufava enraivecido. Os bichanos mais mansarrões trepavam aos ombros dos pedreiros com o ar de quererem fazer ronrom e não havia maneira de correr com eles. E os pássaros continuavam a fazer ninho em todos os postes e traves, o casinhoto da grua mais parecia uma gaiola... E não se podia encher um balde de água sem se dar com ele cheio de rãs que coaxavam e saltavam..." (Calvino, Italo – *Marcovaldo*, 1994, p. 141, Teorema)

te, visa contestar as ações do Sol e dos planetas, mas começa pelas ervas daninhas num jardim de vinte metros quadrados. Começa pelo início e quer chegar ao fim.

MOVIMENTO PERIGOSO

No entanto, como escreve Sloterdijk: "As coisas acontecem de modo diferente do que se pensou, porque se fez as contas sem o movimento"[225]. E eis a tese fundamental: "Quem se move, move sempre mais do que apenas a si próprio"[226]. Este *mais* "é o excedente cinético que, ultrapassando os limites e passando ao lado dos alvos, se precipita para aquilo que se não quer. O fatal *mais*", escreve Sloterdijk, "entra no impulso dado às massas inertes, que, uma vez postas em circulação, de finalidades morais nada mais querem saber". Qualquer movimento humano é assim sempre desastrado, não acerta completamente, há sempre um resto, e um resto perigoso. E perigoso porque anda, porque se mexe. Explica Sloterdijk: "O capital cinético faz explodir velhos mundos, não porque tenha algo contra eles, mas apenas porque é seu princípio não se deixar deter. Não pode fazer outra coisa senão pôr as circunstâncias a dançar ao som de melodias aceleradas". E conclui: "o movimento, o movimento puro, passou a andar à solta"[227]. Isto é: já não são os corpos, os sujeitos, as matérias que interferem com o que os rodeia – prejudicando ou beneficiando o mundo – é, sim, o movimento, o resto do movimento que sobra dos movimentos de cada matéria, é esse impulso insaciado que avança por aí; as ações humanas são perigosas para os humanos na parte que fica ainda em ação já depois de os homens se terem recolhido para descansar. Certas coisas que foram colocadas em movimento pelo homem prosseguem em movimento: não pararam no sítio assinalado pelos mapas da cidade. *Não sei aonde foi parar aquilo que eu empurrei*, assim se poderia exprimir o Homem, definindo os seus esforços e os seus avanços, em suma: o seu Progresso[228].

225 Sloterdijk, Peter – *A mobilização infinita*, 2002, p. 25, Relógio d'Água.
226 Idem, p. 29.
227 Na mesma linha, Jünger, em *O trabalhador*, refere que cada força do mundo está "envolvida num processo que a submete às exigências do combate de concorrência e do aumento de velocidade", e fala de uma "paisagem de passagem". (Jünger, Ernst – *O trabalhador*, 2000, p. 219, Hugin)
228 Mas diga-se que há uma relação entre esta perda da localização e uma certa ausência ou suspensão de afectos. Walter Benjamin, numa frase, exprime extraordinariamente esta ideia: "Um bair-

Duas linhas paralelas. Uma linha feita pelo metal do instrumento – uma linha artificial. E uma segunda linha criada, de forma natural e instintiva, pelos inúmeros pontos de terra que sobem no ar quando o trabalhador de branco levanta o utensílio de trabalho. Com treino e paciência, chega um certo momento, depois de várias tentativas falhadas, em que se consegue uma linha de terra no ar, paralela à outra linha. Estas duas linhas paralelas encontrar-se-ão, não no infinito mas no momento imediatamente a seguir, momento em que a linha de cima se decompõe nas suas partículas de terra. Uma linha que se desfaz em pontos de terra. Eis uma imagem que junta geometria – traço – e o primeiro e o mais simples dos elementos naturais.

A CINÉTICA FILOSÓFICA DE SLOTERDIJK E CONSEQUÊNCIAS MORAIS

Para Sloterdijk a "cinética filosófica" parte de três axiomas: "Primeiro, que nós nos movemos a nós próprios num mundo que se move a si próprio; segundo, que os movimentos próprios do mundo incluem e atropelam os nossos movimentos próprios; terceiro que, na Modernidade, os movimentos próprios do mundo provêm dos nossos movimentos próprios, que cada vez mais se adicionam ao movimento mundial"[229].

No fundo, diga-se, as nossas ações, em vez de reduzirem a desordem (ou aquilo que não se controla), aumentam-na, pois geram movimentos extra, paralelos ao movimento central do progresso, movimentos que se perdem de vista, e que se afastam do alcance das mãos[230]. Não tocáveis e invisíveis, mas que existem, e fomos nós que os colocámos no mundo: *o resto que so-*

---

ro extremamente confuso, um emaranhado de ruas que durante anos evitei, tornou-se-me subitamente compreensível quando, certo dia, uma pessoa querida se mudou para lá". (Benjamin, Walter – *Rua de sentido único e infância em Berlim por volta de 1900*, 1992, p. 66, Relógio d'Água)
229 Sloterdijk, Peter – *A mobilização infinita*, 2002, p. 30, Relógio d'Água.
230 Conceito de progresso que pode ser visto sempre a uma certa distância de defesa. De facto, este atirar da ação para um dia seguinte é criticado por Blumenberg nos seguintes termos: "É

bra dos movimentos do progresso *é o que constrói um novo Perigo*, um monstro para o qual não temos desenho ou descrição verbal credível. Muitas das catástrofes surpreendentes surgem daí, desse movimento que teve origem no movimento humano, mas que rapidamente se afastou da cidade para mergulhar na floresta profunda que continua a assustar²³¹.

E Sloterdijk avança ainda com outro conceito importante, presente noutros termos em diversos autores: "cinética das iniciativas morais", e acrescenta: "Aquilo que parecia ser o mais vazio, o mais exterior, o mais mecânico, o movimento, que se havia deixado sem inveja ao cuidado dos físicos e dos médicos desportivos para investigação, penetra nas ciências humanas e revela-se, de repente, como a categoria principal igualmente na esfera moral e social". O movimento como categoria central da sociedade. Conclui Sloterdijk: "Sob o signo do movimento, as aventuras estético-políticas do espírito humano tornam-se um ramo da física"²³². A cinética como centro.

PÉS E PENSAMENTO

Diz-me a que velocidade andas, dir-te-ei qual a tua moral. Ética, já não como o percurso feito pelos pés, os sítios por onde se anda ou se andou, mas a velocidade com que se percorreu esses espaços. Assume-se, pois, que os espaços são todos iguais; no limite: como se já não existisse diferença entre um bordel e uma igreja, e a diferença residisse apenas na velocidade, na pressa com que se sai ou se entra num espaço, na lentidão com que se conhece um determinado território. No fundo, os espaços deixam de ser relevantes, pois qualquer acontecimento poderá ocorrer em qualquer espaço; certos locais, claro, privilegiam determinados acontecimen-

---

a fórmula terrível de todos os que recusam a pequena humanidade do presente para aceder à, presumivelmente, maior humanidade do futuro. A fórmula daquele que passa ao lado do náufrago é da mais singular e mais fria precisão: eu levava a bordo do meu barco os deuses do futuro". (Blumenberg, Hans – *Naufrágio com espectador*, 1990, p. 89, Vega)
A ideia de progresso é, algumas vezes, a ideia mais perigosa para o presente.
231 Claro que, para certas pessoas, as cidades podem ser vistas somente como interrupções do campo: "lugares sem folhas que separam um pasto do outro, e onde as cabras se assustam nos cruzamentos e se dispersam". (Calvino, Italo – *As cidades invisíveis*, 1994, p. 154, Teorema)
232 Sloterdijk, Peter – *A mobilização infinita*, 2002, p. 30, Relógio d'Água.

tos, mas há muito deixou de se acreditar numa ligação definitiva entre espaço e ato. É, pois, a velocidade do corpo, mas também, acrescentemos, a *velocidade do espírito* – definindo este, neste momento, como o sítio onde a visão do mundo por parte do indivíduo se modifica –, é esta velocidade de interpretação dos acontecimentos que fundamenta a ética de um indivíduo num certo momento.

Frente ao desastre, a que velocidade andas? Frente à mão que se estende na tua direção pedindo ajuda, a que velocidade andas? Face ao acontecimento que te propõe um combate desnecessário, a que velocidade andas? Eis as perguntas de que deverão resultar respostas sérias e determinantes. A ética então como algo que pode ser medido, em último caso, por metros/segundo face a determinado acontecimento. Mas não o esqueçamos, estes metros por segundo, esta mudança de posição pode ser vista, julgamos nós, exteriormente: *o que fazes face ao que acontece*, e a que ritmo o fazes? E ainda, interiormente, o que pensas sobre o que acontece e a que ritmo?

É evidente que as mudanças de um sujeito não passam apenas pela cor do cabelo, ou pela diferente posição do cotovelo e do braço direito no espaço; mas tal não é novidade. Digamos que há uma medição íntima, particular, do número de metros/segundo de deslocação da própria visão do mundo.

De que ângulo vês o mundo? De que ângulo vês o outro? Eis que o Homem aparentemente imóvel pode mudar mais radicalmente que o *atleta de agir (o atleta da modalidade de agir)*, que não para nunca e interfere constantemente no mundo e nas ações dos outros. Estamos pois, parece-me, perante duas modalidades do agir: o agir intensamente no exterior: os acontecimentos recebem os teus gestos, os teus movimentos; e o agir intensamente no interior: a tua visão do mundo, a tua interpretação dos acontecimentos *recebe os teus gestos*.

Que gestos são estes, então, que interferem na lucidez individual e interna? Coloquemos uma hipótese: são os pensamentos, e os pensamentos são movimentos que interferem na interpretação do mundo e dos acontecimentos. Mudam aquilo que não se vê.

Uma tela por cima da água. Depois, com o punho, é perfeitamente possível abrir-se um buraco bem definido na água.

ATOS E ÉTICA

Certos pensamentos funcionam como murros, como movimentos de quebrar abruptamente uma ligação que há muito parecia estabelecida e por isso mesmo definitiva. Murros, empurrões, beliscões, abraços: todos estes movimentos físicos poderão ser registados também entre uma pessoa e a sua interpretação do mundo; como se realmente fossem duas entidades: o corpo em si, com os seus braços, a sua pele, os seus sentimentos, pensamentos e órgãos, e uma certa consciência global, não definível por completo, mas em que se fundam todos os pequenos atos. Atuamos de determinada forma sobre a erva daninha do jardim porque temos uma concepção do mundo. Mato ou não mato o minúsculo caracol que passa à minha frente porque tenho (ou não) uma determinada filosofia da existência.

Por vezes, claro, agimos imprudentemente e sem consciência contra a nossa visão do mundo; e daí o arrependimento. Estar arrependido é tomar consciência de que um determinado ato praticado por nós foi contra a nossa visão do mundo: *esse ato escapou-me*, podemos dizer. Escapou ao nosso controlo, ou melhor, escapou ao controlo do nosso sistema de interpretação dos acontecimentos. E interpretar não é mais do que *atribuir*, em primeira análise, uma *marca de bondade ou maldade a um ato. Interpretar é julgar*, e há dois tipos de ações individuais: a ação que acontece *antes* de ser julgada pelo próprio indivíduo, instintiva; e a ação que acontece *depois* de ser julgada pelo indivíduo, planeada. Nesse sentido, todas as ações que são executadas depois de uma prévia reflexão sobre os seus efeitos são executadas porque foram julgadas como boas. Porém, grande parte dos atos maus foram praticados depois de planeados. *Sei que este ato pertence* à *categoria da maldade, mas mesmo assim vou fazê-lo. Ou pior: por isso mesmo vou fazê-lo*[233].

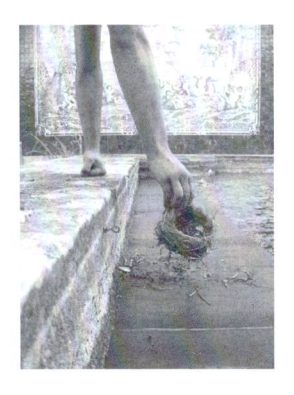

---

[233] Diga-se que ação e reflexão são, por definição, não sincronizáveis: "'I am in action'. Foi o que Jellicoe mandou telegrafar ao almirantado, que exigia dele um relatório durante a batalha naval". (Jünger, Ernst – *O problema de Aladino*, 1989, p. 121, Cotovia)

PROGRESSO E MOVIMENTO

Esta associação entre ética e movimento pode ser vista no indivíduo, mas também na sociedade como um todo. Aqui, o progresso humano não seria mais do que o efeito de um movimento. A mudança não seria assim uma questão espacial, mas uma questão moral; um homem utópico seria – e assim o define Sloterdijk – alguém "que não pode descansar enquanto o melhor não for a realidade"[234]. Estar parado não é ser preguiçoso, mas ser imoral: quer a nível individual, quer a nível de uma cidade: *parar é pecar*, diríamos.

Escreve Sloterdijk: "Continua sendo um dos grandes segredos do 'progresso' como é que este conseguiu, aquando da sua ignição inicial, fundir moralidade e física, motivos e movimentos numa unidade de ação"[235]. Esta fusão misteriosa entre moral e movimento apenas não alcançou o ponto de precisão que julgamos necessário; ou seja: se movimento é progresso, resta-nos conhecer e definir a velocidade adequada[236]. Qual a velocidade que possibilita o progresso sem que *o resto* que sobra do movimento gere, por caminhos não controláveis, catástrofes que atrasem mais do que aquilo que se conseguiu avançar? Esta incapacidade para descobrir os metros por segundo ideais (velocidade), tanto a nível social como individual, é a causa da infelicidade pessoal e coletiva.

LIBERDADE E DESORDEM

A infelicidade, a tristeza, seriam assim resultado não de uma série de acontecimentos, mas de uma série de movimentos, isto é, de velocidades[237]. *Sou infeliz porque fui demasiado rápido ou excessivamente lento*, e o mesmo sucede com a cidade e a sua organização: a utopia da felicidade coincide assim com a utopia da velocidade

---

234 Sloterdijk, Peter – *A mobilização infinita*, 2002, p. 31, Relógio d'Água.
235 Idem, p. 32.
236 Para Virilio, como lembra Sloterdijk, o excesso de velocidade destruirá o meio ambiente; a catástrofe seria então, segundo Sloterdijk, "a presença simultânea de todas as coisas". (Sloterdijk, Peter – *Ensaio sobre a intoxicação voluntária: um diálogo com Carlos Oliveira*, 2001, p. 31, Fenda)
237 Escreve Camus em *O mito de Sísifo*: "Queremos ganhar dinheiro para vivermos felizes e todo o esforço e o melhor de uma vida concentram-se para o ganho desse dinheiro. A felicidade está esquecida, o meio é tomado pelo fim". (Camus, Albert – *O mito de Sísifo: ensaio sobre o absurdo*, s/data, p. 127, Livros do Brasil)

certa²³⁸. A cidade utópica (feliz) não é a que tem as leis certas, como os filósofos sempre defenderam, mas sim a que tem o ritmo certo. Claro que as leis – as limitações aos movimentos e às intenções individuais – constituem um ponto de referência para *uma certa velocidade média das ações humanas* de uma cidade²³⁹. Digamos que as leis impõem, como se torna evidente numa autoestrada, limites máximos e mínimos. Porém, normalmente, não impõem uma velocidade exata: é diferente a velocidade numa autoestrada variar entre 40 km/hora e 120 km/hora e a velocidade obrigatória ser 80 km/hora. O dilema da liberdade: a velocidade exata e obrigatória retira liberdade – possibilidades e variantes na ação individual – e há, classicamente, uma associação entre liberdade e felicidade: desde sempre se assumiu que quanto mais liberdade eu tenho, mais possibilidades de ações estão ao meu dispor, e mais feliz eu posso ser²⁴⁰. Estamos assim perante um problema sem solução: individualmente não aceitamos que a velocidade das nossas ações seja imposta por leis ou regras coletivas, mas queixamo-nos da desordem infinita provocada por velocidades individuais distintas. O progresso efetuado em liberdade é, assim, a estranha e imprevisível resultante de um somatório de velocidades individuais variadíssimas; desta mistura de velocidades sobra algo que pode estar na base deste estado de insatisfação permanente. O Progresso não encontrou ainda o seu movimento certo, a sua velocidade ideal, porque o Homem, individualmente, exige uma certa liberdade – eis uma hipótese. Liberdade e desordem surgem assim associadas.

Ensinando uma roda pequenina a andar.

238 Há visões mais pessimistas e mais corriqueiras dos problemas de organização numa cidade: "Sabe porque é que a circulação é caótica nesta cidade? [...] Porque o nosso presidente da Câmara não tem automóvel". (Dürrenmatt, Friedrich – *Justiça*, s/data, p. 66, Relógio d'Água)
239 E, nesse sentido, constituem uma referência essencial que, classicamente, sempre se tentou preservar longe de grandes mudanças ou de flutuações. Montaigne conta a história de um legislador que ordenou "que quem quisesse propor a abolição de uma lei existente, ou a adoção de uma nova, se apresentasse diante do povo, corda ao pescoço, a fim de que, não sendo aprovada a inovação, fosse imediatamente enforcado". (Montaigne, M. – *Ensaios*, 1991, p. 60, Nova Cultural)
240 Poderá no entanto perfeitamente defender-se o contrário, como fica visível neste diálogo presente no romance *Admirável mundo novo*, de Aldous Huxley, em que uma personagem quer sair da ordem que lhe dá uma certa felicidade previsível:
"– Mas eu não quero conforto – objeta. – Quero Deus, quero a poesia, quero o autêntico perigo, quero a liberdade...
– Em suma – disse Mustafá Mond, você reclama o direito de ser infeliz.
– [...] Assim seja! [...] Reclamo o direito de ser infeliz".
(Huxley, Aldous – *Admirável mundo novo*, s/data, p. 251, Livros do Brasil)

DA IMPOSSÍVEL IMOBILIDADE

Os sujeitos modernos entendem "a liberdade como liberdade de movimentos", e assim o progresso é, para Sloterdijk, "apenas concebível para nós como aquele movimento que leva a uma capacidade de movimento mais elevada"[241]. Progresso será assim, *eu, amanhã, ter mais possibilidades que hoje. Possibilidades de movimento*, claro[242].

Mas este "ser-para-o-movimento" (Maria Filomena Molder fala de um "ser disposto a mover-se"[243]) instalado no centro do progresso poderá abrir um novo problema. Sloterdijk fala de um "automatismo moralo-cinético que não só nos 'condena à liberdade', mas também

---

241 Sloterdijk, Peter – *A mobilização infinita*, 2002, p. 33, Relógio d'Água.
242 Elie Wiesel, centrado neste ponto, define extraordinariamente a amizade: "era meu amigo porque me permitia agir". (Wiesel, Elie – *Testamento de um poeta judeu assassinado*, 1996, p. 59, Dom Quixote)
243 Expressão que recebe apoio das palavras de Schopenhauer, que Molder cita: "é preciso empurrar a pedra, o homem, esse, obedece a um olhar". (Molder, Maria Filomena – *A imperfeição da filosofia*, 2003, p. 46, Relógio d'Água)

ao constante movimento de libertação"[244]. Como se, de facto, o progresso defendesse a crescente liberdade de todos os movimentos com exceção do da paragem: *podes fazer tudo exceto ficar imóvel*; ou seja: *podes querer tudo exceto não ser livre*. Um paradoxo que pode ser definido, no limite, assim: *não és livre ao ponto de poderes deixar de ser livre.* O homem encostado à parede, cansado de caminhar de um lado para o outro, livre (de movimentos) para resolver os problemas do dia a dia: o apetite, o frio, o desconforto, a solidão. E do outro lado os meios de resolução: o trabalho, o amor, a amizade – e esse homem que não para, sempre de um lado para o outro, a uma certa velocidade; homem do movimento porque é livre, homem esse que, finalmente, num certo momento, se cansa de não parar, e exige a si próprio – e talvez ao mundo – a imobilidade; e com ela exige ainda algo mais obsceno: não quero mais ser livre, *podem ficar com os meus movimentos, com as minhas possibilidades*, deixem-me apenas uma, uma única possibilidade: a de permanecer vivo: todos os outros movimentos façam-nos por mim. Homem (imaginemos) cansado dos movimentos que o trabalho exige, dos movimentos que o amor e a amizade exigem e que, a certa altura, pede apenas a satisfação do apetite e a manutenção do circuito respiratório: não quero mais, quero o mesmo; *não quero mudar*.

Porém, há uma velocidade não humana, uma velocidade que pertence exclusivamente ao reino da Natureza e cujo motor estará localizado num sítio ao qual as mãos humanas jamais chegarão; e essa velocidade, esse movimento que atravessa o mundo e domina a biologia, jamais cessa.

PROGRESSO E VIDA

O homem ainda exige outra liberdade, liberdade impossível de receber porque precisamente não se sabe quem poderá ser o doador: o corpo não mudar. Digamos que há um progresso – no sentido de movimento – biológico e individual ao qual o indivíduo nunca poderá escapar.

Um grupo de homens espalhados pela cidade e pelo campo.
Centenas de homens espalhados pela cidade e pelo campo abrem os braços em forma de cruz. Uma forma – acreditam – de aumentar a quantidade de fé existente no mundo. Cem homens em diferentes espaços da cidade – no meio do passeio, no meio da estrada impedindo o avanço dos carros, dentro de um estabelecimento comercial, eis o que fazem: abrem os braços em cruz. A cidade fica perturbada. Como se estivesse a ser bombardeada. Mas, vindo de baixo, e de forma pacífica – eis o ataque. O grupo chama-se: Os Homens que Abrem os Braços em Cruz. Salvar a cidade, salvar o campo, salvar a floresta. É preciso abrir os braços – dizem.

---

244 Sloterdijk, Peter – *A mobilização infinita*, 2002, p. 34, Relógio d'Água.

114   2.2 As Circunstâncias

Este *progresso* celular, *íntimo*, absolutamente *privado*: progresso pessoal não controlado por qualquer mecanismo humano, e que exigirá, porventura, movimentos universais mais significativos. O corpo tem um progresso privado, celular, a que jamais pode escapar. E as sociedades humanas só progridem porque o indivíduo envelhece. Há uma velocidade subterrânea, sub-humana ou sobre-humana, que determina a velocidade dos humanos. *Inventou-se a roda e o helicóptero porque se envelhece* ou, dito de outra maneira, *só se inventa porque se vai morrer*.

Se o homem fosse imortal ainda não teríamos descoberto o fogo. O progresso da *polis* tem na base a pilha de mortos das gerações anteriores.

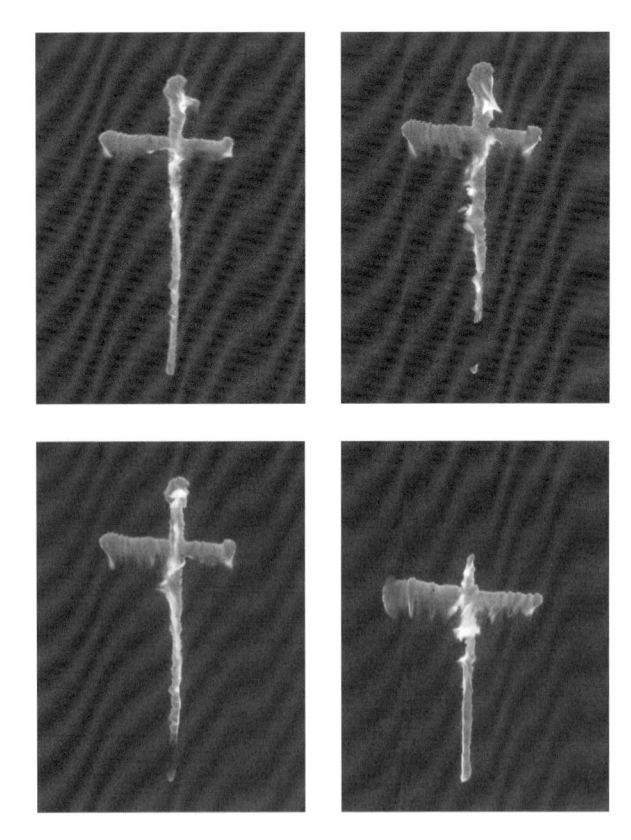

Quatro cruzes feitas de fogo.

Movimento e verdade

VELOCIDADE DA REALIDADE, E LENTIDÃO

Em *Austerlitz*, de W. G. Sebald, a certo momento o protagonista (cujo nome dá o título ao livro: Austerlitz), numa determinada investigação privada, encontra um vídeo de propaganda nazi. Este vídeo, de catorze minutos, tentava passar a ideia da existência de uma cidade construída pelos nazis para os judeus, cidade onde se viveria maravilhosamente entre canteiros de flores, crianças a brincar, homens a ler livros tranquilamente.

O protagonista deste romance tenta descobrir nesse vídeo uma pessoa, tenta perceber se essa pessoa esteve lá, se foi filmada – e por isso manda fazer uma cópia, em câmara lenta, com a duração de uma hora. De catorze minutos passa para uma hora.

O certo é que a transformação da velocidade da película revela algo, numa manifestação estranha de elementos antes ocultos:

"o mais perturbador, disse Austerlitz, era a transformação dos ruídos nesta versão em câmara lenta. Numa curta sequência do início que mostra o trabalho sobre o ferro ao rubro [...] a alegre polca de um qualquer compositor vienense de operetas que se ouve na banda sonora da cópia de Berlim torna-se uma marcha fúnebre que se arrasta de um modo quase grotesco"[245]. Estamos perante a velocidade verdadeira e a velocidade falsa de um filme. A velocidade verdadeira, neste caso, corresponde à lentidão forçada; a redução da velocidade mostra a verdade: aquilo que parecia uma canção alegre é, afinal, uma canção fúnebre; a falsidade revela-se pela alteração da velocidade de exposição do mundo: o olhar atento, neste caso o ouvido atento, é aquele que, em primeiro lugar, obriga a realidade a reduzir a sua rapidez excessiva, a rapidez com que um acontecimento sucede a outro. Recordemos uma pergunta que surge num livro de Handke:

"Por que é que nunca criaram um deus da lentidão?"[246] Eis o enigma: a lentidão sempre foi vista como algo negativo; que retira, que subtrai.

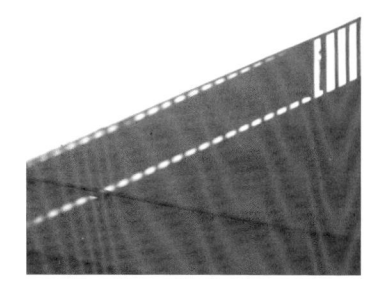

Uma escada pode parecer um rolo de fotografia.
(O importante é manipular as sombras.)

---

245 Sebald, W. G. – *Austerlitz*, 2004, p. 229, Teorema.
246 Handke, Peter – *A tarde de um escritor*, 1988, p. 86, Presença.

LENTIDÃO, VERDADE

Mas neste caso a lentidão torna visível a verdade. A lentidão *artificial, a redução artificial da velocidade* ilumina, torna mais claro. Como o observador não pode, por si próprio, reduzir a velocidade do mundo há como que um artifício técnico – a filmagem e a passagem posterior para câmara lenta – que dá aos olhos essa capacidade para ver pormenores que a realidade não queria deixar ver.

Numa das passagens mais impressionantes de *Austerlitz*, ainda sobre este visionamento da cassete em câmara lenta, Sebald escreve:

"Onde a cópia berlinense, numa voz enérgica, arrancada à laringe com violência, falava de grupos de intervenção e das centúrias que realizavam conforme as necessidades os mais diversos trabalhos [...], nesse ponto, disse Austerlitz, tudo o que se percebia era um grunhido ameaçador", grunhido "como só uma vez ouvi, há muitos anos [...], quando [...] fiquei um tempo sentado [...], não longe da jaula das feras invisíveis do sítio onde estava e, pensei eu então [...], privados da razão por força do cativeiro, os leões e os tigres davam a ouvir os seus rugidos lamentosos horas a fio, sem descanso"[247].

Uma voz que, afinal, à velocidade certa, é um grunhido.

Eis, pois, que podemos avançar para a hipótese de um conceito estranho: *a Verdade é uma velocidade.* A Verdade passa por encontrar a velocidade certa da realidade, passa por colocar a realidade a avançar a uma certa velocidade. Poderemos até pensar numa *velocidade média da verdade,* como se a verdade se tornasse mais visível quando se consegue olhar o real a um certo ritmo.

Mas temos a velocidade do observador (a velocidade dos olhos do observador) e a velocidade do que é observado. A *verdade,* a manifestação de uma verdade oculta, surgirá então, eventualmente, *da combinação exata entre duas velocidades: a do observador e a da coisa observada*[248]. Porque se a Realidade avançar a um ritmo

Um animal verdadeiro no meio dos falsos.

---

247 Sebald, W. G. – *Austerlitz*, 2004, p. 229-232, Teorema.
248 Diga-se que esta distinção entre observador e observado é ambígua e simplificadora e, como é evidente, pode ser colocada em causa. Atente-se nesta passagem de *A Missão*, de Friedrich Dürrenmatt, texto cujo subtítulo é precisamente *Da observação do observador dos observadores*: "D., na realidade, possuía na sua casa de montanha um telescópio, objeto enorme, que de vez em quando apontava na direção de um rochedo de onde se sentia observado por pessoas mu-

ideal com vista a *revelar* a sua verdade, mas se o fizer à frente do observador distraído, do observador com *pupilas des-ritmadas*, então, nada feito: o que se manifesta não será detectado. Não basta, pois, a manifestação de algo, é necessário ainda um observador que o registe. *Sem observador não há Verdade. Há segredo.*

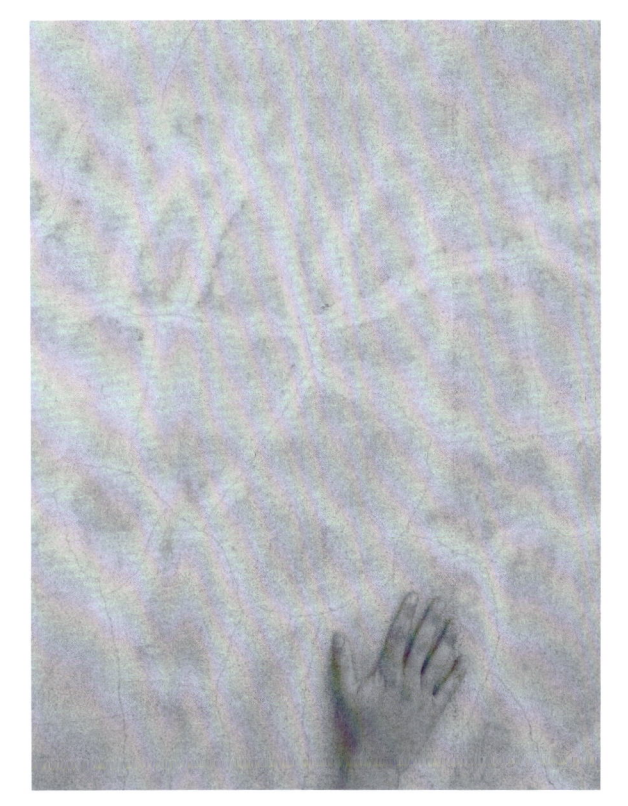

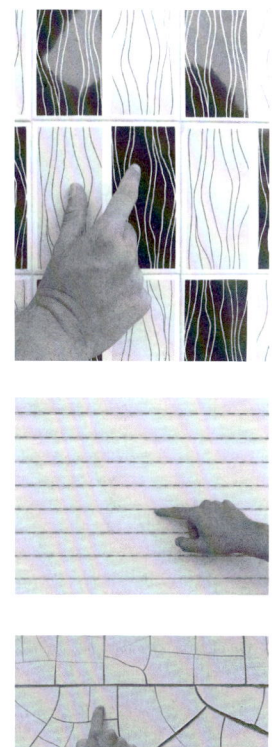

nidas de binóculos que por sua vez os recolhiam o mais depressa possível logo que constatavam que as observava com o seu telescópio"; tal, escreve-se ainda na mesma passagem, só confirma que "a cada observado o seu observador que ao ser observado pelo que era observado se transforma ele próprio em objeto de observação". (Dürrenmatt, Friedrich – *A missão*, 1989, p. 20, Presença)

Movimento e cidade

CIDADE, MOVIMENTO E IMOBILIDADE

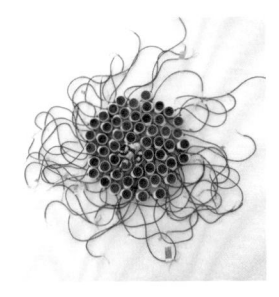

Debord citava o estudo de um sociólogo que mostrava "a estreiteza da Paris real em que vive cada cidadão"[249]. Esse estudo analisava "todos os movimentos efetuados por uma estudante no decurso de um ano", mostrando que "os percursos desenham, sem grandes desvios, um triângulo de reduzidas dimensões, cujos vértices são a Faculdade de Ciências Políticas, a casa da rapariga e a do seu professor de piano".

O que nos pode interessar aqui é a possibilidade de reduzir uma existência humana aos movimentos do corpo, mais propriamente às suas deslocações no espaço[250]. Pelo percurso, pelos caminhos, temos a revelação da existência: como se a direção dos passos revelasse uma *musculatura existencial*, uma musculatura associada a hábitos, uma *musculatura de hábitos*. Neste sentido, de um modo direto e linear, *mudar de movimentos é mudar de vida*; a vida que antes era um triângulo pode passar a ser um quadrado (quatro pontos-base) ou ainda, se a quisermos ampliar, se quisermos alargar as experiências do corpo, poderemos pensar noutras formas geométricas, com múltiplos lados (caminhos), múltiplos vértices (múltiplos pontos de interesse e de atividade no mundo). No limite, alargar os movimentos e os percursos é alargar a experiência; a não ser *que a experiência venha até nós*, como no episódio do cão doméstico que nos traz nos dentes o jornal com as notícias do dia, como quem pousa os acontecimentos na nossa mão. A oposição, pois, a esta tese – de que os nossos percursos definem as nossas experiências – é conceber um corpo imóvel que atraia, ele próprio, as experiências; que atraia, de certa maneira, o mundo e que o seduza. "O mundo era tão grande que ele estava sentado"[251], escreve Lispector.

Retângulo, círculo e coração.

---

249 Marcus, Greil – *Marcas de baton: uma história secreta do século vinte*, 1999, p. 459, Frenesi.
250 Vila-Matas fala da ideia de Walter Benjamin em fazer um mapa da sua vida: "Benjamin imaginava esse mapa cinzento e portátil, e chegou a desenhar um sistema de sinais coloridos que marcavam com nitidez as casas dos seus amigos [...], os cafés, e livrarias onde se reuniram, os hotéis de uma noite", etc., etc. (Vila-Matas, Enrique – *História abreviada da literatura portátil*, 1997, p. 109, Assírio & Alvim)
251 Lispector, Clarice – *A maçã no escuro*, 2000, p. 39, Relógio d'Água.

CONSTRUIR SITUAÇÕES

Em Debord podemos ver esta ansiedade pela vida, esta obsessão pela experiência que o leva a criar novas possibilidades artificiais, aquilo que designava como "situações construídas", situações que seriam "momentos de vida criados de forma concreta e deliberada"[252].

Digamos que tudo começa na cabeça, nesse olhar para a cabeça como se esta fosse um espaço: "A minha cabeça é uma cidade, e há várias dores que para lá foram morar"[253]. Eis como o romancista Martin Amis põe a questão, centrando-se nas múltiplas dores:

"Uma dor de gengiva-e-osso juntos fundou uma cooperativa no meu *upper west side*. Do outro lado do parque, a nevralgia alugou um *duplex* na zona residencial. Nos bairros baixos, lateja-me o queixo em velhos armazéns abandonados".

Descrição com sentido de humor, que remete a cabeça para um espaço de criação de possibilidades, espaço múltiplo, não único, espaço largo.

Voltando a Debord e àquilo a que podemos chamar *construções artificiais de experiência*, verificamos que, partindo do espaço amplo da cabeça, eram construídas situações de vida pelo próprio vivente, como se este *não se sujeitasse a receber a existência*, a receber os acontecimentos, mas optasse por assumir o papel de emissor, como se fosse, de facto, *um emissor da própria existência*[254].

Diferenciam-se assim dois tipos de movimentos: os movimentos que recebem os acontecimentos e tentam adaptar-se a eles o melhor possível: *movimentos receptores da existência*, em oposição aos movimentos que criam deliberadamente situações concretas, que alteram as condições momentâneas de existência: *movimentos emissores da existência*.

1. Abertura de um buraco no solo para se fingir que um homem pode estar esmagado com a cabeça debaixo de um conjunto de objetos plásticos.
2. Uma definição do plástico enquanto material: aquilo que não pode esmagar.
3. O plástico não se parte, mas também não parte o mundo. É um elemento neutro. Daí a sua imortalidade.

---

252 Citado em Marcus, Greil – *Marcas de baton: uma história secreta do século vinte*, 1999, p. 198, Frenesi.
253 Amis, Martin – *Money*, 1989, p. 32, Livro Aberto.
254 Marcus, a este propósito, fala de uma série de performances provocadoras, muitas que nasceram da observação dos hábitos de tribos primitivas, como aquela em que um chefe lança comida para o ar "para que o ar não morra de fome". (Marcus, Greil – *Marcas de baton: uma história secreta do século vinte*, 1999, p. 223, Frenesi)

DESTRUIR SITUAÇÕES

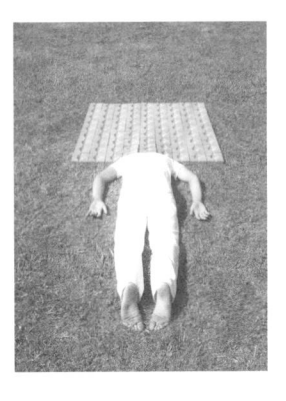

A Internacional Letrista, um grupo de jovens parisienses que existiu e "fez coisas" entre 1952 e 1953, antes de pensar em construir situações, defendia, em manifestos, a *destruição das situações já existentes*:
"A arte do futuro só existirá como destruidora de situações, ou não existirá"[255].

Primeiro, pois, destruir as situações fixas; poderemos dizer: destruir os movimentos e os percursos que a sociedade fixa e impõe ao corpo, para depois, sim, poder construir as suas próprias situações, a sua própria existência, o seu próprio mapa de percursos, a sua própria *geografia existencial*[256]. Cada existência define uma geografia e um país: cada indivíduo é um *indivíduo geográfico*. Diremos, então, que há um combate, mais ou menos sereno, entre a tentativa subtil de impor um mapa coletivo com um percurso coletivo e, do outro lado, a ansiedade e o desejo de um *mapa egoísta*[257].

Há, nesta tentativa de definição de um *percurso muscular individual,* uma tentativa de *definição individual da História*. Vaneigem, ao valorizar as "situações construídas para serem vividas pelos seus próprios criadores", procurava um "novo conceito de história", já não a "história dos homens ou dos monumentos que deixaram atrás de si", mas a "história dos momentos"[258], momentos que cada um criaria para si.

Ligado ao grupo de Debord, há um método, chamemos-lhe assim, que marca esta individualidade indispensável, este mecanismo – "*dérive*" – é um movimento (aleatório) "através das ruas das cidades para encontrar sinais de atração ou de repulsa"[259]: o corpo avança, ao acaso, e ao acaso cruza-se com coisas, pessoas, situações, e de algumas o corpo afasta-se enquanto outras situações o atraem.

Trata-se, no fundo, de concentrar a existência num passeio: *existir é como passear ao acaso por um espaço*

Homem com a cabeça esmagada.

---

255 Idem, p. 196.
256 Como escreveu Gracián: "Uma enorme multidão, poucas pessoas". (Gracián, Baltasar, *Espelho de bolso para heróis*, 1996, p. 165, Temas da Actualidade)
257 Apollinaire fala de uma nova arte cujo instrumento era a própria cidade – determinados percursos da cidade provocam sensações específicas e a partir destas cria-se algo. Será necessário voltar a percorrer os mesmos caminhos para sentir o mesmo. (Apollinaire, G. – *O heresiarca e C.ª*, s/data, p. 110, Vega)
258 Marcus, Greil – *Marcas de baton: uma história secreta do século vinte*, 1999, p. 200, Frenesi.
259 Idem, p. 202.

que se vai transformando num tempo – os anos de vida – e nesse passeio o indivíduo aproxima-se do que lhe agrada e afasta-se do que lhe desagrada. Eis, mais ou menos, o que é estar vivo. Quando se consegue.

2.3 As Ligações

Estamos sós com tudo aquilo que amamos
Novalis

Ligação e desligação

PRÓTESES PSICOLÓGICAS

Os afectos podem ser interpretados como *próteses psicológicas*, as mais antigas próteses, de uma *fisiologia transparente*: não se veem como a pedra se vê, mas as ligações adivinham-se, arquitetam *uma fisiologia de indícios*, onde os restos que ficam atrás podem ser brutos e sólidos como fotografias, pequenos objetos – tudo multiplicações do fio clássico, mitológico: a partir de *um conjunto de carne e derivados, em ligeiro desequilíbrio (o corpo humano),* saem fios, dezenas, centenas de fios. Se os seguirmos encontramos família, amigos, objetos, hábitos: eis as próteses clássicas do corpo. Próteses afectivas[260]. "Sós com tudo o que amamos". Esta fórmula é expressa de uma outra maneira por Jean-Paul Sartre, na análise aos rituais primitivos: "o morto e os seus objetos formam um todo". Isto é: "é tão impensável enterrar o morto sem os seus objetos habituais

---

260 Estes fios podem tornar-se visíveis, como neste conto de Calvino: "Em Ersília, para estabelecer as relações que governam a vida da cidade, os habitantes estendem fios entre as esquinas das casas, brancos ou pretos ou cinzentos ou pretos e brancos, conforme assinalem relações de parentesco, permuta, autoridade, representação. Quando os fios são tantos que já não se pode passar pelo meio deles, os habitantes vão-se embora: as casas são desmontadas; só restam os fios e os suportes dos fios". (Calvino, Italo – *As cidades invisíveis*, 1994, p. 78, Teorema)

2.3 As Ligações

como enterrá-lo sem uma das pernas, por exemplo"²⁶¹. O corpo já não é só o corpo e as suas ligações humanas, é ainda o corpo e as suas ligações instrumentais: *aquilo que o corpo utiliza é corpo* – um entendimento clássico. "O cadáver, a taça por onde ele bebia, a faca de que ele se servia, etc., formam *um único morto*". Por isso, prossegue Sartre, "o costume de queimar as viúvas malabares, embora bárbaro na sua prática, é bastante compreensível no seu princípio".

Trata-se, pois, de uma questão de posse, de posse transformada em matéria, como se pudéssemos dizer: *o que possuo sou*, ou *eu sou eu e o que possuo*.

"A mulher foi *possuída*"²⁶², escreve Sartre, "por isso faz parte do morto, juridicamente está morta". Eis o limite do corpo: acaba onde acabam as suas posses.

(Numa das pequeníssimas peças de Beckett²⁶³ surge, a certa altura, este diálogo:

"B – Não pode ir embora?
A – Não posso ir-me embora sem as minhas coisas.
B – E para que lhe servem?
A – Para nada.
B – E não pode ir embora sem elas?
A – Não".)

Cinema, tela e mortalha.
(parábola)

---

261 Sartre, Jean-Paul – *Cadernos de guerra (1939-1940)*, 1985, p. 229, Difel.
262 Idem, p. 229.
263 Beckett, Samuel – *Fragmento de teatro I*, em *Pavesas*, 2000, p. 83, Tusquets.

SOLIDÃO E LIBERDADE

Se o homem que dança torto à beira dos abismos cai, e se os dois braços não são suficientes, por vezes surge (mais na ficção do que *no outro lado*, mas surge) um braço, um terceiro braço. É ele que salva. Eis uma forma metafórica de falar das ligações afectivas que salvam desse terceiro braço – o braço do amigo.

Digamos que o tamanho do corpo depende da quantidade de ligações – uma interpretação da frase de Novalis: a solidão *não tem sempre a quantidade um*. Existe a solidão magra, a solidão bem constituída e, ainda, a solidão obesa (excesso de ligações, ligações dispensáveis). Porém a sabedoria, desde os estoicos aos mestres budistas, sempre foi firme: destruir ligações ou pelo menos deixá-las cair. Não depender de: objetos, pessoas, hábitos. Desligar-se, portanto. E esta sabedoria poderá ser descrita assim: quanto mais a tua solidão se aproximar do um (1), mais tranquilo ficarás no Mundo[264]. Objetivo: nem paixões positivas, nem negativas, tudo neutro[265].

As ligações são diminuições de liberdade, eis uma ideia antiga: a indiferença como sinónimo de liberdade; mas, também, a ligação como estimulação indireta do medo: as ligações *aumentam os pontos onde temos medo*.

264 "O sábio basta-se a si mesmo", escreve Séneca em *Cartas a Lucílio*: "O sábio precisa das mãos, dos olhos, de muita coisa necessária à vida quotidiana, mas não carece de alguma coisa: carecer implica ter necessidade, ser sábio implica não ter necessidade de nada". Sobre a amizade acrescenta: "Por isso mesmo, embora se baste a si próprio, precisa de ter amigos; deseja mesmo tê-los no maior número possível, mas não para viver uma vida feliz, pois é capaz de ter uma vida feliz mesmo sem amigos. O bem supremo não vai buscar instrumentos auxiliares fora de si mesmo; está concentrado em si, reside inteiramente em si; se for buscar ao exterior alguma parte de si, principiará a submeter-se à sorte". (Séneca, Lúcio Aneu – *Cartas a Lucílio*, 1991, p. 25-26, Fundação Calouste Gulbenkian) Depender apenas de si próprio para não depender da sorte. Séneca lembra ainda a história daquele sábio a quem ardeu a cidade e a sua casa por completo, nada lhe restando, e quando lhe perguntaram se tinha perdido alguma coisa, respondeu: "Nada perdi", "Todos os meus bens estão aqui comigo", a saber: "a justiça, a virtude, a prudência, este simples facto de não considerar como bem algo que se possa perder". (Idem, p. 27)
Em contraponto a este sábio que se basta a si mesmo, Séneca fala, em tom satírico, de um tal homem que queria recitar versos, mas esquecia-se deles a meio, e por isso contratara escravos "para acabarem a frase que ele deixava a meio" e "continuou convencido de que ter em casa alguém erudito era o mesmo que ser erudito ele próprio!" O mesmo auxiliar, sabujo, insistia com Sabino, era o nome do sujeito rico, "a praticar luta livre, embora ele fosse um homem doente, pálido"; Sabino replicara: como é isso possível "se eu mal me aguento nas pernas?" Disparate, replicou o auxiliar sabujo, "Então, para que servem todos estes escravos robustos que tens?" (Idem, p. 103) Esta filosofia poderia ser resumida como: *os outros bastam a mim mesmo!*
265 Escreve Thomas Mann em *O Doutor Fausto*: "O que é a liberdade? Livre é somente o que é neutro. O característico jamais é livre, porque foi cunhado, determinado, ligado". (Mann, Thomas – *O Doutor Fausto*, 1999, p. 99, Dom Quixote)

O expoente máximo do entendimento da ligação, qualquer que ela seja, como *ligação perigosa* surge na imagem de um suplício arcaico que consistia em "atar um homem são a um cadáver"[266]; ligação a um morto, a uma massa que não se mexe, mas que nos ameaça; massa que é, ela própria, uma matéria que assusta, que nos põe em causa.

LIGAÇÕES E ESTADO

Toda a ligação visa uma vantagem, diremos: uma vantagem guerreira, de sobrevivência, física, psicológica, amorosa ou outra. E essas ligações, cada uma delas, *acalmam* esse animal solitário por excelência que é o Homem. Cada ligação de um com Outro ou Outros é, quase sempre, uma garantia coletiva contra a violência. Schopenhauer, nesse aspecto, é radical, e afirma: "O Estado não é mais do que um *açaimo* destinado a tornar inofensivo este animal carnívoro que é o homem, e a fazer algo que lhe dê o aspecto de um herbívoro"[267].

O Estado tenta transformar o homem violento num *comedor de erva*, num animal paciente. E faz isso através da promoção das ligações[268]. O Estado procura, eis um ponto de vista, que cada indivíduo esqueça a inequívoca distância que existe entre ele e os Outros. Pelo contrário, aproxima, tenta mostrar que há vantagens na cooperação: em vez de matares o Outro, *faz algo com ele*, eis o tranquilizante civilizacional criado através de leis e objetivos comuns.

Tal é visível nas grandes mas também nas pequenas coisas. Esta submissão do indivíduo ao grupo – enquanto sistema de ligações de cooperação – é bem exemplificada numa experiência descrita por Paul Wat-

---

266 Referido em Molder, Maria Filomena – *A imperfeição da filosofia*, 2003, p. 137, Relógio d'Água.
267 Schopenhauer, A. – *Dores do mundo*, 1995, p. 129, Hiena.
268 André Breton, numa entrevista, fala de um inquérito, que ele considera significativo e que põe em causa os dois polos: o amor e a liberdade. Eis as perguntas (que parecem simples, mas que, se respondidas com sinceridade, colocam em causa toda a essência de um indivíduo): "Consentiria, para não desmerecer do amor, em abandonar, se fosse preciso, uma causa que se sentia na obrigação de defender? Aceitaria não vir a ser quem poderia ter sido, se só a esse preço pudesse saborear plenamente a certeza de amar? Como julgaria um homem capaz de ir até à traição das suas convicções para agradar à mulher que ama?" (Breton, André – *Entrevistas*, 1994, p. 142, Salamandra)

zlawick[269]; experiência simples, básica, de percepção visual. Um conjunto de indivíduos tenta dizer qual a linha mais pequena e qual a maior – de entre as linhas desenhadas num cartão. E o que se nota é que cada indivíduo que contradiz a opinião do resto do grupo fica baralhado, desconfiando, não dos outros, do grupo, mas de si próprio. E note-se que esta é uma experiência de percepção visual em que cada um descreve o que vê; não se trata de uma questão de conhecimento. A certa altura, então, o que se verifica na experiência é que os indivíduos que estão *a ver diferente* (e aqui trata-se de ver, apenas), numa segunda opinião, autocorrigem-se e identificam-se com a opinião dominante do grupo. Eu aceito ver o que o grupo vê, poderíamos resumir. Os *meus* olhos são *coletivos*. Estamos perante uma *visão coletiva*, como se olhássemos para o mundo não através dos olhos mas através da cidade[270]. As ligações com os outros determinam o nosso modo de ver o mundo (de um ponto vista restrito ou alargado); se queremos manter-nos dentro de um grupo não poderemos ver algo de significativamente diferente.

BARATA E BÚFALO

Poderemos utilizar então um conceito: incorpo será a parte do corpo constituída por ligações (afectos negativos ou positivos) que estabelece com o Mundo (pessoas, objetos, animais, lugares, ações-hábitos). O corpo seria, então, constituído pela *carne* – fisiologia viva – mais o *incorpo*. Quanto mais o corpo se reduz à carne (menor número de ligações com o mundo) menos o corpo tem a perder, mais o corpo é sacrificável. O herói por quem somos capazes de chorar é aquele que tem ligações, e nós conhecemo-las (até um tique é incorpo, estabelece uma relação com o mundo, é uma particularidade). Estratégia velha de guerra, aliás, é esse cor-

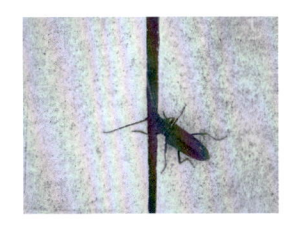

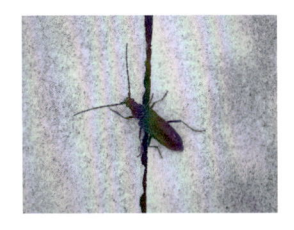

1. Um animal não entende certas separações. Os limites só são entendidos pelos elementos naturais quando estes são obrigados a alterar o seu ritmo normal de marcha. O salto, por exemplo, é a manifestação que a natureza guarda como reserva para ultrapassar alguns limites – obstáculos, buracos.
2. Não entendo um traço no chão, mas entendo um buraco – eis o que diz qualquer animal.
3. Se fizeres um desenho, eu não o entendo. Se fizeres um buraco, eu entendo.
4. A natureza so reage ao que tem volume, eis uma conclusão rápida e, provavelmente, errada.

---

269 Watzlawick, Paul – *A realidade é real?*, 1991, p. 83, Relógio d'Água.
270 Para Bergson, também o nosso riso é sempre "o riso de um grupo" – pois "subentende um acordo prévio implícito [...] com outros que, reais ou imaginários, também riem". E dá o exemplo do riso do espectador individual no teatro, que é "tanto maior quanto mais cheia está a sala". (Bergson, Henri – *O riso*, 1991, p. 16, Relógio d'Água)
Isolados divertimo-nos menos, poderia dizer-se, e ainda provavelmente, sofreríamos menos. As ligações aumentam o riso e as dores, eis uma hipótese.

tar das ligações do inimigo com o Mundo. Se o corpo é apenas fisiologia viva torna-se afinal carne, igual à do búfalo ou à da barata; nada que possa constituir-se obstáculo às nossas necessidades urgentes (nem sequer às nossas teorias).

UMA HISTÓRIA

Um contraponto a estes *olhos coletivos* pode ser percebido na história de tradição turco-persa, onde um olhar noutra direção detecta algo. Eis a história:

"Em dia de mercado, como é habitual, há sempre muita gente. As pessoas andam de um lado para o outro, compram, discutem, gesticulam, no meio do entusiasmo dos negócios e na alegria de encontrarem gente conhecida.

Nasreddin deambula como os outros quando de súbito encontra no chão uma pequena moeda. Apanha-a e empoleira-se numa carroça:

Eh, oiçam todos! – grita ele, erguendo a moeda no ar. – Não se atormentem mais e parem de gesticular assim: eu encontrei-a!"[271]

O interessante nesta história é a ideia de que o indivíduo (ingénuo, sem dúvida), por olhar para outro lado, encontra algo que dá um sentido a todo aquele rebuliço. A ingenuidade vem de a personagem pensar que o sentido que ele, indivíduo, encontrou para aquele rebuliço – para ele, *todos* andariam à procura daquela moeda – é o sentido comum; criando (inventando) como que um objeto de ligação, a moeda, entre todos aqueles homens em movimento. A moeda, para o Nasreddin, significaria uma saída do absurdo que é constituído por aqueles múltiplos movimentos sem orientação definida. O sentido, não apenas da sua existência, mas de todas as outras existências, estaria ali, naquele objeto, na moeda. Parem todos!, eu encontrei o sentido! – eis o que diz a personagem ingénua.

E diz ainda: eu encontrei a ligação, a ligação que acalma, a ligação que pode, por fim, terminar com o movimento, as necessidades e os desejos. Eu encontrei o que procuram, o que todos procuramos; e agora, sim, podemos parar.

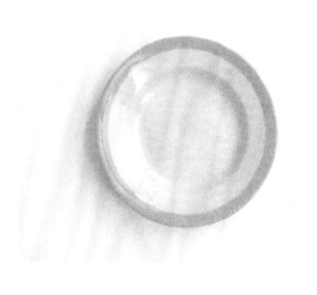

Prato, mão, colher, moedas.

---

[271] Maunoury, Jean-Louis – *O riso do sonâmbulo*, 2002, p. 71, Teorema.

Mas não, ninguém para. A confusão do movimento da feira continua. O que ele encontrou não era o que os outros procuravam. E estamos aqui perante uma definição de indivíduo e do seu isolamento no meio do grupo: *eu encontro o que os outros não procuram, eu procuro o que os outros nunca encontrarão.*

O homem e a montanha.

DESLIGAÇÃO E SENSAÇÕES

Eis o que pensa uma das personagens de Joseph Roth:
"Estou sozinho. O meu coração só bate para mim. [...] Não me sinto solidário com as multidões, nem sequer com indivíduos isolados"[272].

Esta exata sensação, descrita desta forma, nem sequer se altera nos momentos-limite, quando um homem depende de outros: "Durante a guerra não me

---

272 Roth, Joseph – *Hotel Savoy*, 1991, p. 62, Dom Quixote.

sentia membro de um batalhão. [...] eu só podia pensar na minha própria vida e na minha própria morte".

Esta sensação de definitiva solidão, sensação como que irremediável, sem cura, tem como ponto de partida as sensações, os acontecimentos interiores, privados e absolutamente impartilháveis: "sinto-me envergonhado por dizer a uma pessoa que a minha experiência é a única experiência real", escreve Wittgenstein, "e sei que ela me replicará que poderia dizer o mesmo sobre a sua experiência"[273].

Se o real exterior pode ser discutido, se pode ser alvo de concordância ou discordância, o interior, as sensações individuais, precisamente por *indiscutíveis*, podem apenas ser colocadas em causa na sua base. Isto é: *como podes garantir que sentes?*

Este é, aliás, um dos temas fortes das investigações de Wittgenstein:

"Dizem-me também: 'Se tens pena de alguém que tem dores, deves seguramente *acreditar* pelo menos que essa pessoa tem dores'. Mas como posso eu justamente *acreditar* nisso? [...] Como poderia eu, justamente, aceder à ideia da experiência de um outro, se não há possibilidade de evidência dela?"[274]

Estamos apenas no mundo das analogias: ele deve sentir o que eu sinto, ele deve sentir *como eu* sinto. E este *como eu* coloca logo um referencial ao Outro, ao que o Outro sente, *e esse referencial sou Eu*.

Enquanto na realidade exterior os referenciais são comuns, físicos, partilháveis, não egoístas, em relação à realidade interior, aos sentimentos, às sensações, os referenciais são sempre absolutamente centrados no Eu. É a partir de mim, das minhas sensações, que eu posso perceber as sensações dos outros, enquanto, por exemplo, na medição de um terreno, é a partir de uma certa convenção instrumental e processual que eu percebo as distâncias e os tamanhos. Para medir o exterior há *réguas públicas*, coletivas; para medir o interior há apenas *réguas privadas*, diferentes entre si, impartilháveis.

O facto de duas pessoas conversarem sobre o que sentem é quase um milagre, e entra num campo completamente diferente (num campo quase misterioso) daquele que existe, com muito maior objetividade, na

O homem e a montanha.

273 Wittgenstein, Ludwig – *O livro azul*, s/data, p. 86-90, Edições 70.
274 Idem, p. 86-90.

conversa acerca de acontecimentos do mundo – fora de cada corpo, portanto.

Pergunta, então, Wittgenstein, pegando no exemplo de uma pessoa com dores:

"Não teríamos seguramente pena dela se não acreditássemos que ela tinha dores; mas será que esta é uma crença filosófica, metafísica? Terá um realista mais pena de mim do que um idealista ou um solipsista?"

Eis uma pergunta que coloca tudo em jogo. Eu tenho de confiar no que o outro diz que sente. Estamos no campo da crença individual, e a crença individual isola, inevitavelmente, um indivíduo de outro.

Não é o estômago de uma baleia. O homem no interior de um pão.

LIGAÇÕES PETRIFICADAS E *O HOMEM SEM QUALIDADES*

O Homem, como Ortega y Gasset o descreve, "sente-se chamado a ser feliz", e sente tal como uma exigência, a principal que coloca a si próprio: "vocação geral e comum a todos os homens"[275]. No entanto, esse Homem – quando alcança esse estado, a que podemos chamar de satisfação, alcança também o lugar perigoso, lugar onde a existência pode parar. Uma das teses de *O homem sem qualidades* é, precisamente, a ideia de que "o homem satisfeito" é o homem que tem as suas ligações petrificadas, terminadas. Pelo contrário, o "homem sem qualidades" de Musil seria o homem desligado,

---

275   Ortega y Gasset, José – *Sobre a caça e os touros*, 1989, p. 21, Cotovia.

2.3 As Ligações

que odeia "secretamente como a morte tudo aquilo que finge ser imutável, os grandes ideais, as grandes leis"[276], etc. Para o homem sem qualidades não há nada firme, "nenhuma pessoa, nenhuma ordem", tudo se modifica constantemente; por isso "ele não acredita em nenhuma ligação e cada coisa só mantém o seu valor até ao próximo ato da criação". Não há valores fixos, aquilo que hoje é muito valioso, amanhã poderá tornar-se uma pechincha, e vice-versa. O homem sem qualidades de Musil é o homem que não se liga a nenhuma qualidade, é o homem desligado de hábitos, objetos e pessoas.

E note-se que este homem sem qualidades não comete apenas o pecado que Jacques Derrida assinala na sua análise à amizade: este homem desligado vê, é certo, a ligação entre homens (sempre efémera) como uma coisa idêntica à ligação com um objeto, pertence portanto àqueles homens "que colocam os amigos entre as coisas, classificam-nos mais ou menos entre os bens", no entanto não inscreve os amigos "numa multiplicidade hierarquizada de bens e de coisas", não pertence pois aos "maus amigos"[277] de que Derrida fala; pertence, diríamos, aos não amigos, aos que não concebem uma ligação que se mantenha no tempo como a amizade pressupõe. Este homem sem qualidades tem um outro estatuto: no seu mundo não há hierarquias, há apenas o momento, já que a definição de qualquer hierarquia pressupõe um posicionamento – mais alto, mais baixo, mais acima, mais abaixo – mas sempre num tempo que não se move.

Hoje:
1º Isto (objeto A)
2º O amigo X
3º Aquilo (objeto B)
4º Amigo Y

Gato a brincar com a sombra.
Sombra a brincar com o gato.

---

276 Musil, Robert – *O homem sem qualidades*, s/data, p. 186, Livros do Brasil.
277 Derrida, Jacques – *Políticas da amizade*, 2003, p. 33, Campo das Letras.

RECUSA DE LIGAÇÕES E IMAGINAÇÃO

Uma das interpretações possíveis é ver, nesta recusa de ligações fixas, um método, ou melhor: um ponto de partida para desenvolver a imaginação. Como defende Novalis, o papel do artista, do criador, é unir "sem cessar extremos opostos" e "quanto mais opostos melhor"[278]. Unir sem cessar pressupõe unir coisas desunidas, desligadas, e quanto mais afastadas, quanto mais improvável a sua ligação, melhor. Digamos que há ligações coletivas, ligações *previsíveis*, ligações não imaginativas, ligações que ligam coisas próximas, e, do outro lado, ligações individuais, privadas, no sentido em que não pertencem a mais ninguém e não são copiáveis, são surpreendentes; ligações que só podem ser feitas por indivíduos livres[279], desligados de fórmulas fixas, porque estas emperram, colocam-se à frente da imaginação e impedem o seu funcionamento.

Ver as coisas do mundo desligadas entre si é um ponto de partida para a imaginação, como se viu atrás. Se tudo está desligado, tudo pode ser ligado, sem qualquer ordem pré-definida.

À mais pesada sombra chamamos mancha.

---

278 Novalis – *Os discípulos em Saïs*, 1989, p. 24, Hiena.
279 Claro que a ideia de liberdade é sempre definida de modo grosseiro. Como lembra Fourier: "Quando o rei Luís XVI, bloqueado nas Tulherias pelos partidários da Convenção, era obrigado a assinar todos os decretos que lhe punham à frente", foi feita uma gravura que "o representou fechado na prisão, com as mãos fora das grades, a escrever: *Sou livre*". (Fourier, Charles – *Fourier. Escolha de textos, tradução, prefácio e notas de Ernesto Sampaio*, 1996, p. 58, Salamandra)

134   2.3 As Ligações

Ligação e amor

Para quê tanto barulho?[280]

1. O material utilizado: abelhas mortas. As abelhas estão dispostas numa forma que é já quase uma forma geométrica, semelhante à do quadrado, circunferência ou triângulo – a forma de coração.
2. Voltar a Platão e acrescentar esta forma às formas universais.

---

280   Expressão-interrogação utilizada por Schopenhauer, referindo-se ao amor: para quê tanto barulho apenas por isto, pelo amor? (Schopenhauer, A. – *Metafísica do amor*, s/data, p. 24, Inquérito)

AMOR

O Deus Eros seria, como lembra Platão, um Deus belo porque tinha "passado a sua existência no meio das flores"; e seria ainda um poeta "tão excelente" que transformava em poetas aqueles "em quem tocava"[281]. Os tocados, os que amavam, estariam mais próximos dos Deuses do que o amado – pois os primeiros haviam sido tocados e possuídos por um Deus, os segundos apenas recebiam os efeitos desse *toque forte* numa outra pessoa.

Pois bem, mas por que razão "durar" seria melhor do que "arder"?, pergunta Roland Barthes[282], avançando, desde logo, para a definição de uma intensidade alta (arder) em contraponto com a sobrevivência pura (durar). Arder é melhor que durar, defendem muitos.

O amor como que despertando excitações orgânicas que mais nenhuma situação consegue: "Faço discretamente coisas loucas; sou a única testemunha da minha loucura. É a *energia* que o amor descobre em mim"[283].

Mas há também um afastamento em relação àquilo que o apaixonado antes considerava o centro: o mundo afasta-se. Diz Roland Barthes: "O mundo está cheio sem mim", e a partir de *A náusea* de Sartre, Barthes fala na sensação de que "o mundo está num aquário", e quem ama está de fora. Afastado dos humanos, exceto do objeto do seu amor. Não pertence à humanidade, quem ama pertence a outro mundo ("Já não é amor isso que tende para a realidade"[284]), é *desumano* no sentido em que tudo o que acontece no aquário, não pertencendo ao seu mundo, não pode interferir nesse gráfico sentimental que qualquer existência apresenta.

Diz Thomas, uma das personagens de *Os visionários* de Robert Musil:

"Que o amor por uma pessoa eleita não é, no fundo, outra coisa do que a antipatia por todas as outras"[285].

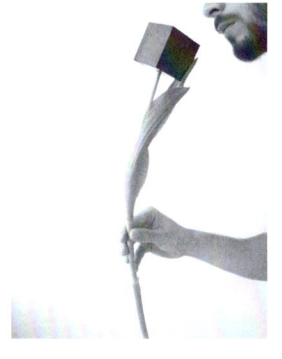

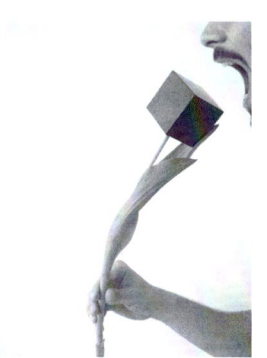

---

281 Platão – *O simpósio ou Do amor*, 1986, p. 63, Guimarães Editores.
282 Barthes, Roland – *Fragmentos de um discurso amoroso*, s/data, p. 30, Edições 70.
283 Idem, p. 30.
284 Fauriel, *Histoire de la poésie provençale*, I, citado em Rougement, Denis – *O amor e o ocidente*, 1982, p. 30, Moraes.
285 Musil, Robert – *Os visionários*, 1989, p. 177, Minerva.

AMOR E ÉTICA

A maior das tragédias dentro do aquário terá como resposta orgânica, por parte do apaixonado, o nada, a não variação. A uma não variação dos índices orgânicos (nenhuma excitabilidade e ausência de atenção virada para as coisas) corresponde uma indiferença moral[286]. A ética – outro nome para a ligação emocional aos outros – é algo que depende subterraneamente do organismo e dos seus sobressaltos. O estranho "nunca sofre; está separado [...] só sofre quem fica preso nos laços"[287]. Para quem ama, tudo é estranho, exceto o objeto amado[288].

Num certo sentido a ética individual poderá ser vista como um *índice fisiológico*: a variação dos batimentos cardíacos, da amplitude respiratória, da concentração de substâncias como a adrenalina e outras; múltiplos pormenores fisiológicos podem, assim, ser traduzidos em algo próximo do on/off. Ligado/desligado. Indivíduo ligado/Indivíduo desligado. Indivíduo ligado a certos acontecimentos e pessoas/Indivíduo desligado de certos acontecimentos e pessoas. Um indivíduo ligado a Outros manifesta essa ligação de modo fisiológico. Se estiver desligado, indiferente, então também tal será manifestado no organismo. Se alguém é afectado por alguma coisa do mundo, então essa afectação, essa influência, terá que ser visível em algo bem mais profundo do que a linguagem. Não basta dizer: *eu sofro com aquilo*, ou *com ele*, é necessário ainda que o corpo exprima, na sua *sintaxe fisiológica própria*, isso mesmo.

Sim, o corpo mente. Mas nessa técnica ficcional – que é a mentira – o corpo é claramente menos dotado do que a linguagem. Uma das especialidades da frase é mentir. Quase como que se fosse um instinto da lin-

---

286 Indiferença moral motivada sempre por uma separação, por um afastamento: "Desde então separados. Dois outrora tão um. De ora em diante uma brecha uma vastidão". (Beckett, Samuel – *Últimos trabalhos*, 1990, p. 37, Assírio & Alvim)
287 Broch, Hermann – *Os sonâmbulos* (v. II, *Esch ou A anarquia*), 1989, p. 171, Edições 70.
288 É certo, no entanto, que a separação e o afastamento fornecem uma espécie de segurança. Burroughs relata um episódio elucidativo: "Vi um filme em que havia um balão que subitamente e inesperadamente encheu e desatou a subir ares fora. As pessoas que seguravam os cabos não largaram e foram arrebatadas e a maior parte delas não tinha QI de sobrevivência suficiente que lhe permitisse *largar a tempo*. Segundos depois estão já, a trezentos metros do chão, sessenta pessoas. Os que não largaram a corda caíram a mil ou a mil e quinhentos metros do chão. Uma lição fundamental em sobrevivência é *aprender a largar*". (Burroughs, William S. – *As terras do poente*, 1989, p. 174, Presença)

guagem. A linguagem mente como os olhos se fecham face a uma luz intensa. O organismo, esse, tem mais dificuldades. Os múltiplos índices fisiológicos e a ligação-desligação de um cidadão a outro.

AMOR E IDENTIDADE

"Em que canto do corpo contrário devo ler a minha verdade?", pergunta-se Barthes[289] e, no pequeno fragmento denominado "Dói-me o outro"[290], o mesmo Barthes cita ainda Nietzsche, referindo-se à unidade entre amantes: "o outro como ele se sente a si próprio" – o que pode ser designado por "unidade no sofrimento". Ora, este *dói-me a dor do outro* é realmente o ponto de união mais forte entre dois organismos e, nesse sentido, o ponto de dissolução da identidade[291].

Escreveu Sylvia Plath:
"O teu corpo
Magoa-me como o mundo magoa Deus"[292].

Muito menos poderoso, acrescente-se, seria um *alegro-me no outro*, pois a alegria entendida como um presente positivo não requer qualquer sacrifício por parte de quem a rouba ao outro. Facilmente um cínico diria: sim, tu entusiasmadamente roubas-me a minha alegria mas o que eu desejava é que roubasses a minha dor, que a levasses contigo, sem eu o notar, *como o ladrão rouba a carteira do homem desprevenido*.

Também se podia falar de um roubo da respiração. Aliás, esta é uma expressão utilizada para substituir *o beijo*: ele tomou-lhe a respiração[293], ele beijou-a.

A dor, de facto, como o mais relevante.

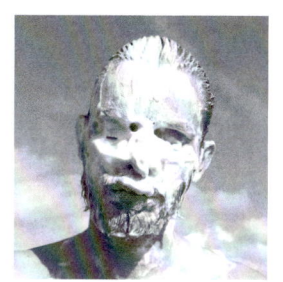

---

289   Barthes, Roland – *Fragmentos de um discurso amoroso*, s/data, p. 50, Edições 70.
290   Idem, p. 80.
291   "'Diz-me, amigo – disse o amado – terás paciência se eu duplicar os teus sofrimentos?' 'Sim, desde que me dupliques os teus amores'". (Llull, Ramon – *Livro do amigo e do amado*, 1990, p. 13, Cotovia)
292   Plath, Sylvia – *Ariel*, 1996, p. 117, Relógio d'Água.
293   Referido em Duby, Georges e outros – *Amor e sexualidade no ocidente*, 1992, p. 23, Teorema.

LADRÃO DA DOR

O amor será assim a disposição para ser, se necessário, ladrão da dor do outro. Mas não como o médico é (ou mesmo aquele que escuta as confissões): alguém que rouba a dor de outro (por exemplo, por via de uma intervenção cirúrgica), mas não fica com ela para si: coloca a dor, sim, ou atira-a, mais propriamente, para um espaço neutro, um espaço que não sofre, um espaço vazio (eis, aliás, uma boa definição de espaço vazio: *espaço que não sofre*).

O bisturi seria aqui o instrumento, não de unidade de sofrimento entre médico e doente (como, por exemplo, o anel de noivado que significa também a unidade na dor) mas sim instrumento *que rouba a dor e fica com ela*; bisturi, então, como intermediário entre duas identidades, mas que é, no fundo, um objeto que revela a separação natural entre o corpo do médico e o corpo do doente. O bisturi torna-se assim um símbolo da separação entre duas pessoas em oposição ao anel de noivado ou a outros objetos trocados entre o par amoroso que quer exibir a sua união. O bisturi do médico diz: eu não o amo, não estou aqui para integrar em mim a dor do outro, estou aqui simplesmente para a eliminar do Outro. Da mesma forma poderemos ver o papel do confessor religioso: não ficarei com as tuas dores ou com os teus pecados, mas tu ficarás sem eles depois de mas falares (podes ir em paz): *não te amo, ouço-te*. E o médico, da mesma forma, dirá: *não te amo, curo-te*.

REPARAR (N)O AMANTE

Interessante neste ponto é pensar na situação em que o médico ama a pessoa que vai operar, a pessoa a quem vai ou a quem pretende tirar as dores. Situação complexa que baralha símbolos opostos, como o bisturi e o anel de noivado, e baralha ainda as identidades. Para agir como um médico tenho de me separar do outro, pois tenho que estar *de fora*, tenho *de o ver*, porém se o amo é impossível separar-me dele. Diremos, provocadoramente, que, se o médico operar quem ama, ou a operação correrá mal – o médico não conseguirá criar uma distância entre si e o outro, isto é, entre as duas dores – ou, correndo bem a operação, o amor terminará ali, pois num determinado momento (e basta um momento) aquele organismo afastou-se do outro, viu-o *como um corpo separado de si*. Como *um espaço orgânico* que é urgente *reparar*.

(Note-se que o termo *reparar* pode significar *voltar a colocar em funcionamento* ou *dar atenção: voltar a parar à frente de algo: reparar, parar duas vezes, parar muito tempo frente a algo*.) Aquilo a que se dá atenção *volta a funcionar*. Esta é ainda uma definição implícita de amor – o amante tem de reparar no amado, tem de *repará-lo*, tem de olhar para ele, atentamente, para o pôr a funcionar ("Ainda há pouco, quando estivemos abraçados, tínhamos que estar vivos"[294]).

Aquilo a que se dá atenção *volta a funcionar*, eis uma definição prática, operacional, quase mecânica, do amor.

EXCLUSIVIDADES

Mas claro que a existência de dor no outro é algo que provoca ambiguidade em quem o ama, pois "ao mesmo tempo que me identifico 'sinceramente' com a infelicidade do outro, o que leio nessa infelicidade é que ela existe *sem mim* e que, sendo infeliz por si próprio, o outro me abandona: se ele sofre sem que eu seja a causa, é porque não significo nada para ele: o seu sofrimento anula-me na medida em que existe fora de mim próprio"[295].

Esta necessidade (egoísta) de responsabilidade exclusiva pela dor do outro – *que mais ninguém seja responsável pela tua dor senão eu* – coloca a par a unidade e a *exclusividade na origem do sofrimento*. Se mais nada existe senão tu, por onde mais poderei sofrer? Ou, sob outro ponto de vista: *eu sou o proprietário da tua dor*.

Como alguém que realmente leva no bolso a chave que abre o cofre das dores do outro, numa estranha mistura entre bondade e instinto perverso. Porque um cofre é uma caixa que se pode fechar ou abrir. E quem tem a chave decide.

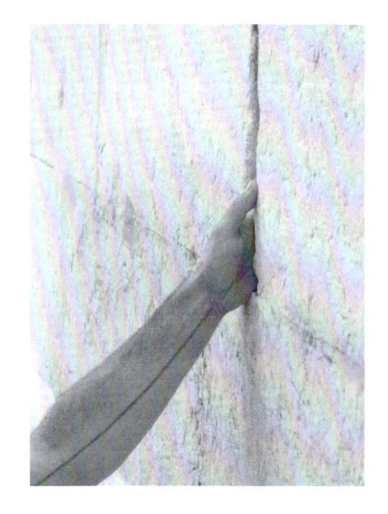

---

294 Llansol, Maria Gabriela – *Os pregos na erva*, 1987, p. 38, Rolim.
295 Barthes, Roland – *Fragmentos de um discurso amoroso*, s/data, p. 80-81, Edições 70.

No fundo, devemos recordar essa pergunta fundamental que surge em *O salteador*, de Robert Walser: "As pessoas que vivem consigo são felizes?"[296]

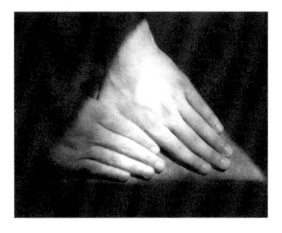

PELE E INTERPRETAÇÃO

No amor estamos ainda perante esta lei: "Tudo significa"[297] – tudo é uma forma de discurso passível de interpretação. Barthes fala do *Werther* de Goethe; refere um episódio simples, um quase descuido, um pormenor que num outro contexto seria insignificante: "Por inadvertência, o dedo de Werther toca no dedo de Carlota; os pés, sob a mesa, encontram-se".

Nesta vivência de grandes intensidades – a paixão – nada que venha do outro é secundário ou casual; tudo ocupa o espaço que certas sentenças-limite ocupam noutras situações: "Todo o contacto, para o apaixonado, levanta a questão da resposta: pediu-se à pele que responda"[298].

A pele é transformada assim num órgão que interpreta, no sistema principal do pensamento, um cérebro sentimental – a pele – que tem disponibilidade para ouvir e falar, ligado na intensidade máxima.

Como se a situação de enamoramento baixasse drasticamente o limite da percepção: ouço tudo, vejo tudo; o mínimo toque torna-se um grito, não há nada que seja mínimo. Mais do que uma *pele sentimental*, estamos perante uma *pele pensativa*, que reflete, *intelectualmente ávida*, superfície que quer entender e que pergunta, constantemente: que significa isto?

Curioso, pois, confrontar os inúmeros contactos casuais na cidade, de corpo contra corpo, de pele contra pele, onde a pele se esconde atrás de uma certa *avareza de interpretações*, avareza que se confunde com indife-

---

296 Walser, Robert – *O salteador*, 2003, p. 99, Relógio d'Água.
297 Barthes, Roland – *Fragmentos de um discurso amoroso*, s/data, p. 86, Edições 70.
298 Yourcenar, nas *Memórias de Adriano*, escreve: "Pensei várias vezes em elaborar um sistema de conhecimento humano baseado no erótico, uma teoria do contacto, em que o mistério e a dignidade de outrem consistirá precisamente em oferecer ao Eu esse ponto de apoio de um outro mundo". A voluptuosidade seria assim "uma técnica posta ao serviço do conhecimento daquilo que não somos nós". Haveria assim um sistema de relações intelectuais, um conhecimento do mundo e dos outros que teria origem neste "sistema de sinais do corpo". O erotismo é visto assim como um método de conhecimento em que: "cada parcela de um corpo assuma para nós tantas significações perturbantes como os traços de uma fisionomia". (Yourcenar, Marguerite – *Memórias de Adriano*, 1987, p. 18, Ulisseia)

rença entre os corpos que se tocam na *polis*, *corpos em situação política*, corpos *em situação de cidade*, em contraponto, pois, com tudo isto temos o amor: a *abundância intelectual da pele*, o excesso, o desperdício. A superfície pensa de mais, poderia dizer o apaixonado, após horas de reflexão a partir de um mero toque da amada. Milhares de toques corporais políticos em contraponto ao valor intelectual de um único toque do amado nos momentos do enamoramento.

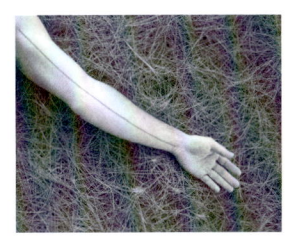

Uma flor que nasce no sítio onde podes medir as pulsações do corpo. Uma forma biológica e vegetal de acalmar o organismo que bate de maneira animalesca. Reduzes as pulsações por minuto de uma forma romântica e elegante. Mas tal não resolve, claro, e o mundo continua a ser um sobressalto.

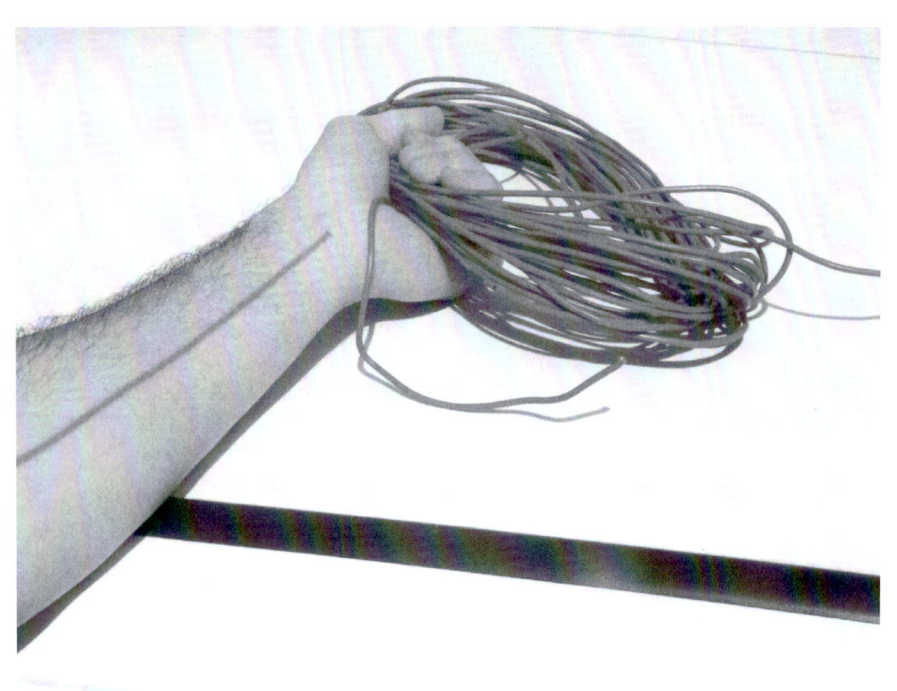

SEGREDO, SENTIMENTO E TEORIA

O corpo amado tem então um segredo, uma espécie de unidade de medida secreta que o afasta da semelhança com os outros corpos humanos; aquele corpo (o do amado) *não é um corpo como os outros*, talvez mesmo: *não é um corpo*.

Nas palavras de Barthes, o fenómeno é descrito assim: "revisto o corpo do outro, como se quisesse ver o que há lá dentro, como se a causa mecânica do meu desejo estivesse no corpo adverso (pareço-me com esses garotos que desmontam um despertador para saber o que é o tempo)"[299]. Da mesma forma: poderemos desmontar anatómica e fisiologicamente um corpo apaixonado que não encontraremos a explicação objetiva para as alterações que se espalham ao longo dos dias[300]. Não haver alteração nos órgãos e no seu funcionamento com as mesmas substâncias e quantidades libertadas, porém o facto é este: "o mundo e eu não nos interessamos pela mesma coisa"[301]. O apaixonado vira-se para o mundo e diz: vocês não me podem perceber; Barthes cita, nesta linha, Goethe: "tudo o que sei, qualquer outro o pode saber – o meu coração, sou o único a tê-lo"[302].

Nesta última expressão, a ideia simbólica: o coração – como órgão oficial dos sentimentos – é único; enquanto o cérebro, os pensamentos no seu conjunto, seriam "coisas" investigáveis, visíveis, partilháveis com os outros. Como se os sentimentos fossem *acontecimentos individuais* e as teorias, pelo contrário, fossem sempre coletivas, passíveis de argumentação. *Não poderás discutir um sentimento como discutes uma ideia.*

Esta ambiguidade orgânica e afectiva está também bem explícita no poema de Carlos Drummond de Andrade intitulado *O amor bate na aorta*, onde o amor é descrito como: "cardíaco e melancólico"[303].

O mais importante, porém, é que parece estar aqui a ideia de que o ato coletivo é um ato que pode ser dis-

Reconhecer os animais pelas pegadas.
Reconhecer os objetos pelas pegadas.

---

299 Barthes, Roland – *Fragmentos de um discurso amoroso*, s/data, p. 96, Edições 70.
300 A este propósito Sloterdijk afirmou numa entrevista: "Porque a reprodução é a opinião corporal da sexualidade genital". (Sloterdijk, Peter – *Ensaio sobre a intoxicação voluntária: um diálogo com Carlos Oliveira*, 2001, p. 71, Fenda)
301 Barthes, Roland – *Fragmentos de um discurso amoroso*, s/data, p. 94, Edições 70.
302 Idem, p. 94.
303 Andrade, Carlos Drummond de – *Antologia poética*, 1999, p. 144, Record.

cutido, negado, defendido, enquanto o ato individual é, pelo contrário, inegável, indefendível porque in-discutível. Como se os sentimentos fossem sempre verdadeiros (não se discutem) e os raciocínios pudessem ser sempre falsos. Em suma: toda a verdadeira teoria poderá ser falsa, enquanto o verdadeiro sentimento nunca poderá ser falso.

DISTÂNCIAS

No entanto, supondo que se pode isolar *uma ideia* como se isola *um tijolo* – não será uma ideia "algo" muito mais individual que o sentimento? – as questões que podem ser colocadas são então as seguintes (alguns exemplos):

Qual a distância entre um sentimento e a pele?

Qual a distância entre um raciocínio e a pele?

Um sentimento é algo (eis uma hipótese) que poderá estar muito mais próximo da pele, e assim mais próximo de ser apanhado, observado, vigiado, registado, interpretado. Mais disponível para ser interpretado e julgado. Uma ideia ou um certo raciocínio, pelo contrário, estarão inscritos nas profundezas do corpo, afastados da pele: *a pele não pensa o que o pensamento pensa, mas pensa o que o sentimento pensa*, eis uma formulação possível. Digamos ainda: num determinado momento *a teoria da pele* está mais próxima da *teoria do sentimento* do que da *teoria do pensamento*. A pele *dirá o discurso dos sentimentos* enquanto disfarça, com facilidade, o discurso do pensamento.

O segundo obstáculo, colocado de imediato como hipótese, é este: será o estado de enamoramento não um estado emocional, mas um estado intelectual?

Classicamente, considera-se enamorado aquele que apresenta uma *súbita alteração do sistema das emoções*, quando também poderá ser visto – pensamos nós – como aquele que apresenta uma *súbita alteração do sistema de pensamento*. No fundo, será substituir a possível expressão: *já não sinto assim porque estou apaixonado* pela expressão: *já não penso assim porque estou apaixonado*.

Simplificando: substitui-se uma nova relação entre emoções, dentro do coração, por uma nova relação entre pensamentos, dentro do cérebro.

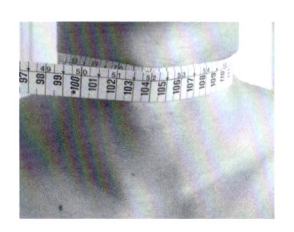

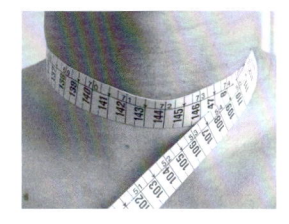

Quanto mede a respiração normal. Quanto mede a falta de respiração. Quanto mede a morte.

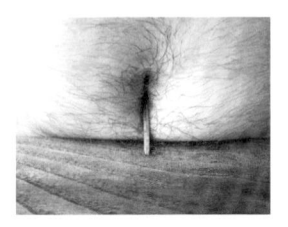

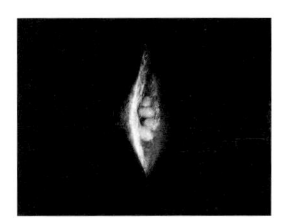

LINGUAGEM CUTÂNEA, PELE LINGUÍSTICA

No enamoramento estamos no momento de intensidade máxima da não distinção entre linguagem e corpo; matéria e signo confundem-se.

O discurso ininterrupto do amante sobre o amor e sobre o objeto do amor exibe-se como algo que não é separável do corpo. Não há um ser que fala, há um ser falante, falar é ser: a linguagem "é uma pele: esfrego a minha linguagem contra o outro. É como se tivesse palavras de dedos ou dedos na extremidade das minhas palavras"[304], escreve Barthes.

Sejamos ainda mais explícitos: os substantivos ganham nova anatomia, *substantivos com tarso, metatarso e dedos*; verbos que são músculos, verbos que se transformam verdadeiramente em *carne que age*: uma palavra a mais ou a menos parece poder fazer cair um Império; quem ama está, face à palavra do Outro, do amado, como o escravo frente ao Imperador romano na expectativa do Sim ou do Não; do *Sim, mate-se esse homem*, ou do *Não, não se mate esse homem*.

As expressões:
uma palavra tua e eu morro,
ou
uma palavra tua e eu serei salvo,
só não são assim inaceitáveis (ridículas ou obscenas) em duas situações: aquela em que está realmente em jogo a vida ou a morte de um organismo, e aquela em que está em jogo o simples: *gostas de mim/não gostas de mim*. Quando o Outro por nós escolhido não nos ama, mata-nos; quando nos ama, salva-nos. O amor não é, de facto, uma brincadeira. Excetuando a morte, a doença e as suas aproximações, só o amor suspende a futilidade sucessiva dos acontecimentos. Em face dele, estamos vivos, isto é, sentimos (pensamos) que podemos morrer[305].

---

304 Barthes, Roland – *Fragmentos de um discurso amoroso*, s/data, p. 98, Edições 70.
305 A este propósito, o trabalho do artista Jenny Holzer – inscrevendo frases na superfície da pele – é absolutamente relevante. A frase mais impressionante é esta: "With you inside me comes the knowledge of my death". (Revista Exit, n. 16, p. 44)

SISTEMAS DE CONTROLO

Claro que entre a *linguagem da linguagem* e a *linguagem do corpo* há diferenças, e por vezes – quase sempre – as rédeas que controlam uma frase são mais fáceis de manejar do que as rédeas que controlam, por exemplo, uma expressão do rosto. Se as frases se soltam do *sistema de pensamento* e a expressão do rosto se solta do *sistema emocional* (porque não o inverso?), o próprio acontecimento de ser solto, de ser libertado, será seguramente diferente. É como se o que se solta do sistema emocional se soltasse mais rápido, a maior velocidade, portanto: com menos possibilidades de ser controlado. E, pelo contrário, o que se liberta do sistema de pensamento como que cai em queda controlada, a menor velocidade, mais lentamente. Se assumirmos *que algo sai do corpo*, diremos então que uma frase *sai* como algo que anda, mas olhando para trás, enquanto a emoção, essa *não olha para trás*. E será este *olhar para trás* que possibilita o controlo: quem olha para trás aceita ser gerido por algo, precisamente, que está atrás de si; e atrás de si no espaço significa antes no tempo. Está pois assim algo na origem de uma frase que a domina, enquanto o que está na origem de uma emoção perde a força sobre essa parte que a abandona. O sistema de pensamento agarra mais cada um dos seus efeitos, se assim se pode dizer.

E por isso é que uma das figuras dos *Fragmentos de um discurso amoroso* é aquilo que Barthes designa como "Os óculos escuros", o ato de esconder: "o sujeito apaixonado [...] não sabe se deve declarar ao ser amado que o ama"[306], sente que deve esconder algumas das "turbulências" da sua "paixão". E Barthes prossegue: "E é nestes minuciosos atos de esconder que a linguagem se torna ferramenta mais fácil de manipular: "Poder da linguagem: tudo posso fazer com a minha linguagem: sobretudo, e até, *nada dizer*".

Porém, posso fazer tudo "com a minha linguagem, *mas não com o meu corpo*. O que a minha linguagem esconde, di-lo o meu corpo". Barthes acrescenta ainda: "O meu corpo é uma criança teimosa, a minha linguagem – um adulto muito civilizado".

No entanto, há algo que está no meio, entre a lingua-

Monstro. Um rosto feito de objetivas de máquinas de filmar e de fotografar.
Os novos monstros. Refazer o catálogo da monstruosidade.

---

306   Barthes, Roland – *Fragmentos de um discurso amoroso*, s/data, p. 123, Edições 70.

1. Um grito que se transforma num vestígio visual evidente. Um homem que grita e deixa um rasto semelhante ao rasto de um avião que passou há muito.
2. Aquele homem gritou há duas horas, mas se olhares para o céu ainda verás um sinal desse grito.
3. Repara que o traço que o avião deixa no céu não é resultado de uma intenção de desenho por parte do veículo alto. O traço é resultante da velocidade e da mistura entre esses dois materiais: o céu que recebe e deixa passar, e o avião que passa à força, que passa com maior velocidade do que aquela a que o mundo das alturas está habituado. E desta mistura fica o traço.

gem adulta-civilizada e o corpo infantil que não esconde; e eis o que está no meio: a voz.

VOZ

É estimulante pensar na diferença entre linguagem escrita e linguagem verbal. A voz ainda é corpo, apesar de *fazer* linguagem; a voz ainda é, pois, algo que não se domina por completo: não se domina a voz como se domina o sujeito, o predicado e o complemento direto. A voz não é uma questão de sintaxe ou de gramática, é uma questão emocional. No papel, a tua sintaxe pode não depender da emoção, na voz isso não sucede. Escreve Barthes (ainda falando da conversa entre enamorados): "Na minha voz, diga o que disser, reconhecerá o outro que 'tenho qualquer coisa'"[307]. A sintaxe e o significado são infiltrados por um grão de impureza que não pertence ao mundo dito da linguagem, mas sim ao mundo dito do corpo. A voz exprime uma linguagem impura e por isso, nesse sentido, mais humana. Como se o homem, ao falar, dissesse *tenho linguagem,* mas *também tenho corpo.*

A voz é *um significado que treme* ou, pelo menos, tem essa *possibilidad*e; a voz pode tremer, elevar-se, baixar de tom, hesitar, ser sólida ou não; pode, enfim, acelerar, desacelerar. A linguagem, quando dentro da voz,

---

[307] Idem, p. 126.

torna-se orgânica: com as variações próprias de um organismo, com a sua debilidade e a sua força, com a sua expressão. Escrever, pelo contrário, é roubar organismo à linguagem, é desumanizá-la; é, de facto, retirar individualidade. Na voz a frase pertence ao indivíduo que a diz, na escrita não pertence ao indivíduo que a escreve. A frase escrita pertence à cidade, deixa de ser privada, passa a ser política: não tem a marca do organismo irrepetível, tem sim a marca universal e indiferente da própria letra, da forma do alfabeto – falamos, claro, da escrita por intermédio de instrumentos técnicos.

A voz que fala é ainda uma voz não alfabetizada, *uma voz sem letras*; o som é elemento animalesco, se assim se pode dizer, enquanto a letra é consequência de uma aprendizagem humana, do conflito entre a mão livre que quer e pode fazer milhares de movimentos e a opressão exigida pela forma concreta da letra. A forma da letra que se escreve, mesmo manualmente, é a imposição de um destino final aos movimentos da mão; tudo o que os músculos da mão *podem* fazer desaparece face ao que os músculos da mão *devem* fazer. Trata-se de uma luta entre direitos e deveres da mão, conflito físico, pois claro, que a boa civilização transforma em algo agradável: aprender é o seu nome.

Tentar apanhar o grito.

LINGUAGEM E TÉCNICA

A voz treme, a mão que escreve também pode tremer, mas a frase, depois de passar pelo meio mecânico do computador ou da máquina de escrever, deixa de tremer, deixa de ser corporal. A máquina anula a tremura da mão e da voz. Sujeitada à máquina a frase torna-se *emocionalmente indiferente*, mesmo que exprima sentimentos extremos. Não há, neste sentido, frases sentimentais escritas por intermédio de teclas, apenas há frases sentimentais ditas ou escritas à mão. A linguagem afasta-se definitivamente do corpo quando é mediada pela máquina. Teclar a frase emocional *estou desesperado* torna-se a expressão neutra de uma sensação: cortou-se a ligação íntima entre sistema de *linguagem e sistema de sentimentos:* a mão pode tremer, a tecla não treme. A frase será portanto inscrita no papel com uma sobriedade não orgânica que assusta: o teclado impede

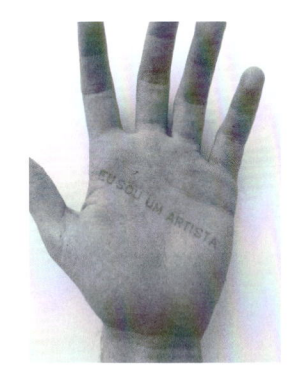

2.3 As Ligações

Segurar – não deixar cair o traço que o avião deixou atrás de si.
Ou: segurar – não deixar cair o traço que o grito deixou. Depois, jogar vólei.

que se escreva com o corpo, tudo é filtrado pelo teclado. O músculo emocional fica nas redes impermeáveis das teclas. A separação entre palavra e coisa, palavra e corpo, avança mais um capítulo. O teclado é uma máquina de *neutralização emocional*.

A linguagem – da voz para a escrita à mão, terminando na escrita por intermédio do teclado – fez o percurso do individual para o coletivo, daquilo que tinha uma marca pessoal, privada, para o que tem cada vez mais uma marca coletiva e uniforme; que não tem marca, portanto.

Podemos ainda reconhecer o estilo de um escritor, mas já não a sua letra.

Chegará o dia em que os estilos de escrita irão desaparecer? Ou mesmo o tom, a velocidade da voz, enfim, os estilos de fala? Chegará o dia em que os humanos já não terão voz, mas simplesmente alfabeto e letras?

Na escrita por intermédio do teclado não poderemos dizer: *reconheci a tua voz*; nem poderemos dizer: *reconheci a tua letra* (as tuas letras? – já não há letras tuas – todas as letras pertencem a todos, de igual forma). Mundo novo, de facto.

Ou então, súbita mudança do percurso e da profecia: cada indivíduo escolherá o formato da sua letra no teclado – tipo de letra, esse, totalmente individual, comprável apenas por um – ao contrário do que agora sucede. Eis pois uma outra possibilidade atraente: um teclado privado. Cada um desenha as suas letras e inscreve-as num teclado individual. Tecnologia individualizada. Só o meu corpo toca nela, eis um projeto possível. E depois, nessa tecnologia privada e não partilhável, escrever: amo-te. Ou o oposto.

Ligação e desejo

A almofada é um elemento receptor.
Do lado esquerdo: pesadelo.
Do lado direito: sono tranquilo.

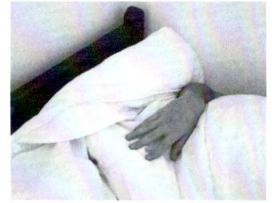

DESEJO

"Sabem como é simples um desejo? Dormir é um desejo. Passear é um desejo. Ouvir música, ou fazer música, ou escrever, são desejos. Uma Primavera, um Inverno, são desejos. A velhice também é um desejo. Mesmo a morte"[308]. Eis a definição de Deleuze. Para Deleuze o desejo é como um instinto que atua sobre nós e não o inverso. "O desejo nunca deve ser interpretado, é ele que experimenta". É como se o nosso desejo fosse o sujeito, e nós, o objeto. O nosso desejo fala, nós ouvimos. O nosso desejo age, nós assistimos. É uma força mais forte que o proprietário da força; "é ele que experimenta", isto é: é ele que doseia, que põe mais ou menos, que diminui a intensidade, o volume, nós, pelo contrário, nada podemos fazer, não somos cientistas em redor do nosso desejo: não podemos amputar, modificar; não podemos experimentar assim ou de outra maneira. O desejo atua sobre nós como o cientista no laboratório sobre a sua matéria; ele, o desejo, doseia as nossas intensidades: vamos estar mais ou menos conscientes, controlaremos mais ou controlaremos menos. Controlo, isso mesmo, parece um paradoxo, mas é assim: é o desejo que a cada momento determina o controlo que aparentemente temos sobre ele. Como um cão que

---

308   Deleuze, Gilles; Parnet, Claire – *Diálogos*, 2004, p. 18, Relógio d'Água.

aceita ser guiado por uma coleira apenas porque sabe que, quando quiser, a quebra.

PRAZER-DESEJO

Nesse sentido há uma relação entre prazer e desejo que deve ser estudada com atenção. "Certamente o prazer é agradável, certamente tendemos para ele com todas as nossas forças"[309]. Mas Deleuze e Parnet fazem do desejo e do prazer dois inimigos. O prazer "sob a forma mais amável ou mais indispensável" interrompe "o processo de desejo". Isto é, na "ideia de um prazer-descarga", "obtido o prazer, ter-se-ia pelo menos um pouco de tranquilidade antes do renascimento do desejo: no culto do prazer, há muito ódio, ou medo, em relação ao desejo".

O desejo não teria, pois, como fim o prazer – a não ser o desejo secundário, o desejo fraco, o desejo sem autonomia, o desejo que não se basta a si próprio.

Como se existissem afinal, digamos, dois tipos de desejo: um *desejo fraco* que só para no prazer, e se dirige a ele; e um *desejo forte* que não visa o prazer, mas sim a ação, o movimento, um certo *fazer* no mundo. No limite, este desejo forte desejará, sim, um outro desejo, ainda mais forte, desejos sucessivos, nunca completamente saciados, nunca concluídos por um qualquer prazer e que, a cada momento, se tornam mais fortes, mais gulosos, mais amplos[310].

Deleuze e Parnet criticam assim o relacionar do desejo com a regra da "falta" e com a "norma do prazer"[311], e escrevem:

"É quando se continua a relacionar o desejo com o prazer, com um prazer a obter, que nos apercebemos ao mesmo tempo que lhe falta essencialmente qualquer coisa"[312].

Estamos perante "alianças estereotipadas entre desejo-prazer-falta", alianças estereotipadas que transformam o desejo numa manifestação de fraqueza, de ansiedade.

---

309 Idem, p. 122.
310 Em *A cena do ódio*, Almada Negreiros escreve: "Os homens são na proporção dos seus desejos/ e é por isso que eu tenho a Concepção do Infinito..." (Negreiros, Almada – *Todo o Almada*, 1994, p. 43, Contexto)
311 Deleuze, Gilles; Parnet, Claire – *Diálogos*, 2004, p. 122-123, Relógio d'Água.
312 Idem, p. 123.

O que defende Deleuze é a ideia de um desejo que "constrói o seu próprio plano, e não tem falta de nada, do mesmo modo que não se deixa interromper por uma descarga que corroboraria que não é capaz de se suportar a si próprio".

O amor cortês dado por Deleuze e Parnet como exemplo de um desejo que se suporta a si próprio "tem dois inimigos que se confundem: a transcendência religiosa da falta, e a interrupção hedonista que introduz o prazer como descarga".

O desejo não teria falta nem quereria o prazer; tem algo a mais – tem força – e quer ainda mais força.

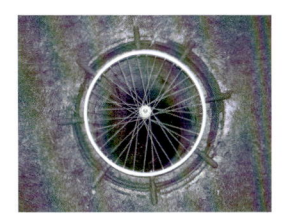

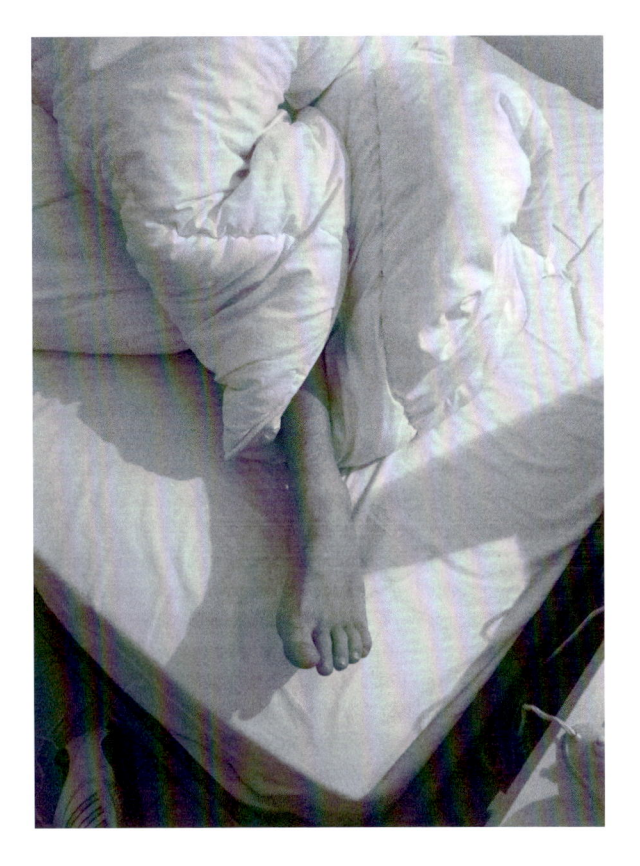

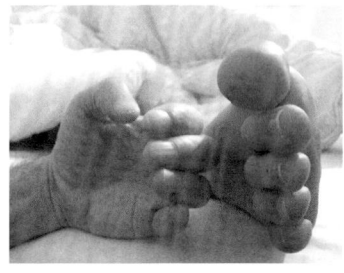

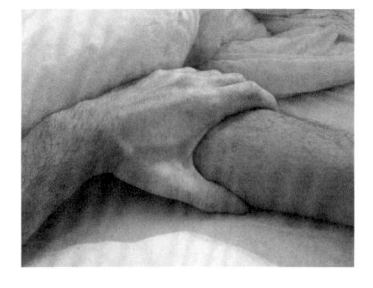

AFECTOS/LIGAÇÕES

A ligação é uma força, não uma contemplação; qualquer ligação é um ir daqui para onde está o Outro, a outra coisa; Deleuze e Parnet, aliás, reduzem os acontecimentos a encontros: "Tudo é encontro no universo, bom ou mau encontro"[313]. O encontro é sempre entre duas partes, pelo menos, não há encontros em isolamento senão os que resultam do clássico "conhece-te a ti mesmo"; mas tal ligação entre si e si mesmo, esse conhecimento aprofundado daquilo que já nos pertencia não é uma ligação clássica. A ligação pressupõe um percurso, que pode acabar bem ou mal, mas um *percurso no exterior*.

Trata-se, diga-se, primeiro de uma questão de possibilidades. Não é por acaso que Deleuze e Parnet desenvolvem a importante questão colocada por Espinosa: "*o que é que pode um corpo? De que afectos é capaz?*"[314]

Comecemos por esta imagem simples: um corpo imóvel, calado. Daqui, deste corpo aparentemente sem linguagem e sem movimentos, pelo menos evidentes no exterior, sairão ligações. Como existe o corpo, no limite pelo menos, terá de se ligar ao alimento, *afectividade base, mínima*, que o mundo exige ao corpo para que o corpo continue vivo. *A ligação primeira do corpo ao mundo é o alimento, é o primeiro afecto,* e a primeira protecção que se recebe – o alimento que se come.

AFECTOS-MOVIMENTOS

Mas os afectos não são sensações paradas, são sensações que se movem, aliás, são movimentos que sentem; eis talvez a formulação mais próxima da realidade: *os afectos são movimentos que sentem*; movimentos: isto é, alterações corporais, modificações do corpo no espaço. Os afectos "são devires" – diz Deleuze na sua linguagem habitual – "ora nos enfraquecem na medida em que diminuem a nossa potência de agir, e decompõem as nossas relações (tristeza), ora nos tornam mais fortes na medida em que aumentam a nossa potência e nos fazem entrar num indivíduo mais vasto ou superior (alegria)"[315].

---

313 Idem, p. 78.
314 Idem, p. 78.
315 Idem, p. 78.

No corpo do Homem há, então, essas duas formas de ligação: a de que resulta a tristeza, diminuição da capacidade de agir; e a de que resulta a alegria – aumento da capacidade para agir. Se eu hoje tenho menos possibilidades de ação, menos alternativas do que ontem, então é porque hoje estou mais triste, *o meu corpo entristeceu: posso fazer menos.*

E depois, do outro lado, há o homem "livre", como o classificam Deleuze e Parnet. Como caracterizar esta liberdade? Assim, numa descrição em passo de corrida: "Fugir da peste, organizar os encontros, aumentar a potência de agir, afectar-se de alegria, multiplicar os afectos que exprimem ou encerram um máximo de afirmação".

O desejo forte é o desejo que aumenta a capacidade de agir, nunca a diminui. O homem "afecta-se de alegria" como, precisamente, uma infecção: fica contaminado com a alegria que recebe, portanto pode distribuí-la, tem mais energia, tem mais hipóteses porque recebeu, porque se ligou, porque não se isolou.

Em contraponto aos referidos *movimentos que sentem*, poderemos pensar na existência de *movimentos que não sentem* movimentos funcionais, técnicos. Movimentos que se ligam, não devido a uma vontade do próprio corpo, mas sim a uma exigência do exterior: *ligações tristes são as impostas pelo exterior*, ligações alegres as que resultam do desejo do indivíduo, eis outra formulação possível.

NÃO O QUE TEMOS, MAS O QUE DESEJAMOS

Estamos pois neste ponto: o relevante numa qualquer estrutura não é a constituição anatómica da coisa em si, do corpo neste caso; pois tal define uma espécie, um conjunto abstracto de coisas que se reúnem debaixo do mesmo nome, embora sendo cada uma diferente da que está ao seu lado. A anatomia não define a individualidade. Espinosa, dizem Deleuze e Parnet, não "se espanta por ter um corpo, mas com aquilo que pode o corpo"[316]. E no diálogo entre Deleuze e Parnet chega-se a esta formulação significativa:

"Os corpos não se definem pelo seu género ou pela

---

316 Idem, p. 78.

sua espécie, pelos seus órgãos e pelas suas funções, mas por aquilo que podem, pelos afectos de que são capazes, tanto em paixão como em ação. Um animal não estará definido enquanto não se tiver feito a lista dos seus afectos. Neste sentido, há mais diferenças entre um cavalo de corrida e um cavalo de lavoura do que entre um cavalo de lavoura e um boi"[317].

Entre um cavalo de corrida e um cavalo de lavoura, a anatomia aproxima-os, mas a intensidade da excitação afasta-os. Um é manso, outro mais guerreiro, se assim se pode dizer. E este afastamento pressupõe que é *mais significativo o que se faz do que o que se é* – mas este é interpretado como de um ser reduzido àquilo que pode ser desenhado. Assim, por outras palavras: *são mais importantes os movimentos do que o osso e os músculos (anatomia)*: porque os movimentos resultam de uma combinação entre existência e estrutura: aquilo que um corpo *recebe quando nasce e aquilo que um corpo* decide ser; eis a grande diferença: *receber e fazer*.

"Um longínquo sucessor de Espinosa dirá: olhem para a carraça, admirem este bicho, define-se por três afectos, é tudo aquilo de que é capaz em função das relações de que é composta, um mundo tripolar e nada mais! A luz afecta-a, e ela ergue-se até à ponta de um ramo. O odor de um mamífero afecta-a, e ela deixa-se cair sobre ele. Os pelos incomodam-na, e ela procura um lugar desprovido de pelos para se afundar debaixo da pele e beber o sangue quente. Cega e surda, a carraça só tem três afectos na floresta imensa, e pode dormir durante anos à espera do encontro. Que potência contudo! Finalmente, tem-se sempre os órgãos e as funções que correspondem aos afectos de que se é capaz"[318].

As coisas, os animais, têm então uma complexidade, não pela sua maquinaria interior ou pelos órgãos de que são compostos mas sim pela capacidade de ligação: os animais simples "só têm um número reduzido de afectos"[319]. No limite, um animal composto por um único órgão, por uma única célula, poderia ser o animal mais complexo de todos, caso essa célula possuís-

---

317 Idem, p. 78.
318 Idem, p. 78-79.
319 Idem, p. 79.

se uma grande potência, uma enorme capacidade de ligação, numa palavra: um enorme desejo (uma enorme quantidade de desejos).

O HOMEM, PORTADOR DOS MELHORES DESEJOS

Podemos, pois, avançar para esta hipótese: a simplicidade ou complexidade de um ser vivo depende da capacidade do seu desejo, da potência do seu desejo. Quantas coisas deseja?, quantas coisas pode desejar? A resposta a estas questões é fundamental. O Homem seria assim o ser mais complexo, mais evoluído, falemos assim, não devido ao seu polegar oponível ou às dimensões do seu cérebro, mas sim devido à dimensão do seu desejo, à sua potencialidade quase infinita. O Homem pode desejar sempre mais coisas, e mais, e mais.

Poderíamos até inverter, dizendo: o polegar oponível surgiu devido ao desejo, a um excesso de desejo que não era saciado com a mão *anterior*, com a mão *fraca em ligações*, com a mão de polegar não oponível. Assim aconteceu também com o enorme cérebro: os órgãos, as estruturas físicas teriam surgido *depois* do desejo, *em resposta* ao desejo, e não o inverso.

O homem não é o grande animal dos desejos por ter o cérebro grande e o polegar oponível, o homem tem o cérebro grande e o polegar oponível porque é o grande animal dos desejos.

Esta inversão pode ser significativa, já que assim se coloca o desejo no ponto mais alto e como origem da supremacia humana; o desejo, esse mesmo, esse instinto considerado não racional, não cerebral e, portanto, como qualidade menor do humano. Qualquer animal tem desejos, diz-se, mas o homem, esse, pode pensar racionalmente. Eis o elogio habitual. Há pois que fazer uma retificação a este elogio: *qualquer animal pode desejar, mas não desejar como o Homem.* Aqueles, os do animal, são desejos de fraca potência, desejos animalescos, precisamente, e não humanos. Note-se, claro, que os desejos simples, imediatos, nunca podem ser esquecidos pelo corpo humano (como se evidencia na frase de um governante da China antiga, que diz, do alto da sua varanda, apontando para a população: "Estes animais têm fome").

Têm fome, sim, mas têm muito mais. Ouvir mais longe, ver mais longe, eis dois exemplos de desejos simples, mas que deram origem a coisas materiais, a invenções de instrumentos, a indústrias, a elementos concretos que tornam a civilização humana mais forte. Desejos, desejos, desejos: eis a base da cidade; a inteligência é segunda parte, é a matéria do corpo que possibilita ao homem materializar os desejos; mas é nos desejos que o Homem começou a distinguir-se; sem estes, o cérebro enorme estaria parado, sem nada para fazer. *O Homem quer fazer porque tem desejo, consegue fazer porque tem cérebro.*

2.4
O discurso e a ação

Cidade, movimento e frases

AÇÃO, PENSAMENTO E DISCURSO
(A PARTIR DE ARENDT)

Escreve Arendt: "Diferentes dos bens de consumo e dos objetos de uso são [...] os 'produtos' da ação e do discurso [...]. Por si mesmos são não apenas destituídos da tangibilidade das outras coisas mas ainda menos duráveis e mais fúteis que o que produzimos para consumo. A sua realidade depende inteiramente da pluralidade humana, da presença constante de outros que possam ver e ouvir"[320].

Assim, continua Arendt, "a ação, o discurso e o pensamento têm muito mais em comum entre si que qualquer um deles tem com o trabalho ou o labor"[321]. Ação, discurso e pensamento, em si, "não produzem nem geram coisa alguma: são tão fúteis como a própria vida. Para que se tornem coisas mundanas, isto é, feitos, factos, eventos de organizações de pensamentos ou ideias, devem primeiro ser vistos, ouvidos e lembrados, e em seguida transformados, 'coisificados'".

A ação, o discurso e o pensamento não produzem coisas, matérias com volume que ocupem espaço: são elementos que vagueiam entre a aparição e a desapari-

---

320 "A ação, a única atividade que se exerce diretamente entre os homens sem a mediação das coisas ou da matéria". (Arendt, Hannah – *A condição humana*, 2001, p. 118-119, Relógio d'Água)
321 Idem, p. 119-120.

ção; no momento em que aparecem no mundo desaparecem do mundo – ao contrário de uma pedra. De facto, face a uma pedra, o observador, depois de constatar a sua existência, pode fechar os olhos e voltar a abri-los com segurança: à sua frente continuará a pedra. Quem fala, pelo contrário, faz algo sem utilizar uma matéria que permaneça no mundo[322], aquilo que foi falado desapareceu; aquilo que foi pensado desapareceu – e neste caso, diga-se, é um *desaparecimento privado*: só o próprio pensador é que pode declarar: já não sei *onde está aquilo em que eu pense*i. Ao contrário, quando se fala ou se age pode-se ser contemplado, outros podem ser testemunhas[323] e, nesse sentido, há um *nós* que pode dizer: já não sabemos onde está aquilo que disseste, ou: já não *sabemos onde está a ação que fizeste*. Na possibilidade de existência de outras testemunhas, que não apenas o próprio, e só nisso, reside a separação entre pensamento, ação e discurso. O pensamento não tem testemunhas.

322 Mas é evidente que as construções materiais não são imortais, são coisas que desaparecem à mesma, só que mais lentamente: "À pergunta: – Porque demora tanto tempo a construção de Tecla? [cidade] os habitantes [...] respondem: – Para que não comece a destruição". (Calvino, Italo – *As cidades invisíveis*, 1994, p. 130, Teorema)

323 "Ao contrário da fabricação", escreve Arendt, "a ação não é possível no isolamento. Estar isolado é estar privado da capacidade de agir. A ação e o discurso necessitam tanto da presença próxima de outros como a fabricação necessita da presença próxima da natureza, da qual obtém matéria-prima, e do mundo, onde coloca o produto acabado". E acrescenta: "Como a ação atua sobre seres que também são capazes de agir, a reação, além de ser uma resposta, é sempre uma nova ação com o poder próprio de atingir e afectar os outros". (Arendt, Hannah – *A condição humana*, 2001, p. 240, Relógio d'Água)

COISAS E AÇÕES – DESAPARECIMENTO

Repare-se que as coisas do mundo, sendo imóveis, como a pedra, ou móveis, como o cavalo, são coisas que continuam materialmente nesse mundo; podem pois ser procuradas e encontradas, no caso de desaparecimento, e só um método consciente e esforçado de destruição é que poderá fazer com que uma coisa concreta do mundo desapareça. Não é portanto o mesmo: *deixar de ver uma ação* e deixar de *ver um cavalo*. O cavalo que desapareceu do campo de visão dos nossos olhos pode ser procurado: *se desapareceu é porque está noutro sítio*. Pelo contrário, a ação que desapareceu do campo de visão dos nossos olhos *não pode ser procurada, não está noutro sítio*; de facto: *já não existe*. E só se chamarmos à não existência *um outro sítio* e utilizarmos a memória como instrumento de procura do que já não existe – neste caso: do passado – é que poderemos considerar uma ação ou uma frase *como uma coisa*. O que existiu e já não existe é *ainda uma coisa para a memória*, só a memória a pode tornar presente.

Escreve Arendt: "Sem a lembrança [...], como afirmavam os Gregos, a mãe de todas as artes – as atividades vivas da ação, do discurso e do pensamento perderiam a sua realidade ao fim de cada processo e desapareceriam como se nunca tivessem existido"[324]. Assim, facto relevante: "estamos rodeados de coisas mais permanentes que a atividade pela qual foram produzidas, e potencialmente ainda mais permanentes que a vida dos seus autores".

Ler, por exemplo, *Cartas a Lucílio*, de Séneca, escrito há quase dois mil anos, é estar perante esse espantoso desequilíbrio entre as horas de atividade de Séneca para o escrever – que não vimos e que nunca poderemos ver porque deixaram de existir no preciso momento em que existiam – e os vinte séculos ao longo dos quais a coisa feita, efeito de uma *atividade muscular efémera* (escrever), dura, como objeto contemplável.

Neste sentido, há uma possível hierarquia das atividades; estas podem ser valorizadas de acordo com a duração das coisas a que dão origem. Em suma: uma atividade será tanto mais valiosa quanto mais as coisas por ela originadas durarem no tempo.

A cabeça desaparece porque o homem segura um espelho.

---

324 Idem, p. 120.

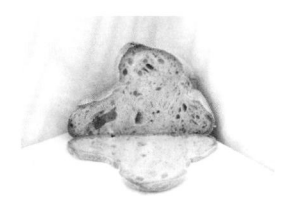

ALIMENTOS E ARTE

As coisas menos duráveis são, como lembra Arendt, citando Locke, os alimentos: coisas indispensáveis à subsistência do Homem, essas coisas que "se não forem consumidas pelo uso – se deteriorarão e perecerão por si mesmas"[325]. Os alimentos são assim as coisas com o ciclo mais rápido de aparecimento-desaparecimento. Desde o momento em que são colocados no mundo até ao momento em que se deterioram e desaparecem, o tempo é mínimo. São coisas – os alimentos (não são ações ou discursos, isso é evidente) –, são coisas, sim, mas que têm dentro de si uma *capacidade de autodestruição* (capacidade ou falta, dependendo do ponto de vista): aparecem para serem consumidos e se forem consumidos desaparecem de imediato. A digestão corporal é uma espantosa fábrica de fazer desaparecer as coisas designadas alimentos; desaparecimento a que damos o nome de *transformação*, pois essa coisa não desaparece como num passe de mágica, desaparece porque as suas partes estruturais são destruídas (destruir – perder a estrutura), ou seja, desaparecem porque vão aparecer noutro lado, com outra forma. E se o alimento não desaparecer, se não se transformar por via da digestão, desaparecerá, transformar-se-á, por via da decomposição natural; depois de uma pequena permanência neste mundo, as coisas, como os alimentos, "retornam ao processo natural que as produziu"[326]. Veja-se, de imediato, a diferença entre o pão, a maçã e uma mesa ou outro material feito pelo homem. Há, nota-se, nas coisas feitas pelo homem, uma certa obsessão pela duração. A mesa tem de durar, o edifício tem de durar; e sendo as obras de arte, neste campo, uma espécie de *arquitetura inútil*, *artesanato sem uso prático*, a sua maior utilidade reside precisamente na duração. A arte é tanto mais útil, diríamos, quanto mais dura. E, nesse sentido, ocupará o topo de entre as coisas feitas pelos humanos. No limite, a mais importante coisa feita pelo Homem será aquela que se aproxime da durabilidade máxima, da imortalidade.

Pão transformado em montanha. (Sombra material no chão.)

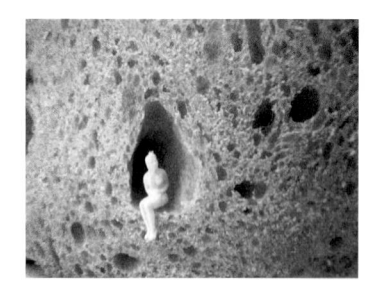

Abrigo para homem acossado pela melancolia. Importância da mudança de escala. Aquilo que eu devoro, noutra escala, protege-me.

---

325 Locke citado por Arendt, Hannah. (idem, p. 121)
326 Idem, p. 121.

LABOR E TRABALHO

É muito em redor desta questão da durabilidade, diga-se, que circulam os conceitos de trabalho e labor. Segundo Arendt, labor teria uma ligação mais ou menos direta ao alimento e, de uma forma mais geral, às condições necessárias para um organismo subsistir. Isto é: o labor produz coisas para, de imediato, serem consumidas. O trabalho, pelo contrário, para Arendt, "não prepara a matéria para a incorporar, antes a transforma em material a ser trabalhado e utilizado como produto final". Há, neste sentido, uma diferente relação entre labor, trabalho e natureza. O labor do homem fará quase parte da Natureza, no sentido em que é nela apenas uma rápida interrupção do humano – o homem tira algo da natureza para logo a seguir o devolver, enquanto "o processo de trabalhar subtrai material da natureza sem o devolver no curso rápido do metabolismo natural do organismo vivo"[327]. O trabalho terá por efeito uma coisa, concreta, com volume, que resiste, dura[328]; enquanto o labor não produz coisas materiais, produz, se assim se pode dizer, a sobrevivência biológica. Segundo esta distinção, um organismo que apenas aja para produzir alimentos, e para sobreviver, apenas labora; e só aquele que pode olhar para o lado e ver algo que dura, não como um alimento, não para ser consumido, mas para ser usado – consumido repetidas vezes ao longo de um tempo que pode ser extenso – e que foi efeito das suas ações, é que trabalha.

Como adverte Arendt: "O uso contém, realmente, um certo elemento de consumo, na medida em que o processo de desgaste ocorre através do contacto do objeto de uso com um organismo vivo cuja natureza é consumir", isto é: "o uso não passa de consumo mais lento"[329], se pensarmos em objetos como o vestuário, no entanto, lembra Arendt, o *uso não visa a destruição de um objeto*, pelo contrário, visa mantê-lo em condi-

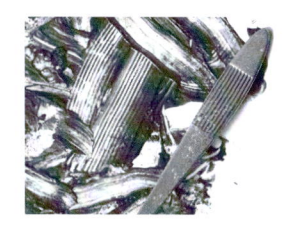

Os traços deixados pelo chocolate são semelhantes aos que estão no garfo. Garfo e chocolate.

---

327 Idem, p. 124.
328 Claro que tal não é linear, como explica Arendt: "A durabilidade do artifício humano não é absoluta; o uso que dele fazemos, embora não o consuma, desgasta-o. O processo vital que permeia todo o nosso ser também o atinge; e se não usarmos as coisas do mundo elas também perecerão mais cedo ou mais tarde, e retornarão ao processo natural global do qual foram retiradas e contra o qual foram erigidas. Se abandonada a si mesma ou excluída do mundo humano, a cadeira voltará a ser lenha, e a lenha perecerá e retornará ao solo de onde surgiu a árvore que foi cortada para transformar-se no material sobre o qual se trabalhou e com o qual se construiu". (Idem, p. 176)
329 Idem, p. 177.

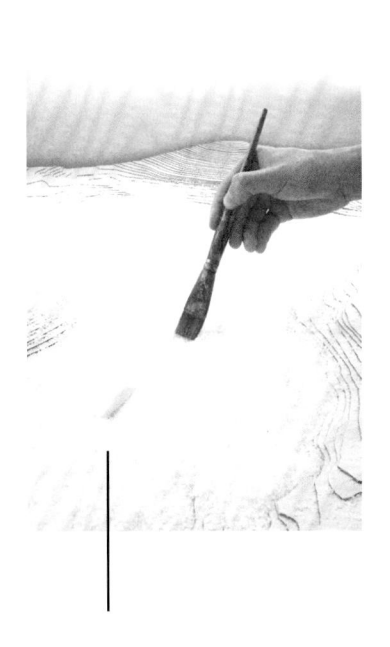

ções para uma nova utilização. Explica Arendt: "O que distingue o mais frágil par de sapatos dos meros bens de consumo é que não se estragarão se não forem usados – o facto de terem certa independência própria". Os alimentos, pelo contrário, quando não *usados dessa forma abrupta e súbita*, que é a sua ingestão (consumo imediato), quando não consumidos, dizia, os alimentos degradam-se à mesma. Os sapatos, pelo contrário, "permanecerão no mundo durante certo tempo, a não ser que sejam intencionalmente destruídos". O uso desgasta "a durabilidade".

O trabalho, esse, coloca o Homem na outra margem em relação ao animal; o Homem é de certa maneira *aquele que faz aparecer objetos no mundo*, aquele ser no qual determinadas ações produzem *coisas não naturais*, isto é: sem o tempo de vida que a natureza lhes determina[330]. De certa maneira, o artesão, roubando inicialmente certos materiais à natureza, o que faz, através da atribuição de uma nova forma a uma certa coisa – e portanto através da atribuição de uma nova resistência (uma nova forma é um novo modo de resistir ao tempo) é *determinar um certo tempo de duração* a essa coisa. Determinação do tempo de vida exclusivamente da responsabilidade do Homem. E isto é um ato absolutamente radical pois distingue, sem dúvida, o humano de todos os outros seres da natureza.

TEMPO DE VIDA E CIDADE

No momento de ação, o artífice, pela escolha inicial dos materiais e do processo, pode decidir entre fazer um objeto que dure três anos ou trezentos. Esta decisão humana, individual, é uma decisão que, de certa maneira, rouba um dos atos atribuídos, desde sempre, ao fazer natural e "divino"[331]. As profecias que os deuses *sopravam* ao ouvido de determinados seres privilegiados acerca do tempo de vida de uma certa pessoa e as

---

330 Objetos que partem sempre do corpo: "Quem terá inventado a cadeira?", pergunta Clarice Lispector. E ela mesma responde: "Alguém com amor por si mesmo. Inventou então um maior conforto para o seu corpo". (Lispector, Clarice – *Onde estivestes de noite*, s/data, p. 99, Relógio d'Água)

331 Diz Anselm, uma personagem de Musil: "Tem de tomar uma decisão. Isso não é um pensamento, Maria. Decidir: como se você na escuridão mais imaterial fechasse essa sua mão admirável e, de repente, sentisse nela algo, como que um corpo inesperado, magnífico!" (Musil, Robert – *Os visionários*, 1989, p. 117, Minerva)

causas da sua morte são disso um bom exemplo. Saber a data da própria morte – isto é, a sua duração – é um *conhecimento não humano*; e por isso o facto de o Homem conhecer o tempo de duração de uma determinada coisa feita por si, pelo Homem, toma grande importância. Não são já apenas os deuses a *prometer tempo*, também o Homem o faz. O artífice promete que o objeto que fez – em condições normais, sem catástrofes – durará séculos, e o comprador irá comprá-lo com essa esperança.

E entramos noutra questão fundamental: neste ato de fazer, vender e comprar reside o essencial da cidade. E só se fazem, vendem e compram coisas *que duram mais do que uma vida humana* porque os homens inventaram uma maneira coletiva de serem imortais, que é a cidade[332]. Estamos, pois, aqui, de uma forma clara, na questão do mundo comum, do espaço público, que tão bem Arendt desenvolve:

"Só a existência de uma esfera pública e a subsequente transformação do mundo numa comunidade de coisas que reúne os homens e estabelece uma relação entre eles depende inteiramente da permanência. Se o mundo deve conter um espaço público, este não pode ser construído apenas para uma geração e planeado somente para os que estão vivos: deve transcender a duração da vida de homens mortais"[333].

A escala deixa pois de ser um homem, a sua vida e a sua mortalidade, e passa a ser *o Homem*, com a sua vida coletiva, e a sua grande duração.

"Só os Homens podem assim conceber aquilo que está entre eles; que não pertencerá exclusivamente a uma vida", continua Arendt, "o mundo comum é aquilo em que entramos ao nascer e deixamos para trás quando morremos". *É este Mundo comum, mundo da cidade, que separa o Homem do resto da Natureza.*

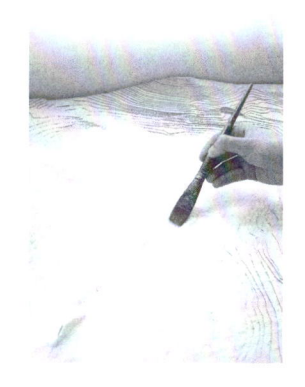

Traçando trajetos na neve.
(Deus, percurso natural e percurso artificial.)

---

332 "O mito popular de um 'homem forte' que, isolado dos outros, deve a sua força ao facto de estar só, é uma mera superstição baseada na ilusão de que podemos 'fazer' algo, na esfera dos negócios humanos – 'fazer' instituições ou leis, por exemplo, como fazemos mesas e cadeiras, ou fazer o homem 'melhor' ou 'pior' – ou é, então, a desesperança consciente de toda a ação, política ou não, aliada à esperança utópica de que seja possível lidar com os homens como se lida com qualquer 'material'". (Arendt, Hannah – *A condição humana*, 2001, p. 238, Relógio d'Água)

333 Idem, p. 69.

AÇÃO DE MÁQUINA E DE HOMEM

Centremo-nos na questão da ligação entre discurso e ação. Em primeiro lugar, olhemos para a palavra agir: agir, no sentido mais geral do termo, "significa tomar iniciativa, iniciar, [...] imprimir movimento a alguma coisa (que é o significado original do termo latino *agere*)"[334]. O Homem é assim alguém que toma "iniciativas", é "um iniciador"[335].

Escreve Arendt que o facto "de o homem ser capaz de agir significa que se pode esperar dele o inesperado". Diríamos que a possibilidade de *atirar* ou *pousar* movimentos no espaço define no Homem um *sistema contínuo de inaugurações*.

A vontade própria, a individualidade e a liberdade fazem das ações humanas *movimentos de abertura*. O movimento humano *abre* o mundo, não o fecha como faz a máquina ou como faz, aliás, o *agir da máquina*. Fechar o mundo é *saber o que vai surgir no mundo*; a previsibilidade da máquina – o que a torna (precisamente por isso) útil ao Homem – é uma qualidade que a humanidade não possuiu. Como o Homem não poderia prever o que o outro homem iria fazer, inventou a máquina. Para se acalmar, diríamos.

Máquina, então, como um ser que não abre, *que não inicia o mundo*. Se, como Arendt refere, o Homem é um iniciador, a máquina é, sem dúvida, a que finaliza, a que coloca o ponto final, um *finalizador*, portanto. Na máquina prevemos com segurança o final da sua ação, no Homem poderemos apenas estudar (isto é: tentar perceber) o início das ações, as motivações, as necessidades, os objetivos. Poderemos tentar perceber. Não podemos controlar.

ORGANIZAÇÃO DA AÇÃO

O único modo de organizarmos a ação, a própria ou a dos outros, é o discurso. O discurso humaniza a ação pois explica-a tanto quanto possível; isto é: tenta traduzir em palavras movimentos orgânicos executados

Deus alisando a neve.

---

334 Idem, p. 225.
335 Idem, p. 226.

no espaço. Arendt escreve: "Nenhuma outra atividade humana precisa tanto do discurso como a ação". Conclusão estranha, mas importante. O movimento humano pressupõe uma razão verbal, uma razão explicável pelo verbo. A linguagem justifica, explica, interpreta os movimentos musculares. O músculo humano não age apenas, fala e ouve. Diga-se que, logo no início de *A condição humana*, Hannah Arendt chama a atenção para o modo como, na Grécia clássica, ação e discurso se cruzavam: "o discurso e a ação eram tidos como coevos e co-iguais, da mesma categoria e da mesma espécie", significando isso que as "ações políticas", as ações essencialmente humanas – que dizem respeito à relação entre homens – são realizadas através da verbalização (e não do ato mudo) e que "o ato de encontrar as palavras adequadas no momento certo, independentemente da informação ou comunicação que transmitem, constitui uma ação"[336]. Arendt conclui: "Somente a pura violência é muda".

O ato humano pode ser argumentado, contra-argumentado, discutido. Quando assim não é possível, estamos no campo do perigo, da violência e do horror.

Um homem de pé, um a fazer o pino, e um avião.

---

336 Idem, p. 41.

DIZER MOVIMENTOS

Ator e autor coincidem: o proprietário de um corpo humano é também proprietário de uma língua humana; o utilizador de movimentos também utiliza palavras. Eu sou autor dos meus movimentos porque em certo sentido não apenas os faço, como também os digo. No limite, poderemos falar numa espécie de *recitação de movimentos*, talvez da mesma maneira como nos referimos à recitação de poemas. Poderemos, com certa *tranquilidade verbal,* descrever, com minúcia, determinadas ações, determinados movimentos. Ou seja: sem qualquer ação física, concreta, eu posso ver uma ação *mentalmente*, através da extraordinária visibilidade que as palavras fornecem. As palavras constroem um outro mundo físico, concreto, e com a particularidade de ser instantâneo; perante, por exemplo estas palavras: *eu estou a levantar o braço,* de imediato visualizamos essa ação; e as eventuais diferenças de percepção desta descrição por diferentes pessoas não serão significativamente maiores do que as que ocorrem quando os espectadores humanos assistem *mesmo* a essa específica ação física. Diríamos assim que há *espectadores de ações e espectadores de palavras* e que, no caso de as palavras descreverem com qualidade uma determinada ação, *o espectador de verbos e substantivos* pode ficar mais elucidado sobre a ação do que o espectador de sucessivas contrações e relaxamentos musculares da ação propriamente dita.

Visualizo melhor os teus movimentos através das tuas palavras, poderia dizer alguém sem parecer excessivamente paradoxal.

Dizer movimentos.

CONTAR HISTÓRIAS E URGÊNCIAS

Não é por acaso que as histórias são quase sempre verbais e não gestuais. Isto é, quando alguém pergunta: o que fizeste? Quais as ações que executaste?, quem faz esta perguntas não está à espera de uma repetição dessas ações, de um mimar, de um repetir dos movimentos, pois tal seria pouco explícito, confuso, e representaria uma enorme perda de tempo. Eu percebo melhor o que tu fizeste se tu não o fizeres de novo, se *o relatares.* Todas as histórias verbalizadas, o pequeno episódio que um amigo conta a outro sobre o que lhe sucedeu a si, ao seu corpo, quais as suas ações, toda esta concentração quase exclusiva na verbalização das ações passadas (em vez de as repetir) demonstra o desequilíbrio de eficácia entre a palavra e ação. Eficácia tanto a nível de tempo como, essencialmente, a nível de comunicação.

É evidente que, num sistema onde a eficácia do tempo não é essencial, como sucede na literatura, a descrição verbal de uma ação pode levar muito mais tempo do que a ação propriamente dita. Uma ação que demorou segundos pode ser transformada em centenas de páginas, que demorem várias horas a ser lidas. A ficção pode tornar lenta ou rápida uma ação, de acordo com o objetivo literário, não dependendo do tempo da ação propriamente dita. A diferença entre as palavras da literatura e a descrição necessária para se atuar, por exemplo, numa emergência médica torna-se, assim, abissal. À pergunta *O que é que aconteceu?*

feita numa situação de emergência, um homem tentará responder, relatando ações e acontecimentos no mínimo tempo possível, enquanto face à mesma pergunta,

O que é que aconteceu?

um escritor de ficção poderá perder-se em demoras, desvios, avanços súbitos, retrocessos e saltos. É evidente que a eficácia da existência não é comparável à eficácia literária. A extraordinária descrição de uma ação em literatura – por exemplo, de um assassinato –, se fosse aplicada na existência concreta, poderia ser motivo de acusação de encobrimento de crime por intencional perda de tempo.

O que é que aconteceu?

DISCURSO, AÇÃO, MULTIDÃO E INDIVIDUALIDADE

As palavras e os atos dão um nome ao corpo, separam-nos dos outros homens e coisas: *ninguém age e fala como eu*, e é por essa razão que existo[337].

---

337 Arendt é clara: "só no completo silêncio e na total passividade é que alguém pode ocultar quem é". (Idem, p. 228)

A existência individual é uma *diferença de discurso* e uma *diferença de ações*. Nesse sentido, entende-se a multidão como um agrupamento, não de indivíduos com nome (discurso e ação próprios) mas sim de indivíduos sem nome: há um discurso comum e uma ação comum. Não há, pois, homens numa multidão, mas quando muito um (1) homem. A multidão é um homem, um coro, tanto na verbalização como nos movimentos; um coro de músculos, uma sincronização gigante de contrações e relaxamentos musculares.

Quando muitos avançam na mesma direção (e o avanço de um exército pode aqui ser um exemplo), ninguém avança em direção alguma, pois não há esse *alguém*. Quem entra numa multidão direcionada aceita, de certa maneira, suspender as suas palavras e os seus movimentos individuais, suspende as formas verbais iniciadas por Eu (entra no: *nós dizemos*); e reduz o mundo das ações, temporariamente, a um: *nós fazemos*.

O mundo das coisas que rodeia uma multidão ou um grupo assumido como tal é o mundo das coisas que se apresentam sem discussão, isto é, sem discursos contraditórios. Se eu tenho as mesmas palavras e atos frente às coisas que um Outro, então é porque as coisas do mundo são para mim e para o Outro iguais. Vemos o mundo *com os mesmos olhos*, expressão popular infinitamente profunda: trata-se de uma identificação até ao orgânico: entre duas pessoas de igual discurso e ação não há quatro, mas dois olhos; tal como se poderia dizer que não há quatro braços, mas dois; não há quatro pernas, mas duas, não há dois corações, mas um único.

CIDADE, INDIVÍDUO E ENTENDIMENTO

Esta redução de dois corpos a um – ou, no caso da multidão, de milhares de corpos a um – é uma simplificação dos discursos e da ação que pode revelar-se, em determinados limites, inaceitável; no entanto uma cidade define-se, de facto, pelos entendimentos, isto é: graças às sincronizações temporárias, de discurso e ações. Se em nenhum momento os homens, cada homem, prescindisse de uma marca individual nas suas palavras e ações, então a cidade não existiria. A cidade existe porque um Homem abdica de ser *completamente* individual. Decide entender-se com outros[338].

A cidade que só pode existir porque cada homem, em certos momentos, abdica dos seus substantivos e dos seus movimentos musculares particulares, abdica de dar *nomes únicos às coisas*.

LINGUAGEM, POESIA E CRIME

Este dar um nome único, privado, às coisas que todos veem, é uma marca essencial do humano e que aproxima cada indivíduo das funções do poeta. Para existir entendimento com os outros homens, à mesa chamamos *mesa* mas, por vezes, o homem pode chamar à mesa *animal imóvel de quatro patas* ou *animal de madeira* ou *animal parente do cavalo feito imóvel pelo homem para colocar objetos no seu dorso e para que estes não se partam*. Esta possibilidade de utilização exclusiva, individual, das palavras, esta possibilidade de colar novos nomes às velhas coisas é uma marca do humano que a cidade, pela uniformização do vocabulário, vai retirando a cada indivíduo. Atribui-se, aos poucos, essa função apenas aos poetas ou aos escritores, considerando-se que os outros cidadãos não necessitam de um discurso individual, mas apenas de um discurso *que seja entendido*. A expressão *ninguém fala como ele,* quando aplicada ao cidadão comum pode ser encarada como expressão de um incómodo. Uma cidade é, de certa maneira, definida por *um* discurso e *uma* ação. Tudo o resto são exceções que a cidade consegue facilmente diluir, defendendo-se assim de uma desintegração.

Em termos de ação, o criminoso e o santo, peguemos nestes dois exemplos, agindo numa cidade, agem como seres excepcionais, e por isso a cidade tolera-os, mesmo que esta tolerância se manifeste pela prisão – no caso do criminoso – ou pela circunscrição das ações do santo a uma *área*.

Em termos de linguagem, o poeta ou o homem que não se consegue exprimir de forma clara, tornam-se

O homem que carrega círculos.

---

[338] Para Platão, em *A república*, a cidade tem a sua origem "no facto de cada um de nós não ser autossuficiente, mas sim necessitado de muita coisa". (Platão – *A república*, 1993, p. 72, Fundação Calouste Gulbenkian) Balzac, com a sua ironia, encontra uma outra justificação: "A avidez de todos é a sentinela mais vigilante contra a avidez de um só". (Balzac, H. – *O elixir da longa vida*, 1973, p. 92, Estampa)

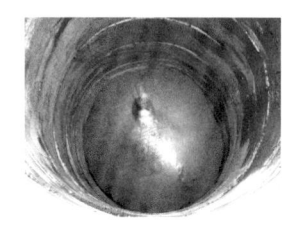

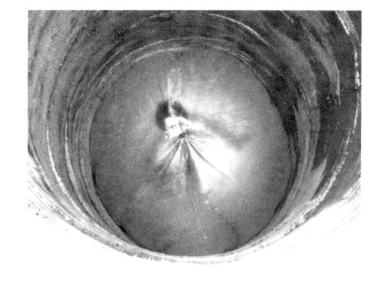

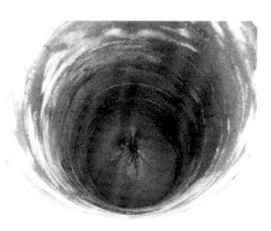

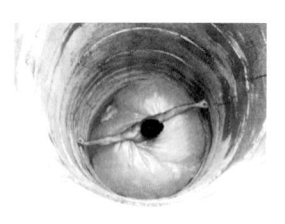

170   2.4 O discurso e a ação

também exceções. Cada cidade define-se então por um discurso e por uma ação comuns, e ainda pelas exceções que servem de confirmação dos limites. Estas exceções são, aliás, determinantes no satisfazer da curiosidade da multidão. O fascínio pelo poeta – utilizador de frases únicas – e pelo grande criminoso ou pelo herói – aqueles que fazem atos únicos – são, no fundo, fascínios indispensáveis, pois transformam potenciais *atores* (cada um dos cidadãos) em concretos *contempladores* e, nesse sentido, evitam o multiplicar de discursos e ações excepcionais, contribuindo para a manutenção da boa ordem na cidade.

LINGUAGEM E EXPERIÊNCIA

E, sim, as palavras pensam. Mas não ficam apenas aí. Também fazem da experiência um sítio capaz de ser ocupado; rebaixado ou elevado por elas. As palavras "são sinais sonoros para conceitos", escreve Nietzsche, "os conceitos, porém, são sinais-imagens mais ou menos definidos para sensações, grupos de sensações que se repetem e se juntam frequentemente. Para nos entendermos não basta empregar as mesmas palavras: deve-se empregar a mesma palavra também para nos referirmos ao mesmo género de vivências íntimas, deve-se, enfim, ter uma experiência *comum* com o outro"[339].

Há, de facto, como aponta Nietzsche, uma relação inseparável entre experiência e linguagem[340]. A experiência, para ser comunicável, tem de ser digerível pela linguagem, e esta tem de entender a experiência concreta, corporal; a linguagem tem de entender as ações, os movimentos; se não, nada feito: a experiência será impartilhável, será puramente individual: estará fora do mundo. Não ter palavras para *isto* que aconteceu é deixar *isto* que aconteceu fora do mundo: as outras pessoas nada poderão perceber. *Não ter palavras para* é deixar que esse objeto alvo da nossa mudez saia do mundo (ou nem sequer entre).

Um olho vivo. (Poço, bailarino.)

---

339   Nietzsche, F. – *Para além de bem e mal*, 1998, p. 199, Guimarães Editores.
340   Para Savater, numa definição algo lateral a este raciocínio, experiência é "a capacidade de recusar e escolher que se vai forjando em cada um, apesar das rotinas impostas". (Savater, Fernando – *Livre mente*, 2000, p. 69, Relógio d'Água) A capacidade, em suma, para dizer sim ou não.

Uma palavra é assim um agregado, um atrator de sensações comuns, uma *condensação comunitária de sensações*.

Nietzsche é mais radical, e escreve:

"É por isso que as pessoas de um só povo se entendem melhor entre si do que as pertencentes a povos diferentes, mesmo que se sirvam da mesma língua; ou antes, quando as pessoas viveram juntas durante muito tempo em condições semelhantes (de clima, de solo, perigo, necessidades, trabalho), *nasce* daí algo que 'se entende', um povo"[341].

A forma como as letras do alfabeto se juntam é resultado das reações orgânicas, diríamos, prolongando o raciocínio de Nietzsche; a linguagem comum nasceria de uma *excitação fisiológica comum*[342].

LINGUAGEM COMO EXPERIÊNCIA FÍSICA

Há, no entanto, um perigo nesta ligação direta entre experiência física e experiência linguística: todo este raciocínio pode pressupor que as palavras raras, ou melhor, as frases raras, as frases que se afastam de um entendimento imediato e geral são fruto de experiências físicas raras: a vida entediante não poderá produzir frases excitantes, é o que se pressupõe. Tal consideração parece-nos precipitada, pois importa salientar que a linguagem é, ela própria, uma experiência física, uma *experiência no mundo*. Experimentar palavras, experimentar frases é como experimentar correr a determinada velocidade, é como experimentar saltar: é

---

341 Nietzsche, F. – *Para além de bem e mal*, 1998, p. 199, Guimarães Editores.
342 Prossegue, nesta linha, Nietzsche: "Em todas as almas acontece que um número igual de vivências frequentemente repetidas acabou por predominar sobre vivências mais raras: é com base nelas que a gente se entende com rapidez, cada vez mais rapidamente – a história da linguagem é a história de um processo de abreviação –; é com base neste rápido entendimento que a gente se alia estreita e cada vez mais estreitamente". (Idem, p. 199)

Maelstrom vermelho.

uma experiência no mundo, é uma experiência física, orgânica: falar e escrever são atos físicos, atos atléticos: o *atletismo da fala, o atletismo da escrita, o atleta da linguagem, o atleta dos substantivos, o atleta das frases raras.* Dizer certas frases cansa como uma corrida de cem metros – esforço intenso, anaeróbio, de curta duração, mas arrasador. Outras frases, pelo contrário, provocarão uma fadiga semelhante à provocada por uma maratona, esforço aeróbio, prolongado no tempo. Digamos: há *frases aeróbias* e *frases anaeróbias*, frases que mobilizam determinados sistemas e formas de metabolismo, frases que precisam de determinada energia, num determinado tempo, e frases *de um outro mundo*, que solicitam outros metabolismos. E tal poderá ser pensável tanto para quem profere ou escreve a frase ou as frases como para quem as lê. Haverá assim também uma *leitura aeróbia*, uma leitura calma, lenta, que se pode prolongar por muito tempo, que requer uma certa intensidade mínima, suportável durante longos períodos; textos pois que requerem do leitor uma excitação mental tranquila, baixa. Enquanto outros textos, certos fragmentos – o conceito-base de aforismo –, pelo contrário, são intensos: exigem do leitor tudo e agora, já. Não se torna por isso suportável o prolongamento da leitura por largos minutos, porque um fragmento, um início, algumas linhas apenas, contêm uma forte intensidade, exigem do leitor um esforço tremendo: arrasam-no, em poucos minutos provocam uma fadiga que os outros textos só conseguem ao final de algumas horas.

Eis, então, que o mundo da linguagem é um mundo de experiências do corpo: o corpo cansa-se, repousa, percorre uma certa distância a uma velocidade lenta, depois aumenta a velocidade, depois para: eis o relato de uma leitura, de uma escrita, de uma fala. Eis ainda um pedaço substancial das experiências dos seres humanos vivos e falantes: a experiência da linguagem, uma das mais determinantes. Experiência física, corporal.

PERIGO E LINGUAGEM

Nietzsche, no texto atrás referido da obra *Para além de bem e mal*, dá importância ainda à questão do perigo. O perigo como centro de toda a experiência humana e, portanto, centro também de um certa tendência para o entendimento linguístico. Eis o que escreve Nietzsche:

"Quanto maior for o perigo, maior será a necessidade de chegar a acordo com rapidez e facilidade quanto ao que é preciso fazer; não haver mal-entendidos no perigo é o que os homens não podem dispensar de modo algum para o convívio"[343]. O que Nietzsche parece dizer é que foi no perigo que a linguagem começou.

De facto, a necessidade de entendimento é uma consequência do perigo: queremos perceber os outros, nas situações mais domésticas e pacíficas, porque sabemos que um dia poderá ser essencial entender o outro, perceber ao pormenor a língua e a linguagem do outro. Aprender línguas é aprender a reconhecer perigos: uma língua desconhecida é um foco perigoso, é a possibilidade aberta de surgir uma ameaça que eu não entendo a tempo.

Não entender o perigo a tempo poderá assim ser sinónimo, em determinadas situações, de não entender uma frase a tempo. Há, na linguagem comum entre homens, uma espécie de entendimento tácito de que várias pessoas em conjunto detectam melhor possíveis ameaças do que um homem só. Podemos supor que, num mundo físico onde o Perigo fosse banido por completo; em que o Homem, suponhamos, estivesse imune à ferida, às doenças e à morte surgida de modo imprevisto – porque o perigo não é mais do que o imprevisto, o *previsível é o não perigoso*: envelhecer, por exemplo, não é um perigo, não é uma ameaça, tal como o pôr do Sol não o é – mas, dizíamos, num mundo onde o Perigo não existisse, a necessidade e a importância de uma língua comum diminuiria, estamos certos, drasticamente. Mas, claro, a linguagem, enquanto património comum de um conjunto de pessoas, não serve apenas para uma melhor partilha das ameaças e portanto para defesa a essas ameaças; há ainda os negócios e o amor. Escreve Nietzsche a este propósito que tanto o amor como a amizade não duram "se se descobrir que um dos dois, usando as mesmas palavras, sente, pensa, fareja, deseja, receia coisa diferente do outro"[344].

Poderemos dizer que uma falta de entendimento linguístico é, nas relações afectivas – amorosas e/ou

---

343 Idem, p. 199.
344 Idem, p. 199.

amigáveis –, sinónimo de uma traição: não entender o que queres dizer significa *não entender as tuas experiências, não entender o teu corpo. Traíste-me: utilizas uma palavra que eu não entendo.*

Ou ainda, dito de outra forma: traíste-me, *conheces perigos que eu desconheço*; sabes defender-te de perigos de uma maneira diferente da minha. Não usas as mesmas armas para te defenderes do mundo: dizes palavras que eu não entendo.

A DISTÂNCIA (VER, FALAR)

O *organismo é feito para a palavra,* esse organismo a que demos o nome de *Homem*; como se todos os órgãos trabalhassem, de facto em silêncio, internamente, para culminar na possibilidade da frase. Os órgãos existem para o Homem poder falar; todos eles, até os que aparentemente nada têm a ver com isso – o fígado, os rins, etc.

Falar, um passo à frente, atrás: "que seria de uma sociedade que renunciasse a distanciar-se?"[345], questiona Barthes. E porquê a distância? Porque é a distância mínima que pressupõe a palavra. Escreve ainda Barthes, no mesmo fragmento: "E como não olharmo-nos, a não ser falando?"

Porque, de facto, o falar é *uma outra forma de olhar para o outro*. O diálogo pode ser entendido como um sistema de observação; dialogar com o outro é *observá-lo*; e é também aceitar ser observado, aceitar ser objeto do olhar do outro. O diálogo entre dois homens é um duelo pacífico de observações; aliás, o duplo sentido da palavra, em língua portuguesa, ganha aqui uma outra força: eu faço-te uma observação (eu digo-te algo) e, ao mesmo tempo, eu observo-te: olho para ti. Um comentário verbal – de uma pessoa a outra – é como que uma *olhadela* – pelo canto (ou não) do olho. A importância, pois, da fusão entre observação verbal e observação visual.

A frase dita é assim um sistema orgânico que vê, que tem olhos; e, ao mesmo tempo que é visto, tem outros olhos a olhar para si. Uma frase escutada num diálogo torna-se também matéria, coisa observada, pois, sain-

Três formas de medir uma porta.

---

345 Barthes, Roland – *O rumor da língua*, 1987, p. 289, Edições 70.

do do corpo, exibe-se. Uma frase que digo é uma *parte do meu corpo que eu mostro*.

Falar, dialogar – processo de exibição (*mostro-me*) e de observação (*vejo-te*).

CRÍTICA À LINGUAGEM COMUM

Mas nem toda a fala ou diálogo vê ou mostra da mesma forma. Escolher palavras é escolher pontos de vista; é uma deslocação ou, muitas vezes, uma quietude inerte. Neste ponto parece-nos importante olhar para a radical crítica de Nietzsche à linguagem comum (aos lugares-comuns) e às experiências comuns, considerando-se nesta linha determinante saber quais "os grupos de sensações que, dentro de uma alma despertam mais rapidamente, tomam a palavra, dão as ordens"[346]. Naqueles homens, nos que têm sensações que lhes dão, a si próprios, ordens, vê Nietzsche uma marca de inferioridade e aceitação:

"Admitindo que desde sempre a necessidade aproxima apenas aquelas pessoas, que, com símbolos semelhantes, podiam indicar carências semelhantes, vivências semelhantes, resulta no conjunto que, de entre todas as forças que até agora dominaram os homens, a mais poderosa deve ter sido a fácil *comunicabilidade* da necessidade, isto é, no fundo, o experimentar vivências apenas medíocres e *vulgares*".

Podemos também pensar no facto de, no geral, as pessoas estarem sujeitas aos mesmos perigos, pois tal como há lugares-comuns na linguagem, há lugares-comuns na experiência e portanto perigos e seguranças comuns. Lugares-comuns aqui no sentido literal: há lugares onde todos os homens estão ou vão, e nesses lugares de comunidade só podem surgir perigos idênticos.

Procurar outros caminhos é então procurar outros lugares – lugares insólitos, lugares raros, lugares individuais. E aí sim: poderás encontrar o *teu* perigo, aquilo que te ameaça, e apenas a ti, precisamente porque estás só nesse lugar novo. Estás face a uma ameaça que ninguém pode entender porque ninguém esteve ali antes. E face a essa *ameaça que traz o teu nome* poderás

Três modos de ser discreto.

---

346 Escreve Nietzsche: "são precisas asas quando se ama o abismo". (Nietzsche, F. – *Para além de bem e mal*, 1998, p. 200, Guimarães Editores)

defender-te com as armas que também trazem o teu nome – as únicas armas que te defendem; estas armas poderão ser feitas de diversos materiais, uns mais concretos que outros; uma delas, uma das principais, é a linguagem.

O errar, no sentido de errância – passeio sem destino –, essa tentativa de um indivíduo se perder para encontrar depois um caminho não comum, essa procura do erro, do não acertar no previsível é, então, a procura de uma nova experiência, de um novo perigo, de uma nova frase.

Há, assim, no homem que está perdido, no homem que se afastou dos outros, uma aura de poeta: perder-se é começar a investigar a linguagem, começar a investigar o próprio corpo[347].

Quando falamos de linguagem individual falamos também de resistência[348] – Vaneigen usa a palavra "desvio", consistindo este num "global começar do jogo"[349] –, toda a escrita diferente é uma resistência à vaga interminável da escrita comum, escrita, esta – a comum –, que quer comunicar de imediato, que quer ser de imediato entendida, e por isso desleixa-se, simplifica-se até ao ponto em que se transforma numa linha, interpretação. Frases que ganham multidões, mas perdem indivíduos.

De qualquer maneira, como escreve Vaneigen, "ainda vai ser preciso falar até ao momento em que os factos permitirão que nos calemos"[350].

---

347 Eis a violenta consideração de Nietzsche sobre o assunto:
"As pessoas mais semelhantes, mais vulgares estavam e estão sempre em vantagem; os mais seletos, os mais delicados, mais raros, mais difíceis de compreender, esses facilmente ficam sós, no seu isolamento sucumbem aos acidentes e raras vezes se reproduzem". Deve, pois, escreve Nietzsche, abrir-se uma guerra, deve "apelar-se para imensa resistência, para entravar esse *progressus in simile* natural, demasiado natural, a evolução do homem para o semelhante, para o comum, para o médio, para o gregário – para o vulgar!" (Idem, p. 200)

348 Resistência, em primeiro lugar, à fisicalidade bruta imediata, pois a linguagem compete sempre com a violência, como escreve Camus, no final da última carta a um amigo alemão (a um ex-inimigo, portanto): "doravante, a única honra consistirá em manter obstinadamente a formidável aposta que decidirá se as palavras são ou não são mais fortes do que as balas". (Camus, Albert – *Cartas a um amigo alemão*, s/data, p. 208, Livros do Brasil)

349 Desvio como processo em que, primeiro, se perde, propositadamente, o sentido vulgar de algo, para de seguida se atribuir um novo sentido; trata-se, no fundo, de desvalorizar o passado, de desvalorizar o entendimento verbal que se tinha anteriormente de uma situação. (Vaneigem, Raoul – *A arte de viver para a geração nova*, 1980, p. 282, Afrontamento)

350 Idem, p. 110.

3

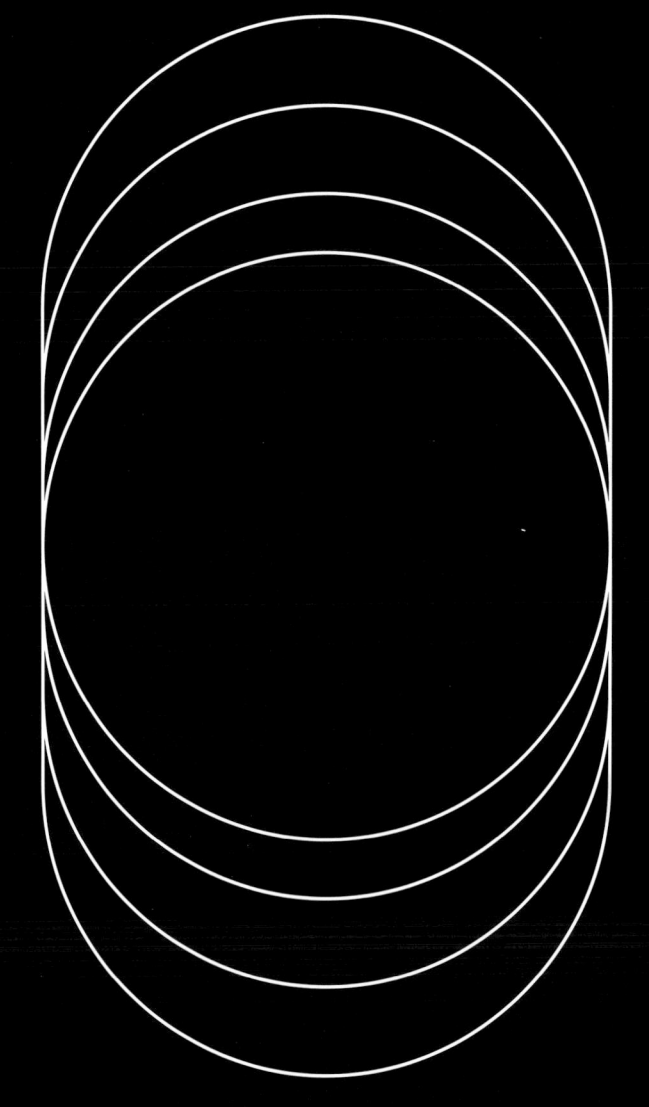

O CORPO NO CORPO

3.1 Corpo e identidade

E não vamos nada mal, o vento passa por entre os espaços que nós e a massa dos nossos membros deixamos livres. As gargantas libertam-se nas montanhas! É de admirar que não cantemos.
Franz Kafka, *Os contos*

A mulher incorpórea de Sacks

A HISTÓRIA DE CRISTINA

Se esta certeza (*o meu corpo pertence-me*) é abalada, tudo (o mundo, o meu mundo) é abalado. Não estamos pois num processo mesquinho de contabilizar propriedades dispensáveis, pelo contrário, estamos no centro primeiro do humano. Antes ainda das necessidades primárias (alimentação, abrigo, etc.) surge a necessidade do piso zero: ter um corpo que se reconhece; em volta, para o mundo, e depois para si próprio, e dizer, calmamente: eu estou aqui, *pelo menos tenho um corpo*. Oliver Sacks conta o episódio de Cristina[351], "uma jovem de 27 anos" que deu entrada no hospital para uma

---

351 Sacks, Oliver – *O homem que confundiu a mulher com um chapéu*, s/data, p. 65-77, Relógio d'Água. Há uma associação entre identidade e narrativa pessoal; conhecer a história de alguém é conhecer alguém. Como evoca Arendt: "Estar tão em uníssono com o nosso destino que ninguém possa distinguir o dançarino da dança, que a resposta à pergunta 'Quem és tu?' seja a réplica do Cardeal, 'Permite-me [...] que te responda à maneira clássica, contando-te uma história', é a única aspiração digna da vida que nos foi dada". (Arendt, Hannah – *Homens em tempos sombrios*, 1991, p. 126, Relógio d'Água).

operação a "pedras na vesícula biliar" mas que, antes da operação, começou a ter outros problemas: "sentia-se desequilibrada quando se punha em pé, fazia movimentos estranhamente flutuantes e deixava cair coisas das mãos". No dia da operação "não conseguia segurar nada nas mãos que 'flutuavam' a não ser que olhasse para elas"[352]. Ela dizia: "Sinto-me esquisita, como se não tivesse corpo". Um corpo com mãos que não é capaz de agarrar vê-se, a si próprio, como corpo vazio, corpo ausente, corpo que não está.

O diagnóstico veio: "ela perdeu toda a propriocepção. Não tem sensibilidade em nenhum músculo, tendão ou articulação"[353].

Oliver Sacks escreve: "Expliquei-lhe que a consciência do corpo nos é dada por três coisas: a visão, os órgãos de equilíbrio (o sistema vestibular) e a propriocepção. [...] Em circunstâncias normais, trabalham todos em conjunto". Diremos mesmo: trabalham de tal forma em conjunto que em situações normais essas três coisas são como uma só, não se distinguem. Sacks prossegue: "Falei-lhe de um paciente meu, o Sr. MacGregor, que, impossibilitado de usar os órgãos de equilíbrio, usava os olhos [...]. Falei-lhe de doentes com neurossífilis (*tabes dorsalis*) que apresentam sintomas semelhantes, mas só em relação às pernas". Braços ou pernas: algo desaparece. "Contei-lhe que, quando pedíamos a um desses doentes para mover as pernas, ele dizia: 'Claro, logo que as consiga encontrar'"[354]. Cristina, a doente, descreve a sua situação: "Essa 'propriocepção' faz de olhos do corpo, é a forma como o corpo se olha a si próprio. Quando se deixa de a ter, como aconteceu comigo, é como se *o corpo cegasse,* o meu corpo não se consegue ver se não tiver olhos, não é?"

Esta ideia de cegueira em relação ao próprio corpo, cegueira táctil, *cegueira muscular*, afasta o corpo do indivíduo, torna o corpo um verdadeiro saco que se transporta. Sacks escreve que Cristina sente "que o seu corpo está morto, que é irreal, que não lhe pertence, não se consegue apropriar dele". E aqui surge a expressão que dá o intrigante título a este caso: Cristina é aquilo a que se pode chamar "mulher incorpórea" – "não tem

---

352 Sacks, Oliver – *O homem que confundiu a mulher com um chapéu*, s/data, p. 67, Relógio d'Água.
353 Idem, p. 69.
354 Idem, p. 70.

corpo, é uma espécie de aparição"[355]; perdeu, diz Sacks, o "ego do corpo". *Se aquilo que eu sou não me pertence para onde ir? O que fazer?*

Esta paciente tem, segundo Sacks, uma "deficiência na sensação egoísta da individualidade"[356]. Este corpo próprio, então, que é ao mesmo tempo estrangeiro (estranho, de Outro, pertencente ao mundo e não a ela), coloca questões importantes. Estamos perante uma espécie de consciência solta da matéria, consciência que define o indivíduo, que só se reconhece nela e não no resto da sua imagem: o meu rosto *não sou eu*, eu sou aquilo que é dono do meu rosto, o que está atrás.

É um território onde se deita um corpo. Um território com a dimensão de um corpo doente. Território com a dimensão de um corpo convulso. Pensar em medidas de recipientes ou hospedeiros (objetos como a cama, a garrafa) que dependem não das dimensões concretas mas do estado mental do hóspede.
Uma cama que aloja um doente poderá/deverá ter as mesmas dimensões da cama de um homem saudável?

---

355   Idem, p. 75.
356   Weir Mitchell citado por Sacks. (Idem, p. 76)

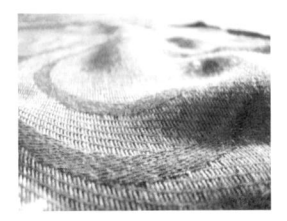

CAIR DA CAMA

No episódio *O homem que caiu da cama*[357] Sacks descreve um outro caso, o de alguém que acordou no hospital: "Quando acordou também se sentia bem, até ao momento em que se mexeu. Foi então que descobriu, como ele próprio disse, que havia na cama 'uma perna de outra pessoa', uma perna humana, uma coisa horrível! [...] Tocou na perna com cuidado. Parecia perfeitamente 'estranha' e fria. Nessa altura percebera tudo: era uma partida! Uma partida monstruosa e imprópria mas muito original. Estávamos na véspera de Ano Novo e todos celebravam a data"[358].

A descrição do raciocínio do paciente é fundamental: o que pensa quem sente (ou não sente) esta estranheza? A explicação para a perna ali *aparecida* é absurda e notável ao mesmo tempo: "Era óbvio que uma das enfermeiras, com um sentido de humor macabro, se esgueirara até à unidade de dissecação, roubara uma perna e tinha-a posto debaixo dos seus lençóis enquanto ele estava a dormir". Sacks diz que o paciente ficou aliviado com esta explicação "mas achou que a brincadeira tinha ido longe demais e atirou aquela coisa da cama baixo. Mas [...] *quando a atirou da cama abaixo foi arrastado atrás e agora aquilo estava agarrado a ele*".

O paciente, a princípio, espanta-se, sobressalta-se: "'Olhe para isto!', gritou revoltado. "Já alguma vez viu uma coisa tão horrível e macabra? Pensei que os cadáveres estavam mortos e pronto. Mas isto é estranho! E não sei como mas – é horrível – parece que está agarrada a mim!" Eis algo fundamental: a perna parece, ao mesmo tempo, estar agarrada e afastada, ligada e separada. Ele *vê* que lhe pertence, mas *sente* que não lhe pertence. Como se estivessem em conflito dois órgãos de percepção: os olhos e a proprioceptividade. *Esta perna é minha/esta perna não é minha*, eis que uma nova lengalenga – macabra, perversa, absurda – ocupa espaço na cabeça humana.

A continuação da descrição seria quase cómica se não fosse dramática; o paciente, escreve Sacks:

"Agarrou a perna com as duas mãos e, com uma enorme violência, tentou separá-la do corpo. Como não

---

357 Idem, p. 78-81.
358 Idem, p. 78-79.

o conseguiu esmurrou-a, num acesso de raiva".
"Calma!", exclamou Sacks. "Tenha calma! Acalme-se! Se fosse a si não dava murros na perna dessa maneira".
"E porque não?", perguntou, irritado e feroz.
"Porque essa é a sua perna", respondeu Sacks.

INTENSIDADE

Estamos perante uma descrição da ligação-separação de alguém com o seu próprio corpo. O que está ligado *por fora* está separado *por dentro*. Por fora (por via dos olhos) o próprio e os outros veem que está ligado: aquela perna pertence àquele corpo, mas por dentro, nas sensações incomunicáveis que são as propriocetivas, nessas, nessa visão escondida de todos, nessa visão de si para si (*só eu consigo olhar para mim por dentro*), nessa *visão interior,* o próprio não vê uma ligação, mas um afastamento. Vocês dizem que isto (esta perna, este braço, isto: este corpo) me pertence, mas eu sei (porque só eu o sinto) que o meu corpo não sou eu.

1. Um colchão pode transformar-se num território (ou numa espécie de mapa enrugado; mapa emotivo).
Se fizeres isto (se transformares o colchão num espaço) então, depois, podes perder-te nesse território. Ou seja: podes perder-te em menos de um metro quadrado.
2. O que é um louco? Eu digo-te: é alguém que se perde num metro quadrado.

1. O essencial.
Um caixote do lixo. Uma janela (mesmo que escura). Uma janela que dá para a noite. Ou: uma janela que dá sempre para o que é escuro.
2. Um caixote do lixo, uma janela, mesmo que escura, uma cama, um canto onde se urina e um ecrã.
O essencial da modernidade.

A costeleta de Barthes

CORPO DUPLO

Em Barthes, o corpo é muitas vezes ponto de partida; o homem bem tenta esquecê-lo, mas o corpo insiste: quer aparecer na vida do seu *proprietário*: "O meu corpo não existe para mim próprio senão sob duas formas correntes: a enxaqueca e a sensualidade"[359]. Numa frase Barthes coloca os dois polos extremos da existência em jogo como que caindo sobre esse elemento que está no meio – o corpo. E que polos são esses? No limite: o mal e o bem ou, mais precisamente, neste caso: o bom e o mau, aquilo de que gosto e aquilo de que não gosto: a enxaqueca, escreve Barthes, "não é mais do que o grau primário do mal físico, e a sensualidade é considerada vulgarmente apenas como uma espécie de sucedâneo do prazer".

Dores de cabeça e excitação sensual – os dois modos de o corpo (orgânico) lembrar a esse outro sujeito (o indivíduo com corpo) que existe.

Conclui Barthes, ironicamente: "Por outras palavras: o meu corpo não é um herói". Pelo contrário, é visto como personagem secundária que luta para aparecer na existência comum, na existência saudável: esqueço-me de ti (corpo) porque sou feliz e saudável. Ou, noutras palavras, consequência da observação de Barthes: como não estou excitado nem tenho dores de cabeça, tu, corpo, não existes.

Há aqui um problema.

CORPO MÚLTIPLO

Mas, para Barthes, não estamos só num corpo que aparece em momentos de dor ou prazer; há estados intermédios. A descrição dos vários corpos em *Roland Barthes por Roland Barthes* é um exercício que poderia ser prolongado, quase sem limite:

"Tenho um corpo digestivo, um corpo nauseável, um terceiro suscetível de enxaquecas, e assim por diante: sensual, muscular (a mão do escritor), secretivo e, prin-

---

359 Barthes, Roland – *Roland Barthes por Roland Barthes*, s/data, p. 73, Edições 70.

cipalmente, emotivo: que é emocionado, movido, ou calcado ou exaltado, ou atemorizado sem que isso se note"[360].

Eis o corpo orgânico, o corpo que ocupa espaço, o corpo visto como *volume inteligente que sofre e ama*. No entanto, há outros corpos, precisamente porque pensar, sofrer ou amar implicam um *corpo rodeado*, e não só, implicam também: um *corpo que rodeia*.

E se podemos definir o corpo como algo que rodeia e é rodeado, portanto um corpo *espacial*, influenciado e influenciando o espaço, também podemos e devemos pensar num corpo que *rodeia e é rodeado pelo tempo*; o corpo não tem apenas coisas à sua volta, está no tempo[361] e tem também tempo antes e depois: memória e projeção.

O corpo é, assim, um *volume de tempo*, uma coisa que ocupa espaço e tempo: *o meu corpo ocupa o meu tempo*, eis uma definição possível de alguém que está atento aos acontecimentos que o rodeiam; ao mesmo tempo *o meu corpo ocupa o meu espaço*, isto é: sabe quais as *possibilidades musculares da inteligência*.

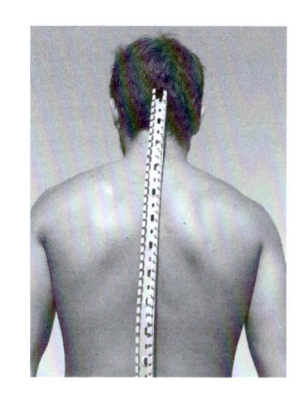

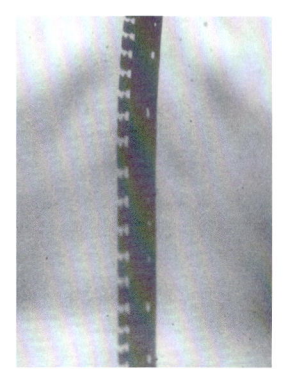

A COSTELETA

Mas voltemos à parte física desta questão. O que é isto que me compõe, que me constitui; que material é este?

O fragmento *A costeleta*[362], de Barthes, começa assim: "Eis o que fiz um dia com o meu corpo", como no começo clássico de uma história infantil, de uma história que o avô conta ao neto.

"Eis o que fiz um dia com o meu corpo", frase provocadora de imediato de uma perplexidade pois é escrita como quem escreve: eis o que fiz um dia com uma mesa.

E eis, então, a história:

"Sombra do interior"
O conceito é este: o que está escondido, o interior, não poderá estranhamente projetar uma sombra no exterior? Seria uma forma de adivinhares o interior das coisas e dos corpos. Aqui, neste caso, vemos a sombra da coluna vertebral.

---

360 "Por outro lado", escreve Barthes, "sinto-me cativado até ao fascínio pelo corpo socializado, o corpo mitológico, o corpo artificial (o dos 'travestis' japoneses) e o corpo prostituído (do ator). E além desses corpos públicos (literários, escritos) tenho, se assim poderei dizer, dois corpos locais: um corpo parisiense (desperto, cansado) e um corpo campesino (repousado, pesado)". (Idem, p. 74)

361 "Pode ter existência real um cubo que não dure por nenhum espaço de tempo?", questiona-se no livro de Wells, *A máquina do tempo*. E a seguir esclarece-se: "todo o real deve estender-se por quatro dimensões: deve ter Comprimento, Largura, Altura e... Duração". (Wells, H. G. – *A máquina do tempo*, 1989, p. 10, Francisco Alves)

362 Barthes, Roland – *Roland Barthes por Roland Barthes*, s/data, p. 74, Edições 70.

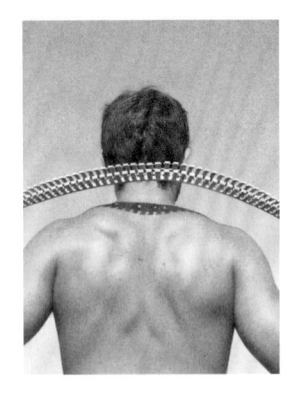

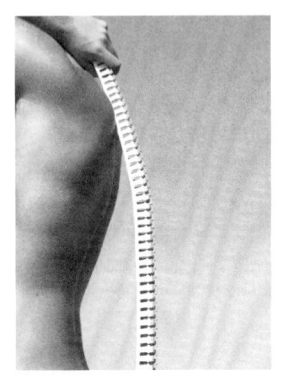

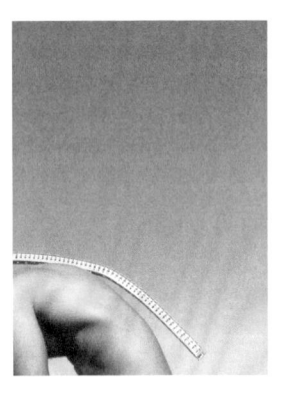

"Em Leysin, em 1945, tiraram-me, para me fazerem um pneumotórax pleural, um bocado de costela que depois me devolveram solenemente, envolto num pouco de gaze esterilizada (os médicos, é certo que suíços, proclamavam desse modo *que o meu corpo me pertencia*, por mais fragmentado que mo devolvessem: sou proprietário dos meus ossos, tanto na vida como na morte)". Eis a gentileza dos médicos: devolverem uma parte, preciosidade material e, neste caso, existencial: não se trata, afinal, apenas de alguém que recuperou a mala que perdeu.

Prossegue Barthes o seu relato:

"Guardei durante muito tempo numa gaveta esse bocado de mim mesmo, espécie de pénis ósseo análogo à extremidade duma costeleta de borrego, sem saber o que fazer dele, não me atrevendo a desfazer-me dele, com receio de atentar contra a minha pessoa, embora para mim fosse completamente inútil tê-lo assim fechado numa secretária, entre objetos 'preciosos' tais como chaves velhas, uma caderneta escolar, o caderno de baile nacarado e a carteira de tafetá cor-de-rosa da minha avó B".

Enumeração essencial: eis coisas do mundo, uma, duas, três, quatro. Estou de fora e aponto para elas. Só que aqui há uma intensidade invulgar: *aquilo para onde eu aponto fui eu*. Pensemos em quem aponta para um objeto que já foi essencial na sua vida, mas agora perdeu força, tornou-se insignificante. Pensemos, por exemplo, no amante que já não ama a apontar para o fio de prata oferecido pelo seu antigo amor, podendo nesse momento dizer: *aquilo já fui eu*.

Na situação referida por Barthes, em que o homem aponta para uma parte do seu corpo que lhe foi retirada, a intensidade é multiplicada. Há uma *nostalgia física*: aquilo (aquela costeleta, aquele apêndice, aquele dente), aquilo já fui eu! Nostalgia violenta porque recordo um período que já passou e, ao mesmo tempo, aponto, tranquilamente (afastado, portanto), não para algo a que o meu corpo se ligou (como no exemplo de um objeto amoroso), mas sim para aquilo que *apareceu já ligado*, aquilo que nunca vi como desligado.

Voltemos então ao relato de Barthes e à sua gaveta cheia de objetos; neste caso, devemos dizer apropriadamente cheia de objetos e de *sujeitos*, ou pelo menos de uma parte do sujeito, de uma parte que constituía o

Outras formas de utilização da coluna vertebral.

seu sujeito – uma das suas costelas. Temos, pois, *uma gaveta com objetos e uma parte do sujeito*. Forma quase cínica, mas objetiva, de descrever a situação.

E aproximamo-nos do fim da história: "um certo dia", prossegue Barthes, "compreendendo que a função de uma gaveta é adoçar, aclimatar a morte dos objetos (fazendo-os passar por uma espécie de lugar piedoso, capela poeirenta na qual, com o pretexto de os conservar vivos, lhes arranjamos um tempo decente de agonia tépida), mas sem ir ao ponto de me atrever a atirar esse bocado de mim mesmo para o balde de lixo coletivo do prédio, lancei a costeleta e a sua gaze do alto da varanda (como se dispersasse romanticamente as minhas próprias cinzas) para a Rua Servandoni, onde um cão qualquer deve ter vindo farejá-la".

Eis o epílogo. Eis, portanto, o que um dia Barthes fez com o seu corpo.

"Exercícios de coluna vertebral", assim foram designados estes exercícios. O homem que leva a coluna vertebral para casa.

O Moscarda de Pirandello

OLHAR PARA ONDE?

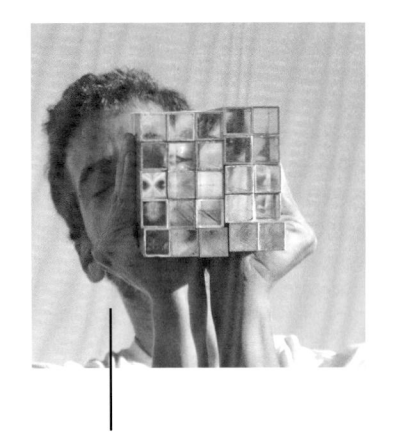

"– O que estás a fazer? – perguntou a minha mulher quando me viu, contra o que é costume, demorar diante do espelho.

– Nada – respondi, estou a olhar para o meu nariz, para esta narina. Ao carregar sinto uma dorzinha.

A minha mulher sorriu e disse:

– Pensava que estivesses a ver para que lado te descai.

Voltei-me como um cão a quem tivessem pisado a cauda:

– Descai? O meu nariz?

E a minha mulher, placidamente:

– Claro, querido. Olha bem para ele: descai-te para a direita.

Tinha vinte e oito anos e, até então, sempre considerara o meu nariz se não propriamente belo, pelo menos muito decente, como todos as outras partes da minha pessoa"[363].

Com este começo intrigante (intitulado *A minha mulher e o meu nariz*) Pirandello – no livro *Um, ninguém e cem mil* – inicia as hostilidades em relação à ideia de que há uma autoimagem única, apaziguadora[364].

Moscarda, o protagonista que descobriu ter o nariz descaído, mudou a partir desta descoberta: "enraizou-se em mim a ideia de que eu não era para os outros aquele que até então, dentro de mim, pensara ser"[365].

Esta fissura na autoconsciência deve-se sempre a um jogo (competição) entre o olhar e as coisas observáveis. Foucault, nas suas aulas do Collège de France,

---

363 Pirandello, Luigi – *Um, ninguém e cem mil*, 1989, p. 11, Presença.
364 Uma longa passagem em *O coração aventuroso*, centrada também no espelho, permite-nos clarificar logo para começar esta questão. Escreve Jünger:
"Em relação à imagem no espelho, gostaria ainda de falar de um fenómeno raro, mas cuja menção interessará aquele que já o tenha defrontado. Quando, por exemplo, nos encontramos na rua, ou à janela, e presenciamos um acidente, um estado de atordoamento apodera-se de nós. Se durante este atordoamento estivermos diante de um espelho, teremos a percepção de que a consciência da identidade entre nós e a nossa imagem no espelho se perdeu. Um estranho olha-nos do espelho. [...] Há que procurar aqui também uma das razões por que, quando morre alguém, os espelhos da casa são cobertos por panos". (Jünger, Ernst – *O coração aventuroso*, 1991, p. 138, Cotovia)
Como escreve o mesmo Jünger: "O *tapetum nigrum* é a parte do olho virada para nós. Vivemos assim no ângulo morto de nós mesmos". (Idem, p. 135)
365 Pirandello, Luigi – *Um, ninguém e cem mil*, 1989, p. 15, Presença.

onde tinha, ao fim de cada ano, doze horas de curso público para apresentar a sua investigação, fala abundantemente da questão clássica: "desviar o olhar sobre as coisas do mundo para conduzi-lo a si"[366].

A questão do governo de si, fundamental para Foucault, começa na consciência de si, consciência física, exterior, e consciência, claro, de tudo o resto (é interessante chamar *resto* ao essencial – o que é resto e o que é essencial depende *do sítio para onde está a olhar cada frase* ou, dito de outro modo, *do sítio para onde está a olhar cada pensamento*). O mundo está cheio de coisas que nos distraem de nós. E essas coisas infinitas do mundo podem ser consideradas nossas inimigas. *Não me conheço porque quis conhecer o que me rodeia.*

Claro que o problema não é assim tão simples.

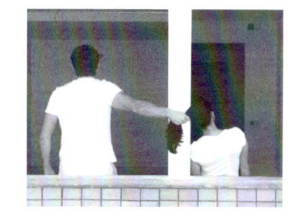

MOSCARDA E A SUA CONFUSÃO

Mas voltemos ao livro de Pirandello. Eis algumas das reflexões principais[367] do personagem Moscarda, após essa consciência de si, súbita, consciência que lhe chegou por intermédio, digamos, do nariz:

"1ª – para os outros eu não era aquele que, para mim, tinha até então julgado ser;

2ª – não podia ver-me viver;

3ª – não podendo ver-me viver, permanecia estranho a mim mesmo, ou seja, alguém que os outros podiam ver e conhecer, cada qual à sua maneira, e eu não;

4ª – era impossível colocar-me diante desse estranho para o ver e conhecer; eu podia ver-me, mas não vê-lo;

5ª – para mim o meu corpo, se o observava de fora, era como uma aparição, uma coisa que não sabia que vivia e ficava ali, à espera de alguém que pegasse nela;

6ª – tal como eu pegava no meu corpo para ser, por vezes, como me queria e me sentia, também qualquer um podia pegar nele para lhe dar uma realidade à sua maneira;

7ª – finalmente, aquele corpo, por si mesmo, era de tal forma nada e de tal forma ninguém que um fio de ar podia, hoje, fazê-lo espirrar, amanhã, levá-lo consigo".

Nada, ninguém. Repare-se que não é o mesmo: ser

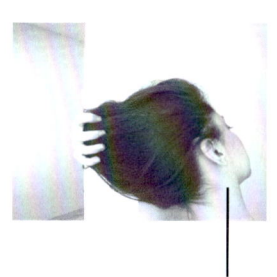

---

366 Foucault, Michel – *A hermenêutica do sujeito*, 2004, p. 281, Martins Fontes.
367 Pirandello, Luigi – *Um, ninguém e cem mil*, 1989, p. 28-29, Presença.

ninguém é não ser alguém humano; não ser nada é não ser nem ninguém nem nada, é não ser nem humano nem coisa.

Claro que poderemos sempre baralhar a realidade por intermédio da linguagem e tal fazer-nos pensar. Podemos dizer, por exemplo:

Eu não sou nada, mas sou alguém.

E tal pode ser visto como a afirmação de alguém que se afasta do resto do mundo: *não quero ser uma coisa no mundo* (mesmo que humana); quero ser alguém que está fora do mundo, um humano exterior às coisas. *Sou alguém, mas não sou nada.* Eis uma frase que isola o homem do mundo.

CONSTRUÇÃO

"Ah, você pensa que só se constroem as casas?", exclama Moscarda – "Eu construo-me continuamente e construo-o a si e você faz a mesma coisa".

E é nesta construção infinita de imagens que surgem, então, cem mil Moscardas, tantos quantos os que o viam e construíam uma determinada imagem que se baseava nas experiências[368] que com ele tinham partilhado. "Mas eu também sou este, e este, e este!"[369], reconhece Moscarda[370]. Uma das ambíguas personagens de Robert Walser exclama – bem a propósito: "Ninguém tem o direito de se comportar para comigo como se já me conhecesse"[371].

A Moscarda, depois desta descoberta, apetece brincar com as fixações de si que os outros construíram. Alterar radicalmente a imagem que um outro tem de nós, eis uma definição possível de *ato surpreendente*. Cada

---

368 Para Peter Sloterdijk o indivíduo está no mundo simultaneamente implicado na "aventura da conservação de si próprio" – e aqui existe a ideia de uma certa estabilidade – mas ao mesmo tempo, diz Sloterdijk, quer "determinar de maneira experimental qual é a melhor vida para si". Há, nesta segunda intenção, "uma experimentação sobre si mesmo", sobre os seus próprios limites, que pode levar à ruptura com a própria identidade. Note-se que apesar de tudo, para Sloterdijk a melhor maneira de um indivíduo se conservar a si mesmo é experimentar-se a si mesmo. Não há pois um antagonismo, mas uma complementaridade. (Sloterdijk, Peter – *Ensaio sobre a intoxicação voluntária: um diálogo com Carlos Oliveira*, 2001, p. 11, Fenda)
369 Pirandello, Luigi – *Um, ninguém e cem mil*, 1989, p. 65, Presença.
370 "Quem parece ser sempre a mesma pessoa não é uma pessoa. É um personificador de uma pessoa". (Burroughs, William S. – *Cidades da noite vermelha*, 1984, p. 52, Difel)
371 Walser, Robert – *A rosa*, 2004, p. 99, Relógio d'Água.

ato que nos espanta não é, portanto, mais do que *o assumir de uma outra identidade*, os atos são desviados de uma imagem anterior que se construiu sobre alguém e, por isso, alteram, por vezes definitivamente, essa imagem.

Moscarda, no romance de Pirandello, percebe que cada ato no mundo é um sinal que, com outros, define a sua identidade. Depois de se aperceber disto apercebe-se de que a identidade individual é como um jogo, é lúdica; podemos divertir-nos com ela: atirá-la mais para a frente ou mais para trás, empurrá-la, afastá-la para longe, aproximá-la. Agir é um jogo que coloca a nossa identidade como sendo um elemento frágil, agarrável, manipulável: "Para além de dizer loucuras, apetecia-me fazê-las, apetecia-me por exemplo rebolar nas estradas ou atravessá-las em passo de dança, piscando um olho por aqui, deitando a língua de fora e fazendo caretas mais além..." E Moscarda conclui: "Mas, pelo contrário, andava tão sério, tão sério, na rua. E vocês também andam tão sérios!..."[372]

Diga-se ainda que a experiência mental desta multiplicação de atividades leva ainda a uma reformulação do cálculo das presenças humanas num determinado momento. Quando Moscarda se junta a Dida e a Quatorzo, o somatório não é três: ali não estão, de facto, apenas três pessoas, pensa Moscarda. Estão três Didas, formula Moscarda:

"1) Dida, como era para si própria;

2) Dida, como era para mim;

3) Dida, como era para Quantorzo".

Naquela sala de estar não estavam três pessoas, mas nove. Há, parece-nos, uma observação importante sobre isto. A *identidade* pode ser definida como uma *partilha de experiências entre duas pessoas*, ou seja: *a identidade não depende apenas de quem é identificado, mas também de quem identifica*. Neste sentido, não se poderia – ou não se deveria – falar de identidade individual, mas sim de uma *identidade definida por um par: observador, observado*. É o outro que me dá a identidade, uma identidade privada, não partilhável com ninguém, nem sequer comigo.

---

[372] Pirandello, Luigi – *Um, ninguém e cem mil*, 1989, p. 83, Presença.

3.1 Corpo e identidade

Eu não posso saber como o outro me vê. No extremo, o conceito de Bilhete de Identidade mudaria: o portador não seria a própria pessoa, mas cada um dos seus amigos ou conhecidos. Eu caracterizo o Outro. O Outro caracteriza-me[373]. Valéry, num diferente contexto, escreveu: "os outros fazem-nos pensar irrefutavelmente em nós"[374].

Nadador-salvador.

---

373 Escreve Joseph Conrad em *O negro do Narciso*: "Ele não gostava de ficar sozinho na sua cabina porque, quando estava só, era como se não tivesse estado ali. Nada existia. Nem a dor". (Conrad, Joseph – *O negro do Narciso*, 1987, p. 177, Relógio d'Água)
Estamos perante a necessidade de testemunhas.
374 Valéry, Paul – *La idea fija*, 1988, p. 20, Visor.

UM, NINGUÉM E CEM MIL

Esta sensação de que se é *um, ninguém e cem mil*[375] leva Moscarda a ultrapassar vários limites. Eis um: pega em papéis que são seus com a sensação de que os está a roubar ao anterior Moscarda, o homem que ele antes era. E o *antes* significa: no tempo em que não tinha a consciência de que era muitos e não apenas um só. ("Ladrão! Eu estava a roubar"[376]).

Eis outro limite ultrapassado: sente ciúmes, sente-se enganado pela sua mulher quando ele próprio a beija. Porque, raciocina Moscarda, a mulher beija o Moscarda que vê, que construiu, e ele, Moscarda, para si próprio, é um outro. A sua construção, a construção da sua própria imagem, em nada se assemelha à imagem que a sua mulher faz dele. Ela não me ama, pensa Moscarda, ela ama a imagem que tem de mim. Infidelidade, portanto.

Digamos: infidelidade não material, não orgânica, não concreta, mas infidelidade por via das imagens, *infidelidade imaginária*. É um pouco como dizer: a cabeça da minha mulher não percorreu o mesmo caminho que a minha cabeça, os pensamentos de um e de outro, as construções intelectuais, afastaram-se. Eis, pois, assim, que a infidelidade entre humanos se torna destino incontornável, e não possibilidade, pois ninguém partilha as mesmas experiências mentais: há como que uma cegueira absoluta em relação àquilo que o outro pensa. Que sei eu sobre o que pensa aquele que eu amo? Esta percepção da *multiplicidade de identidades (eu sou cem mil, tu és cem mil)* é também uma forma de desilusão amorosa: nem o amor impede construções autónomas de imagens, de raciocínios. A ilusão amorosa tem, pois, por base a recusa desta evidência.

---

375 Ilse Pollack, a propósito de um romance de Joseph Roth, lembra o "idiota" da aldeia, que perguntava a toda a gente: "Quantos és tu? És um?", e lembra ainda a personagem do romance que, a certa altura, tal como Moscardo, se apercebe de que não é apenas um, "mas dez, vinte, cem", pois quanto "mais oportunidades a vida nos dava, mais seres ela despertava em nós". Ser muitos é pois aproveitar as oportunidades de mudança que as circunstâncias dão. (Pollack, Ilse – *Mundos de fronteira*, 2000, p. 67, Cotovia)
376 Pirandello, Luigi – *Um, ninguém e cem mil*, 1989, p. 93, Presença.

O sentido de Henri Michaux

SOBRE UM BURACO

O poema *Nasci esburacado*[377], de Henri Michaux, começa assim:

"Sopra um vento terrível.

É apenas um buraco no meu peito"

Este buraco, esta falta, parece determinante quando se aborda a questão da Identidade, *o corpo não está completo*: "Ah, como nos sentimos mal na minha pele!" (Michaux). Porém, como definir uma ausência, como desenhar a forma de algo que existe porque não tem forma, porque não ocupa espaço?

"É à esquerda, mas não digo que seja o coração.

Digo buraco, não digo mais, é a raiva e eu nada posso".

"Tenho sete ou oito sentidos", escreve ainda Michaux, "um deles o da falta". E possivelmente não haverá melhor definição da insatisfação humana: este *ter tudo, incluindo a falta*; falta-me a posse de algo, mas essa falta torna-se consciente, conheço-a, vejo-a, portanto: é minha. "Apesar de profundo, este buraco não tem forma". Mas quase posso tocar na *falta* como toco no nariz, ou nas pálpebras.

"Toco-o e tateio-o como se tateia a madeira".

Ninguém me roubará a certeza de que me roubaram algo. Quando e o quê? Como saber?[378] Desde o início,

---

377 Michaux, Henri – *Antologia*, 1999, p. 34-36, Relógio d'Água.
378 "Eu posso procurar uma coisa quando ela não está presente", escreve Wittgenstein, "mas não posso pendurá-la quando ela não está presente". (Wittgenstein, Ludwig – *Tratado lógico-filosófico/Investigações filosóficas*, 1995, p. 423, Fundação Calouste Gulbenkian)

certamente. Isto quanto ao tempo; pois em nenhum momento nos lembramos de estar completos (nem sequer na infância: nesta há o pressentimento de incompletude, uma pressa grande de chegar a adulto, julgando-se que aí se ficará completo. Mas chega-se a adulto e não se fica completo). "Construí-me sobre uma coluna ausente", diz Michaux[379].

CONSTRUÇÃO COM INÍCIO ESTRANHO

Construção da identidade. Eis o que é: um conjunto de *experiências no mundo que se vão acumulando* em camadas que se sobrepõem, confundem, misturam, desaparecem, não desaparecem, e essas experiências contínuas, absorventes, que o ser vivo mal consegue organizar interiormente a cada momento, essa acumulação impiedosa de *informação material* vai fazendo esquecer a base, a estrutura inicial, o ponto de partida: essa "coluna ausente", a sensação da falta. Cada um constrói-se colocando cada tijolo da experiência por cima de um espaço vazio – e por que não caímos?, pergunta-se. Não caímos (eis uma hipótese) porque avançamos sempre, não paramos, não olhamos para trás, não olhamos para baixo: como um equilibrista que deve o seu equilíbrio – o evitar da queda – à velocidade com que os seus pés percorrem uma corda.

Estar vivo é ter uma certa velocidade, um certo *número de experiências por segundo* – experiências que podem ir ao extremo de um duelo com armas, passando pela guerra, até ao planeamento cuidado de um insignificante jantar, ou podem ser mesmo apenas simples

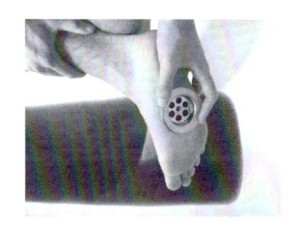

Várias camadas.

---

379 "Erguermo-nos de um estado miserável tem de ser fácil, mesmo que com uma energia premeditada", escreve também Kafka num dos seus relatos. "Arranco-me à poltrona, circundo a mesa, solto a cabeça e o pescoço, dou fogo aos olhos, estico os músculos que o rodeiam". (Kafka, Franz – *Os contos*, 2004, p. 31, Assírio & Alvim.) É necessário vencer a sensação de falta, agindo; mas não é vencer, é esquecer.

196 3.1 Corpo e identidade

sensações; vejo, ouço, sinto frio ou calor na pele: a pele existe.

Diremos: enquanto a pele existir (enquanto tivermos, por exemplo, o poder – o *direito* e o *dever* – de sentir frio), enquanto a pele acumular experiências, eis que temos uma *desculpa informacional* para não virarmos a face em direção a essa *coluna ausente*. Distraído com o que tenho e com o que faço para não olhar o que me falta.

"O meu vazio é um grande devorador, grande esmagador, grande aniquilador".

Um vazio que nos obceca, mas para onde não queremos olhar. Violência, pois, permanente, irresolúvel.

Henri Michaux termina o seu poema assim, simplesmente: "E não há remédio. Não há remédio"[380].

Um trabalhador da construção à procura do sítio certo no mar.

---

380 Michaux, Henri – *Antologia*, 1999, p. 34-36, Relógio d'Água.

A constante de Robert Musil

Uma baleia, fora de água*, é vencida pelas formigas.*
Wen-Tzu, *A compreensão dos mistérios*

ESTACA

Presume-se a existência, no Homem, de uma estaca bem fixa ao solo interno, a que se poderá chamar carácter: uma disposição individual e habitual em relação aos acontecimentos. O "conhece-te a ti mesmo", mais do que uma superexigência feita de um sábio para si próprio, é uma exigência ordinária, corrente, que qualquer ser humano necessita de fazer a si próprio. (Diz uma personagem de Cortázar: "Os costumes, Andrée, são formas concretas de ritmo, são a parcela de ritmo que nos ajuda a viver"[381]).

Esta necessidade de um centro de vigilância instalado no corpo, um centro de vigilância que do corpo olha para o mundo e julga e que – depois de julgar – age, este centro é então indispensável para uma certa segurança individual. Robert Musil fala da "exigência de que o ser humano conte consigo mesmo como com uma constante", constante essa que lhe permite aludir "a uma matemática moral"[382] que seria necessário desenvolver. A ética individual depende, então, como parece evidente, da estabilidade da identidade[383].

---

381 Cortázar, Julio – *Bestiário*, 1986, p. 26, Dom Quixote.
382 Musil, Robert – *Ensayos y conferencias*, 1992, p. 113, Visor.
383 Sobre a questão moral e a identidade, uma das obras mais violentamente intrigantes é o romance *O leitor*, de Bernhard Schlink. (Schlink, Bernhard – *O leitor*, 1999, p. 87-88, Asa) Nela, uma personagem feminina, Hanna, é acusada de uma série de crimes de colaboração com os nazis; crimes que confessa ter cometido ao assumir ter sido ela a escrever um certo relatório. Hanna, na verdade, assume crimes que não cometeu. E porquê? Simplesmente porque não poderia ser ela a escrever o referido relatório, pois Hanna não sabia ler nem escrever. Era analfabeta. E aqui reside o centro da narrativa e a violência que nos faz pensar. Hanna, a personagem, preferiu confessar crimes terríveis contra os seres humanos, crimes que não cometeu, a admitir, em público, que era analfabeta. Estamos perante uma personagem que prefere que os outros a vejam como má do que como analfabeta. Como se entre as qualidades éticas e as qualidades técnicas, digamos assim, da sua personalidade, ela optasse claramente por passar aos outros uma melhor imagem das suas qualidades técnicas. Dilema essencial, que envolve toda a questão da identidade.

ESTACA IMPREVISÍVEL

Porém, é evidente que nem para si próprio o Homem é uma constante, *nem consigo pode contar*. A imprevisibilidade de alguns atos remete as decisões do corpo, pelo menos algumas, para uma certa obediência às circunstâncias. (*Circum*: aquilo que rodeia.) Ou seja, aquilo que em mim decide não me pertence por completo, pertence também ao mundo – ou talvez mesmo mais a este. As minhas decisões e as circunstâncias que as rodeiam, em certas situações, confundem-se. Designações como "atos irrefletidos" e certas atenuantes legais associadas à ideia de que aquele homem que agiu não pode ser responsabilizado totalmente pela sua ação enquadram-se numa desculpabilização do coletivo em relação ao indivíduo, que só pode ser interpretada da seguinte forma: há momentos em que a tal "constante" se torna variável e perante tal imprevisibilidade desta matemática funcional, o indivíduo é sempre *objeto possível do perdão* – qualquer que seja o seu crime. O que perde em autonomia individual – *Eu não sou Eu completamente*, o meu Eu não me preenche em absoluto, há em mim bolsas de resistência até nas minhas decisões conscientes – ganha em compreensão pelo coletivo: *Tu não te dominas totalmente, nós perdoamos-te*.

PERDÃO

A ideia de *perdão* poderá assim ser vista como:
    dependente de uma grande *coragem de esquecimento* de um indivíduo – a vítima – alguém perdoa porque é santo, ou
    dependente de uma visão coletiva do Homem; Homem como algo que não se domina a si próprio, mesmo da pele para dentro. Visão, então, do Homem como caracterizado por uma *mistura de fisiologia e circunstâncias*, circunstâncias não exteriores a si, mas interiores. Poderemos falar então de *circunstâncias biológicas*: a biologia que suporta o indivíduo humano não está dentro do Homem, não é o homem que contém a Biologia, é a Biologia que o contém a ele. Tal como a casa rodeia a biologia de um corpo – a sua massa que ocupa espaço – também a vontade constante rodeia o indivíduo.

Mas uma Vontade permanentemente refém de determinadas células ou substâncias nervosas, como é bem visível na doença e na prescrição médica, no desejo ou numa simples irritação doméstica.

FICÇÃO

Musil alude a essa "ficção do hábito anímico constante"[384] e, de facto, esta é uma das ficções primordiais. Sem esta ficção, sem esta mentira que se aceita como verdade – pelo menos em certos momentos – um homem não se levantaria sequer de manhã. Não teria coragem para enfrentar as inumeráveis circunstâncias exteriores – os outros homens, o mundo das coisas e dos acontecimentos (coisas e Homens em ação) – se pelo menos não confiasse em si próprio, no domínio das suas próprias circunstâncias biológicas. Pode pensar-se que a *consciência individual* é uma ficção que ganha espessura na ideia de que há *um mínimo de confiança em si próprio*, confiança no domínio de si e, portanto, na pertença do corpo. *Só aceito estar no mundo se acreditar que o meu corpo me obedece, e portanto me pertence*. Sei que os Outros e o Mundo não me pertencem, mas pelo menos neste contrato de propriedade tenho de acreditar.

Podemos aqui fazer uma analogia com um rei que está convencido de que até os outros lhe pertencem, até ao momento, porém, em que alguém o atraiçoa com um punhal. Também cada indivíduo – mesmo que modesto, e longe da ficção longa que o rei assume na própria cabeça – se convence de que é proprietário de si próprio até ao momento em que um ato seu o coloca numa situação desagradável, na qual não se reconhece. *Como foi possível fazer isto?*, perguntará o sujeito no momento da reconstituição histórica privada[385].

Esta ilusão de um Reino Individual (o corpo), de um Reino composto de células, órgãos simples e complexos, pensamentos, sentimentos, formulação mental de decisões, movimentos, de um Reino de que seríamos o Rei inequívoco, é algo que fenómenos mais afastados,

Linha do horizonte, tijolo dividido a meio e lâmina da faca. Três traços. E agora, todas na mesma linha: linha do horizonte, linha a meio do tijolo, lâmina e cabo da faca.

---

384   Musil, Robert – *Ensayos y conferencias*, 1992, p. 113, Visor.
385   Diz uma das estranhas personagens de Walser "Nunca me passou pela cabeça pensar mal de mim próprio". (Walser, Robert – *A rosa*, 2004, p. 89, Relógio d'Água)

como a loucura, ou mais comuns, como o amor ou o desejo, derrubam de uma vez. Mesmo assim, fora destes casos-limite, dia a dia, momento a momento, aí está o ameaçador: *não me controlei*. A constante de que fala Robert Musil é, como ele diz, uma ficção.

Faca cravada no tijolo, com a lâmina e o cabo a confundirem-se com a linha do horizonte. Linha do horizonte perigosa.

Os quatro corpos de Paul Valéry

IDEIAS, ATOS

No livro *A ideia fixa*, Valéry avança com a hipótese de a identidade de um indivíduo ser composta de
  elementos de ideias e
  elementos de atos
  "cujas combinações sucessivas" nos constituem[386].
  Propõe-se ainda a constituição de uma tabela individual que incluiria "sensações orgânicas, apetências, repugnâncias": aquilo de que se gosta e aquilo de que não se gosta. Explica Valéry: "Coincido a cada instante com aquilo que tendo a perceber". Para Valéry, cada um é, em suma, em cada momento da sua vida, "um sistema [...] virtual de atrações e repulsas"[387].

A TEORIA DOS QUATRO CORPOS

Valéry avança para a sua teoria dos quatro corpos ou dos três mais um.
  O primeiro seria, simplificando, o corpo que é visto, por cada um, como "o objeto mais importante do mundo"[388] – o nosso corpo tal qual o sentimos, como sentimos os nossos afectos, e as nossas ações. O segundo seria "aquele que veem os outros, mais ou menos o que nos oferece o espelho, ou os retratos"[389]. Corpo superficial, virado para fora. O terceiro corpo "só tem unidade no nosso próprio pensamento", no limite um corpo feito de células, de partes orgânicas que conhecemos dos estudos anatómicos ou dos acidentes brutais que expõem o que habitualmente permanece escondido. Um corpo de células e vasos, que só com esforço intelectual conseguimos considerar como nosso.

---

386 Valéry, Paul – *La idea fija,* 1988, p. 76-77, Visor.
387 Num pequeno livrinho, Raduan Nassar escreveu: "c'uma gana que só eu é que sei o que é porque só eu é que sei o que sinto". (Nassar, Raduan – *Um copo de cólera*, 1998, p. 26, Relógio d'Água)
388 Idem, p. 188.
389 Idem, p. 189.

202 3.1 Corpo e identidade

E depois o tal quarto corpo, corpo de definição estranha, corpo que, se existisse, resolveria "de uma vez todos os seus problemas"[390]. Um corpo sem dúvidas – um corpo totalmente terminado. Corpo sem o sentido da falta. Corpo utópico, poderíamos dizer.

COMER, CRIAR

No texto intitulado *Simples reflexões sobre o corpo*, Valéry escreve que, olhando o ser vivo, "o que vejo e primeiro me salta à vista é uma massa de uma só peça", massa "que multiplica os seus atos", numa "atividade descontínua"[391].

Há, para Valéry, um sistema monótono, biológico, de conservação: no limite a alimentação basta para continuarmos vivos, mas a par disto existe aquilo que designa como "atos de luxo", vontade de "conhecer e de criar"[392] que ultrapassa em muito a mera sobrevivência. Valéry aponta, no entanto, para a possibilidade de a atividade criativa do espírito poder ser encarada como fundamental para "a conservação da vida"[393].

O corpo precisa de criar – a invenção mental, os pensamentos de luxo que não se atiram diretamente à resolução de problemas imediatos, alimentares, esses *pensamentos de organismo rico* – organismo superforte que pode pensar até em coisas inúteis – serão também necessários, de uma necessidade segunda, é certo, sendo as necessidades primeiras as da simples *carne com fome*. O corpo humano então não apenas como organismo que precisa de comer, mas também como coisa que está no mundo e por isso precisa de o entender.

---

390 Idem, p. 192.
391 Valéry, Paul – *Estudios filosóficos*, 1993, p. 183, Visor.
392 Idem, p. 186.
393 Idem, p. 187.

A teoria do passo, de Balzac

MOVIMENTO

Em *Patologia da vida social*, Balzac avança com a sua *teoria do passo*. No *Passo* encontra a expressão de todas as qualidades e funções humanas. Para Balzac, a partir de certa altura, "o MOVIMENTO compreendeu o Pensamento, a ação mais pura do ser humano"[394].

Para Balzac, "as maravilhas do tato, às quais devemos Paganini, Rafael, Miguel Ângelo", etc., estas maravilhas de um certo movimento especializado não seriam mais do que *uma imaginação individual expressa por via de movimentos*.

A grande imaginação e o grande pensamento de um Rafael ou de um Paganini terminam, de modo simples, *na ponta dos dedos* – terminam nas articulações nervosas, nos ossinhos da mão. Diremos nós que as grandes abstrações mentais são expressas, no último momento, por um conjunto mínimo de contrações musculares. Há toda uma turbulência interna que se afunila por completo na mão do pintor – na facilmente *localizável* mão do pintor. Como se, de facto, existisse uma enorme quantidade de energia – chamemos-lhe *energia criativa* – que precisa gradualmente de ocupar menos espaço, de se tornar menos expansiva, de *diminuir de tamanho* – para se expressar. Neste tipo de artes

1. O armazém de círculos. Pensar também num armazém de quadrados, de triângulos.
Armazenar: guardar para utilizar mais tarde. Razões: medo que se esgote. Medo que seja destruído, medo que não exista no futuro. Armazenamos comida porque agora temos comida a mais, comida que dá para hoje e para os meses seguintes. Armazenamos círculos porque agora não são necessários todos. Temos a mais. E guardamos porque nos meses seguintes, nos próximos séculos, não sabemos o que poderá acontecer. Penso em Platão e na teoria de que as formas geométricas existiriam antes de nós – imagens eternas, imutáveis. Armazém como forma de memória material. Um céu com um determinado número de metros quadrados.
2. Não me esqueço porque está aqui, fisicamente, à minha frente.
Não me esqueço porque ocupa espaço. E esta é a melhor forma de guardar na memória: ocupar metros quadrados. Guardar na memória os acontecimentos trágicos, as ideias, as informações, as descobertas, tudo. Aqui, apenas: armazém de círculos.

---

394 Balzac, H. – *Patologia da vida social*, 1981, p. 418, Civilização.

Deixas pegadas no chão. E com isso fazes um caminho na terra. Fazer um caminho pode ser visto como um ato de plantar, de semear, de revolver a terra.
Com os pés fazes um itinerário tal como outros tratam, com os cortes certos, a laranjeira antiga. O homem que faz percursos, o homem que faz caminhos usando apenas os pés – uma personagem possível.

criativas, minuciosas, que terminam nas mãos, pretende-se *diminuir não a energia da imaginação interna, mas o espaço que essa energia necessita ocupar* na manifestação exterior. Escrever, neste sentido, será também – tal como tocar violino ou pintar – uma forte manifestação deste percurso: *manter a quantidade de energia criativa num pequeníssimo espaço anatómico*: pensar, enfim, através dos dedos que se expressam na caneta ou no computador.

Questiona Balzac: "não é a palavra o passo do coração e do cérebro?"[395] E conclui, na apresentação da sua *teoria do passo*:

"Então, tomando o *passo* como expressão dos movimentos corpóreos e a voz como a dos movimentos intelectuais, pareceu-me impossível fazer mentir o movimento". Movimento sincero, pernas e voz verdadeiras; "o aprofundado conhecimento do *passo*" torna-se, então, uma "ciência completa". Daí o projeto de Balzac.

PROJETO DE BALZAC

Perceber e estudar o passo era para Balzac perceber e estudar o Homem, e por essa razão ele entendia que a ciência menosprezava a investigação do passo quando comparada com a investigação do pensamento. Digamos que, para Balzac, estas duas perguntas deveriam estar ao mesmo nível: como pensamos e como andamos? Conhecer um e outro funcionamento era indispensável[396].

Por essa razão, Balzac estabeleceu um programa:

"Resolvi verificar simplesmente os efeitos produzidos fora do homem pelos seus movimentos, de qualquer natureza que fossem, anotá-los, classificá-los; depois, acabada a análise, procurar as leis do belo ideal relativamente ao movimento, e redigir um código para

395 Idem, p. 418
396 Escreve Valéry, na mesma linha de raciocínio, num texto de *Teoría poética y estética*: "Sabia que passear me leva muitas vezes a uma forte emissão de ideias, e que se cria certa reciprocidade entre o meu passo e os meus pensamentos, o meu passo modificando os meus pensamentos; [...] Forma-se, sem dúvida, uma harmonização dos nossos diversos 'tempos de reação', e é bastante interessante ter de admitir que há uma modificação recíproca possível entre um regime de ação que é puramente muscular e uma produção variada de imagens, de juízos, de raciocínios". (Valéry, Paul – *Teoría poética y estética*, 1998, p. 82, Visor)
O movimento exterior como algo que começa no músculo e termina nos raciocínios, como se o músculo inervasse também as ideias.

as pessoas curiosas darem uma boa ideia de si mesmas, dos seus costumes, dos seus hábitos: sendo o passo, na minha opinião, o pródromo exato do pensamento e da vida"[397].

E conclui depois Balzac:

"Fui, pois, sentar-me, no dia seguinte, num banco da avenida de Gand, a fim de estudar aí os passos de todos os parisienses que, para sua desgraça, passariam diante de mim durante o dia".

ANOTAÇÕES SOBRE O PASSO

Surgem, a seguir, inúmeras observações sobre o movimento e sobre o passo.

Olhemos para alguns exemplos:

No pequeno fragmento intitulado *O passo é a fisionomia do corpo*, Balzac escreve:

"Não é assustador pensar que um observador profundo pode descobrir um vício, um remorso, uma doença, ao ver um homem em movimento?"[398] E prossegue:

"A inclinação mais ou menos viva de um dos nossos membros; a forma telegráfica de que ele contraiu o hábito contra a nossa vontade; o ângulo ou o contorno que fazemos descrever, são marcados com o nosso querer e são de uma assustadora significação. [...] é o pensamento em ação".

O movimento como pensamento que age, que se explicita, que ocupa espaço, que altera o espaço; o movimento como pensamento tornado visível: *move-te para que eu te possa ver a pensar*, assim poderíamos dizer. Duas formas, pois, de vermos o que não foi feito para ser visto: a palavra e o movimento. Se não queres falar e se não queres escrever, pelo menos levanta-te, move-te. Faz determinados movimentos com o corpo para que eu possa perceber os teus pensamentos.

Continua Balzac, aconselhando:

"O olhar, a voz, a respiração, o passo, são idênticos; mas como não foi dado ao homem poder exercer vigilância, ao mesmo tempo, sobre estas quatro expressões

1. Estou aqui para fazer caminhos – dirá um. E os outros perguntarão por que razão não traz ele instrumentos de desbaste e corte, instrumentos que não deixam a terra continuar como está.
O outro responde: trago um certo peso e isso basta.
O que falta ao que trago é dar uns passos.
2. Em suma, a forma de fazer caminhos: ter peso e andar. Recolher depois as pegadas como se estas não fossem vestígios, mas material concreto. Expor, mais tarde, cada pegada num plano vertical, como se expõem quadros.
O caminhante é um fazedor de itinerários. Não deve ser subvalorizado esteticamente.

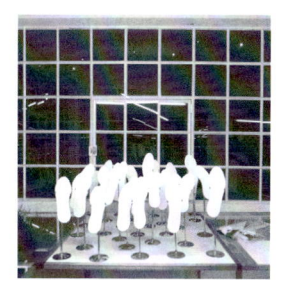

Guardar pegadas para o futuro.

---

397 Balzac, H. – *Patologia da vida social*, 1981, p. 422, Civilização.
398 Idem, p. 426.

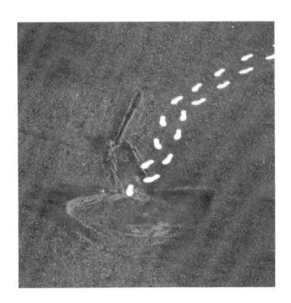

diversas e simultâneas do pensamento, procurem a que fala verdade: conhecerão o homem todo inteiro"[399].

Balzac não permanece nestas considerações genéricas. Nesta sua *teoria do passo* transforma a anatomia numa geografia de enorme extensão em que cada ponto ganha importância, não física, mas intelectual, espiritual:

"Cada um de nós tem algum ponto do corpo onde triunfa a alma, uma cartilagem de orelha que fica vermelha, um nervo que estremece, uma maneira demasiado significativa de estender as pálpebras, uma ruga que se cava intempestivamente, uma pressão de lábios muito expressiva, uma eloquente tremura na voz, uma respiração que se constrange"[400].

Todos os gestos, tiques, mínimos movimentos, ganham relevância.

Balzac, como bom pensador e ficcionista, segue o seu percurso, exagera a sua teoria: o pensamento de alguém, defende, permanece até no rosto morto; não há dois esqueletos semelhantes e até os ossos revelam algo acerca da personalidade, conclui Balzac.

DUAS ANATOMIAS

Balzac chama ainda a atenção para duas anatomias: "uma anatomia comparada moral" e "uma anatomia comparada física"; fazendo-nos lembrar a anatomia *emocional* de Artaud. A superfície torna-se a expressão dos valores, a expressão da profundidade. E, neste sentido, poderemos dizer que o movimento revela, enquanto a imobilidade esconde. Um pouco como se estivéssemos face a um discurso: o corpo que se movimenta muito é falador, o corpo que se movimenta pouco é um corpo silencioso.

Nesta linha, Balzac avança com este axioma: "O repouso é o silêncio do corpo"[401].

---

399 Idem, p. 426.
  Na mesma linha surge esta anotação no diário de Tsvietaieva, na qual se defende, na amizade, uma "harmonia da respiração": "para que as pessoas se compreendam umas às outras, é necessário que caminhem ou se deitem uma ao lado da outra". (Tsvietaieva, Marina – *Indícios terrestres*, 1994, p. 7, Relógio d'Água)
400 Balzac, H. – *Patologia da vida social*, 1981, p. 427, Civilização.
401 Idem, p. 428.

O corpo imóvel tem uma carga de mistério que o corpo em movimento não consegue ter. Na imobilidade há a possibilidade de todos os movimentos, há uma concentração de pensamento, mas pensamento escondido, pensamento *não revelado*. Quase que poderíamos dizer: *porque não te mexes, porque me escondes algo?*[402]

IMOBILIDADE E MORALIDADE

A imobilidade é a manifestação pública de um segredo corporal, é um não querer falar, é um não querer tomar partido. De certa maneira, *a imobilidade é uma posição não política*, que não intervém na cidade; que não avança, precisamente, nem para um lado nem para outro[403].

Pelo contrário, qualquer movimento, por mais minúsculo e por pouco importante que seja, é *um ato político, um ato na cidade*: a recusa de manter um segredo. O movimento é sempre *movimento político* e a *imobilidade indiferença ou neutralidade políticas*. Claro está, que diferentes condicionantes podem modificar este entendimento[404].

---

402   "Há que pagar/ Para ouvir o meu coração". (Plath, Sylvia – *Ariel*, 1996, p. 27, Relógio d'Água)
403   Uma certa imobilidade aproxima-se da inércia, da imobilidade *que já desistiu*. Um dos textos mais paradigmáticos deste estado de espírito é *A náusea*, de Sartre: "Tenho na mão direita o cachimbo e na esquerda a bolsa do tabaco. Era preciso encher o cachimbo. Mas falta-me a coragem". (Sartre, Jean-Paul – *A náusea*, s/data, p. 44, Europa-América)
      Outro dos grandes cultores desta imobilidade que desistiu é Thomas Bernhard: "Destapámo-nos de noite/ e quase morremos de frio/ e não temos pachorra/ para puxar o cobertor para cima". Neste caso, a inércia está sempre ligada a uma necessidade de solidão: "queremos ficar sossegados/ e batem-nos à porta". (Bernhard, Thomas – *A força do hábito* seguido de *Simplesmente complicado*, 1991, p. 159, 176, Cotovia)
      Uma das vantagens da solidão é, aliás, não existir necessidade de fazer movimentos para ocultar as fraquezas; como se os movimentos existissem, por vezes, apenas para nos *disfarçarmos* quando na presença dos Outros: "Deixa de se esconder a roupa interior, deixa de se esconder o sofrimento, a sensibilidade aos cheiros fica embotada, deixa de haver razão para ocultar o padecimento que se tem de enfrentar sozinho". (Bernhard, Thomas – *Perturbação*, 1990, p. 34, Relógio d'Água)
404   Nietzsche, pensador que caminha, escreve em *Ecce homo*: "Estar o menos possível sentado; não confiar em ideia alguma que não tenha surgido ao ar livre enquanto caminhamos, em nenhuma

Mala com pedras.
Viagem lenta.

OUTRAS CONSIDERAÇÕES DA TEORIA DO PASSO

Não há apenas o elogio do movimento, Balzac faz também a crítica ao *excesso de movimentos*: "um homem que faz muitos movimentos é como um grande falador; a gente evita-o"[405].

E também critica o excessivo repouso: "Observações sagazes estabelecem igualmente que *a inatividade traz lesões ao organismo moral*. [...] Qualquer órgão perece quer pelo abuso, quer pela falta de uso"[406].

E neste ponto do livro, que designa como "Patologia da vida social", Balzac chega a uma das questões mais relevantes: qual a quantidade de movimento aconselhável? "Não se poderiam investigar com ardor as leis exatas que regem não só o nosso aparelho intelectual, mas também o nosso aparelho motor, a fim de conhecer o ponto exato em que o movimento é benfazejo e aquele em que é fatal?"

Questão simples, mas antiga. Qual a quantidade de movimento que traz saúde física, moral, intelectual? Qual a quantidade?, eis a pergunta.

Na *Patologia da vida social* e nesta *teoria do passo*, Balzac avança ainda com uma série de pequenas observações.

---

ideia na qual os músculos não tenham festiva parte. Os preconceitos nascem dos intestinos. A sedentariedade – já uma vez o disse – é o autêntico pecado contra o Espírito Santo". (Nietzsche, F. – *Ecce homo*, 1984, p. 49, Guimarães Editores)

405 Balzac, H. – *Patologia da vida social*, 1981, p. 439, Civilização.
406 Idem, p. 441-442.

Deixamos alguns exemplos:

Balzac chama a atenção para a impossibilidade de determinar onde começa e acaba um movimento[407].

Balzac aconselha: "Quando o corpo está em movimento, o rosto deve estar imóvel"[408].

(Separa-se desta forma dois mundos na anatomia humana: o movimento do corpo e o movimento do rosto; um pouco como se o rosto fosse *um corpo autónomo* – o que não deixa de ser verdade[409].)

Balzac faz também uma crítica à civilização, à cidade, à forma como os olhares dos outros condicionam o nosso movimento, tornando-o artificial e falso. Explicita Balzac, com a sua ironia: "Entre as duzentas e cinquenta e quatro pessoas e meia (porque eu conto um senhor sem pernas como uma fração) cujo passo analisei, não encontrei uma pessoa que tivesse movimentos graciosos e naturais". E conclui: "A civilização corrompe tudo! Adultera tudo, até o movimento. Irei eu fazer uma viagem à volta do mundo para examinar o passo dos selvagens?"[410]

Diremos, numa breve nota, que a questão é que **há movimentos individuais que são, afinal, sociais** – pois são adaptados, copiados de um certo entendimento do que deve ser o homem e o seu corpo na relação com os outros homens e com os outros corpos. Estes *movimentos corporais de multidão*[411] são movimentos de um corpo individual, mas que vemos repetidos em milhares de outros; corpos estes que, se reduzidos apenas a estes movimentos coletivos, perderão a característica, precisamente, de serem corpos individuais.

---

407   Idem, p. 429.
408   Idem, p. 434.
409   Proust, aliás, nota, num comentário a uma personagem, que "a expressão voluptuosa que tomava hoje o seu rosto à aproximação dos meus lábios não diferia daquele ar de outrora senão por um infinitesimal desvio de linhas, mas nas quais pode caber toda a distância que há no gesto de um homem que acaba com um ferido e de um que o socorre, entre um retrato sublime e um horrendo".
(Proust, Marcel – *Em busca do tempo perdido* (v. III, O caminho de Guermantes), s/data, p. 359, Livros do Brasil) O rosto tem uma vida própria, um percurso de grandes mudanças de intensidade afectiva por via de minúsculas mudanças físicas, objetivas.
410   Balzac, H. – *Patologia da vida social*, 1981, p. 438, Civilização.
411   Escreve Séneca em *Da vida feliz*: "Curar-nos-emos na condição de nos separarmos da multidão"; e, um pouco mais à frente, ainda com maior violência: "a opinião da multidão é o indício do pior". (Séneca; Epicuro – *Da vida feliz. Carta sobre a felicidade*, 1994, p. 43, Relógio d'Água)

MÚSCULO INDIVIDUAL E MÚSCULO SOCIAL

Eis um discurso possível: *Ele tem um corpo individual, mas todos os seus movimentos são coletivos*, todos os seus movimentos *pertencem* à *cidade*: foi ela que os impôs, e não o Homem. Podemos, portanto, falar de uma anatomia individual, mas também de uma *anatomia de cidade*: *ele tem a anatomia da sua cidade, ele tem a fisiologia da sua cidade*. Isto é: ele tem os movimentos e os hábitos (e os hábitos impõem certos movimentos) da sua cidade. No limite, sem antes nos localizarmos geograficamente, observando apenas atentamente os movimentos de um indivíduo, poderemos dizer a que cidade pertence, a que civilização. Podemos *localizar geográfica e civilizacionalmente os movimentos,* e tal parece a nós de uma importância extrema. É *como se os movimentos tivessem pátria*; é como se os movimentos, certos movimentos pelo menos, pudessem ter uma Língua específica, uma Língua típica de um certo povo[412]. Como se pudéssemos dizer (e realmente podemos): *Este movimento pertence àquele povo*. Não será difícil, aliás, fazer uma listagem de movimentos (consequência de hábitos, de climas, de condições económicas, etc.) característicos de certas populações[413].

Em suma: *os movimentos do corpo humano pertencem ao esqueleto que os sustém, à vontade individual e às decisões tomadas por uma única cabeça a cada momento, mas (são condicionados por) pertencem ainda à História, à Geografia, à Economia e às Leis de um país.*

Neste sentido, falar em *movimentos patriotas* excede em muito a referência à simples ação que defende fisicamente as fronteiras ou a cultura de um país. *Movi-*

---

412 Como reconhecer o outro? Como reconhecer algo que une? Responde Zambrano, lembrando os pitagóricos: reconheci-o porque "obedecia à mesma música". Eis uma forma de identificar o corpo-pátria, esse corpo-de-comunidade. Como lembra ainda Zambrano, a função inicial da música não era o prazer de quem a ouvia mas sim a obediência. (Zambrano, María – *O homem e o divino*, 1995, p. 98, Relógio d'Água)

413 Cortázar escreve, sobre os hábitos, sobre os movimentos que *já* não são nossos:
"Um homem encontra um amigo e cumprimenta-o, apertando-lhe a mão e inclinado ligeiramente a cabeça.
Pensa que assim o cumprimenta, mas o cumprimento já foi inventado e este homenzito mais não faz que alinhar no cumprimento". (Cortázar, Julio – *Histórias de cronópios e de famas*, 1999, p. 75, Estampa)
Valéry, na mesma linha de raciocínio, não sobre o movimento exterior mas sobre o movimento da mente, alude a um "regime mental mais frequente" que cada um tem ("hábitos de pensamento") e do qual se deve afastar para pensar, imaginar, criar. (Valéry, Paul – *Teoría poética y estética*, 1998, p. 77, Visor)

mentos patriotas são todos os movimentos individuais que, de uma maneira ou de outra, foram formados através da *recepção* de influências sociais.

Teremos, assim, pensamos, que definir novos conceitos: há *movimentos que recebemos* e *movimentos que emitimos*; movimentos que recebemos da cidade, da família, da cultura onde vivemos, e movimentos que emitimos – movimentos que criamos, movimentos que inauguramos com a nossa existência: *sem nós este movimento não existiria*. Somos *criadores* de movimentos e *replicadores* de movimentos. Seremos, portanto, tanto mais seres individuais quanto menos reproduzirmos movimentos.

Há expressões que, pensando desta forma, se podem tornar comuns: *Este teu movimento pertence à História do teu país* (pensemos num movimento minúsculo, como, por exemplo, um polegar que se ergue); *este outro pertence à História da tua família, enquanto aquele, sim, pertence à tua História pessoal*.

Poderíamos assim analisar os movimentos de um indivíduo por via do peso entre os diferentes tipos de influências, podendo classificar-se como mais livre e mais criativo aquele em que a sua *História pessoal* tenha um maior peso. Aquele, em suma, que tiver uma musculatura *menos social e mais individual*.

Pobre daquele de quem se pode dizer: *nenhum movimento é seu ou da sua biografia, todos os movimentos que ele faz* **recebeu-os**, *não os fez, e recebeu-os do país, da cidade, da escola e da família.* Não é proprietário das propriedades que importam, pois *nenhum movimento lhe pertence*.

Tal como existem os livre-pensadores, pode defender-se a necessidade da existência – de *livre-atletas* ou de *livre-atores*, de homens livres nos seus movimentos, que agem sem constrangimentos, responsabilizando-se individualmente pela criação de cada um dos seus movimentos.

Fronteira.

O peso de Vergílio Ferreira

O PESO (DENTRO/FORA)

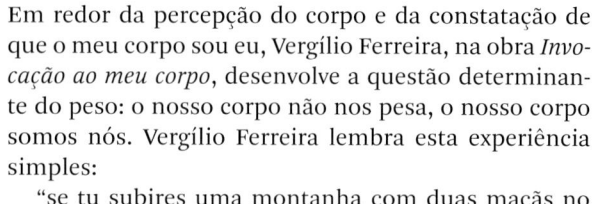

Em redor da percepção do corpo e da constatação de que o meu corpo sou eu, Vergílio Ferreira, na obra *Invocação ao meu corpo*, desenvolve a questão determinante do peso: o nosso corpo não nos pesa, o nosso corpo somos nós. Vergílio Ferreira lembra esta experiência simples:

"se tu subires uma montanha com duas maçãs no bolso [...] ao fim de um certo tempo sentirás que te pesam. Mas se lhes queres destruir o peso, basta comê-las... O peso delas continua a pesar, mas não *te* pesa. Porque estão já integradas no teu corpo e o teu corpo não tem peso para ti"[414]. Esta questão do peso é determinante: o peso é uma medida de visibilidade e de espaço, *mas ainda mais de existência*: "isto mesmo", escreveu Vergílio Ferreira, a partir do exemplo das maçãs, "podemos observar até mesmo com... um sobretudo, uma gabardine". E desenvolve, então, a ideia do vestuário como indício:

"Porque pesar-nos-á bastante se a levarmos no braço, ou seja desintegrada ao máximo de nós; será menos pesada se a levarmos aos ombros; menos ainda se a vestirmos, ou seja, se a incorporarmos suficientemente a nós".

Como se existisse realmente no corpo um centro, um poço para onde as coisas caem e deixam de pesar. Quanto mais uma coisa está afastada desse centro da existência, mais o corpo a detecta, a separa, a identifica; e sentir o peso de algo é afastar-se desse algo, é dizer: *aquilo de que sinto o peso não sou eu*.

Vergílio Ferreira exemplifica:

"Não é apenas a tua cabeça que te não pesa [...] é todo o teu corpo. Não te pesam as pernas, se já não podes andar: *és tu* que não podes andar. Não te pesam os braços, se sentes neles fadiga: apenas sentes fadiga". É a questão-base: "como poderiam pesar-te os braços se é com eles que sentes o que é pesado? Como pode pesar-te aquilo com que tomas o peso?"

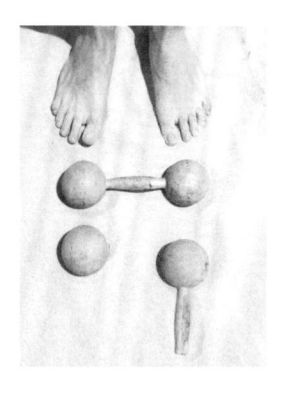

Peso partido.

---

414 Ferreira, Vergílio – *Invocação ao meu corpo*, 1978, p. 252, Bertrand.

(Podemos, é certo, imaginar uma ficção onde um homem transportasse nos braços todo o seu corpo. Mas é uma ficção.)

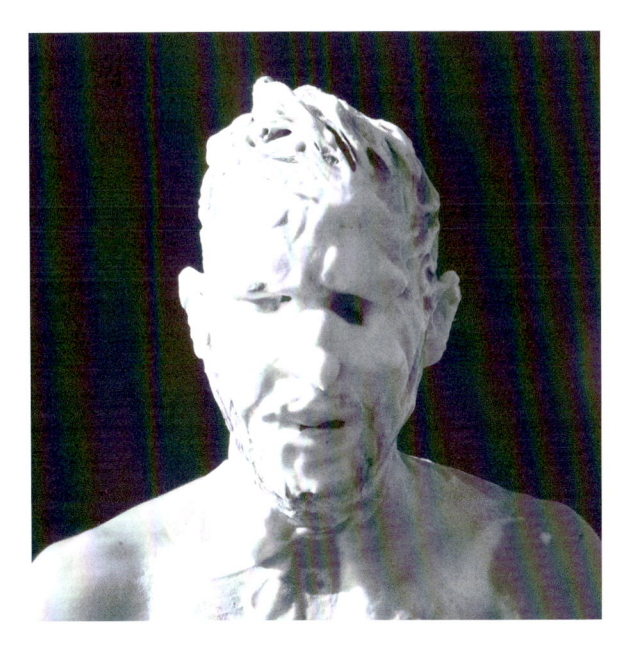

O rosto branco.
Limpar a sujidade do rosto humano até o rosto ficar branco.
Tarefa de Sísifo.

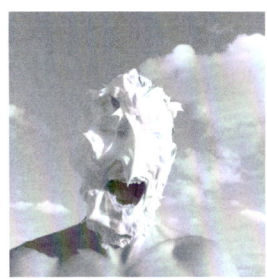

"ODE AO MEU CORPO" – O NOJO DA FISIOLOGIA

Georges Bataille, na sua abordagem da náusea que o corpo, visto como uma entidade fisiológica, provoca em muitos pensadores, cita Santo Agostinho: "Nascemos entre as fezes e a urina"[415]. Estamos pois perante um certo nojo que sempre perseguiu esse corpo *das excitações e das necessidades*[416]. Virgílio Ferreira prossegue esta linha, por vezes procurando *o outro lado*: "Somos homens desde as fezes, e dizê-lo é afirmar a presença do espírito até nelas". No entanto, marca sempre uma

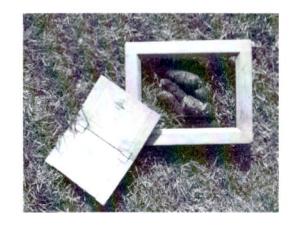

Fezes.

---

415 Citado em Bataille, Georges – *O erotismo*, 1988, p. 50, Antígona.
416 Georges Bataille centra-se evidentemente no obsceno; obsceno que etimologicamente significa, como lembra Philippe Forest, "o nefasto", "a profecia má", o "pressentimento de uma catástrofe". De certa maneira, a consciência do obsceno que existe no próprio corpo é como que uma profecia má: o corpo mesmo que muito belo é sempre mortal; a morte, eis a catástrofe anunciada por qualquer corpo vigoroso. (Forest, Philippe – *Georges Bataille – Sacrifice du Roman*, Art Press, p. 54, Janeiro 2005, n. 308)

Orelha.

distância: "dizer que somos homens desde as fezes não é dizer que as fezes são belas"[417].

Nessa invulgar *Ode ao meu corpo*,[418] Vergílio Ferreira dirige-se ao corpo nestes termos, como quem ralha com alguém desleixado: "Eu a lavar, tu a sujares". E desenvolve: "Cresce o pelo onde não deve como uma vegetação de ruína, cresce tudo o que é estúpido, porque a estupidez tem muita força, segue a direito, não muda de direção"[419].

Mas não é apenas *o crescimento orgânico das coisas que somos nós, mas que crescem sem ordem nossa* (coisas que não são como os pensamentos que podemos dirigir para um lado ou para o outro), há ainda o cheiro: "Só o cheiro, ah, tu cheiras tão mal. É o teu modo imediato de falar, de te anunciares".

O cheiro está sempre presente, é a marca do corpo autónomo, do corpo orgânico que faz a sua vida paralela à nossa vida e à nossa vontade: "Para te calares é que eu te lavo". Eis, pois, a água como elemento de esquecimento: a água como algo que surgiu para nos *esquecermo*s do corpo, para nos esquecermos do seu cheiro. "O homem tem muitos recursos e inventou outros cheiros para calar o teu", mas "nesta luta desigual", escreve Vergílio Ferreira, "és tu sempre o vencedor".

O cheiro do corpo morto, aliás, assim o demonstra. O organismo parece exigir a posse da última palavra; como o herói que sente necessidade de ser ele a terminar; como o protagonista: o corpo, mesmo no fim, não deixa de cheirar. E mais: o cheiro aumenta[420].

ESPAÇO QUE OBEDECE AO CORPO

Neste diálogo com o seu próprio corpo, Vergílio Ferreira fala da tosse, dos espirros, desses atos involuntários que o envergonham; em suma: tu (corpo) envergonhas-me! E fala ainda do espaço:

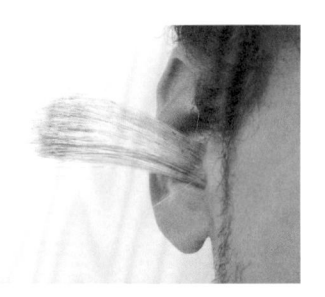

---

417 Ferreira, Vergílio – *Invocação ao meu corpo*, 1978, p. 289, Bertrand.
418 Idem, p. 259.
419 Idem, p. 260.
420 Esta decadência atinge um apogeu tranquilo na imagem do esqueleto. Urs Fischer, artista contemporâneo, exibe a imagem de um esqueleto humano, coberto de pó, caído em cima de uma máquina de lavar roupa velha, com ferrugem; máquina, tal como o esqueleto, exibindo a sua inutilidade atual. Como se a máquina de lavar roupa enferrujada e o esqueleto coberto de pó fossem duas máquinas fora de uso. (Revista Parkett, n. 72, p. 64, 2004)

"A quase totalidade de uma casa é para ti. Há mesmo divisões que são só para ti, para as tuas exigências rudimentares"[421]. Vergílio Ferreira continua a falar diretamente para o seu corpo, como se este fosse Outro, um amigo, sentado ao seu lado numa cadeira.

Uma casa, então, feita não para o homem mas para o seu corpo, para os seus órgãos; uma casa, diremos, *anatómica*; uma *casa fisiológica* e não espiritual[422]. Uma casa *orgânica* e não intelectual. Eis então que esse tal corpo que cheira dá ordens à arquitetura.

Vergílio dá mais um exemplo: "Um quarto de banho é uma homenagem à tua grosseria, um templo em que executamos o ritual da tua miséria"[423].

Se olharmos, de facto, atentamente para uma casa, para a sua constituição, poderemos quase ver o corpo para o qual foi construída. Como se em vez de estarmos a olhar para uma casa estivéssemos a olhar para um mapa da anatomia humana. As suas dependências: a cozinha (alimentação), a casa de banho, o quarto com a cama que o sono exige, etc., etc. A casa é o retrato das nossas dependências físicas[424].

Casa fisiológica, sempre, e não espiritual, insistimos, não intelectual. Casa fisiológica, fisiológica, fisiológica.

Unhas.

ALTERNATIVAS E DESCONHECIMENTO

Ainda nesta *Ode ao meu corpo*, Vergílio Ferreira questiona o porquê deste corpo assim; por que razão não outro, de outra maneira?

"Para quê a complicação das vísceras, [...] a multiplicidade dos órgãos? Porque não basta o ar para vivermos? E mesmo o ar, para quê? As pedras não respiram e existem"[425]. Eis o desconsolo existencial de Vergílio Ferreira.

E os olhos, ainda – porquê assim?

---

421 Ferreira, Vergílio – *Invocação ao meu corpo*, 1978, p. 261, Bertrand.
422 "As paredes indicam a nossa posição de verticalidade", escreve a poetisa cubana Damaris Calderón, num acrescento arquitetónico-metafísico. (Calderón, Damaris – *Duro de roer*, 1999, p. 11, Las Dos Fridas)
423 Ferreira, Vergílio – *Invocação ao meu corpo*, 1978, p. 261, Bertrand.
424 Embora estas – as necessidades – nem sempre sejam sintoma a eliminar. Em *Escrever*, volume póstumo, Vergílio Ferreira aconselhou-se a si próprio, num tom simultaneamente quase desesperado mas lúcido: "Guarda alguma necessidade para não teres só fastio". (Ferreira, Vergílio – *Escrever*, 2001, p. 47, Bertrand)
425 Ferreira, Vergílio – *Invocação ao meu corpo*, 1978, p. 264, Bertrand.

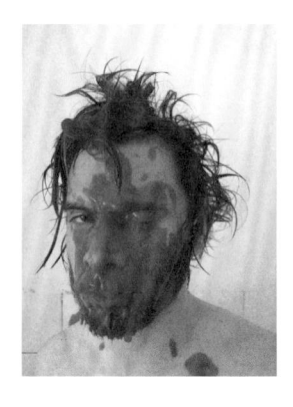

"Um olho para trás era útil como os farolins na retaguarda dos carros. Ou um olho móvel que deslocássemos da órbita para ver simultaneamente as faces opostas de um objeto". Enfim, tantas hipóteses, e ficámos com esta – com este corpo. Porém, o corpo também já não é assim tão-só corpo, pois "tapou-se com o progresso da cultura"[426], diz Vergílio Ferreira. Tapou-se: escondeu-se um pouco, mas protegeu-se também; civilizou-se[427].

O nosso próprio corpo (e não apenas por causa da cultura) é para nós obscuro: que voz é esta, a minha? Que mãos são estas, são as minhas? Que gesto é este?

E não só o nosso, também o corpo dos que nos são próximos é algo a que não damos a suficiente atenção, algo que não chegamos a conhecer: "Não conhecemos normalmente a cor dos olhos dos amigos, porque lhe conhecemos quase só o olhar"[428], refere Vergílio Ferreira, lembrando Sartre. No entanto, este, especificamente, talvez seja um conhecimento mais profundo.

BELO/FEIO

Para Vergílio Ferreira, há um conflito permanente entre o belo e o feio, a limpeza e a sujidade – e o corpo está no meio dessa batalha. Exemplar é, neste contexto, a citação de Freud e o seu posterior comentário: "Um homem gosta de beijar a boca de uma mulher, mas não de se servir da sua escova de dentes. Porque o beijo na boca fala de amor, e a escova de dentes do pobre lixo dessa boca"[429].

Não há belo e feio, *há belo no feio e feio no belo*. Como se o corpo, a matéria, certas vezes ganhasse características inefáveis, e o Espírito, por vezes, pudesse cheirar mal.

---

426   Idem, p. 270.
427   Num tom bem mais satírico, podemos atentar no aforismo de Karl Kraus: "A cultura é uma muleta com que o coxo bate no são para mostrar que também a ele não faltam as forças". (Kraus, Karl – *O apocalipse estável*, 1988, p. 30, Apáginastantas)
428   Ferreira, Vergílio – *Invocação ao meu corpo*, 1978, p. 271, Bertrand.
429   Idem, p. 262.

A lama de Deleuze

A propósito da obra *Os sete pilares da sabedoria*, de T. E. Lawrence, e de uma certa vergonha do corpo, Deleuze escreve: "Lawrence admira os árabes porque eles desprezam o corpo"[430].

Para Lawrence, segundo Deleuze, o corpo "não é um meio ou um veículo do espírito, mas antes uma 'lama molecular' que se adere à ação espiritual. Quando agimos o corpo deixa-se esquecer". A ação torna-se, por paradoxo, um momento espiritual: esquecer o corpo no momento em que o corpo é mais corpo, quando atua no espaço e no mundo.

Em Lawrence, lembra Deleuze, há uma forte perceção do horror ("O corpo dos agonizantes turcos que levantam vagamente a mão para assinalar que ainda vivem"[431]) e essa "lama molecular" é o "último estado do corpo". O espírito contempla essa lama molecular "com um certo encanto, porque encontra aí a segurança de um último nível que se não pode ultrapassar". Lama, pois, como matéria informe, matéria que perdeu a anatomia, o volume concreto, as linhas, as fronteiras: corpo-lama como corpo que se reduz à sua mais terrível expressão: a da forma que perdeu a resistência das suas fronteiras e foi invadida pelo mundo que a rodeava, pelo mundo que a ameaçava; um corpo que perdeu os órgãos, que foi esmagado até ser apenas "lama molecular"; eis que o ser humano, o ser dotado de linguagem e capaz de construir uma cidade e de se perder em inutilidades, eis, pois, que no limite do horror, se exibe enquanto um simples agregado de moléculas[432], um agregado disforme. O homem orgulhoso confunde-se, no limite do horror, com qualquer outro ser: as mais mesquinhas coisas do mundo misturam-se – numa mesma lama molecular, numa mesma massa de partículas – com o mais dotado de entre os homens. Eis o horror: *somos confundíveis com qualquer coisa*. O *horror nivela* – "Havia sempre sangue nas nossas mãos; estávamos habituados a ele"[433] – dá sempre a mesma

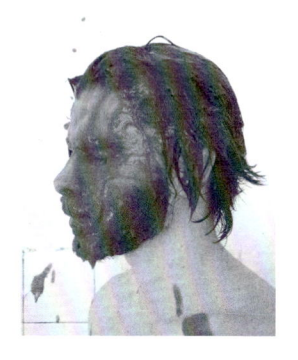

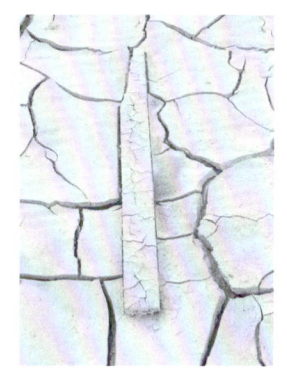

---

430 Deleuze, Gilles – *Crítica e clínica*, 2000, p. 164, Século XXI.
431 Idem, p. 166.
432 Os Antigos disseram tudo, logo no início. Demócrito, "o primeiro atomista, pensava que, como todas as coisas, também a alma era formada por átomos". (Vários – *Organismo-hereditariedade*, Enciclopédia Einaudi, 1991, p. 78, Imprensa Nacional-Casa da Moeda)
433 Lawrence, T. E. – *Os sete pilares da sabedoria*, 1989, p. 31, Europa-América.

importância a diferentes vozes; democratiza, poderia dizer-se, torna uniforme o mundo, mas nivela por baixo, pelo mais baixo, pelo que *não tem andar inferior*.

Uma cadeira é, no seu limite mais baixo, também uma lama molecular; como o homem, como a cidade inteira, como a máquina, como o animal rastejante: no nível mais baixo do horror todas as coisas são partículas informes que se misturam, partículas informes que se cruzam, que dançam entre si, que trocam confidências, que não se envergonham de não serem diferentes entre si. A indiferenciação é o horror.

A VERGONHA

Diríamos: o espírito ruboriza com isto tudo; é um elemento educado, de boas maneiras, o espírito envergonha-se com a explicitação excessiva do corpo; ele, espírito, cuja característica principal é essa mesma: nunca se dar a ver; até quando ruboriza, ruboriza por interposta matéria; neste caso: ruboriza na matéria que foi causa da sua vergonha.

Deleuze aprofunda esta questão: "O espírito começa por observar fria e curiosamente aquilo que o corpo faz, é antes de tudo uma testemunha, depois manifesta-se, testemunha apaixonada"[434].

Deleuze desenvolve: "As entidades espirituais, as ideias abstratas, não são aquilo que se pensa: são emoções, afectos. Elas são inumeráveis, e não consistem apenas na vergonha, embora esta seja uma das principais. Existem casos em que o corpo faz vergonha *ao* espírito, mas também existem casos em que corpo *o* faz rir, ou então *o* encanta"[435]. Conclui Deleuze: "É sempre o espírito que tem vergonha, que estala, ou que retira prazer, ou glória, enquanto que o corpo 'continua a trabalhar obstinadamente'".

Lama que trabalha.

434 Idem, p. 166-167.
435 Idem, p. 167.

LEVANTAR A MÃO

Deleuze desenvolve particularmente esta ideia da vergonha, do horror; observemos sem interrupção esta descrição-explicação: "Ter vergonha pelo corpo implica uma concepção do corpo muito particular. Segundo esta concepção, o corpo tem reações exteriores autónomas. O corpo é um animal. Aquilo que o corpo faz, ele fá-lo sozinho. Lawrence faz sua a fórmula de Espinosa: não sabemos o que pode um corpo! Durante torturas, uma ereção; mesmo no estado de lama, o corpo é percorrido por sobressaltos, como aqueles reflexos que tem ainda a rã morta, ou como a saudação dos moribundos, a tentativa arrepiante de todos os agonizantes turcos para levantar a mão, como se tivessem repetido o mesmo gesto de teatro, e que dá o riso louco a Lawrence"[436].

Riso demente porque riso atirado em direção a si próprio; de facto, é da própria mesquinhez que ri pois ele também tem essa mão última que se elevará em pleno horror para assinalar que ainda é Homem, que ainda é o ser que pertence à linguagem e que fez a linguagem pertencer ao mundo; essa mão terrível do agonizante que se quer assinalar, que quer ainda fazer subir algo acima do nível da lama onde todos caem; essa mão é a última mão humana. *A última mão que fala.*

Dizendo adeus ao avião.

---

436   Idem, p. 166.

A doação de Wittgenstein

MÃO DIREITA/MÃO ESQUERDA

Com uma única pergunta Wittgenstein coloca em causa a questão da identidade do corpo e do número de corpos:

"Por que é que a minha mão direita não pode dar dinheiro à minha mão esquerda?"[437]

A questão de Wittgenstein que surge nas suas *Investigações filosóficas* não diz respeito à impossibilidade do gesto ou do movimento[438]. De facto, como escreve, a "minha mão direita pode passar o dinheiro para a minha mão esquerda". E a "minha mão direita pode escrever uma nota ou doação, e a esquerda pode escrever um recibo". Estamos perante *movimentos muscularmente possíveis*. No entanto, "as consequências práticas ulteriores não seriam as de uma doação. Por exemplo: se a mão esquerda tirasse o dinheiro à mão direita, diríamos: 'Sim, e daí?'"[439].

Estamos, neste exemplo, perante uma espécie de *movimentos internos apesar de exteriores.* Esclarecendo: quando passo dinheiro da minha mão direita para a minha mão esquerda tal é um movimento visível (exterior), mas que apenas tem consequências internas, não tem consequências *para fora*, sociais, se quisermos – na relação com os outros, se formos mais comedidos na definição. A não ser, claro, que antes se tenha estabelecido um jogo com os outros, caracterizado pela frase: se o meu dinheiro estiver na mão direita pertence a A, se estiver na minha mão esquerda pertence a B. Veja-se que, ainda neste exemplo, se A e B forem a mesma pessoa tal frase deixa também de ter sentido.

Num exemplo mais visível, diremos, mais pesado, literalmente; se um indivíduo carrega um peso de dois quilos na sua mão direita e tem a mão esquerda vazia

Mão que se desfaz em bocados.

Dois pés. Se contarmos com cuidado, veremos que o pé direito tem dez dedos.

---

437 Wittgenstein, Ludwig – *Tratado lógico-filosófico/Investigações filosóficas*, 1995, p. 346, Fundação Calouste Gulbenkian.
438 Na mesma linha, surge este trecho de Michaux: "Às vezes, quando me sinto muito abjeto e estou sempre sozinho e na cama, faço com que a minha mão esquerda me preste homenagem. Ela ergue-se sobre o antebraço, volta-se para mim e saúda-me. Ela (a sua mão esquerda) faz cortesias e adulações "de tal modo que até um estranho se sentiria comovido". (Michaux, Henri – *O retiro pelo risco*, 1999, p. 24-25, Fenda)
439 Wittgenstein, Ludwig – *Tratado lógico-filosófico/Investigações filosóficas*, 1995, p. 346, Fundação Calouste Gulbenkian.

e se, através de um movimento visível, passa o peso de dois quilos da mão direita para a esquerda, tal tem consequências internas, que não são sentidas externamente. A posse do peso de dois quilos não mudou, embora, para o próprio, algo tenha mudado significativamente. E tal mudança interna pode ser maior ou menor. Pense-se, por exemplo, numa situação em que alguém tem uma lesão na mão direita, mas não na mão esquerda. Neste caso, mudando o peso para a mão esquerda, o sujeito sentir-se-ia aliviado, suspenderia uma certa dor acrescida, provocada pelo peso; o movimento inverso: o peso que passa da mão sem lesão para a mão com lesão provocará o aumento imediato da dor, do desconforto. Isto é, algo que é irrelevante a nível coletivo: em que mão seguras o peso? – poderá ser fundamental para o próprio[440].

Movimento com consequências internas significativas e consequências externas insignificantes.

QUANTOS CORPOS?

Wittgenstein fala ainda do conceito de "experiência composta", experiência que "consiste em vários elementos". Eis como ele a exemplifica: "Podíamos dizer ao médico: 'Eu não tenho uma dor, tenho duas, dor de dentes e dor de cabeça'"[441].

Estamos perante mais uma fragmentação da ideia ingénua de unidade do corpo: posso realmente sentir duas sensações diferentes. Wittgenstein diz, para se comparar com este, o caso em que se afirma: "Tenho ambas as dores no estômago e uma sensação geral de

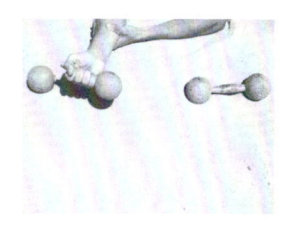

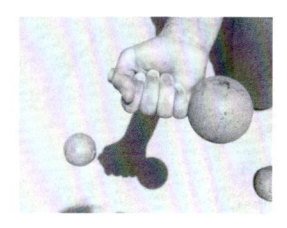

"Exercícios de sombra".
Fazer exercício carregando o peso da sombra.
No chão está uma das bolas do peso. Se olharmos para cima, a mão apenas levanta um peso. Se olharmos para baixo a mão levanta dois pesos. Como se a sombra tivesse de fazer mais esforço.

---

440   Esta questão da esquerda-direita ganha uma dimensão diferente, muito satírica, num texto fantasioso de Italo Calvino. Nele há um Visconde que, regressado da guerra, chega à sua terra carregado numa liteira. De repente, quando a aldeia está toda em redor para receber o Visconde, todos ansiosos para ver como regressa ele da guerra, eis que o Visconde se levanta, suportado por uma muleta, e se apresenta cortado ao meio (o que dá título ao livro) pois perdera, exatamente, *todo o lado esquerdo*. Neste entretanto, um dos elementos do grupo de carregadores, indiferente às reações, diz ao Visconde Cortado ao Meio que eles estão à espera da recompensa. Quanto? – perguntou o Visconde.
"–Vós sabeis qual é o preço habitual para transportar um homem em liteira..."
O Visconde passou uma bolsa com dinheiro para o chefe dos carregadores. Este protestou:
"– Mas isto é muito menos do que a soma habitual, *señor!*"
E o Visconde respondeu, secamente:
"– É precisamente metade".
(Calvino, Italo – *Os nossos antepassados*, 1997, p. 18, Círculo de Leitores)
441   Wittgenstein, Ludwig – *O livro castanho*, 1992, p. 116, Edições 70.

náusea". Aqui, explica, "eu não separo as experiências constituintes, indicando duas localizações da dor"[442]. Existem duas dores, mas no mesmo sítio[443].

A questão é sempre: o que se sente e onde se sente. O que se sente pode ser entendido como fazendo parte dos efeitos da relação corpo-mundo, e esses efeitos podem ser vários simultaneamente. Isto é: o mundo não nos *diz* (ou *faz* sentir) apenas uma sensação de cada vez, o mundo *diz-nos* (diz ao nosso corpo) várias *frases* ao mesmo tempo (utilizemos esta imagem). Por isso é que podemos sentir várias perturbações no mesmo momento. E ainda, ao mesmo tempo de tudo isto, o nosso corpo não é, nunca consegue ser, uma sala única que recebe; o corpo *são* várias salas, com autonomia, tanto para a sensação de prazer como para o sofrimento.

Eis outro exemplo deste corpo *multi-receptor*: "Ouço um piano a tocar e um ruído na rua"[444].

E neste ponto é colocada uma questão fundamental:

"Em que consiste isolar as experiências constituintes da experiência composta?"

Questão forte, complexa. Estamos dentro da experiência do corpo multiplicado por dentro, *de um único corpo com inúmeras localizações*. Um corpo são muitos sítios: há diversas possibilidades para a dor (ou para o prazer) se alojar num único corpo; o corpo *não é uma unidade interna*, pelo contrário: num sítio posso ter prazer, noutro dor – ao mesmo tempo. Como se o organismo vivesse, de facto, neste caso, duas vidas simultâneas (pelo menos). Cada sensação distinta, constituinte de uma sensação composta geral que, no fundo, pode ser definida como *a sensação de existir, de estar vivo*, cada uma dessas sensações constituintes pode, então, no limite, ser vista como um corpo autónomo. *A sensação de existir é uma sensação composta de milhares de sensações simultâneas*. Podemos ter no nosso corpo, ao mesmo tempo, um corpo que dói, um corpo que tem prazer, um corpo que pensa, um corpo que está irritado, etc.

---

442 Idem, p.116.
443 Vergílio Ferreira escreve, mais centrado na existência:
"De duas ou mais dores simultâneas, a nossa atenção escolhe uma e quase esquece as outras. Na ruína do nosso tempo, vê se escolhes o mais importante dela. Evitarás assim o ridículo de chorar a perda de um alfinete numa casa que te ardeu".
(Ferreira, Vergílio – *Escrever*, 2001, p. 113, Bertrand)
444 Wittgenstein, Ludwig – *O livro castanho*, 1992, p. 116, Edições 70.

Como separar, como analisar, como dividir o que se sente? Sentir não é sentir uma ou duas coisas – continuamos dentro de uma questão de quantidade, de *quantidades*. O nosso mundo – o mundo que está em ligação com o nosso corpo – não é um (1), e o nosso corpo também não é um. O que habitualmente se diz é uma simplificação. Vulgarmente, diz-se: o meu corpo no mundo. Quando, afinal, o que deveríamos dizer era, não *os nossos corpos* – pois tal pode gramaticalmente enganar-nos ou dar uma imagem errada do que queremos dizer – deveremos, sim, dizer então, em alternativa, algo que rompe precisamente com a gramática, com a linguagem; ou seja: o conceito que temos do corpo interfere na linguagem até porque, diga-se, a linguagem, a gramática, quer também interferir na ideia que temos sobre o corpo – pois então, o que devemos dizer, o que se aproxima mais da verdade, é expresso obrigatoriamente por um erro, por um abuso sobre a gramática: *o meus corpos nos mundos*[445], eis o que devemos dizer; ou talvez, ainda, rompendo um pouco mais com a gramática: *o meus corpos no mundos,* assim mesmo – *o meus* – porque *só assim se expressam na linguagem duas percepções opostas*, mas que existem: a sensação de que o meu corpo é um único (o) e, ao mesmo tempo, é muitos. Fórmula, portanto, que nos parece, provisoriamente, a mais próxima da percepção verdadeira – *o meus corpos, o teus corpos, o seus corpos.*

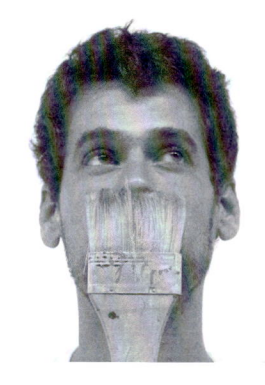

ATENÇÃO VIRADA PARA DENTRO

Ludwig Wittgenstein desenvolve em diversos pontos da sua obra relação entre o conceito de corpo – e, nele, a ideia de posse – e a sua expressão pela linguagem. Eis quatro perguntas importantes:
"'São estes livros os *meus* livros?'
'É este pé o *meu* pé?'
'É este corpo o *meu* corpo?'
'É esta sensação a *minha* sensação?'"[446]

---

445   "os próprios ruídos da casa, da rua, dos breves sons que produzimos ao pousar um copo ou uma cadeira"; "tudo isso", escreve Vergílio Ferreira, "é nós". (Ferreira, Vergílio – *Escrever*, 2001, p. 165, Bertrand)
446   Wittgenstein, Ludwig – *Tratado lógico-filosófico/Investigações filosóficas*, 1995, p. 404, Fundação Calouste Gulbenkian.

Tentativa (falhada) para esconder um corpo.

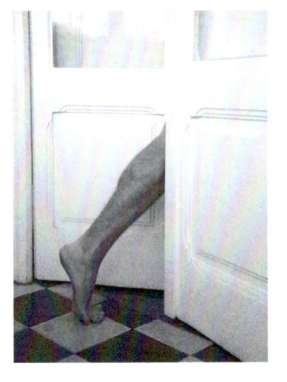

Wittgenstein, nas suas *Investigações filosóficas*, desenvolve a análise a estas quatro questões, chamando a atenção, a partir da quarta pergunta, para o facto de uma pessoa imaginar que "aponta para uma sensação ao dirigir a sua atenção para ela"[447]. É como se a atenção, dirigida para os próprios pensamentos – para um em particular – desempenhasse o mesmo papel do dedo indicador que aponta para uma coisa do mundo exterior, destacando-a de todas as outras. Olha! Vês aquilo? Não a torre, aquilo que está entre a torre e o automóvel. Aquilo para onde eu aponto. Diremos que a *atenção* virada para si própria é o *dedo indicador interno,* um apontador *invisível,* mas que separa, que distingue, que tem o mesmo tipo de *raciocínio* do dedo indicador exterior – raciocínio *que destaca.*

É este dedo indicador interno, indicador invisível que, ao apontar, separa, distingue e classifica. Sem essa *atenção interior direcionável e manipulável,* o nosso corpo seria um bloco, um único bloco.

Homem pequeno agarrado a uma perna grande.

CRENÇA NO MEU CORPO

Atentemos ainda na crença de que o meu corpo me pertence. Se alguém precisasse de se convencer de que tinha duas mãos, exemplifica Wittgenstein, e se alguém lhe dissesse "só precisas de pô-las diante dos olhos" para o confirmar, então essa pessoa poderia responder: "Se eu agora duvido de que tenho duas mãos, então também não tenho que confiar nos meus olhos"[448].

A crença de que tenho um corpo é alicerçada *no que eu vejo* e *no que os outros veem.* Se só eu dissesse que este meu corpo me pertence, e os amigos, os outros, no geral, me dissessem: não, esse corpo que tens *à volta de ti* não te pertence, então esta crença (o meu corpo pertence-me) seria abalada. Ou seja, um indivíduo completamente isolado dos outros, afastado de qualquer ser humano, um indivíduo *em estado de Robinsoe Crusoé* – esse indivíduo sem oposição nem amizade humana – poderá descrever mais do seu corpo, da propriedade do seu próprio corpo. *Porque*

447 Idem, p. 411.
448 Idem, p. 591.

os outros confirmam que eu tenho um corpo, confirmam-no pela linguagem e também pelos atos. Tal como as coisas, é certo. As coisas materiais estão, de facto, permanentemente a dizer que o corpo nos pertence: as barreiras, a matéria que interfere em nós, o choque contra um certo volume do mundo que nos provoca dor, enfim, o mundo das coisas está aí também para alimentar a crença de que o nosso corpo nos pertence. Aliás surge, neste raciocínio, uma definição possível do corpo próprio: o nosso corpo *é a matéria do mundo onde podemos sentir dor*. A partir do momento em que, num certo volume de matéria, já não podemos, já *não somos capazes* de sentir dor, então estamos perante o limite: esse não é já o nosso corpo, mas sim o mundo. Para lá deste ponto já não sinto dor, eis a definição de corpo; *a dor dói noutro*; ou: *a dor dói noutra coisa*, não em mim.

No entanto, a matéria não fala, não tem esse atributo, é a linguagem, que dizendo, simplesmente – *o teu corpo* – nos convence disso mesmo, de que o corpo é nosso.

Poderemos definir assim **a amizade como a confirmação pública da propriedade de um corpo**: tenho um corpo porque quem me rodeia o confirma (porque me rodeia: confirma-me).

Quando alguém diz: o teu rosto está vermelho!, ou: estás assustado!, ou quando alguém, simplesmente, nos cumprimenta na rua, o que entre outras coisas está a confirmar é a tua posse em relação ao teu corpo: *espelho que fala, eis o outro*.

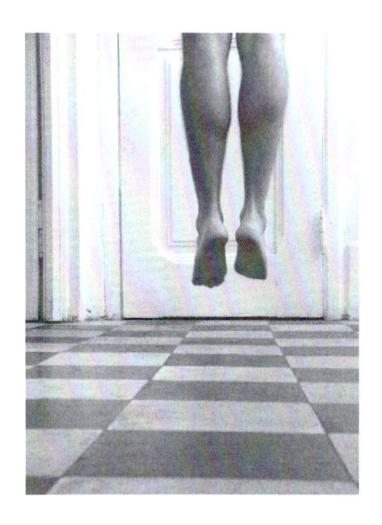

Ou voa ou salta ou está morto.

DESCONFIANÇA NO MEU CORPO

A crença e a dúvida começam portanto no corpo próprio: "Como seria duvidar agora de que tenho duas mãos? [...] Em que acreditaria se não acreditasse nisso?"[449] Wittgenstein, nos textos agrupados com o título *Da certeza*, responde a si próprio: "Até agora não tenho sistema algum que pudesse incluir essa dúvida".

Se eu não tivesse esta certeza/crença, tudo o resto seria posto em causa.

---

449 Wittgenstein, Ludwig – *Da certeza*, 1998, p. 77, Edições 70.

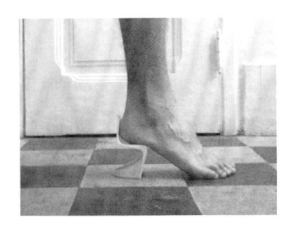

"Porque é que não verifico se tenho dois pés quando quero levantar-me da cadeira? Não há porquê. [...] É assim que eu ajo"[450], escreve Wittgenstein[451].

VELOCIDADE E CEGUEIRA

A questão da localização no espaço é igualmente determinante. A autopercepção do corpo, das distâncias e localizações varia consoante a situação, como lembra Wittgenstein em *O livro azul*:

"A distância da nossa boca ao nosso olho pode parecer muito grande aos músculos do nosso braço, quando movemos um dedo da boca até ao nosso olho"[452].

É como se os pequenos movimentos da mão, os movimentos de pormenor, alterassem as dimensões das coisas: se a mão acaricia lentamente, a superfície em que toca poderá parecer maior do que é; e se, pelo contrário, a mão toca a grande velocidade, essa superfície poderá parecer mais pequena.

Há, portanto, uma *velocidade táctil*, uma *velocidade de toque* que tem influência na percepção de espaço.

Contudo, não é apenas importante a velocidade (ou a lentidão) com que tocamos, mas também a velocidade com que somos tocados.

Wittgenstein dá um exemplo:

Wittgenstein distingue mesmo o "lugar táctil" do "lugar visual" – lugares que localizamos com o toque e lugares que localizamos com os olhos: "Pensem na dimensão que imaginam ter uma cavidade num dente quando o dentista a está a brocar e a sondar"[453].

Digamos que há uma *anatomia exterior visual* – uma anatomia determinada pelos olhos, em que são estes os autores do desenho, da fotografia, do mapa: são os olhos que localizam os pontos do corpo e determinam distâncias entre eles; e há ainda uma *anatomia exterior táctil* – uma anatomia desenhada com o pressuposto

---

450 Idem, p. 55.
451 "Encontro alguém proveniente de Marte que me pergunta: 'Quantos dedos dos pés têm os seres humanos?' – Digo: 'Dez. Vou mostrar-lhe' e tiro os sapatos. Suponha-se que ele se surpreendeu por eu saber com tanta certeza apesar de não ter olhado para os meus pés – deveria eu dizer: 'Nós, seres humanos, sabemos quantos dedos dos pés temos, independentemente de os vermos ou não'?" (Idem, p. 123)
452 Wittgenstein, Ludwig – *O livro azul*, 1992, p. 93, Edições 70.
453 Idem, p. 93.

3 O corpo no corpo 227

da cegueira, com a prévia determinação *de não ver*, *mas sentir*: anatomia de localizações e distâncias medidas não pela régua dos olhos, mas pela régua da mão, dos dedos. E como é evidente: os dedos não medem da mesma forma que os olhos – como se uns e outros possuíssem instrumentos diferentes, e sim: tal é verdade.

Por exemplo, apesar de ser exatamente o mesmo movimento, não o sentimos como tal: o movimento da nossa mão quando olhamos para ela e o mesmo movimento da nossa mão quando não olhamos, apenas o sentimos. O nosso movimento tem, para os nossos olhos e propriocepção, significados diferentes. Há, no entanto, ao mesmo tempo, como escreve Wittgenstein, uma "correlação entre experiências visuais, tácteis, cinestésicas"[454] e outras, correlação que faz com que cada um sinta o corpo como uma unidade, unidade que não diferencia o corpo que vê do corpo que toca e do corpo que sente. Estes três corpos juntam-se, em algum ponto do organismo, no centro que os mistura e transmite a tal sensação de unidade e identidade.

Quando, numa experiência prática que qualquer um pode fazer, observo (com os olhos) o meu braço direito pousado sobre o meu braço esquerdo, estou a fazer coincidir três percepções do meu próprio corpo: *um corpo que vejo* (visão), *um corpo que toco* (tato), *um corpo que sinto* (proprioceptividade); e posso assim também fazer *exercícios de dissociação* destes três tipos de percepção. Posso tocar no meu corpo, sentir o toque, mas não o ver, isto é: desviar os olhos para outro lado e sentir, neste caso, dos dois lados: do lado que toca e do lado que é tocado, como se no toque pudesse existir claramente um emissor e um receptor, o que não é evidente.

Posso ainda, outro exercício, *ver* o movimento da minha mão direita que se move no ar sem tocar em nada, e nesse momento estou a *ver* e a *sentir*, mas não estou a tocar (a não ser que no movimento no ar se considere um toque minúsculo em qualquer partícula que o compõe – e aqui entramos mais uma vez na questão de escala: a uma certa escala mover o braço pode significar tocar no ar, e tal é evidente quando o ar tem cor, e se destaca uma parte por isso – por exemplo: quando afastamos com a mão uma nuvem de fumo de cigarro). Posso ain-

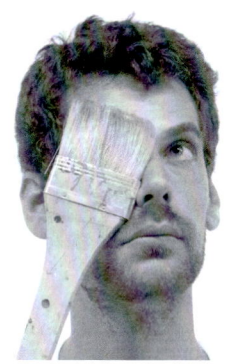

---

[454] Idem, p. 95.

da, último caso, terceiro exercício, mover o meu braço atrás das minhas costas sem tocar em nada: não toco e não vejo.

Neste caso, a proprioceptividade impede que exista uma suspensão do sentir: posso deixar de tocar, de ver, mas nunca deixo de sentir o próprio corpo.

Temos assim três tipos de *cegueira*, chamemos-lhe assim: a cegueira visual, a cegueira proprioceptiva[455] e, por último, a cegueira táctil: o corpo que não toca nem é tocado.

DOR EUCLIDIANA

Ainda a questão da localização espacial da dor. Em *O livro azul*, Wittgenstein coloca as questões:

"Conhecemos o lugar da dor no espaço euclidiano, de tal modo que, quando sabemos que temos dores, sabemos qual a distância a que ele se encontra de duas paredes e do chão? Quando tenho uma dor na ponta de um dedo e toco nos dentes com ela, a minha dor é, nesse caso, tanto uma dor de dentes como uma dor no dedo?"[456]

Representando o corpo numa folha quadriculada seria difícil afirmar inequivocamente (quando levo o dedo aos dentes) que a dor está no dedo ou que a dor está no dente. Wittgenstein chama a atenção para que esta confusão de localizações deriva do facto de que saber o onde pressupõe que eu o posso apontar; *o onde é algo apontável*: "tenho de saber onde está uma coisa antes de apontar para ela". Conselho sensato, mas que, em relação ao próprio corpo, por vezes falha: *dói-me (e por isso sei que é no meu corpo), mas não sei onde*. Por vezes, não tenho capacidade para apontar para a minha dor.

A DOR DE DENTES *DELE*

Wittgenstein coloca problemas à primeira vista absurdos, mas que, como sempre, depois de um segundo olhar, se revelam essenciais, neste caso relativamente à questão da identidade do corpo. Eis um outro exemplo:

---

455 Ver a este propósito, no início deste capítulo, a análise aos casos de Oliver Sacks.
456 Wittgenstein, Ludwig – *O livro azul*, 1992, p. 92, Edições 70.

A barra segura com os dentes coincide exatamente com a margem do rio. Se fizermos uma troca imaginária, podemos levar a margem connosco e manipulá-la.

"suponham que eu e outra pessoa tínhamos uma parte dos nossos corpos em comum, por exemplo, uma mão", escreve Wittgenstein em *O livro azul* – "Imaginem que os nervos e os tendões do meu braço e do braço de A tinham sido ligados a esta mão por uma operação. Imaginem agora que a mão era picada por uma vespa. Ambos gritamos, fazemos esgares de dor, damos a mesma descrição de dor, etc. Diremos, neste caso, que tivemos a mesma dor ou dores diferentes?"[457]

Eis, pois, a questão: supondo corpos desligados, teremos necessariamente dores desligadas – nada físico, concreto, material, liga a minha dor à tua: *não há ligação fisiológica entre as dores de dois corpos*, há apenas uma ligação, eventualmente, psicológica – sofro psicologicamente com a tua dor. Quando muito, poderemos dizer: sinto no meu pensamento a dor que tu sentes no teu organismo. Mas num caso como o descrito por Wittgenstein as coisas mudam: se os corpos estão fisiologicamente ligados, a questão da propriedade da dor – a dor é de quem? a quem pertence? – torna-se complexa. Algo que pode ser visto também, muito claramente, no caso da mulher grávida. Em casos em que há uma ligação corporal concreta, em que há uma *mistura de*

[457] Idem, p. 98.

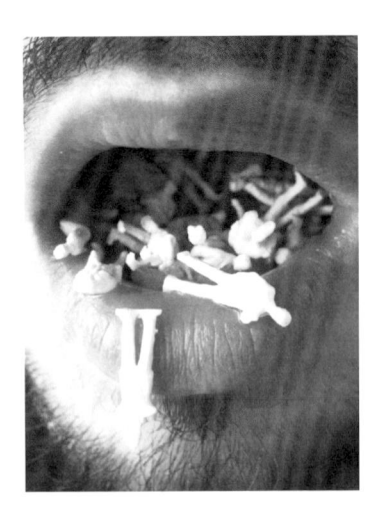

Dor de dentes. As pessoas provocam dor.

organismos, a separação entre indivíduos não se define claramente pela questão da dor.

Prossegue então Wittgenstein desenvolvendo o exemplo: "Se num caso destes disserem: 'sentimos dor no mesmo sítio, no mesmo corpo, as nossas descrições são concordantes e, no entanto, a minha dor não pode ser a dor dele', suponho que se sentirão inclinados a justificá-lo dizendo: 'porque a minha dor é a minha dor e a dor dele é a dor dele'"[458].

O que Wittgenstein está a dizer aqui é que, muitas das vezes, quando não temos uma solução para um problema, vemo-nos obrigados, para mantermos uma certa estabilidade na nossa relação com o mundo, a repetir frases que sempre assumimos como verdadeiras e explicativas de uma parte dos acontecimentos do mundo; frases, essas, quase sempre tautológicas, como é um bom exemplo a frase que pode fechar por completo qualquer discussão sobre localizações da dor e identidades: "porque a minha dor é a minha dor e a dor dele é a dor dele".

Mas, de facto, estamos novamente mergulhados numa questão que envolve não apenas as nossas concepções do corpo mas as nossas concepções de linguagem e, especificamente, de gramática. Wittgenstein chama a atenção para o facto de que, pela análise simples do processo linguístico, excluir a frase "eu tenho a dor de dentes dele" da nossa linguagem é o mesmo que excluir também a frase "eu tenho (ou sinto) a *minha* dor de dentes"[459]. A nível de linguagem, ou as duas frases são absurdas e impossíveis gramaticalmente ou as duas frases são possíveis. E mais uma vez chegamos a este ponto: as frases possíveis – e estas possibilidades dependem do imaginário de cada um – assinalam possibilidades reais, possibilidades físicas, hipóteses de existência.

Admitir determinadas frases é admitir certos pensamentos e admitir certos pensamentos é admitir certas possibilidades. E há ainda um pormenor a assinalar, é que se eu digo: eu sinto a minha dor, se existe necessidade de o dizer, é porque é admissível, como afirma Wittgenstein, o enunciado inverso: eu sinto a tua dor (ou a menos paradoxal: eu não sinto a dor que tenho). Digamos que a aceitação imediata da expressão *de linguagem* – só eu posso sentir a minha dor – e a imediata

458 Idem, p. 98.
459 Idem, p. 99.

rejeição da expressão – eu sinto a tua dor – deve-se às ideias que temos sobre a identidade de um corpo *e não às ideias que temos sobre a linguagem*. Se lidássemos tão tranquilamente com a frase – eu sinto a tua dor – como lidamos com a frase – eu sinto a minha dor (sendo a primeira frase um *simples deslocamento da linguagem*), a identidade do corpo seria posta em causa. Assim, podemos afirmar que certas seguranças práticas e metafísicas dependem do esquecimento da possibilidade de exprimir determinadas frases ou passam mesmo *pela perseguição intelectual* dessas frases *inaceitáveis*. É bom notar que, muitas vezes, dizer: *essa frase é um absurdo* é, afinal, dizer: *eu não quero pensar sobre essa frase*, ou: eu não quero pensar *essa* frase.

Em suma, a concepção clássica do corpo e de identidade leva-nos, num primeiro embate, *a rejeitar pensar a frase* que Wittgenstein coloca provocadoramente nas suas investigações conceptuais. Frase, esta, que devemos continuar a ter em mente como uma espécie de frase provocatória, mas provocatória de ideias, e não de exaltações. Eis de novo a frase que, ao mesmo tempo, rejeitamos e nos intriga: eu tenho "dor de dentes num dente de outra pessoa".[460]

1. Medir o horizonte. Fazer coincidir a fita métrica com a linha do horizonte.
Se a linha do horizonte fosse mensurável, não seria impossível de alcançar.
2. Tirar a poesia: medir. Extração da substância poética: ato de medir. Colocar poesia na fita métrica: entortar.

OS NOMES E AS PEDRAS

Ainda em *O livro azul*, Wittgenstein, a certo passo, coloca aparentemente uma pergunta ingénua: "sob circunstâncias diremos 'esta é a mesma pessoa que vi há uma hora'?" Há, de facto, constâncias que nos levam a dizer: aquela é a mesma pessoa que vi no outro dia, tal como dizemos eu sou a mesma pessoa que você viu no outro dia. Somos reconhecidos pela aparência exterior do nosso organismo e, quando muito, poderemos disfarçar-nos por via da modificação dessa aparência exterior.

Há mudanças, claro, o corpo nunca para, mesmo a parte exterior de um corpo, mas aqui há um parâmetro fundamental que é a velocidade: não pensando em acidentes ou noutros acontecimentos excepcionais, o corpo muda muito lentamente, de tal forma que parece não mudar e por isso conhecemos de novo aquela pessoa que vimos ontem ou mesmo há alguns anos. Como refere Wittgenstein, o "meu corpo muda muito pouco

---

460 Idem, p. 96.

de aspecto e apenas de um modo gradual, tal como a minha voz, os meus hábitos característicos, etc., apenas mudam muito lentamente e dentro de limites definidos. Sentimo-nos inclinados para usar nomes próprios da maneira que o fazemos, unicamente como consequência destes factos"[461].

Temos nomes próprios devido a uma lentidão orgânica, uma lentidão de mudanças interiores e, principalmente, exteriores. Se mudássemos de aparência mais rapidamente perderia o sentido o facto de *termos um* nome próprio. Wittgenstein fornece, no entanto, um invulgar exemplo para baralhar este conceito.

"Imaginem", escreve – e eis a mais exata das palavras para começar um pensamento novo, uma probabilidade – *imaginem* – palavra que, diga-se, começa centenas de pensamentos fundamentais da sua obra –, "imaginem corpos com igual exterior, mas com diferentes características de personalidade" – "embora fosse possível atribuir nomes aos corpos, sentir-nos-íamos tão pouco inclinados a fazê-lo como nos sentimos para atribuir nomes às cadeiras da nossa sala de jantar". Comparação que nos leva a pôr a questão ao contrário: se descobríssemos (mais uma vez: *imaginem*) que as pedras tinham um interior, chamemos-lhe assim, pensante e sensível, com vontade e poder de decisão embora sem meios para o exibir – pelo menos aos olhos humanos – então, nesta situação, poderíamos, pelo contrário, ser tentados a dar nomes a cada uma das pedras do mundo. Mas atentemos noutro exemplo de Wittgenstein.

"Ou imaginem que era habitual [forma então de dizer *pensem na possibilidade de*] os seres humanos terem duas maneiras de ser, da seguinte forma: as características do comportamento, a aparência e o tamanho das pessoas sofreriam periodicamente uma alteração completa. Seria vulgar que um homem apresentasse esses dois estados, e que passasse subitamente de um para o outro"[462]. Se assim fosse, se esta possibilidade se tornasse efetiva, é muito provável que "nos sentíssemos inclinados a batizar cada indivíduo com dois nomes, e possivelmente a referir-nos ao par de pessoas existentes no seu corpo". Um corpo seria assim duas pessoas, tendo portanto direito a dois nomes[463].

---

461 Idem, p. 108.
462 Idem, p. 108-109.
463 Num pequeno romance, no tom do "fantástico", Thomas Mann coloca a questão da identidade entre corpo e cabeça de uma forma extrema, mas muito sugestiva. Numa determinada altura,

O MEU BRAÇO AINDA SOU EU

Wittgenstein desenvolve a questão da identidade do corpo e das suas partes constituintes – o meu olho, o meu dedo – em particular em *O livro azul*[464] – e a certa altura encaminha-se naturalmente para a questão da linguagem, e escreve:

"a ideia de que o verdadeiro eu vive no meu corpo está relacionada com a gramática peculiar da palavra 'eu', e com os equívocos cuja origem é da responsabilidade desta gramática". Nada de novo, no princípio que origina esta afirmação: a linguagem que utilizamos determina e é determinada pela nossa visão do mundo. Mas, neste particular, Wittgenstein avança para dois conceitos fundamentais – para ele existem "dois casos diferentes no uso da palavra 'eu' [ou "meu"] a que poderia chamar 'o uso como objeto' e 'o uso como sujeito'".[465]

Se substituirmos *eu* por *corpo*, poderemos dizer que entendemos o nosso próprio corpo como *algo que possuímos* e, ao mesmo tempo, *nos possui*. Dois entendimentos contraditórios e que se deveriam anular um ao outro, mas assim não sucede.

Projeto: numerar todas as pedras do mundo. Começar no início e depois de terminar, no fim (muito bem, é isso!), voltar ao início para confirmar que está certo.

duas cabeças de dois homens são decepadas – um dos homens era muito inteligente e o outro tinha um corpo muito musculado – e a mulher de um desses homens cola as cabeças decepadas *aos corpos errados*: a cabeça "de Nanda ao corpo de Shridaman – se podemos chamar Shridaman ao tronco sem a parte principal – e a cabeça de Shridaman ao corpo de Nanda – se este privado da cabeça ainda é, de facto, Nanda". Uma personagem diz então para a mulher que colou mal as cabeças: "estão diante de ti, não o esposo e o amigo, na ordem respectiva, mas misturados". E prossegue: "'Vês Nanda – se Nanda for aquele que dele tem a cabeça [...]. Vês Shridaman – se assim se pode chamar – a quem tem o corpo de Nanda". O interessante aqui é que estando dois corpos misturados com duas cabeças, a identidade centra-se na cabeça: Nanda é aquele que tem a cabeça de Nanda, mesmo que tenha o corpo de Shridaman. E àquele corpo de Nanda com cabeça de Shridaman chamam Shridaman: "Perdoa-me, querido Shridaman", diz a esposa deste "dirigindo-se expressamente à cabeça e ignorando deliberadamente o Nanda-corpo". Os dois jovens, que voltaram à vida por uma magia, agora, para "se olharem a si próprios, teriam de olhar um para o outro" – pois parte da sua identidade estava no outro.

Este romance sobre a identidade humana, envolve a questão da importância da cabeça – dos pensamentos – e do corpo, dos movimentos. E leva tal questão ao extremo. A questão do filho do casal, filha que Sita traz na barriga – é filho agora de quem? É filho da cabeça de Shridaman (que está noutro corpo) ou do corpo – da cabeça para baixo – de Shridaman? O amigo de Shridaman, Nanda (ou o que tem agora a cabeça de Nanda) invoca que o filho é agora seu, porque ele é que tem o corpo de Shridaman – e "é o corpo e não a cabeça que engendra os filhos". "Gostaria", diz a cabeça de Nanda como o corpo de Shridaman, o marido, "de ver quem ousa negar que sou o pai do fruto que Sita traz no seio". Enfim, uma discussão forte. (Mann, Thomas – *As cabeças trocadas*, 1987, p. 118-127, Livros do Brasil)

464 Fazendo-o com mais intensidade entre a p. 109 e a p. 113.
465 Wittgenstein, Ludwig – *O livro azul*, 1992, p. 115, Edições 70.
 É evidente que a questão sujeito-objeto por vezes surge baralhada como é exemplo a indicação de Cézanne para que a sua mulher "posasse como uma maçã" (Bessa-Luís, Agustina – *Longos dias têm cem anos: presença de Vieira da Silva*, 1982, p. 88, Imprensa Nacional-Casa da Moeda)

O nosso corpo faz ações (sujeito), mas pode ainda ser *objeto das suas próprias ações*.

Poderemos dizer, sem qualquer desvio paradoxal, que *eu posso agir sobre o meu corpo* – mas logo nesta frase há uma perplexidade irresolúvel: é como se o meu corpo, enquanto sujeito, pudesse atuar sobre o meu corpo, enquanto objeto[466].

Mas se é assim: há uma *coisa*, utilizemos esta palavra, que é para mim um objeto – e essa coisa é o meu corpo – e há *outra coisa na qual* (dentro da qual) eu sou sujeito – e essa outra coisa é ainda o meu corpo. No entanto, pelo espelho e pela confirmação dos olhares dos outros, confirmamos que não há dois corpos, não há duas matérias – uma ao lado da outra –, há uma única matéria que ocupa um único espaço. Estamos face a um dos problemas essenciais que apenas podemos tentar tornar mais claro, pois este tipo de problemas, como dizíamos no início deste estudo, não se resolve, felizmente, com uma decisão.

Wittgenstein enumera, então, diversos exemplos do uso da palavra "eu" como objeto. Vejamos alguns:

"'O meu braço está partido'
'Eu cresci doze centímetros'
'Eu tenho um inchaço na testa'
'O vento despenteou o meu cabelo'"[467].

E dá exemplos da utilização da palavra "eu" como sujeito:

"'Eu vejo isto e isto'
'Eu ouço isto e isto'
'Eu tento levantar o meu braço'
'Eu penso que vai chover'", etc.

A perplexidade salientada por estes exemplos está nisto: nós poderíamos dizer: *eu uso o meu eu*.

Eu, enquanto sujeito, uso o meu eu enquanto objeto da minha ação.

Substituindo *eu* pela palavra *corpo* teríamos algo como isto:

O meu corpo pode agir sobre o meu corpo (exem-

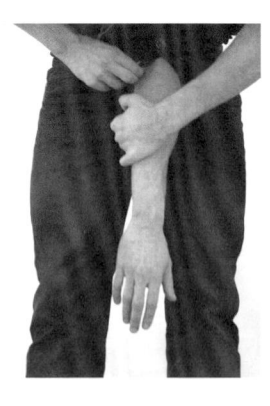

O desejo é sempre uma manipulação.

---

466 Atentemos neste terrível relato de Jünger, escutado "de um jovem soldado que havia perdido um braço na guerra. Ele contou-me", escreve Jünger, "que tinha permanecido totalmente consciente, chegando mesmo a pensar em tirar o relógio do pulso do braço, que fora levado por um estilhaço de granada como se tivesse sido cortado. Contudo, nesta tarefa apercebeu-se da falta que o próprio braço lhe fazia". A propósito deste relato, Jünger define a morte como "uma separação mais vasta pela qual somos libertados da totalidade dos nossos membros". (Jünger, Ernst – *O coração aventuroso*, 1991, p. 134, Cotovia)
467 Wittgenstein, Ludwig – *O livro azul*, 1992, p. 115, Edições 70.

plo: a mão que provoca intencionalmente uma ferida no outro braço) – e temos aqui um corpo *que age*, toma a iniciativa – mão que segura na lâmina; e uma parte do corpo – o outro braço – que aceita, é o *objeto da ação da outra parte*.

Esta é uma situação cuja estranheza não foi ainda assinalada o suficiente. No limite, a possibilidade prática, orgânica e fisiológica, de eu poder – com um movimento de uma parte do meu corpo – prejudicar ou ferir outra parte do meu corpo, remete o organismo individual para *dois lugares* que quase se opõem: o de objeto e o de sujeito, e estabelece uma *loucura normal – porque comum a todos os corpos humanos* – mas claramente uma loucura, uma fenda irreparável que faz de um corpo dois, mesmo que na aparência tal não exista. Eu posso agir provocando-me intencionalmente sofrimento – tal facto, que pode ser registado sem sobressaltos, deve afinal inquietar-nos e muito, pois é revelador de uma divisão profunda de um corpo a que nos habituámos a dar um único nome.

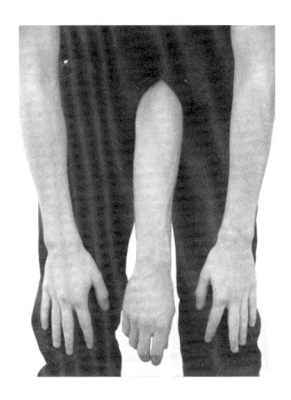

O desejo é sempre uma manipulação.

UM É UM; OU SEJA: NÃO É DOIS

Em suma, se considerarmos que o corpo é uma unidade indivisível e se associarmos a dor a algo negativo – o suicídio seria o limite – o ato de uma parte do corpo provocar dor noutra parte do corpo é aparentemente absurda. Teríamos como que duas vontades; duas forças no mesmo corpo que se opõem num mesmo momento: uma parte do corpo que não quer sentir dor porque esta é *má,* e outra parte que, ainda assim, age, provocando dor naquilo; ou seja: em si próprio. Há uma *separação entre partes do mesmo corpo* – quase poderemos ver, no exemplo atrás referido, uma potencial resistência *autónoma, circunscrita*, no braço que sofre o corte infligido pelo outro braço – e com essa separação, quase surge a *autonomia de cada parte*; o que leva, em limites extremos, e doentios[468], a uma sensação de que certas partes do meu corpo não me pertencem.

É também contra o que seria uma *perigosa multiplicação de identidades* que o coletivo age. A definição de um único nome para um organismo humano – e o as-

---

468   Bem evidentes, referimos mais uma vez, nos casos descritos e analisados por Oliver Sacks.

sumir de que um corpo é um único cidadão, com uma única possibilidade de responsabilização civil, parte de uma *necessidade coletiva* de estabilidade nas relações humanas[469]; coação subtil que quer e precisa que cada corpo seja apenas um.

TENHO UMA DOR E VEJO: NÃO POSSO TER O TEU NOME

Há nesta questão da identidade do corpo algo que é de relevar e para a qual Wittgenstein também chama a atenção. De uma forma clara: aquilo que está dentro do corpo sempre foi assumido como sendo algo privado: não apenas os órgãos internos, mas aquilo que o corpo interior *faz* ou *deixa fazer*: as sensações, os pressentimentos, as crenças, etc. E aqui entra novamente a questão da dor: a dor como algo que ocorre no interior do corpo (ao contrário de uma ferida na pele, por exemplo) e que, portanto, só o próprio pode sentir.

Pelo contrário, assumimos que tudo o que acontece fora do corpo, à frente dele, é partilhável, é objeto de possível consenso. Wittgenstein lança o exemplo de um objeto – pensemos numa cadeira que está à frente de duas pessoas, de *dois pares de olhos*. Há, logo à partida, a ideia de que diferentes olhos veem o mesmo – o que separa acontecimentos interiores dos exteriores. Se a minha mão e a de um colega receberem exatamente a mesma pancada, pancada controlada ao rigor para ser igual, mesmo assim não poderemos dizer que a minha dor é igual à dor do outro, porque não poderemos saber com que intensidade sente o outro a dor e se esta é comparável com a nossa. Poderão entrar, então, frases e pensamentos como: *algumas pessoas resistem melhor à dor que outras*; portanto: a mesma pancada em duas mãos de dois corpos diferentes pode provocar duas dores complemente diferentes.

No entanto, quando o acontecimento se passa no mundo e não dentro do corpo, a individualidade pare-

---

469 Como escreve Gombrowicz: "Quando estamos sós, nunca podemos ter a certeza de que não perdemos, por exemplo, a razão. A dois – é outra coisa. A dois há uma garantia, e uma garantia objetiva. A dois deixa de haver loucura". Na mesma obra – *A pornografia* – páginas mais à frente, uma das personagens diz: "Quem tiver medo por causa de si próprio tem sempre razão!" (Gombrowicz, Witold – *A pornografia*, 1988, p. 121, 150, Relógio d'Água)

ce perder-se. Imaginemos, por exemplo, que das duas pessoas que lado a lado olham para uma mesa, uma delas diz: *eu não estou a ver a mesma mesa que tu*. Esta frase, em vez de ser considerada como uma normal explicitação da individualidade e da identidade não partilhável do corpo (tal como seria considerada a expressão: *esta é a minha dor*) seria, afinal, considerada como expressão de um absurdo ou de uma mente pouco lúcida. Seríamos tentados a responder:

Claro que a mesa que está a ver é a mesma mesa que eu estou a ver. É esta mesa que está à nossa frente. Ela não muda de características, é sempre a mesma.

A este propósito, Wittgenstein opõe-se um pouco a este entendimento comum, e escreve:

"A ideia é a de que o mesmo objeto pode estar perante os olhos dele e os meus, mas eu não posso penetrar na cabeça dele com a minha (ou no seu espírito com o meu, o que vem a dar no mesmo), de modo que o objeto *real e imediato* da sua visão se torne também o objeto real e imediato da minha visão"[470]. Ou seja, dizer, nesta situação, *eu não sei o que ele vê*, tem, segundo Wittgenstein, o mesmo grau *de sensatez* que dizer: eu não sei o que ele sente.

Se seguirmos esta linha, poderemos avançar para a hipótese de que a identidade corporal se possa definir, da mesma maneira, *de modo igual pelas funções internas e pelas funções externas do organismo*. A dor individualiza tanto um corpo – separa-o tanto dos outros – como a visão, eis uma hipótese. *Só eu vejo o que vejo, tal como só eu sinto a dor que sinto*. A individualização corporal seria, assim, um campo amplo que começa nos órgãos e nas células e termina no mundo individual, no mundo que me pertence e que tem o meu nome. A dor que sinto mostra que *eu sou eu e os outros não são eu*, de uma forma tão clara como esta cadeira à minha frente mostra que *eu sou eu e os outros não são eu*. Este copo na mesa exibe o meu nome: *esta cadeira mostra as diferenças que existem entre mim e os outros*. O mundo (inteiro) separa então um organismo de outro pois mostra que são inconfundíveis na relação com o exterior. Um organismo é distinto de outro, não apenas porque os organismos o são, mas *também porque o mundo o é*. Com propriedade se pode pois utilizar a expressão *o*

Não é fácil contracenar com uma mesa. Falhar uma mesa (como se falha o alvo).

---

470 Wittgenstein, Ludwig – *O livro azul*, 1992, p. 107, Edições 70.

meu mundo e o teu mundo, enquanto, pelo contrário, a expressão *o nosso mundo* teria de ser considerada uma simplificação falsa. De facto: *não existe o nosso mundo*. Não existe um mundo comum, um mundo de coisas e acontecimentos partilhados.

Cada organismo tem um organismo e um mundo. E isso, por vezes, cansa.

3.2
Racionalidade e limites

Movimento e pensamento

MOVIMENTO COMO FUGA

No prólogo em verso de *A gaia ciência,* Nietzsche escreve dois versos (que intitula *Subir*):
  "Como é que se deve atacar a encosta?
  Sobe e não penses nisso"[471].

Há na simplicidade desta resposta uma evidência: agir pressupõe a expressão de uma novidade, de uma certa surpresa. Se não considerarmos as repetições de um gesto, estamos, nas ações, face a um mundo que está a acontecer naquele momento, um corpo que se está a *libertar da posição anterior*. O movimento pode ser visto, assim, como uma novidade, por um lado, e uma *libertação do passado*, por outro. Em cada movimento o corpo diz: *eu já não sou o corpo que fui*. O movimento, qualquer movimento, é a *fuga de uma posição*, da posição anterior do corpo; fuga, sim, mas controlada: quando os dedos pegam minuciosamente num fio de lã caído no chão definem, no espaço, uma fuga organizada, fuga com um determinado objetivo, fuga que racionaliza o destino para onde se dirige.

As mãos, aliás, são os elementos do corpo humano que maior flexibilidade apresentam nestas fugas da posição anterior, que são os movimentos; fugas curtas,

---

471 Nietzsche, F. – *A gaia ciência*, 1996, p. 21, Guimarães Editores.

mas consequentes: a mão que agarra e larga e agarra e larga, por exemplo, um copo, está, num pequeno período de tempo, e num espaço mínimo, a exercer a sua plena liberdade em relação ao passado.

A imobilidade deitada é uma maneira dupla de estar imóvel e de estar deitado.
Duas vezes deitado porque imóvel; duas vezes imóvel porque deitado.

IMOBILIDADE: MUSEU

A imobilidade é *não sair da posição anterior*, trata-se de uma ligação fixa, não desejada, ligação ao passado. Diríamos mesmo que, em termos de movimento, a imobilidade é a manifestação de um *excesso de memória corporal*; de uma memória que não permite que o corpo avance, que o corpo se torne presente, novidade. A imobilidade física não é ausência de movimento mas *fixação* – transformação do movimento no seu oposto como no conceito de museu; tempo guardável, pois, como uma joia, como qualquer coisa que ocupe espaço, volume, este é o tempo fixado, tempo perversamente tornado contemplável, movimento – também ele – que se pode contemplar uma e outra vez: eis a imobilidade.

A imobilidade é, ainda, e voltando à análise dos versos aforísticos de Nietzsche, um excesso de pensamento sobre o que fazer a seguir. A imobilidade face a uma encosta existe quando o corpo está centrado na pergunta: "Como é que se deve atacar a encosta?" Eis, pois, que a compreensão do que se vai fazer se torna um obstáculo. Compreender é não subir. Subir é compreender durante o movimento.

PENSAR – AGIR

Nietzsche troça até um pouco daquilo que designa como "dignidade perdida", isto é, nas suas palavras: "A meditação perdeu toda a sua dignidade exterior"[472]. Eis Nietzsche, em mais uma das suas aparentes, ou efetivas, contradições:

"Pensamos demasiado depressa, e pelo caminho, em plena marcha, no meio de negócios de toda a espécie, mesmo quando se trate das coisas mais graves; temos apenas necessidade de pouca preparação, e até de pouco silêncio: tudo se passa como se tivéssemos na cabeça uma máquina que girasse incessantemente e que prosseguisse o seu trabalho, mesmo nas piores circunstâncias"[473].

Essa *máquina de produzir pensamentos*, consecutivamente, como quem produz substâncias químicas, CO_2 ou outras, transforma-se num trabalhador paralelo ao movimento. O movimento faz o que tem a fazer e o pensamento faz o que tem a fazer. São, pois, por vezes, *dois fazeres*: o corpo entrega-se ao espaço, e vive no espaço, afasta-se, aproxima-se, salta, aperta a mão ao conhecido com quem se cruza; e o pensamento, no limite, fixa-se *noutra coisa*. Faz outra coisa.

A IMPORTÂNCIA DO PENSAMENTO

O homem não precisa de pensar para se manter vivo, a manutenção orgânica depende de milhares de procedimentos e funcionamentos materiais, concretos, fisiológicos, mas a existência ou não de pensamento não é um desses fatores. Deixar de pensar nunca matou ninguém. Ninguém morre por falta de pensamento.

No entanto, morre-se por falta de oxigénio, de alimento, de água, etc. Estamos face a uma separação *perturbante* entre coisas, diríamos, essenciais: coisas que são indispensáveis à sobrevivência individual e coisas acessórias que a sobrevivência individual pode dispensar (como o pensamento racional e organizado). Qualquer animal morrerá não por falta de

Fazer cair a montanha.

472 Idem, p. 42-43.
473 Idem, p. 44.

racionalidade intelectual, mas por outros motivos bem mais prosaicos e materiais. O pensamento é um acessório da existência; é para um Homem uma espécie de luxo: já que estou vivo por que não pensar?

PENSAR EM MOVIMENTO

Voltando à ironia de Nietzsche: eis que ele se apresenta como um nostálgico do velho pensador, do pensador que para pensar suspendia o movimento:

"Outrora, quando alguém se queria pôr a pensar – era uma coisa excepcional! – era coisa que se notava imediatamente; notava-se que queria tornar-se mais sábio e que se preparava para uma ideia: o seu rosto ganhava uma expressão como em oração; o homem detinha-se na sua marcha; ficava até imóvel durante horas na rua, apoiado numa perna ou nas duas, quando a ideia lhe 'surgia'"[474]. Conclui o sarcástico Nietzsche: "A coisa 'valia' então 'esse trabalho'".

Esta velha associação entre imobilidade e pensamento é algo, diga-se, que o amante de longas caminhadas, que foi Nietzsche, sempre combateu. O movimento é (ou, pelo menos pode ser) um impulsionador dos pensamentos: andar pode ser entendido, e é-o de facto para algumas pessoas, como o combustível necessário para essa máquina de produzir ideias começar a funcionar.

Dois tipos de homens, portanto (quase que se poderia criar uma nova divisão): os que pensam melhor imóveis e os que pensam melhor estando em movimento. Também as categorias silêncio/ruído são significativas e claramente poderemos também conceber dois tipos de pensadores: aqueles que necessitam do ruído e os que necessitam de silêncio.

E seria interessante estabelecer uma categoria de pensamentos e ideias de acordo com as condições em que surgem. Se assim fosse teríamos *pensadores e pensamentos ruidosos* e *pensadores e pensamentos silenciosos*; teríamos ainda pensadores e pensamentos imóveis e pensadores e pensamentos móveis. E etc.

---

[474] Idem, p. 44.

A forma fácil de caçar aviões. Agarras num arco e esperas. E quando ele aparece: eis que o apanhas com um único movimento elegante.

Jogos mentais.

Consciência e instintos

O PENSAMENTO DOS INSTINTOS

Nietzsche é peremptório: "A consciência é a última fase da evolução do sistema orgânico, por consequên-

3.2 Racionalidade e limites

cia, também é aquilo que há de menos acabado e de menos forte neste sistema"[475]. Não se trata, em Nietzsche, parece-nos, daquilo a que Eliade chama "mito da perfeição do princípio"[476]; não é melhor porque apareceu primeiro, não é pior porque apareceu depois; trata-se, sim, de uma questão de tempo *para*, de possibilidade de amadurecimento. Trata-se da ideia de que o importante é aperfeiçoado, não aparece de repente. Do consciente, escreve, "provêm uma multidão de enganos" que "fazem com que um animal, um homem, pereçam mais cedo"[477].

Esta ideia de que aquilo que aparece mais tarde funciona pior porque não teve tempo para se aperfeiçoar é uma das ideias centrais de Nietzsche, de que já falámos um pouco. Os instintos do corpo, os *velhos* instintos do corpo, tão velhos que são comuns a grande parte dos animais, esses *senhores antigos* que, por existirem há muito, há muito se aperfeiçoam, tornam-se, sob este ponto de vista, o centro da inteligência humana. Os instintos pensam melhor do que a consciência; instintos inteligentes, instintos intelectualmente sensatos, instintos que exibem a racionalidade máxima, a racionalidade simplificada que diz: não quero morrer! Ou diz: prefiro não morrer![478]

Eis, pois, o pensamento simples a que chegaram os nossos instintos ao longo de milénios de aperfeiçoamento – um objetivo: não morrer; e as melhores maneiras de o conseguir. Tudo o resto é inteligência menor[479].

A ideia da morte como mulher curvada, vestida de preto, a carregar um saco com latas que recolheu na cidade depois da festa. Eis uma imagem exata da morte – imagem exata como muitas outras, aliás, opostas a esta.

---

475 Nietzsche, F. – *A gaia ciência*, 1996, p. 47, Guimarães Editores.
476 Eliade, Mircea – *O mito do eterno retorno*, 1981, p. 129, Edições 70.
477 Nietzsche – *A gaia ciência*, 1996, p. 48, Guimarães Editores.
478 Como escreve Jünger: "O indivíduo tem ainda órgãos, nos quais vive mais sabedoria do que na totalidade da organização. Isso vê-se até na sua confusão, no seu medo". E mais à frente pergunta: "Como se comporta o ser humano à vista da catástrofe e no interior dela?" É, pois, "útil olhar bem nos olhos as catástrofes", e quando o ser humano o faz age instintivamente – o organismo sobrepõe-se ao raciocínio. (Jünger, Ernst – *O passo da floresta*, 1995, p. 42, Cotovia)
479 Nietzsche torna mais clara esta visão: "Se o laço dos instintos, este laço conservador, não fosse de tal modo mais poderoso que a consciência, se não desempenhasse, no seu conjunto, um papel de regulador, a humanidade sucumbiria fatalmente sob o peso dos seus juízos absurdos, das suas divagações, da sua frivolidade, da sua credulidade, numa palavra do seu consciente". E conclui: "Enquanto uma função não está madura, enquanto não atingiu o seu desenvolvimento perfeito, é perigosa para o organismo: é uma grande sorte que ela seja bem tiranizada!" (Nietzsche, F. – *A gaia ciência*, 1996, p. 48, Guimarães Editores)

INSTINTOS, CIDADE E SOBREVIVÊNCIA

Há, deste modo, nos movimentos instintivos uma sabedoria milenar, o resultado de uma aprendizagem longuíssima. O corpo quando não pensa é brilhante, ou, dito de outra forma: o que de mais significativo faz o corpo pela causa do indivíduo fá-lo sem pensar; os instintos corporais, a que poderíamos chamar *movimentos estúpidos* – porque não racionais, não intelectualizados – são afinal a base de sustento, no limite, da cidade, da política dos homens. A cidade, criação perfeita da racionalidade – resultado da medição das distâncias em relação ao perigo e ao amor e da sua aplicação no espaço – a cidade, consequência da linguagem, e espaço privilegiado para essa mesma linguagem e a inteligência se desenvolverem, tem por base – estranho paradoxo – esses movimentos estúpidos, instintos, que permitem que o homem não fique cego por qualquer luz que incida sobre os olhos com demasiada intensidade: as pálpebras baixam-se, *instintivamente*, as pálpebras estúpidas, não racionais, as pálpebras não intelectualizadas, as pálpebras sem pensamento, sem ideias, sem qualquer noção de filosofia ou de matemática, as pálpebras, pedaço de pele, dessa pele estúpida, dessa *pele irracional*, as pálpebras simplesmente baixam, escondem os olhos; e subirão apenas quando o perigo já não estiver próximo. Por vezes enganam-se, é certo – não são suficientemente rápidas para esconderem os olhos antes da luz ou da matéria perigosa se aproximar –, mas são tão raros os erros, raríssimos. E porquê? Porque elas, as pálpebras, não pensam, agem, sobem de imediato a encosta, não pensam como poderão subi-la. E esse tempo em que não pensam é precioso, é fundamental: *é ele que salva*. Esse tempo que não é gasto pela racionalidade, mas sim pelo movimento, exclusivo, autónomo. Porque *a estupidez é mais rápida*, poderíamos dizer, e a rapidez é fundamental para a sobrevivência; localizada nesse bocado específico de pele a estupidez torna-se um a *mais* da humanidade, uma arma, uma força.

O Homem é forte também devido à sua estupidez, às suas partes especializadas em nada pensarem, especializadas em apenas agir; essas partes orgânicas onde se alojam os instintos, essas *inteligências sem inteligência*, esses movimentos *que já pensaram o que tinham a pen-*

sar durante milénios e milénios, já pesaram prós e contras, já mediram as consequências dos seus movimentos e portanto agora já não medem, já não preveem, já não hesitam: movem-se. Eis que a suprema inteligência se confunde com uma ausência manifesta de reflexão. Só se reflete quando ainda não se descobriu; a reflexão então como manifestação de um atraso, de um *ainda não ter entendido*, de uma estupidez.

Eu não sou tão estúpido que tenha de refletir, poderia dizer, se falasse, qualquer instinto humano.

Um círculo, um homem e um cão (era preferível ser um lobo). Nesta imagem está quase tudo o que existe no mundo:
- pensamento
- homem
- animal

Razão e oração

RESISTÊNCIA

Atirado para o mundo, o homem viu-se obrigado a sobreviver, como as palavras da Maria Zambrano mostram: "Existir é resistir, ser 'face a', confrontar-se. O homem existiu quando, face aos seus deuses, ofereceu resistência. Job é o mais antigo 'existente' da nossa tradição ocidental. Porque, face ao Deus que disse 'SOU aquele que É', resistiu na forma mais humana, mais claramente humana de resistência; chamando-o à razão"[480].

O Homem teve de habituar-se rapidamente à base irracional do mundo e tentou, e tenta, como um combatente heroico mas ingénuo, ameaçar com o seu punhal lógico uma tempestade que não sabe de onde veio nem como poderá parar. Esta tentativa consciente de transformar a mancha em cor definida e o informe em objeto utilitário, este "modo quantitativo de pensar" (Musil[481]), é o seu modo de resistência habitual – talvez o que lhe é mais próprio[482].

ORAÇÃO

As orações, as palavras viradas diretamente para o Mistério, como confrontando-o com pedidos de explicação, são a parte mais débil do trabalho humano por excelência que é compreender. Como se a oração não fosse uma demonstração da resistência necessária para existir como ser humano, mas sim uma tentativa de aliança, de ligação àquilo que não se conhece.

O desconhecido combate-se pela ciência, por uma visão quantitativa do mundo, visão que não trabalha para se espantar, mas sim, precisamente, para *não se espantar*, para evitar as surpresas. Todo o combate do pensa-

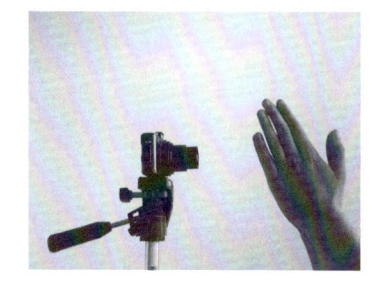

Como se filma a crença? Pensar na impossibilidade de filmar a crença. A impossibilidade de a imagem capturar aquilo em que acreditas (filmas o gesto, mas não o entusiasmo).

---

480 María Zambrano – *O homem e o divino*, 1994, p. 21, Relógio d'Água.
481 Musil, Robert – *Ensayos y conferencias*, 1992, p. 116, Visor.
482 Um qualquer ser, criado por Lautréamont, depois de se alimentar das tetas da matemática, depois de elogiar a matemática inalterável e constante (ao contrário dos Homens: inconstantes e imprevisíveis), depois de colocar a Matemática a derrubar Deus, escreve:
"Ó Matemáticas santas, pelo vosso perpétuo comércio, consolai o resto dos meus dias da maldade dos homens e da justiça do Grande-Todo!" (Lautréamont, C. – *Cantos de Maldoror*, 1988, p. 78, Fenda)

mento racional visa um apaziguamento do olhar, uma tentativa de aniquilação do novo (aquilo que ainda não se consegue explicar). O modo quantitativo de pensar aceita surpreender-se, mas logo a seguir exige compreender: se possível apresentando as quantidades (as fórmulas) que permitem prever o aparecimento e o desenvolvimento de acontecimentos semelhantes àquele.

MISTÉRIO E TABUADA

Um Mistério que se mantém sem ser decapitado é uma afronta à racionalidade, e, nesse sentido, a oração pode e deve ser esquecida, pelo menos é esse o objetivo da racionalidade pura. Um pouco como se aceitar dialogar com o que não se entende (a oração) fosse um conhecimento semelhante a uma data histórica que se memoriza para um exame; conhecimento concreto, factual, que por isso pode ser esquecido. Como na tal frase de um livro de Hans Christian Andersen: "Ele bem queria rezar a oração, mas só era capaz de se lembrar da tabuada"[483].

Talvez de modo excessivo, mas poderá dizer-se que uma certa racionalidade agressiva pretende apagar da memória coletiva esse instinto de *falar para quem não escuta na nossa Língua* e para quem não fala. De uma certa maneira, a racionalidade espessa, pura, procura assustar com a inversão da frase de Hans Christian Andersen, afirmando algo do tipo: *ele bem queria dizer a tabuada, mas só se lembrava da oração*. Como quem diz: se não esquecerem a oração, esquecerão a tabuada, a lógica, a racionalidade e isso sim: é perigoso. Foi a partir desta rejeição do que não é quantitativo que toda a ciência moderna se constituiu[484]. A oração, pelo contrário, é o símbolo da linguagem não quantificável, não racionalizável, não argumentável.

Mas o que ganharíamos e o que perderíamos se daqui a umas gerações ninguém se recordasse já de qualquer oração e a substituísse, instintivamente (palavra perigosa) por teoremas matemáticos ou cálculos de de-

Talvez a crença tenha, afinal, uma exatidão maior.

---

483 Citado em Bringhurst, Robert – *A beleza das armas*, s/data, p. 18, Antígona.
484 Mas sobre a própria matemática, diz uma personagem de um romance de Musil: "estou firmemente convencido de que tudo isto tem uma falha". (Musil, Robert – *O jovem Törless*, 1987, p. 139, Livros do Brasil)

rivadas? Wittgenstein, a este propósito, tem uma frase exata e intrigante ao mesmo tempo: "às vezes põe-se uma frase célebre na parede. Mas não um teorema de Mecânica"[485].

ORAÇÃO E INVESTIGAÇÃO

E se a oração fosse vista, afinal – coloquemos esta hipótese – não como uma aliança com o inimigo (aquilo que a razão não compreende) mas como um outro método de fazer investigação. A oração, as palavras não científicas, sem peso e sem comprimento exatos, palavras tumultuosas, quase grotescas, quase não humanas, quase poéticas – no sentido de não exigirmos delas clareza, mas sim uma certa beleza instável que nos levante – e se essas palavras (da oração) fossem pois re-interpretadas? Reintegradas no percurso de resistência humana, resistência física e intelectual que, dia após dia, tem um único objetivo: sobreviver para compreender, compreender para sobreviver melhor?

Eis, pois, uma hipótese: poderá o discurso linguístico dirigido ao Divino ser aceite como um outro modo de investigar? É que, por exemplo, para Platão, falar e dialogar são as maneiras supremas de fazer filosofia, de investigar. Entendendo-se a oração como o diálogo entre o humano e o não humano, não poderá também este ser um caminho feito pelo pensamento, e não pelo medo ou pelo espanto? Pois sim, pois não; pois talvez.

DIÁLOGO OU MONÓLOGO

Claro que aceitar-se a oração como um diálogo e não como um monólogo do humano em direção a Nada é já um salto a que se deve dar a devida atenção, e que muitos não aceitam. Ver o Mistério como um interlocutor, quase como um óbvio companheiro de café, é já ver no Mistério algo que não é. É como se uma parte do Mistério fosse já uma estrutura sólida, o pé visível de um corpo tapado por um nevoeiro que não desaparece.

---

485   Wittgenstein, Ludwig – *Tratado lógico-filosófico/Investigações filosóficas*, 1995, p. 559, Fundação Calouste Gulbenkian.

Mas há esse pé, esse início de forma que possibilita o diálogo.

Quem inicia uma oração inicia uma conversa: pelo menos alguém do outro lado escuta, senão porque falaria o Homem? E de facto: ele fala.

E como nem o mais forte dos racionalistas se atreve a chamar louco a quem reza, estamos perante a aceitação coletiva desta possibilidade: do outro lado alguém ouve. Com dois interlocutores temos eventualmente a estrutura do diálogo filosófico. Mas o Mistério só escuta? Se sim, isso talvez não baste. O diálogo filosófico não se confunde com a comunicação exclusiva do mestre – e tal até pareceria absurdo pois o humano que fala, fala com o Divino porque não percebe, não porque seja Mestre.

A questão é outra: o que diz, e como o diz, o outro lado? De que modo fala o Mistério aos homens racionais? A questão coloca-se assim, em síntese: ou a oração é linguagem de loucos ou a racionalidade ainda não conseguiu perceber a unidade mínima de expressão do Mistério.

A POSSIBILIDADE E A IMPOSSIBILIDADE DE SINTETIZAR

Até os encontros amorosos, até o acontecimento *não matemático* por definição pode ser concentrado, sintetizado. A personagem do romance *O génio*, Zabor, decide acelerar os acontecimentos, centrá-los em algo que pode controlar: quer encontrar uma companheira.

"Numa tarde quente sentou-se num banco frente à Câmara Municipal e observou as mulheres que passavam. Decidira encetar conversa com a décima e experimentar a sua sorte. Se desde o início não gostasse do seu aspecto ou se ela aparentasse um ar de rejeição, deixá-la-ia passar, concentrando-se na nona mulher das dez que se seguissem. Se voltasse a falhar, escolheria a oitava entre as seguintes, depois a sétima, sexta e assim sucessivamente"[486]. Eis o método. Método mesmo: conjunto de procedimentos que se repetem e tornam possível uma certa previsibilidade. O que está aqui em causa? Uma certa concentração do acaso, di-

---

486 Eisfeld, Dieter – *O génio*, 1988, p. 50, Gradiva.

remos mesmo: a tentativa de *controlar minimamente o acaso*. Explicita então Dieter Eisfeld:

"Daria ao 'acaso' a oportunidade de lhe apresentar de entre cinquenta e cinco mulheres, rápida ou lentamente, uma que lhe agradasse. Zabor julgou que este jogo se repetia na vida em si, mesmo que não fosse de forma tão comprimida, isto é, numa hora e no mesmo local".

A síntese que possibilita a fórmula é assim a concentração do espaço e do tempo; as fórmulas científicas existem porque não se tem tempo para ver e confirmar tudo, nem se pode estar em todos os sítios ao mesmo tempo. As fórmulas como que concentram dentro de si inúmeros tempos e inúmeros espaços; como uma história numérica sobre a qual se dissesse: eis o que se passa em todos os sítios e em todos os tempos. História monótona, pois, porque se repete em todo lado e em todo o tempo, eis o que é então a fórmula da Física: uma narrativa rapidíssima, mas entediante. Como um contador de histórias que só demorasse um segundo desde o "Era uma vez" ao "viveram felizes para sempre", mas que, mesmo assim, entediasse os seus ouvintes. Fracasso total.

Tal jogo, criado pela personagem Zabor, era, "por assim dizer, o extrato da tal complexidade da existência humana em que mulheres e homens se encontram, se apaixonam e iniciam um relacionamento". Síntese da realidade, como uma fórmula: simplificação do mundo dos encontros amorosos proporcionados pelo acaso. Em vez de deixar o acaso surgir num tempo prolongado, concentra-se o tempo, reduz-se o tempo ao mínimo, e também o espaço, mantendo, ainda assim, de certa maneira, uma proporção *mais ou menos real*.

(Claro que podemos *pensar pelo outro lado* e assumir a impossibilidade de síntese de certos objetos ou acontecimentos do mundo, como nos exemplos deste comentário de Jorge Luís Borges:

"você pode contar o argumento de um conto – possivelmente, atraiçoando-o – ou o argumento de um romance, mas não pode contar o argumento de uma melodia, por mais simples que seja"[487].)

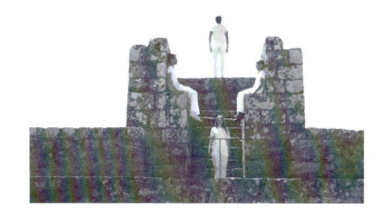

Primeiro juntam-se; depois separam-se.

---

487   Bravo, Pilar; Paoletti, Mario – *Borges verbal*, 2002, p. 104, Assírio & Alvim.

PALAVRAS E CONSEQUÊNCIAS INTERNAS

Mudemos um pouco de ângulo de observação e atentemos na discussão de um casal, descrita pelo escritor brasileiro Raduan Nassar:

"sem contar que ela", escreve, "de olho no sangue do termómetro, se metera a regular também o mercúrio da racionalidade, sem suspeitar que minha razão naquele momento trabalhava a todo o vapor, suspeitando menos ainda que a razão jamais é fria e sem paixão, só pensando o contrário quem não alcança na reflexão o miolo propulsor"[488], etc., etc.

Vemos neste relato a razão misturada com a emoção, uma razão raivosa, uma razão intempestiva; uma razão que grita, que parte objetos. Ser racional *perdendo a cabeça*, poderíamos dizer.

Mas o mais relevante é ter em consideração que as palavras têm consequências internas: olhemos atentamente para as palavras, mesmo que minimais, num casal em conflito, num momento de grande tensão – como no exemplo anterior. Cada palavra mexe, interfere, com o interior do organismo: modifica as sensações, muda-as de lugar como se muda um móvel. Estamos no âmbito de uma relação imediata entre palavra e corpo, palavra e sensação. Porém, há palavras e palavras:

"Leio cada palavra com o sentimento que lhe é adequado", escreve Wittgenstein, a "palavra 'mas', por exemplo, com o sentimento de mas – e assim por diante". No entanto: "Qual a lógica do conceito 'sentimento-mas'?"[489]

Poderemos dizer, continuando no exemplo de um diálogo de conflito amoroso, que um *mas*, um simples "mas" poderá ter efeitos devastadores. Digamos que uma situação é tanto mais intensa (amorosa, violenta) quanto mais repercussões as pequenas palavras têm. Em situações calmas, emocionalmente tranquilas, grandes discursos, milhares de palavras sucessivas poderão não provocar mais do que indiferença num indivíduo. As palavras não têm assim um valor próprio: certas palavras não levam imediatamente a certas sensações. Há portanto uma mistura entre Situação e Palavra e dessa mistura resulta uma sensação. Poderemos,

---

488 Nassar, Raduan – *Um copo de cólera*, 1998, p. 28, Relógio d'Água.
489 Wittgenstein, Ludwig – *Fichas (Zettel)*, 1989, p. 51, Edições 70.

aliás, fazer o exercício de abrir o dicionário ao acaso e veremos que as palavras são todas, quase por igual, neutras, não *sentimentais*, pelo menos. É a situação humana que lhes dá a carga, a intensidade emocional. No dicionário aberto ao acaso, pelo indivíduo sozinho, em situação tranquila, longe de qualquer perigo, a palavra *tortura* poderá provocar a mesma sensação que a palavra *mesa* ou *água*.

A racionalidade, em suma, não é posta em causa por determinadas palavras mas, quando muito, apenas por determinadas situações.

Plantação de tesouras.

Emoção e linguagem (teatro)

O OUTRO POLEGAR, O MAIS IMPORTANTE

Para Artaud, autor central, "importa antes de tudo romper a sujeição do teatro ao texto e reencontrar a noção de uma espécie de linguagem única, a meio caminho entre o gesto e o pensamento"[490]. E tal linguagem única "só pode ser definida pelas possibilidades de expressão dinâmica e no espaço, em oposição às possibilidades de expressão pela palavra dialogada". Só o corpo e o seu movimento, segundo Artaud, se expressam no espaço de uma maneira *excitante*, isto é: que não termina ali, que continua, que faz continuar. As palavras, pelo contrário, "detêm e paralisam o pensamento em vez de permitir e favorecer o seu desenvolvimento"[491].

O ataque às palavras no teatro é, em *O teatro e o seu duplo*, de Artaud, demolidor: "é preciso admitir", escreve, "que a palavra se ossificou, que as palavras, todas as palavras, se congelaram"[492]. Este congelamento é assim um antiexcitante: o congelamento para, não permite que algo prossiga. O que importa a Artaud, nas palavras, é o que elas têm de movimento, de decisão orgânica: "se voltarmos, por pouco que seja, às fontes respiratórias, plásticas, ativas da linguagem, se relacionarmos as palavras aos movimentos físicos que lhes deram origem, se o aspecto lógico e discursivo da palavra desaparecer sob o seu aspecto físico e afectivo"[493], então a palavra ganhará uma outra importância orgânica.

Porque as palavras são, em primeira análise, movimentos físicos, uma *modalidade atlética de pormenor*; de um pormenor espantoso, dir-se-ia. Isto é: quando se fala em movimentos minuciosos, em motricidade fina, tende-se *a centrar essa habilidade do mínimo na mão*, no órgão fazedor por excelência; ora, a escrita manual é um excelente exemplo dessa habilidade, mas a palavra falada é ainda expressão de um movimento orgânico extremamente subtil: a voz, o sopro de respiração que, em vez de se abrir num A, se fecha num O, manifesta uma *flexibilidade atlética invejável*; não há movimento

"Traço interrompido". Continuar o traço com o dedo indicador da mão esquerda. Contratar pessoas que tenham dedo indicador para completar os traços urbanos arbitrariamente interrompidos. Pessoas com paciência para permanecerem imóveis durante muito tempo. Emprego para pacientes e mansos.

---

490 Artaud, Antonin – *O teatro e o seu duplo*, 1993, p. 85, Martins Fontes.
491 Idem, p. 109.
492 Idem, p. 116.
493 Idem, p. 118.

orgânico mais subtil que o som humano que pode sair não apenas em cerca de duas dezenas de letras (sons determinados), mas que pode ainda combinar-se de biliões de maneiras diferentes. Cada palavra dita é a expressão de uma habilidade física orgânica minuciosa; e antes de admirarmos a infinidade de sentidos que os homens em comunicação uns com os outros deram aos sons, teremos que admirar a infinidade de formas de *torcer* esses sons, de os diferenciar. A capacidade de linguagem, antes de ser a capacidade de um ser pensante, de um ser racional, que dá um sentido aos sons, *é uma capacidade física, orgânica, muscular.*

É então devido a esta capacidade animalesca, a esta habilidade física em torcer e retorcer todo o aparelho vocal em sons distintos, que o homem fala; e só podendo falar construiu grande parte do seu mundo racional. Se o polegar oponível é, desde sempre, motivo de orgulho, apontado como causa para essa invulgar habilidade manual que levou o homem a fazer instrumentos e a construir abrigos seguros, é oportuno dizer que há também na voz um *qualquer polegar oponível*, ou seja: um espaço funcional que permite que se *agarrem* e *manipulem* os sons de uma maneira, também ela, invulgar.

PALAVRAS POUCO SONORAS

Linguagem e movimento tornam-se assim uma e a mesma coisa. Falar é um movimento; aliás, é o *movimento humano por excelência*, o movimento que mais carrega a marca humana, o que mais diferencia o Homem.

Para Artaud, as palavras não devem "ser consideradas apenas pelo que dizem gramaticalmente", mas sim ouvidas "sob o seu ângulo sonoro", percebidas "como movimentos", movimentos semelhantes "a outros movimentos simples e diretos e simples tal como os temos em todas as circunstâncias da vida"[494]. Deveremos assim encarar o discurso verbal de uma outra maneira. Por exemplo, dizer: *está calado* é o mesmo que dizer: *não te mexas*, para os movimentos. Dizer: *fala* é dizer: *mexe-te*.

---

494 Idem, p. 118.

NEM TUDO O QUE SE PENSA PASSA PARA A PALAVRA

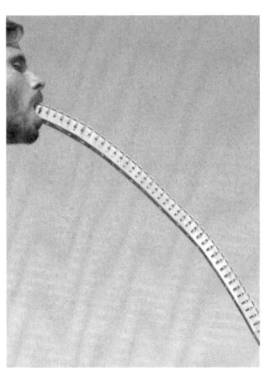

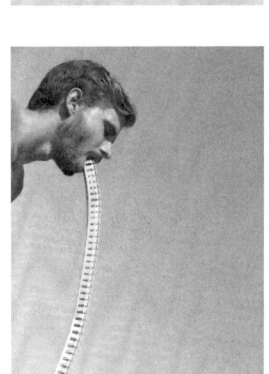

Há ainda que ter em conta que a relação pensamento-palavra é, para Artaud, uma relação de perda constante: o pensamento perde quando se expressa em palavras. Há uma diminuição da intensidade, uma diminuição de força racional, de força de entendimento: a palavra percebe menos o mundo que o pensamento; isto é: o pensamento está mais perto do mundo do que a palavra.

Em *O pesa-nervos* Artaud escreve:

"Sou testemunho, sou o único testemunho de mim próprio. Esta crosta de palavras, estas imperceptíveis transformações do meu pensamento em voz baixa, da pequena parcela do meu pensamento que eu pretendo que estava já formulada, e que aborta", mais ninguém o pode testemunhar; conclui Artaud: "Sou o único juiz capaz de lhe medir o alcance"[495]. Só eu sei medir o meu pensamento.

A palavra é vista, então, não como a expressão direta do pensamento, mas como uma sua transformação. A palavra é *pensamento transformado*; diríamos mesmo: pensamento *amputado* – é pensamento *a que se extraiu potencialidades*. Poderemos pensar assim que o pensamento está mais concentrado nos movimentos que imediatamente antecedem a fala, a expressão verbal, que propriamente nas palavras. Wittgenstein tem, aliás, uma observação curiosa que podemos chamar a estas linhas neste ponto. Escreve ele em *Investigações filosóficas*:

"Quando fazemos Filosofia gostaríamos de hipostasiar sentimentos onde não os há. Servem para nos esclarecer os nossos pensamentos. 'A explicação do nosso pensamento exige *aqui* um sentimento'!"[496]

Percebo o que pensas através das emoções que manifestas, eis uma fórmula de entendimento conceptual, intelectual, entre dois seres humanos, que bem poderemos explicar. Neste particular, as palavras podem ser vistas como os movimentos orgânicos que as antecedem *menos uma certa intensidade;* uma certa intensidade,

---

495 Artaud, Antonin – *O pesa-nervos*, 1991, p. 52, Hiena.
496 Wittgenstein, Ludwig – *Tratado lógico-filosófico/Investigações filosóficas*, 1995, p. 468, Fundação Calouste Gulbenkian.

poderemos dizer, *de pensamento. A linguagem pensará pior o mundo do que os micromovimentos orgânicos que a antecedem.*

No entanto, apesar destas considerações, a linguagem torna-se visível, audível: os outros participam nela, recebem-na, são espectadores; enquanto o que acontece antes da formulação da palavra faz parte do mundo escondido do indivíduo, faz parte do impartilhável, do que nunca se poderá julgar.

"Sou o único juiz do que está em mim"[497], repete Artaud.

O ATLETISMO AFECTIVO

Um dos textos fundamentais de *O teatro e o seu duplo*, de Artaud, é aquele cujo título designa logo um programa e uma ideia-chave: *Um atletismo afectivo*. Esse texto começa assim:

"É preciso admitir, no ator, uma espécie de musculatura afectiva que corresponde a localizações físicas dos sentimentos"[498].

Este primeiro parágrafo instala-nos logo num outro mundo: o ator "é como um atleta do coração".

O ator, ao manipular de maneira altamente especializada a expressão de sentimentos, torna-se, então, um atleta, um praticante de uma modalidade desportiva, chamemos-lhe assim, de uma *modalidade do corpo que é a expressão de sentimentos*. Tal como um ginasta consegue retirar do seu corpo piruetas e alternar movimentos que exigem grande velocidade com paragens bruscas, o ator consegue retirar do seu corpo o choro ou o riso efusivos. Estamos, pois, perante técnicas corporais; técnicas que se aprendem, treinam, corrigem, aperfeiçoam. O mesmo tipo de indicações pode receber o atleta do salto em altura e o ator que não consegue exprimir um determinado sentimento numa cena: *relaxa mais a mão direita* poderá ser a indicação comum.

Nem sempre a sombra no chão faz justiça ao que és. De resto, uma sombra não é um espelho.
Ou se é, é um espelho que deforma e produz imagens negras.

---

497 Artaud, Antonin – *O pesa-nervos*, 1991, p. 32, Hiena.
498 Artaud, Antonin – *O teatro e o seu duplo*, 1993, p. 129, Martins Fontes.

Fazer o sinal da cruz para não cair.

PAIXÕES E MÚSCULOS

Diga-se que, quando falamos em paixões estamos, para Artaud, no âmbito do material, da carne, da musculatura, e não no âmbito do espiritual, seja lá isso o que for: "Saber que uma paixão é matéria, que ela está sujeita às flutuações plásticas da matéria, dá sobre as paixões um domínio que amplia a nossa soberania"[499].

Não são as paixões que dominam o ator, é o ator que domina as paixões. Aceitar que uma paixão irrompe sem qualquer controlo num indivíduo será o mesmo, diríamos, que aceitar que um ginasta, só por o ser, mesmo que se quisesse sentar não o conseguir, pois os seus músculos autonomamente o empurrariam para piruetas e outros movimentos acrobáticos. O corpo do ginasta faz acrobacias quando o indivíduo decide fazê-las, o corpo do ator expressa determinados sentimentos também apenas quando ele assim o decide.

A respiração, neste particular, transforma-se numa matéria essencial; uma matéria que a vontade do ator pode trabalhar, direcionando-a. A respiração é um barro. O "*tempo* das paixões, dessa espécie de tempo musical"[500], está ligado ao tempo, em primeiro lugar, da respiração.

Isto é: "através da respiração o ator pode re-penetrar num sentimento que ele não tem"[501]. Artaud desenvolve mesmo a ideia da existência de vários tipos de respiração associando-os a determinados estados sentimentais.

ANATOMIAS AFECTIVAS

O fundamental aqui é a defesa de que os sentimentos têm uma base orgânica e de que a essa base orgânica podemos chamar *anatomia afectiva*; uma anatomia que é uma *outra*, distanciando-se, pois, da anatomia clássica ocidental classificada como estrutura responsável pelo movimento e pelas funções orgânicas. Esta *anatomia afectiva* apresenta-se como a estrutura onde se *localizam os sentimentos*, ou melhor: a estrutura que, por via de contrações e relaxamentos, pode dar origem a

---

499 Idem, p. 131.
500 Idem, p. 131.
501 Idem, p. 133.

determinadas expressões de sentimentos; tal como a outra anatomia, por via de contrações e relaxamentos musculares, dá origem a determinados movimentos.

Estamos ainda no campo de movimentos, sim, mas de movimentos emocionais, movimentos que podem até não ser expressos por nenhuma alteração visível da posição do corpo e dos seus membros, mas somente por uma alteração da expressão da face. Artaud fala mesmo da "localização do pensamento afectivo"[502], pensamento afectivo não como pensamento que reflete a afectividade, mas sim que a produz. Pensamento que, em vez de produzir palavras, produz emoções.

"Tomar consciência", escreve Artaud, "da obsessão física, dos músculos tocados pela afectividade, equivale, como no jogo das respirações, a desencadear essa afectividade potencial, a lhe dar uma amplitude surda, mas profunda, e de uma violência incomum"[503]. O melhor atleta afectivo conseguirá sentir melhor, mais profundamente. Trata-se de uma capacidade física, de uma habilidade e não de uma contingência existencial. "Toda a emoção tem bases orgânicas"[504], eis o importante lema de Artaud, defensor de um "atletismo da alma".

Tentar salvar o que é inútil.

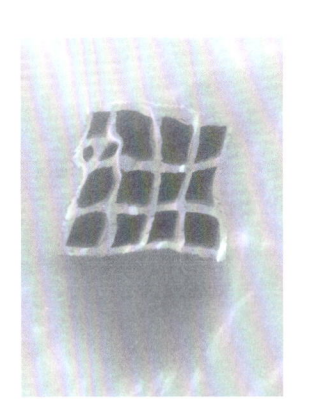

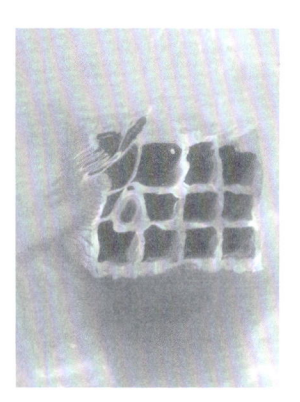

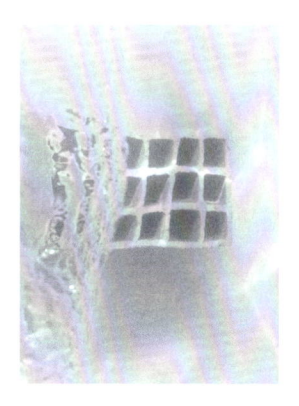

---

502 Idem, p. 134.
503 Idem, p. 135.
504 Idem, p. 136.

Dança, pensamento e linguagem

MOVIMENTO E EXISTÊNCIA

Num curioso livro de contos, acerca do movimento, Stefan Grabinski, considerado o "Poe polaco", descreve uma personagem, o revisor do comboio, Buron, para quem o papel dos comboios "não consistia em levar as pessoas dum sítio para outro por razões de comunicação, mas pelo movimento como tal". Apenas o movimento interessava e não os pontos de partida e chegada. Por isso, as "estações não serviam para se sair nelas, mas para medir o caminho percorrido"[505].

Esse revisor cruza-se com uma ainda mais estranha personagem, obcecada pelo movimento, que diz que não tem bilhete e não precisa "porque ia sem propósito definido, só para ir para a frente, por prazer, pela inata necessidade de se mover".

Havia tirado o bilhete não para um destino, mas precisamente, se possível, para não chegar ao destino, para continuar a avançar: um bilhete não para um espaço, mas *um bilhete para o movimento*. Alguém que quer ir para dentro do movimento como outros desejam ir para a capital ou para a província.

Noutro conto – *O compartimento* – uma outra personagem, Godziemba, também "fanática do movimento", exibe a mistura uniforme entre máquina, movimento e corpo:

"as mãos apoiadas no caixilho da janela pareciam ajudar a puxar o espaço para trás. O coração batia acelerado como se quisesse apressar o ritmo da corrida, duplicar a velocidade das rodas"[506].

Estamos perante uma fusão corpo-máquina, por via do movimento: como se o comboio, devido à velocidade, deixasse de estar afastado do corpo.

Godziemba, a referida personagem, era, habitualmente, "um calmo e tímido sonhador", mas transformava-se por completo com o movimento:

"Havia algo no movimento do comboio, algo que galvanizava os nervos fracos de Godziemba e alimentava com força, mesmo que artificialmente, a sua energia

---

505 Grabinski, Stefan – *O demónio do movimento*, 2003, p. 26-28, Cavalo de Ferro.
506 Idem, p. 37.

vital. Criava-se um meio específico, único no seu género, um meio em movimento, que se regia pelas suas próprias leis"[507].

Um pouco como as alterações climatéricas que produzem alterações no organismo ou as grandes diferenças de altitude, também a velocidade poderá ser considerada um meio com condições especiais que exige diferentes adaptações ao corpo: "o comboio em movimento mexia com ele como morfina injetada nas veias do viciado".

Esta energia suplementar fazia com que amigos o aconselhassem "a resolver todas as suas questões de honra unicamente dentro do comboio e sempre em andamento"[508]. Mas para todo este excesso havia a contrapartida infalível: as paragens. Toda a sua coragem e energia desapareciam no momento em que o comboio parava. Esta personagem alimentava-se de movimento, ficava forte com o movimento.

A DANÇA ENQUANTO ELEMENTO DIONISÍACO

Mas centremo-nos na dança. Na valorização do instinto dionisíaco, Nietzsche deu particular atenção a esta arte, que, por presentificar o corpo num determinado momento, lhe interessava sobremaneira[509]. Escreve Nietzsche em *A origem da tragédia*: "É cantando e dançando que o homem se manifesta como pertencendo a uma comunidade superior: desaprendeu de andar e de falar, mas prepara-se para se elevar, dançando"[510].

Há que ter em conta portanto a elevada consideração de Nietzsche pelas potencialidades dionisíacas da dança, colocando-a mesmo como metáfora referencial para os filósofos, tal está muito claro numa famosa passagem de *A gaia ciência*:

Um homem que se disponibiliza como tela. Uma nova profissão: em vez do modelo nu que está à frente do pintor, um homem que está à frente do pintor, a segurar a tela.
Pintar um modelo que tem no lugar da cara uma tela quadrada branca.

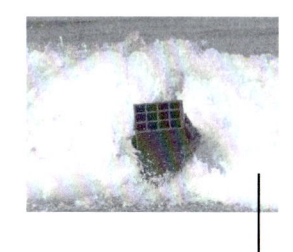

---

507 Idem, p. 38.
508 Idem, p. 39.
509 Escreve Nietzsche em *A origem da tragédia*: "Debaixo do encantamento dionisíaco, não é apenas a aliança do homem com o homem que se renova, mas é também a natureza alienada, hostil ou subjugada, que celebra de novo a sua festa de reconciliação com o seu filho pródigo, o Homem. Espontaneamente a terra oferece os seus presentes e as feras dos montes e dos desertos aproximam-se pacificamente". (Nietzsche, F. – *A origem da tragédia*, s/data, p. 67, Guimarães Editores)
510 Idem, p. 68.

"Não é a gordura que um bom dançarino pretende obter da sua alimentação, é o máximo de elasticidade e de força... e não conheço nada de que um filósofo goste mais do que ser um bom dançarino. Porque a dança é o seu ideal, a sua arte também, a sua única piedade, enfim, o seu 'culto'"[511].

---

511 Nietzsche, F. – *A gaia ciência*, s/data, p. 282, Guimarães Editores.
"Sugestivamente, Platão, quando quer achar a mais audaz definição de filosofia, na hora culminante do seu pensar mais rigoroso, em pleno diálogo *Sophistés*, dirá que é a filosofia *he epistéme tôn eleútheron*, cuja tradução mais exata é esta: a ciência dos desportistas". (Ortega y Gasset, José – *O que é a filosofia?*, 1999, p. 57, Cotovia)

PESO E LEVEZA

Ainda neste âmbito, e a propósito da obra de Almada Negreiros, Ana Paula Guimarães relembra um conto popular, reescrito por Ana Castro Osório:
"Era uma vez uma princesinha muito bonita, que estava contemplando num espelho os seus lindos cabelos loiros, quando, de repente, lhe apareceu uma velha muito feia que lhe pediu que a deixasse pentear, pois nunca vira cabelos tão lindos. A princesinha, que teve muito medo da velha, não quis. Então a velha rogou-lhe a praga – que tu tenhas de ir dançar todas as noites com o diabo no Inferno, até gastares sete pares de sapatos de ferro. E nessa noite, quando a princesinha dormia, ao dar a última badalada da meia noite, foi levada pelo diabo"[512].

Dançar (com o diabo) até gastar "sete pares de sapatos de ferro", eis, numa curta frase, todo o conflito entre peso e leveza: *dançar para ficar leve*, dançar *para gastar o peso*, para *atacar* o peso[513].

Dançar é interferir não apenas na força da gravidade comum, mas em todas as forças que puxam para baixo; o leve é aquilo que se afasta da terra, das leis habituais, da monotonia obediente; dançar não elimina definitivamente as leis, é claro, mas como que as elimina *temporariamente*. A Física esconde-se; e atiradas certas leis pesadas para debaixo do tapete, eis que o Homem pode dançar: pode ser leve.

MARCHA E DANÇA

Valéry, autor que se debruçou por diversas vezes sobre o tema da dança, equipara a Marcha à Prosa e a Dança à Poesia, numa comparação que envolve e mistura, de imediato, movimento e linguagem.

Esta equiparação não é nova, claro, sempre se teorizou o movimento comparando-o com uma narrativa: *dançar é contar uma história*. Platão, por exemplo, no seu livro *As leis* escreveu que "a imitação das palavras

---

512 Guimarães, Ana Paula – *José de Almada Negreiros: o corpo em palestra*, 2004, p. 41, Apenas.
513 Como escreve Rajchman: "A dança e a construção" são "as duas artes mais diretamente relacionadas com a gravidade". (Rajchman, John – *Construções*, 2002, p. 61, Relógio d'Água)

por gestos deu origem à totalidade da arte da dança"[514]; trata-se, afinal, de "contar uma história viva". Diremos, talvez, que dançar é contar uma história cujo fim não está definido.

Valéy considera, então, que, da mesma maneira, a prosa, a marcha "aponta para um objeto concreto. É um ato dirigido para algo que é nosso fim alcançar"[515].

Trata-se de um movimento funcional que tem uma determinada direção, um determinado sentido. Tal como a linguagem reta; como a linguagem que quer informar; linguagem que vai de um ponto a outro, linguagem que quando começa já se sabe onde vai terminar[516].

Quanto à dança, a dança é outra coisa; para Valéry é um "sistema de atos; mas que têm o fim em si mesmos"[517].

Não querem nada do mundo, querem eles mesmo ser o mundo, não querem agarrar nada exterior a si.

Há então também na linguagem uma linguagem útil, e uma linguagem que dança, que tem o seu fim em si mesmo, que não quer informar, que não aponta para nada fora de si própria.

Um pouco nesta linha, o músico contemporâneo Stockausen define assim, de uma vez: "Dança é tudo aquilo que o ser humano está em condições de fazer musicalmente com qualquer parte do seu corpo"[518].

Dançar é pois uma música corporal que, no limite, pode prescindir da música ela mesma, do som. É possível dançar ao som de uma música muda.

O paradoxo está assim na origem, na estrutura de onde tudo parte. É que apesar da diferença entre a dança e a "marcha ou os movimentos utilitários", ambos os movimentos, lembra Valéry, "se servem dos mesmos

Três homens e uma mulher tentam ser vistos do outro lado.

---

[514] Platão – *As leis*, VII, 816a, citado em Farguell, Roger W. M. – *Figuras da dança*, 2001, p. 28, Fundação Calouste Gulbenkian.
[515] Valéry, Paul – *Teoría poética y estética*, 1998, p. 91, Visor.
[516] É interessante notar que Nietzsche coloca a questão da relação marcha-dança com o *objetivo* de um modo completamente diferente e até oposto ao de Valéry. Em *Assim falava Zaratustra*, Nietzsche escreve: "O ritmo da marcha revela se uma pessoa está no bom caminho; vede como eu caminho. Mas aquele que se aproxima do seu objetivo, dança". Aqui quem está prestes a alcançar, dança. De qualquer maneira, a valorização da dança em relação à marcha é também evidente em Nietzsche, o seu elogio da leveza e ataque ao peso é constante: "Há, mesmo na felicidade, animais pesados, há pés coxos de nascença"; "mais vale dançar pesadamente do que andar claudicando". (Nietzsche – *Assim falava Zaratustra*, 1997, p. 330-331, Guimarães Editores)
[517] Valéry, Paul – *Teoría poética y estética*, 1998, p. 91, Visor.
[518] Stockhausen, Karlheinz; Tannenbaum, Mya – *Diálogo com Stockhausen*, 1991, p. 71, Edições 70.

órgãos, dos mesmos ossos, dos mesmos músculos", apenas "coordenados e excitados de outro modo"[519].

Ensinar o tijolo a flutuar.

ESPONTÂNEO E SURPREENDENTE

Olhemos de novo para aquela dança particular, a dança com o Diabo. O Diabo é sempre o símbolo do *inesperado* e não apenas, diga-se, da maldade inesperada. Tudo o que não se espera, tudo o que não é habitual, assusta. Uma das caras do mal é o imprevisível. Estamos, pois, nesta dança com o diabo, numa dança que não é mais do que um acordo, um *entendimento de movimentos com o inesperado*. Dançar com o diabo é tentar entender os movimentos do imprevisível, é fazer par com aquilo que se desconhece, com aquilo que não se compreende. *Acompanhar os passos do que não se compreende*, eis uma definição possível. Acompanhar o que assusta, o que é enigma; dar volteios, acelerar, retardar, não perder de vista os pés daquilo que no limite não tem pés; não perder os pés daquilo que sempre se pensou andar a velocidade desconcertante, nem sequer muito rápida, nem sequer lenta, como explicar? A velocidade do imprevisível (simbolizada pelo diabo) é velocidade sem ritmo, velocidade des-ritmada, daí a dificuldade em acompanhá-la.

Porque quem se prepara para dançar com o diabo não se pode preparar tornando-se mais lento ou mais

---

519 Valéry, Paul – *Teoría poética y estética*, 1998, p. 92, Visor.

rápido; como preparar dentro do nosso corpo gestos imprevisíveis, gestos espontâneos? Como preparar o surpreendente?[520]

A GRAÇA DA DANÇA

Almada Negreiros, numa definição de *graça*, esse instinto de escapar ao excessivo peso da existência, fala numa "ausência de atrito com toda a circunstância"[521], definição que se poderia atirar também ao rosto da dança: *a dança completa*, do corpo que se esquece de si próprio, é a dança que se esquece *do dentro*: dos músculos, dos ossos, das articulações – *dança do corpo sem ossos sobre o mundo sem leis*. Mundo onde as circunstâncias desaparecem, mundo transformado em coisa plana, coisa que recebe, onde causa e efeito não existem, onde causa e efeito se fundem como se fossem um mesmo tempo e uma igual substância. Não há *atrito* entre corpo e mundo, entre corpo e acontecimentos no mundo. No limite, o corpo que dança pode dançar em redor da terra que treme, da terra que se abre e assusta a humanidade; no limite a dança flutua, saltita por cima das aberturas agressivas provocadas por um terramoto. Aquilo que deita abaixo edifícios torna-se plataforma útil para os pés do bailarino; nem sequer a morte, no limite dos limites, provoca atrito; só se morre porque se para de dançar e quem morre enquanto dança prova que dançava mal ou erradamente.

Na bailarina, escreve Vergílio Ferreira em *Invoca-*

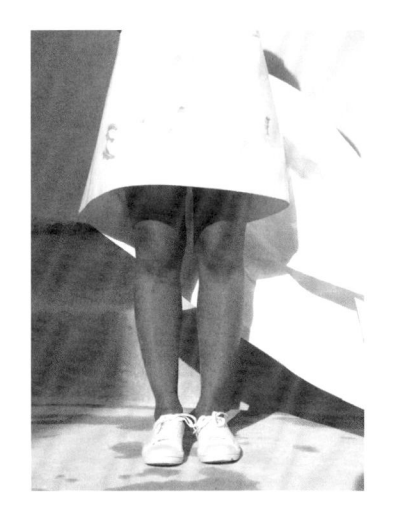

Mesmo parada estás sempre no espaço.

---

[520] Uma das pequenas histórias do livro de Alan Lightman, *Os sonhos de Einstein*, histórias que ilustram sonhos imaginários de Einstein – datado de 22 de Junho de 1905, (o sonho) descreve uma vida pré-determinada que, precisamente, impede esta associação da dança ao espontâneo. Nesse outro mundo sonhado: "Cada ação, cada pensamento, cada rajada de vento, cada bando de aves, é algo de completamente determinado para todo o sempre". (Lightman, Alan – *Os sonhos de Einstein*, 2000, p. 97, Asa)
E neste sonho (fictício) de Einstein até a dança, expoente máximo da liberdade de movimentos, se torna um processo pré-determinado. Escreve, na mesma página, Lightman sobre uma bailarina: "Toda ela é precisão. Toda ela é um relógio. Enquanto dança, pensa que devia ter flutuado um pouco mais durante o salto, mas não pode flutuar porque os movimentos não lhe pertencem. Cada interação do seu corpo com o chão, ou com o espaço, já está determinado ao milionésimo de milímetro. Não há espaço para flutuar. Flutuar seria sinal de uma ligeira incerteza, e essa incerteza não existe".
O movimento não como fruto de uma decisão, mas sim de uma obediência: "o futuro está determinado".

[521] Citado em Guimarães, Ana Paula – *José de Almada Negreiros: o corpo em palestra*, 2004, p. 62, Apenas.

3 O corpo no corpo 267

ção ao meu corpo: "as próprias pernas e pés 'são' ainda mãos à sua maneira"[522].

Eis uma imagem belíssima, e a partir dela poderíamos dizer: a bailarina dança com tal habilidade que é como *se manipulasse o solo com os pés* exatamente como as mãos manipulam uma massa moldável. Hábeis pés-mãos da bailarina. Mexe no solo como os dedos no barro mole. Dão forma ao solo (os pés) como os dedos dão a forma de jarra – com uma ou duas asas – ao barro[523].

"Ensinar um tijolo a levitar".

A PREPARAÇÃO DA DANÇA

Esta história contada ainda por Almada Negreiros sobre Picasso expressa bem a necessidade de uma longa preparação para executar qualquer movimento:

"Um dia, perguntaram a Picasso qual era a primeira coisa que era necessário para ser pintor. Picasso respondeu: Sentar-se.

Ah! O mestre pinta sentado? – disse o outro, julgando estar senhor de uma confidência íntima do artista.

---

522 Ferreira, Vergílio – *Invocação ao meu corpo*, 1978, p. 270, Bertrand.
523 Escreve ainda, nas mesmas páginas, Vergílio Ferreira: "Meus pés, minha firmeza inconstante. Um golpe de vento oscila-me em brinquedo, e todavia eu sou de pé o domínio do mundo. [...] o destino alto do homem é estar sobre a terra com a totalidade de si sobre o mínimo de si". (Idem, p. 268)
A dança tem aqui o seu segredo: "Dois pés, uma área mínima de apoio [...] A graça da dança, a negação do seu peso, anuncia-se aí. Às quatro patas em bloco do animal vulgar, o homem opôs a sua aérea fragilidade". (Idem, p. 266)

Não. Eu pinto sempre de pé – disse Picasso.

E é isto mesmo: Antes que as cores deixem de ser tintas é necessário que se tenha formado primeiro o pintor; é necessário muito tempo antes do início; é necessário sentar-se"[524]. E também sobre a dança se poderia dizer o mesmo – e sobre qualquer movimento: o sentar-se é indispensável; essa longa reflexão, essa *aprendizagem de tudo,* essa *curiosidade máxima;* curiosidade prévia a qualquer movimento que se queira distinto. O sentar-se é pois o símbolo do aprender, do ver e ver e ver, do estar disponível, do absorver. *Sento-me longamente para depois poder dançar.*

---

524 Citado em Guimarães, Ana Paula – *José de Almada Negreiros: o corpo em palestra,* p. 100, 2004, Apenas.

DANÇA E PENSAMENTO

José Gil, que reflete longamente sobre a dança e o movimento, cita precisamente Valéry na aproximação entre dança do corpo e dança do pensamento. Para Valéry, a dança era uma "poesia geral da ação dos seres vivos" e os movimentos da dança "fazem necessariamente pensar na função que o poeta dá ao seu espírito, nas dificuldades que lhe propõe, nas metamorfoses que dele obtém, nos intervalos que dele solicita e que o afastam, por vezes excessivamente do solo, da noção média e da lógica do senso comum"[525].

Este pensar como afastamento do solo remete para um pensar imaginativo, precisamente um pensar que se afasta do pensamento comum, médio.

"O que é uma metáfora" – pergunta Valéry – "a não ser uma espécie de pirueta da ideia cujas diversas imagens ou cujos diversos nomes se aproximam?"[526]

A manipulação da linguagem é portanto também uma dança onde o par indivíduo-língua procura o novo, o surpreendente.

José Gil é muito claro neste marcar de uma equivalência forte entre movimentos *no exterior* e movimentos *no interior*:

"Há movimentos do corpo [...] – como a cambalhota – que só podemos compreender se o pensamento de alguma maneira os reproduzir"[527].

Estamos diante de dois mundos que se cruzam; dois mundos: o do pensamento e o do movimento, que se misturam de tal forma que por vezes a distinção é puramente formal:

"É necessário que o pensamento faça uma cambalhota para apreender a cambalhota; é necessário que a direita e a esquerda sejam dimensões do pensamento para que possamos entender o que quer dizer 'virar à esquerda'". E surge então a fórmula: "a consciência do corpo é movimento do pensamento".

Tentativa de passar para o outro lado através do voo inábil.

---

525 Citado em Gil, José – *Movimento total: o corpo e a dança*, 2001, p. 246-247, Relógio d'Água.
526 Idem, p. 247.
527 Idem, p. 180.

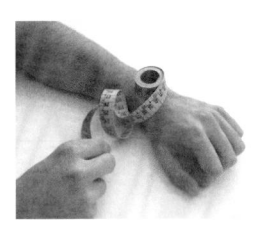

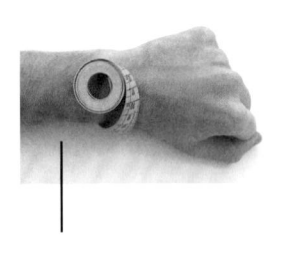

MOVIMENTO DO PENSAMENTO

Wittgenstein é um dos autores que utiliza esta mesma expressão: *movimentos do pensamento*. O pensamento move-se, anda, acelera, salta, dança; digamos: *o pensamento como que pratica desporto*.

Escreve Wittgenstein, numa observação aparentemente corriqueira, expressão de um pormenor de diário que toma, como sempre, uma invulgar intensidade intelectual: "durante o ano de 1913-14, tive alguns pensamentos meus [...]. Quero dizer que tenho a impressão de que nessa altura dei vida a novos movimentos do pensamento [...]. Ao passo que agora pareço apenas aplicar velhos movimentos"[528].

Conceitos importantes aqui, em pouco espaço, sintetizados. Quando falamos de um pensamento que dança, falamos precisamente da execução *dentro da cabeça* de novos movimentos do pensamento. Pelo contrário, o pensamento que repete, que reproduz, o pensamento médio, do senso comum, que rejeita os saltos, as cambalhotas, as piruetas, as metáforas, enfim, que rejeita o imprevisível, é pensamento que repete velhos movimentos, é pensamento habitual, pensamento de hábitos, que age sempre da mesma maneira.

Podemos, em suma, interpretar o pensamento como mais um movimento, mas relevante; é o movimento humano por excelência – o pensamento é o movimento que o distingue dos outros seres vivos. (Há, por exemplo, muitos animais que podem sentar-se.) Estamos, insista-se, na ordem das coisas que se fazem, individualmente, sem qualquer possibilidade de partilha: pensar e movimentar-se são atos individuais. Posso ser carregado ao colo ou podem ler o meu discurso, mas, como escreve Wittgenstein: "Ninguém pode pensar por mim um pensamento, da mesma maneira que ninguém pode pôr por mim o meu chapéu"[529].

Podem pensar por nós – em nossa vez – e podem, na nossa cabeça, pôr, por nós, o nosso chapéu; os outros podem fazer as *mesmas* ações que nós, mas não podem fazer as *mesmas* ações *em nós*, dentro de nós, a partir de nós. *Podes imitar-me, mas não podes ser eu. Posso imitar-te, mas não posso ser tu.*

---

528 Wittgenstein, Ludwig – *Cultura e valor*, 1996, p. 38, Edições 70.
529 Idem, p. 14.

3 O corpo no corpo 271

 É evidente ainda que não é o movimento de agarrar ou atirar ou de fechar as pálpebras, que destaca o Homem enquanto ser dotado de um movimento especial; ele é único porque é dotado de pensamento; e, repare-se: o pensamento não é causa ele próprio, *é esse* movimento. O movimento mais interno de todos, mais *de dentro*, o menos visível e o mais consequente[530].

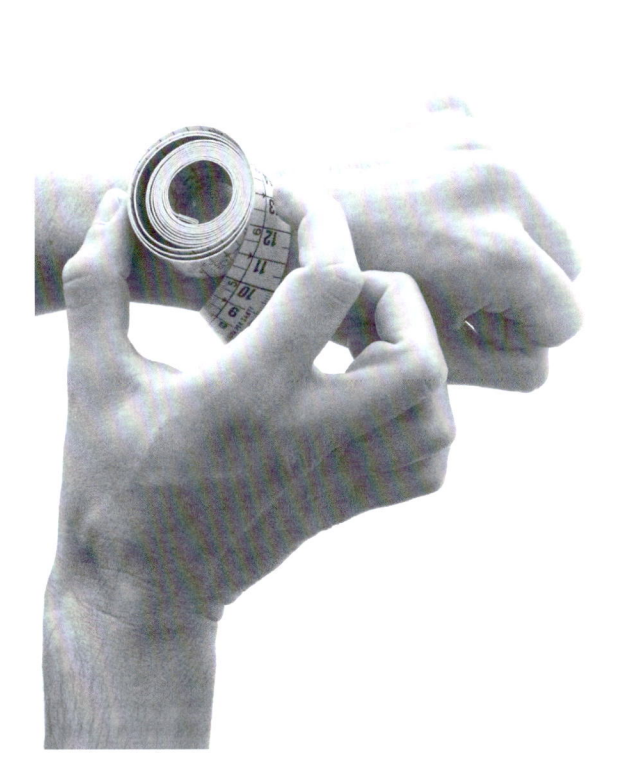

Acertar o relógio.
Quantos centímetros tem um minuto?

530 Escreve Hannah Arendt: "Se o indivíduo – que Lessing diria ter sido criado para a ação e não para o raciocínio – escolhe o pensamento é porque descobre no ato de pensar uma outra forma de se mover livremente pelo mundo". E acrescenta, numa valorização invulgar do movimento: "De todas as liberdades particulares que podem vir-nos ao espírito quando ouvimos a palavra 'liberdade', a liberdade de movimentos é historicamente a mais antiga e também a mais elementar. Podermos partir para onde quisermos, continua a ser o gesto protótipo da liberdade, tal como a restrição da liberdade de movimentos é desde tempos imemoriais a condição prévia da escravização". (Arendt, Hannah – *Homens em tempos sombrios*, 1991, p. 17-18, Relógio d'Água) Pensar livremente, andar livremente.

CAMBALHOTAS E OUTROS PENSAMENTOS

Interessa-nos, neste particular, o lugar da linguagem. José Gil, em *Movimento total,* é muito claro:

"a dança talvez seja a arte de todos os movimentos, e portanto a arte de todas as artes (dança-se escrevendo, tocando piano ou saxofone, combinando cores, etc.)"[531].

Dança-se quando se escreve. Eis um ponto que interessa sobremaneira.

A escrita, a fixação da linguagem sobre o papel, é *a última paragem dessa dança do pensamento*, desse percurso interno de biliões de micromovimentos. Como se o movimento exterior, visível, da mão que escreve, fosse, afinal, não o primeiro movimento, mas sim, o último: como se a escrita possuísse centenas de movimentos consecutivamente ligados uns aos outros que, primeiro, permanecem escondidos, não visíveis, e que, por fim, surgem à vista de todos, deixando marca, tinta, letras, palavras.

Os movimentos do pensamento tornam-se (ou são) movimentos das mãos, e estes tornam-se (ou são) movimentos da linguagem. A linguagem, em última análise, é consequência de um conjunto de movimentos (interiores e exteriores), acelerações, desacelerações, cambalhotas, saltos, agachamentos – e milhares de outras possibilidades atléticas.

---

531 Gil, José – *Movimento total: o corpo e a dança*, 2001, p. 210, Relógio d'Água.

O MÉTODO DE PINA BAUSCH

Será interessante, neste ponto, atentarmos no método criativo do teatro-dança de Pina Bausch, designado como "método das improvisações estimuladas pelas perguntas"[532], já que nele se estabelece algo fundamental: uma relação inequívoca entre linguagem e movimento. Neste método, uma pergunta tem por resultado um movimento ou um conjunto de movimentos.

José Gil fala, a propósito de Pina Bausch, numa "*géstica do pensamento*", e desenvolve: "todo o pensamento, e em particular o que entra numa relação afectiva, é acompanhado de gestos virtuais que o próprio pensamento não poderia pensar (exprimir)"[533].

Em Pina Bausch – no seu método – estamos, acima de tudo, centrados na pergunta enquanto incitadora da imaginação, e no seu oposto: a imaginação como instigadora de novas questões:

"Pina pedia seis movimentos para cada pergunta. Por exemplo: 'O que fazes quando te sentes atrapalhado?'. Era preciso responder com seis gestos diferentes"[534].

Esta expressão "seis movimentos para cada pergunta" é, de resto, exemplar. Trata-se, digamos, de uma *tradução*. *Eu dou-te uma pergunta, tu dás-me seis movimentos*.

A pergunta mais forte, mais imaginativa, a pergunta com mais poder será assim a pergunta que origina maior número de movimentos distintos. Estamos aqui também numa tentativa de provocação de desequilíbrios. A ação, escreve Valéry, "exige uma tendência, quer dizer, uma desigualdade"[535], agimos devido ao desequilíbrio e não ao equilíbrio. Tanto mais é assim quanto mais a ação é criativa. A ação criativa terá dificuldades em partir de um equilíbrio, de um estado estacionário da linguagem.

E é então isso que as boas perguntas fazem: criam um desequilíbrio, um desacerto, um estranhamento.

A *criatividade da pergunta* é avaliada pela *criatividade das respostas*, porém, neste caso, as respostas são corporais, físicas, são contrações, relaxamentos, posicionamentos. Há pois que valorizar este concei-

Cara ou coroa (jogo).

---

532   Bentivoglio, Leoneta – *O teatro de Pina Bausch*, 1994, p. 23, Fundação Calouste Gulbenkian.
533   Gil, José – *Movimento total: o corpo e a dança*, 2001, p. 220, Relógio d' Água.
534   Bentivoglio, Leoneta – *O teatro de Pina Bausch*, 1994, p. 26, Fundação Calouste Gulbenkian.
535   Valéry, Paul – *Teoría poética y estética*, 1998, p. 58, Visor.

to: qualidade da pergunta e criatividade da questão. O que está aqui em jogo é determinante: uma boa pergunta, uma boa utilização da linguagem, *uma expressão imaginativa da linguagem será aquela que obtém bons movimentos, uma boa imaginação corporal.* Sem uma boa linguagem não há bons movimentos. Mas o processo muitas vezes torna-se circular e bons movimentos dão origem a novas perguntas – e, portanto, estamos também perante o axioma: movimentos imaginativos dão origem a linguagem imaginativa[536].

Por vezes, no armazém de círculos, há um acidente. Um círculo parte-se por descuido ou precipitação dos homens que o guardam, arrumam e organizam.
Um círculo quando se parte fica inutilizado. Dois homens tentam reconstituir o círculo, mas tal pode transformar-se num ofício, num esforço constante; quase eterno.

ESTRANHEZA – UM COPO DE VINHO PEDIDO NA VERTICAL

Quando se analisa este método, há uma estranheza que resulta da fusão entre a frase que se diz – por exemplo: "Por favor, mais um copo de vinho..." – e a posição e os movimentos do corpo. Eis um relato na primeira pessoa de um bailarino de Pina Bausch que elucida um pouco todo o processo:

"Pina Bausch [...] pediu-lhe para fazer a mesma coisa noutras posições" – (fazer a mesma coisa numa outra posição não será já fazer *outra* coisa? Sim, parece-me) – uma bailarina (Mechtild) "tentou várias posições e por fim escolheu uma: estendida de costas no chão, as pernas na vertical, os pés apoiados contra a parede". Na peça *Walzer* surge então essa bailarina, "com um copo

---

536   É evidente que é também defendida por muitos autores a existência de uma barreira entre o movimento e a linguagem. Muitas vezes a linguagem não consegue *traduzir* o movimento.
A este propósito Umberto Eco cita Watts, que narra uma conhecida história Zen. A história é esta: "O monge que, ao discípulo que o interrogava sobre o significado das coisas, responde levantando o próprio cajado; o discípulo explica com muita subtileza teológica o significado do gesto, mas o monge discorda por a sua explicação ser demasiado complexa. O discípulo pergunta então qual é a explicação exata do gesto. O monge responde levantando de novo o cajado".
(Eco, Umberto – *Obra aberta*, 1989, p. 239, Difel)

na mão e uma garrafa de vinho, o corpo esticado e os pés contra a parede de fundo", a pedinchar: "Por favor, só mais um copinho..."[537] A estranheza criativa, a impossibilidade do movimento surge desta mistura improvável entre posição e frase. Como se a linguagem fosse utilizada com uma outra inclinação: *a inclinação do corpo influencia a inclinação* (o entendimento) *da palavra*.

É pensar numa fenda que abra o chão (o vestígio de um terramoto ou uma brecha simples causada pelo tempo e pela natural decadência material) e que essa fenda possa traçar o percurso exato da fenda que partiu o círculo em dois.
Encontrar uma nova ligação no mundo, um novo encaixe; como dois irmãos antigos que há muito não se encontravam. Foi isso que aconteceu.
A fenda no chão ensinou o caminho. O círculo partiu-se exatamente da mesma forma. Diante de imagens destas podemos gritar, mas isso não resolve.

PROVOCAÇÃO

Eis o exemplo de mais alguns *jogos de linguagem* que funcionam como provocações, incitações, ou chamamento de movimentos – um pouco como alguém que grita alto: quero um movimento novo!

De facto, Pina Bausch quer *movimentos* saídos destas provocações linguísticas, quer *movimentos (efeitos)* a partir destas *frases (causas)*. Alguns exemplos:

"Tens medo de quê? Aqui está um urso, agora têm que o fazer rir! Conseguir que alguém passe despercebido. Faz a uma pessoa qualquer coisa que te incomodaria a ti. Fazer alguma coisa para não ser esquecido"[538].

Estamos perante *instruções concentradas* coincidentes com uma *existência concentrada*, densa, com um excesso de acontecimentos e sensações. Não se *existe* assim, poderíamos dizer. Normalmente, a existência é

---

537 Bentivoglio, Leoneta – *O teatro de Pina Bausch*, 1994, p. 27, Fundação Calouste Gulbenkian.
538 Idem, p. 28.

mais lenta: cada movimento não tem tantos elementos lá dentro, cada movimento *não está tão cheio*; é mais vazio, *não é tão inteligente*. Vejamos mais algumas instruções que chamam como que uma *intensidade suplementar*, um excesso de vida, para o movimento:

"Falar a uma doença ou a uma parte do corpo/ Fazer com que uma parte do corpo seja mais bela ou ainda mais bela"[539]. E depois uma série de instruções que parecem dirigir-se àquilo que o movimento tem de mais exterior mas que, numa invulgar capacidade para desequilibrar, colocam o exterior a pensar; a pele vê-se obrigada a ser uma *superfície intelectual*: "Fazer exercícios de dança clássica às escondidas/ [...]. Interromper um movimento seis vezes [...]. Um braço que não acaba/ [...] Uma nova forma de dançar a dois".

E novamente instruções que estabelecem uma relação com as coisas exteriores, com os outros e o mundo: "Fazer qualquer coisa pouco habitual com um objeto// [...] Uma coisa bela que não se pode utilizar [...] mendigar altivamente"[540].

Enfim, estamos perante uma forma de ver o movimento completamente distinta da habitual. O movimento, em Bausch, não é visto como um mecanismo muscular, mas como um *mecanismo linguístico*. Os movimentos funcionam aqui *devido à linguagem* e não às contrações e aos relaxamentos musculares. É a linguagem que liga os músculos, que os põe em movimento.

Há uma fusão, aliás, entre *músculos, pensamento e verbo*: há uma linguagem muscular, assim como há *músculos linguísticos* – músculos que agem de acordo com a criatividade verbal de perguntas e observações.

Repare-se na diferença entre estes e os movimentos que obedecem a ordens; estaremos também aqui perante músculos linguísticos, ligados à linguagem, porém, na ordem, como a linguagem é redutora, exata e impositiva, sem qualquer ambiguidade, o próprio movimento que aí tem origem terá também de o ser. Claro, exato, inequívoco: o oposto do movimento imprevisível e criativo. Pense-se só na diferença entre os movimentos do corpo do militar em parada e alguns movimentos dos bailarinos de Bausch atrás descritos.

Homenagem a Miguel Ângelo.

---

539 Idem, p. 37-38.
540 Idem, p. 37-38.

Estes *músculos bauschianos* não são adestrados para repetir, são convidados, pelo contrário, a criar, são músculos imaginativos. "Uma carícia também pode ser como um baile"[541], observou uma vez Bausch, e esta parece-me uma boa maneira de acabar este subcapítulo.

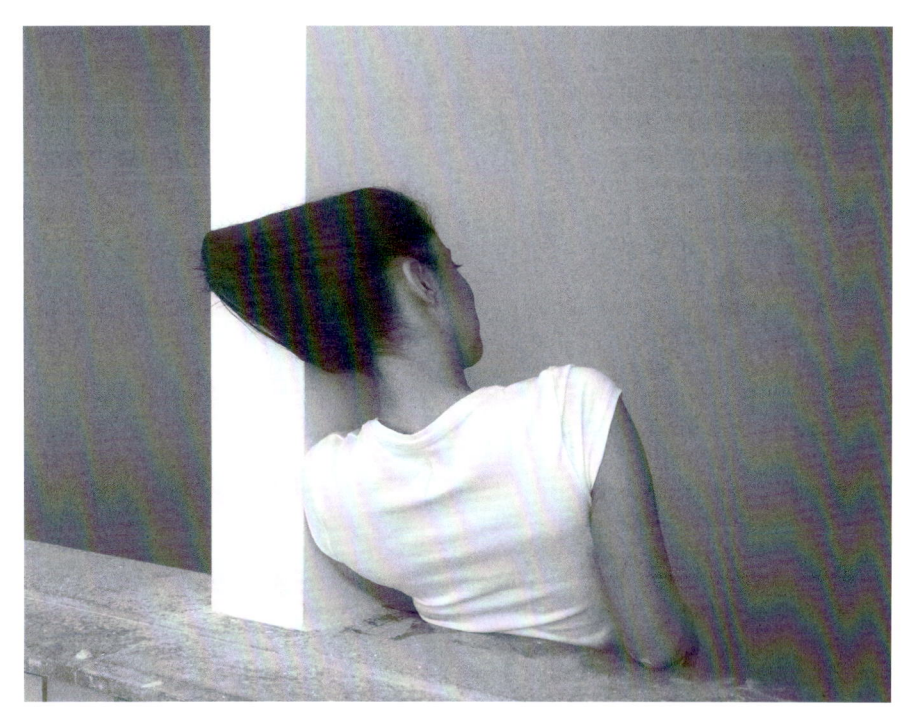

Jogo e ficção

MAS NEM TUDO É PERFEITO (JOGO)

O jogo é quase sempre isto: regras que se fixam e, dentro delas, liberdade que se oferece. As regras dizem: para além de mim não podes passar; e a liberdade diz: mas dentro do espaço limitado pelas regras podes fazer muitas coisas. Sem regras não há jogo: são necessários limites para que exista algo a que possamos dar

---

541   Idem, p. 32.

nomes; como numa definição: dentro da palavra *cadeira* posso colocar muitas coisas, mas há outras que não. Se, no entanto, não atribuir nome a uma coisa, a um conjunto de coisas ou de atributos, então fico com uma possibilidade infinita: fico com nada portanto. O jogo começa, então, por uma definição: as regras. As regras pressupõem uma imobilidade, ou melhor, uma repetição. Num importante texto: *O brinquedo e o jogo*, Walter Benjamin refere que a grande lei que "rege o mundo do brinquedo" é precisamente "a lei da repetição". Escreve Benjamin: "Sabemos que ela [a repetição] é para a criança a alma do jogo; que nada a torna tão feliz que o 'outra vez'". E cita uma frase lapidar de Goethe: "'Tudo seria perfeito se o homem pudesse fazer as coisas duas vezes' – é de acordo com este pequeno ditado", escreve Benjamin, "que a criança age. Só que a criança", alerta, "não quer apenas duas vezes, mas sempre mais, centenas, milhares de vezes"[542].

DESPERDÍCIO DO MORTAL

Sobre o jogo escreve Eco, com humor:

"Domina a atividade desportiva a ideia de 'desperdício'.

Em princípio, qualquer gesto desportivo é um desperdício de energias: se arremesso uma pedra pelo puro prazer de a arremessar – não para um fim utilitário qualquer – desperdicei calorias acumuladas através da ingurgitação de alimento, realizado através de um trabalho"[543].

Eco toca no tema principal do jogo: a ideia de um tempo privilegiado, tempo utilizado no que chamaríamos *ficção das ações* – eis o que é, de facto, uma modalidade desportiva: cria-se uma *situação falsa* onde

---

542 Benjamin, Walter – *Sobre arte, técnica, linguagem e política*, 1992, p. 175, Relógio d'Água.
Roland Barthes, nas suas *Mitologias*, chama a atenção para um certo "emburguesamento do brinquedo" que é entregue já feito, já com um funcionamento pré-determinado, não dando espaço à criança para inventar. Como Barthes afirma, esses brinquedos "morrem bem depressa e, uma vez mortos, não têm para a criança qualquer vida póstuma". (Barthes, Roland – *Mitologias*, 1997, p. 52-53, Edições 70)
Carlos Neto insiste na defesa do tempo não útil para a criança. O que é não útil? É a utilidade que ainda não consigo ver; a utilidade que aí vem. (Neto, Carlos – *Rotinas e mudanças sociais*, em *Jogo e desenvolvimento da criança*, 1997, p. 18, FMH)

543 Eco, Umberto – *Viagem na irrealidade quotidiana*, p. 166, Difel.

fingimos que são necessárias e urgentes determinadas ações. Umberto Eco vê tal ficção com olhos benevolentes: "este desperdício – que fique claro – é profundamente são".

Este "desperdício lúdico" pode ganhar contornos competitivos "Se ao pé de mim, que arremesso a pedra, um outro se junta para arremessar ainda mais longe". Para Eco, a competição – desperdício de "energia física e inteligência" – é afinal um "mecanismo para neutralizar a ação"[544].

Tratar-se-á então de um desvio do corpo do mundo exterior para o jogo, desvio esse que pode ser entendido como perturbação do caminhar direito?[545]

Isto é: deveremos ver o corpo como algo que tende para o sério – e essa seria então a sua *tendência verdadeira*, tendência que acerta –, organismo que tende para o trágico e não para o lúdico, organismo que tende para a morte para a entender, por a recear? E deveríamos assim conceber qualquer ação lúdica como um desvio, um afastamento em relação ao centro?[546]

De facto, à referência à morte poderá contrapor-se *a certeza de que se pode jogar*. E a junção destes dois instintos poderia então ser resumida assim: *Vou morrer, mas ainda posso jogar*. Ou: *vou morrer, mas ainda posso desperdiçar energias*.

A possibilidade de desperdiçar energias pode portanto ser entendida como *uma prova maior da existên-*

Alteração de escala.

---

544 Umberto Eco, na continuação do raciocínio, fala de um "desporto ao quadrado" (Idem, p. 167): "quando o desporto, de jogo que era jogado em primeira pessoa, se torna uma espécie de discurso sobre o jogo, ou melhor, o jogo como espetáculo para outros, e, portanto, o jogo como jogado por outros e visto por mim". Este é então o "desporto ao quadrado". Mas Eco fala ainda de um "desporto ao cubo" que é "o discurso sobre o desporto enquanto visto". O discurso da imprensa desportiva que "gera por sua vez o discurso sobre a imprensa desportiva", isto é, estamos perante "um desporto elevado à potência *n*".
O salto entre desperdício e consumo é então efetuado:
"Nascida como elevação à enésima potência daquele desperdício inicial (e pensado) que era o jogo desportivo, a conversa desportiva é a magnificação do Desperdício e, portanto, o ponto máximo de Consumo". (Idem, p. 169)
545 No tom meloso-irónico de Robert Walser, num monólogo de Jakob von Gunten, diz-se: "A ginástica, como é bonita. [...] Ser amigo de uma pessoa nobre e fazer ginástica, eis duas das mais belas coisas que existem no mundo. Dançar e encontrar alguém que prenda a minha atenção são para mim uma e a mesma coisa. Gosto tanto de pôr os braços e as pernas e os espíritos em movimento. Já só balançar as pernas é tão engraçado! Fazer ginástica também é estúpido, não leva a nada! Será que tudo aquilo de que eu gosto e prefiro não leva a nada?" (Walser, Robert – *Jakob von Gunten*, 2005, p. 117, Relógio d'Água)
546 Ao contrário de Umberto Eco, Dylan Thomas fala de uma personagem que não considerava útil falar sobre o tema "a utilidade do inútil". (Thomas, Dylan – *Retrato do artista quando jovem cão*, s/data, p. 125, Livros do Brasil)

cia. E, nesse sentido, a morte poderia definir-se como o momento *em que o corpo já não pode desperdiçar energias*. Como se a morte fosse uma concentração absoluta das energias num ponto. Face ao cadáver, os outros homens podem dizer: *já não pode jogar*; e tal não seria uma afirmação gratuita ou superficial, pelo contrário, seria uma afirmação forte; e os mesmos homens podiam formular o impudico pensamento: eis uma certa avareza na disponibilização da energia: *o corpo poupa tanto, desperdiça tão pouco, que está morto*.

O jogo é, em suma, uma manifestação explícita, quase obscena, de um corpo vivo. Um corpo vivo que joga diz aos outros – *tenho tanta energia* (isto é: estou tão vivo) *que até a posso desperdiçar*.

PENSAMENTOS VERDADEIROS E PENSAMENTOS FALSOS

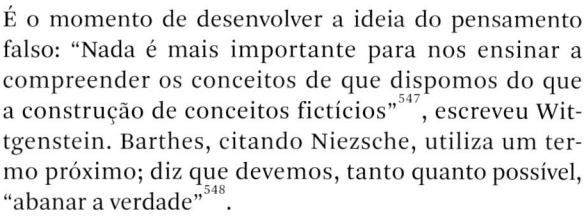

É o momento de desenvolver a ideia do pensamento falso: "Nada é mais importante para nos ensinar a compreender os conceitos de que dispomos do que a construção de conceitos fictícios"[547], escreveu Wittgenstein. Barthes, citando Niezsche, utiliza um termo próximo; diz que devemos, tanto quanto possível, "abanar a verdade"[548].

Pensamento falso não será pois um pensamento que não existe, nem sequer um pensamento de fraca qualidade – será apenas o pensamento que não *visa diretamente a verdade*. Se quisermos ser um pouco excessivos, diremos que é, no fundo, um pensamento que não se julga, logo à partida, verdadeiro. É, de certa maneira, um pensamento *modesto* ou não arrogante e, nesse sentido, poderemos contrapô-lo a pensamentos autoritários que, logo à partida, excluem, por completo, a possibilidade de serem *falsos*. Wittgenstein alerta para que "a expressão ousada e clara de um pensamento falso é já um ganho significativo"[549]. Os pensamentos falsos (ou fictícios) são um *a mais*, um acrescento.

Interessam-nos em particular, então, estes pensamentos falsos, pois ao não se dirigirem de imediato à

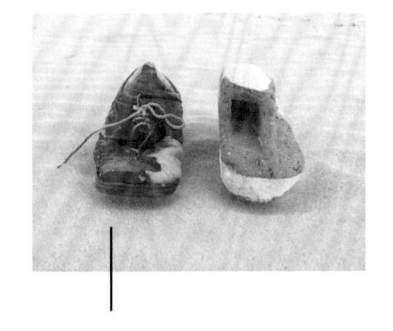

---

547 Wittgenstein, Ludwig – *Cultura e valor*, 1996, p. 110, Edições 70.
548 Barthes, Roland – *O grão da voz*, 1982, p. 237, Edições 70.
549 Wittgenstein, Ludwig – *Cultura e valor*, 1996, p. 111, Edições 70.

verdade, podem, por outros caminhos, chegar lá, mais que não seja pelo cercar do pensamento verdadeiro; isto é: o pensamento falso – que não alcança a Verdade – pode permitir, por oposição, a localização mais fácil do pensamento verdadeiro. Eis uma metodologia a ter em conta.

PENSAMENTO E VESTUÁRIO

No seu tom divertido, Umberto Eco, num texto intitulado *Pensamento lombar*[550], não foge à análise da estranha relação entre o pensamento e o vestuário. A partir de um texto de Luca Goldoni "sobre as desventuras de quem usa, por razões de moda, *blue jeans* e já não sabe como se sentar e como distribuir o aparelho reprodutor externo", Eco afirma: "um vestuário que comprime os testículos faz pensar de modo diverso"[551]; e entrando ainda em detalhes, diz: "as mulheres durante os seus períodos menstruais, os que sofrem de orquite, hemorroidas, uretrites, prostatites e similares sabem quanto as compressões ou as interferências na zona iliosagrada incidem sobre o humor e sobre a agilidade mental".

Digamos que, de acordo com as situações, teríamos que considerar um pensamento-com-uretrite (pensamento influenciado pela uretrite), um pensamento-que-comprime-os-testículos, etc.

No entanto, a interferência *do aperto do mundo* no raciocínio não é visível apenas quando esse aperto ataca a zona iliosagrada. Eco lembra que uma "humanidade que aprendeu a andar de sapatos orientou o seu pensamento de modo diverso daquilo que faria se andasse descalça".

Pensamento-pé-descalço, pensamento-sapato-novo (ainda não totalmente moldado, que provoca algum desconforto) e pensamento-sapato-velho: eis novas categorias possíveis do pensamento.

Os jeans apertados de Eco obrigavam-no "a viver para o exterior". Com "os novos jeans a minha vida", escreve Eco, "era toda exterior: eu pensava a relação entre mim e as calças, e a relação entre mim, com as calças, e a sociedade circundante". Em suma, conclui, "reduzia

Um sapato natural e um sapato artificial. E vice-versa. O artificial, verdadeiro; o natural, falso. E vice-versa.

---

550 Eco, Umberto – *Viagem na irrealidade quotidiana*, 1993, p. 195-198, Difel.
551 Idem, p. 196.

o exercício da minha interioridade"⁵⁵².

Quanto mais o nosso vestuário nos *fala*, quanto mais insiste em nos segredar coisas, em nos *empurrar*, mesmo que ligeiramente, menos nos concentramos no que se passa no interior.

O vestuário que interfere no nosso corpo interfere nos nossos pensamentos. Da mesma maneira, a posição do corpo *inclina* os pensamentos para um lado ou para outro. Como escreve Wittgenstein: "É importante para mim ir modificando a minha postura ao filosofar, não permanecer muito tempo sobre *uma* perna, para não ficar perro. Como alguém que ao subir a uma montanha anda para trás por um breve espaço de tempo de modo a restabelecer-se e a esticar músculos diferentes"⁵⁵³.

Mudar de posição do corpo é mudar de forma de pensar. Com diferentes contrações-relaxamentos de músculos pensarás diferente, terás novas teorias.

---

552 Idem, p. 197.
553 Wittgenstein, Ludwig – *Cultura e valor*, 1996, p. 48, Edições 70.

OS MONGES

Olhemos para o exemplo dos monges, com os seus fatos largos. Com aquela roupa podiam realmente pensar (porque não precisavam de se lembrar dela). Porque, de facto, quanto mais o exterior existe, mais o raciocínio interior perde para a visão e para uma certa existência passiva. A "armadura obriga a viver na *exterioridade*", escreve Eco, e livrarmo-nos dela, dessa armadura que o mundo pode ser para o corpo, é função do pensador. No vestuário apertado que não deixa pensar poderemos ver (provavelmente sem a concordância de Eco) a metáfora de outros apertos do mundo. Aquilo a que muitos autores chamam *circunstâncias* (as coisas em redor de uma existência) poderão ser, afinal, consideradas como o vestuário que o mundo a cada momento nos obriga a usar. A ação que é independente daquilo que o mundo espera de nós será uma outra forma de recusar vestir os *jeans* que o tempo e as suas manifestações nos apresentam como solução única para impedir a nudez. O *afastar-se do mundo*, a fuga ao século, ao tempo presente, é uma manifestação de orgulho na vida interior. É como o assumir de que há definitivamente duas vidas, a exterior e a interior, que podem ser autónomas, isto é: cada uma pode seguir o seu caminho. *Eu decido a cada momento qual o objeto do meu pensamento*, qual o ponto de partida e o objeto do meu itinerário invisível, interior. Esta separação entre corpo exterior e interior é fundamental. Estes dois corpos que um único corpo tem:

o corpo que exteriormente é queimado na fogueira e interiormente está feliz são, quando compreendidos, uma duplicação invejável de possibilidades. Como se em vez de duas vidas seguidas, o corpo tivesse o direito a viver duas vidas paralelas, *duas vidas no mesmo tempo*. Ou talvez melhor, uma vida no tempo: a vida exterior – o corpo troca simpatias ou ódios com os objetos e os outros corpos contemporâneos – e a outra vida, a *interior*, a dos pensamentos, a que está fora do tempo, exterior ao século e ao minuto, uma vida além do calendário, que nunca está atrasada ou adiantada e nunca está perdida no espaço (o espaço sou Eu, poderá dizer quem pensa).

DESAMARRADOS DE TUDO

A grande força do pensamento – e também por vezes a sua crueldade – é precisamente esta sensação de estar desamarrado de tudo: no preciso momento em que alguém nos pede ajuda urgente, podemos estar a pensar nas férias na neve que nos esperam. A crueldade – o afastamento em relação ao Outro – começa claramente nesta máquina absolutamente egoísta que é o pensamento. Sem pensamento – faça-se o exercício absurdo – o homem estaria permanentemente envolvido na relação com o exterior, ligado ao exterior. Pensar – exercer o ato do pensamento – pode ser entendido como *desligar-se do mundo*. Os animais (supondo nestes uma ausência de percurso interior lógico, o que não está de todo confirmado), pobres de mundo interior, estão por completo fora de si próprios; ligados, portanto, unicamente ao que os rodeia.

Separamo-nos mais facilmente do mundo porque pensamos. E neste pensamento a capacidade para *construir ficções* – mundos por vezes ainda mais complexos que o exterior – é a capacidade suprema de desligação. Para quê dedicar-me, então, ao que me rodeia? Para quê agir de acordo com esse único exterior, quando posso agir em diálogo com os inúmeros possíveis interiores?

Mas o mundo do pensamento pode separar-se tanto do outro mundo que algo se quebra. Os raciocínios ficam sós. Como uma criança que se perdeu do seu

Duas cabeças à janela.

amigo (o mundo exterior) – não do seu pai – e quando o reencontra já não o reconhece. E aqui entramos nas doenças mentais.

Prisão parcial.

FICÇÃO E DOENÇA

Robert Musil, num dos seus ensaios, *Conjeturas acerca de uma nova estética: observações sobre a dramaturgia do cinema*[554], levanta a hipótese de que a crença nessa "vida de segunda ordem", composta de ficções –, ilusões construídas pelo raciocínio humano – é algo que poderá ser encarado, sob um certo ponto de vista, como doentia. Diz Musil que até agora ninguém levantou a possibilidade de considerar a aceitação da ilusão ou das ficções que encontramos no cinema e na lite-

---

554 Musil, Robert – *Ensayos y conferencias*, 1992, p. 165, Visor.

ratura (aceitar temporariamente o falso como sendo verdadeiro) "análoga ao que a psiquiatria entende por ilusão". Também na arte, diz Musil, se pode ver a ficção como uma perturbação "na qual os elementos da realidade são completados por um todo irreal que usurpa o valor da realidade". Para Musil a investigação estética não deve perder de vista a psicopatologia. Acreditar – isto é: ter prazer na contemplação de uma ficção e aceitá-la temporariamente como verdade – pode ser visto como uma patologia e, assim, o direito humano de ter prazer na contemplação de ficções artísticas poderia ser entendido afinal como fraqueza, doença, etc. Certas correntes artísticas que tentaram abolir a fantasia e colar-se totalmente ao chamado Real, às circunstâncias "objetivas" do mundo exterior, não partiriam de algo substancialmente diferente: estar saudável, para algumas pessoas, é ver o que existe e não o que não existe. Ou, reformulando: saudável seria o homem que não perderia tempo a olhar para o que não existe.

(Um poema persa recolhido por Jean-Claude Carrière resume bem – e baralha – esta questão: "A noite passada uma voz murmurou ao meu ouvido: 'Uma voz que de noite murmura ao teu ouvido, não existe'"[555]).

O espectador de ficções é um doente, eis o que se poderia afirmar de uma forma abrupta. A este espectador de ficções poderemos contrapor o vigilante militar: aquele que tenta ver, o mais cedo possível, os indícios de um qualquer ataque. Ataque real, pois claro.

Poderíamos dizer: só se não estás prestes a ser atacado é que podes olhar para o que *não existe* – ficções (ou para o próprio pensamento). Assim, estar atento a ficções é um prazer que só aqueles que têm a *doença* de não ter inimigos nas proximidades podem ter. No fundo, é um direito oferecido pela civilização e pela tranquilidade pacífica[556].

Alguém que está preso põe as mãos de fora.

---

555 Carrière, Jean-Claude – *Tertúlia de mentirosos*, s/data, p. 80, Teorema.
556 Uma personagem acusada de ter contado "um rol de mentiras", respondeu: "Talvez, mas não me lembrava de mais nada". (Sienkiewicz, Henryk – *O senhor secretário*, 2004, p. 208, Cavalo de Ferro)

INTERIOR/EXTERIOR

Continuemos a partir de um exemplo invulgar de Wittgenstein:

"Imaginemos uma variante do ténis: estabelece-se como regra deste jogo que o jogador tem de imaginar isto e aquilo ao mesmo tempo que executa determinadas jogadas (seja a finalidade desta regra tornar o jogo mais difícil.) A primeira objeção é: é fácil de mais fazer batota neste jogo"[557].

Objeção quase infantil, mas verdadeira: num jogo jogado em tabuleiro invisível o cumprimento das leis torna-se impossível de ser verificado. O que não se vê, não se julga: não se diz dele: sim, não, bom, mau. No entanto, escreve Wittgenstein, "esta situação é contornada partindo do princípio de que o jogo é apenas jogado por pessoas honestas e de confiança". Assim sendo, estamos perante "um jogo com jogadas interiores".

Um desporto exterior e interior.

É um tema estimulante, este. Seria, aliás, interessante avançar com o projeto de desenvolver um conjunto de modalidades desportivas que fossem simultaneamente exteriores – no sentido em que exigem movimentos corporais, técnicas, etc. – e interiores: no sentido em que exigem determinados movimentos interiores.

Mas o que é, afinal, uma jogada interior, como é feita, *como* é *executada*? Que músculos a põem em movimento? Wittgenstein responde: a jogada interior consiste "em que – de acordo com a regra – ele imagine..."[558]. Sim, isso é um facto: estamos no campo das jogadas imaginárias. Jogadas executadas pela imaginação.

Mas jogo pressupõe regra – portanto estamos no campo não da imaginação livre, mas da *imaginação com regras*, limitada, com objetivos, *imaginação direcionada*. No entanto, escreve Wittgenstein "não poderia também dizer-se: *Não sabemos* que tipo de jogada interior ele executa de acordo com a regra; apenas sabemos as suas manifestações".

Nunca poderemos, de facto, ter uma prova acerca das jogadas interiores, só poderemos ter uma pro-

---

557 Wittgenstein, Ludwig – *Fichas (Zettel)*, 1989, p. 144, Edições 70.
558 Idem, p. 144.

va das suas manifestações, daquilo que *de dentro é empurrado para fora*. Neste sentido, uma jogada interior não seria comparável a uma jogada exterior, mas apenas "comparável com uma jogada que acontece em segredo e que ninguém conhece a não ser o agente"[559].

Uma jogada interior é uma jogada *sem observador*, é como que um movimento sem testemunhas, mas mais: é uma jogada de que é impossível ter testemunhas. Não é portanto circunstancial: por essência a jogada interior, imaginária, é a jogada que não tem testemunhas. Todos, em relação a ela, são cegos.

---

[559] Idem, p. 144.

UM OUTRO EXEMPLO

Pensemos em cálculos algébricos. Podemos criar modalidades desportivas, seguindo este percurso: um jogo de ténis, em que, ao mesmo tempo que o jogador responde ao outro jogador (ao mundo exterior), lhe é colocada através de altifalantes uma questão que envolve um raciocínio interior totalmente independente. Por exemplo, durante uma jogada – com a bola em movimento – o altifalante coloca a questão aos dois jogadores: *quanto é 368 menos 29?* – questão à qual os jogadores terão que responder, em voz alta, ao mesmo tempo que continuam a disputar o ponto *exterior*.

Assim, os jogadores, para além de se esforçarem para ganhar exteriormente, através de movimentos musculares concretos, esforçar-se-iam para ganhar nesse segundo jogo, paralelo e interior, através de movimentos, de raciocínios *dirigidos para outro lado*. Este tipo de modalidades desportivas permitiria pôr à prova estes dois mundos do organismo humano, exibindo a sua separação e a sua autonomia: *no momento em que faço algo com os meus músculos posso fazer algo completamente diferente com o meu pensamento*. É evidente que, numa primeira fase, a qualidade das respostas, tanto exteriormente – o jogo de ténis, neste caso – como interiormente – o cálculo –, seria deficiente, mas o treino precisamente desta *modalidade dupla* – desta modalidade que envolve os dois mundos do corpo humano – permitiria o aperfeiçoamento, e não seria de estranhar performances cada vez de maior qualidade, depois de um período de adaptação.

Deixe-se pois esta proposta: criar *modalidades desportivas com jogadas exteriores e interiores simultâneas* – jogos em que tanto o mundo da ação como o mundo do pensamento seriam desafiados a entrar. Jogos desportivos ao mesmo tempo físicos e mentais, mas não no sentido que vulgarmente se considera, pois seria essencial que as jogadas exteriores e interiores não se cruzassem em termos de objetivos (pois isso seria um simples jogo de xadrez), mas pelo contrário se afastassem: o que é pedido aos músculos nada tem a ver com o que é pedido ao pensamento. Estes jogos, a que poderemos chamar de *jogos humanos*, pois apenas eles colocariam todas as qualidades humanas em funcionamento, poderiam também ter o nome de *jogos físico-imaginários*. Jogos que nos permitissem sermos dois.

Novas modalidades: "Salto do quadrado em comprimento". Saltar por cima de um quadrado desenhado no chão.
É uma modalidade que pode ser exercida nas várias direções.

290   3.2 Racionalidade e limites

Novas modalidades. "Levantamento da linha do horizonte" (proposta de Luís Baptista). Assumir a linha do horizonte de uma forma estrita: é uma linha. Pegar, pois, na linha do horizonte, e levantá-la. Tornar o que é efeito ou ilusão da visão, e que está sempre lá ao fundo, em algo material, manipulável.
Uma linha do horizonte que podes agarrar com as mãos, morder com os dentes, etc.

Dois quadrados.

3.3 Saúde e doença

E um homem veio ter comigo com um macaco doente nos braços e disse:
Cura o meu macaco.
Não sei curar animais, não têm alma.
William Burroughs

Saúde, Estado e Indivíduo

SAÚDE, DOENÇA, FILOSOFIA

No significativo prefácio ao seu livro *O mistério da saúde*, Hans-Georg Gadamer escreve:

"Não deve surpreender que um filósofo, que não é médico nem se considera um paciente, tome parte na problemática geral que se apresenta dentro da área da saúde, na era da ciência e da técnica"[560].

A área da saúde é também, definitivamente, um problema da filosofia, e não apenas da medicina ou das fisiologias. Porque a saúde e a doença abalam, põem em causa e clarificam o projeto de um Homem, os limites do corpo, e as possibilidades da linguagem[561].

A saúde, adverte Gadamer, "não é algo que se possa fazer".

---

560 Gadamer, Hans-Georg – *O mistério da saúde*, 2002, p. 9, Edições 70.
561 Saúde e doença colocam em causa questões como a do sentido da existência. Como escreve Jünger: "Já vimos gente, a quem os médicos abanaram a cabeça, recobrar a saúde, mas nunca alguém que tivesse renunciado a si próprio". (Jünger, Ernst – *O passo da floresta*, 1995, p. 71, Cotovia)

3.3 Saúde e doença

Não se faz a saúde como se faz uma construção, com volume, largura, altura.

Há na ciência, aliás, uma atração pelo estudo da doença, enquanto a saúde é entendida como assunto neutro[562], incapaz de fornecer informações com uma certa *intensidade* (*informações intensas são informações que procriam*, dados que levam a outros, dados que se movem, que alteram. Dados ou informações que não são monumentos – coisas paradas – mas movimentos).

A saúde é vista como um estado *a que se quer chegar* ou um estado *que não se quer perder;* um bem, portanto, que o seu portador tenta defender dos roubos, ou, não o tendo – a esse bem – o tenta roubar. Mas a questão é: onde pode o corpo adquirir esse bem quando não o tem? Que parte do mundo tem a minha saúde, aquela que eu não possuo?[563]

Poderemos pensar que a saúde ausente pode estar no mundo, algures, e só o cruzamento de um corpo doente com esse espaço-tempo o poderá curar; ou então, pelo contrário, segunda hipótese, poderemos pensar que a saúde – que se ausentou do corpo – fugiu para um qualquer local *desse mesmo corpo*. A saúde é um ausente-presente, mas aqui trata-se de uma presença escondida. No primeiro entendimento: a saúde que falta ao corpo está no mundo e, portanto, a questão das *ligações* do corpo ao mundo é essencial. No segundo entendimento – a saúde que me falta está no meu corpo – a medicina procurará encontrar dentro do organismo a saúde que este perdeu dentro de si próprio como as chaves perdidas na própria casa: não tens a chave de casa porque a perdeste *em casa*.

A medicina poderá ser encarada então como um conjunto de elementos *de busca*: uma medicina que não ataca a doença – como um exército ataca outro – mas que procura, sim, dentro do corpo a saúde – como um grupo de socorristas procura o homem que se perdeu. Esta visão da medicina vê a saúde como algo não neu-

Apoia-te nas sombras.

---

562 Escreve Jünger que a "abundância de sintomas nos separa dos doentes como uma floresta inexpugnável: sabemos muito pouco da saúde e demais das doenças". (Jünger, Ernst – *O coração aventuroso*, 1991, p. 145, Cotovia)

563 No que é talvez um dos maiores tratados intelectuais sobre a saúde e a doença – o romance *A montanha mágica*, de Thomas Mann – um médico, a certa altura, ao ouvir do protagonista Hans Castorp a frase: eu estou de perfeita saúde, dá-lhe os parabéns e diz que então ele é um fenómeno "digno de ser estudado pois eu, 'pelo menos', diz o médico, 'nunca encontrei ninguém de perfeita saúde'". (Mann, Thomas – *A montanha mágica*, s/data, p. 21, Livros do Brasil)

tro; pelo contrário: com forma e parâmetros concretos passíveis de serem estudados. O estudo da saúde justifica-se enquanto investigação positiva: *estudar o que quero alcançar*, e não enquanto investigação negativa: *estudar o que não quero perder*.

Verificar até que ponto o imaginário e a linguagem interferem nesse estado *que facilmente esquecemos* (a saúde), e nesse outro estado, *impossível de ser esquecido* (a doença), eis o que pode ser estimulante.

Assistir às sombras (cinema de sombras). O mito da caverna de Platão revisitado. Mas em vez de os homens estarem nas cavernas, o homem (o espectador) está ao ar livre.

SAÚDE E "QUALIDADE DO ESPETÁCULO"

Num interessante texto – *Paradoxos éticos da saúde*[564] – Fernando Savater reflete sobre o diferente modo de entender o que é essencial no corpo, mostrando as diferenças entre o ponto de vista da sociedade e do indivíduo: "Para o coletivo, nascimento e morte são o mais importante. Porque assinalam o crescimento ou a baixa no grupo", escreve Savater, "mas na biografia de cada qual as coisas talvez não sejam assim"[565].

Claro que, como num vulgar processo de causa e efeito, a causa primeira da morte, a inequívoca, é o facto de se ter nascido; e tal define os limites extremos do indivíduo. Mas há algo mais: há o meio, o miolo. Savater dá esta imagem:

"À empresa gestora da sala cinematográfica o que mais interessa são as entradas vendidas e o número de espectadores que vão abandonando a sessão contínua para deixar lugar a outros; mas para os próprios

Mas claro que também deves ter medo da sombra.

---

564 Savater, Fernando – *O conteúdo da felicidade*, 1995, p. 107, Relógio d'Água.
565 Idem, p. 109.

espectadores o que importa é a qualidade do espetáculo a que assistem".

Esta importância da "qualidade do espetáculo a que assistem" afasta a questão da saúde da mera sobrevivência pura, fisiológica.

O que importa não é apenas que um indivíduo sobreviva, mas *que a felicidade do indivíduo sobreviva*, se mantenha. Saúde vista assim como sinónimo de bem-estar, de bem existir, eu diria: de *bem não morrer*.

Doença: existência insatisfeita, existência contrariada. De uma forma simples: ser infeliz deverá ser considerado uma doença, uma doença puramente individual, quase egoísta[566]. Ou seja: não é doença pública: "Se do ponto de vista pessoal, imediato, o prazer é o sinal mais inequívoco do bom estado de ânimo e de corpo – quer dizer, de saúde –, do ponto de vista clínico, público, esse índice é enganoso e desprezável"[567] – escreve Savater. O Estado não se preocupa com o conceito de felicidade individual; nunca o Estado fará um questionário perguntando a cada um dos cidadãos: é feliz? Perguntará sim a quantas refeições por dia o cidadão tem acesso, etc. A felicidade não é um assunto do Estado precisamente porque, tal como a infelicidade, é considerada um estado emocional privado e não público. Se não estás feliz, isso é lá contigo – dirá o Estado. E dirá o mesmo sobre a questão da tristeza.

SAÚDE E CUIDADOS DE SI

Os índices de saúde (bem menos desenvolvidos que os de doença) são reduzidos a índices de funcionamento fisiológico[568]. Não há *medidores da alegria* ou medidores dos batimentos orgânicos da alegria (por minuto); e este esquecimento parece consequência normal da ra-

Tentando dar atenção à luz.
(O cinema é uma forma de dar atenção à luz.)

---

566 Francis Bacon é lapidar sobre o que se deve fazer em cada uma dessas situações: "Quando estiverdes doentes, preocupai-vos principalmente com a saúde; quando estiverdes saudáveis preocupai-vos com a ação". (Bacon, Francis – *Ensaios*, 1992, p. 124, Guimarães Editores)
567 Savater, Fernando – *O conteúdo da felicidade*, 1995, p. 114, Relógio d'Água.
568 E quando o são ao extremo podem ser ridicularizados e a sua eficácia de funcionamento pode ser posta em causa, como faz Burroughs, obscena e provocariamente: "O corpo humano é escandalosamente ineficiente. Em lugar de uma boca e de um ânus [...] porque não termos um buraco destinado às funções de comer e eliminar? Poderíamos selar o nariz e a boca, encher o estômago, fazer um buraco para o ar entrar diretamente nos pulmões, o que deveria ter acontecido desde o primeiro momento".
(Burroughs, William S. – *Alucinações de um drogado*, s/data, p. 145, Livros do Brasil)

cionalidade na ciência médica[569]. Foucault, por exemplo, na monumental análise de *Cuidado de si*, lembra que classicamente a medicina não visava apenas interferir na doença, mas também "na maneira de viver" – definindo regimes e medidas, limites à existência, aos atos propriamente ditos. Os regimes médicos definiam medidas e pesos morais[570]; e dentro desta *maneira de viver* era responsável por propor uma "estrutura voluntária e racional de conduta"[571]. A medicina não queria apenas curar, mas racionalizar[572]. Tudo o que não é medível e comparável não é científico – no limite: não é racional; e por isso se constroem instrumentos para medir, no fundo, apenas o que pode ser medido. No entanto, entre a invenção e o desenvolvimento de ferramentas ou técnicas, e a possibilidade de medir determinados acontecimentos há uma relação estranha, em que muitas vezes não é possível diferenciar a causa do efeito. Isto é: não se mede a alegria porque não há instrumentos com *tal delicadeza e precisão* ou, como não há instrumentos, não se mede? É evidente que um discurso céptico sobre a questão do peso do prazer na saúde poderá dizer: *não se morre de infelicidade*; e tal, sendo verdade, não deixa de revelar a fixação da saúde exclusivamente na relação com a morte.

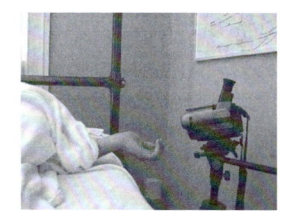

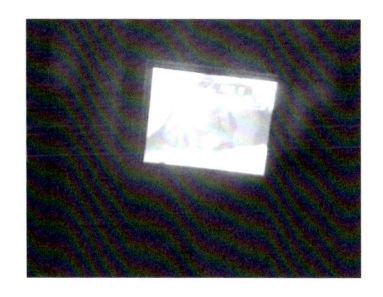

A saúde, de um ponto de vista médico-objetivo, pode ser entendida como uma **distância**, no limite, traduzí-

---

[569] A relação da racionalidade e da doença é importante e ambígua. Em *A montanha mágica*, de Thomas Mann, há uma personagem que é descrita como sendo estúpida (pouco inteligente) e como estando doente, e tal causa uma grande estranheza: "Quando estas duas coisas estão reunidas, é o que há de mais confrangedor neste mundo. Não se sabe que atitude tomar, porque, a um doente, deseja-se testemunhar respeito e deferência", algo que não se testemunha normalmente a "uma pessoa estúpida e ordinária". (Mann, Thomas – *A montanha mágica*, s/data, p. 103, Livros do Brasil)
[570] Foucault, Michel – *História da sexualidade* (v. III, *O cuidado de si*), 1994, p. 118-119, Relógio d'Água.
[571] Foucault, Michel – *História da sexualidade* (v. III, *O cuidado de si*), 1994, p. 118, Relógio d'Água.
[572] Racionalidade esta que pode afinal ser posta em causa em qualquer dos pontos. Karl Jaspers, por exemplo, chama a atenção para o "homem, como doente" não ser assim "tão frequentemente racional, mas irracional e antirracional"; por isso mesmo, escreve Jaspers, há por vezes "que inverter a relação médica ideal". Jaspers dá um exemplo que pode chocar: põe em causa o direito à verdade por parte do doente; Jaspers diz: só "o doente que for capaz de suportar a verdade e de com ela racionalmente lidar" é que tem direito à verdade. (Jaspers, Karl – *O médico na era da técnica*, 1998, p. 10, Edições 70)
Jünger, por seu turno, chama a atenção para que, na maioria das vezes, "são coisas bastante diferentes que inquietam o médico e o doente". (Jünger, Ernst – *O coração aventuroso*, 1991, p. 153, Cotovia)
O médico, "se quer merecer o seu nome", deve, em primeiro lugar, "iluminar" o paciente: "a primeira virtude curativa" que o médico "despende, deve encontrar-se oculta na voz"; a medicina não é uma "ciência mecânica", mas uma ciência que ilumina. (Idem, p. 148)

vel em metros: *uma distância entre o corpo vivo e o corpo morto (o cadáver).* Saudável é aquele que, de um ponto de vista médico-burocrático, tem índices de funcionamento no corpo muito afastados dos índices de *não--funcionamento* do cadáver. Claro que se fala aqui de uma morte resultante da própria natureza da mudança do corpo e não de uma morte acidental.

Desta morte acidental que não vem de dentro do organismo, mas de fora – um acidente de viação, uma queda – todos estão, como é evidente, *a igual distância*.

Fita métrica do horizonte em redor da cabeça de um homem.

SAÚDE E PRAZER

No entanto, individualmente, a saúde não é então apenas essa distância entre os movimentos cardíacos durante o dia vulgar e a teimosa imobilidade desses mesmos batimentos no morto. Não é ainda apenas a distância entre a turbulência dos raciocínios, substâncias e líquidos do corpo, durante um dia normal, e a absurda, incompreensível e muda paragem de pensamentos, substâncias e líquidos que ocorre no cadáver. Além destas distâncias parciais (diferenças parciais) – resumidas numa *distância fisiológica única* – há então o modo como a existência particular goza o percorrer dessa distância-entre, desse tempo.

Savater distingue a saúde "como prazer" (do indivíduo) da saúde como "bom funcionamento" (da sociedade): a "administração pública ocupar-se-á, antes de mais, da *duração* da vida como sendo o melhor indício de boa saúde"; o indivíduo, no entanto, "preferirá a *intensidade* no prazer"[573]. Assim, de um ponto de vista meramente coletivo, continua Savater, "existe a obrigação de conservar o maior tempo possível uma vida útil"[574].

Desta forma o prazer e de certa maneira a felicidade individual podem tornar-se alvos de ataque do coletivo. *Ser feliz é desperdiçar,* poderemos dizer, *ser feliz é de uma inutilidade coletiva quase obscena* (sejamos provocadores). Em certos momentos-limite – uma guerra em nome da pátria, sacrifícios económicos em nome do bom desenvolvimento do país – ser feliz é quase atentar contra a honra coletiva, um insulto que só não dá prisão porque não é evidentemente visível ou quantificável.

Escreve Savater, explicando o pensamento do coletivo: "O prazer desperdiça – a força vital, o tempo... – sem produzir nada em troca" – algo, aliás, que poderia ser resumido na seguinte pergunta ofensiva: *o que fizeste tu com a tua felicidade? O que ganhámos nós com a tua felicidade?* A felicidade pode assim ser vista como um exemplar exercício de egoísmo: manifestação de incompatibilidade entre interesses individuais e coletivos. Ser feliz é não dar atenção ao ego coletivo.

E na base de tudo isto não está realmente o ódio à feli cidade do Outro, do indivíduo, mas sim *o ódio à improdutividade*, esta, sim, pecado evidente: "quando a saúde é improdutiva converte-se numa forma subtil de doença, em qualquer coisa de repugnante, excremencial" – escreve Savater. Excremento, explica ainda, "é o que está fora do seu sítio, num lugar que não lhe corresponde, onde nem rende nem se faz render, estéril, mas teimosamente presente".

O corpo feliz, e que investe as suas energias exclusivamente no seu prazer, revela-se como um negócio desastroso para o coletivo. Savater diz que a este "corpo-excremento" se opõe o "corpo-máquina"[575], "duradouro, laborioso, fiável, explorável".

E entre estes dois corpos estabelece-se um conflito.

Em suma: *o teu corpo poderá ser feliz, desde que continue a funcionar.* Eis o limite de tolerância do coletivo.

---

573 Savater, Fernando – *O conteúdo da felicidade*, 1995, p. 115, Relógio d'Água.
574 No entanto, como critica Cícero no seu pequeno tratado sobre o tema, acontece "que todos buscam alcançar" a velhice, portanto – buscam resistir o maior tempo possível – "mas depois quando a alcançam deploram-na". (Cícero – *Da velhice*, 1998, p. 13, Cotovia)
575 Savater, Fernando – *O conteúdo da felicidade*, 1995, p. 116, Relógio d'Água.

Várias formas de comida. Forma, palavra exata. Comida retangular, comida circular, comida cortada aos quadrados, comida poligonal. A importância também do recipiente. (Como fazer comida redonda num utensílio quadrado?)

SAÚDE PÚBLICA E SAÚDE INDIVIDUAL

De certa maneira, defende-o Savater, é para corrigir um mau negócio e para impedir que esses maus negócios se multipliquem que o Estado interfere protegendo a "saúde pública", termo este que, por si só, poderá ser atacado, pois é claramente um *termo não real*, um *termo ficcional*: não há saúde pública, não há saúde coletiva, há sim, sempre, *saúde individual*, saúde de um indivíduo (com determinado nome), de outro indivíduo, e ainda de outro e de outro e de outro. Claro que a doença individual pode passar de um para outro, mas não encontramos nunca na vida real, concreta, essa coisa de doença pública: vinte mil pessoas doentes com a mesma doença não são uma doença com vinte mil alíneas, são vinte mil doentes, separados uns dos outros.

Este raciocínio, perfeitamente defensável – tal como, aliás, claro, o seu contrário – pode terminar num pensamento de resistência em relação às designadas medidas de saúde pública, resistência expressa da seguinte maneira por Savater: "não façam nada para o meu bem sem eu o pedir antes"[576]. Savater põe assim em causa essa *intromissão* do Estado na questão da saúde individual.

Muitas das medidas, escreve Savater, como a vacinação obrigatória, o controlo sanitário de alimentos, etc. – "são, sem dúvida, imprescindíveis para impedir epidemias ou evitar que o descuido doentio de alguns se converta em prejuízo doentio de terceiros". No entanto, noutros casos, avança, "o que é imposto é uma muito determinada e discutível ideia de saúde, a que o indivíduo deve submeter-se por razões *científicas* e, ou meramente de ordem pública ou de controlo, como tantas vezes realmente acontece"[577].

Dentro desta linha, Savater ataca ainda a proibição de determinadas drogas, referindo-se a esta ação como um exemplo do que critica:

"Do ponto de vista meramente penal", escreve, de um modo extremo, "a proibição de determinadas substâncias químicas que numerosas pessoas desejam tomar é tão incompatível com uma sociedade livre e plural como a proibição de determinados filmes ou determinados livros"[578].

Afirmação forte, sem dúvida; e passível de ser contestada. Mas para Savater a função "de uma saúde realmente liberal seria zelar pela qualidade e preço dos produtos postos à venda, assim como informar lealmente sobre os possíveis danos derivados do seu abuso". Controlar o preço e informar, eis as duas funções justamente atribuíveis ao Estado, e que muitas vezes este esquece, pois dirige a sua energia para outras ações. Os danos provocados por determinadas substâncias, prossegue Savater, "assumidos livremente por quem os conhecesse, nunca seriam maiores que os estragos hoje causados pela adulteração dos fármacos proibidos, a delinquência gerada pelo seu tráfico e altíssimo custo, etc."[579].

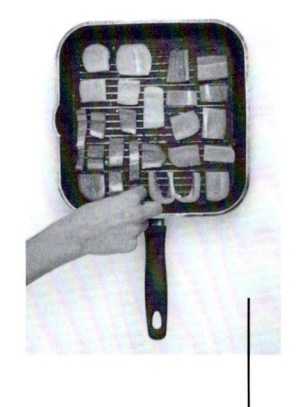

---

576 Idem, p. 116.
577 Idem, p. 117.
578 Idem, p. 119.
579 Idem, p. 120.

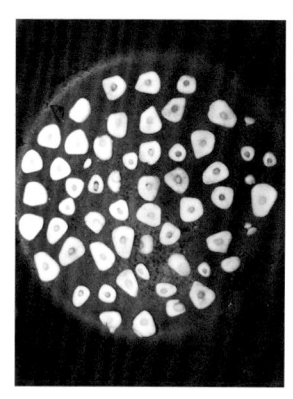

INDIVÍDUO E GOVERNO

Esta responsabilização das decisões de indivíduos bem informados pelo Estado (Estado que não proíbe, informa); esse direito, por exemplo, à automedicação, "que deveria ser acrescentado aos restantes direitos humanos" e que inclui "o livre acesso a todos os produtos químicos e a livre invenção por parte de cada um de uma saúde – quer dizer, um bom estado de ânimo e de corpo – à sua medida" são os pontos-chave deste polémico texto de Savater.

O Estado, e tal é fácil de verificar, interfere mais facilmente, e com menos remorsos, na saúde de um cidadão do que na sua conta bancária. Se o Estado retirar uma quantia de dinheiro de uma conta bancária ou se, pelo contrário, depositar arbitrariamente quantias nas contas de outro cidadão, o próprio ou os outros irão certamente protestar, de acordo com a situação. Porém, o Estado pode continuar a infiltrar substâncias no corpo de cada um (vacinas, por exemplo) pois tais ações já foram aceites como prescrições bem-intencionadas.

Citando Thomas Szasz[580], Savater defende, no entanto, que "não é função governamental imiscuir-se naquilo que as pessoas têm no estômago ou no sangue, do mesmo modo que não é função" do Estado "intervir contra as ideias que trazem na cabeça".

---

580 Idem, p. 119.

Alimentação e itinerário. E vejam. Encontrámos uma pista decisiva. Vejam estas duas imagens lado a lado (os passos e a comida). Eis a razão por que este homem deixa pegadas assim.

SALIVA E ALIMENTAÇÃO PÚBLICA

Dentro desta linha, mas de um ponto de vista mais literário, no seu delirante *Tratado dos excitantes modernos*, incluído na *Patologia da vida social*, Balzac chama a atenção, com ironia, para a relação entre as emoções e certas funções fisiológicas:

"O célebre chefe da polícia de segurança garantiu-me como um facto sem exceção que todos os criminosos que prendera ficaram entre uma e quatro semanas sem ter recuperado a faculdade de expelir saliva". E observando: "O carrasco nunca vira um homem escarrar quando ia para o suplício"[581].

Neste mesmo tom, Balzac chama ainda a atenção para a importância da alimentação e como esta condiciona todas as características físicas e morais de um homem. E avança para esta tese:

---

581 Balzac, H. – *Patologia da vida social*, 1981, p. 456, Civilização.

3.3 Saúde e doença

"Os povos são crianças grandes e a política deveria ser a sua mãe. A alimentação pública, tomada no seu conjunto, é uma parte imensa da política e a mais negligenciada"[582]. Estamos aqui à beira da proposta, em tom irónico, do conceito que podemos designar como alimentação pública, conceito paralelo ao de saúde pública.

A escolha da ementa, então, como *uma escolha política*, uma escolha que interfere na saúde, não do indivíduo apenas mas da cidade.

Escolher comer carne ou peixe é uma decisão gastronómica mas, insistimos, também política. É um facto, pois, que a cidade virou as costas a um conjunto de decisões que assumiu serem individuais. Mas pensemos nas preocupações sanitárias e alimentares? Como entender, por exemplo, a existência de vacinas gratuitas, e não a existência de uma alimentação mínima gratuita?

Poderás morrer por insuficiente alimentação, mas não por causa de determinadas doenças. Em suma, a saúde pública impede que morras de tuberculose (existe a vacina gratuita), mas não impede que morras de fome. A fome vista como, apesar de tudo, não contagiante.

Pão sobre chão branco.

Ocupação do canto de uma casa.

---

582 Idem, p. 459.

Saúde, Medicina e Imaginário

O ESTRANHO MÉDICO DE LA SERNA

Há uma obra de Ramón Gómez de La Serna a que é imprescindível dar uma atenção quase sem comentários, pois os casos relatados são exemplos que valem por si. Chama-se *O médico inverosímil*.

Olhemos então para esse médico estranho criado por La Serna. Vejamos alguns dos seus métodos de diagnóstico e algumas prescrições. Atentemos nas suas conclusões instintivas.

Começar do início.

Tentar, apesar de tudo.

ESTRANHAS CAUSAS DE DOENÇAS E ESTRANHAS CURAS

As causas de doenças, apontadas ou descobertas pelo médico inverosímil de La Serna, são as mais variadas. Eis alguns exemplos:

– "há muita gente que morre de borbulhas"[583]

– há gente que fica doente por olhar fixamente uma coisa ou uma pessoa, sem estar apaixonado por ela[584]

– as sestas, "bárbaro costume que tanto suprime o mundo e que é a coisa mais debilitante e nociva"[585], também causam doenças.

– os espelhos: "Quando uma pessoa se vê muito ao espelho, encarando-se muito nele, isso pode chegar a provocar o cancro"[586] (O médico dá um exemplo: "Conheci uma pessoa com a mania de que ia ter um cancro na língua... Não havia na família qualquer antecedente que justificasse tal coisa [...]; mas como ela andava sempre colada aos espelhos, mostrando-lhes a língua sem descanso, acabou por o contrair". La Serna conclui este pequeno episódio dizendo que esta mulher, depois de ter tapado todos os espelhos, se curou. E acrescenta, com a sua perversão lúcida, que essa mulher ofereceu depois "às amigas mais de cinquenta espelhos"[587].

– gabardinas que matam: "A gabardina é uma coisa perigosa, nociva, mortal"[588]. A sua cor é "a cor do tédio citadino", "roupa soporífera, que a bem dizer converte em fardos ou pacotes postais os que a envergam", roupa "industrial", algo que apaga a individualidade, "jaqueta da mediocridade". "É ter cuidado com as gabardinas!", conclui o médico de La Serna.

– ainda o perigo para a saúde que constitui o tiquetaque do relógio: "É o serrote subtil do Universo"[589].

La Serna lembra ainda a "pneumonia do coração"[590] e o perigo dos forros das algibeiras: "Virem de vez em quando do avesso os forros das algibeiras, porque nessa poeira de coisas, é onde se criam e sustentam todos

---

583 La Serna, Ramón Gómez de – *O médico inverosímil*, 1998, p. 86, Antígona.
584 Idem, p. 80.
585 Idem, p. 88.
586 Idem, p. 112.
587 Idem, p. 113.
588 Idem, p. 131-132.
589 Idem, p. 164.
590 Idem, p. 169.

os micróbios"⁵⁹¹. E acrescenta ainda: "a primeira coisa que faço aos meus doentes é descarregar-lhes os bolsos", deitando fora essa "concentração do tempo que morreu".

Há ainda muitas outras questões estranhas, onde a saúde é posta em causa: os degraus desiguais de uma escada, por exemplo, causadores de problemas cardíacos (porque "aqueles degraus interrompiam o coração, entorpeciam-no, ao fazerem-no confiar num ritmo regular de degraus para logo a seguir o variarem. A sístole e a diástole do coração viam-se assim materialmente transformadas"⁵⁹²). Esse "prédio da doença do coração", com degraus irregulares, foi aos poucos ficando desabitado por isso mesmo: as pessoas foram morrendo ou fugindo. E ainda:

– a associação entre a loucura de um indivíduo e a loucura das células: "Cada uma dessas células parece ter querido ser um homem"⁵⁹³. Estará perturbada "a razão de cada uma delas?"

– uma criança que fica doente porque tem brinquedos a mais: "Tantos brinquedos juntos já eram em si um enjoo da existência, já eram o suficiente para a criança desistir, por falta de curiosidade, de continuar vida fora"⁵⁹⁴.

– a importância do nascer do Sol para a cura de certas doenças: "Nunca se deitar sem apanhar a alva!"⁵⁹⁵

– curar a doença provocada pela leitura de um livro com a recomendação da leitura de um outro livro.⁵⁹⁶

(Livro contra livro. Palavras como causa da doença, e palavras opostas – exatamente opostas, simétricas – como causa da cura.)

Etc., etc., etc. Causas e curas estranhas⁵⁹⁷.

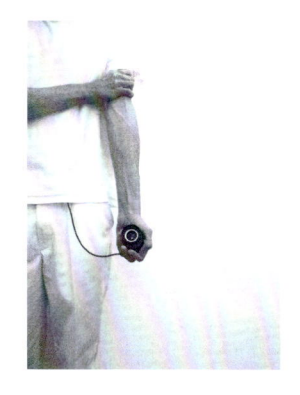

---

591   Idem, p. 181.
592   Idem, p. 112.
593   Idem, p. 200.
594   Idem, p. 218.
595   Idem, p. 195.
596   Idem, p. 222.
597   Vejamos outros casos concretos. Exemplos literários. No texto *A minha prima*, Ramón descreve aqueles familiares que revelam urgência invulgar em visitar os doentes:
"Em condições normais talvez nunca os visitassem, talvez lhes tivessem inveja ou os odiassem, e no entanto, quando eles ficam gravemente doentes, sem alterarem a opinião que sobre eles têm, aproveitando-se da festa e da vitória que a doença suscita, passam a andar à sua volta com perversa e desonesta complacência". Em particular a tal prima: "Encontro-a sempre no quarto interior ou na capela ardente do familiar gravemente enfermo ou do parente morto. É a primeira a aparecer e a última a sair". (Idem, p. 16)
Prima, que tem como profissão: estar atenta à decadência, estar próxima do que está fraco.

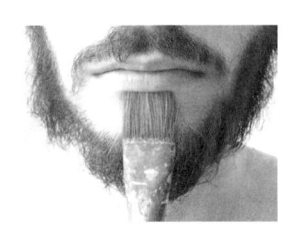

O CASO DA BARBA

Em *O homem da barba*, o problema é complexo (bem mais complexo, do que, por exemplo, o caso das "luvas velhas"[598]). O que se sabe é que era um homem "de grande barba escura, e estava a morrer". De quê? Eis o que o médico inverosímil quer descobrir. E para descobrir, investiga.

(Investiga precisamente como um investigador, como alguém que quer descobrir um crime e procura vestígios, não no corpo da vítima, mas no mundo. O mundo está cheio de vestígios; o mundo pode ser visto como um *universo de vestígios*, isto é: como *algo que aponta para outro lado*, como se o mundo das coisas que existem não fosse relevante por si mesmo, mas sim por apontar para outras coisas que não são visíveis. O *mundo visível como vestígio do mundo invisível* – eventualmente o mais importante. *O que se vê só existe para chegares ao que não se vê*, eis uma formulação possível para descrever os atos deste médico inverosímil.)

Escreve La Serna: "Por que razão não terão sido bondosos e justos quando o doente estava de perfeita saúde? Por que se tornam frios com ele quando o moribundo se salva, e se vê que não foi perdão nem amor aquilo que os manteve em redor da cama, mas sim o gosto pela morte, alegria disfarçada, sadismo, dissimulada volúpia?" (Idem, p. 17)

598 Em *As luvas velhas*, a origem da doença de um homem é detectada precisamente nas suas luvas velhas. Por aí aquele homem "se prende ao ano passado, inteiramente morto e apodrecido". Não é, pois, uma questão de vírus, de substâncias más que atacam o organismo. Ali, todo o passado estava naquelas luvas: elas eram um depósito da memória dos milhares de ações das mãos. Como agir se as mãos estão cheias de memória? Eis a questão relevante. O homem deitou fora as luvas velhas ("em ruas diferentes, para que não sirvam a ninguém..."). E ficou bom. (Idem, p. 20-23)

Diz o médico: "Procurei conhecer os hábitos dele, pus-me à sua mesa de trabalho, revolvi-lhe as gavetas"[599]. Questionou ainda a família, procurou-lhe inimigos. Por fim encontrou *o* inimigo, o principal: um homem "de sorriso aberto", saudável. E eis o que disse o inimigo do homem doente: ele tem falta de sinceridade. E então o médico pensa: "A insinceridade leva as pessoas à morte"[600]. E onde estava então o problema? Na barba, essa "máscara". "Com uma barba tão espessa e descomunal, não podia respirar, nem ser verdadeiro, nem acertar em nada"[601]. Diagnóstico feito, avança a prescrição. Nada de medicamentos: "se quiser curar-se, o único remédio é cortá-la"[602]. À barba.

Pois bem, cortou-a e ficou bom.

O CASO DO MICRÓBIO, O CASO DA ESTRANHA ANÁLISE

As substâncias e o que elas fazem (forma-função), eis outro motivo de análise do médico inverosímil de Ramón Gómez de La Serna: "No meu laboratório, tive oportunidade de estudar bastante os micróbios, e em minha opinião são coisa inofensiva, encantadora, ingénua, que mata"[603].

Coisas encantadoras que matam, eis uma definição.
Em *Uma estranha análise de urina*[604], o médico fala dos doentes "tratados com análises ao dito líquido", ou

---

599 Idem, p. 23.
600 Idem, p. 24.
601 Idem, p. 25.
602 Idem, p. 26.
603 Idem, p. 80.
  Os malvados "somos nós" – prossegue La Serna. "Se nos orientássemos por um critério superior de justiça, não tentaríamos extirpá-los. Porque eles são tantos, e põem em perigo apenas um!" O critério da quantidade a surgir.
  Mas há um senão para La Serna: "O único senão é o serem feios. Lá isso são. Os rostos deles nada têm dos nossos". Há, pois, nos micróbios, o problema estético.
  Mas este médico inverosímil fala ainda do "micróbio do suicídio", estranho, "o mais hipócrita de todos". (Idem, p. 33) E este, sim, um micróbio maldoso. Desenvolve o médico as suas observações: "No corpo humano tudo é caminho: as veias, os nervos, tudo, e é num desses caminhos bifurcados, revoltos, espessos, que a ideia suicida se esconde". Médico, então, como vemos, que transforma doenças substanciais em excitações invisíveis e imateriais que se resolvem com atos como cortar a barba ou deitar fora luvas velhas; e transforma ainda atos da vontade em atos que resultam de determinadas aglomerações de matérias. O médico inverosímil resolve o problema do potencial suicida provocando o suicídio do micróbio do suicídio.
604 Idem, p. 52.

seja: a análise à urina, de instrumento de diagnóstico passa a instrumento de cura.

As análises à urina – chama o médico à atenção – transformaram-se numa espécie de relatórios do interior do corpo. O doente, com a análise à urina, "tem o consolo de ver em quantas coisas ele próprio se desdobra, de comprovar que existem nele coisas que nem sequer imaginava, tais como "nitrogénio ureico", "ácido fosfórico de fosfatos alcalinos", "ácido fosfórico de fosfatos terrosos", "cal", "magnésio", "extrato seco", "oxalato de cal", "urobilunúria", "hemoglobina", "mucina" e "substâncias ternárias".

O doente sente-se, assim, "cheio de elementos", sente-se "uma farmácia com frascos, em cujas etiquetas põe essas coisas todas". Ao "ver o seu nome escrito" por cima da análise, ao ver "que nunca são grandes as quantidades de qualquer elemento", adquire "uma grande confiança"[605].

Um pequeno inseto avança ao longo de uma linha reta traçada num braço humano (uma tatuagem). Pensar na linha reta como forma humana de enfeitiçar (enganar) o mundo animal. Depois de a natureza.

ANÁLISE FISIOLÓGICA – E O RESTO

Uma pequena nota. A observação de uma análise à urina permite-nos exclamar: Eu sou todas essas substâncias e, ao mesmo tempo, eu sou maior, muito *maior que todas essas substâncias*. As quantidades ínfimas de "ácido fosfórico de fosfatos terrosos" ao lado da grande quantidade de matéria que constitui um indivíduo.

Um corpo que é reduzido a um somatório quase interminável de substâncias pode então sentir algum conforto com a ideia de que cada uma dessas substâncias, por si só, é mínima, quando colocada ao lado do seu peso total, do seu peso *de indivíduo*. Mas claro que a ideia de que um corpo é apenas o conjunto das suas substâncias corporais – desde as substâncias que fazem parte da urina até às substâncias que fazem parte do sangue, dos ossos, dos músculos, etc., – torna-se inaceitável. Pelo menos, que seja o *somatório de toda a matéria*, sim, *mais a Vontade*. Isto é, supondo que existiria uma análise a todas as substâncias do corpo tão

---

605 Idem, p. 52-53.
 Uma das personagens de Carlo Emilio Gadda prescreve outra forma de cura: "a melhor medicina é estarmos longe dos médicos"; "Belo processo de curar-se! O de dizer: eu não tenho nada". (Gadda, Carlo Emilio – *O conhecimento da dor*, 1992, p. 91, Vega)

exaustiva quanto a análise às substâncias da urina, contendo todas as quantidades, e supondo ainda que o somatório do peso das várias substâncias detectadas nestas análises alcançaria o exato peso do corpo num determinado momento, se tal se verificasse a autoimagem do indivíduo sofreria certamente um abalo. O homem, para permanecer com a ideia de que ele próprio não é apenas uma matéria, um mero objeto de *existência espacial*, necessitaria que, no relatório sobre o corpo se dissesse, se colocasse uma ressalva, uma nota, esta: atenção que o corpo *contém ainda algo mais*, *algo que dá o carácter humano a esta matéria fisiológica, algo que não pesa*, algo que não tem quantidades, algo que não tem *unidade de medida*. Podemos chamar-lhe o quê? Tantas coisas: vontade ou alma, por exemplo, nomes para o que não ocupa espaço mas que é essencial. Nenhum relatório fisiológico é (conforme o ponto de vista) tão obsceno ou exaustivo que chegue à minúcia de dizer, numa linha abaixo dos miligramas de qualquer fosfato: *vontade: 10,1 miligramas*. É como se as contas nunca dessem certo, como se existisse sempre um resto, que não é algo a desprezar. Pelo contrário, um *resto que é o mais importante do corpo.*

Reparemos com atenção nesta fotografia. Espero que se consiga ver. Alguém sai de um compartimento atravessando um canto da parede. O espelho, noutro canto, reflete esta desaparição pelo canto certo. Como saímos do que é complicado? Quando não há saída e estamos cercados: como podemos fugir? Assim, eis as indicações: temos de encontrar o canto exato e desaparecer por aí. Mas é preciso ainda um espelho no sítio certo. E para isso precisamos de ajuda. Alguém – um outro – que coloque o espelho no lugar perfeito. Isto é também um ponto de fuga. Um verdadeiro ponto de fuga na imagem.

O homem de calças brancas. Cuidado com o que vestes. (parábola)

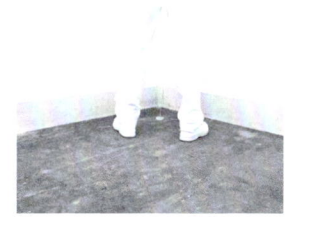

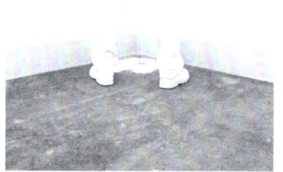

Ensinar anatomia em pleno campo. A constituição interna dos osssos. (Nudista – atrás do cartaz – a ensinar anatomia em pleno campo.)

OSSOS E FELICIDADE

E há ainda essa matéria que por estar escondida é esquecida, mas que no entanto é determinante: "Quase tudo na nossa vida depende da vontade dos ossos"[606] – escreve La Serna; e eis um exemplo da sua importância, dado pelo médico inverosímil: "quando num certo dia não conseguimos ir a determinado sítio, isso decorre da antipatia que os nossos ossos demonstram perante a iniciativa". A vontade individual como resultado de uma determinação óssea; nenhuma audácia humana é possível sem que os ossos entrem em ação. O que acontece na vontade acontece nos ossos, mesmo que o que aconteça seja a suspensão da ação, a espera, a imobilidade.

É por essa razão que as radiografias são, para este médico, mais uma vez (tal como as análises à urina)

---

606 La Serna, Ramón Gómez de – *O médico inverosímil*, 1998, p. 100-101, Antígona.

atos sobre a doença e não apenas atos de diagnóstico: "Os doentes, só por se verem com forma de esqueleto, reagem logo, defendendo-se melhor contra a morte"[607]. Diagnóstico ativo, diagnóstico que modifica.

O receio dos raios x por parte dos doentes tem, porém, para este médico, outra origem que não o medo de que eles provoquem cancro: "O que eles temem é ver-se descobertos. O âmago do seu ser assusta-se [...]. Nunca chegam a saber por que razão treme; julgam que é por irem ver a mais íntima verdade das suas vidas, o sustentáculo esquelético que por dentro os arma".

Sentem-se um pouco como Hamlet, mas olhando não para as caveiras dos outros, mas para a sua própria. Um espelho mais profundo do que o habitual, eis o que uma radiografia é, violentando assim essa pacífica existência, existência que parece situar-se na superfície do corpo. O esquecimento dos ossos deve-se precisamente à ilusão de que a vida se passa no exterior, cá fora.

O quotidiano humano, o dia vulgar, não é mais do que uma existência de pele, de pele contra pele, de pele com pele. Há, nos ossos e na visão destes por intermédio da radiografia, uma súbita queda: o homem sai do seu corpo normal, habitual – do seu corpo que é pele – para um outro corpo, para um corpo estranho, ainda que seu, corpo estrangeiro: os ossos, o interior, *o que está escondido*; e é, para mais, um estrangeiro que não é amigo, um estrangeiro inimigo da nossa superfície, do rosto com que nos vemos ao espelho. Os ossos da cabeça não são apenas a parte de dentro da cabeça, são a parte má da cabeça, a parte negativa, a parte que não queremos mostrar, que não queremos que os outros vejam. Como se os ossos fossem, afinal, um defeito, uma má-formação do carácter. Disfarçam-se os próprios ossos como alguém que tenta disfarçar a sua avareza: os ossos são fonte da nossa vergonha, de uma vergonha que é universal na espécie, vergonha, digamos, da existência: *existo, sim, mas tenho ossos*; *estou feliz, mas tenho ossos*, estou infeliz, desesperado e, além do mais, tenho ossos.

Duas caras (caveira de terra).

607   Idem, p. 100-101.

Perceber que um osso não se distingue dos outros vestígios.

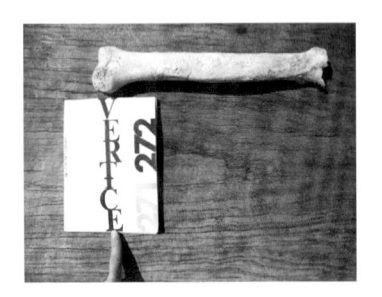

O comprimento de um osso.

OSSOS E LEIS

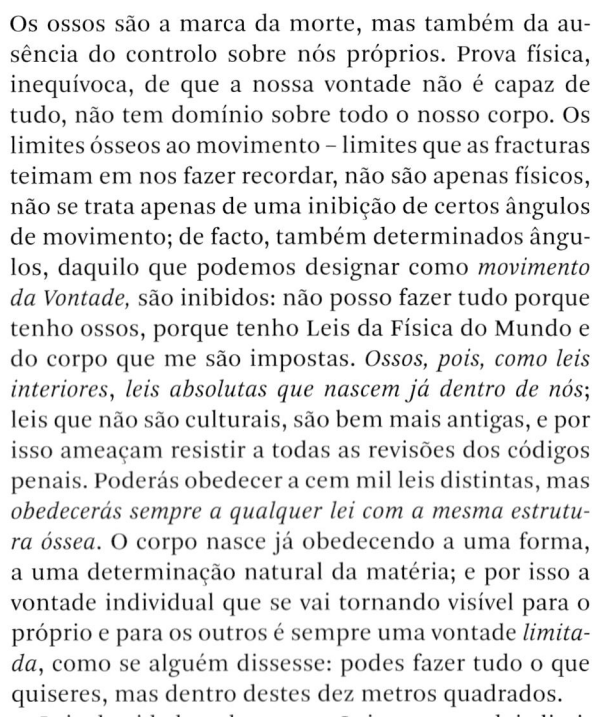

Os ossos são a marca da morte, mas também da ausência do controlo sobre nós próprios. Prova física, inequívoca, de que a nossa vontade não é capaz de tudo, não tem domínio sobre todo o nosso corpo. Os limites ósseos ao movimento – limites que as fracturas teimam em nos fazer recordar, não são apenas físicos, não se trata apenas de uma inibição de certos ângulos de movimento; de facto, também determinados ângulos, daquilo que podemos designar como *movimento da Vontade,* são inibidos: não posso fazer tudo porque tenho ossos, porque tenho Leis da Física do Mundo e do corpo que me são impostas. *Ossos, pois, como leis interiores, leis absolutas que nascem já dentro de nós*; leis que não são culturais, são bem mais antigas, e por isso ameaçam resistir a todas as revisões dos códigos penais. Poderás obedecer a cem mil leis distintas, mas *obedecerás sempre a qualquer lei com a mesma estrutura óssea*. O corpo nasce já obedecendo a uma forma, a uma determinação natural da matéria; e por isso a vontade individual que se vai tornando visível para o próprio e para os outros é sempre uma vontade *limitada,* como se alguém dissesse: podes fazer tudo o que quiseres, mas dentro destes dez metros quadrados.

Leis da cidade e dos ossos. Leis e corpo: dois limites. Um limite, as leis da cidade, poderás ultrapassá-lo: a maldade aí surge, o crime como meio para ultrapassar um dos limites à liberdade da vontade. Poderemos pensar: *a maldade é mais livre do que a bondade*, pois os atos de bondade são permitidos. Não é proibido por lei doares todo o dinheiro a alguém ou colocares-te à frente da bala que vai dirigida a outra pessoa, porém os atos de maldade, os atos designados como criminosos, esses são proibidos e, portanto, quando os fazes tornas efetiva a tua liberdade, pelo menos aparentemente, aumentas os graus de possibilidade dos atos do teu corpo. No limite: a lei proíbe-te roubar, mas podes fazê-lo, proíbe-te o assassinato, mas podes assassinar. E é claro que a maldade pode fazer saltar o corpo por cima dos limites legais da cidade, mas não pode fazer com que o próprio corpo salte os limites orgânicos – anatómicos e fisiológicos. O maior criminoso, o maior desrespeitador das leis da cidade, dos limites impostos pelos outros à sua liberdade, esse homem livre em relação aos outros por via do crime não consegue livrar-se de si próprio, no limite dos seus ossos. *Não obedeço à cidade, mas obedeço aos meus ossos*: eis o que o criminoso diria, se fosse lúcido. E alguém, depois de esmagar todas as linhas de ordem e bom senso traçadas pelos outros – um louco, por exemplo –, deveria dizer: *não sou tão livre que não tenha ossos, não sou tão livre que não tenha corpo*.

Daí o receio psicológico em relação às radiografias, voltemos a elas – a ameaça que destas parece resultar, o quase insulto ou aviso, a expectativa que criam: eis os teus ossos, *eis que não te largam*, eles são os protagonistas.

Os ossos: esse símbolo (assustador) que pertence ao corpo que manda em nós; em nós que julgamos mandar no Mundo.

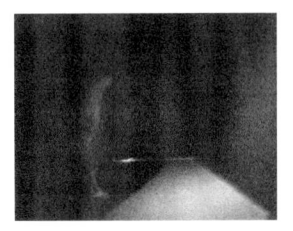

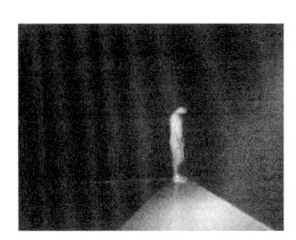

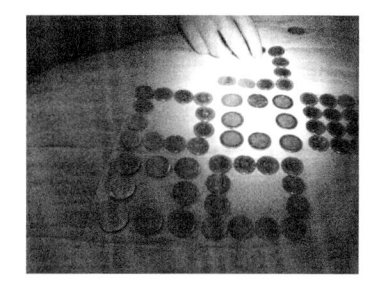

Cidade feita de moedas (urbanismo).

MULTIDÃO, INDIVÍDUO E DOENÇA

A doença é vista como uma marca da personalidade: a saúde é coletiva, a doença é individual: "A ideia de uma perfeita saúde é apenas cientificamente interessante. A doença tem a ver com a *individualização*"[608].

Há nestas considerações um olhar pacificado em relação às doenças, um olhar benevolente que vê a doença quase como uma arte individual negativa, se assim nos podemos exprimir; arte no sentido em que só aquela personalidade poderia fazer/sofrer aquilo, e negativa, porque o facto de se assumir algo como individualizante, que destaca um da multidão, não é o mesmo que o marcar positivamente; por vezes – e a doença faz isso – separar um dos Outros é violentar esse um que se afasta[609].

Diga-se que esta associação entre doença e individualização não se passa apenas com o doente. No diálogo Deleuze-Parnet é dito, a certa altura, que o "fascinante na medicina é que um nome próprio de médico possa servir para um conjunto de sintomas: Parkinson, Roger"[610] – tal como muitas vezes quem descobre uma nova espécie dá o seu nome a essa parte do mundo por si descoberta. Com o médico sucede o mesmo, ele fez "uma nova associação, uma nova individuação dos sintomas".

Coloca-se então a pergunta: "qual a diferença entre o médico e o doente?" É que, como vimos, também o doente fornece, num certo sentido, o seu nome à doença. Como lembra Deleuze – a ideia de Nietzsche é precisamente que o artista seja como que "o médico-doente de uma civilização". É simultaneamente *doente da civilização*, doente do mundo que o rodeia, doente *por causa* do mundo; e, ao mesmo tempo, é o médico da civilização, é o que tem a responsabilidade *de curar o*

Urina branca, janela escura.

---

608 Novalis – *Fragmentos de Novalis*, 1992, p. 131, Assírio & Alvim.
609 "As doenças têm um carácter próprio" – escreve Oliver Sacks – "mas partilham também o nosso carácter". (Sacks, Oliver – *Despertares*, 1992, p. 226-227, Relógio d'Água)
A doença, acrescenta Sacks, a manifestação de um "falso eu", enquanto a saúde corresponde ao "verdadeiro eu"; a doença, escreve Sacks, "é um vampiro ontológico, vivendo à custa e consumindo os terrenos do verdadeiro eu". Assim, "despertar", sair da doença, é deixar de sentir "a presença da doença e a ausência do mundo" para começar a sentir "a ausência da doença e a abundante presença do mundo". (Idem, p. 236)
Diz Anselm, uma personagem de Musil, recriminando Thomas (outra personagem): "Thomas pode tudo, menos sofrer!" (Musil, Robert – *Os visionários*, 1989, p. 91, Minerva)
610 Deleuze, Gilles; Parnet, Claire – *Diálogos*, 2004, p. 145, Relógio d'Água.

mundo, de o endireitar, de o pôr de novo a funcionar, a trabalhar; o artista sofre a doença, sofre as influências do mundo, mas quer alterá-lo, é um doente que insiste em curar, no limite: é *um moribundo que quer salvar os outros*, os que se julgam saudáveis; isso mesmo: *um moribundo que quer curar os saudáveis*, eis o artista, o paradoxo em que vive[611].

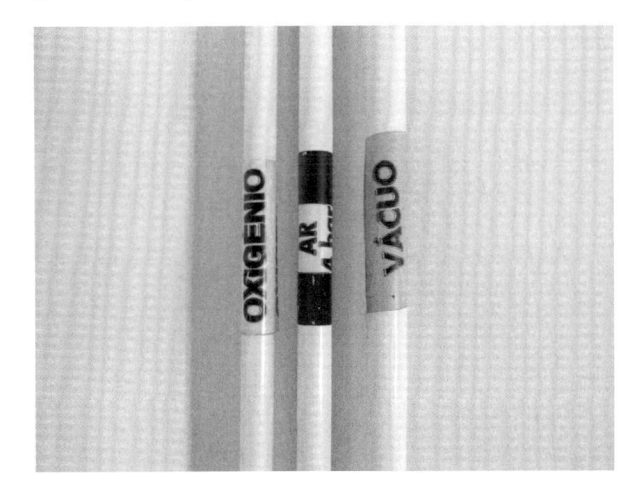

Por que razão estás vivo?
Três tubos, a resposta.
(Por vezes, três tubos impedem que morras.)

UMA PROPOSTA DOS KABAKOV (ASAS DE ANJO)

Na linha de Ramón Gómez de La Serna atentemos nesta proposta de Ilya y Emília Kabakov para um indivíduo se mudar a si próprio, para se fazer mais amável, mais decente[612]. A proposta é a seguinte:

Uma pessoa deve começar por construir umas asas de anjo. As indicações práticas para tal estão incluídas no catálogo desta obra dos Kabakov: as asas de anjo, brancas, devem ter umas correias de couro para serem

---

611 Diga-se que, em muitas passagens, precisamente Nietzsche, no seu tom *martelado*, insulta o *doente*, que para ele não é alguém que pela doença se individualiza, mas, pelo contrário, alguém que fracassou, que perdeu identidade. Eis um exemplo, entre muitos, das afirmações brutais de Nietzsche:
"O doente é um parasita da sociedade. Atingindo-se um certo estado é indecoroso continuar a viver. O permanecer vegetando, numa cobarde dependência dos médicos e dos medicamentos, depois do sentido da vida, do *direito* à vida se ter perdido, é algo que deveria acarretar um profundo desprezo por parte da sociedade". (Nietzsche, F. – *Crepúsculo dos ídolos*, 1996, p. 105, Guimarães Editores)
O direito à vida é pois um direito, defende Nietzsche, que só uma fisiologia alegre e saudável tem.
612 Esta proposta surge em Kabakov, Ilya y Emilia – *El palacio de los proyectos* (catálogo), 1998, p. 1, Museo Nacional Centro de Arte Reina Sofia.

colocadas às costas. Depois de construídas as asas de anjo surge a prescrição, semelhante à prescrição de um medicamento: primeiro devemos ter o cuidado de nos isolarmos, de estarmos sozinhos em casa e, a seguir, devemos pôr as asas (nas costas) e "estar entre 5 a 10 minutos sentados em silêncio sem fazer absolutamente nada".

Após este ritual podemos então retomar as atividades normais. No entanto, duas horas depois, "há que repetir a pausa", eis a instrução dos Kabakov. Isto é: mais 5 a 10 minutos com as asas de anjo nas costas. Passadas duas a três semanas, "fazendo isto todos os dias o efeito das asas brancas far-se-á sentir cada vez com maior intensidade". Ao fim deste período aquela pessoa será uma melhor pessoa.

Estamos aqui diante de uma *medicina moral, medicina psicológica, medicina de situações:* criamos uma situação para nos curarmos, para melhorarmos. A criação de uma situação artificial como meio terapêutico. No fundo, prescreve-se uma ficção, um imaginário. E porquê? Porque se acredita que a ficção e a imaginação curam.

Diálogo mais ou menos organizado (com os pés em cima do lixo).

OUTRA PROPOSTA DOS KABAKOV

Os Kabakov recomendam ainda um processo[613] com vista "a levantar o olhar", pois, afirmam, segundo um estudo da Universidade de Manchester, em 1989, "42% das horas do dia passamos com a cabeça dirigida para a frente" (e com ela o olhar), "56% com a cabeça virada para baixo" e apenas 3% do dia com a cabeça virada para cima. E a importância de exercícios que levem o indivíduo a olhar para cima deve-se ao facto de, segundo os Kabakov, se ter comprovado que quando se olha para cima há uma "eliminação de emoções negativas", "um acalmar dos processos mentais" e "a entrada de ideias e pensamentos elevados e nobres"[614].

Diga-se que, para os Kabakov, há aqui uma filosofia de *treino do espírito* semelhante ao treino do físico; há muitas pessoas que têm em casa máquinas para "tonificar os seus músculos", mas são poucas, dizem os Kabakov, as que "treinam o próprio mundo interior".

Pensar de cabeça baixa ou de cabeça alta: eis, pois, que um pormenor de disposição de alguns músculos localizados no pescoço interfere, acredita-se, na qualidade dos pensamentos e no tipo de raciocínio. Uma tipologia de pensadores: os de cabeça baixa (depressivos, fechados) e os de cabeça alta (eufóricos, entusiastas).

De novo. Apanhar um avião. Dois caçadores de aviões com duas redes distintas, duas formas de agarrar o que está no ar e longe. Uma forma circular de caçar o avião – e uma forma quadrada.

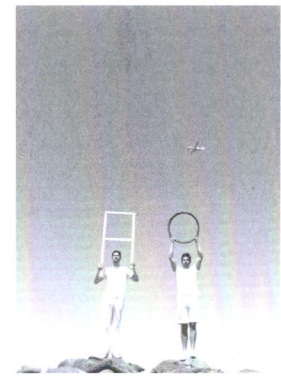

---

613 Descrita com pormenor em Kabakov, Ilya y Emilia – *El palacio de los proyectos* (catálogo), 1998, p. 10, Museo Nacional Centro de Arte Reina Sofia.
614 Idem, p. 10.

MEDICINA HUMANA E NÃO HUMANA – IMAGINAÇÃO E FISIOLOGIA

Estamos aqui, sem dúvida – no balanço entre o médico inverosímil de La Serna e as propostas de treino do imaginário dos Kabakov –, num mundo onde a linguagem e a imaginação são colocadas num campo que se cruza com o campo da saúde e da doença. Um corpo doente não é apenas aquele que "tem dores por todo o lado, de noite não dorme e de dia não come"[615], assim como um corpo saudável não é somente um corpo fisiologicamente saudável, mas também um corpo de *imaginário saudável*, um corpo que acredita que a vontade e as decisões mentais interferem no seu estado geral. Novalis, num dos seus fragmentos, apresenta uma espécie de estratégia, quase militar, para combater a doença, que vem ao encontro do que dizemos:

"Deslocação da doença para órgãos mais convenientes ou sujeitos à vontade"[616].

Estabelece-se aqui um novo órgão capaz de se defender da doença; um órgão que não é órgão: a vontade.

É precisamente Novalis que vai mais longe – numa crítica à utilização de instrumentos e medicamentos artificiais[617] – quando afirma:

"Não deveriam os Homens ser os únicos a poder curar os Homens? – utilizados como medicamentos"[618]. O humano curando o que é humano.

E Novalis desenvolve esta reflexão:

"Verdadeiros medicamentos não existem [...]. A comunhão com o que é saudável – com o que é absolutamente são – eis o que cura"[619]. As ligações, então, *ligações humanas*, são centrais na medicina: se estou próximo do degradante ou se estou próximo do que eleva – a análise da situação; e depois, o outro lado, a possibilidade de agirmos, de interferirmos nas ligações, e de as definirmos; posso percorrer dois caminhos, duas

Urbanismo meticuloso. Tirar uma casa do meio do caminho.

---

615 Descrição do ser doente, ao mesmo tempo divertida e exaustiva, que Cortázar faz (falando, diga-se, não sobre um ser humano, mas sobre um "cronópio" – ser estranho, inventado pela sua escrita. (Cortázar, Julio – *Histórias de cronópios e de famas*, 1999, p. 129, Estampa)
616 Novalis – *Fragmentos de Novalis*, 1992, p. 93, Assírio & Alvim.
617 "Praticar a medicina como uma pequena arte manual, na melhor tradição da Idade Média", defende Marshall Berman. (Berman, Marshall – *Tudo o que é sólido se dissolve no ar*, 1989, p. 52, Edições 70)
618 Novalis – *Fragmentos de Novalis*, 1992, p. 81, Assírio & Alvim.
619 Idem, p. 87.

linhas de ação: aproximo-me da saúde ou da degradação e da fraqueza.

"Todo o medicamento faz aparecer uma essência estranha, mista" – prossegue Novalis, e aconselha: "Tente-se tornar o corpo independente das influências externas – elevá-lo para fora do mundo".

Tarefa difícil, impossível mesmo: tirar o corpo do mundo, colocá-la (à matéria) no mundo dependente da vontade individual e do imaginário pessoal. Eis a utopia.

Várias camadas.

A SAÚDE SEGUNDO DELEUZE

Nesse forte capítulo *A literatura e a vida*, Deleuze, depois de ter afirmado na introdução da obra *Crítica e clínica* que a "literatura é uma saúde"[620], explica: escrever "não é certamente impor uma forma (de expressão) a uma matéria vivida, a literatura está, ao invés, do lado do informe, ou do inacabamento"[621]. A saúde da litera-

---

620 Deleuze, Gilles – *Crítica e clínica*, 2000, p. 10, Século XXI.
621 Idem, p. 11.

tura estará, precisamente, neste inacabamento, pois a ausência de um ponto *definitivamente final* é a marca da saúde, da continuação, da transformação. A saúde é *poder continuar*.

A palavra-chave para Deleuze é: devir – "o devir é sempre 'entre'" – esse estado que não é bem um estado porque é sempre um entre-estados, uma indefinição. Um corpo saudável está aí, nesse entre-estados; nesse sítio não parado que é o corpo vivo.

Falando sobre a escrita, Deleuze lembra que esta "implica um atletismo, mas, longe de reconciliar a literatura com o desporto, ou de fazer da escrita um jogo olímpico, este atletismo exerce-se na fuga e no desaparecimento orgânicos: um desportista na cama, dizia Michaux"[622].

É este atletismo verbal, é este atleta da linguagem que se revela na escrita; porém, atletismo saudável *porque precisamente sem meta*, sem fim: "Não se escreve com neuroses. A neurose, a psicose, não são passagens de vida, mas estados nos quais se cai quando o processo é interrompido, impedido, colmatado"[623]. A doença é sempre uma paragem forçada da circulação, não é uma coisa que se faz ou que faz, é *algo que não deixa fazer*; eis a definição central de doença; "A doença não é processo, mas paragem de processo". A doença paralisa o corpo, obriga o corpo a olhar para ela. "Também o escritor como tal não é doente, mas antes médico, médico de si próprio e do mundo".

Prossegue Deleuze, "o mundo é o conjunto de sintomas que se confunde com o homem" e a literatura aparece "como um empreendimento de saúde: não que o escritor tenha forçosamente uma grande saúde", claro, adverte, mas o escritor "goza de uma irresistível pequena saúde que vem daquilo que viu e ouviu das coisas demasiado grandes para ele, demasiado fortes para ele".

Esta pequena saúde é uma saúde particular, uma saúde inventiva. Uma saúde que nasce da força com que manipula a linguagem: esta "saúde como literatura, como escrita, consiste em inventar um povo que falta"[624]. Escrever de tal maneira que um povo seja inventado para falar nessa língua agora descoberta – eis um objetivo.

Interferir no que se lê.

---

622 Idem, p. 12.
623 Idem, p. 13-14.
624 Idem, p. 14.

Para Deleuze, Kafka e Melville são exemplos, eles "apresentam a literatura como a enunciação coletiva de um povo menor"[625], uma saúde tal, pois, que inventa um povo, um povo resistente, que não fala exatamente a mesma língua da maioria; estaremos aqui, pode pensar-se, num conceito que mistura *utilização da linguagem* e *orgulho orgânico*: a boa frase é reflexo do *bom órgão*, do órgão saudável – tese importante: "Fim último da literatura, distinguir no delírio essa criação de uma saúde, ou essa invenção de um povo, quer dizer, uma possibilidade de vida", escreve Deleuze.

Um leitor tenta ler partindo de uma posição modesta.

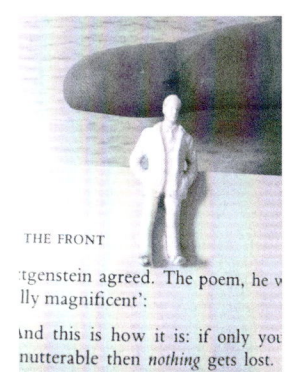

LINGUAGEM E DOENÇA (ALIMENTAÇÃO E PALAVRAS)

Deleuze, a propósito de um livro de Louis Wolfson[626], desenvolve esta ligação – corpo, linguagem e saúde – até ao limite. A linguagem saudável, afirma, é *a que esquece o que aprendeu*; estamos perante um corpo que contesta a linguagem materna e que quer escrever numa língua estrangeira sem, no entanto, sair da própria língua.

Numa linha onde a psicanálise é interceptada, mas também retorcida e retalhada, Deleuze desenvolve a ideia de maternidade, de uma mãe que dá ao filho órgãos e linguagem[627]. Escreve Deleuze que aquilo a que

---

625 Idem, p. 15.
626 Referido, apresentado e desenvolvido no capítulo II de Deleuze, Gilles – *Crítica e clínica*, 2000, p. 10, Editora Século XXI.
627 Walter Benjamin, num tom sereno, relembra nas inúmeras vezes que esteve doente, ainda crian-

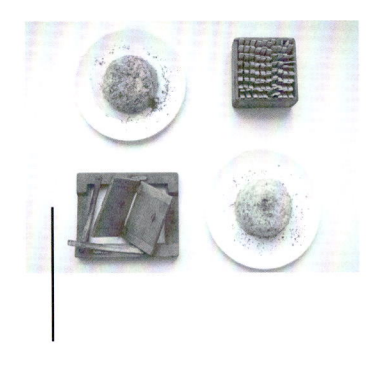

o esquizofrénico chama mãe "é uma organização de palavras que se lhe meteram nas orelhas e na boca, é uma organização de coisas que lhe foram colocadas no corpo. Não é a minha língua que é materna", acrescenta Deleuze, "a mãe é que é uma língua; e não é o meu organismo que vem da mãe, a minha mãe é que é uma coleção de órgãos, a coleção dos *meus próprios órgãos*"[628].

A alimentação mistura-se com a linguagem como se fossem dois materiais, dois materiais misturáveis, ele "investe todas as suas forças", escreve Deleuze, na procura de "uma certa quantidade de calorias", ou então visa encontrar "fórmulas químicas correspondentes à alimentação desejável, intelectualizada e purificada"[629].

Procura-se, diga-se então, uma *alimentação intelectual*; uma alimentação e uma linguagem puras. Aliás, procura-se a alimentação pura *na* linguagem pura, e também o inverso: procura-se a linguagem pura *na* alimentação pura. Procura-se o verbo forte, único, individual, que não repete, no alimento saudável. *Come alimentos saudáveis para que possas dizer palavras saudáveis*, eis como poderemos exprimir o raciocínio.

Estamos, pois, perante uma mistura de materiais, há, escreve Deleuze, ainda a propósito do livro de Louis Wolfson, uma "equivalência" profunda "entre as palavras maternas insuportáveis e os alimentos venenosos ou contaminados"[630].

Poder-se-ia interpretar assim: ouvir palavras que vêm de lugares-comuns da linguagem é digerir alimento degradado, é ingerir matéria que não é inócua, pelo contrário, entrará no corpo e terá repercussões na saúde.

Os lugares-comuns da linguagem infiltram vírus nos órgãos, colocam a saúde em causa, pois no centro está esse corpo débil, sempre em posição frágil, disponível para ser atacado.

ça, a importância da literatura, a sua vontade em ouvir histórias contadas pela mãe, histórias que eram como que um prolongamento verbal das carícias maternas: as histórias escutadas pelo corpo doente funcionavam como carícias, a linguagem como elemento que toca na doença do doente e o acalma. (Ver a extraordinária descrição da resistência à doença; em Benjamin, Walter – *Rua de sentido único e infância em Berlim por volta de 1900*, 1992, p. 155-157, Relógio d'Água)

628   Deleuze, Gilles – *Crítica e clínica*, 2000, p. 31, Século XXI.
629   Idem, p. 26-27.
630   Idem, p. 27.

ARTAUD E A DOENÇA

Pensar nas doenças que passam de corpo para corpo como uma mensagem: mensagem má, mensagem negra. A contaminação como um processo orgânico de passagem de informação; a doença que se *recebe* é informação má que se recebe: informação rude, grosseira, significativa, que ocupa espaço e que, de imediato, se fixa na memória e dela não sai; da memória das células, não na memória verbal. A doença é então a retenção de uma *informação desagradável* dentro do corpo; é uma incapacidade de esquecimento celular; estamos no lado negro da memória orgânica: não esqueço; o meu corpo não esquece; o quê? Uma *frase orgânica* que nos faz adoecer.

A cura será assim como que um esquecimento. Curar é fazer esquecer, curar-se é esquecer. Como se, de facto, o organismo tivesse memorizado uma frase; e essa frase, essa informação concreta, prejudicasse o normal funcionamento dos órgãos: *funciono pior porque sei isto*, porque não consigo esquecer *isto*. A doença é, de facto, uma retenção: o corpo segura, não deixa passar, tem uma rede orgânica cujos buracos apresentam um tamanho mínimo: a informação composta de partículas mais volumosas foi retida.

O corpo não é, pois, apenas uma rede vazia que deixa passar as coisas através dela; o corpo é um volume, isto é: tem lá dentro coisas, partes, órgãos; no fundo: tem lá dentro informação. Todo o volume, enquanto meio orgânico, manifesta a existência interior de um conjunto de informações; porque a matéria é uma informação; mais: é uma notícia: algo que acaba de aparecer. Algo que está prestes a desaparecer.

SAÚDE, LINGUAGEM, IMAGINAÇÃO

O organismo é um elemento sensível, vulnerável, uma parte do mundo, a parte do mundo que mais nos pertence e que por isso mesmo mais vulnerável é. Só é frágil o que amo, aquilo que quero proteger, tudo o que me é indiferente não é, para mim, frágil, porque não sinto necessidade de o proteger. Dentro da minha verdade, essa coisa que não quero proteger é forte ou, pelo menos, é o que é sem a minha participação.

Quanto ao meu corpo, ao meu próprio corpo, isso é outra história. É o local central, local de emissão e recepção de linguagens e de alimentos, transformados ou não.

Veremos na obra de Bachelard ainda mais claramente isto: a saúde na alimentação, na dieta escolhida, e saúde ainda nos discursos proferidos, nos discursos escutados, nas palavras que entram e saem; e não só: a saúde lutando contra a doença nesse espaço ainda mais privado: os pensamentos, o imaginário.

Eis o homem lúcido, aquele que sabe que a sua saúde depende das dietas que a vontade escolhe: dietas de carne, verbo e ideias. E ainda de movimentos e ações. O que escolhemos para comer, o que escolhemos para ouvir e falar, o que escolhemos para ocupar a nossa cabeça, o nosso pensamento, o que escolhemos fazer. Eis o que determina o vigor de uma existência ou o seu declínio.

Caixa com molas no meio de uma paisagem natural. (Se tudo está ligado, vais ligar o quê?)

3.4
Corpo e dor

Uma pessoa feliz pode tornar-se facilmente impopular.
Robert Walser

Dor e mundo

CORPO, PROPRIEDADE E MUNDO

Arendt lembra "a preocupação da era moderna com a propriedade, cujos direitos foram afirmados explicitamente contra a esfera comum e contra o Estado"[631]. A era moderna defende, segundo Arendt "a busca desenfreada de mais propriedade, ou seja, a apropriação". Este desejo de apropriação de mundo tem no corpo os seus meios especializados. Arendt, referindo-se a Locke e citando-o, escreve: "esses meios – corpo, mãos e boca – são os apropriadores naturais", pois não "pertencem em comum à humanidade", mas são dados a cada homem para seu uso privado"[632]. Este uso privado do corpo ("nada é mais privado que as funções corporais do processo vital, inclusive a fertilidade"[633]) é remetido para uma espécie de trabalho de acumulação, que se mantém para lá da garantia de sobrevivência. Com esse trabalho, diga-se, o indivíduo visa *apropriar-se da maior quantidade de mundo possível*. As mãos apro-

---

631   Arendt, Hannah – *A condição humana*, 2001, p. 134, Relógio d'Água.
632   Idem, p. 135.
633   Idem, p. 135.

priam-se das coisas, concretas, matérias, através do roubo – onde há uma utilização direta das habilitações manuais: segurar, puxar, pegar, agarrar – ou do negócio – através do contrato, da assinatura que a mão faz simbolizando a apropriação manual de algo que não é de imediato transportável.

A assinatura de um contrato de compra de um terreno substitui, note-se, a impossível apropriação física de um certo espaço de terra. O nome, a assinatura, tem assim um significado ativo tremendo: assino o nome no local do comprador e desta maneira legal e *leve* puxo um terreno para perto do meu corpo, aproprio-me, não com a mão que se esforça segurando um peso, mas com a mão que se compromete e jura, escrevendo o seu nome; mão que assina jurar pertencer ao corpo que pertence ao nome que ela escreve no papel. Mão, corpo e nome, as três entidades envolvidas nas sucessivas apropriações legais.

CORPO COMO BEM ÚLTIMO

Há de facto uma fenda, um espaço que separa o privado do público. E se, para alguns bens ou objetos, a separação não é clara, para outros ela é bem evidente.

Explica Arendt: "Não deixa de ser verdadeiro que a melhor garantia da privacidade dos bens de uma pessoa – isto é, a sua completa independência em relação ao 'comum' – é a transformação da propriedade em apropriação, ou uma interpretação da 'separação do comum' que veja a apropriação como resultado ou 'produto' da atividade do corpo"[634].

Tornar privado é pois afastar do comum, da comunidade, afastar dessa *mão coletiva* que, embora invisível, é determinante nas relações do indivíduo com o mundo. Trata-se, quase sempre, de perceber qual o tamanho dessa mão coletiva.

Assim, continua Arendt, "o corpo passa realmente a ser a quinta-essência de toda a propriedade uma vez que é o único bem que o indivíduo jamais poderia compartilhar com outro, mesmo que desejasse fazê-lo".

O próprio corpo: algo que o outro não pode acumular. Pese embora todos os romantismos que colocam a fusão

---

634   Idem, p. 136.

de dois corpos como uma operação química vulgar resultante das paixões, "nada há de menos comum [...] – e, portanto, mais fortemente protegido contra a visibilidade e a audibilidade da esfera pública – que o que se passa dentro do nosso corpo, os seus prazeres e dores"[635].

O corpo é expoente máximo da ideia do Privado, da ideia de que algo está no mundo para um, e só para um, ser dessa *coisa seu* dono.

PROPRIEDADE DOS PRAZERES E DAS DORES

A propriedade privada dos prazeres e das dores é a marca imperturbável do ser vivo.

No fundo, balançamos permanentemente entre estas duas perguntas, assim colocadas pelo escritor argentino Roberto Arlt, no seu romance *Os sete loucos*:

"– Que fiz eu pela felicidade deste meu corpo infeliz?"[636], a primeira pergunta e

"O que será preciso fazer para não sofrer?"[637], a segunda.

No entanto, como afirma Arendt, "nada expele o in-

Um homem foi apanhado na armadilha. O outro ficou com a mão presa.

---

635 Idem, p. 136-137.
636 Arlt, Roberto – *Os sete loucos*, 2003, p. 103, Cavalo de Ferro.
637 Idem, p. 215.

3.4 Corpo e dor

divíduo mais radicalmente para fora do mundo que a concentração exclusiva na vida corporal, concentração esta imposta ao homem na escravidão ou na condição extrema de dor insuportável"[638]. A dor como o que mais nos empurra para fora do mundo e para dentro do corpo. Esta associação entre escravidão e dor intensa não deixa de merecer reflexão: o escravo coloca todo o seu corpo ao serviço do exterior, enquanto a "dor insuportável" colocará todo o corpo – todas as suas partes – ao serviço dessa dor, sendo que, neste caso, serviço significa atenção virada *para*, ou mesmo: subserviência; a dor forte num certo local do organismo torna todo o corpo virado para ela, numa subserviência física que faz anular toda e qualquer vontade.

A experiência "natural", escreve Arendt, "em que se baseia a independência em relação ao mundo é, para estoicos e epicuristas, não o labor nem a escravidão, mas a dor".

Esta é a experiência radical, de raiz, que exibe a separação do homem do resto do mundo. Blanchot, numa questão simples, sintetiza um dos problemas-base ("Será que sofrer é, afinal, pensar?"[639]) e coloca o pensamento e a dor como os dois elementos distintivos de um homem: o *penso, logo existo* cartesiano terá que ser acompanhado de um: *sofro, logo existo*. A dor prova a minha existência, a dor prova que a minha existência não é a tua, é uma outra[640]. Porque a ti não te dói esta minha dor. Esse pode ser o ponto inicial, esse conhecimento: começo a conhecer-me porque tive dores, isto é: vi-me obrigado a olhar para mim – desviar os olhos do mundo e centrá-los em mim. Nietzsche é defensor desta linha – numa carta ao Barão de Gersdorff, fala de um discípulo "muito apto e precocemente maduro" precisamente

---

638 Arendt, Hannah – *A condição humana*, 2001, p. 137, Relógio d'Água.
Numa outra obra, Arendt reflete sobre a alegria e o sofrimento, escrevendo:
"O fator decisivo é que o prazer e a dor, como tudo quanto é instintivo, tendem para o mutismo, e conquanto possam perfeitamente produzir sons, não produzem fala e muito menos diálogo". (Arendt, Hannah – *Homens em tempos sombrios*, 1991, p. 26-27, Relógio d'Água)
Esta mudez está virada essencialmente para fora, para o que rodeia o corpo, pois este não está propriamente mudo: fala como que para dentro.
639 Blanchot, Maurice – *O livro por vir*, 1984, p. 49, Relógio d'Água.
640 Diga-se que há aqui uma separação entre dor e doença. Como se afirma na introdução da obra *O desafio da dor*: até meio do século xx a dor era considerada, acima de tudo, "como um sintoma de doença ou lesão"; tal visão foi ultrapassada e a dor é vista, agora, muitas vezes como separada da doença que lhe tenha dado origem, "a dor crónica e grave é um problema em si"; a dor – separada da doença – é hoje um dos grandes temas "da Ciência e da Medicina". (Wall, Patrick; Melzack, Ronald – *O desafio da dor*, 1982, p. 9, Fundação Calouste Gulbenkian)

"porque começou cedo a sofrer"[641]. Llansol, a este propósito, tem uma expressão forte, ela fala num "grito autobiográfico"[642]. Poderemos acrescentar: toda a dor é autobiográfica, toda a dor no limite é, não a biografia, o relato da história de um corpo, mas o próprio corpo, o próprio contador da história. A dor é quem conta a história do corpo.

Assim, lembra Arendt, "a felicidade alcançada no isolamento do mundo e usufruída dentro das fronteiras da existência privada do indivíduo jamais pode ser outra coisa senão a famosa 'ausência de dor'"[643].

Abolida que está a escravidão, a felicidade residirá por completo, seguindo a linha dos estoicos e epicuristas, na ausência de dor, e escravo será aquele – eis um ponto de vista – que não se consegue afastar e libertar de uma determinada dor física.

Repare-se no que diz Marco Aurélio:

"Mesmo se o seu mais próximo vizinho, o corpo, fosse cortado em bocados, invadido pelo pus ou a gangrena, que, apesar de tudo, a parte que opina acerca dos acontecimentos permaneça tranquila"[644].

Sábio é aquele que até "quando o seu mais próximo vizinho" – o próprio corpo – está em ruínas, fala e raciocina como um imperador[645].

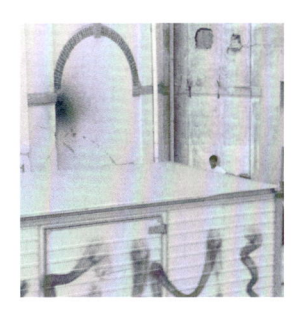

---

641 Nietzsche, F. – *Despojos de uma tragédia*, 1991, p. 143, Relógio d'Água.
642 Llansol, Maria Gabriela – *Onde vais, drama-poesia?*, 2000, p. 181, Relógio d'Água.
643 Arendt, Hannah – *A condição humana*, 2001, p. 137, Relógio d'Água.
644 Aurélio, Marco – *Pensamentos para mim próprio*, 1978, p. 49, Estampa.
645 O humor de Ramón Gómez de La Serna é, a este propósito, bem oportuno:
"Quantas e quantas dores! O meu único desejo seria tornar-me como o escravo Epicteto, o qual, enquanto o dono lhe torcia a perna com um aparelho de tortura, avisava, a sorrir: "Vais partir-ma"; e quando o dono lha partiu, acrescentou com estoicismo: "Eu não dizia?" (La Serna, Ramón Gómez de – *O médico inverosímil*, 1998, p. 188, Antígona)
La Serna fala também dos consultórios dos dentistas, sítio do mundo onde se vê mais dor: "Nunca vi nenhum sítio onde as pessoas olhem menos umas para as outras. Todas têm o olhar

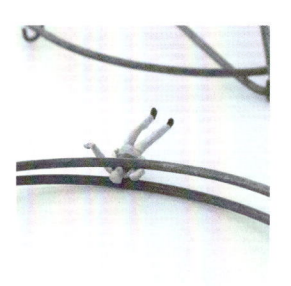

DOR, DOENÇA E CIDADE

Poderemos, neste ponto, encarar a dor ou a doença como uma *limitação política da liberdade corporal*, política porque o corpo é tanto menos influente na cidade quanto mais uma determinada dor ou doença o impede de sair para fora, falando e atuando de modo livre; a doença impede a liberdade individual pois faz do corpo um escravo que se vira para dentro, *um escravo que obedece para dentro*. Assim, só serão politicamente livres os homens saudáveis ou cuja doença e dor física permaneçam a níveis muito baixos e controlados. A intensidade da intervenção individual numa cidade diminui com a dor e a doença: *se ainda não te libertaste de uma parte do teu corpo como queres exibir a tua liberdade publicamente?* Só há *polis* com corpos saudáveis. A perda de liberdade nas palavras e nos atos do homem não saudável residirá então simplesmente nisto: ele está escravo do desejo de terminar com a sua dor e com a sua doença. Qualquer opinião ou tomada de posição terá sempre como pano de fundo este desejo individual que suplanta largamente qualquer desejo de bem-estar coletivo. Mais urgente do que defender qualquer lei que melhore a vida da cidade, para o corpo doente está a sua cura; essa vontade incalculável de alcançar o prazer máximo que é a ausência de dor após um prolongado período de dor intensa. *Tens tantas dores que não podes ser livre*, eis algo que se pode dizer, e eis como a condição de saúde individual interfere no conceito público de participação. Os cuidados de saúde pública são, assim, também, parece-me, cuidados de *política pública*, são sistemas que defendem simultaneamente organismos corporais privados e, com isso, o bem-estar público e a liberdade pública de discussão. *Não discuto contigo enquanto tiveres dores, pois não estaria a discutir com um homem livre.*

Vemos então como a mais privada das propriedades – a dor de um corpo – interfere na mais pública das decisões[646].

Um homem sozinho a vaguear pela cidade.

---

virado para cima, para o céu. Ninguém quer reconhecer ninguém".
É preciso ir a estes consultórios "com mais seriedade", escreve. Os dentistas, acrescenta La Serna, "às vezes arrancam o dente da própria vida, aquele que serve de tampa à existência".

646 A saúde pode ser vista, e para isso chama a atenção Bruno Snell, a partir de Platão, como uma felicidade constante: "uma felicidade talvez mais modesta, mas, por ser a que garante a máxima duração da vida, é a mais importante". Alguns pitagóricos chamavam à saúde "isonomia", ou seja: "igualdade democrática das forças, do húmido, do seco, do frio e do calor", etc. A doença,

DOR, PRAZER, MUNDO

O hedonismo, escreve Arendt, "a doutrina que afirma que somente as sensações corpóreas são reais, é apenas a forma mais radical de um modo de vida apolítico e totalmente privado"[647] – a concretização da sentença de Epicuro: "vive à parte e não te envolvas nos negócios do mundo".

No fundo, este incitamento leva o homem a envolver-se exclusivamente nos negócios da mais pura individualidade – nos grandes negócios do corpo próprio – a saber: o prazer e a dor. O mundo é pois algo que existe na ausência de perturbações no corpo individual: *o mundo só está presente se o corpo estiver ausente*, eis uma fórmula; corpo ausente tanto no sentido negativo (dor) como no sentido positivo (prazer): no prazer forte o mundo também desaparece.

Especifica ainda Arendt: "A ausência de dor geralmente só é 'sentida' no breve intervalo entre a dor e a não-dor", e tal observação é fundamental pois esclarece o seguinte: uma vida absolutamente saudável, isenta de dor, nunca poderá sentir a libertação da dor e tal, em vez de ser considerado um bem para uma vida, poderá ser considerado como um mal, como uma falta; como se pudéssemos dizer de uma biografia: ele teve muita coisa, teve quase tudo, nunca teve uma dor, foi feliz; porém só lhe faltou uma coisa: a sensação de libertação de uma dor. Sem esta não se tem uma vida completa. Como lembra Arendt: "a sensação que corresponde ao conceito de felicidade do sensualista é a libertação da dor, e não a sua ausência"[648]. A intensidade do pra-

---

    por oposição, surgiria devido à "monarquia" de uma dessas forças. (Snell, Bruno – *A descoberta do espírito*, 1992, p. 220-221, Edições 70)
647 Arendt, Hannah – *A condição humana*, 2001, p. 137, Relógio d'Água.
648 Numa outra nota de *A condição humana*, Arendt escreve: "Acredito que certos tipos benignos e bastante frequentes de apego a drogas, geralmente atribuídos a propriedades formadoras de hábito destas últimas, talvez se devam ao desejo de repetir o prazer experimentado com o alívio da dor, acompanhado de intenso sentimento de euforia". E prossegue: "Platão já se opunha àqueles que, 'ao deixarem de sentir dor, acreditam firmemente ter atingido a meta do [...] prazer', (*República*, 585A), mas admite que esses 'prazeres ilegítimos' que se seguem à dor ou à privação são mais intensos que os prazeres puros, como o cheirar um aroma delicado ou contemplar figuras geométricas. É curioso que a confusão nesta questão tenha sido introduzida pelos hedonistas, que não queriam admitir que o prazer da cessação da dor é mais intenso que o 'prazer puro' para não falar da ausência de dor. Assim é que Cícero acusava Epicuro de ter confundido a mera ausência de dor com o prazer da libertação da dor [...]. E Lucrécio exclamava: 'Pois não vedes que a natureza clama por duas coisas apenas, um corpo livre de dor e uma mente livre de preocupações...?'" (*The nature of the universe*, p. 60, citado em Arendt, Hannah – *A condição humana*, 2001, p. 169, Relógio d'Água)

3.4 Corpo e dor

A cidade vista de cima.

zer sentido no momento em que o corpo se liberta da dor só pode ser igualada pela "sensação da própria dor".

A existência rodeia o centro que tudo define: a dor ou a sua ausência. A **dor corporal** coloca-se no centro da liberdade política. Não é possível a existência de democracia, de espaço público onde cada um pode exercer a liberdade na palavra e na ação, existindo uma certa intensidade de dor individual. A democracia, a liberdade individual, surgem assim, em primeiro lugar, com a libertação de certos níveis de dor. A falta de liberdade política pode, portanto, ter uma causa diferente da que normalmente lhe é apontada: demasiados homens virados para dentro, escravos de certa dor ou doença. Quantidades excessivas de dor individual: eis uma outra forma de ditadura política.

A saúde política de uma cidade *depende do somatório da saúde orgânica dos seus cidadãos*. Esta, uma tese essencial.

SENTIDOS DO CORPO E DA DOR
(VISÃO, TATO, ETC.)

Sempre se discutiu como é que o corpo *sente o mundo*; não se trata de uma questão simples e está muito longe de ser uma questão resolvida. Arendt apresenta, com *tato*, a sua *visão* do problema:

"Significativamente, todas as teorias que negam aos sentidos a capacidade de perceber o mundo contestam que a visão seja o mais alto e mais nobre dos sentimentos, e substituem-na pelo tato ou paladar que, na verdade, são os sentidos mais privados, ou seja, aqueles nos quais o corpo, ao perceber um objeto, se sente basicamente a si mesmo"[649].

Este conceito que podemos definir como de *sentidos mais privados*, em oposição, eventualmente, aos *sentidos mais virados para fora do corpo* – centra-se na possibilidade de o indivíduo sentir – através de um certo *tatear mental* – o que se passa fora de si – do organismo – e também o que se passa dentro; num balanço entre a inquietação provocada, por exemplo, por uma digestão desastrada (interior) e, do outro lado, por um acidente, um assalto ou uma revolução (exterior).

Um alvoroço exterior, digamos assim, uma *indigestão no mundo* que presenciamos – tem o seu contraponto num mau funcionamento dos órgãos internos; e o indivíduo, no seu conjunto, poderá ser tão afectado por um cataclismo histórico ocorrido no seu país como por um alimento estragado que ingeriu. Estamos, pois, no reino das proporções e das proximidades: a leve perturbação naquilo que me está próximo – os meus órgãos – toma uma intensidade, pelo menos idêntica à da forte perturbação naquilo que está longe de mim. Deste modo, estes sentidos que se sentem a si mesmo – segundo Arendt: o tato e o paladar – funcionam como uma espécie de autossistema de defesa, sistema que marca uma fronteira entre o mundo exterior ao corpo e o mundo interior. Os alimentos ingeridos, devorados, desaparecem para o interior do corpo e, nesse sentido, o paladar deverá estar, pelo menos, treinado para recusar o veneno, no caso de este ter um gosto que o anuncia. Já o tato toca em objetos do mundo – ou em sujeitos do mundo –, mas não os faz desaparecer, não

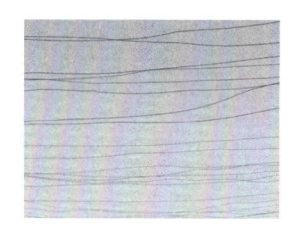

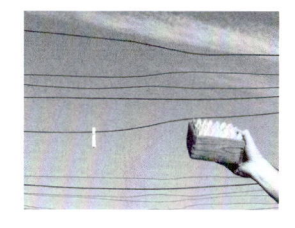

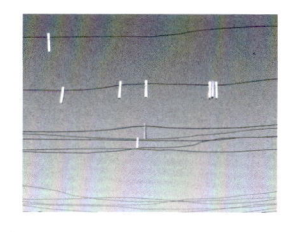

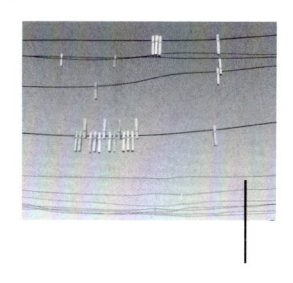

---

649 Arendt, Hannah – *A condição humana*, 2001, p. 170, Relógio d'Água.

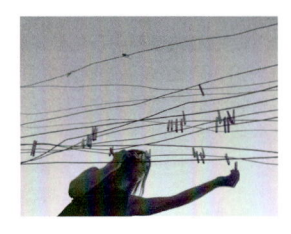

os ingere; o tato não é um meio de o organismo roubar coisas ao mundo, e aqui reside uma das diferenças essenciais: a boca come, faz desaparecer; a mão não come, não faz desaparecer.

O conceito de propriedade destes dois sentidos é substancialmente diferente: no paladar a seleção é rigorosa pois trata-se de aceitar que uma substância passe a pertencer ao organismo; no tato que apreende, segura, rouba, o instinto de propriedade localiza-se noutro ponto, em última análise: *na casa*, nesse conceito de espaço onde estão coisas que pertencem não ao meu corpo orgânico – enquanto matéria de ossos, músculos e vísceras – mas ao meu corpo social, de relações, ao corpo que se apropria com a mão e não com a boca mas no qual as palavras têm importância. Quem se apropria com a mão *pode falar*.

Tudo aquilo em que toco e digo: *é meu*, tendo por suporte testemunhas que o confirmam, ou uma lei; pertence-me, é minha propriedade; propriedade, sim, sem dúvida, mas propriedade política: *a cidade aceita que certos objetos te pertencem* – e o tato funciona como meio de confirmação social: aquilo que é meu *é aquilo em que eu posso tocar*, sem necessidade *de autorização* de ninguém. O toque é assim, muitas vezes, a manifestação pública e simbólica de um registo legal de propriedade: *ninguém me pode impedir de tocar nos objetos que me pertencem* – no limite ninguém me pode impedir de os partir; tal como ninguém me pode impedir de tocar ou pisar os metros quadrados de espaço que adquiri. Propriedade legal e tato são pois dois elementos que se cruzam.

Quanto ao paladar, estamos noutro mundo: um alimento ingerido não é pertença – não é propriedade do corpo – da mesma maneira que um terreno de cem hectares o é. Comer algo, *comer o que possuo*, é uma expressão que poderá ser interpretada como um símbolo de conquista irreversível: uma lei que não tem revogação, um contrato de compra e venda eterno. Comer, ingerir, é transformar algo do mundo – um objeto do mundo a que se chama alimento – no próprio corpo, é fazer desaparecer o objeto, é tornar inútil a disputa pela propriedade.

Pauta de música (composição – molas e cordas para pendurar a roupa).

POLEGAR OPONÍVEL – EXTERIOR E INTERIOR

Mas a questão da ingestão cruza-se com a do tato a que podemos chamar *interior*. Todas as sensações orgânicas, localizadas em qualquer parte do corpo, são a manifestação clara da existência de algo a que poderemos, então, chamar *tato interior*. É como se existisse um segundo mundo – o do interior do corpo – onde umas *segundas mãos* – espalhadas por todo o organismo – tocassem – e esse toque permitisse sentir. Na verdade, há que pensar que do toque numa laranja – e a sensação imediata que resulta do cruzamento dos nervos sensitivos da pele da mão com a casca do fruto, a sua rugosidade, etc. – resulta um conjunto de sensações muito semelhantes às que serão sentidas pelo estômago e por outros órgãos. Se, ao tocarmos numa laranja, fecharmos os olhos – se barrarmos o sentido da visão que, de certa maneira, é um sentido *que explica*, um sentido *que elimina os mistérios* – se o fizermos, então, sentiremos algo semelhante às sensações vindas do interior do organismo quando ingerimos uma laranja.

Poderemos perfeitamente falar de uma sensação de rugosidade na garganta, no estômago, no fígado, como na relação das mãos com a matéria. Mas diga-se, como é evidente, que o que se sente no interior do organismo se aproxima mais de um *ser tocado* do que de um tocar. Sentimos os movimentos interiores orgânicos porque há como mãos por dentro. Esta existência de *mãos viradas para fora* e de *mãos viradas para dentro* é uma marca do ser humano. Digamos que, em relação aos outros animais, há provavelmente também neste *tato interior* uma habilidade extra; o ser humano poderá ser definido como aquele que, além de um polegar oponível em cada mão, que lhe permite manipular os objetos do mundo com outro grau de eficácia, terá também um *polegar oponível interior*, capaz de manipular, com extraordinária inteligência prática e clareza, o mundo dos nossos órgãos. E esclareça-se que não falamos da inteligência, e dessa capacidade não só de pensar mas de nos vermos e sentirmos a pensar (podermos pensar que estamos a pensar), falamos sim de uma maior inteligência sensitiva. Digamos, de uma forma prática e clara: o Homem, em relação aos outros animais, perceberá melhor o que é uma *indigestão* ou uma *expectativa*;

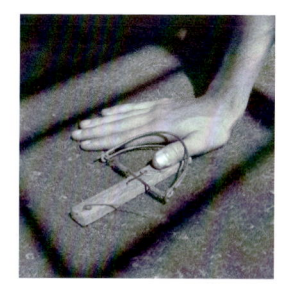

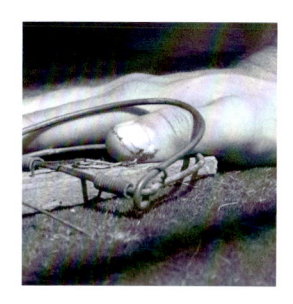

Armadilha para apanhar polegares.

o Homem entenderá melhor as suas próprias vísceras, entenderá melhor *a vida visceral* – que um animal.

Não se trata aqui da supremacia de uma inteligência lógica ou racional, insistimos, mas sim da *supremacia de uma autossensibilidade*, de uma melhor capacidade para perceber os movimentos internos de um organismo. Claro que tal consideração fica apenas como hipótese, já que as autopercepções, como é fácil de perceber, dificilmente podem ser comparáveis.

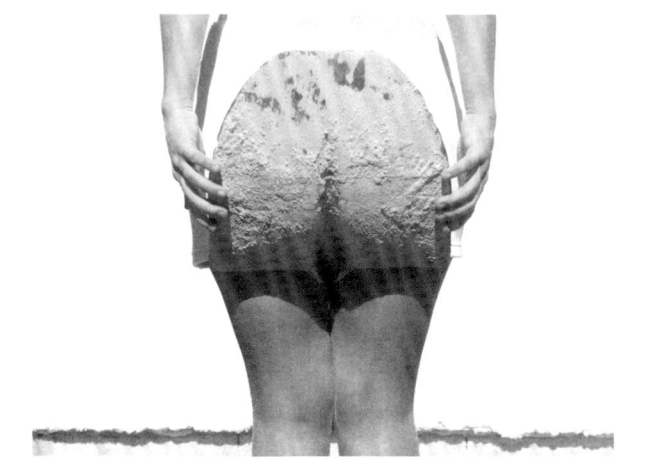

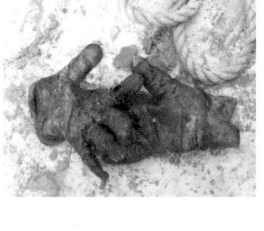

O prazer de ter, pelo menos, um polegar que caiu na armadilha.

TOCAR, SER TOCADO

Atentemos ainda no seguinte: o tato ou o paladar ainda transmitem uma grande parcela da realidade do mundo; para usar um exemplo de Galileu, citado por Arendt, quando "passo a mão, primeiro sobre uma estátua de mármore, depois sobre um ser vivo", percebo o mármore e o ser vivo, e não basicamente a minha mão a tocá-los"[650]. É interessante pensar, pois, que a marca-limite do homem alheado do mundo e virado exclusivamente para dentro é esta: no toque esse homem quereria sentir a sua mão e não o mundo. *Eu toco no mundo para perceber melhor a minha mão*; ou ainda: *eu toco no mundo para que o mundo sinta a minha mão*. Eu não quero tocar no mundo, não o quero acariciar, *eu quero é que o mundo me toque*: aquele ato do meu corpo que designam como tocar,

---

650 Arendt, Hannah – *A condição humana*, 2001, p. 170, Relógio d'Água.

eu designaria como: *ser tocado*. Eis o homem exclusivamente virado para dentro, para si próprio.

DOR, PENSAMENTO

A intensidade da sensibilidade *virada para dentro* define a importância do mundo para o indivíduo. No corpo com dor insuportável, o mundo, como vimos, não existe. Arendt fala "das experiências sensoriais nas quais o corpo se volta claramente para dentro de si mesmo e é, portanto, ejetado, por assim dizer, do mundo no qual normalmente se move". E acrescenta: "Quanto mais forte for a sensação interna do corpo, mais plausível se torna o argumento". E como exemplo cita Descartes: "O mero movimento de uma espada que corta parte da nossa pele causa-nos dor, mas nem por isso nos faz perceber o movimento ou a forma da espada"[651].

E este exemplo de Descartes abre uma outra reflexão fundamental: a dor impossibilita o entendimento. Isto é, *a partir de uma certa intensidade de dor eu não percebo o mundo*, nem sequer percebo aquilo que está a suceder ao meu corpo. Há pois como que uma *estupidez dolorosa*; *como queres que eu entenda se me dói?*

A dor suspende o raciocínio, suspende o pensamento, tanto o centrado nas coisas afastadas como sobre as coisas próximas, imediatas. O momento em que a espada me provoca dor é o momento em que *sei* menos sobre a espada; é o momento em que eu sou mais estúpido face à espada.

A inteligência e o raciocínio são pois *ações* que começam apenas no momento em que a dor insuportável se

---

651 *Principles*, parte 4, *Philosophical works* (1911), citado em Arendt, Hannah – *A condição humana*, 2001, p. 170, Relógio d'Água.
   Sobre esta questão da identidade e da dor, Wittgenstein desenvolve o raciocínio a partir de uma das suas célebres questões: "Mas não é absurdo dizer de um *corpo* que tem dores? – E por que se sente que isso é absurdo? Até que ponto é que a minha mão não sente dores, mas sim eu na minha mão?"
   E prossegue, ainda no mesmo fragmento:
   "Que género de controvérsia contém a pergunta: é o corpo que sente dores? – Como se decide esta controvérsia? Como é que se faz valer a opinião de que *não* é o corpo? – Bem, aproximadamente da seguinte maneira: se uma pessoa tem dores na mão, então não é a mão que o diz (a não ser que o escreva); e, além disso, não se consola a mão, mas sim a pessoa que sofre; olha-se a pessoa nos olhos".
   (Wittgenstein, Ludwig – *Tratado lógico-filosófico/Investigações filosóficas*, 1995, p. 354, Fundação Calouste Gulbenkian)

No grito, o corpo desaparece (mas o que desaparece é onde dói).

suspende. Conceber um ser humano com um corpo no qual a dor se mantivesse constante seria conceber um ser humano que não perceberia o mundo ou que pelo menos o perceberia pior, pois a dor o obrigaria a atirar grande parte das suas capacidades para dentro de si. No limite, um ser humano com uma dor extrema, constante, seria um ser humano irracional ou, pelo menos, sem hipótese de utilizar a sua racionalidade. Segundo o exemplo de Descartes: não poderemos entender (não podemos raciocinar sobre) o movimento da espada no momento em que esta nos provoca dor; a dor provoca, poderemos dizer, a *maior perturbação mental*: a paragem, um bloqueio dos raciocínios. Eu só posso entender o movimento de uma espada no momento em que esta causa dor *a outro*. (Só entendo a dor do outro, a minha suporto-a.)

Toca-se aqui um ponto essencial: o entendimento humano, o intelecto humano, não se suspende com a dor do Outro, mesmo que aquele que esteja a sentir dor se localize apenas a dois metros de distância. E nesta particularidade, orgânica e intelectual, poderá estar uma das origens deste brutal isolamento entre existências: *Podes sofrer, que tal não interromperá o meu raciocínio.*

Não se trata de um egoísmo mental, mas de um egoísmo biológico: *só a minha dor afecta a minha inteligência*; ou, na negativa, novamente: *a dor dos outros não interfere na qualidade da minha inteligência.*

PATOLOGIA INTELECTUAL

Num certo sentido, poderemos então dizer que a dor provoca uma patologia intelectual: evitar a dor, afastar o próprio corpo da dor é já criar condições para que o raciocínio intelectual se desenvolva. *Evitar a dor para poder pensar*; eis uma síntese possível do ser humano.

A fuga à dor, instintiva ou planeada, pode assim ser interpretada também como uma aproximação à inteligência e ao entendimento. Tratar-se-á assim de perceber o que prevalece: foge-se à dor porque a dor é má, e isto é o mais relevante, ou foge-se à dor porque *não pensar é inaceitável*? Claro que as dúvidas não se demoram muito neste campo; e para as esclarecer basta colocar brutalmente, e de modo simples, a pergunta:

se não existisse uma terceira alternativa, e se tal fosse possível por qual optarias: deixar de sentir dor e, como "castigo", deixar de pensar?

Ou: continuar a sentir dor mantendo a capacidade de raciocínio?

Entre a ausência de dor e a inteligência, o ser humano, o ser racional por excelência, o ser das invenções, da filosofia, da arte, da tecnologia, optaria, provavelmente, arriscamos, pela ausência de dor. Em suma – e esta é uma das sínteses essenciais – provavelmente, no Homem, o medo da dor suplanta o medo da estupidez[652].

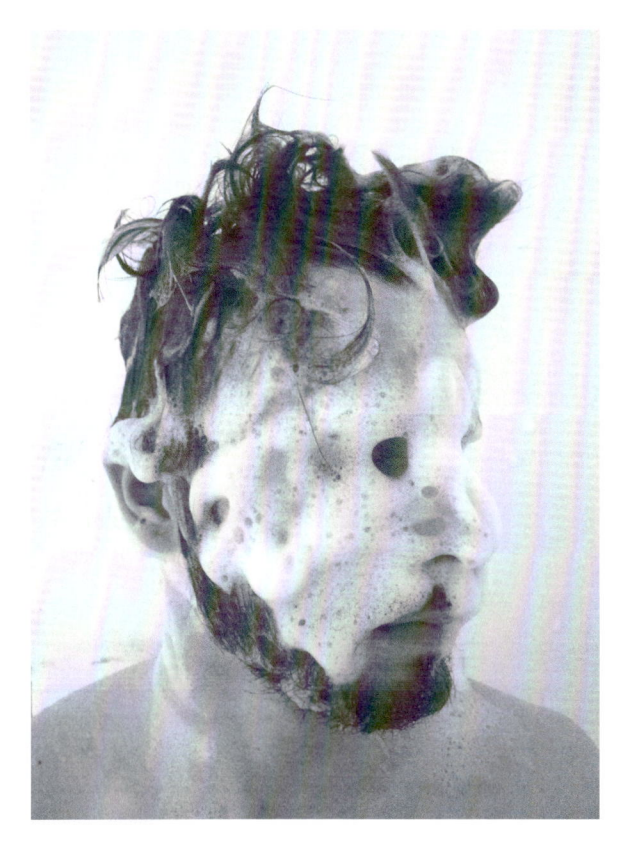

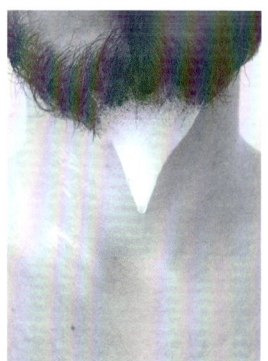

Tentativa Francis Bacon (sabão).

---

652 Num aparte rápido, diga-se que, se a dor do outro impedisse o meu raciocínio, há muito teríamos um outro ser humano e uma outra cidade, bastante mais preocupada com o ser humano que está ao seu lado (não por questões de bondade, claro está).

Corpo, dor, sensações

A ATENÇÃO

A questão da atenção, desse ponto para onde me dirijo, não exteriormente, mas internamente, é fundamental. Veremos mais à frente que é uma das bases do processo da imaginação. Wittgenstein fala muito acertadamente de uma "audição interior", e à "atitude receptiva" chama "apontar para uma coisa"[653]: "pode-se apontar para uma coisa *com a vista e com o ouvido*"[654].

Podemos pois desenvolver a ideia de que, paralelamente aos sentidos reconhecíveis por todos e que captam o exterior (o mundo), existem outros sentidos que *repetem*, no interior, a ação que se faz no exterior. Mas repetem de uma maneira distinta; talvez em vez do termo repetição se deva, aliás, dizer: *reforço*. Ou seja, há como que um *reforço interior* que leva à ativação, ou não, dos sentidos exteriores. A esse reforço interior podemos chamar *atenção*.

Não somos surdos, não ficámos temporariamente desprovidos da capacidade de escutar, mas tal não basta para, tanto nós como os que nos rodeiam, podermos ter a certeza de que estamos a ouvir o que se fala por ali, em redor. Também o facto de termos os olhos abertos, virados numa determinada direção, não nos garante – nem aos que nos rodeiam – que estamos efetivamente a ver. É necessário, para além do bom funcionamento dos órgãos exteriores, existir um bom funcionamento da atenção interior. No limite, é o cérebro que decide se a visão vê e se a audição escuta.

Mas há depois esse fenómeno estranho da divisão dessa atenção interior ou desse *apontar interior*, como se o cérebro pudesse apontar simultaneamente para sítios distintos.

Uma pergunta de Wittgenstein desenvolve este problema:

"A minha atenção estava dividida entre a minha dor e o barulho no quarto ao lado?"[655] Ou então esta expressão deliciosa e elucidativa: "estava meio a pensar nele

Compartimento para fumadores.

---

653 Wittgenstein, Ludwig – *Tratado lógico-filosófico/Investigações filosóficas*, 1995, p. 493, Fundação Calouste Gulbenkian.
654 Idem, p. 492.
655 Idem, p. 493.

quando disse isso"⁶⁵⁶. "Meio a pensar nele", meio a não pensar nele. Eis a divisão matemática da atenção interior: ½, ½.

E podemos desenvolver esta questão e pensar que a atenção se pode dividir por quatro pontos, por oito, etc. Poderemos dizer: estava a pensar ¼ em ti, ¼ em x, ¼ em y e ¼ em z. Importante é pois pensar se há um limite para a subdivisão da atenção interior. Se a atenção, quer virada para fora quer virada para dentro, tem um limite de pontos captáveis, a partir do qual fica cega, surda.

Esta divisão do pensamento é insólita: pensamento que pode dirigir-se para vários sítios ao mesmo tempo – como pernas estranhas pertencentes ao mesmo proprietário mas que caminham, se necessário, em direções opostas no mesmo instante. Talvez exista, no pensamento, uma liberdade de multiplicação de ações simultâneas que não existe no organismo exterior. Não podemos correr ao mesmo tempo para dois sítios opostos, mas podemos, ao mesmo tempo, pensar em duas coisas e ouvir duas frases.

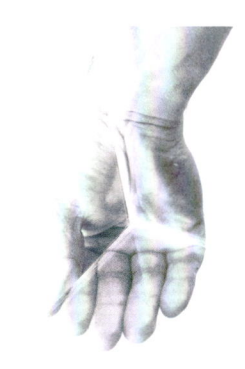

DESCREVER SENSAÇÕES

Wittgenstein aborda também a questão da dificuldade em descrever sensações: "o que é que sentes, quando os teus dedos estão nesta posição? – 'Como é que se explica o que se sente? É uma coisa inexplicável, especial'".

Como descrever, de facto, as sensações cinestésicas? Que palavras temos para que o outro nos perceba? Ou não há possibilidade de *tradução* entre estas duas linguagens: a linguagem do corpo, a linguagem dos movimentos e a linguagem que utiliza um alfabeto?

Olhemos para um exemplo de Wittgenstein:

"Uma criança fere-se e grita; os adultos falam com ela, ensinam-lhe a fazer exclamações e, mais tarde, a dizer frases. Ensinam à criança um novo comportamento de dor"⁶⁵⁷.

Estamos perante a impossibilidade de mostrar a dor:

"Mas a diferença entre um dente partido e um dente inteiro já a posso apresentar a qualquer pessoa".

656   Idem, p. 494.
657   Idem, p. 364.

3.4 Corpo e dor

Poderemos dizer, afinal, que o estudo do corpo pressupõe à partida algo de muito discutível, isto: que é possível falar/escrever sobre o corpo, que é possível explicar o movimento e as sensações privadas através de palavras. Digamos que há em todo o discurso sobre o corpo um passo de magia que se aceita: algo que existe fisicamente numa linguagem própria é expresso num outro mundo de linguagem – por associações de letras: *d*, *a*, *c*, etc. Estamos num mundo de *tradução mágica*, eis o nome mais correto (traduzir movimentos por palavras).

E há ainda essa questão de descrever por palavras, não movimentos mas sensações do meu corpo. É um bom ponto de partida conceber as *sensações do corpo* como uma espécie de *micromovimentos*. Sentir como sendo um conjunto de *movimentos musculares ínfimos;* estamos portanto, aqui, a esbarrar nesta questão: o que se contrai e relaxa quando eu sinto algo? Não falamos, claro, do exterior, do que pode ser medido por aparelhos, mas precisamente do interior: o que acontece no interior de um corpo durante uma determinada sensação que não se expressa externamente?

Wittgenstein escreve sobre este assunto:

"Eu quero descrever a uma pessoa uma sensação e levanto o braço, ou ponho a cabeça numa determinada posição, e digo-lhe: 'Faz *assim*, depois logo sentes'"[658].

Isto é, será que determinadas sensações são inexplicáveis por palavras, mas explicáveis por movimentos? Será que levando o corpo a repetir certos gestos poderemos sentir certas sensações?

Prossegue Wittgenstein: "Eu digo 'Faz assim, depois logo sentes'". Mas não pode haver aqui uma dúvida? "E não tem que haver uma dúvida, quando o que se quer dizer é uma sensação?"[659]

Sim, de facto, haverá sempre uma dúvida: nunca poderás ter a certeza de que o outro sente o mesmo que tu. Há uma diferença radical entre a palavra que descreve e a sensação descrita. Eu posso dizer, numa situação do quotidiano: *estávamos os dois ansiosos*, mas que significa isto na verdade? Que tipo de rigor de descrição existe aqui?

---

658 Idem, p. 523.
659 Idem, p. 524.

SENSAÇÕES E GRITOS

Atentemos, então, neste exemplo: o indivíduo A está ansioso e o B também. A mesma palavra (*ansioso*) descreve um estado ou um conjunto de sensações que nunca poderemos comparar com rigor. Digamos que a linguagem por meio do alfabeto, mais uma vez, *torna igual o diferente*, *simplifica*, *acalma-nos*: chama ao que vai acontecendo nomes já conhecidos para alcançarmos a sensação de que conhecemos ou sabemos algo ou, afinal, simplesmente: para não ficarmos loucos. Temos de dar nomes para manter uma aparência de racionalidade.

Wittgenstein dá uma atenção particular ao grito: "o grito, que ninguém chama uma descrição, que é mais primitivo que qualquer descrição, tem exatamente a mesma função que a descrição de um estado de consciência"[660].

O grito, a forma sonora *menos verbal* que existe; ou,

---

660 Idem, p. 529.

3.4 Corpo e dor

Grito.

1. Medição de alturas (através do grito).
2. Primeiro, ganhar balanço. Depois correr tentando eliminar o grito.

se quisermos, o *verbo grotesco*, o *verbo animalizado*: o grito, eis que afinal se pode também constituir como descritivo. O grito *descreve uma dor*; *relata uma dor*. Podemos assim dizer que uma sucessão de gritos *constitui uma narrativa*, uma história contada pela boca de alguém, trabalhada pelos mesmos órgãos que trabalham a palavra. Uma narrativa de gritos poderá até, no limite, ser mais explícita do que uma narrativa de palavras.

O que é que sentiste? – poderemos perguntar a alguém que sentiu uma dor, e esse alguém responder com uma longa narrativa verbal (tentando descrever a dor).

O que é que sentiste? – Perguntamos a outro, e este grita (tentando descrever a dor).

No final da descrição do primeiro poderemos dizer: continuo sem entender o que sentiste (foram *palavras a mais*). No final da descrição do segundo (no final do grito) poderemos dizer: entendi o que sentiste. *Não precisas de gritar mais.*

MOVIMENTO E DOR

Atentemos agora na relação entre a sensação do próprio movimento e a sensação de dor. Qual delas vencerá? Qual se *escuta* ou se *vê*, internamente, melhor?

Wittgenstein exemplifica com uma situação em que simultaneamente um corpo se move e sente dor:

"Quando o movimento é muito doloroso, de tal modo que a dor se sobrepõe a qualquer outra sensação no mesmo ponto, torna-se, então, incerto se fizeste realmente o movimento? Poderia levar-te a procurares com os olhos, para te convenceres do movimento?"[661]

A dor, poderemos dizer – dependendo da intensidade –, faz esquecer tanto movimentos como pensamentos. Há claramente um conflito entre a intensidade da dor e a importância de outros movimentos, pensamentos ou palavras escutadas. Esta relação conflitual, de *luta* mesmo, poderá ser aproveitada no sentido inverso: poderemos fazer com que o indivíduo se dirija para determinados pensamentos ou faça determinados movimentos precisamente para esquecer a dor, para diminuir não a intensidade objetiva da dor, diretamente, mas a *atenção que dá à intensidade da dor*; e essa aten-

[661] Idem, p. 524.

ção tem ligação direta, como vimos já, à intensidade. Uma intensidade grande a que dás pouca atenção torna-se uma pequena intensidade subjetiva; mesmo que falemos de dor. A nossa atenção interior torna-se assim uma espécie de manípulo de volume, fundamental para o corpo, principalmente no combate à dor. E poderemos dizer que, em termos de dor, só há verdadeiramente uma intensidade – a subjetiva, a que o sujeito sente. Não há intensidade de dor objetiva. Portanto: a dor sentida depende da qualidade da manipulação da atenção interior, depende da capacidade de direcionarmos a nossa atenção para *outro lado* que não o lado da dor.

ATOS INTERIORES

Olhemos de novo para o paradoxo e para a estranheza que é descrever e falar de atos interiores, atos que não modificam o mundo que rodeia o corpo, mas apenas o corpo propriamente dito (e a parte não visível dele). Temos logo aqui uma distinção importante, podemos falar em dois tipos de ações corporais: ações de alguém que age tornando *visíveis* os seus atos: *ações no espaço*; e ações de alguém que age, mas não torna visíveis os seus atos; *está a fazer alguma coisa mas, frente a ele, nada vemos – ações no tempo, não visíveis*.

É que há realmente uma série de ações-sensações não visíveis. Leia-se este exemplo de Wittgenstein: "Imagina que alguém diz: 'O homem tem esperança'. Como deveria descrever-se este fenómeno geral da história natural? – poder-se-ia observar uma criança e esperar até que um dia ela manifestasse esperança; então poderia dizer-se 'Hoje teve esperança pela primeira vez'. Mas isto soa muito estranho!"[662] Ao mesmo tempo pode pensar-se: "Não podemos ter a certeza de quando uma criança começa a ter esperança, por se tratar de um processo interior".

Estamos perante verbos estranhos – pois o verbo é uma expressão da ação, da iniciativa; e aqui estamos perante verbos psicológicos: os verbos psicológicos "ver, acreditar, pensar, desejar, não significam fenómenos. Mas a psicologia observa os fenómenos *de* ver, acreditar, desejar".

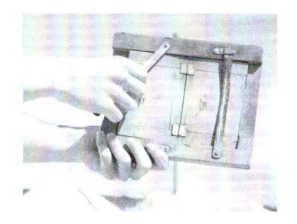

A cruz surge onde menos se espera.

---

662   Wittgenstein, Ludwig – *Fichas (Zettel)*, 1989, p. 110, Edições 70.

3.4 Corpo e dor

Estes verbos que descrevem aquilo a que podemos chamar ações invisíveis (pensar, acreditar, desejar) são estudados pela ciência, exatamente como os verbos que descrevem ações visíveis (correr, saltar). O Homem quer estudar, *quer perceber melhor tanto o verbo acreditar como o verbo saltar*; e tal não deixa de causar estranheza.

Curioso é o facto de Wittgenstein colocar, por exemplo, o verbo *ver* ao mesmo nível de interioridade – isto é, ao mesmo nível de dificuldade de confirmação da sua existência pelos outros – do verbo *acreditar*.

Como já vimos, eu nunca posso ter a certeza de que a pessoa à minha frente está a acreditar em algo – por exemplo, numa história que lhe conto. Da mesma maneira, repare-se, não posso ter a certeza de que a pessoa à minha frente está a ver algo, mesmo que ela esteja com os olhos abertos e virados na direção desse *algo*. Ter os olhos abertos e direcionados para algo, não é ver algo.

Estamos perante um conjunto de movimentos ínfimos a que vulgarmente se chama sensações, mas que têm claramente *existência privada*: existem apenas no corpo próprio.

Repare-se ainda: eu não tenho o mesmo grau de certeza de que uma pessoa está a ver ou a acreditar em algo e de que uma pessoa levantou o braço. Neste segundo caso, eu tenho mais certeza: eu vi o braço. Eu vejo o braço do outro levantar-se, mas *não vejo a crença do outro levantar-se* nem vejo o outro a *ver*. Se ele me disser que acredita eu terei também, pela minha parte, de acreditar no que ele me diz (também o outro ficará, diga-se, sem saber se eu acredito verdadeiramente que ele acredita em algo). Esta impossibilidade de ter a certeza acerca de atos interiores do outro está quase no mesmo grau da *não presença*, da *distância*; isto é: eu não vejo o ato de acreditar daquela pessoa que está à minha frente, perfeitamente visível, a dois metros; tal como não vejo o ato de levantar o braço de alguém que está, noutro sítio, escondido dos meus olhos ou demasiado longe. Estamos perante duas barreiras à visibilidade: uma *barreira de espaço* (volumes ou distância) – eu não vejo porque não está à minha frente – e uma *barreira corporal*: eu não vejo o que lhe acontece dentro do corpo *porque tenho o corpo dele à minha frente*.

Duas portas pequenas, duas portas grandes. (Um livro são duas portas pequenas.)

SENSAÇÕES, INTENSIDADE E LOCALIZAÇÃO

Mas as sensações internas realmente existem: acontecem num determinado tempo.

Todas as sensações, escreve Wittgenstein: "têm uma duração genuína. Possibilidade de dar o seu início e o fim. Possibilidade de serem sincronizadas, de ocorrências simultâneas"[663]. As sensações internas do corpo são assim, voltamos a insistir, fenómenos mais centrados no tempo do que no espaço. O espaço é um único – o interior do corpo –, os tempos variam. Ao contrário do que sucede nos movimentos exteriores comuns.

Wittgenstein aprofunda ainda as diversas sensações e a sua *posição corporal*, porque há uma questão que poderá à primeira vista parecer absurda, mas é óbvia: se sentimos algo (desejo, tristeza, etc.) esse algo deverá ter uma posição no corpo, um *sítio onde se localiza*.

Mas claro que há uma diferença importante entre sentir o movimento dos braços ou das pernas no espaço e a sua localização – localização no mundo, no espaço exterior – e o sentir os *movimentos* das sensações e a tentativa também de os localizar, agora não no mundo, no espaço exterior, mas no próprio corpo, no espaço interno.

Há sensações internas, como reconhece Wittgenstein, que não ocupam espaço ou, pelo menos, cujo espaço onde se situam não é perceptível para o próprio sujeito que as sente: uma sensação que não tem local. Como se não fosse possível, para determinadas sensações, a tal ciência topográfica, ou *autotopográfica*:

"'Sinto uma grande alegria'. – Onde?!" Pergunta aparentemente absurda, "no entanto, também se diz 'Sinto uma grande agitação no meu peito'".

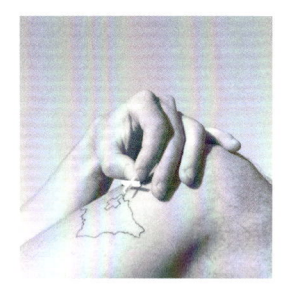

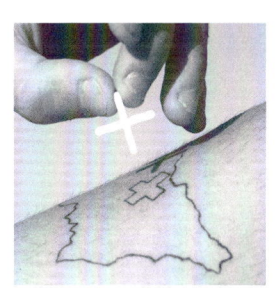

---

663 Idem, p. 111.

3.4 Corpo e dor

Eis pois a questão: "por que é que a alegria não está localizada? Será porque ela se encontra repartida por todo o corpo?"[664]

Wittgenstein acrescenta ainda o exemplo de que o objeto que nos provoca alegria é localizável, mas não a própria alegria. Por exemplo, quando alguém se alegra por ver ou cheirar uma flor. Alegra-se, sim, e a origem está bem definida, mas mais uma vez: onde? Em que sítio do corpo está a sua alegria?

É certo que, provoca Wittgenstein, "não dizemos que nos alegramos no rosto".

Mas, de facto, onde nos alegramos, onde estamos tristes?

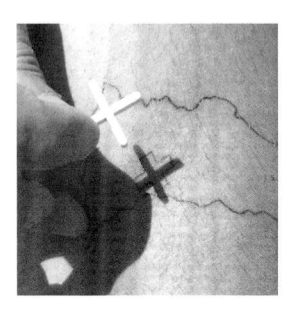

A exata localização dos sentimentos na pele (mapas).

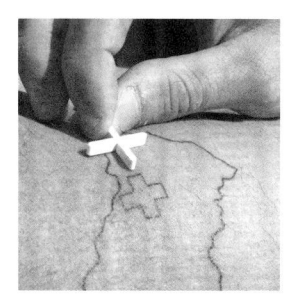

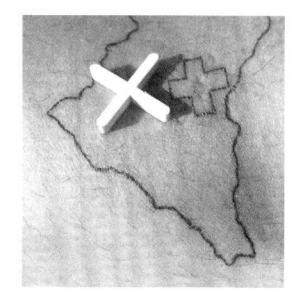

DOR E OUTRAS SENSAÇÕES

Clarice Lispector fala de um sofrimento descentralizado: "era a farpa na parte coração dos pés"[665], e Heine exclama: "Mas eu tinha dor de dentes no coração"[666]. Duas hipóteses.

A dor, de facto, apesar de ser um *acontecimento interior*, tem determinadas características que a diferenciam, por exemplo, do acreditar. *Sentir dor* é mais localizável (no corpo) do que o *acreditar*, ou do que o *sentir alegria*. Há mesmo uma diferença significativa.

E Wittgenstein chama a atenção para um ponto que talvez explique este facto: o conceito de dor "assemelha-se ao [conceito] de sensação táctil, por exemplo (através das características de localização, duração genuína, intensidade, qualidade), e ao mesmo tempo ao de emoções através da sua expressão

---

664 Idem, p. 113.
665 Lispector, Clarice – *Uma aprendizagem ou O livro dos prazeres*, 1999, p. 20, Relógio d'Água.
666 Heine, Heinrich – *Ideias: o livro de Le Grand*, 1995, p. 85, Relógio d'Água.

(expressão facial, gestos, ruídos)"[667].

Sentir dor é *como ser tocado*, mas por *dentro*, mesmo quando o toque original vem de fora. Por exemplo: quando alguém recebe um murro este provoca uma dor que continua mesmo depois de a mão que esmurrou já há muito ter abandonado a parte da pele esmurrada. O portador do punho que esmurrou pode estar já a milhas de distância, e quem recebeu o murro pode ainda ter dentro de si a dor originada por aquele gesto. Deste modo, como naquele momento não há nenhuma superfície do Outro em contacto, a dor, naquele momento, terá de definir-se como um toque violento do Outro, que se manteve, como a *memória de um murro*, a memória de um movimento que magoa; memória, esta, que tem consequências concretas no presente.

Falamos da dor provocada pelo exterior, pelo choque com algo do mundo exterior. Mas poderemos ainda pensar na dor que não tem origem no mundo que rodeia o corpo (pelo menos diretamente) mas sim no próprio corpo.

Não sei como é que me apareceu esta dor – esta expressão exibe um conceito de dor que, neste caso, se pode aproximar do conceito de doença.

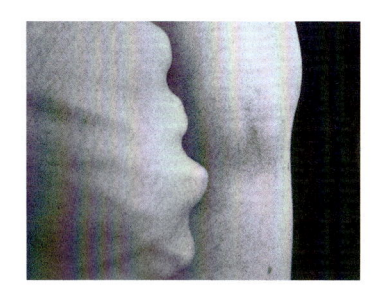

De novo. A pele não funciona assim.

QUAL O MATERIAL?

Por outro lado, podemos perguntar-nos não apenas sobre onde se localizam as sensações, mas o que são elas, que coisas movimentam, que movimento têm, elas próprias? Qual a origem física, material, da alegria? *Qual o material da própria alegria*? E da dor?

"É bem possível que as glândulas de uma pessoa triste", escreve Wittgenstein, "segreguem diferentemente das de uma pessoa que esteja alegre; e também que a sua segregação seja a ou uma causa de tristeza. Mas daí não se segue que a tristeza é uma *sensação* produzida por esta secreção?"[668]

Estamos aqui na relação entre sensação e fisiologia concreta, na relação entre sensações e movimento de substâncias e suas concentrações dentro do corpo.

Ver como algo diferente de sentir:

---

667 Wittgenstein, Ludwig – *Fichas (Zettel)*, 1989, p. 113, Edições 70.
668 Idem, p. 117.

Medir um rosto – quantos metros de uma fita métrica com um centímetro de altura são necessários para vendar/tapar um rosto?

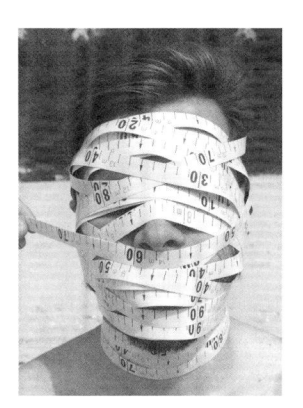

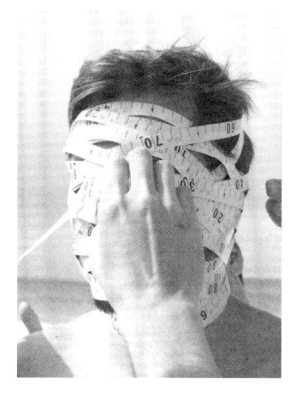

"lembra-te da diferença entre ver e dor", escreve Wittgenstein. "Sinto dor na ferida – mas cor nos olhos?"[669]

O que vemos não se sente: a visão é *insensível*. É uma função *para além da dor*, pelo menos no imediato, sendo no entanto evidente que certas visões podem, *depois*, provocar sensações. *Estou a sentir algo porque vi.* Mas repare-se: o ato de ver não dói, os olhos podem doer, mas a visão não. Seria absurdo dizermos algo como:

Eu magoei-me no olho quando vi isto. O olho magoa-se, sente dor, não pelo que vê, mas por aquilo que lhe toca, direta e fisicamente.

ROSTO E DOR

Há, por outro lado, a questão, já levemente abordada, da relação entre o rosto – manifestação exterior – e as sensações interiores. Wittgenstein desenvolve o tema a partir da pergunta: existirá uma determinada expressão facial diretamente ligada a uma sensação interna? Ligada, por exemplo, perguntamos nós, como uma árvore pode ser ligada a outra por intermédio de uma corda? Ou será que se liga, sob outro ponto de vista, como duas células do mesmo corpo se ligam?

É de atentar, lembra Wittgenstein, que "o rosto de uma pessoa não tem, de modo algum, uma expressão constante. Altera-se de um momento para o outro: por vezes, apenas um pouco; outras vezes, a ponto de se

---

[669] Idem, p. 118.

tornar irreconhecível"[670]. Este rosto varia exteriormente de acordo com algo que acontece fora, no mundo, mas também dentro, no interior do corpo. Esta é uma hipótese.

Assim sendo, escreve Wittgenstein, seria "possível descrever um tipo de fisionomia média de crença"[671], tal como seria possível descrever uma fisionomia média da dor e da alegria. E essa *fisionomia média* seria, e é, o único indicador, para os outros, do que acontece dentro do corpo do outro.

Este rosto dele significa que ele está a sentir isto.

No entanto, esta ligação fisionomia/sensação pode ser falseada, manipulada, treinada, provocada exteriormente; e nisto se baseia, por exemplo, muito da arte teatral do ator. A fisionomia média de uma sensação não pode ser calculada com a certeza do cálculo de qualquer outra média matemática; é uma média estranha, que pode ser mais ou menos verdadeira, mas também pode, como dissemos, ser falsificada. De qualquer maneira, não seria totalmente improdutivo pensar em executar (desenhar/fotografar) uma tabela das *fisionomias médias* provocadas por diferentes sensações – fisionomia média da esperança, da dor intensa, da desilusão, da excitação, etc. De certa maneira os desenhos que exprimem "caretas emocionais" são já um cálculo desenhado das tais fisionomias médias das sensações[672].

Diga-se ainda que Wittgenstein prossegue o seu raciocínio da relação entre fisionomia e sensações levando-o até às coisas não humanas:

"'O cão quer *dizer* algo quando abana a cauda'; 'Ao deixar cair as folhas, a planta quer dizer que necessita de água'?"[673]

Como se a *fisionomia* da Natureza, aquilo que nós vemos dela, não fosse mais do que uma expressão média e visível daquilo que ela (Natureza) sente interiormente.

---

670   Idem, p. 118.
671   Idem, p. 118. Para Wittgenstein, a força de uma crença "não é comparável com a intensidade de uma dor". Uma crença "não é como um estado de espírito momentâneo. 'Às cinco tive uma dor de dentes terrível'". Uma crença é algo mais estável. (Wittgenstein, Ludwig – *Aulas e conversas*, 1991, p. 99, Cotovia)
672   É evidente então que há uma parte de fora do sofrimento. Tal é expresso de uma forma brutalmente clara na série de vídeos intitulada *As paixões*, do artista Bill Viola. Vídeos estes que exibem rostos emocionados, inspirados em pinturas do Renascimento. (Revista Lapiz, n. 212, ano 24, p. 32 e seguintes)
673   Wittgenstein, Ludwig – *Fichas (Zettel)*, 1989, p. 119, Edições 70.

DOR INCONSCIENTE

Uma outra questão colocada por Wittgenstein – e que nos importa mais – é esta: poderá a dor ser inconsciente? Poderá uma dor existir e nós não termos consciência dela?[674] Wittgenstein esclarece esta questão nestes termos: "pode considerar-se útil chamar a um certo estado de apodrecimento de um dente, não acompanhado pelo que geralmente chamamos dor de dentes, 'dor de dentes inconsciente' e usar num tal caso a expressão de que 'temos dor de dentes, mas não o sabemos'"[675].

Esta expressão poderá levar, está claro, à perplexidade ou à ideia de "que foi feita uma descoberta formidável, uma descoberta que, num certo sentido, confunde completamente a nossa compreensão". A descoberta da dor inconsciente.

E Wittgenstein desenvolve a sua hipótese supondo que um cientista pode insistir que esta tal "dor de dentes inconsciente" existe e pode mesmo ver-se a ele próprio como "alguém que está a destruir um preconceito vulgar"[676]; o preconceito de que qualquer dor só é dor enquanto consciente para o indivíduo que a tem (e por isso mesmo a sente). Ter, neste caso, seria igual a sentir. O cientista poderia dizer (escreve Wittgenstein): "De facto é muito simples; existem outras coisas que vocês não conhecem, e também pode existir uma dor de dentes que vocês não conheçam. É uma descoberta recente".

O mais relevante, neste raciocínio quase provocador de Wittgenstein, é a questão de que é, de facto, na linguagem que os conceitos se localizam e, portanto, se *alterarmos a linguagem*, se *alterarmos as normais associações de palavras*, estamos a construir novos conceitos, formas novas de explicar e interpretar acontecimentos. Repare-se que a simples ligação improvável entre *dor* e *inconsciente* coloca um novo problema que poderá ser o início de um novo conjunto de investigações e, eventualmente, o início de alterações conceptuais.

Porque tudo parte da estranheza da expressão *dor inconsciente*, da estranheza da linguagem utilizada. Podemos até pensar no exemplo de alguém que insiste

Um cão exato exatamente conduzido pelo dono.

---

674 "Uma pessoa pode fingir-se inconsciente; mas consciente?", questiona Wittgenstein. (Wittgenstein, Ludwig – *Fichas (Zettel)*, 1989, p. 95, Edições 70)
675 Wittgenstein, Ludwig – *O livro azul*, 1992, p. 55, Edições 70.
676 Idem, p. 56.

que o Outro, a seu lado, apesar de lúcido e com todos os sentidos a funcionarem bem, está inconsciente de uma determinada dor que realmente sente. Este diálogo louco que poderíamos imaginar desta forma:
– Tu tens uma dor e não sabes!
– Como?
só o é porque aceitá-lo como normal seria aceitar que o Outro pode ter mais consciência da minha parte interior, do meu corpo interior, que pode saber mais da minha dor do que eu próprio.

E sabemos bem que o indivíduo necessita de ter, como absolutamente segura, a sentença: *Ninguém sabe mais sobre a minha dor que eu.*

Existe o pressuposto de que a existência ou não de dor é um autoconhecimento:

Que sabes tu sobre a dor que sinto? Como podes tu dizer que eu estou a sentir uma dor se eu já te disse que não! Eis como qualquer um reagiria.

Aceitar o conceito de *dor inconsciente* seria aceitar uma nova área de estudo.

DOR, INCONSCIENTE E LINGUAGEM

Uma forma de romper os raciocínios habituais pode passar por uma nova associação de palavras, mostrando que a *imaginação na linguagem* é um meio para pensar de novo. A filosofia, escreve Wittgenstein, "é uma luta contra o fascínio que as formas de expressão exercem sobre nós"[677]. Trata-se portanto de pensar de novo todas as frases que são aceites como *frases que explicam e percebem corpo e mundo*. Daí a importância de Wittgenstein, ele que escreve precisamente que o seu método "não consiste apenas na enumeração de usos efetivos das palavras, mas antes na invenção deliberada de novos usos, alguns dos quais por causa da sua aparência absurda"[678]. O absurdo aparente destas expressões deve-se, precisamente, à sua novidade, à sua invenção. Expressões absurdas, com o tempo e a argumentação transformam-se, muitas vezes, em expressões determinantes. As novas combinações linguísticas podem ser novas ten-

677 Idem, p. 61.
678 Idem, p. 62.

tativas de compreensão. Novos modos de direcionar os olhos (novos ângulos).

"Invenção deliberada de novos usos das palavras", eis uma parte fundamental do método de Wittgenstein, e eis também uma possível definição da linguagem imaginativa. Pensar é, entre outras coisas, inventar novos usos das velhas palavras.

1. Um cão conduzido pelo dono.
2. Utilizar um cão para medir o espaço. Um cão como referência; o cão num lado e o final da fita métrica no outro.
3. Um homem que não vê serve para medir o espaço.

4

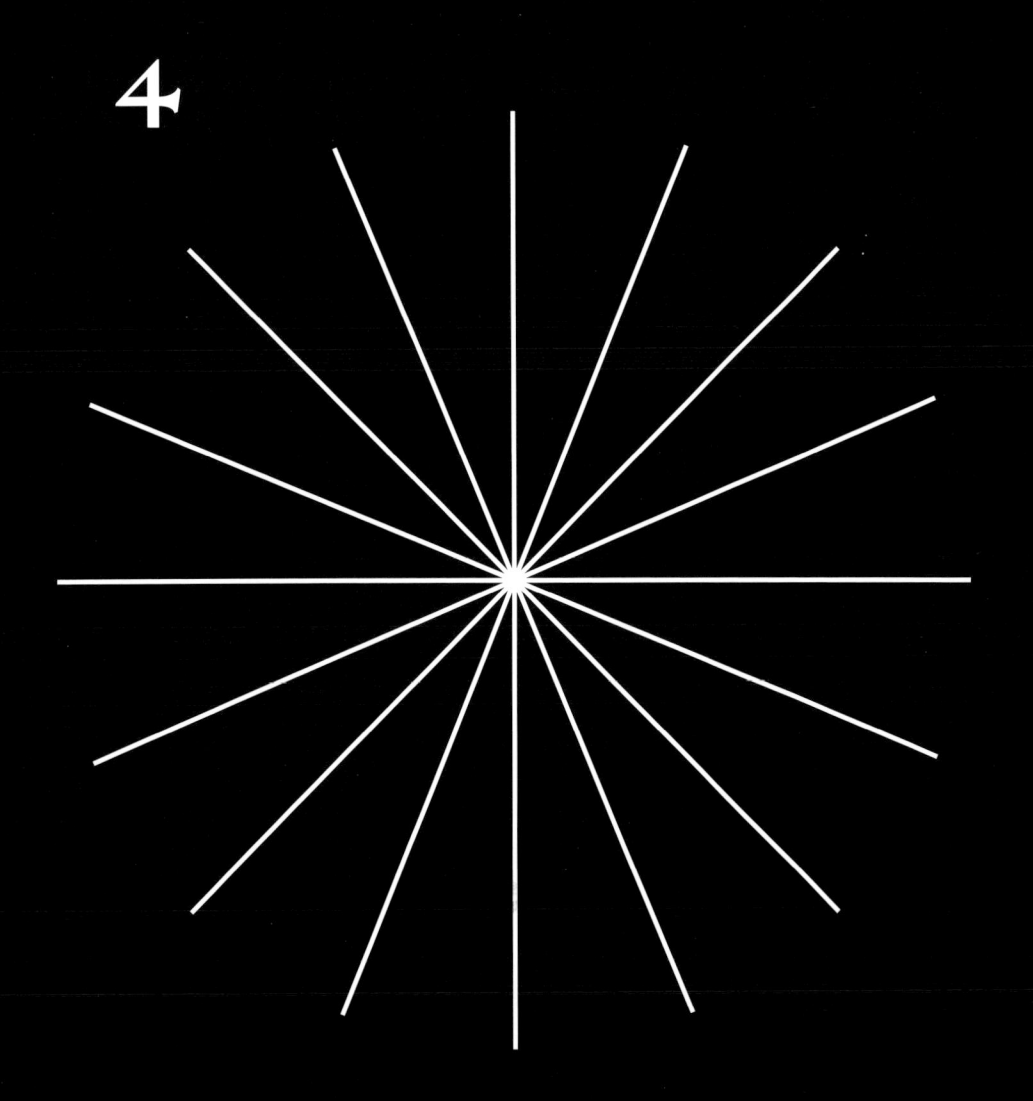

O CORPO NA IMAGINAÇÃO

4.1
Imaginação e linguagem - Bachelard e outros desenvolvimentos

O olhar – recepção/emissão

A ANGÚSTIA DE NÃO VER (PERDER A TERRA)

Ver é, em primeiro lugar, uma *recepção de segurança*. Vejo porque quero estar seguro, porque quero detectar perigos: muito antes de ver para criar, ver para imaginar, eu *vejo para não sofrer*, para não ter um acidente, para não morrer. Eis a primeira função da visão: uma função de sobrevivência, uma função que surge no meio de um *organismo que tem medo*, organismo que sabe que os outros, as outras coisas podem ser perigosas, podem ser *a causa de*.

Olhemos, como mero exemplo, para a angústia de uma personagem que por momentos *não vê*, descrita por Clarice Lispector no romance *A maçã no escuro*:

"Procurou andar em linha reta e às vezes se imobilizava um segundo agarrando com cautela o ar"[679].

Quando tudo desaparece o ar ganha como que uma

---

[679] Lispector, Clarice – *A maçã no escuro*, 2000, p. 19, Relógio d'Água.

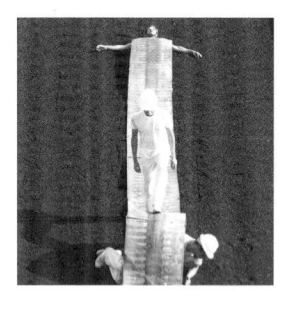

nova consistência física, torna-se um auxiliar. Prossegue Clarice: "Como andava nas trevas não poderia sequer adivinhar em que direção deixara o hotel. O que o guiava no escuro era apenas a própria intenção de andar em linha reta". Era guiado não pelos olhos, não pelas referências visuais, exteriores, mas pela intenção. O homem que avança nas trevas "bem poderia ser um negro, tão-pouco lhe servia a claridade da própria pele, e ele só sabia quem era pela sensação em si próprio dos movimentos que ele próprio fazia". Não via o próprio corpo, mas pelo menos sentia-o. Esta caminhada no escuro – sem visibilidade do mundo ou do próprio corpo – põe em ação alguns dos medos essenciais: "os seus pés tinham a milenar desconfiança da possibilidade de pisar em alguma coisa que se mova – os pés apalpavam a moleza suspeita daquilo que aproveita a escuridão para existir"[680].

A escuridão – o espaço não visível – como o espaço do perigo, o espaço das coisas estranhas; aquilo que não se vê é temível, assusta. É, no fundo, estranho porque a situação normal é aquela em que as coisas que existem *são vistas no momento em que existem* – existir e ser visível tornou-se quase sinónimo e tal deve-se a uma necessidade de segurança: *aparece, mostra que existes*. No entanto, algo não aparece, mas existe. Eis a origem do medo: *existo e não me vês*.

"Não sabia onde pisava", escreve Lispector, "se bem que através dos sapatos, que se haviam tornado um meio de comunicação, ele sentisse a dubiedade da terra".

A própria terra, a própria massa primeira, compacta, que nos suporta, eis que também ela – a solidez pura – treme, não está fixa, *não nos aguenta*.

Não ver é deixar de pertencer à terra, é deixar que a terra deixe de nos pertencer: é perder o que nos envolve, é não ter total confiança no corpo[681].

ORGANISMO E RECEPÇÃO

No entanto, o organismo não é apenas uma estação de recepção do mundo, ele muda com o mundo; algo

Podes caminhar com a hesitação delicada de um equilibrista por cima do caminho metálico que conseguiste construir entre um corpo e aquele outro que está lá mais adiante.
Fazer caminhos – e depois avançar.

---

680 Idem, p. 20.
681 Jünger refere que, para o cego, "o sol não é luz", mas "enquanto calor, aproxima-se mais da escultura do que da pintura". (Jünger, Ernst – *O coração aventuroso*, 1991, p. 57, Cotovia)

sucede nele quando vê, quando toca, etc. Toda a *recepção significa mudança*, o hóspede (um facto do mundo observado) muda a casa do hospedeiro (o organismo). Claro que o grau de mudança individual depende de uma espécie de estado de disponibilidade e da quantidade de **atenção livre** que se atira para um objeto percepcionado.

E a **atenção livre** é a *atenção sem objetivos didáticos*, atenção que não quer mais tarde fazer um relatório exato do que viu, quer sim fazer algo de novo com o observado. A atenção livre vê para se desviar para outro lado, não quer copiar, re-produzir, re-lembrar, quer sim começar.

"É preciso sonhar muito diante de um objeto para que este determine em nós uma espécie de órgão onírico"[682], escreve Bachelard.

Estamos, pois, perante um corpo *aumentado* ou, pelo menos, modificado. Um corpo que, para além dos órgãos anatomicamente conhecidos, apresenta órgãos oníricos, *órgãos temporários* que aparecem para desaparecerem logo a seguir, que não ocupam espaço como as restantes partes do corpo, mas que existem como que para uma função única: *responder imaginativamente a uma determinada percepção*.

Novalis foi mais explícito e escreveu: "Os órgãos do pensamento são os geradores do Mundo, as partes genitais da Natureza"[683].

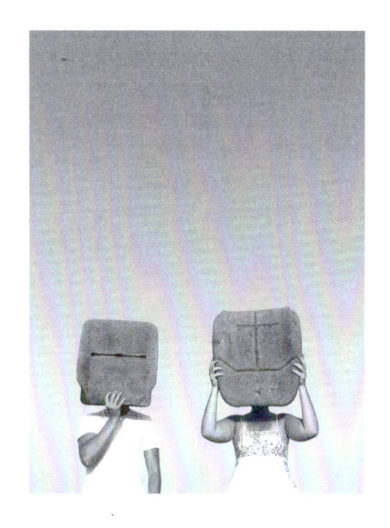

Duas personagens feitas de assentos de cadeira. Uma sorri, a outra não.

ROSTO EMISSOR

É evidente ainda que o rosto e os inúmeros centros de decisão que lá se encontram não são simplesmente postos de recepção. O rosto é como que uma *mistura de chegadas e partidas*.

"Em que consiste" – questiona Wittgenstein – "absorver a expressão do rosto?"[684] Em que consiste perceber um rosto, interpretá-lo?[685]

---

682   Bachelard, Gaston – *A poética do devaneio*, 1996, p. 161, Martins Fontes.
683   Novalis – *Fragmentos de Novalis*, 1992, p. 115, Assírio & Alvim.
684   Wittgenstein, Ludwig – *Cultura e valor*, 1996, p. 79, Edições 70.
685   Perceber ou interpretar um rosto não é assim tão fácil. É conhecido o episódio em que Picasso desenha, na linha cubista, um retrato de Stravinski. Na fronteira entre a Suíça e a Itália "os alfandegários, ao descobrirem o documento, decidem obstinadamente que estão na presença de um plano. Por mais que Stravinski lhes garanta que se trata do seu retrato, o desenho a lápis

Eis uma pergunta estranha que é a seguir concretizada de uma maneira que nos interessa desenvolver: pensa, propõe Wittgenstein, "no rosto do desenhador, nos seus movimentos; o que é que revela que cada traço que faz é ditado pelo rosto". Estamos perante uma situação simples: um desenhador desenha. Mas a proposta é: não olhemos para os traços no papel, mas sim para os traços do rosto – porque, de facto, *algo vem dali*, algo tem ali a sua origem. Poderemos pensar o rosto como *emissor* – sítio de onde partem os acontecimentos – poderemos mesmo dizer: o rosto é o sítio *de onde partem as intenções*, sítio onde *se revelam os indícios das intenções*[686]. No entanto, também podemos ver o rosto como *receptor*: sítio que *reage* ao que o próprio corpo faz. Ou seja: no rosto concentram-se uma emissão de intenções mas também reações. Com tal concentração de acontecimentos na face poderemos considerar como possível, olhando apenas para o rosto do desenhador, e nunca para o seu desenho, reconstruir, pelos mais leves indícios dos seus elementos, o próprio desenho; como se pudéssemos dizer, quase parecendo a expressão de um jogo infantil: *pela tua cara consigo saber o que estás a desenhar*. Ou, pensando agora no ato de escrita: *pelo teu rosto consigo saber o que escreves*. Consigo perceber as tuas intenções e as tuas reações.

OLHAR E DECOMPOSIÇÃO

Maria Filomena Molder, a propósito da obra de Rui Chafes, lembra a história contada por Ezra Pound "no início de *ABC of Reading* sobre Agassiz e o peixe-lua, do qual Agassiz pediu uma descrição ao jovem recém-formado, que procurava junto dele uma instrução mais alta. Após várias tentativas falhadas, embora regulares e académicas, de descrição, Agassiz insistiu para que o jovem licenciado olhasse o peixe"[687]; nenhuma metodologia complexa, nenhum instrumento alheio ao corpo, apenas isto: *olhar o peixe*; assim "ao fim de algumas semanas, o peixe estava em adiantado estado

---

é implacavelmente confiscado pelos funcionários para evitar qualquer risco de espionagem". (Désalmand, Paul – *Picasso por Picasso*, 2000, p. 37, Contexto)
686 Rosto como "a parte do corpo humano que, por excelência, tem a capacidade de exprimir a personalidade psicológica individual", como escrevem Deleuze e Guattari. (Citado em Huisman, Bruno; Ribes, François – *Les philosophes et le corps*, 1992, p. 414, Dunod)
687 Molder, Maria Filomena – *Matérias sensíveis*, 1999, p. 96, Relógio d'Água.

de decomposição, mas o estudante sabia alguma coisa acerca dele".

Estamos perante o olhar que vê tão atentamente que consegue ver o tempo que existe nas coisas. O tempo e o seu movimento.

A VENDA NOS OLHOS

Podemos, no limite, pensar em jogos em que diferentes elementos entram em competição para verificar quem melhor lê o rosto de um desenhador ou de um escritor; quem consegue descobrir, apenas pela observação do rosto em ato, o assunto do desenho ou da escrita.

Estamos aqui nas proximidades dessa ciência quase mágica: a fisiognomia, arte de ler rostos. Sendo ainda evidente que o rosto pode também entrar no jogo – pode revelar, disfarçar, ocultar[688].

Precisamente a propósito deste rosto que diz a verdade e do outro rosto que diz a mentira e, em particular, sobre a máscara – *rosto* conscientemente mentiroso – Bachelard escreve, em *O direito de sonhar*:

"A máscara realiza [...] o direito que nos concedemos de nos desdobrar. Oferece uma avenida de ser ao nosso duplo, a um duplo potencial ao qual não soubemos conferir o direito de existir, mas que é a própria sombra do nosso ser"[689].

O rosto, quando sabe que está a ser olhado, mascara-se: é o olhar dos outros, a consciência do olhar dos outros, que mascara o nosso próprio rosto.

Ao contrário do ato de ver ou olhar para um rosto, o ser visto é uma posição de fraqueza clássica. Num conto de Rubem Fonseca, uma das personagens diz: "Ser vista não me acrescenta nada"[690] e, depois, num diálogo que passa pela discussão da vaidade, acrescenta: "Quem quer ser visto não vê nada do mundo à sua volta. Está com uma venda nos olhos". Parece-nos uma excelente definição: quem está exclusivamente concentrado em

Um método utilizado para os cavalos não se sentirem incomodados com as moscas. Não é perturbado, mas também não vê.
Eis o que se pode converter numa parábola rápida: preferes não ser perturbado ou ver para onde avanças? Muitos levantarão o dedo e dirão: por favor, a cegueira!

---

688 Certos rostos, pela sua fealdade, como que exigem não ser olhados. Há mesmo uma divertida passagem de *Almas mortas*, de Gógol, que salienta esta fraqueza: "É claro que existem no mundo muitos rostos assim, que a natureza faz à pressa, sem recorrer a instrumentos delicados, limas ou verrumas, por exemplo, talhando-os, como o povo diz, a machado. Uma machadada e eis o nariz; mais outra e estão feitos os lábios; para os olhos basta uma broca. A natureza não se preocupa em poli-los e lança-os assim mesmo no mundo, dizendo: 'Vivem, é o que interessa'". Os feios? Vivem, é o que interessa. (Gógol, N. – *Almas mortas*, 1993, p. 117, Estampa)
689 Bachelard, Gaston – *O direito de sonhar*, 1991, p. 27, Bertrand Brasil.
690 Fonseca, Rubem – *Pequenas criaturas*, 2003, p. 59, Campo das Letras.

se mostrar está com uma venda nos olhos – está cego, nada vê, tudo está longe da sua atenção.

OLHAR E POSSE DO OLHADO

Escreve, sob outro ponto de vista, o poeta Brodsky: "Somos aquilo para que olhamos"[691]. E tal afirmação é a seguir justificada: "Porque o olho se identifica, não com o corpo a que pertence, mas com o objeto da sua atenção"[692]. Como se o olho pertencesse mais ao mundo que ao organismo, pertencesse mais ao objeto observado do que ao sujeito que observa.

Pensando desta forma, o olho fechado, o olho tapado pelas pálpebras, em oposição, pertenceria mais ao corpo: pois não estaria fixo num objeto. *Quando fecho os olhos sinto-os mais, eles são mais meus.* Quando os abro, eles deixam de me pertencer, *saem para o mundo*. Veem.

O olho aberto é um órgão do mundo, o olho fechado torna-se órgão do corpo.

O sonho será, dentro desta linha, esse olhar que se instala não sobre um objeto do exterior, mas sobre o próprio organismo. *O olho olha para dentro*, eis o sonho. E daí que este nos pertença individualmente como mais nenhuma *visão* pertence. Aquilo que eu *vejo* no sonho, sou eu, pertence-me. Aquilo que eu vejo no estado de vigília *é o mundo, não sou eu*, não me pertence.

OLHAR ATIVO (EMISSOR)

Wittgenstein também se preocupa com esta estranheza de sentidos que simultaneamente parecem agir e ficar parados, receber e dar. E assinala que nem todos os órgãos do corpo são semelhantes neste equilíbrio (ou desequilíbrio). Por exemplo, não "vemos os olhos humanos como receptores", escreve Wittgenstein, "não parecem deixar entrar nada, mas sim emitir algo"[693]. E especifica: "O ouvido recebe; os olhos olham. (Lançam

---

691 Brodsky, Joseph – *Marca de água*, 1993, p. 26, Dom Quixote.
692 Idem, p. 73.
693 Wittgenstein, Ludwig – *Fichas (Zettel)*, 1989, p. 60, Edições 70.

olhares, fulminam, irradiam, brilham.) Pode assustar-se alguém com os olhos, não com o ouvido ou o nariz. Quando vês os olhos, vês que algo é emitido. Vês o olhar nos olhos".

O ato de olhar, diríamos, pode ser entendido como o movimento de um braço: há qualquer coisa que se estende, qualquer coisa de físico que não se vê, mas se pressente, uma ligação semelhante ao braço que se afasta do tronco para pegar num copo. É como se o olhar que olha o copo na mesa fizesse o mesmo percurso da mão que o agarra, só que esse mesmo percurso não tem as mesmas consequências; o percurso muscular da mão tem mais efeito no mundo. Pelo contrário, olhar não altera o mundo – pelo menos aparentemente.

Wittgenstein acrescenta ainda:

"Se conseguires libertar-te dos teus conceitos fisiológicos, não acharás nada de estranho no facto de o olhar dos olhos também se poder ver". Ver-se o olhar (não os olhos) como se vê um movimento. "Porque também digo", continua Wittgenstein, "que vejo o olhar que lanças a alguém. E se alguém quisesse corrigir-me e me dissesse que eu realmente não o *vejo*, consideraria isso como estupidez pura"[694]. E, de facto, sim, todos vemos os olhares que uns *lançam* (e este termo é já elucidativo) aos outros.

Claro que Wittgenstein assume diferenças nestas duas *coisas* que se veem: não se vê um olhar "da mesma maneira" que se vê "a forma ou a cor dos olhos". Estamos de acordo.

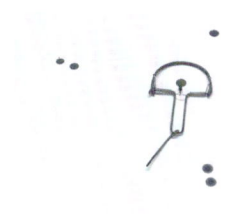

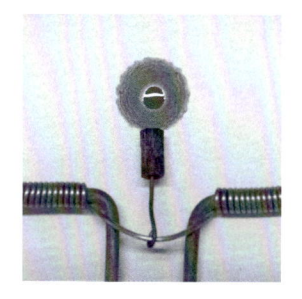

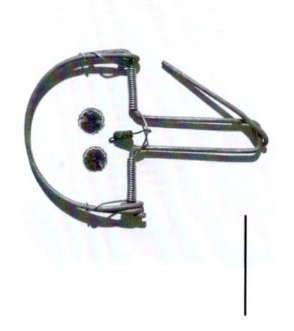

A IDADE DO OLHAR

Vergílio Ferreira fala também da importância do olhar. É neste que o Eu se aloja, diz: "o olhar é um espírito presente, é nesse olhar que para os outros se mede decisivamente a nossa idade"[695]. E acrescenta: "A um velho alquebrado esquecemos-lhe a velhice, se o seu olhar é ainda vivaz". Poderemos pensar portanto que há duas idades: a idade do corpo, da pele e do funcionamento dos órgãos no seu conjunto, e *a idade do olhar* (não dos olhos). E esta idade do olhar como que exibi-

---

694 Idem, p. 60.
695 Ferreira, Vergílio – *Invocação ao meu corpo*, 1978, p. 285, Bertrand.

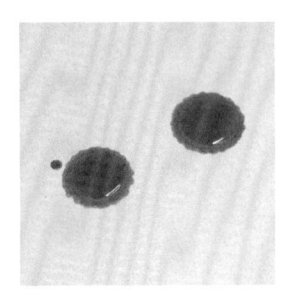

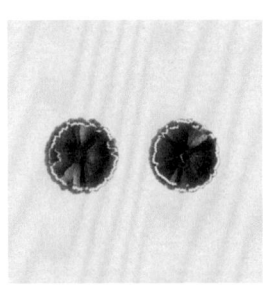

ria a idade verdadeira, *a idade do Eu*. Existirá, em suma, *a idade do mundo sobre nós*, a idade da nossa aparência e do nosso funcionamento que é efeito das circunstâncias da existência – estamos no *mundo dos acontecimentos* que nos marcaram; e depois existirá ainda a idade que nós temos *por cima do mundo*, independentemente do mundo, *a idade de nós sobre o mundo*, refletida na idade do nosso olhar.

Poderemos dizer: Eu tenho a idade que tem a atenção do meu olhar. E isto só depende de mim.

EXCESSO DE IMAGENS, ECRÃ

O excesso de imagens presentes no mundo contemporâneo pode levar a uma impossibilidade de ver imagens *não presentes*, eis uma tese defendida por alguns. Excesso de imagens que barra a imaginação.

Escreve Maria Filomena Molder a este propósito:

Isto é sangue.

"A repetição e a reprodução demencial das imagens produzem uma carência asténica, uma fome que não quer ser preenchida, um não querer ver mais"[696].

E poucas coisas há mais violentas que esta sensação: não quero ver mais. A saturação do olhar, o seu cansaço, o seu tédio, é uma das preocupações contemporâneas. Há demasiado para ver. Maria Filomena Molder prossegue:

"A reificação da imagem pelo ecrã tornou quase impossível imaginar, enquanto distância nunca preenchida em relação ao não visto". O excesso de imagens, ininterruptas e que não deixam nenhum espaço em branco, nenhum espaço vazio, tal torna "impossíveis o devaneio e a nostalgia"[697].

Um homem fascinado com um círculo. Um homem que veio de longe para ver um círculo, para assistir a um círculo como se assiste a um filme. Cem minutos diante do círculo branco, tentando percebê-lo. Como diante de um quadro.

Neste excesso de imagens estamos sempre como que no presente, ocupados, a fazer ou a ver; enquanto a imaginação, pelo contrário, projeta-se e recorda: sai do dia numa imprevisibilidade de saltos temporais. Maria Filomena Molder cita Leroi-Gourhan, que diz: "o presente não me interessa"[698].

---

696 Molder, Maria Filomena – *Matérias sensíveis*, 1999, p. 215, Relógio d'Água.
697 Este excesso de imagens pode equivaler a um excesso de objetos no espaço, daí que faça sentido recordar a tese de Warhol: "Quando olho as coisas, vejo sempre o espaço que ocupam. Desejo sempre que o espaço reapareça, porque é um espaço perdido quando existe algo nele. Se vejo uma cadeira num espaço bonito, por mais bonita que seja a cadeira, jamais pode ser tão bonita como o espaço vazio". (Warhol, Andy – *Mi filosofía de A a B y de B a A*, 1998, p. 154, Tusquets)
698 Citado em Molder, Maria Filomena – *Matérias sensíveis*, 1999, p. 215, Relógio d'Água.

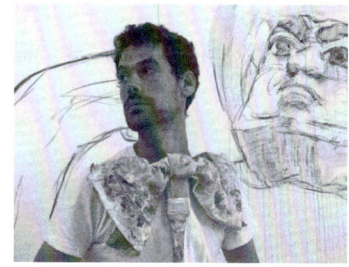

OS CAVALOS BEBEM ÁGUA

De um livro de Paul Sébillot, Bachelard lembra Gargântua a engolir, não o seu remédio mas o seu médico e, de um livro de Langlois, lembra a crença da Idade Média em que as baleias "em caso de perigo engolem a prole para lhe dar asilo, e a expelem em seguida" e citando os versos de Serguei Iessenin:
"Os cavalos beberam a lua
Que se via sobre a água"[699],
Bachelard mostra ainda a fronteira inquieta, a fronteira que treme – e que portanto não é fronteira (não é linha, mas área) entre interior e exterior.

A *imaginação* é pois uma questão que joga sempre com o dentro e fora. Aliás, o próprio espaço onde se desenvolve a imaginação é um espaço interior, não visível[700].

No romance *A lição de alemão*, de Siegfried Lenz, o pintor, que é proibido de pintar porque os seus quadros se centravam em temas politicamente inaceitáveis, mostra folhas em branco ao chefe da polícia – o controlador – dizendo que ali está desenhado, entre outras coisas, um pôr do Sol. Porém, as folhas estão em branco.

O pintor diz: "Disse-te que não posso parar. [...] Como vocês são contra aquilo que é visível, eu fico-me

Pintando o horizonte.

---

699 Citado por Bachelard, Gaston – *A terra e os devaneios do repouso*, 1990, p. 112-113, Martins Fontes.
700 A não ser que, por exemplo, os animais imaginários como "as esfinges, os grifos, as quimeras, os dragões, [...] os unicórnios", etc., exijam, como num conto de Calvino, retomar a posse da cidade. (Calvino, Italo – *As cidades invisíveis*, 1994, p. 160-161, Teorema)

pelo invisível. Olha-o bem: o meu pôr do Sol invisível com as ondas a desfazerem-se na praia"[701].

Proibido o visível, o pintor continua o seu trabalho da forma imaginária. Porém o chefe da polícia irrita-se, nem tolera a imaginação: "estas folhas ficam todas apreendidas"[702].

Apreende pois as pinturas invisíveis, as descrições imaginárias.

O pintor no entanto fica ainda com algo:

"De qualquer modo não se pode passar busca à cabeça. O que lá estiver, está seguro. Da cabeça não podem vocês confiscar nada".

Está dentro de mais, interior de mais, *engolido de mais*[703].

Pintando o horizonte.

---

701 Lenz, Siegfried – *A lição de alemão*, 1991, p. 115, Dom Quixote.
702 Idem, p. 116.
703 "O interior do homem deve valer sempre o dobro do seu exterior", escreve Gracián no seu cínico mas ajuizado *A arte da prudência*. (Gracián, Baltazar – *A arte da prudência*, 1994, p. 25, Planeta)

Imaginação e consequências

UMA VEZ, VÁRIAS VEZES

Em *A psicanálise do fogo*, Bachelard escreve, em tom de definição programática: "os fulcros da poesia e da ciência, para começar, são inversos"[704]. Nenhuma ilusão inicial: não se trata do mesmo, trata-se de coisas *inversas*, porém dizer inversas é já dizer que há uma relação, uma ligação e essa ligação pode ganhar força através da filosofia, escreve Bachelard. Esta pode tornar a poesia e a ciência "complementares" e "uni-las como dois contrários perfeitos". É necessário então "opor ao espírito poético expansivo o espírito científico taciturno, para o qual a antipatia prévia representa uma precaução salutar".

Sobre a figura do cientista, Bachelard adverte: "ele nunca vê pela primeira vez. [...] no reino da observação científica, com objetividade certa, a 'primeira vez' não conta. A observação pertence então ao reino das 'várias vezes'"[705]. A ideia de repetição está sempre presente na ciência: o olhar é o olhar *de quem já viu*, de quem *já voltou a ver*, de quem só considera visto o que viu várias vezes. A quantidade de observações é elemento imprescindível: o respeito científico ganha-se pela *confirmação repetida de uma visão anterior*. E, nesse sentido, as fórmulas que descrevem factos, coisas ou comportamentos da matéria são *fixações numéricas de visões* que não se alteraram, funções numéricas de visões confirmadas ou *fixações quantitativas de múltiplas observações*. Quantifica-se o que foi visto o número de vezes suficiente. Quantifica-se o imutável (o aparentemente imutável), *quantifica-se o que não surpreende*, o que não espanta. Só depois de terminado o espanto face às coisas é que se pode quantificar. Estar surpreendido é pois a situação inversa do cientista que quantifica, que transforma o mundo, ou uma parte desse mundo, em fórmula. Estar espantado, surpreender-se com algo, é dizer que *as fórmulas não são suficientes*, que as fórmulas que existem já não chegam para fixar o mundo. A situação de espanto é a manifestação de que uma parte do mundo ainda não foi observada as vezes suficientes,

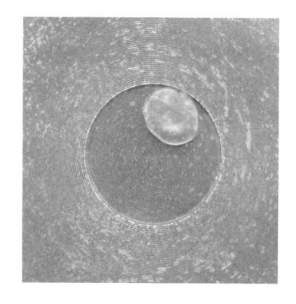

Pode um alimento que é levado ao fogo traçar uma circunferência mais perfeita do que um compasso? Pode o fogo traçar uma circunferência mais perfeita do que um compasso? Repare-se que todos os utensílios que utilizamos nos dias comuns foram, de uma maneira ou de outra, colocados sobre o fogo, sobre as temperaturas altas. Com máquinas mais ou menos sofisticadas é certo mas, no fim, tudo se resume a isto (como os ferreiros bem sabem): para moldar uma forma, para enformar, para deformar, para transformar o reto em curvo, o curvo em reto, precisas do fogo (levar o sacrificado ao altar). As formas, a altas temperaturas, tornam-se dóceis. O que é compacto e duro e forte e resistente e não-saio-daqui, quando a altas temperaturas, torna-se subserviente, manso e mole. Vou para onde, diz a matéria? – vou para onde a mão do ferreiro me mandar. Tudo o que é forte se torna fraco com o fogo. Ou: o fogo torna fraco o forte. Ou: o fogo faz forte o fraco. Tudo em F. E assim uma frase vai ganhando também ela força, isto é: vai tornando-se mais compacta, mais densa.

---

704 Bachelard, Gaston – *A psicanálise do fogo*, 1989, p. 8, Litoral.
705 Bachelard, Gaston – *A poética do espaço*, 1996, p. 164, Martins Fontes.

que uma parte do mundo, em suma, escapou ao olhar demorado e repetido da ciência.

Diga-se também que a noção de progresso na ciência vive muito da ideia de que aquilo que, por enquanto, ainda espanta em breve será normalizado, explicado por uma fórmula, depois de repetidas observações. Aquilo que ainda espanta, aquilo que ainda não compreendemos, tem esse estatuto porque, para já, escapou à observação da ciência, aos olhares exaustivos apoiados por instrumentos meticulosos que cobrem o mundo. Eis a noção de progresso[706].

Olho 1.

DOIS MODOS DE PEGAR NUMA LUPA

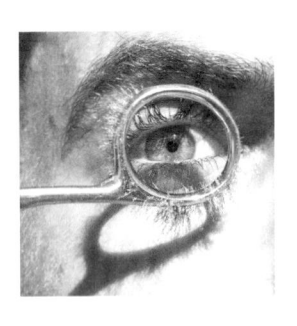

Na imaginação, pelo contrário, estamos, como diz Bachelard, no reino da "primeira vez". Diríamos: no reino de um *olhar primeiro* que não quer transformar-se num segundo olhar, a não ser que este segundo olhar veja algo de diferente. No olhar do imaginário olha-se para ver algo de novo, não para ver o mesmo como na Ciência. O olhar do imaginador é o olhar que se quer espantar; e se já se espantou com uma coisa e se volta a olhar para ela é porque se quer espantar de novo, provavelmente com um pormenor diferente. Daí que as *mudanças de escala* sejam imprescindíveis; ao contrário do olhar do cientista que quer *ver sempre do mesmo ponto de referência* e à mesma escala para poder ter graus de comparação, o imaginador olha de perto e depois de longe, olha para um canto e depois para o outro, olha como se o olhar fosse um ser errante que não se fixasse em nada senão no novo; olhar que nunca para outra vez frente ao que já viu[707]. Mas o olhar do imaginador é ainda um olhar atento e, nesta questão, em certas situações, pode confundir-se com o olhar do cientista. "Pe-

Olho 2.

---

706 Bachelard chama a atenção para esta *repulsa*, digamos assim, da surpresa: "É preciso inicialmente, no trabalho científico, psicologicamente, digerir a surpresa". (Bachelard, Gaston – *A poética do espaço*, 1996, p. 164, Martins Fontes) E toda a digestão tem uma finalidade.

707 É evidente ainda, como lembra Novalis:
"que há uma analogia entre o *pensar* e o *ver*. A capacidade de pressentir e a de recordar relacionam-se com a *visão ao longe*.
(Tudo nos chega muito antes de suceder. *Profetas*.)
(As distâncias no tempo e no espaço transformam-se uma na outra)".
(Novalis – *Fragmentos de Novalis*, 1992, p. 103, Assírio & Alvim)
Em suma: ver ao longe é pensar antes.

gar uma lupa é prestar atenção, mas prestar atenção já não será possuir uma lupa?"[708] Responde Bachelard: "A atenção, por si só, é uma lente de aumento".

Estamos pois face a dois estados de atenção, a dois modos de pegar numa lupa: o cientista que só procura o novo para o eliminar, por via da repetição do olhar; pega na lupa para *domesticar o novo*, para *descobrir a fórmula da repetição*, a fórmula que, eliminando o imprevisto no mundo, acalma o homem. Enquanto isso, o imaginador pega na lupa para descobrir o novo e quando o descobre parte de imediato para outro sítio, mesmo que esse outro sítio seja ainda o mesmo, mas mais acima ou abaixo; ou lá para trás. E aqui não se procura a calma, mas o sobressalto. O imaginador não quer obter a garantia de que pode voltar ao mesmo sítio e ver o mesmo, quer sim, pelo contrário, a garantia de que pode, a qualquer momento, *sair do sítio que conhece*.

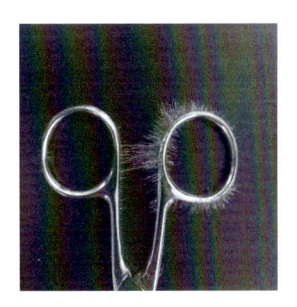

DIURNO, NOTURNO

São conhecidas as reflexões de Bachelard acerca de uma espécie de racionalidade diurna em oposição a uma racionalidade ou a um devaneio noturno. Nesta separação está implícita a velha imagem da luminosidade ligada à razão, e o escuro, o que indistingue, o que mistura, ligado a um certo instinto que quase poderíamos designar como *de floresta.*

Para Bachelard, a imaginação é algo que junta, que elimina as separações. O dia e a sua luz classificadora separam, enquanto a noite liga.

Uma categoria noturna. Juntamente com o medo. Quando não vemos claramente imaginamos. E desta imaginação pode surgir o *medo* ou a *invenção*. Poderíamos quase dizer que a noite é a origem do medo e da criatividade. Nela, na noite, por não vermos assustamo-nos, imaginamos coisas *más*, como uma criança, mas nela, ainda, *por não vermos inventamos*, imaginamos coisas que não existem e se podem constituir como invenções *benignas*. Sujeito que imagina e mundo (matéria-prima dos seus devaneios) – misturam-se numa confusão de linhas que a racionalidade absoluta não pode entender. Para Bachelard, a imaginação "não

A luz faz a forma (quase um retângulo).

---

708 Bachelard, Gaston – *A poética do espaço*, 1996, p. 165-166, Martins Fontes.

conhece o não ser". O estatuto de impossibilidade não existe. "Não é à toa", prossegue Bachelard, "que se costuma dizer que o sonhador está *imerso* no seu devaneio. O mundo já não está diante dele. O eu não se opõe mais ao mundo. No devaneio já não existe não eu. No devaneio o *não* já não tem função: tudo é acolhimento"[709]. O *não* que afasta, que *não* recebe, desaparece. A imaginação é o mundo dos sins, consecutivos: é um estado de *receptividade de possibilidades*. O homem em *trabalhos de imaginação* está "num dentro que já não tem *fora*". Tudo está incluído, tudo pode ser incluído[710].

MEMÓRIA/IMAGINAÇÃO

Bachelard, em *A poética do devaneio*, avança com o termo: "memória-imaginação", e escreve, esclarecendo:

Esta memória-imaginação põe de lado a História, mesmo que pessoal, enquanto conjunto de factos fixos e incontestáveis. Bachelard escreve mesmo: "é necessário desembaraçar-nos da memória historiadora"[711].

O que se fala aqui é do louvor a uma *memória baralhada,* a uma *memória imprevisível.*

A memória clássica, que fixa acontecimentos a determinadas datas, funciona como um arquivo neutro, desprovido da *confusão da humanidade*, confusão que mistura datas e pedaços de factos numa, diríamos, *ficção inconsciente.*

Na memória que trabalha diretamente com o imaginário o que importa não é tanto a veracidade, mas a *intensidade.*

Não importa se foi assim que aconteceu, importa sim se a memória relatada excita, influencia, se sacode o ouvinte e o engrandece. Quando se narra uma his-

---

709 Bachelard, Gaston – *A poética do devaneio,* 1996, p. 161, Martins Fontes.
710 Gianni Rodari, o escritor do clássico *Gramática da fantasia*, uma introdução à arte de inventar histórias, lembra um teste americano de criatividade onde as crianças "são convidadas a fazer uma lista de todos os usos possíveis do 'tijolo' que conheçam ou que consigam imaginar". (Rodari, Gianni – *Gramática da fantasia*, 1999, p. 23, Caminho) É bastante interessante esta mistura da ideia de lista – que pressupõe um critério, uma procura exaustiva, eventualmente um limite –; mas lista de possibilidades – estas pressupondo precisamente o inverso: que nunca terminam. Fazer uma lista de possibilidades de usos de palavras ou de qualquer outra coisa é tarefa para uma eternidade borgeana.
Especialista neste tipo de raciocínio é a conhecida Alice, de Lewis Carroll, que, em vez de um presente no dia de anos, prefere um presente nos dias em que nao faz anos. (Carroll, Lewis – *Alice no outro lado do espelho*, 1978, p. 84, Europa-América)
711 Bachelard, Gaston – *A poética do devaneio,* 1996, p. 114, Martins Fontes.

tória imaginativa (com auxílio da memória enquanto ficção inconsciente) o que importa são os efeitos dessa história no mundo que aí vem, não a proximidade aos factos do mundo que já foi e já não existe.

O CETICISMO É UMA MEDIDA

O olhar que compreende e que quer compreender é um olhar cético, e o *ceticismo é uma medida*, medida mesmo, em metros: o ceticismo é um *afastamento mental*, psicológico, que exige paralelamente um afastamento físico, concreto. Desconfio do mundo, das coisas que vejo, não me entrego a elas: preciso de alguns metros entre mim e o mundo. E não apenas entre mim e o mundo, o racionalista cético precisa de uma medida entre as várias coisas do mundo. As distâncias determinam as separações. Estas possibilitam as classificações e o desenvolvimento de uma linguagem que é feliz porque dá nomes diferentes; e cada nome diferente é assumido como manifestação última de uma inteligência que separa, que conseguiu separar até ao ponto em que se torna imprescindível usar nomes diferentes[712]. E eis uma forma de medir a intensidade de separação entre duas coisas: elas estão separadas ao ponto de exigirem nomes distintos, ou não? A racionalidade pura deseja essa separação a que dá dois nomes; a imaginação procura, pelo contrário, a ligação que anula dois nomes, que de dois nomes faz um. Os nomes são formas de colocar as coisas em diferentes posições, sim. Mais à esquerda, mais à direita. Modos de manipular. Mas certas palavras fazem o movimento inverso: chamam muitas coisas para pouquíssimas letras. Uma simplificação do mundo.

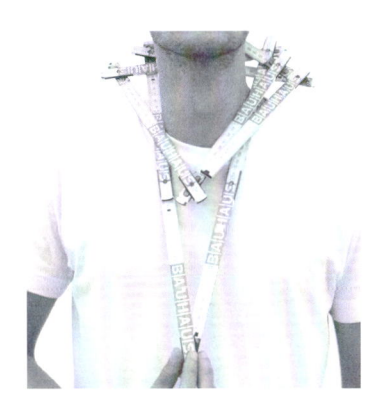

Medir o espaço que existe em redor de um pescoço.

---

712 Como escreve Novalis: "Pensar é um falar. Dizer e agir e fazer são uma só operação, apenas modificada". (Novalis – *Fragmentos de Novalis*, 1992, p. 89, Assírio & Alvim)
Vergílio Ferreira também salienta esta relação entre as palavras e as coisas: falar não fica só no âmbito da linguagem, principalmente o falar que nomeia: "Porque a palavra cria e liberta. Dar um nome é instaurar a independência de uma coisa com outra, e de nós com todas elas". (Ferreira, Vergílio – *Invocação ao meu corpo*, 1978, p. 291, Bertrand) Escreve ainda Vergílio Ferreira, a este propósito, que assistir a uma conversa numa língua desconhecida é sentir que o mundo, e não apenas a linguagem, nos escapa: "tu sentes aí no tatear do mundo através de uma linguagem que lá não vai dar, ou muito dificilmente, como num bêbado que não acerta com o caminho". (Idem, p. 293) Em *A poética do devaneio*, Bachelard questiona: "Contemplar sonhando é *conhecer*? É *compreender*? Não é, de certo, *perceber*". E não é perceber porque lhe falta algo: "A comunicação do sonhador com o seu mundo é, no devaneio de solidão, muito próxima, carece de 'distância', dessa distância que assinala o *mundo* percebido, o mundo fragmentado pelas percepções".

DECISÕES, VELOCIDADE

1. Uma corrida de cem metros no sítio errado.
2. Não há caminho para continuar a correr.

Além da questão da distância – espaço – há a questão do tempo. Um dos paradoxos da imaginação, segundo Bachelard, é que "enquanto os pensadores que reconstroem um mundo percorrem um longo caminho de reflexão, *a imagem* [...] *é imediata*. Ela nos dá o todo antes das partes"[713].

Na imaginação há um instinto de velocidade que o pensador não pode acompanhar: a imagem é instantânea, o pensamento é lento – com essa lentidão necessária a qualquer construção. A *imagem começa no fim*, o pensamento começa no início e avança cuidadosamente, muitas vezes sem sentir sequer necessidade de alcançar um fim. Pensar é caminhar racionalmente, imaginar é *chegar* – racionalmente ou não. Bachelard escreve: "O *pensador* [...] é o ser de uma hesitação"[714].

Diríamos: o pensador hesita, e *o imaginador decide*. Uma decisão que nada tem atrás de si: "enquanto novidade a imaginação não pode ser reduzida a nenhum passado, a causas ou antecedentes"[715]. Ela é "puro presente, pura presença". Quem imagina tem falta de memória e esqueceu o dia seguinte. Tem um *excesso de presente*, *abusa* do presente.

---

713 Bachelard, Gaston – *A poética do devaneio*, 1960, p. 167, 1996, Martins Fontes.
714 Idem, p. 167.
715 Como escreve José Américo Motta Pessanha, na introdução a *O direito de sonhar*, de Gaston Bachelard, 1991, p. 27, Bertrand Brasil.

4 O corpo na imaginação   373

Só está visível o que vê.
As mãos veem.

A VIGILÂNCIA DO LOUCO

Na introdução de *O ar e os sonhos*, Bachelard clarifica o conceito de imaginação: "Pretende-se sempre que a imaginação seja a faculdade de *formar* imagens. Ora, ela é antes a faculdade *de deformar* as imagens fornecidas pela percepção, é sobretudo a faculdade de nos libertarmos das imagens primeiras, de *mudar* as imagens"[716].

Trata-se, pois, de *eliminar o primeiro pensamento*, de fugir do primeiro encontro entre pensamento e percepção[717], de fugir do sítio esperado. Os livros, diga-se, são excelente ponto de partida. Em *Memórias de Adriano*, afirma-se: "Fundar bibliotecas era ainda construir celeiros públicos, acumular reservas contra um Inverno do espírito, cuja aproximação certos sintomas me fazem prever, mau grado meu"[718]. Diagnóstico bem atual.

É pois importante impedir, no fundo, escreve Valéry, que uma ideia possa "servir-me duas vezes"[719].

O hábito é pois a *eliminação do excesso*, do resto: e nesse sentido *a eliminação do indício* de onde pode começar uma determinada mudança; *eliminação dos indí-*

---

716 Bachelard, Gaston – *O ar e os sonhos*, 1990, p. 1, Martins Fontes.
717 "Existem muitas mais séries de imagens no cérebro do que as que utilizamos para pensar: o intelecto escolhe rapidamente as imagens parecidas", escreve Nietzsche (Nietzsche, F. – *O livro do filósofo*, s/data, p. 41, Rés)
718 Yourcenar, Marguerite – *Memórias de Adriano*, 1987, p. 110, Ulisseia.
719 Valéry, Paul – *La idea fija*, 1988, p. 20, Visor.

cios de mudança: eis o hábito[720]. Eliot, nos seus *Ensaios escolhidos*, usando o termo *tradição* – que podemos considerar como um conjunto homogéneo de hábitos – vem ao encontro desta nota quando afirma que, numa "sociedade sem energia, como são as atuais sociedades, a tradição está sempre a cair na superstição" e por isso é indispensável o "estímulo violento da novidade"[721].

Em vez da vigilância que tenta detectar o inimigo ou o erro (o inimigo é, no limite, o erro que nos pode matar), em vez da vigilância que tenta impedir o afastamento em relação à norma e ao previsto, na imaginação há uma *vigilância de louco*: alguém que olha para o ponto estranho, alguém que desvia o olhar, alguém que vigia o lado de onde certamente nenhum inimigo surgirá; estamos então face a uma *vigilância afectiva*: alguém *procura amizades nas coisas que não conhece*[722].

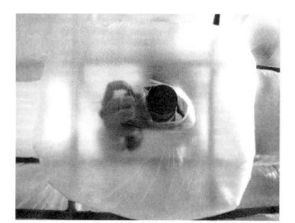

---

720 Diga-se que esta questão envolve não apenas raciocínios habituais como também *sensações habituais*. Ulrich – o protagonista de *O homem sem qualidades* – lembra que quem censura a ciência pela questão da repetição se esquece que "nas questões de sentimento, reina uma regularidade muito maior do que nas da razão". Ulrich pergunta: "Quando é que um sentimento é verdadeiramente simples e natural? Quando poderemos esperar vê-lo surgir em todos os homens em igualdade de circunstâncias? Como poderíamos exigir a virtude em todos os homens se a ação virtuosa não fosse de molde a poder reproduzir-se todas as vezes que o desejamos?" (Musil, Robert – *O homem sem qualidades*, v. II, s/data, p. 78, Livros do Brasil)

721 Eliot, T. S. – *Ensaios escolhidos*, 1992, p. 10, Cotovia.
Nas suas histórias, Heródoto relata que "Dário, no seu reinado, mandou chamar os Helenos presentes e perguntou-lhes por quanto dinheiro quereriam comer os pais depois de mortos; responderam eles que não fariam tal coisa por preço nenhum. Depois disto, Dário chamou os Índios denominados Calátias, que comem os progenitores, e perguntou-lhes na presença dos Helenos [...] por que preço aceitariam queimar numa pira os pais, depois de morrerem. Com grandes gritos, mandaram-nos calar". (Heródoto – *Histórias: livro 1º*, 1994, p. 24, Edições 70)

722 Esta necessidade de fugir ao hábito é central. Em *As cidades invisíveis*, Calvino fala da cidade de Eutrópia, composta de inúmeras cidades, "uma só habitada, as outras estão vazias", existe uma rotação entre elas, como explica Calvino: "No dia em que os habitantes de Eutrópia se sentem atacados pelo cansaço, e já ninguém suporta o seu ofício, os seus parentes, a casa e a rua, as dívidas, a gente que deve cumprimentar ou que o cumprimenta, então todos os cidadãos decidem transferir-se para a cidade vizinha que está ali à espera, vazia e como nova, onde cada um tomará outro ofício, outra mulher, verá outra paisagem ao abrir a janela, passará as noites com outros passatempos, amizades, maledicências. Assim, a sua vida renova-se de mudança em mudança". (Calvino, Italo – *As cidades invisíveis*, 1994, p. 66, Teorema)

Numa entrevista, Marcel Duchamp, o mais importante artista conceptual do século XX, resu-

UM OU NADA

Imaginário poderá ser entendido como um conjunto de imagens mais ou menos próximas umas das outras ou, pelo menos, que podem entre elas constituir uma história ou uma ficção paralela ao mundo real, não se confundindo pois imaginário com somatório de imagens isoladas, egoístas. Bachelard, ainda em *O ar e os sonhos*, especifica: "vocábulo fundamental que corresponde à imaginação não é *imagem*, mas *imaginário*"[723].

Um pouco mais à frente, Bachelard avança, escrevendo: "a maneira pela qual escapamos do real designa claramente a nossa realidade íntima"[724]. O imaginário individual é pois uma realidade íntima, não é simplesmente uma realidade. Estamos pois perante *duas realidades*: a realidade comum, uma **realidade pública**, chamemos-lhe assim, e uma **realidade privada**, realidade não partilhável: o imaginário individual.

Claro que à realidade privada, por não se confundir com aquilo a que vulgarmente chamamos realidade, poderemos chamar de irreal. E sendo assim, alguém "privado da *função do irreal* é um neurótico, tanto como ser privado da *função do real*". Duas formas de loucura, portanto: alguém que perdeu o real e alguém que perdeu o irreal, o imaginário.

Mas é evidente que há dois tipos de punição: alguém que perdeu a ligação com o real é punido socialmente, pelo conjunto dos homens e das suas relações, e é ainda punido materialmente, isto é: punido pela matéria: porque perceber minimamente o real é saber lidar com ele e prever coisas simples, como a provável queda de uma pedra que se encontra num ponto alto e está desequilibrada. (Apanhar na cabeça com uma pedra é o exemplo de uma punição do real.) Perder a função do real é assim perder os homens e o mundo, ou mais propriamente: é perder o mundo e a cidade, perder a natureza, as suas regras, previsibilidades e repetições e perder ainda a ligação com os homens, com os seus modos de viver.

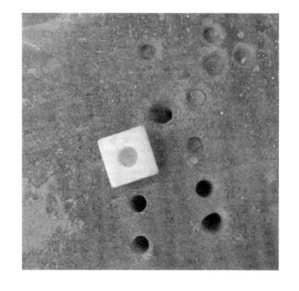

Sinal e vestígio.

miu o seu percurso: "No fundo tenho a mania de mudar". (Duchamp, Marcel – *Engenheiro do tempo perdido*, 1990, p. 56, Assírio & Alvim) Este mudar relaciona-se, de certa maneira, com o direito à ingenuidade, defendido por Almada Negreiros e pelo artista Ernesto de Sousa, essa "ingenuidade voluntária" indispensável para cada recomeço. (Sousa, Ernesto de – *Ser moderno... em Portugal*, 1998, p. 92, Assírio & Alvim)

723   Bachelard, Gaston – *O ar e os sonhos*, 1990, p. 1, Martins Fontes.
724   Idem, p. 7.

Um fotógrafo. Ver a partir do sítio imprevisto.

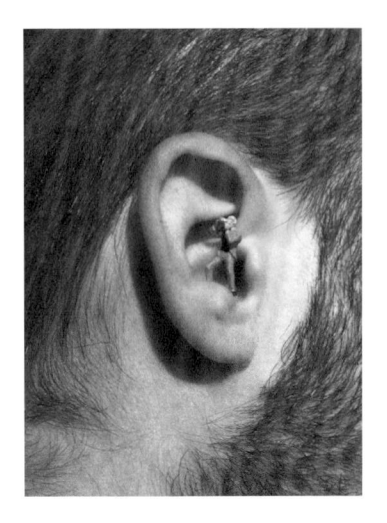

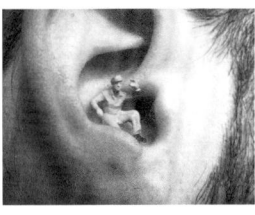

Perder a função do irreal, perder o imaginário é, de facto, *menos grave*; temos de o reconhecer. Quem perdeu o imaginário privado pode ainda viver tranquilamente no mundo, defendendo-se dos homens por via dos bons negócios e defendendo-se da natureza por via do sensato comportamento do corpo. No entanto, esse homem perde algo de substancial pois o imaginário individual é isto mesmo: a marca de um indivíduo, a marca privada que separa um homem do outro, que os distingue, que os faz merecer uma morte individual[725].

PORMENORES E MINIATURAS

O pormenor é o sítio a *que ainda não se deu atenção*; é, de certa maneira, o sítio para onde ainda não olhámos; o pormenor é, em suma, sempre, uma questão que começa no olhar sobre ele e não nele próprio. Não há pormenores, não há pontos insignificantes no mundo, há apenas pontos a que não se dá significado; há apenas sujeitos desatentos.

A imaginação é assim também um processo de dar atenção a outra coisa, um método no qual *se olha para outro lado*. Parar muito tempo no pormenor é já trabalhar a imaginação, porque o estatuto pormenor, como vimos, está ligado ao tempo. É um pormenor aquilo que foi observado pouco tempo.

Há várias formas de interpretar a audição e todas as capacidades físicas dos mortais falantes e ouvintes. Uma delas é assumir que tudo é feito por operários especializadíssimos, mas minúsculos.

Mas há aqui outra questão: para a imaginação o centro de uma coisa pode ser transformado num pormenor dessa coisa. Esta diminuição de importância poderá ter correspondência com uma diminuição de tamanho, já que o tamanho de uma coisa depende da atenção que se dá a essa coisa. *Não dar atenção é miniaturizar*. No entanto, no processo de imaginação miniaturizar poderá ser ainda resultado de uma atenção diferente; miniaturizar poderá ser uma estratégia para permitir uma maior facilidade de transporte: torno pequeno, diminuo o tamanho para transportar, para lhe mudar a posição.

---

[725] Esta ideia é desenvolvida por Rilke numa passagem famosa: "o desejo de ter uma morte pessoal está-se a tornar cada vez mais raro. Mais algum tempo ainda, e tornar-se-á tão rara como uma vida pessoal". Mais à frente escreve: "Antigamente sabia-se [...] que se trazia a morte dentro de si, como o fruto o caroço". (Rilke, Rainer Maria – *Os cadernos de Malte Laurids Brigge*, 1983, p. 33, O Oiro do Dia)

Bachelard, no capítulo *A miniatura*, de *A poética do espaço*, chama a atenção para o facto de "a imaginação miniaturizante" ser uma "imaginação natural", uma espécie de instinto que "aparece em qualquer idade"[726]. E acrescenta: "Possuo tanto melhor o mundo quanto mais hábil for a miniaturizá-lo"[727]. Contudo, é preciso compreender que "na miniatura os valores se condensam e se enriquecem". Nesse sentido, Bachelard aconselha a ultrapassar-se a lógica normal, para se conseguir viver "o que há de grande no pequeno". "O grande sai do pequeno", escreve ainda Bachelard.

Miniaturizar é, muitas vezes, concentrar: tornar mais intenso. Llansol escreveu: "Eu preciso de um vasto espaço para andar atrás de voos minúsculos"[728].

DOIS OU TRÊS ERROS

Objetos que aumentam e diminuem servem de contestação ao sistema de observação e à própria matéria: o telescópio e a lupa contestam uma visão do mundo, visão mesmo, mas não apenas visão fisiológica, visão como algo que se confunde com interpretação. Ver por um telescópio ou por uma lupa é obrigar o olho a entender de uma outra forma e obrigar o raciocínio a mudar de trajeto. É, pois, pensar de forma diferente (porque se olhou de forma diferente)[729].

Bachelard desenvolve o tema em *A poética do espaço*, chamando a atenção para que o homem "da lupa não é aqui o velhinho que ainda quer, apesar dos olhos cansados de ver, ler o seu jornal. O homem da lupa toma o Mundo como uma novidade"[730]. Não pega na lupa porque vê mal, pega na lupa porque vê bem.

O homem da lupa "barra – simplesmente – o mundo familiar. É um olhar novo diante de um objeto novo".

Tudo pode ser utilizado para ver.

---

726 Bachelard, Gaston – *A poética do espaço*, 1996, p. 158, Martins Fontes.
Enrique Vila-Matas, em *História abreviada da literatura portátil*, defende precisamente os pequenos livros: "miniaturizar é tornar portátil" e esta "é a forma ideal de possuir coisas para um vagabundo ou um exilado". Ou para um imaginador, acrescentamos. (Vila-Matas, Enrique – *História abreviada da literatura portátil*, 1997, p. 13, Assírio & Alvim)
727 Bachelard, Gaston – *A poética do espaço*, 1996, p. 159, Martins Fontes.
728 Llansol, Maria Gabriela – *Da sebe ao ser*, 1988, p. 103, Rolim.
729 Não são apenas os acrescentos óticos que obrigam o olho a pensar de uma forma diferente. A pequena ferida, a inflamação, o acabar de acordar, a escuridão excessiva, a luz excessiva, eis alguns exemplos de obstáculos físicos perturbadores, mas também excitantes. Com demasiada luz não vês da mesma maneira; e demasiada escuridão exige uma forma de andar e um pensamento distintos.
730 Bachelard, Gaston – *A poética do espaço*, 1996, p. 163, Martins Fontes.

Esse olhar infantil vê tudo como grande, nada como pequeno, ou seja: "o minúsculo, porta estreita por excelência, abre um mundo. O pormenor de uma coisa pode ser o signo de um mundo novo, de um mundo que contém os atributos da grandeza"[731].

Em redor deste ponto, Bachelard, a partir do excerto de um texto de Cyrano, distingue claramente: "A imaginação não quer chegar a um diagrama que resuma conhecimentos"[732].

O olhar de quem imagina, de quem quer ver para imaginar melhor, não pretende chegar a um fim, a um resumo, pretende apenas continuar, pretende descobrir novos pretextos para continuar a olhar, enquanto a observação objetiva pretende olhar até ao ponto em que já percebeu e portanto já não precisa de olhar mais. Olhar para poder encontrar aquilo que lhe permite deixar de olhar, eis a observação científica; olhar para poder encontrar aquilo que lhe permite continuar ainda a olhar, eis os olhos da imaginação. Neste sentido "a imaginação nunca se engana, já que a imaginação não precisa confrontar uma imagem com uma realidade objetiva"[733]. Como não há o objetivo de parar numa fórmula[734], a imaginação afasta-se da ideia de acertar ou falhar[735]. Como defende o artista Dieter Roth, é importante "exibir os nossos erros"[736]; os erros[737], os enganos – no campo da produção imaginativa – não se somam negativamente, muitas vezes somam-se, por um ato quase mágico, positivamente: "duas coisas más fazem uma coisa boa", escreve Roth[738].

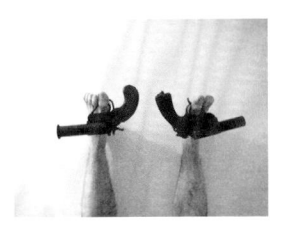

Tudo pode ser utilizado para ver.

---

731 Idem, p. 163-164.
732 Num conto de Raymond Carver – *Penas* – fala-se de um avô que, quando tinha dezasseis anos, "resolveu ler a enciclopédia de A a Z", tendo chegado ao fim aos vinte anos:
"– Onde é que ele vive agora? – perguntei. O que é que ele faz? Gostava de saber o que é que tinha acontecido a um homem que tinha alcançado uma meta daquelas.
Já morreu", respondeu o interlocutor.
(Carver, Raymond – *Catedral*, 1987, p. 26, Teorema)
733 Bachelard, Gaston – *A poética do espaço*, 1996, p. 160-161, Martins Fontes.
734 E o Museu pode ser visto como a fixação de uma fórmula – neste caso artística: "Mas o melhor daquele museu era as coisas estarem sempre quietas". (Salinger, J. D. – *Uma agulha no palheiro*, 1999, p. 140, Livros do Brasil)
735 A afirmação de Nerval em *Aurelia* toma assim um sentido forte e não provocatório: "Acredito que a imaginação humana nada inventou que não seja verdadeiro, neste mundo ou nos outros". (Citado em Bachelard, Gaston – *A poética do espaço*, 1996, p. 161, Martins Fontes)
736 Texto de Dieter Roth incluído em Stiles, Kristine; Selz, Peter – *Theories and documents of contemporary art*, 1996, p. 303, University of California Press.
737 Sobre o conceito de erro, Bachelard escreve "Confessar que se estava enganado equivale a prestar-se a mais viva homenagem à perspicácia do nosso espírito. Significa reviver a nossa cultura, fortalecê-la". (Bachelard, Gaston – *A psicanálise do fogo*, 1989, p. 109, Litoral)
Sérgio chama a atenção que, em Bachelard, o que existem são os "erros primeiros", não as "verdades primeiras". (Sérgio, Manuel – *Alguns olhares sobre o corpo*, 2004, p. 77, Instituto Piaget)
738 Wittgenstein acrescenta: "Se uma coisa é ou não é um erro – é um erro num sistema concreto.

EXAGERO E ESTATÍSTICA

Em oposição, ou talvez não tanto, ao ato de diminuir, para Bachelard o exagero, o exagerar, esse *a-mais*, é a marca de uma certa imaginação consequente. Como escreve no capítulo *A concha*, de *A poética do espaço*: "Seguimos a imaginação na sua tarefa de engrandecimento até chegar a um ponto além da realidade. Para ultrapassar bem, é preciso primeiro aumentar"[739].

A imaginação não é assim um ver correto, pelo contrário: é um *ver errado*, um ver *que distorce*, um interpretar que falha. Mas este erro não é o erro de diminuir, de reduzir a intensidade, pelo contrário: é o erro que exagera, é um erro monstruoso, que aumenta um lado de modo desproporcional; há assim uma quase *irresponsabilidade quantitativa* pois o grau de liberdade exerce-se na alteração brusca dos números da realidade; as quantidades são tomadas de assalto e modificadas, puxadas, empurradas. Há a recusa do movimento coletivo de ordenar, de acalmar os números, movimento coletivo a que vulgarmente chamamos estatística.

MESCALINA E OBJETOS

A imaginação é um instrumento, uma coisa que age sobre as outras, altera-as como a "mescalina", escreve Bachelard, a imaginação "muda a dimensão dos objetos"[740].

Atenta ao mínimo, concentrando tempo sobre o minúsculo, transforma-o, como vimos, em coisa central; grande, portanto. Barthes lembra a história de certos budistas que "conseguiam ver uma grande paisagem numa ervilha"[741]. As dimensões dependem, pois, não apenas da parte material de cada objeto do mundo, mas também do que podemos definir como **potencial imaginativo** que cada objeto ativa em cada observador. Este **potencial de ativação do imaginário** poderá ser considerado como uma outra qualidade das coisas, para além do comprimento, largura, volume, cor, forma, tipo de material, etc. Tal como existem objetos de

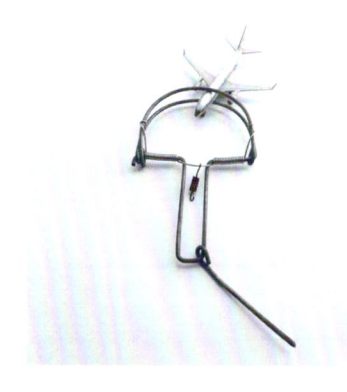

A armadilha para aviões.

 Tal como uma coisa é um erro num jogo concreto e não noutro". (Wittgenstein, Ludwig – *Aulas e conversas*, 1991, p. 105, Cotovia)
739 Bachelard, Gaston – *A poética do espaço*, 1996, p. 123, Martins Fontes.
740 Bachelard, Gaston – *A terra e os devaneios do repouso*, 1990, p. 16, Martins Fontes.
741 Barthes, Roland – *S/Z*, 1999, p. 11, Edições 70.

grandes e pequenas dimensões também poderemos pensar na existência de objetos de *grande e pequeno potencial de ativação do imaginário*. Claro que este potencial depende do observador, e objetos que a uns nada estimulam – objetos planos, neutros, coisas *sem resto* – são, para outros observadores, indícios fascinantes de histórias, teorias, ações. Qualquer coisa se pode constituir como início, como primeira letra de um texto, qualquer que este seja – mesmo que o *texto* seja uma escultura ou uma obra de engenharia. O relevante aqui, parece-nos, é que este *potencial de ativação de imaginário* é o motor do início de algo, o momento de aparente imobilidade onde, interiormente, precisamente no imaginário individual, se constroem ideias; umas combatendo outras. Entre formas que não chegam a constituir-se e diversos chamamentos que tentam lateralizar o percurso mental, alguma coisa, por fim, permanece, vence, vem à tona: o observador fez algo com o que viu (interiormente, para já); *ver para fazer*; e pode assim entrar numa outra fase, na fase pública, chamemo-lhes assim, na fase material, na fase em que saindo para o exterior as ideias excitadas procuram matérias concretas onde se possam exprimir. Da contemplação de um grão de poeira (ou de uma ervilha) poderá sair a intenção irredutível de construir um palácio. E se tal sucede é porque estamos perante a resposta humana ao **potencial de ativação do imaginário** de uma substância, neste caso, o grão de poeira; e essa resposta brilhante chama-se *fazer*.

Fazer é a manifestação da inteligência maior do humano; pensar não basta, construir cenários interiores mesmo que complexos não basta. *Pensar é como que um fazer não material*, não visível, não corporal. É um *fazer desprovido de substâncias*, eis o pensar ou o imaginar.

Trata-se, assim, de formular aqui alguns passos. O objeto contemplado (contendo o seu potencial de ativação do imaginário) observado pelo *imaginador* atento, é transformado mentalmente em outros objetos – a imaginação foi ativada – sendo que esses outros objetos (impalpáveis, mentais) exigem, a certa altura, mundo; como que pedem a introdução no mundo dos outros, no mundo *das coisas que podem ser julgadas*.

Sobre a escala. Um pequeno homem; e ervilhas.

Passar do imaginar ao *fazer o imaginado*, é dar o passo essencial: é criar novas coisas, pôr novos volumes no mundo; é, enfim, passar do homem individual para o Homem[742].

"EU NÃO ME OCUPO DOS OUTROS"

Falemos ainda desta ideia: fazer é colocar no mundo coisas que podem ser julgadas.

A impossibilidade de julgamento da imaginação imaterial – julgamento moral, estético, científico ou outro – é simultaneamente, diga-se, uma fraqueza e uma força: *não posso discursar sobre o que tu pensas se tu não expressares o pensamento de alguma forma*, eis como se poderia verbalizar a situação. Ou seja: a imaginação que resiste à expressão exterior impõe o silêncio, a suspensão das palavras do outro, precisamente porque sobre o nada os substantivos e os verbos deixam-se apagar. Tudo o que é substantivo – substância – necessita de um sítio onde pousar, mesmo que esse sítio seja uma *prateleira estranhíssima* como o ar é para as substâncias gasosas. Mas há sempre a necessidade de um contra-ponto, de uma paisagem sobre a qual se marque algo. Para quem está ao lado de quem pensa nada acontece; como temos dito: o pensamento é o reino do egoísmo absoluto e da incomunicação[743]. A frase pedinte: *diz-me em que estás a pensar?* – transforma o sujeito da frase no portador de uma desgraça inqualificável, pois é portador de uma *pobreza não material*; não se trata da falta de dinheiro ou da falta de uma ferramenta, mas de uma pobreza *existencial*; pobreza da existência, certamente, pois é a manifestação de uma das grandes insuficiências do corpo humano: não ser capaz de *ver* os pensamentos do Outro. Ou de *ouvir* (é aceitável dizer-se: eu não consigo ouvir os teus pensamentos; ou mesmo: eu não consigo cheirar/saborear/ tocar os teus pensamentos; ou: eu não consigo *sentir*

---

742   Criatividade (criar coisas novas): habituámo-nos há muito a esta palavra, mas, como escreve Allan Bloom, quando ela foi usada pela primeira vez "tinha o odor da blasfémia e do paradoxo". Antes, só Deus "fora chamado de Criador". (Bloom, Allan – *A cultura inculta*, 2001, p. 153, Europa-América)

743   Alguns dos slogans de Almada Negreiros elogiam este egoísmo, centro da criatividade: "Eu não me ocupo dos outros", "Só há um egoísmo aceitável, é o máximo". (Sousa, Ernesto de – *Ser moderno... em Portugal*, 1998, p. 81, Assírio & Alvim)

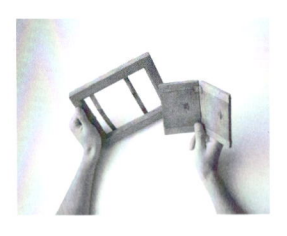

os teus pensamentos). Trata-se pois de uma *incapacidade do corpo humano*, de um *não ser capaz*. Não somos capazes de ler/ver/ouvir/tocar/cheirar/saborear/sentir o pensamento do Outro, tal como não somos capazes de saltar vinte metros em comprimento. Estamos face a uma incapacidade física: não captar os pensamentos dos outros é uma *incapacidade física*, repetimos, fisiológica, e não psicológica, filosófica ou intelectual. Não se trata de dizer: eu não capto os teus pensamentos porque não sou suficientemente inteligente, ou: eu não capto os teus pensamentos porque não estudei o suficiente, ou ainda: porque não assumi a filosofia de vida certa, etc., etc. Nada disso. Estamos no mesmo âmbito das pernas curtas ou compridas, dos cem ou dos setenta e cinco quilos. Não capto o pensamento do outro porque não tenho anatomia e fisiologia especializadas nessa ação. Consigo saltar, correr, falar, escrever, abrir e fechar os lábios e os olhos, mas não consigo perceber aquilo em que o outro está a pensar[744]. No fundo, não se trata de uma incapacidade em absoluto, mas mais de uma ausência de estrutura adequada: tal como não temos um terceiro braço não temos a capacidade para "ler" a cabeça dos outros[745].

Paremos por agora um pouco neste termo que se utiliza vulgarmente: *ler os pensamentos dos outros*. Este *ler* pressupõe que quem pensa escreve, associando pensar a escrever. Pensar seria como escrever numa tinta invisível para os outros, numa tinta *que só os meus olhos veem*. Eu penso por via da escrita numa *tinta individual*, não comunicável. Claro que podemos também utilizar o termo **ver** o pensamento dos outros, e aqui assumimos que se pensa não por palavras, mas por imagens. Eu não vejo um texto, leio-o; eu não leio uma imagem, vejo-a. Estamos pois perante o conflito atual do mundo exterior passado para o mundo interior: *a luta, pelo domínio, entre imagem e texto*; palavra e forma.

É evidente que o *ver* é uma habilitação, digamos, me-

Analisando a estrutura de um livro.

---

744 Porque o Outro *defende-se*, está natural e biologicamente defendido – cada homem, como escreve Mabille, no seu livro *O maravilhoso*, é "um pedaço de espaço, um volume compacto, denso, bloqueado por defesas destinadas a manter a sua viva unidade". (Mabille, Pierre – *O maravilhoso*, 1990, p. 25, Fenda) Precisamente, o ponto mais protegido por estas "defesas" que mantém a "unidade" é o pensamento. O *meu* está lá *ao fundo*, não lhe poderás tocar.

745 Jünger fala do diferente peso que as civilizações Ocidental e Oriental dão à ação e ao pensamento: para o Ocidente, pensar, apenas, é fugir do mundo; para os Orientais, quem foge do mundo é o homem da ação, pois não o tenta entender. (Jünger, Ernst – *Drogas, embriaguez e outros temas*, 2001, p. 402, Relógio d'Água)

nos difícil de adquirir que o *ler*. O analfabeto é aquele que não entende o alfabeto, as letras, a forma irrequieta como estas se associam. No entanto, ninguém se atreverá a dizer que *alguém não sabe ver*. *Ver* não se aprende – aparentemente, claro – ver é como que uma habilitação primária do ser humano – e ler uma habilitação secundária. *Além de saber ver, eu sei ler.*

Mas claro que há uma forma de alterar este pressuposto. Sendo o analfabetismo uma incapacidade social e individual que aos poucos vai sendo, no geral, ultrapassada, poderemos começar a dizer, numa mudança de sequência: *além de saber ler, eu sei ver.* E aqui colocamos a visão como uma habilitação *adquirida à terceira derivada*; habilitação: habilidade que pode ser melhorada, treinada, etc. Repare-se que o *saber ver* pode manifestar-se quando os olhos se fixam sobre coisas – sem letras – mas também, quando os olhos se fixam sobre letras. Tu sabes ler, mas *eu sei ver a partir do que leio*; este pode ser o discurso de alguém que se orgulha da sua imaginação a partir da leitura. Isto é: de alguém que se orgulha das imagens – das coisas – que vê a partir das letras. *Começar nas letras e acabar nas coisas*, ou, dito de outra maneira, começar no imaterial e terminar na matéria.

Neste sentido, o ver seria amplamente superior – a nível existencial – ao ler, algo que para qualquer leitor obsessivo pode parecer estranho, mas num outro contexto talvez seja óbvio. A diferença entre um bom leitor e um visionário, estaria aqui: o bom leitor é, no limite, aquele que leu muitas palavras inteligentes ou/e emocionalmente inteligentes, e o visionário é aquele que *viu coisas*. A diferença entre um erudito e um profeta, as diferenças de excitação que as meras palavras causam, está toda aqui: o profeta pode salvar-nos materialmente, o erudito, quando muito, salva-nos *verbalmente*. Esta salvação *pelo verbo* é algo que o indivíduo moderno recebe com o bom sorriso irónico: *já fui salvo por essa palavra, muito obrigado. Traga-me outra.* No fundo, a salvação pelo verbo (descrição inativa de uma ação), ou mesmo pelo substantivo (descrição não material de uma matéria), ou pelo adjetivo (descrição sem qualidade de uma qualidade) perdeu nos tempos que correm um certo estatuto, se compararmos com a admiração obtida pelo oráculo clássico. A possibilidade de *salvação pelo adjetivo* é algo, aliás, que nenhum escritor sensato concebe.

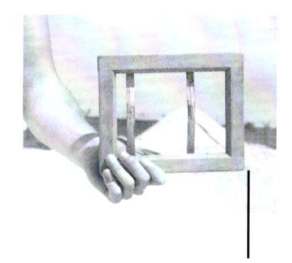

IMAGINAÇÃO E FIM DA HISTÓRIA

Cortázar fala de um ser estranho: "casuar" – que se limita "a olhar uma pessoa sem se mexer", olha "de tão dura e contínua maneira que é como se nos estivesse a inventar", como "se nos tirasse do nada"[746].

Ver seriamente, dirigir a atenção para um determinado ponto é mesmo retirar esse ponto do nada, *inventamos aquilo para o qual dirigimos a nossa atenção*[747].

Parece-nos evidente, pois, que microscópio e telescópio foram instrumentos inventados como consequência de a nossa imaginação já *ver* dessa forma as coisas. Como se cada indivíduo, muitos séculos antes da invenção do microscópio, já visse as células dessa maneira impartilhável que é *ver na paisagem da imaginação*. Podemos imaginar o primeiro homem, depois de espreitar pelo microscópico ou pelo telescópico – o primeiro homem que viu exteriormente a possibilidade de modificação da percepção das dimensões das coisas – dizendo, para si próprio: *afinal a minha imaginação tinha razão*.

Há muito se sabe, aliás, que todas as invenções materiais são uma forma de dar razão à imaginação; e aqui o *dar razão* pode ser entendido à letra: é dar *racionalidade* ao que parece irracional. Mais do que isso: dar materialidade ao imaterial: *pôr tijolos no espaço das ideias*. Engenharia: filha da imagem.

CADA CONCEITO É LUTA

É fundamental a existência de dois lados: este e aquele: "Para uma imaginação bem dualizada, os *conceitos* não são centros de imagens que se acumulam por semelhança; os conceitos são pontos de cruzamentos

---

746 Cortázar, Julio – *Histórias de cronópios e de famas*, 1999, p. 91, Estampa.
Numa das suas máximas, Goethe aborda esta questão do sítio onde nos colocamos a olhar e das suas consequências; Goethe escreve que se uma pessoa se colocar "no mesmo plano dos objetos no sentido *horizontal chama-se* 'aprender'". Aprender os objetos na sua profundidade chama-se 'descobrir'". (Goethe, J. W. – *Máximas e reflexões*, 1987, p. 254, Guimarães Editores)

747 Em termos de composição geométrica, Kandinsky diferencia o ponto "que apenas possui tensão e pode não ter direção", da linha que possui, "indubitavelmente, tensão e direção". (Kandinsky, Wassily – *Ponto linha plano*, 1987, p. 62, Edições 70) Dar atenção a um ponto é, de certa maneira, poderemos dizer, dar-lhe uma direção, ou mais propriamente um sentido – tanto geométrico como intelectual. (Kandinsky, Wassily – *Ponto linha plano*, 1987, p. 62, Edições 70)

de imagens, cruzamentos em ângulo reto, incisivos, decisivos"[748]. Não estamos diante de conceitos como pontos de descanso, mas, precisamente, o contrário: *cada conceito é um ponto de luta*, de conflito. Para que a imaginação prossiga "é preciso reunir contrários"[749].

Os cruzamentos são os pontos onde a realidade se começa a afastar da ciência da previsibilidade: os cruzamentos baralham, recolocam tudo de novo no início, abrem possibilidades: "Após o cruzamento, o conceito tem uma característica a mais: o peixe voa e nada"[750].

Cruzar é uma palavra-chave[751]. Cruzar como cortar a meio, interromper, desviar abruptamente, etc.

E há como que sítios privilegiados para cruzamentos. No livro *A água e os sonhos*, Bachelard coloca a água como matéria que disponibiliza os cruzamentos; matéria que ajuda a imaginação a trabalhar "pois a água *reflete e tem fundo*, podemos utilizá-la como espelho ou como janela"[752]. Dois opostos, concentradíssimos: espelho, vejo-me a mim, não vejo o mundo; janela: vejo o mundo, não me vejo.

Quando substâncias elementares se unem, escreve Bachelard, sexualizam-se. "Na ordem da imaginação, ser contrárias para duas substâncias é ser de sexos opostos". Matérias mais femininas 'masculinam-se' em combinação com outra matéria feminina".

No seu livro *A chama de uma vela*, Bachelard dá um exemplo deste *cruzamento entre dois*; cruzamento, neste caso específico, entre cor e temperatura. Conta Bachelard, citando, que uma certa tribo encontrou pela primeira vez uma flor vermelha. Subitamente, os elementos da tribo "reuniram-se em círculo em torno da flor vermelha e estenderam os braços por cima para se aquecerem"[753]. Eis um cruzamento de imagens exemplar.

Um sonho. Várias imagens.

---

748 Bachelard, Gaston – *A água e os sonhos*, 1998, p. 54, Martins Fontes.
749 Idem, p. 115.
750 Idem, p. 54.
751 Umberto Eco é claro (por intermédio das personagens): "Os conceitos ligam-se por analogias" e "não há regras para decidir ao princípio se uma analogia é boa ou má, porque qualquer coisa é semelhante a qualquer outra com base numa certa relação. Exemplo, batata cruza-se com maçã, porque ambas são vegetais redondos. De maçã com serpente, por conexão bíblica. De serpente a corda por semelhança formal, de corda a salva-vidas, de salva-vidas a boia", etc., etc. (Eco, Umberto – *O pêndulo de Foucault*, 1988, p. 533-534, Difel) Estamos no raciocínio inverso de um excerto de *Catch 22*, de Joseph Heller: "O que te recorda esse peixe?/ Outros peixes./ E que te recordam os outros peixes?/ Outros peixes". (Idem, p. 314)
752 Bachelard desenvolve este tema em particular no capítulo II (Bachelard, Gaston – *A água e os sonhos*, 1998, Martins Fontes)
753 História referida por Bachelard como sendo de um livro de Lorde Frazer. (Bachelard, Gaston – *A chama de uma vela*, 1989, p. 89, Bertrand Brasil)

O infinito (∞).

E/OU

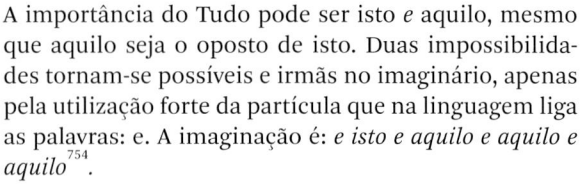

A importância do Tudo pode ser isto *e* aquilo, mesmo que aquilo seja o oposto de isto. Duas impossibilidades tornam-se possíveis e irmãs no imaginário, apenas pela utilização forte da partícula que na linguagem liga as palavras: e. A imaginação é: *e isto e aquilo e aquilo e aquilo*[754].

O *e* é na linguagem o que o símbolo do infinito é na matemática. O mundo está infinitamente ligado e a prova é que o Homem concebeu na linguagem o ligador universal: *e*; este só poderia ser criado com a liberdade que tem – liga-se a qualquer palavra – se existisse um pressentimento de que as coisas visíveis têm entre si um *e* que as liga. Eu e aquela pedra e esta mesa e este computador e este sol e estas folhas e estes livros e este candeeiro e este chão e estes ruídos que agora ouço. *Existe o e na linguagem porque existe o e entre as coisas do mundo*. A questão é: o que será este *e* no mundo, de que matéria será feita: de carbono, de outra coisa? Deus? Escreve Novalis: "Uma Ideia é tanto mais sólida, *individual* e estimulante quanto mais variados pensamentos, mundos e estados de alma nela se cruzarem, se tocarem"[755].

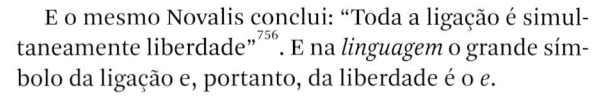

E o mesmo Novalis conclui: "Toda a ligação é simultaneamente liberdade"[756]. E na *linguagem* o grande símbolo da ligação e, portanto, da liberdade é o *e*.

E agora o ponto a seguir.

TRAIÇÃO E MALDADE

Claro que a imaginação pode ser entendida, de certo modo, como uma *traição*.

A propósito de um texto de Victor Hugo, Bachelard escreve precisamente que "a esponja de pedra corresponde a uma maldade especial, a uma *traição da matéria*. A esponja deveria ter maciez e plasticidade, deveria conservar o seu carácter de matéria inofensiva". No entanto, o que acontece não é isso: "de repente ela recebe

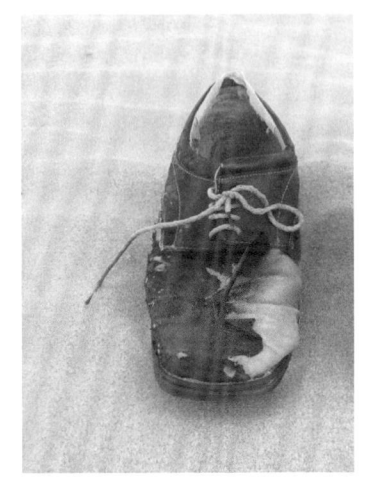

---

754 Escreve Bachelard a este propósito em *A terra e os devaneios do repouso*: "A conjunção *ou* infringe as leis fundamentais do onirismo. No inconsciente, a conjunção ou não existe". (Bachelard, Gaston – *A terra e os devaneios do repouso*, 1990, p. 232, Martins Fontes)
755 Novalis – *Fragmentos de Novalis*, 1992, p. 57, Assírio & Alvim.
756 Idem, p. 73.

todas as hostilidades da vitrificação".

A imagem traz "uma contribuição ao *pessimismo material* [...]. Como a carne que não alimenta, como o vinho que envenena, a esponja é traiçoeira".

Imaginar é trair a previsibilidade, uma previsibilidade que sob um certo ponto de vista é negativa, mas que é afinal a base da capacidade de sobrevivência: é porque prevemos as consequências de certas qualidades da matéria que conseguimos dominá-la. Nesse sentido a dureza "inesperada" da esponja "é a vontade do mal inserida na matéria"[757]. A maldade é a imprevisibilidade e a imprevisibilidade do mundo aproxima a morte do corpo humano pois este não tem tempo para se defender do que apareceu contra a sua pré-visão.

No fundo, se a matéria do mundo tivesse a imprevisibilidade dos humanos, estes teriam dificuldade em resistir. Escreve Sérgio que "a matéria não se cansa de inventar!"[758], mas felizmente a matéria não *inventa* assim tanto, inventa dentro de certos limites, poder-se-ia dizer; quase sempre atua (ou deixa que atuem sobre ela) como sempre fez: não há alterações bruscas, não há *naturalmente* inovações *naturais*. Ser surpreendido por uma reação estranha da matéria é realmente ser surpreendido por uma certa maldade.

Se a Natureza fosse *constantemente* imprevisível – e não, como é, *raramente* imprevisível (catástrofes) – então há muito teria sido considerada o primeiro inimigo do Humano. Os atos de um Homem são para outro Homem muito mais imprevisíveis que os atos da Natureza. E é esta a tragédia da cidade.

LEVEMENTE PESADO

A imaginação trabalha ainda – o que significa: baralha – **interior** e **exterior**. Voltemos a esta questão. Bachelard escreve: "Se sabes pôr para fora o que está dentro e para dentro o que está fora, diz um alquimista, és um mestre da obra"[759].

A imaginação desenvolve também "a contradição entre uma substância e o seu atributo"[760]. Atrás falá-

---

757 Bachelard, Gaston – *A terra e os devaneios do repouso*, 1990, p. 176, Martins Fontes.
758 Sérgio, Manuel – *Para um novo paradigma do saber e... do ser*, 2005, p. 40, Ariadne.
759 Bachelard, Gaston – *A terra e os devaneios do repouso*, 1990, p. 17, Martins Fontes.
760 Idem, p. 19.

mos dessa flor vermelha que devido à cor deveria aquecer; em *A terra e os devaneios do repouso*, Bachelard, por seu turno, cita Rilke[761]:

"O leite era preto. Todos se espantam, mas ninguém ousa exprimir a sua descoberta; pensam: afinal é noite, eu jamais havia ordenhado cabras a essa hora, então é que, a partir do crepúsculo, o seu leite escurece".

Rilke nessa passagem conclui: "Todos nós experimentámos o leite negro daquela cabra noturna". De facto, se no mundo o leite é branco, a tentação da imaginação é fazê-lo negro, numa espécie de desafio feito à matéria e às suas possibilidades. O infindável número de possibilidades é *exuberantemente* comprovado pela fixação do atributo exatamente oposto a uma determinada substância: se eu sou capaz de fazer – na minha cabeça – um leite negro, mais facilmente farei um leite azul ou vermelho, poderá pensar-se. O pesadíssimo torrão de açúcar de Marcel Duchamp é um símbolo desta tentação do imaginário.

FIM DA HISTÓRIA E FELICIDADE

No fundo, e dando apenas um pequeno salto, poderemos afirmar que a imaginação é uma **máquina**, a mais perfeita das máquinas, uma máquina **de contestação do fim da História**. O percurso dos Homens ainda não terminou porque há ainda muitas coisas que já foram pensadas, mas ainda não foram feitas. *A História não termina enquanto a imaginação estiver à frente da matéria*, e este *à frente* significa: enquanto existirem mais possibilidades na cabeça humana que no planeta material. Esta supremacia em número de possibilidades, da cabeça em relação ao mundo, é algo de fundamental e que, de certa maneira, pode constituir a principal marca de nostalgia existente em certos indivíduos. A desolação face ao mundo e à vida concreta muitas vezes não se deve à recordação de uma felicidade maior no mundo, mas sim à recordação de uma maior felicidade na cabeça. A nostalgia – uma das suas variantes – poderá exprimir-se desta forma: *eu já fui mais feliz na minha cabeça*; ou: a minha cabeça concebe possibilidades de alegria mais amplas do que aquelas que objetivamente

---

761 Idem, p. 20.

o mundo me dá neste momento. *Nostalgia das possibilidades*, nostalgia de uma imagem. *Não são as coisas que me fazem feliz, mas as imagens*. A tragédia de um homem que perde *uma imagem* da cabeça equiparando-se a alguém que perde a casa num incêndio.

Voltamos pois à questão central das possibilidades e do que se concretiza realmente no mundo.

Na Razão, escreve Bachelard, há uma justaposição de argumentos e a síntese "é o último passo". Ao contrário, na imaginação, "a síntese vem antes"[762]. A imaginação parte de uma ligação total, completa, entre todas as coisas, atributos, ações: a rapidez da imagem: *o leite negro* – e só depois o mundo é separável, cortável. A razão começa pela operação de somar, enquanto na imaginação o somatório já está feito: há apenas um número, completo, total, e este pode agora começar a dividir-se, a separar-se; no entanto, esta separação é única, no sentido em que pode ser uma qualquer: *os cortes podem fazer-se em qualquer lado, separo as coisas como quero* pois antes estavam juntas.

A operação de separar, quando parte da imaginação, é uma operação individual e tendencialmente irrepetível. As coisas do mundo podem estar separadas de infinitas maneiras. A separação – o afastamento – *a posteriori*, é uma construção, é uma invenção, afastando-se assim da constatação de um mero facto *a priori*. A racionalidade, pelo contrário, parte precisamente da constatação objetiva de que a coisa A se encontra separada da coisa B. A racionalidade quer juntá-las, dar-lhes um sentido na ligação, partindo de um corte que já está feito. Alguém utilizou a faca antes de nós, dirá o racionalista, aceitando as coisas tal como elas lhe aparecem aos sentidos exteriores, enquanto a imaginação resgata a faca que corta e separa as coisas do mundo; resgata-a num primeiro impulso e assume-se depois como *o talhante inaugural*, o *portador do primeiro golpe*, aquele que vai decidir onde se separam duas coisas do mundo, aquele que, por via da lâmina individual, traçará um *percurso na carne do mundo*, um *percurso de corte*, um percurso *de separação*, único, individual.

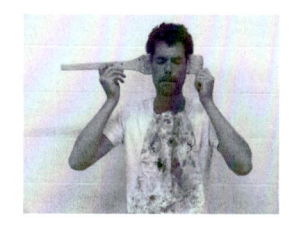

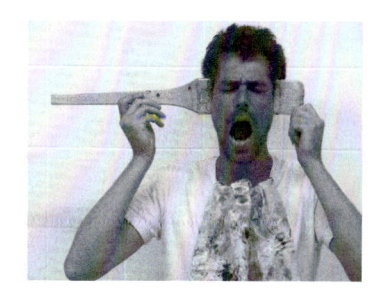

---

762   Bachelard, Gaston – *A terra e os devaneios do repouso*, 1990, p. 21, Martins Fontes.

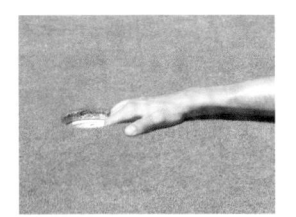

O ZERO E O UM

A imaginação vive de oposições, de duelos; constrói-se – apesar da infinidade de possibilidades – de uma atitude do tipo: sim/não, 0/1. Este *pensamento 0/1* que sempre se associou aos rudimentares – a nível do imaginário, claro – computadores está assim presente nos métodos de trabalho da imaginação, mas de uma outra forma já que o sim/não pode ser atirado em direção ao grande e ao grandiosamente grande, ou atirado ao pequeno e ao pequeníssimo pequeno. Isto é: tudo depende do ponto de vista, do ângulo de observação, da coisa à qual a imaginação dá atenção. O pensamento 0/1 pode virar-se para a oposição: *sim, constrói-se o edifício/não, não se constrói*; como pode virar-se para: *sim, o edifício voa/não, o edifício não voa*. Ou seja, o relevante é a alternativa que se coloca ou, dito de outra maneira: *o relevante é o combate, o duelo que se elege*. Uma mente racional elege oposições praticáveis, materializáveis: escolhe entre duas coisas possíveis. O pensamento da imaginação, esse, escolhe também sempre entre duas coisas *(pensamento 0/1)*, mas pode escolher entre duas coisas possíveis (imitando a razão) ou entre uma coisa possível e uma coisa impossível (como no exemplo anterior: faço um edifício que voa ou um edifício que não voa?) ou então, terceira alternativa: a oposição pode ser entre duas coisas impossíveis (exemplo: faço um edifício amarelo que voa ou um edifício verde que voa?).

Claro que este pensamento 0/1 é imprescindível porque é ele que, no último momento, empurra para uma decisão. A característica fundamental de um duelo é precisamente a impossibilidade de adiar, de suspender: mato ou morro; tenho, pois, de agir. Digamos que, por mais possibilidades que a imaginação possa ter, o seu último lance é reduzir as infinitas possibilidades a duas e de entre estas duas, por fim, escolher uma. Só assim a imaginação pode passar para o exterior, pois no exterior não há tempos duplos: podemos fazer uma coisa e depois o seu oposto, mas não podemos *ao mesmo tempo* fazer uma coisa e o seu oposto.

Bachelard fala ainda de uma outra espécie de método utilizado pela imaginação: o "antivalor", resumido na seguinte forma: "sujar para limpar"[763]. Esclarecendo:

---

763 Bachelard, Gaston – *A terra e os devaneios do repouso*, 1990, p. 32, Martins Fontes.

"suja-se primeiro para limpar melhor depois. A vontade de limpar deseja um adversário à sua altura". Para quê limpar algo que está *ligeiramente* sujo? De facto, "uma substância bem suja dá mais oportunidade à ação modificadora do que uma substância simplesmente embaciada. [...] A dona de casa prefere limpar a mancha ao encardido". Conclui Bachelard "que a imaginação da luta pela limpeza necessita de uma provocação".

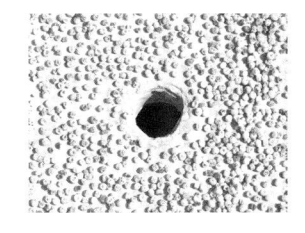

1. Os homens que nascem de um hexágono, por exemplo.
2. Cordão umbilical, hexágono e ser humano.

A MONOTONIA E AS PLANTAS

No ensaio sobre Inácio de Loiola, Roland Barthes chama a atenção para o método religioso – usado por Loiola – que visava ocupar *previamente* a cabeça, ocupar a imaginação, através da prescrição de Exercícios: a organização ao pormenor do tempo "permite *tecer* o dia por completo, suprimir qualquer espaço vago por entre o qual poderia entrar uma palavra exterior"[764]. Procura-se, através da prescrição exaustiva de gestos e ações a fazer em cada momento, instalar "um vazio linguístico", procura-se controlar o imaginário, decidir sobre o imaginário das pessoas. Impedir, pois, que, de entre muitas possibilidades de pensamento, o indivíduo opte por duas e depois, por fim, por uma. Esta *uma*, esta decisão já está tomada: os gestos e rituais exteriores impõem-na. Há a necessidade "de ocupar a totali-

---

764 Barthes, Roland – *Sade, Fourier, Loiola*, 1979, p. 54, Edições 70.

E no meio da confusão, uma esfera perfeita.

dade do território mental"⁷⁶⁵ para que não existam desvios. Para que o imaginário esteja sempre concentrado no mesmo assunto.

É curioso que, por exemplo, para Bertrand Russell, num entendimento contrário, esta monotonia e esta repetição de ações são indispensáveis a um desenvolvimento livre do pensamento. Russel, falando sobre educação, recomenda que não se habitue a criança a constantes viagens, modificações de hábitos, etc., pois, defende, a excitação "é da mesma natureza que os narcóticos que cada vez se tornam mais exigentes". Para Russell, uma criança desenvolve melhor a sua criatividade se, "tal como uma jovem planta, a deixam tranquila no mesmo solo"⁷⁶⁶.

Claro que Russell é um racionalista, alguém que quer um pensamento organizado, que defende que se deve permanentemente controlar e direcionar o pensamento: "a felicidade e a eficiência aumentam" quando se "pensa adequadamente no momento preciso em vez de inadequadamente em todos os momentos"⁷⁶⁷, afirma.

METÁFORAS E CONFIANÇA NO MUNDO

Quem tem poucas imagens na cabeça tem poucas significações e esta pobreza linguística, esta pobreza de frases e de imagens é uma *pobreza de mundo*. Estamos perante musculaturas opostas: a realidade perde força *definitiva* – de fim, de última palavra – em relação à imaginação. Uma *imaginação musculada* impede que a realidade diga *a última palavra*, impede que a realidade defina. *Eu tenho ainda algo a dizer.* Não é apenas o mundo que fala, eu também falo.

Esta necessidade de multiplicar os enunciados (Bachelard fala da necessidade que os alquimistas sentiam de "multiplicar as metáforas"⁷⁶⁸) prende-se com a sensação de que *nem sempre a realidade diz a verdade*⁷⁶⁹. Há

---

765 Idem, p. 59.
766 Russell, Bertrand – *A conquista da felicidade*, 2001, p. 62, Guimarães Editores.
767 Russell é modelar nas suas afirmações. Na mesma página afirma, em tom definitivo: "O homem sensato só pensa nas suas inquietações quando julga de interesse fazê-lo; no restante tempo pensa noutras coisas e à noite não pensa em coisa nenhuma". Eis o exemplo do conselho paradigmático. (Idem, p. 70)
768 Idem, p. 38.
769 Tomas Tranströmer tem um verso em que diz: "e o nome de Deus mal escrito na pedra". (Tranströmer, Tomas – *Para vivos y muertos*, 1992, p. 154, Hiperíon)

uma desconfiança em relação ao mundo que poderá ser colocada no seguinte enunciado: *aquilo em que posso pensar torna-se numa possibilidade de verdade*, ou, de modo mais extremo: *aquilo em que posso pensar é verdadeiro*. Multiplicar as metáforas seria assim uma forma não de multiplicar as mentiras[770], mas de multiplicar as *possibilidades de verdade* – numa espécie de ciência momentânea[771] – ou mesmo as verdades propriamente ditas.

A capacidade para construir metáforas torna-se, deste modo, um poder tão invejável como o poder de construir uma casa ou plantar uma árvore. E é este poder que os criadores se orgulham de possuir. *Sim, tu tens uma casa, mas eu tenho uma metáfora*. Ou: *sim, tu tens um Mercedes, mas eu tenho uma ideia*.

Como se as metáforas correspondessem a coisas materiais, com comprimento, largura, volume.

Estamos aqui perante uma outra espécie de propriedade, aquilo a que vulgarmente se chama, de modo formal, de propriedade intelectual, mas a que poderemos chamar: *propriedade do imaginário*. Estas propriedades sem metros quadrados[772], estas propriedades que não ocupam espaço tornam-se *o contraponto fundamental da obsessão material contemporânea*. A uma obsessão pela aquisição de objetos e metros quadrados poderá contrapor-se a obsessão pela aquisição da plasticidade de metáforas, imagens e palavras: a cada dia adquirir mais uma imagem, mais uma metáfora: *não descanso enquanto não tiver todas as metáforas. O meu reino* – não por um cavalo – mas *por uma metáfora*: eis que estamos numa outra vida, numa outra tentativa de felicidade. *Ser feliz por intermédio do imaginário*, ser feliz porque se tem certas imagens[773], certas palavras na cabeça.

Mercedes.

---

770   Embora tal também possa ser uma tentação, como lembra Erasmo: "O espírito do homem é feito de maneira que lhe agrada muito mais a mentira do que a verdade". (Erasmo – *Elogio da loucura*, 1990, p. 81, Europa-América.)
771   Henri Michaux utiliza num dos seus textos ficcionais a expressão "momentânea ciência". (Michaux, Henri – *O retiro pelo risco*, 1999, p. 127, Fenda)
772   Henri Michaux, num importante texto ficcional, designa o espaço da cabeça, o espaço onde se imagina, como "as minhas propriedades": "Estas propriedades são as minhas únicas propriedades e habito-as desde a infância"; "vejo na vida exterior, ou num livro ilustrado, um animal que me agrada, uma garça branca, por exemplo, e digo para comigo: Isso era uma coisa que ficava bem nas minhas propriedades". (Michaux, Henri – *Antologia*, 1999, p. 49, Relógio d'Água)
773   O texto com o elucidativo título de *O desportista na cama*, do mesmo Michaux, começa assim: "É deveras espantoso que mal feche os olhos, eu, que tanto me estou nas tintas para a patinagem, veja logo à minha frente um imenso ringue de patinagem. E com que ardor patino!" Estamos perante um atleta da e na imaginação: "No fundo, sou um desportista, o desportista na cama.

Poderá contrapor-se, claro, que nenhuma imagem ou palavra pode ser colocada no prato de alguém tendo em vista satisfazer-lhe o velho estômago biológico; há certas urgências fisiológicas a que mesmo o imaginário mais brilhante não consegue acorrer. Porém, sobra ainda muita matéria no mundo substituível por uma boa imagem ou por uma boa frase. E a questão base está aqui: a imaginação – o mundo interior – depende mais de mim que a realidade. Digamos que *o controlo da imaginação é mais fácil que o controlo da realidade*.

Escreve Beckett em *Malone está a morrer*: "Mas fugiu-me da cabeça, a minha ideia. Tanto faz, acabo de ter outra"[774]. Como se a cabeça fosse uma fonte contínua de produção de uma matéria: as ideias. E é.

DESCONFIAR DO MUNDO

Trata-se no fundo de não querer depender demasiado daquilo que não se controla – apostar no imaginário individual é também, de certa maneira, recear a desordem, o incontrolável, o mundo. *Não confio no mundo, confio nas minhas metáforas*. A esta frase alguém de imaginário pobre poderia retorquir: não confio nas minhas metáforas, por isso tenho de confiar no mundo.

Num divertido texto, *Instruções para chorar*, o escritor Cortázar escreve que a imaginação é impossível para quem tiver "contraído o hábito de acreditar no mundo exterior"[775]. Hábito integrado desde a nascença, este. Começamos, pois, a entrar aqui na ideia de *sair do século* – do tempo e também do espaço do mundo – que algumas religiões abordam.

Novalis defendeu precisamente a imaginação como *afastamento*: "A imaginação é esse sentido prodigioso que pode *substituir* todos os nossos sentidos [...]. Enquanto os nossos sentidos exteriores parecem estar já completamente sujeitos a leis mecânicas – a imaginação, pelo contrário, não está visivelmente subordinada à presença ou contacto de estímulos exteriores"[776].

No fundo, as religiões oferecem um forte imaginário

Vejam bem se me entendem: mal fecho os olhos, entro logo em ação". (Michaux, Henri – *O retiro pelo risco*, 1999, p. 18, Fenda)
774 Beckett, Samuel – *Malone está a morrer*, 1993, p. 80, Dom Quixote.
775 Cortázar, Julio – *Histórias de cronópios e de famas*, 1999, p. 13, Estampa.
776 Novalis – *Fragmentos de Novalis*, 1992, p. 71, Assírio & Alvim.

(em suma: grandes metáforas – grandes imagens – ou, no limite mínimo: grandes palavras) e em troca pedem: *afasta-te do mundo*. O criador, o artista está perante um chamamento bastante semelhante. Afasta-te, afasta-te!

A EXATA IMAGINAÇÃO

Nietzsche, em a *Aurora*, põe duas questões – a primeira, ponto de partida: o que é que são afinal as nossas experiências vividas?; e a segunda, a pergunta incómoda: "Experimentar é imaginar?"[777]

Ou seja, podemos colocar uma questão nos dois sentidos: Não será a imaginação real e a realidade uma imaginação, uma espécie de alucinação coletiva, apreendida pelos órgãos sensoriais comuns? A nossa anatomia e a nossa fisiologia não imaginarão por nós todos de igual forma? O nosso corpo não terá naturalmente funções que veem (ouvem, cheiram, tocam) mal, que não veem a verdadeira realidade, mas uma outra?

Wittgenstein vai um pouco mais longe no que concerne ao estatuto da imagem mental: "A imagem mental tem de ser mais semelhante ao objeto do que qualquer representação do objeto"[778]. Diríamos, seguindo: o desenho ou a fotografia de uma cadeira não são tão exatos como a imagem mental de uma cadeira: a imaginação é mais exata, acerta mais, do que qualquer representação. Eis o que defende Wittgenstein: "a imagem mental tem a propriedade de ser a imagem mental *desse* objeto e de nada mais. Podia assim chegar-se a considerar a imagem mental como sendo um super-retrato".

A imaginação de objetos e coisas como marcação de um traço de um rigor inigualável.

Nunca sou tão *exato* como quando imagino, poderíamos dizer. E a exatidão sempre foi uma das qualidades da racionalidade.

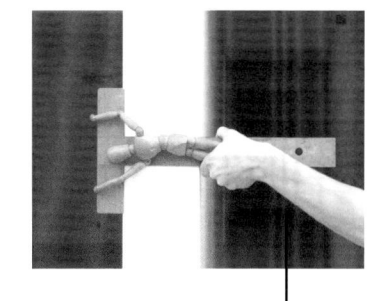

---

777 Nietzsche, F. – *Aurora*, s/data, p. 85, Rés.
778 Wittgenstein, Ludwig – *Tratado lógico-filosófico/Investigações filosóficas*, 1995, p. 395, Fundação Calouste Gulbenkian.

MOVIMENTO E NÚMERO

Em *A terra e os devaneios do repouso*, Bachelard desenvolve o conceito de "movimentos milionários": "uma desordem estática é imaginada como um conjunto agitado: as estrelas são tantas que parecem, nas belas noites de Verão, formigar. *A multiplicidade é agitação*"[779]. Por outro lado, basta "olhar – ou imaginar – um conjunto de corpos que se agitam em todos os sentidos para que se lhe atribua um número que ultrapassa em muito a realidade: *a agitação é multiplicidade*".

Ao impedir a imobilidade do mundo, ao ver o mundo mexer-se – mesmo o que está aparentemente imóvel –, a imaginação age como um fator de multiplicação, podemos depreender das palavras de Bachelard: imaginar é uma operação de multiplicar.

Digamos que o movimento do mundo aumenta o mundo, ou a ilusão sobre a quantidade de coisas do mundo, e a imaginação será uma forma de aumentar o movimento do mundo. Ou seja: a imaginação infiltra o movimento nas coisas imóveis. A quietude, quando observada pela imaginação, torna-se afinal na grande turbulência: uma turbulência íntima, privada; um movimento em que as alterações de posição no espaço são interiores, mas movimento: algo já não está onde esteve. *Uma coisa* é, afinal, duas, três: infinitas coisas. A imaginação aumenta a quantidade de coisas que uma coisa é utilizando a sua arma de multiplicação que é a *metáfora*[780]. Digamos que a imaginação é um movimento interior que projeta o mesmo movimento interior para as coisas que constituem o seu objeto de ação.

Sim.

---

779 Bachelard, Gaston – *A terra e os devaneios do repouso*, 1990, p. 46, Martins Fontes.
780 No ensino da ciência, o físico Richard Feynman defende precisamente o abandono, no início da aprendizagem, das definições, e a sua substituição por um questionamento e um pensamento metafóricos. Fazer boas perguntas é o essencial, defende Feynman – tanto no ensino como na investigação – e só há boas perguntas se utilizarmos boas metáforas. Um exemplo do próprio Feynman que imagina um diálogo possível com o pai (que o ensinava dessa forma) quando ele era ainda criança – diálogo sobre um cão de corda:
"Será que o cão se move porque há sol?", perguntou-lhe o pai. E o pequeno Feynman terá respondido: "Não. O sol não tem nada a ver com isso. O cão moveu-se porque lhe dei corda.

4 O corpo na imaginação 397

Podemos correr à volta de uma coisa – imagine-se uma mesa – ou podemos *correr dentro dessa coisa*. A primeira é uma ação física: os músculos atuam no espaço cartesiano, medível pela régua coletiva; a segunda é uma ação da imaginação: os músculos da imaginação atuam no **espaço de receção de metáforas** que qualquer coisa do mundo tem.

Cada metáfora, cada hipótese de descrição de uma coisa, luta com outra metáfora, com outra hipótese de definição. "A imaginação aborda uma *ontologia da luta*", só a incapacidade de produção de metáforas é que faz de cada coisa uma simples, única e exata coisa. Nada acontece, dirá o entediado do mundo. *Nada acontece, porém os meus olhos movem-se*, dirá aquele que já descobriu o verdadeiro sítio de origem da agitação do mundo.

Tal estará ainda ligado a uma certa velocidade mínima. Bachelard, referindo-se a desenhos que simplificam os animais, desenhos que são como que "abreviações de animais em que se encontram soldadas cabeça e cauda", desenhos que esquecem "o meio do corpo", refere que suprimir "os intermediários é um ideal de rapidez". Segundo a sua perspectiva, uma espécie "de aceleração do impulso vital imaginado quer que o ser que sai da terra encontre imediatamente uma fisionomia"[781]. Há uma urgência em perceber, em dar nome e forma, e essa urgência impõe uma velocidade.

Não.

– E como é que tens força para lhe dar corda?
– Porque como. [...]
– Que é que comes?
– Como... legumes.
– E como é que eles crescem?
– Crescem porque há sol!"
(Feynman, Richard P. – *Uma tarde com o Sr. Feynman*, 1991, p. 25-26, Gradiva)

781 Bachelard, Gaston – *A poética do espaço*, 1996, p. 123, Martins Fontes.

REALIDADES

Este olhar para as outras coisas que uma coisa é é um olhar deturpado, de certa maneira, um olhar *desviado*, olhar que foi empurrado para fora do real.

O real inibe porque já decidiu, de certa forma – isto existe em vez daquilo e daquilo e daquilo. E as imagens alternativas, possíveis, passam a ser signos, coisas não materiais. Pelo contrário, este olhar louco, que olha para outro lado, suspende a hierarquia habitual e não aceita as ordens das sensações.

Bachelard fala de uma "sedução do irreal", este querer ver o que não se vê.

Estou de olhos fixos no *que não se vê*, estou de olhos no irreal, *vejo o que não existe e posso descrever-to*[782]. O irreal torna-se concreto, físico, tocável, *real* portanto, por via da imaginação. *Máquina de produzir realidades*, realidades alternativas àquelas que os sentidos constroem[783]. Felicidade baseada no real luta com a felicidade baseada no irreal (ou, pelo menos, com aquela que tem o irreal como *matéria que contribui para a sua felicidade*)[784].

(Vejamos, neste ponto, um insulto possível, e dos grandes, na escrita satírica de Heine: "e consigo ter mais prazer com um único olhar meu que outros com todos os seus membros durante toda a sua vida"[785].)

Eis pois dois caminhos possíveis. Um terceiro define um outro extremo, e provavelmente revela o ultrapassar de um determinado limite: alguém que busca a própria felicidade unicamente por via do imaginário, do irreal.

Parece um ecrã.
(Homenagem a *Persona*, de Bergman.)

---

782 Bachelard cita a este propósito Blake: "Só conhece o suficiente quem primeiro conheceu o excesso", e também Jacques Prévert: "Descrevo as coisas que estão atrás das coisas. Assim, quando vejo um nadador, descrevo um afogado". (Idem, p. 69)

783 E note-se que não são todos os sentidos por igual, pois há como que uma hierarquia, bem exemplificada na pergunta de Vergílio Ferreira: "Pois porque é que se a vista e o ouvido me permitem avaliar obras de arte, a não permitem o cheiro e o gosto?" (Ferreira, Vergílio – *Invocação ao meu corpo*, 1978, p. 286, Bertrand) Como é bem evidente não é só na avaliação da arte que a vista e o ouvido predominam.

784 No que pode ser considerado um exercício para treinar a felicidade baseada no irreal, Nabokov, no seu mais célebre romance, fala de um conjunto de exercícios de teatro onde se apalpam entre os dedos diversas coisas imaginárias: um bocado de pão, uma ferradura, uma pena, etc., etc. Estamos perante a possibilidade de sentir prazer táctil sem a presença da coisa concreta a ser tocada. (Nabokov, Vladimir – *Lolita*, 1987, p. 244, Círculo de Leitores)
Proust, numa determinada passagem, exige ter aquilo em que pensava diante dos seus "olhos corporais" para perceber se a coisa imaginada era assim tão encantadora como os seus "olhos da memória" a consideravam. (Proust, Marcel – *Em busca do tempo perdido* (v. 1, *O caminho de Swann*), s/data, p. 417, Livros do Brasil)

785 Heine, Heinrich – *Ideias: o livro de Le Grand*, 1995, p. 26, Relógio d'Água.

ESPAÇO E IMAGINAÇÃO

Atentemos de novo na questão do espaço. A propósito de locais de refúgio da casa, como o sótão ou a cave, Bachelard escreve[786]: "toda a criança que se encerra deseja a vida imaginária: os sonhos, ao que parece" – e refere-se aqui aos sonhos acordados, à imaginação – "são tanto maiores quanto menor o espaço em que o sonhador está"[787]. É um pouco como se o espaço, os metros quadrados fossem uma matéria indispensável à existência individual: se eles não existem no real concreto que nos rodeia, então criamo-los interiormente; e a imaginação – já o dissemos, é um multiplicador e ampliador das coisas: é uma produtora de metros quadrados íntimos, de **metros quadrados privados**. A imaginação individual produz metros quadrados *onde o outro não consegue pousar os pés*, metros quadrados subjetivos, propriedade subjetiva, individual: uma riqueza, esta sim, absolutamente privada.

Assim, quando o homem vai para um canto, quando se isola, é como se estivesse a adquirir as condições materiais necessárias para fazer um determinado trabalho. Como alguém que antes de escrever pega na caneta, uma pessoa para imaginar recolhe-se num canto: "damos" à criança uma vida profunda se lhe dermos "um lugar de solidão, um canto"[788]. Entramos aqui na arquitetura – nos percursos do espaço – e na sua relação com os percursos do pensamento: certas arquiteturas serão boas para se fazer algo no real, outras serão boas para se fazer algo *no irreal*. Fazer algo de concreto naquilo que *não é algo*, precisamente, naquilo que não é uma superfície, ou uma matéria: a imaginação é um trabalho feito por cima de uma coisa que não existe; um trabalho sem suporte: não há tela, não há papel, não há pedra; não é pintura, escrita ou escultura: a cabeça é o fundo, mas não é o suporte, pois nada fica registado, nada se fixa; a imaginação é um movimento, um movi-

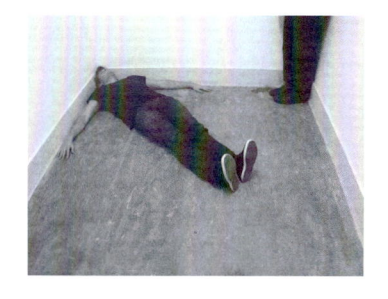

Dois cantos.

---

[786] É muito claro, como lembra Barthes em *A aventura semiológica*, que Bachelard, na questão da imaginação, funciona não por autores, mas por categorias: "o ascensional, o cavernoso, o torrencial", etc. – categorias onde o espaço e, especificamente, os lugares de uma casa ganham invulgar importância, tal como os elementos naturais básicos que dão o título aos seus livros noturnos – a água, o fogo, a terra, o ar. (Barthes, Roland – *A aventura semiológica*, 1987, p. 70, Edições 70)
[787] Bachelard, Gaston – *A terra e os devaneios do repouso*, 1990, p. 86, Martins Fontes.
[788] Idem, p. 86.

mento sobre uma coisa, sobre uma matéria – o cérebro – mas movimento que nada deixa atrás de si.

Sobre esta ligação *espaço onde se imagina e o que se imagina*, Bachelard cita ainda Michel Leiris[789]: "mudando de andar e de aposento, eu introduziria uma fictícia modificação na disposição dos meus órgãos, portanto, na [disposição] de meus pensamentos". É o que Bachelard chama de "onirismo casa-corpo"[790].

Haverá assim uma imaginação no corredor de uma casa, uma Imaginação-Quarto, uma Imaginação-Sala-de-Estar, uma Imaginação-Cozinha; e o mesmo se passará no exterior: Imaginação-Árvore, Imaginação-Sol, Chuva, etc., etc. Todos, aliás, já pressentiram essa radical mudança do homem quando rodeado de chuva ou de excesso de calor. As condições atmosféricas do mundo, por exemplo, tornam-se condições atmosféricas da imaginação.

---

789 Idem, p. 97.
790 Idem, p. 98.

POESIA E PASSADO

Em *A poética do espaço*, Bachelard defende que "o ato poético não tem passado"[791], "não está sujeito a um impulso". Não é um efeito. Como se fosse algo sem nada antes, sem paternidade, sem árvore genealógica. Apareceu *sem antes*.

Bachelard diz expressamente que "a imagem poética foge à causalidade"[792]. Valéry fala de um "valor de choque" e que a "novidade de uma coisa tem sido considerada como uma qualidade positiva"[793] dessa coisa.

Nesse estranho diálogo do livro *A ideia fixa*, um dos interlocutores diz que "o próprio organismo apreciava o novo", tanto a nível de ideias como a nível de saúde – relação entre doença/medicamentos (o organismo "enfastiava-se em alguns anos da medicação", "negava-se a curar" assim como apenas "se interessava por irritações inéditas").

Um organismo que quer o novo, como se o novo fosse uma substância, um alimento[794].

ESCADA ESTRANHA (DE TÃO FAMILIAR)

Esta ideia de tornar estranho o familiar[795] surge evidenciada num texto insólito de Cortázar, texto intitulado *Instruções para subir uma escada*.

Primeiro, observemos a invenção do já inventado, a visão que vê de novo, que inaugura o que há muito foi inaugurado:

"Toda a gente terá observado que frequentemente o chão se dobra de tal maneira que uma parte fica a fazer um ângulo reto com o plano do solo e a parte seguinte se coloca paralelamente a este plano para dar lugar a uma nova perpendicular, coisa que se repete em espiral

---

791 Bachelard, Gaston – *A poética do espaço*, 1996, p. 1, Martins Fontes.
792 Idem, p. 2.
793 Valéry, Paul – *La idea fija*, 1988, p. 97, Visor.
794 Adorno, na sua *Teoria estética*, desenvolve a questão do Novo na arte, categoria que considera central. Esse "calafrio do Novo" liga-se a uma certa crítica em relação ao que já existe. O Novo na arte aparece como "negação desde o início daquilo que atualmente já não deve existir"; o Novo aparece para eliminar o que existe e está desatualizado. (Adorno, Theodor W. – *Teoria estética*, 1993, p. 31-32, Edições 70).
795 "Na sua atividade própria, a imaginação torna estranho o familiar". (Bachelard, Gaston – *A poética do espaço*, 1996, p. 143, Martins Fontes)

ou em linha quebrada até uma altura bastante variável"[796].

Estamos, pois, perante o degrau de uma escada.

Veja-se que basta começar a descrever de uma outra maneira aquilo que toda a gente já conhece para se encontrar uma estranheza. Basta ser-se, como neste caso, *objetivo de mais*, objetivo de modo geométrico, para que a estranheza se instale.

A seguir, neste texto surgem as minuciosas descrições dos movimentos físicos. Mergulhemos longamente nelas, sem interrupção:

"Para subir uma escada, começa-se por levantar a parte do corpo situada em baixo à direita, quase sempre coberta de couro ou camurça e que salvo raras exceções cabe exatamente no degrau. Posta a dita parte – a que para abreviar vamos chamar pé – no primeiro degrau, recolhe-se a parte equivalente da esquerda (igualmente chamada pé, mas que não se deve confundir com o pé atrás citado) e levantando-a à altura do pé, continua-se até a colocar no segundo degrau onde se descansará o pé, descansando no primeiro o pé. (Os primeiros degraus são sempre os mais difíceis até adquirir a necessária coordenação. A coincidência dos nomes entre o pé e o pé torna a explicação difícil. Tenha-se especial cuidado em não levantar ao mesmo tempo o pé e o pé).

Chegado ao segundo degrau, basta repetir alternadamente os movimentos até chegar ao cimo da escada"[797].

Eis um texto que reúne o humor à objetividade pura: é divertido porque descreve o que vê, mas descreve a partir de uma visão original, original no sentido de nova, mas ao mesmo tempo, de velha, de primeira. É uma visão original do ato de subir as escadas, ou seja: é como que o primeiro olhar, como alguém que veio de fora, que veio de outro mundo, e olha. Visão original, visão antiga. *Isto é tão novo que é muito velho*. Fui surpreendido (por esta visão) *porque me tinha esquecido*. A conhecida ideia de Platão do conhecimento como recordação pode aqui ser ligeiramente alterada, definindo-se a imaginação como recordação; quem imagina, quem introduz a novidade recorda-se das coisas, mas *de uma maneira diferente. Não me lembro das coisas como tu te lembras*, e essa é a marca da minha imaginação individual (e também da tua).

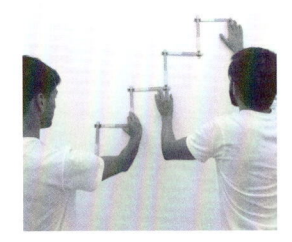

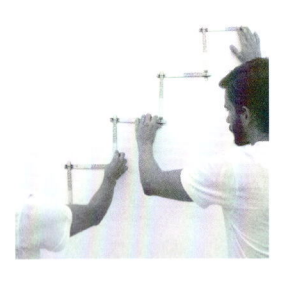

Fazendo uma escada para os olhos subirem.

---

796 Cortázar, Julio – *Histórias de cronópios e de famas*, 1999, p. 22, Estampa.
797 Idem, p. 22-23.

INTERPRETAÇÃO EGOÍSTA

De certa maneira o que interessa é a interpretação egoísta, que não tem par e orgulha-se disso. Como escreve Valéry a propósito de Mallarmé:

"A obra de Mallarmé, que exige de cada um dos leitores uma interpretação pessoal, não apelava, não comprometia mais do que inteligências separadas, conquistadas uma a uma, inteligências que fugissem da unanimidade"[798].

Dentro do mesmo raciocínio, a imaginação deve ser interpretada como ato individual, e mais: como resultante de um erro, de uma falha, de uma *má interpretação*.

Temos de aceitar a má interpretação como algo eventualmente produtivo: a boa interpretação exprime-se numa exatidão didática; a má poderá transformar-se em pensamento que avança[799].

Harold Bloom sobre a influência entre dois poetas fortes escreve que essa influência "processa-se sempre através de uma leitura má do poeta anterior, um ato de correção criativa que é realmente e necessariamente uma interpretação errónea"[800].

Bloom inicia assim um seu capítulo (intitulado *Um manifesto por uma crítica antitética*): "Se imaginar é interpretar erroneamente..."[801], início afirmativo e muito elucidativo. Estamos já na imaginação enquanto ato com origem num certo falhanço, no "interpretar erroneamente".

Num romance de Clarice Lispector, uma das personagens pensa:

"'Não entender' era tão vasto que ultrapassava qualquer entender – entender era sempre limitado. Mas não entender não tinha fronteiras [...]. O bom era ter uma inteligência e não entender. Era uma bênção estranha como a de ter loucura sem ser doida"[802].

Personagem n. 4.

---

798   Valéry, Paul – *Estudios literarios*, 1995, p. 217, Visor.
799   Salvador Dalí relata o episódio em que pede permissão ao Museu do Louvre para ir copiar um quadro de Vermeer. Para realizar a cópia instalou o seu cavalete e todo o restante material. Os funcionários do Museu ficaram muito surpreendidos ao ver aparecer, na cópia de Dali, uns cornos de rinoceronte. (Dalí, Salvador – *Diário de um génio*, 1996, p. 137-138, Tusquets)
800   Bloom, Harold – *A angústia da influência*, 1991, p. 43-44, Cotovia.
      Num romance de Márai, uma criança diz, muito ajuizadamente: "O pai é também poeta, não sabias? Pensa sempre noutra coisa". (Márai, Sándor – *As velas ardem até ao fim*, 2001, p. 26, Dom Quixote)
801   Bloom, Harold – *A angústia da influência*, 1991, p. 107, Cotovia.
802   Lispector, Clarice – *Uma aprendizagem ou O livro dos prazeres*, 1999, p. 37, Relógio d'Água.

MORTE

Nas suas *Fichas*, Wittgenstein escreveu: "Mas sei que isto é possível, porque posso imaginá-lo"[803]. Wittgenstein fala ainda de "pensamentos inverificáveis": "como pode o entendimento humano ultrapassar a realidade e *pensar o inverificável?*"[804]

Neste *inverificável* poderemos colocar o acontecimento da própria morte: como posso pensar algo que nunca poderei verificar, olhar de fora? Como pensar na própria morte?[805]

Digamos mesmo que a ameaça central que incide sobre o nosso corpo, a ameaça medonha que nos diz – *nós não somos apenas o que somos* – é a da morte[806]. A própria morte não pode ser mais do que uma *figura do nosso imaginário individual*, figura elementar, central, mas sim: imaginada. *A minha morte não é real*. A minha morte pertence à minha imaginação: ideia-base[807].

Esta relação com a morte, com a sua proximidade, isola por completo a moribunda, que diz para quem a rodeia: "'Vocês não podem ajudar-me'. [...] Era como se dissesse:

'Escutem, vocês são todos muito simpáticos, mas eu... eu vou, talvez, morrer!'"[808].

---

803 Wittgenstein, Ludwig – *Fichas (Zettel)*, 1989, p. 68, Edições 70.
804 Idem, p. 69.
805 No seu *Livro do desassossego*, Fernando Pessoa escreveu: "A morte, disse, não se assemelha ao sono, pois no sono se está vivo e dormindo; nem sei como pode alguém assemelhar a morte a qualquer coisa, pois não pode ter experiência dela, ou coisa com que a comparar". (Pessoa, Fernando (Bernardo Soares) – *Livro do desassossego*, p. 309, v. 1, Europa-América)
William Faulkner, por seu turno, em *O som e a fúria*, aproxima aquilo que Pessoa afasta: "qualquer homem vivo está melhor do que qualquer homem morto, mas nenhum homem vivo está muito melhor do que outro homem vivo ou morto". (Faulkner, William – *O som e a fúria*, 1994, p. 98, Dom Quixote)
806 Para os animais, como escreve Jünger, a morte do Outro transforma-o de imediato em objeto e "existem casos em que os mais velhos encaram imediatamente o cadáver do novo na qualidade de alimento (Jünger, Ernst – *O coração aventuroso*, 1991, p. 133, Cotovia)
807 No entanto, como escreve Gesualdo Bufalino: "a morte é um lenhador, mas a floresta é imortal". (Bufalino, Gesualdo – *A dança da morte*, 1994, p. 39, Asa) Podemos imaginar a nossa morte – mas mesmo assim um instinto leva-nos a pensar que algo prosseguirá depois dessa nossa morte individual.
808 Broch, Hermann – *Os sonâmbulos* (v. I, *Pasenow ou O romantismo*), 1988, p. 53, Edições 70.
Da mesma maneira se isola o suicida: aquele que já decidiu matar-se está como que num outro estado entre o ser vivo e o ser morto. Na literatura, um dos mais impressionantes suicídios é o de Svidrigailoff em *Crime e castigo*, de Dostoievski. Aquele que ainda está vivo, mas já decidiu matar-se, aproxima-se de um soldado que estava na rua, encostado a uma parede. Svidrigailoff diz, para o soldado:
"Meu caro amigo, vou para o estrangeiro.
– Como, para o estrangeiro?

4 O corpo na imaginação 405

De facto, como entender quem está próximo da morte?

De resto, só consigo *falar* da minha própria morte porque tenho imaginação. Sem ela, insistimos, o Homem não teria consciência da morte pois seria desprovido dessa deslocação essencial no tempo e no espaço.

Eis, em determinada altura, o pensamento de um dos protagonistas de *Os sonâmbulos*, de Hermann Broch, Joachim: "A posição vertical das pessoas que caminhavam por aquela rua não se justificava de modo nenhum, era incompatível com a convicção delas ou resultava de uma triste ignorância, pois todos estes corpos tinham de se deitar na morte"[809].

O mesmo Hermann Broch, em *A morte de Virgílio*, coloca um Virgílio moribundo, deitado, "que escutava o processo de morrer"[810], transportado por outros no meio "do jogo dos que se mantinham de pé!", um Virgílio que pensa: "naquela posição vertical eles não sabem a que ponto a morte está misturada nos seus olhos e nos seus rostos, recusam saber isto, querem apenas continuar a jogar o jogo dos seus engodos e dos mútuos enredos, o jogo que precede o beijo"[811].

O imaginar a própria morte funciona então como um instinto: o instinto de sobrevivência principal, instinto de defesa-base. Porque, como escreve Maria Filomena Molder:

"Sabemos que nascemos e sabemos que morremos e temos medo"[812]. É por imaginar que posso morrer, se cair de um ponto alto, que evito esse risco, e me afasto. A imaginação da própria morte – algo que não é real, pelo menos para mim próprio, porque não a experimento – funciona, no limite, como uma proteção

– Para a América.
– Para a América?
Svidrigailoff tirou o revólver da algibeira e armou-o. O soldado redobrou de atenção.
– Olá, isso não são brincadeiras para aqui!
– Porquê?
– Porque aqui não é lugar para essas coisas...
– Não importa... meu caro amigo, o local é excelente. Se te interrogarem, responde que parti para a América.
E apoiou o cano do revólver à fonte direita.
– Isso não se pode fazer aqui, não é lugar próprio! – replicou o soldado, esgazeando os olhos. Svidrigailoff puxou o gatilho..."
(Dostoievski, F. – *Crime e castigo*, 1984, p. 567, Civilização)

809   Broch, Hermann – *Os sonâmbulos* (v. I, *Pasenow ou O romantismo*), 1988, p. 53, Edições 70.
810   Broch, Hermann – *A morte de Virgílio*, 1987, p. 87, Relógio d'Água.
811   Idem, p. 28.
812   Molder, Maria Filomena – *Semear na neve*, 1999, p. 136, Relógio d'Água.

puramente física; como um colete antibalas que nos protege do metal que se quer aproximar de nós com a velocidade maldosa que mata; de facto também a imaginação da nossa própria morte é um colete antiquedas, antifogo, colete antiperigo, no geral; colete que nos cobre por completo, dos pés à cabeça, e que num único dia evita duzentas mortes: não morremos duzentas vezes num dia porque imaginamos duzentas vezes, mesmo que inconscientemente, que podemos morrer desta e daquela forma.

FUTILIDADE E CONSCIÊNCIA DA MORTE: UM CONTO DE LISPECTOR

Este pressentimento da morte (que nos defende) segue em paralelo com as ações mínimas, minúsculas, ridículas, fúteis até, que o quotidiano nos exige. Ganha aqui uma enorme força a metáfora de ligação entre a assustadora imagem do cadáver e a leve imagem da roupa[813].

Fernando Pessoa, por exemplo, utilizou esta aproximação por diversas vezes; por vezes funde mesmo o pesado com o leve:

Uma cidade de retângulos definitivos.

"A mim, quando vejo um morto, a morte parece-me uma partida. O cadáver dá-me a impressão de um trajo que se deixou. Alguém se foi embora e não precisou de levar aquele fato único que vestira"[814].

Este paralelismo grotesco e quase obsceno é visível também nesse extraordinário conto de Clarice Lispector, *O morto no mar da Urca*[815], que começa assim:

"Eu estava no apartamento de D. Lurdes, costureira, provando o meu vestido pintado pela Olly – e Dona Lurdes disse: morreu um homem no mar, olhe os bombeiros. Olhei e só vi o mar que devia ser muito salgado, mar azul, casas brancas. E o morto?"

E eis depois o essencial, exposto assim, diretamente, sem subterfúgios, pela protagonista: "Vou contar um segredo: meu vestido é lindo e não quero morrer".

Como alguém que diz: estou tão bem a cuidar dos

---

813 Tal como se podiam dar imensos exemplos de outras ligações fúteis. No leito de morte, Tchekhov terá dito: "eu morro. Depois acrescentou: tragam-me champanhe. E só morreu depois de beber". (Erofeev, Venedikt – *De Moscovo a Petuchki: a lucidez de um alcoólico genial*, 1995, p. 73, Cotovia)
814 Pessoa, Fernando (Bernardo Soares) – *Livro do desassossego*, p. 309, v. 1, Europa-América.
815 Lispector, Clarice – *Onde estivestes de noite*, s/data, p. 73-74, Relógio d'Água.

pormenores, mas não me esqueço do importante.

"Eu tomo banho de mar com cuidado, não sou tola, e só vou à Urca para provar vestido". Não sou tola: não venho para morrer, venho para provar um vestido.

Por vezes, é certo, sucede o inverso: "E quando buscas a tua sepultura, trazem-te uma travessa cheia de beleza!", escreveu Thomas Bernhard[816].

Mas mais à frente, a tal mulher do mar da Urca diz: "A mulher que sou eu só quer alegria. Mas eu me curvo diante da morte. Que virá, virá, virá".

Virá.

E depois, quase uma prece: "Só se deve morrer de morte morrida, nunca de desastre, nem de afogação no mar. Eu peço proteção para os meus, que são muitos. E a proteção, tenho a certeza, virá".

E lá ficou a protagonista "atónita" no seu "vestido lindo", vendo, pela janela, alguém morrer. Um outro, que não ela. Ela, felizmente, "graças a Deus", está apenas a verificar se as medidas do vestido batem certo com as medidas do seu corpo, vivo.

INSTINTO DE SOBREVIVÊNCIA

Poderemos dizer, retomando o raciocínio, que a amplitude da imaginação das nossas possibilidades de morte poderá dar a amplitude da capacidade de defesa. Quanto mais situações perigosas a minha imaginação conceber mais capaz serei de me afastar delas. Mais do que uma musculatura eficaz, mais do que uma inteligência prática capaz de resolver problemas concretos de matérias que existem à sua frente, o Homem terá ganhado a batalha pela sobrevivência às outras espécies devido à sua capacidade invulgar em imaginar inúmeras situações possíveis para a ocorrência da própria morte. O Homem sobreviveu e ganhou, se assim se pode dizer, porque conseguiu ver maior número de perigos. Ou melhor: não se trata propriamente de ver, porque eles não existem à sua frente, mas sim de *pre-ver*: ver algo antes de esse algo existir, vê-los (aos perigos) à sua frente antes de eles estarem à sua frente.

Imagino muitos perigos, eis aquilo de que o Homem se pode orgulhar. Ou dito de outra maneira: imagino

---

816 Bernhard, Thomas – *Na terra e no inferno*, 2000, p. 117, Assírio & Alvim.

muitas mortes, *imagino-me em muitas mortes*.

Só faço porque não morri, assim se poderia resumir o óbvio. Ou seja: toda a História da humanidade, das suas construções, inventos, progressos morais e políticos tem por sustento a óbvia vida, a sobrevivência: cada homem individualmente precisa de tempo de vida para fazer algo, para construir. O homem no entanto não nasce fazedor, nasce, pelo contrário, receptor de segurança, nasce desprovido da imaginação dos perigos: são os outros, os que o amam, que são obrigados a estar atentos aos perigos; são os outros que imaginam, pelo bebé ou pela criança, as infinitas possibilidades de a morte se cruzar com essa matéria ainda não clarividente. Protegido pelos *amantes* (os que o amam), o Homem-bebé avança com a promessa de que um dia *não precisará de ser amado para ver o perigo*. Possuidor de uma imaginação, de uma capacidade para ver algo mais nas formas e movimentos que o rodeiam, o Homem, já adulto, defende-se. A *definição de adulto*, muito mais do que associada a idades ou evoluções físicas determinadas, *deve-se* pois ao não físico; precisamente: ao *imaginário*. Adulto – humano adulto – é aquele que consegue, por si próprio, ver os perigos que o rodeiam, é aquele que instintivamente já se sabe mortal pois já imagina várias possibilidades de morte. Não se é adulto pelo organismo e pelas suas ações práticas, reais, concretas; não se é adulto porque se faz isto ou aquilo (no mundo), mas sim porque se imagina isto e aquilo, e, essencialmente, a sua própria morte. *É a qualidade do imaginário que dá a responsabilidade do Homem. Eu já sou responsável porque já sou mortal*; já sou consciente dessa ameaça nunca expressa ou, pelo contrário, ameaça que se expressa em tudo e através de todas as coisas. A minha morte está em todo o lado e em todo o tempo. Para qualquer coisa que o meu dedo aponte estará sempre a apontar para uma possível causa de morte. É uma ameaça total, que não se suspende em nenhum ponto, mas que, ao mesmo tempo, não é evidente.

Três vivos ocupam temporariamente o espaço.

CUIDADO COM ESSE SOFÁ

O texto *Características de um sofá*, de Cortázar, começa assim:

"Em casa do Jacinto tem um sofá onde se morre"[817].

De facto, não somos plástico[818]. O mundo, na verdade, está com o cano da arma carregado e apontado à nossa cabeça e só conseguimos viver porque nos esquecemos de tal facto. O sofá é isso. Uma pacífica árvore é isso: o cano de uma arma apontado à nossa cabeça. A árvore que contemplamos, a água do rio, tudo, mesmo tudo, por mais neutro e desarmado que possa parecer, tudo pode tornar-se a origem da nossa morte individual.

Porque temos imaginação sabemos que o mundo é nosso inimigo. E é essa percepção que nos vai salvando.

---

817 Cortázar, Julio – *Histórias de cronópios e de famas*, 1999, p. 83, Estampa.
818 Como lembra Baudrillard, o plástico é essa matéria não degradável que "interrompe o ciclo que, pela podridão e morte, transferia todas as substância do mundo umas para as outras"; a aparente imortalidade do plástico só pode chocar a matéria humana. (Baudrillard, Jean – *A troca simbólica e a morte I* – 1996, p. 89, Edições 70)

Mão, matéria e objetos

diante da hostilidade, com as formas animais da tempestade e da borrasca, os valores de proteção e de resistência da casa são transpostos para valores humanos. A casa adquire as energias físicas e morais de um corpo humano[819].
Gaston Bachelard

O CORPO QUE FAZ CASA

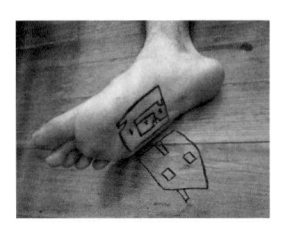

Falemos da casa. Bachelard é muito claro quando salienta que o "espaço habitado transcende o espaço geométrico"[820]. Não se trata pois de uma questão de linhas, mas de carne e calor. Uma casa habitada *deixa de ser um espaço* para passar a ser *aquilo que rodeia um corpo*, o que é diferente.

A casa habitada por cheiros e gestos torna-se um casaco mais amplo, uma velha roupa que já conhece, prevê e protege os nossos movimentos.

No capítulo *O ninho*, Bachelard cita Michelet[821]: "O pássaro", diz Michelet, "é um operário desprovido de qualquer ferramenta". Não tem "nem a mão do esquilo, nem o dente do castor"[822]. No entanto, tem uma ferramenta, uma última ferramenta: "o próprio corpo do pássaro". Assim é com o seu peito que "ele aperta e comprime os materiais até torná-los absolutamente dóceis, até misturá-los, sujeitá-los à obra geral". No pássaro todo o corpo é mão.

Estamos perante uma "arquitetura dos pássaros". A casa é uma ampliação da anatomia; um *anexo anatómico*, se assim nos podemos exprimir. Bachelard cita de novo Michelet: "No interior, o instrumento que impõe ao ninho a forma circular não é senão o corpo do pássaro. É virando-se constantemente e recalcando as paredes de todos os lados que ele consegue formar esse círculo"[823]. É o próprio movimento do corpo que faz, não há nenhum órgão especializado em fazer: *o pássaro faz porque se mexe, o pássaro faz porque não é um bicho*

1. Casa no pé. Se pisares uma casa ficarás com a casa colada aos pés. Ou: como limpar uma casa que se agarrou aos pés? Mudas de casa, mas o teu corpo mantém alguns vestígios relevantes. Ou: pensar que o pé pode querer deixar atrás de si um carimbo. Marcar o itinerário através do carimbo-casa.
2. Nada de intenções poéticas, tudo é marca material; mas, claro, as pegadas que deixas atrás de ti são a tua casa.

---

819   Bachelard, Gaston – *A poética do espaço*, 1996, p. 62, Martins Fontes.
820   Idem, p. 62.
821   Michelet citado em Bachelard, Gaston – *A poética do espaço*, 1996, p. 62, Martins Fontes.
822   Idem, p. 113.
823   Michelet citado em Bachelard, Gaston – *A poética do espaço,* 1996, p. 113, Martins Fontes.

imóvel, faz porque evita a imobilidade, ou melhor: porque é incapaz de estar imóvel. Mas claro que aqui a saída da imobilidade é uma saída com um determinado sentido, saio da imobilidade de maneira prática; *afasto-me utilmente da imobilidade: construo*.

Prossegue Michelet: "A casa é a própria pessoa, a sua forma e o seu esforço mais imediato, eu diria: o seu sofrimento. O resultado só é obtido pela pressão constantemente repetida do peito". Estamos no âmbito do trabalho esforçado – não "há um só desses caminhos que, para afirmar e conservar a curvatura do ninho, não tenha sido milhares de vezes pressionado pelo seio, pelo coração, certamente perturbando a respiração".

Vemos aqui o ninho como resultado direto das formas do corpo do pássaro; e eis a imagem forte: o coração, o peito, a respiração, *tudo ganha dedos*, diríamos, e torna-se instrumento de construção. O coração físico do pássaro como ferramenta privada, privadíssima, ferramenta não partilhável, ferramenta capaz de construir a casa única, o ninho que terá pulsações cardíacas como um qualquer ser vivo. Vemos aqui o espaço a assumir um papel animalesco (de animal apenas), de ser vivo: *o espaço é um animal*. Diríamos ainda: é um animal que responde ao corpo que o fez, é um animal que entra em diálogo com o habitante que foi, e continua a ser, construtor.

Michelet aponta uma hipótese, uma linha de investigação: "Seria útil verificar se as formas que um pássaro dá ao seu ninho, mesmo que nunca tenha visto um ninho, não têm alguma analogia com a sua constituição interna". Estamos já na hipótese de o ninho ser resultado não apenas das formas exteriores do corpo mas das formas interiores; uma casa que responde ao esqueleto do animal que a habita; uma casa, em última análise, que responde aos desejos e defende dos medos, como no verso de um poeta. Neste particular, "a concha do caracol, a casa que cresce na medida exata do seu hóspede, é uma maravilha do Universo"[824]. E é a imagem da fusão entre construtor e construção, entre anatomia e ação.

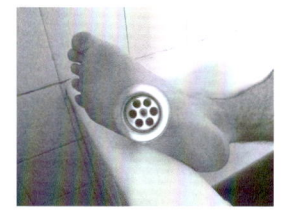

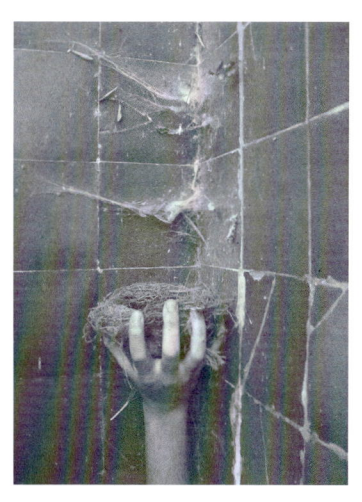

---

824 Citado em Bachelard, Gaston – *A poética do espaço*, 1996, p. 129, Martins Fontes.

OBJETOS E FUNÇÕES

Digamos que todas as formas são receptoras, e só não o são por responsabilidade de quem as percepciona, não por responsabilidade, falemos assim, própria. Não é a matéria que a si mesmo se atribui determinada função, é o ser racional, o ser que quer resolver problemas do mundo, utilizando materiais organizados de modo inteligente, é esse ser humano que preenche o imaginário de uma forma anulando-o através de uma única função. O mundo industrial, o mundo que valoriza a ligação inequívoca (sem equívocos, portanto; sem *variantes*) entre indivíduos é aquele em que o imaginário é comum, e no qual, portanto, o indivíduo dá *uma ordem à forma* atribuindo-lhe uma função (*Função: atividade específica de uma determinada forma*), para logo a seguir receber, de certa maneira, uma ordem desta, quando faz com essa forma aquilo que é previsível. Os objetos funcionais recebem e dão ordens ao ser humano. Há, pois, que concluir que a função de um objeto é composta pelas ações que o imaginário industrial vê como possíveis a partir desse objeto. Uma *forma funcional* é o concentrado potencial (preparado para agir) de certos *movimentos especializados*; um objeto funcional é, de facto, um operário especializado.

Há como um discurso ininterrupto que sai dessa forma especializada mesmo quando pousada, imóvel, sobre uma mesa. Um martelo fala ininterruptamente por via dos movimentos que parece anunciar. Assim, de certa maneira, o corpo que recusa o curto e magro imaginário industrial, o corpo que imagina *individualmente*, que concebe o mundo das formas como uma experiência individual e não como uma experiência partilhável, esse corpo tem a tarefa de *des-especializar*, deve esquecer o que viu já o objeto fazer e deve regressar ao zero: o objeto é uma matéria com linhas e um certo volume – e depois sim decidir de novo, como se o mundo começasse ali. O que posso fazer com estas linhas, com estas formas, com este peso? Eis a pergunta que inicia, que está disponível: funda-se num *esquecimento* e não numa memória[825].

---

825   Idem, p. 85. Escreve Bachelard, em *A poética do espaço*, sobre a maçaneta da porta: "Só um espí-

Diga-se que, a este propósito, Nietzsche, sobre o homem de ação, afirma que também este "não tem conhecimento: esquece a maior parte das coisas para poder fazer uma coisa, é injusto para aquilo que o antecedeu, e reconhece apenas uma lei – a lei do que vai acontecer"[826].

Em suma, a aceitação da função atribuída coletivamente é a aceitação do objeto enquanto emissor e, por consequência, de si próprio enquanto sujeito receptor – receptor da intencionalidade do objeto. Como se a inteligência estivesse toda do lado do objeto, e a necessidade do lado do sujeito. Baudrillard salienta, na mesma linha, que é "o homem" que assegura aos objetos, "na medida das suas necessidades, a sua coexistência num contexto funcional". Sem as necessidades do Homem o objeto seria sempre, e apenas, matéria. Um sistema dos objetos, escreve Baudrillard, revela, afinal, um "sistema de necessidades"[827].

"Perdidos e achados". Perdi este humano, alguém o encontrou por aqui? Encontrar um homem numa caixa. Nem sempre existe esta sorte/azar. Pensar num departamento de perdidos e achados humanos. Encontrámos este humano, alguém sente por ele qualquer afecto? Podemos devolvê-lo?

rito lógico pode objetar que ela serve tanto para fechar como para abrir. No reino dos valores, a chave fecha mais do que abre. A maçaneta abre mais do que fecha. E o gesto que fecha é sempre mais nítido, mais forte, mais rápido que o gesto que abre".

826 Citado em Bloom, Harold – *A angústia da influência*, 1991, p. 69, Cotovia.
827 Baudrillard, Jean – *O sistema dos objetos*, 2000, p. 14, Perspectiva.

MATÉRIA E FORMA

Diga-se, desde já, que a forma é quase sempre a mão de uma determinada função que molda uma matéria dando-lhe uma *direção funcional*, ou então a mão que embeleza a matéria e lhe dá uma *direção estética*.

A forma é, portanto, um *direcionamento,* uma condução *da matéria*.

Claro que quando se fala da mão que dirige a matéria, estamos mais a falar na máquina que dirige a matéria; na máquina industrial ou individual (ainda existem) que leva a matéria para a esquerda, para a direita, mais para cima, mais para baixo, que faz, enfim, a matéria dar uma volta aqui, outra ali, que abre um determinado buraco, etc., etc. Digamos que a matéria é transformada em forma por via de um circuito, de um conjunto de movimentos que empurram as partes para diferentes sítios; estamos perante uma espécie de *trá-*

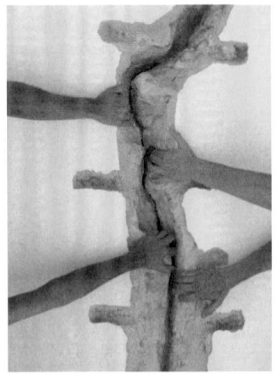

fego da matéria, mas tráfego estranho que não sai do sítio, ou melhor, pode afastar-se do seu centro, mas nunca se separa dele: a forma (um copo de vidro, por exemplo) nunca vai ao limite de fazer desaparecer as características essenciais e primárias da matéria. Um copo, por mais sofisticado que seja, nunca esquece a matéria de que é feito; e nas situações-limite a matéria está lá para recordar que foi manuseada sim, mas não a fizeram desaparecer. O belo copo de vidro quando cai ao chão parte-se.

MÃO E PENSAMENTO

O intelectual Paul Valéry[828] aponta a mão como sendo "esse órgão extraordinário no qual reside quase toda a potência da humanidade", órgão que possui, ainda, uma particularidade: é o órgão que por excelência "se opõe à natureza, da qual no entanto faz parte"[829]. A mão é aquilo que "contraria [...] o curso das coisas".

Há ainda uma relação intensa entre pensamento e ação da mão como se a ação da mão fosse por si só já *uma forma de pensar*. Diríamos: *uma forma manual de pensar*.

Podemos insistir: *as mãos pensam manualmente*, pensam sem utilizar fórmulas matemáticas ou filosóficas; pensam por processos de movimento explícito, pensam *dentro do mundo* e não fora do mundo (como fazem os pensamentos do cérebro). Eis, pois, uma

---

[828] Valéry definia os "intelectuais" desta forma: "Homens quase imóveis que provocam grandes movimentos no mundo". (Valéry, Paul – *O senhor Teste* – 1985, p. 74, Relógio d'Água)
[829] Valéry, Paul – *Estudios filosóficos* – 1993, p. 177, Visor.

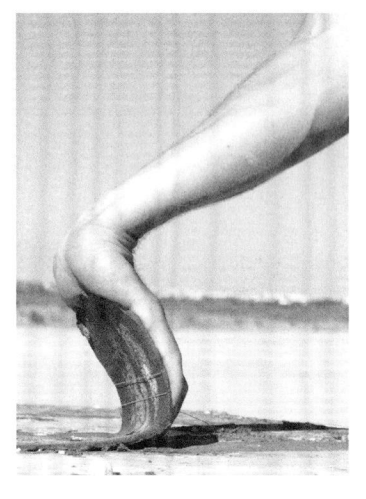

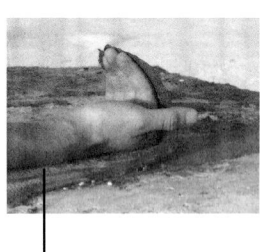

ideia a desenvolver: *a mão pensa dentro do mundo, dentro da matéria*.

Estamos diante de dois tipos de pensamento: o pensamento clássico, exterior ao mundo (ou pelo menos que se vê assim a si próprio) e no limite até exterior ao próprio corpo: pois eu posso – algo no meu cérebro pode – pensar sobre o meu próprio corpo. Este é então um pensamento autónomo, observador, de fora, *não envolvido*.

Em contrapartida, temos o pensamento que está dentro do mundo: o pensamento do corpo quando em movimento; ou, colocado de outra forma: o movimento definido como pensamento que toca e interfere na matéria das coisas. E aqui as mãos são os elementos privilegiados: é nas mãos que reside a potência maior de um pensamento minucioso (como o raciocínio mental), porém dentro do mundo, interferindo nele. O gesto primoroso de segurar num fio de lã e de o passar pelo buraco da agulha é a manifestação de um *minucioso pensamento manual: a minha mão pensa;* e aqui reside a diferença: *quando a minha mão pensa, o mundo é alterado.* Pelo contrário, quando o meu cérebro pensa, o mundo (felizmente e infelizmente) não é de imediato alterado. No entanto, são os pensamentos mais interiores e mais longos que, com o tempo e depois de se passar o raciocínio *para fora* como se passa um material de construção de dentro de uma casa para fora dessa casa –, são esses raciocínios então que poderão provocar importantes alterações no mundo.

Podemos até chegar a esta conclusão provisória: as mãos modificam o material do mundo *imediatamente*, mas se tivéssemos ficado por esta inteligência manual que resolve problemas concretos que nos surgem à frente, se tivéssemos ficado por aqui praticamente nada teríamos alterado de significativo – de radical – no mundo. Os nossos movimentos e, em especial, os movimentos da mão, tornam-se determinantes – e no limite foram eles que alteraram por completo a paisagem da natureza –, tornam-se determinantes, dizíamos, porque antes existiu um longo raciocínio interior – que não tocava em nada fisicamente e não era tocado. As grandes alterações que o humano introduz no mundo – pensemos em situações-limite: destruições atómicas, ida à lua – são, no último dos instantes, colocadas no mundo pela mão humana, pelo pensamento da mão humana – e o grau de pensamento da mão humana está ligado ao grau de possibilidade de movimentos que ela tem – porém este pensamento da mão humana é, apesar de tudo, repetimos, limitado: as grandes mudanças da paisagem natural são *pré-fabricadas* nesse sítio interior que é o cérebro. Digamos que a mão é o último *ponto de expressão do pensamento*. Se pensarmos numa linha de produção, o minúsculo movimento de um dedo que aciona o botão que origina a queda de uma bomba é a última fase de um longo processo de raciocínio lógico. Para que o pensamento/movimento da mão tenha consequências no mundo é necessário um longo trajeto interior do pensamento de um ou mais cérebros. No entanto, se pensássemos só com as mãos, seríamos ainda assim colocados no topo da hierarquia animal.

Note-se, neste ponto, a associação que um autor como Spengler faz – no seu *O homem e a técnica* – entre forma e ação, levando este vínculo até aos trabalhos do raciocínio. Para Spengler a mão é a parte "prática" do homem. Digamos: é o seu lado de engenharia ("arma sem igual no mundo dos seres que se movimentam livremente"[830]). No entanto, é ainda laboratório onde se experimentam e comparam, racionalmente, temperaturas, estados de matérias, densidades, pesos, etc. Em contraponto a estes dedos que experimentam, surge a visão, "que apreende o mundo 'teoricamente'"[831]. Claro que esta aparente diferença é atenuada. Spengler fala no "pensar dos olhos" e no "pensar da mão", duas formas de pensamento. De um lado, a visão, onde existe "o pensamento teórico, observador, contemplativo" que procura distinguir o Verdadeiro do Falso, do outro lado o ato, "os efeitos da mão pensante"[832].

Diferentes formas de a mão pensar.

---

830 Spengler, Oswald – *O homem e a técnica*, 1980, p. 63, 67-68, Guimarães Editores.
831 Também Norbert Elias lamenta que "cada vez mais atividades, que originalmente absorviam o ser humano na sua íntegra, incluindo todos os membros do seu corpo, se deslocam para os olhos". Para Elias, com a diminuição da importância dos movimentos corporais aumenta a importância da visão. E dá exemplos de expressões verbais, cada vez mais comuns que o mostram: "Podes vê-lo, mas não lhe toques", "Por favor, não se aproxime em demasia" – todas estas observações surgem no capítulo intitulado *Estátuas pensantes*, em que precisamente estas são o exemplo e uma parábola: estas estátuas pensam o mundo, "mas não movem os seus membros". (Elias, Norbert – *A sociedade dos indivíduos*, 1993, p. 139, Dom Quixote)
832 Spengler, Oswald – *O homem e a técnica*, 1980, p. 68, Guimarães Editores.

MÃO E FILOSOFIA

Ainda voltando a Valéry, a relação entre os processos da mão e o pensamento mais abstrato: "Esta mão é filósofa", escreve nos seus *Estudos filosóficos*[833].

Na mão encontramos realmente atos: "Pôr; tomar; agarrar; colocar"; e podemos compará-los, escreve Valéry, com os atos do pensamento: "síntese, tese, hipótese, suposição, compreensão".

Digamos que, no limite, um determinado gesto corresponde a um determinado pensamento, como se vê nos processos da matemática e no modo como esta se ensina às crianças: a adição na matemática – pensamento abstrato por excelência, escreve Valéry – corresponde a um movimento das mãos: adicionamos *com as mãos* um objeto a outro, uma maçã a outra. Adicionar – operação matemática – corresponde ao ato da mão que agarra numa maçã e a junta a outra. Adicionar é *aquele gesto*. Esta operação mental é aquele gesto.

Numa outra das suas obras – *Eupalinos ou O arqui-*

---

833 Valéry, Paul – *Estudios filosóficos*, 1993, p. 177, Visor.

teto –, Valéry torna esta questão ainda mais explícita. Uma personagem fala de Eupalinos, o arquiteto, que durante a noite pensava longamente no que fazer a seguir na obra que estava em marcha e que depois, na manhã seguinte, nada dizia aos trabalhadores sobre os seus pensamentos noturnos e sobre as suas decisões mentais – "apenas lhes dava ordens e números"[834]. Os pensamentos eram transformados em indicações de ação, e daí nascia a construção.

A mão, de facto, torna tudo real: "O punho que golpeia a mesa parece querer impor silêncio à metafísica"[835], escreve Valéry nos seus *Estudos filosóficos*. E prossegue: "Sucessivamente instrumental, simbólica, oratória, calculadora – agente universal – não poderíamos classificá-la como órgão do possível [...]?"

Poderíamos, sem dúvida. Órgão, então, de possibilidades, de muitas possibilidades, que por isso mesmo se autolimita, se restringe, quando escolhe – "o homem só pode fazer porque pode ignorar e contentar-se com uma parte do conhecimento", escreve Valéry em *Eupalinos...*; conhecimento esse que não ultrapassará "o necessário"[836] para aquele momento. Esse órgão de possibilidades "distingue-se dos órgãos que só sabem fazer uma coisa"[837].

Compare-se, por exemplo, o fígado com a mão: as poucas possibilidades de um e as muitas da outra. Quase poderemos ver aqui uma diferenciação entre elementos do corpo que só obedecem e elementos do corpo que podem dar ordens.

O fígado, por exemplo, seria, nesta classificação, um *órgão obediente*, órgão não criativo, órgão que obedece a uma biologia direcionada, a uma linha de montagem mecânica, a um funcionamento normal e previsível, no qual a doença é ainda reflexo do mau funcionamento da previsibilidade; *previsibilidade que não funciona*: eis a definição de doença nos órgãos obedientes.

Em contraponto teríamos a mão: órgão não obediente, órgão criativo, órgão das possibilidades. O mau

---

834 Valéry, Paul – *Eupalinos o El arquitecto*, 1993, p. 18, Colegio Oficial de Aparejadores y Arquitectos Técnicos.
835 Valéry, Paul – *Estudios filosóficos*, 1993, p. 178, Visor.
836 Valéry, Paul – *Eupalinos o El arquitecto*, 1993, p. 73, Colegio Oficial de Aparejadores y Arquitectos Técnicos.
837 Valéry, Paul – *Estudios filosóficos*, 1993, p. 178, Visor.

funcionamento da mão será, portanto, a redução das suas possibilidades. A mão que tem tão poucas hipóteses de *ação* como um fígado é a mão doente. É a mão aborrecida e que aborrece.

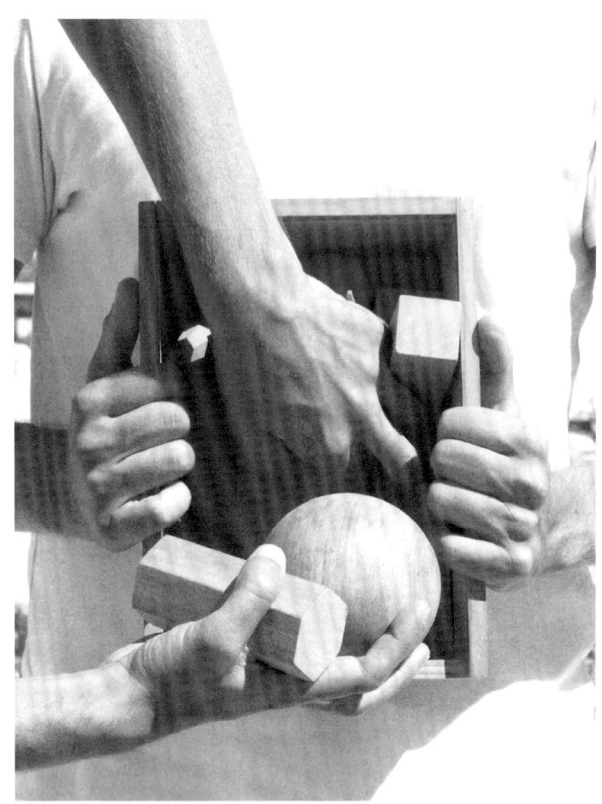

AGIR, FUNCIONAR

Mas esta palavra *ação* introduz um novo problema. Podemos pensar, no seguimento do que atrás foi referido, que há órgãos ativos, órgãos que agem – sendo a mão, claro, um deles – e há, por outro lado, órgãos que não agem, órgãos, podemos dizer, que apenas *funcionam*.

O fígado funciona, a mão age. E nesta pequena diferença está algo de fundamental: se todos os elementos do corpo humano fossem órgãos cuja única preocupação seria o funcionamento (funciona/não funciona) o homem seria um ser limitadíssimo; *ser* passivo no seu conjunto, ser que teria de obedecer ao mundo porque nada teria de seu para *interferir* no mundo. Repare-se que na ação – nos elementos que agem – a questão não se reduz a um sim/não, como no funcionamento de uma máquina – ou no funcionamento de um órgão obediente como o fígado. Na ação a questão não é apenas age/não age, a questão é: no órgão que age, quais as suas ações? Quais as suas decisões?

É como se tivesse sido deixada à mão a possibilidade de decidir, enquanto a outros elementos do corpo tal possibilidade tivesse sido suprimida logo à partida.

O organismo, no seu conjunto, já decidiu *pelo* fígado. Mas não decidiu *pelas* mãos.

INDIVÍDUO/ESPÉCIE

Se quisermos passar esta discussão para o conflito indivíduo/espécie (ou para o determinismo genético) poderemos dizer que órgãos como o fígado são como *imposições da espécie ao indivíduo*: estão lá, servem para o mesmo; *os homens tornam-se iguais entre si pelo fígado* – os homens tornam-se iguais entre si pelos órgãos pouco imaginativos que estão dentro do organismo apenas (e é muito) para funcionar.

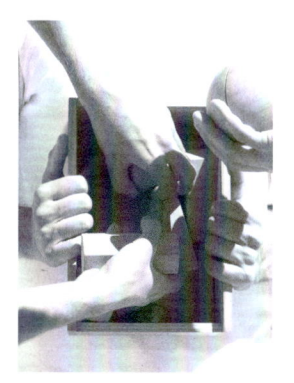

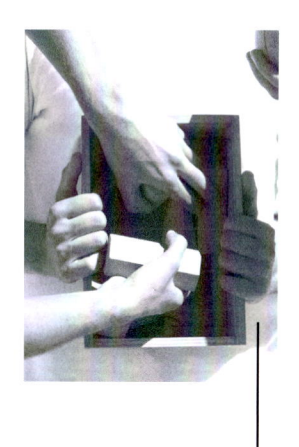

Pelo contrário, um homem distingue-se de outro homem pelas mãos, pelo que fazem as mãos, pelas decisões que as mãos tomam. Numa análise rudimentar, sem entrar em pormenores fisiológicos, poderemos dizer que o fígado de um trabalhador dos têxteis atua da mesma forma que um fígado de um atleta de salto em altura ou de um professor, no entanto as mãos de uns e de outros parecem tão diferentes – fazem coisas tão diferentes – que quase poderíamos pensar que pertenceriam – essas mãos – a espécies biológicas diferentes. No limite, se fizéssemos uma história das mãos – comparativa entre diferentes indivíduos – e uma história dos órgãos internos – como o fígado – encontraríamos na história das mãos dados tão variáveis que no limite poderíamos pensar: este ser não pode pertencer à mesma espécie que este outro, tais as diferenças de *biografia manual*. Focando dois extremos: as mãos de um homem podem passar quarenta anos agindo por meio de movimentos finos, minuciosos (poderemos pensar em dezenas de profissões que a isso obrigariam) enquanto as mãos de outro homem podem, durante os mesmos quarenta anos, quase não fazer esses tais movimentos finos e minuciosos, pelo contrário, as mãos podem concentrar-se totalmente em gestos largos. Compare-se, por exemplo, a *biografia das mãos* de um carregador de caixas pesadas e de um relojoeiro – são como que dois *animais* distintos. Ou, então de outro ponto de vista, e apesar das diferenças de atividade, repare-se na semelhança entre a biografia das mãos de um relojoeiro e de um escritor que escreva à mão. De facto, se pensarmos e analisarmos biografias do fígado, biografias comparativas, confirmaremos a semelhança quase absoluta entre percursos – e ficará claro que *apenas as doenças individualizariam estas biografias.* Se o fígado de dois homens funcionar sempre de modo normal, saudável, a sua história será idêntica; pelo contrário: se as mãos de dois homens funcionarem normalmente, de modo saudável, a sua história poderá ser completamente diferente[838]. Poderemos assim diferenciar os órgãos também pela questão saúde-doença. O fígado saudável é o que funciona, é aquele que age dentro das previsões, enquanto a mão saudável é *a mão criativa*, a mão que age *normalmente* (dentro do previsto) quando tal é necessário, mas que é capaz também de agir de modo imprevisto.

Em certos elementos do corpo (como é exemplo o fígado) é a doença que individualiza a biografia, que marca a identidade própria de um indivíduo; nas mãos, pelo contrário, a biografia é individualizada pela saúde; saúde, portanto, definida, neste caso, como a capacidade para expressar diversas possibilidades e, no limite, para estar disponível para o imprevisível[839].

---

838   Nesta questão de biografias de *partes*, é bom lembrar que Dalí propõe por carta a uma pessoa que faça a biografia de um átomo de Dali. Na sua modéstia diz que tal bastará e sobrará como matéria de estudo. (Dalí, Salvador – *Diário de um génio*, 1996, p. 51, Tusquets)

839   Claro que esta tese poderá ser objeto de oposição. Spengler, por exemplo, é muito claro quando afirma: "As distinções entre a estrutura corporal e o modo de viver apenas existem na cabeça dos anatomistas". No segundo capítulo de *O homem e a técnica*, o autor desenvolve esta questão: "Se tomarmos por base a forma interior de vida em vez da forma corporal, a tática vital e a estrutura corporal surgem como uma mesma e única coisa, ambas expressão de uma só realidade orgânica. [...] Deste ponto de vista", termina Spengler, "já a estrutura corporal se revela como a forma de agir do corpo". (Spengler, Oswald – *O homem e a técnica*, 1980, p. 578, Guimarães Editores)

Ponte.

AS MÃOS, AS COSTAS E A BARRIGA

O tato está em todo o corpo, como escreve Vergílio Ferreira: "em qualquer parte do corpo podemos assinalar a presença de um objeto, a presença do 'real'"[840].

No entanto, há vários tatos: um *tato que ouve* e um *tato que fala*; entre muitos outros.

Vergílio Ferreira alude a um "tato passivo", que se apercebe das coisas do mundo e que está espalhado por toda a pele e "só nas mãos (e de algum modo nos pés) ele é ativo, ou seja reflete e prolonga a atividade de um 'eu'". Esta diferença é esclarecida nos seguintes termos: "na sensibilidade do corpo a um objeto, o que está presente é sobretudo o *objeto* e, na sensibilidade das mãos, o que está presente és *tu*"[841]. Mãos e restante corpo separam-se, assim, de uma forma inequívoca, *como se não pertencessem ao mesmo corpo*: "as mãos abrem o nosso acesso ao mundo e o corpo, o acesso do mundo a nós".

---

840 Ferreira, Vergílio – *Invocação ao meu corpo*, 1978, p. 273, Bertrand.
841 Idem, p. 274.

Há, portanto, uma aproximação das mãos e da palavra; sem mãos, esclarece Vergílio Ferreira, "o nosso espírito fica prisioneiro quase tanto como sem a palavra". As mãos orientam a inteligência tal como a palavra; separamos o mundo pelas mãos e pelos substantivos, verbos e adjetivos. As frases pensam e as mãos pensam. As frases e as mãos separam e juntam as coisas, interferem no mundo. Ao contrário da barriga, das costas.

Exemplifica Vergílio Ferreira dizendo que, quando empurramos um objeto com o ventre ou com as costas, sentimos "imediatamente uma *falta* de um elemento verdadeiramente atuante e ordenador".

TRAJETOS DA MÃO

A mão quando trabalha sobre a matéria tem movimentos de detective que procura algo que desapareceu, como se existisse, de facto, a imagem de uma forma na cabeça, imagem que se quer arrancar da matéria por via de movimentos decididos e meticulosos, movimentos especializados, movimentos que sabem onde tocar, que sabem onde a matéria é sensível, onde é frágil, onde é atacável, onde mais facilmente se dobra, se estica.

Os materiais, como escreve Bachelard em *A terra e os devaneios da vontade*, são "convites para exercer as nossas forças"[842]; o homem lúcido "reclama adversários"[843], e é nos objetos duros do mundo "que começam as alegrias fortes". Alegrias fortes que resultam do suor, da sensação de fazer algo: "Com o mundo resistente, a vida nervosa em nós associa-se à vida muscular": a imaginação ativa os músculos, aquece-os. Chamemos a isso intenção ou vontade: será sempre um *inclinar da musculatura*, uma *intensidade interior*, uma *excitação*; a imaginação é "cortante ou ligante, separa ou solda"[844].

A Bachelard agrada sobremaneira a ideia desta mão que faz, que molda uma matéria, e que dentro desta procura uma determinada forma: "Também a mão tem os seus sonhos, as suas hipóteses"[845]. Este trabalho manual é, para Bachelard, em *A água e os sonhos*, o trajeto

Conversa de vizinhos.

---

842 Bachelard, Gaston – *A terra e os devaneios da vontade*, 1991, p. 25, Martins Fontes.
843 Idem, p. 59.
844 Idem, p. 25.
845 Bachelard, Gaston – *A água e os sonhos*, 1998, p. 110, Martins Fontes.

do devaneio dos dedos humanos. A matéria (pensemos no barro) e a mão que a molda confundem-se a certa altura, assumindo uma *promiscuidade material* que só termina quando as mãos se afastam, de um modo semelhante a mãos que saem de dentro de água. Esta vitória *íntima* é declarada quando a matéria já se rendeu à decisão das mãos de a transformar em algo *útil* ou em algo *belo*, mas quando ainda não há uma distância entre quem decidiu (as mãos) e a coisa que aceitou a decisão ou gentilmente foi derrotada (a matéria).

É importante neste ponto distinguir claramente entre o ofício da mão que molda e o ofício da mão que corta, que utiliza instrumentos já ensinados, instrumentos que fazem sempre o mesmo, instrumentos que não hesitam, que *já têm as decisões tomadas*.

Bachelard escreve a este propósito na obra anteriormente referida: "Os ofícios que cortam, que talham, não dão uma instrução suficientemente íntima à matéria. A projeção permanece externa, geométrica. A matéria não pode sequer desempenhar o papel de suporte dos atos"[846]. A matéria, nestas situações, "é apenas o resíduo dos atos, o que o corte não suprimiu".

Para Bachelard, este *homo faber* opõe-se ao de Bergson[847]: é um "órgão de energia" e não "um órgão de formas"[848]. A força, *energia que altera*, por vezes não quer chegar a um ponto determinado, a uma *forma*, quer sim, *passear a sua imaginação*, passear as suas possibilidades. A força que imagina através das mãos que moldam um certo material por vezes *passeia* até ao momento em que se sente *fatigada*, e assim a forma final resulta não de uma pré-determinação das mãos, mas sim do cansaço. A forma aparece quando o devaneio das mãos cessa. Deste modo, ao contrário da *forma industrial*, que está já preconcebida na máquina da fábrica e nos seus movimentos, a *forma individual*, a forma que é colocada no mundo por via de duas *mãos privadas*, mãos *não comerciais*, surge então como que espontaneamente, de movimentos que existem *em direto*, se assim se pode dizer, e não *em diferido* como nas máquinas.

As máquinas são conjuntos de movimentos concebidos, pois, em diferido. *Imaginados antes.*

Braço.

---

846   Idem, p. 113.
847   Esta oposição é desenvolvida em todo o capítulo IV, *As águas compostas*. (Idem, p. 52)
848   Idem, p. 112.

Não se trata de dizer que a máquina que transforma a matéria numa forma não tem qualquer imaginário, trata-se de perceber que *uma máquina tem o seu imaginário já encerrado*. A imaginação existe antes da máquina, existe na sua concepção; quando ela está em atividade faz o que tem a fazer, faz o que sabe que tem de fazer.

Pelo contrário, as mãos do homem que trabalha diretamente na matéria são mãos que estão atentas ao imprevisto, ao erro, e mesmo que pensem caminhar numa certa direção (é urgente inventar-se um verbo para o ato das mãos que corresponda ao caminhar dos pés, porque *as mãos também caminham* como qualquer amassador sabe), cada percalço, cada erro, funciona como cruzamento, ou seja: como ponto onde é possível *mudar de direção*.

CARÍCIA E BRUTALIDADE

Em *A psicanálise do fogo*, Bachelard mostra como existe uma complexidade enorme de gestos. Esta diferença de gestos pode permitir divisões históricas: "a idade da pedra lascada é a idade da pedra maltratada", defende, "ao passo que a idade da pedra polida é a idade da pedra acariciada". Pedra que recebe maus-tratos e pedra que recebe carícias: o homem "bruto quebra o sílex, não o afeiçoa. Aquele que afeiçoa o sílex ama o sílex"[849].

Mantendo esta simplificação imaginativa, poderemos afirmar que a mão trabalha no mundo balançando entre o murro e carícia, entre o empurrão, o puxão e o meticuloso movimento de desabotoar um botão da camisa. A mão não necessita *de estar toda ligada* (*on/off*) – como os olhos que estão ou fechados ou abertos –, não necessita de avançar com toda a sua força. Pelo contrário, quando se observa, escreve Bachelard, "um machado de sílex talhado, é impossível fugir à ideia de que se conseguiu talhar tão bem

---

849 Escreve ainda, Bachelard, na mesma página: "Disse-se, e muito bem, para definir o homem, que ele é uma mão e uma linguagem. Porém, os gestos úteis não devem esconder os gestos *agradáveis*. A mão é precisamente o órgão das carícias, tal como a voz é o do canto. Primitivamente, carícias e trabalho deviam estar associados. Os trabalhos prolongados são tarefas relativamente suaves. Certo viajante fala-nos de homens primitivos que gastaram dois meses a polir um objeto". (Bachelard, Gaston – *A psicanálise do fogo*, p. 37, 1989, Litoral)

cada faceta graças a uma *redução da força, graças a uma força inibida, contida, administrada*"[850].

A mão que trabalha o objeto de formas concretas passou da "carícia intermitente à carícia contínua".

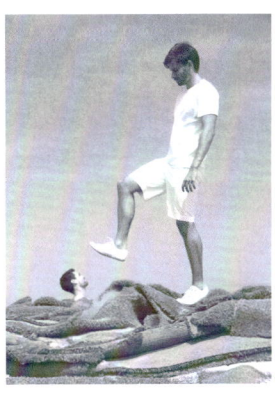

Impedir que as pequenas cabeças que querem sair do solo cresçam e se tornem inoportunas e indelicadas.

O FOGO

Olhemos para outro dos pontos centrais dos livros noturnos de Bachelard: o fogo. Como o autor escreve em *A psicanálise do fogo*: quando "queremos que tudo se modifique apelamos para o fogo"[851].

Na luta (ou na amizade) entre a forma e o homem, o fogo fica no meio. O fogo é o instrumento utilizado pelo homem para moldar as formas do mundo, e o fer-

---

850 Idem, p. 37.
851 Idem, p. 64.

reiro é disto o expoente máximo. Nas palavras de Valéry, o fogo "é um agente de precisão temível cujo efeito maravilhoso sobre a matéria que apresenta ao seu ardor é rigorosamente limitado, ameaçado, definido por certas constantes físicas ou químicas difíceis de observar. Qualquer desvio pode ser fatal: a peça fica arruinada"[852]. Trabalhar a matéria controlando a medida/intensidade do fogo, eis um dos objetivos maiores.

A forma está sempre em estado de *ansiedade* face ao trabalho do fogo, e por ter como matéria-prima esse fogo *incivilizado* o homem inventou inúmeros instrumentos que põem, de certa maneira, ordem nesta força natural. Esta *regulação* do fogo por via de instrumentos técnicos permite então ao Homem aproveitar a invulgar capacidade para mudar a matéria de que o fogo dispõe adicionando o controlo dos limites que a *racionalidade metálica* de uma ferramenta consegue obter. Porque não basta ao Homem mudar a matéria, ele quer *mudá-la a uma determinada velocidade* e quer ter a certeza do destino final, da forma última. As ferramentas que *civilizam o fogo* têm, como que no seu interior, a forma destino; ou seja: a matéria sob a ação destes instrumentos não muda como mudam as condições atmosféricas, muda como muda o número três quando a ele se adiciona matematicamente o dois: sabemos sempre que, de tal soma, resultará o cinco.

Forma manual de fazer vulcões.

---

[852] Citado por Bachelard, Gaston – *A psicanálise do fogo*, 1989, p. 64, Litoral.

> A tentativa de entrar por uma parede, de a atravessar, é ainda mais difícil do que a tarefa de caminhar sobre as águas. Se um corpo se atirar dezenas, centenas de vezes contra uma parede espessa não conseguirá abrir um buraco, nem sequer uma fenda.
> Este exercício – o de um homem se atirar repetidas vezes contra uma parede até ficar em ferida – é um método rápido de nivelar ego e modéstia. Suficientemente forte para voltar a atirar-me contra a parede mesmo sabendo que ela não se mexe um milímetro. Fraco o bastante, por muito que tente, para não abalar sequer um milímetro da postura material da parede. Só com o corpo os humanos não tinham chegado lá, isso é evidente.

RESISTÊNCIA

Continuamos no âmbito de um combate. "A primeira instância específica à noção de matéria é a resistência"[853], afirma Bachelard em *O materialismo racional*. Tal afirmação ganha importância acrescida quando se sabe que a filosofia olha para os objetos de longe: estudar filosoficamente algo não é tocar, é ver, ver atentamente, ver com o cuidado exaustivo que termina na reflexão – mas ver, apenas ver. Antes de os filósofos estudarem "a resistência do objeto", querem "vê-lo à distância, rodeá-lo, fazer dele um pequeno centro à volta do qual o espírito dirigirá o fogo torneante das suas categorias". A filosofia concebe um "sujeito contemplativo" e as "determinações visuais" têm nela o "privilégio". Ao que é visto ou contemplado, atribuem-se

---

853 Bachelard, Gaston – *O materialismo racional*, 1990, p. 19, Edições 70.

"sinais, etiquetas, nomes", organiza-se "um sistema de classificações".

Em contraponto a esta supremacia da visão, que já atrás foi referido, Gaston Bachelard avança para uma *filosofia materialista*, procurando chamar-se "a atenção dos filósofos para a noção de resistência"[854]. E é escusado dizer que a resistência não se vê, sente-se. (Quando muito poderá pré-ver-se.) Prossegue Bachelard nesta linha: "A noção de *campo de obstáculos* deve então dominar a *noção de situação*. O obstáculo suscita o trabalho, a situação não pode ser senão a topologia dos obstáculos; os projetos vão contra os obstáculos"[855].

Um obstáculo exige trabalho e combate. Face a um obstáculo a contemplação não basta. É necessário um projeto, uma intenção, e depois uma força ativa, concreta, muscular: uma ação que altere. É a resistência do mundo que cria as ações.

QUE ELEMENTO QUERES VENCER?

A colocação da matéria como adversário do homem é uma das teses mais importantes de Bachelard. Em contraponto com Schopenhauer, Bachelard escreve: "Se o mundo é a minha vontade, é também o meu adversário". Ou seja: "*O mundo é a minha provocação. Compreendo* o mundo porque o *surpreendo* com as minhas forças incisivas"; assim "os quatro elementos materiais são quatro tipos diferentes de provocações, quatro tipos de cólera"[856]. Fica, então, mais clara a obsessão de Bachelard pelos quatro elementos naturais: terra, ar, água, fogo. Eles são os nossos quatro inimigos principais, ou seja, são, de um outro ponto de vista, as quatro alavancas das nossas ações potenciais. São os pretextos naturais para agirmos. Porém, talvez nesta listagem falte o quinto elemento natural que nos força o agir: os animais e, dentro destes, muito especialmente, o homem, ou mais particularmente: o Outro.

Mas regressemos à natureza mais conservadora. Na sua obra *A água e os sonhos*, Bachelard afirma: "Não se

---

854 Idem, p. 21.
855 Idem, p. 20.
856 Bachelard, Gaston – *A água e os sonhos*, 1998, p. 166, Martins Fontes.

conhece imediatamente o mundo num conhecimento plácido, passivo, quieto"[857]. O mundo conhece-se por via de uma ação agressiva. *Compreender é, de certo modo, vencer*; é ultrapassar a estranheza primeira que o mundo nos coloca à frente. *Compreender é um agir*, um agir da força. As coisas põem-nos em causa e o homem quando experimenta e quando quer compreender "brutaliza o real". Esta "necessidade de atacar as coisas", este "trabalho ofensivo" é imprescindível, e "as vitórias sobre os quatro elementos materiais" são "tonificantes, renovadoras"[858].

Bachelard centra tudo, pois, nesta luta. Estas vitórias "determinam quatro tipos de saúde, quatro tipos de vigor e de coragem que podem fornecer, para uma classificação dos comportamentos, traços talvez mais importantes que a teoria dos quatro temperamentos". E conclui: "Os quatro elementos especificam [...] quatro tipos terapêuticos". Em suma, que materiais cada homem combate e vence? Isto é, questionando de uma outra forma: que materiais um homem *quer entender*?

Eis que estamos perante uma original classificação do corpo segundo a matéria com a qual se envolve em *assuntos bélicos*. Entre o "caminhante contra o vento" e o "nadador contra a corrente"[859] há uma diferença fundamental. Ambos fazem força, poderão mesmo exercê-la com igual intensidade, mas *fazem força contra elementos diferentes*. E tal separa-os, irremediavelmente.

FILOSOFIA E EXCITAÇÃO

Tocar é também ser tocado, o que coloca dois corpos, duas matérias, ao mesmo nível – o movimento de contacto entre dois corpos envolve sempre as duas partes; mesmo quando se empurra alguém, quando se dá um soco em algo, este algo responde, recebendo. *Receber é já uma resposta*, receber um empurrão é tocar ao de leve em quem empurra.

Não há aqui sujeito que contempla e reflete, não há sujeito racional e inteligente e, do outro lado, objeto

---

857 Idem, p. 166.
858 Idem, p. 167.
859 Bachelard aponta os exemplos de "Nietzsche, o caminhante, e Swinburne, o nadador". (Idem, p. 167-168).

que é observado e utilizado *para outros pensarem* – a divisão simplista do mundo em sujeitos *inteligentes* e objetos *estúpidos*. Nesta *filosofia sem hierarquias*, pelo contrário, há uma indistinção entre sujeito e objeto de uma ação, é pois uma filosofia da mistura, mas também da excitação, filosofia erótica – do Eros que liga, filosofia das ligações, em suma *filosofia do toque* (ver para tocar melhor, tocar para ver melhor).

FERRAMENTA E METÁFORAS

Comecemos agora a olhar mais de perto para a relação entre ação e linguagem na obra de Gaston Bachelard.

Transformar comportamentos em metáforas e transformar metáforas em objetos, eis um dos caminhos da imaginação apontados por Bachelard: "Poderíamos mostrar", escreve o filósofo, "que as ferramentas que não são objetos solidificados, mas gestos bem ordenados, evocam devaneios específicos, quase sempre salutares, energéticos, devaneios de trabalho"[860]. Às ferramentas – a estes objetos que evocam devaneios de trabalho –, escreve Bachelard, ligam-se "'verbos', palavras bem concatenadas, poemas de energia", em suma: "uma teoria do *homo faber* pode estender-se ao reino da poesia". O homem faz e ao mesmo tempo procura palavras para esse fazer. Da mesma maneira que o homem cria palavras e depois tenta perceber qual o *fazer* que lhes corresponde. Estes "poemas de energia", que são as ferramentas, perderam, é certo, a sua aura poética pela utilização repetida, mas tal não nos deve fazer esquecer a sua origem: o útil martelo era no início um *poema bem informado;* ou seja, esclarecendo: era um imaginário que seguiu determinadas instruções do mundo transformando-se, dessa maneira, em algo útil. Toda a coisa útil é coisa que foi de tal maneira bem imaginada que o mundo a recebeu completamente: todos os objetos que se repetem (que são produzidos industrialmente) e repetem ações, são "poemas de energia" materializados e racionalizados. A *razão* não é mais do que uma *imaginação velha*; a informação racional com o tempo provoca o *envelhecimento*

Um lápis para fechar o desenho.

---

860 Bachelard, Gaston – *O ar e os sonhos*, 1990, p. 116, Martins Fontes.

de uma metáfora. Nesse sentido, o verso é uma informação brusca e recentíssima, que ainda não perdeu a sua estranheza; e a informação, por seu turno, será o verso que perdeu estranheza e ganhou utilidade. Um verso envelhecido é aquilo que nos pode ajudar na orientação espacial dentro de uma cidade.

Desenhando na cabeça do outro. (Não admito que faças traços na minha cabeça. Uma forma de exigir que o outro não o marque, não o influencie.)

Três homens a desenhar. Costas, nádegas e pé: três suportes para o traço. Figura quase acrobática.

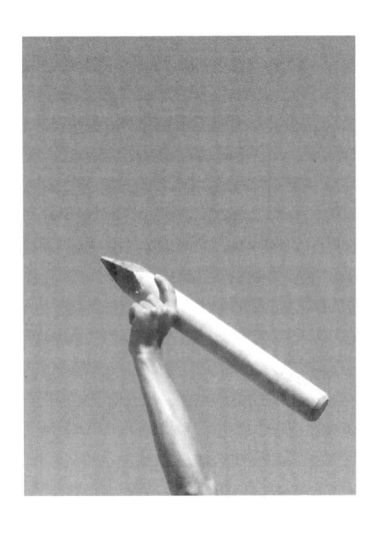

INFORMAÇÃO

É importante notar que a forma não é uma fixação. É um estado-entre, um verbo. "Na ordem da imaginação dinâmica", escreve Bachelard, "todas as formas são providas de um movimento: não se pode imaginar uma esfera sem a fazer girar, uma flecha sem a fazer voar"[861].

Cada forma tem (e é) um movimento ou um conjunto de movimentos. A propósito da análise da obra de William Blake, Bachelard alude à forma como sendo algo que nasce do movimento de tortura sobre o informe: "*as formas nascem de um protoplasma torturado. São formas de dores*"[862].

Muito para além da obra de Blake, qualquer forma é isso mesmo: consequência de torções, cortes, rasgos. Como se a forma curva resultasse da tortura material de uma forma reta e a forma reta resultasse da tortura material de uma forma curva. Dar uma forma a uma massa informe é *torturar racionalmente* por via das mãos. O homem que transforma o barro neutro num objeto concreto, como o jarro, atira-se racionalmente para um ato *maldoso* e deste nasce o mundo das formas. A bondade que aceita não forma o mundo, pelo contrário, é a maldade *que não aceita o informe*, é a maldade que molda, que define, que separa, que enche o mundo de coisas práticas.

Mas num outro sentido, quase oposto, a energia que dá forma a uma coisa, é uma energia carregada de informação, uma energia que traz uma mensagem que pode ser expressa em comprimento, altura, volume, etc. Não se trata, pois, de uma energia estúpida, ou má, pelo contrário, trata-se de uma *energia inteligente*, de uma *energia racional*.

Sob este ponto de vista, poderemos distinguir duas energias fortes. Em primeiro lugar a energia que traz informação – a energia que constrói; a *energia que transforma o informe em forma*. Em segundo lugar, a energia que não traz qualquer informação, uma energia sem mensagem, uma energia que é força pura – *energia que destrói*. Para construir, é necessário um conjunto bastante vasto de informações, para destruir basta *fazer força e não construir*. Aquilo que faz força sem construir

---

861 Bachelard, Gaston – *O ar e os sonhos*, 1990, p. 46, Martins Fontes.
862 Idem, p. 80, 194.

destrói. Mas é evidente que a maldade tem muitos caminhos.

MÃO E PALAVRA

A escrita *na matéria* não é a única ação das mãos, não é a sua única *ação literária*[863].

Atentemos, a este propósito, no relato de Walter Benjamin, sobre o simples ato de contar histórias: "na verdadeira narração", escreve Benjamin, "as mãos atuam com gestos aprendidos com experiência do trabalho, os quais apoiam de múltiplas maneiras o que vai sendo dito"[864].

As mãos acompanham a narrativa da boca como que cumprindo um ofício: trabalho de acompanhar, de clarificar, de dar ênfase, de assustar: "Aquela antiga coordenação de alma, olhos e mãos, que aflora nas palavras de Valéry, é artesanal", salienta Benjamin "e encontramo-la onde quer que esteja a arte de narrar".

Contar histórias pertence pois a um artesanato estranho, a um *artesanato invisível*, que não deixa rasto: as mãos movem-se acompanhando as peripécias da história e quem esteja surdo para a história e se fixar apenas no pulso, nos dedos, nos cotovelos, nas mãos, estranhará tais gestos minuciosos não serem executados sobre uma matéria, sobre uma massa concreta.

Por que razão se é tão minucioso com as mãos sobre o ar, enquanto se conta uma história? Que desperdício!, poderia pensar-se. A mão forte, a mão construtora, a mão criadora de milhares de objetos está ali a executar um conjunto de movimentos aparentemente inúteis porque não deixam marca – a não ser a marca na memória dos outros, na força com que uma história escutada se fixa – escutada e vista: escutamos a história e vemos as mãos – nos ouvintes que são também espectadores. A mão forte, a mão construtora, é também a mão que narra, que conta histórias.

Walter Benjamin prossegue, num fragmento de *Sobre arte, técnica, linguagem e política*, afirmando: "po-

---

863 Devemos descobrir, lembra Bachelard, "os poemas do tato, os poemas da mão que amassa". A mão, de facto, produz linguagem, e linguagem nova, inesperada, poética. A mão que molda a matéria *escreve* sobre a matéria e, se segue um percurso individual e não uma cópia dos percursos já vistos, criará uma forma única.

864 Benjamin, Walter – *Sobre arte, técnica, linguagem e política*, 1992, p. 56, Relógio d'Água.

demos mesmo ir mais longe e perguntar se a ligação que o narrador tem com a sua matéria – a vida humana – não é, ela própria, uma relação artesanal. Se a sua tarefa não consiste, precisamente, em trabalhar a matéria-prima das existências – as dos outros e as suas próprias – de uma maneira sólida, útil e única"[865]. O contador de histórias poderá, assim, ser visto como um artesão. Mas, mais profundamente que os gestos que acompanham o discurso, o que se trata aqui é de um artesanato que *mistura o material das experiências com o material da linguagem*. Há aqui ainda, no contador de histórias, uma manipulação (portanto: uma *deturpação* através da mão) de factos, frases, intervalos, acelerações e abrandamentos. Há uma manipulação da linguagem no contador de histórias, manipulação hábil de mão racional, inteligente, que afasta frases ou puxa-as, que as corta ao meio, que as suspende; *mão verbal*, mão que manipula o verbo, o substantivo, o adjetivo, os advérbios, como outra mão qualquer manipula a madeira, o barro ou a farinha. A certa altura, no contador de histórias que se exprime também pelas mãos exuberantes, já não sabemos se aqueles dedos falam ou constroem.

Uma perna para fazer um lado do quadrado. Um elemento orgânico faz de traço. Geometria e perna esquerda.

865 Idem, p. 56.

Medicina, alimentação e linguagem

SUBSTANTIVO E ESTÔMAGO

O ser humano tem "*uma vontade de carregar*"[866] e só essa vontade lhe permite resistir e continuar. Só o simples facto de ter necessidade de se alimentar todos os dias; essa necessidade de ingerir para se manter, de receber para se manter, enfim essa impossibilidade de estar parado, de deixar de fazer força, é uma das marcas do ser humano, do ser que carrega o mundo às costas, o mundo formado pela sua biologia concreta, pelas suas necessidades orgânicas. O homem é um ser que *não pode apenas esperar*, como a pedra, por exemplo. Não teve o direito a esta *passividade primeira*, a esta *preguiça essencial*[867]: o Homem não pode preguiçar; nasceu: tem de trabalhar[868]. Tem de suportar um peso para se manter na vertical: *só se levantam os seres que aceitam carregar um peso*, eis como se poderia caracterizar a situação do homem no mundo: ser que pensa, que pode conceber os mais complexos sistemas filosóficos ou matemáticos, mas que, ao mesmo tempo, a cada dia, tem de se alimentar. O organismo é cada vez mais o seu peso, o seu fardo: o Homem carrega as suas necessidades orgânicas acima da cabeça, literalmente: acima do órgão que mais o distingue.

Por melhor linguagem que utilize, por mais pormenorizados que possam ser os seus substantivos, o homem terá sempre um organismo[869].

Médico do espaço.

---

866   Idem, p. 309.
867   Claro que, satisfeitas as necessidades de sobrevivência, o homem pode dedicar-se aos mais variados ócios, como os de Rousseau: "A ociosidade que me apraz não é a do calaceiro que se conserva de braços cruzados, numa total inação, e que pensa tanto como age. É a um tempo a da criança que constantemente se mexe para nada fazer e a do tonto que divaga enquanto os braços estão em descanso. [...] gosto de começar mil coisas sem acabar nenhuma".
(Rousseau, Jean-Jacques – *Confissões*, v. II, 1988, p. 344, Relógio d'Água)
Nabokov e esta frase enérgica, incitadora da preguiça: "Trabalhadores do mundo, dispersai-vos! Os velhos livros estão errados. O mundo foi feito ao domingo". (Nabokov, Vladimir – *Na outra margem da memória*, 1986, p. 247, Difel)
868   Como surge evidente no famoso final de *Cândido*, de Voltaire: "Tudo isso é muito bonito – respondia Cândido – mas é preciso cultivar a nossa horta". (Voltaire – *Cândido*, 1989, p. 147, Guimarães Editores)
869   A propósito da relação anatomia e imaginação, no seu tom satírico, Laurence Sterne, num conjunto de delirantes páginas sobre o tema do nariz, e no prolongamento da defesa de um significativo nariz em detrimento de um nariz minúsculo, escreve que "a qualidade do nariz está em

Um conjunto de necessidades orgânicas que fala, eis então o homem; necessidades orgânicas fechadas num determinado sistema funcional, mas necessidades: coisas que pedem, que suplicam, que precisam do mundo. *Eu preciso do mundo*, eis o que diz o organismo do ser que discursa. Sim, *tu falas, é certo, mas mesmo assim tens fome*. Tu podes atribuir nomes às coisas, porém: continuas a ter fome (amanhã terás fome de novo).

Poderás criar esse outro mundo, o da linguagem, mundo que não precisa de se alimentar, que não precisa do mundo primeiro – que é o mundo concreto das coisas. *Um substantivo não tem estômago, não tem desejo*, não se excita virado para o mundo das coisas biológicas, excita-se sim virado para o mundo da linguagem, para o mundo que jamais morrerá de fome; poderá morrer de outras causas, é certo, mas nunca a linguagem morrerá por falta de alimento, por causa do estômago. Eis o facto: podes criar mundos sem órgãos – a linguagem, as máquinas – mas, apesar disso, manténs os teus órgãos, a dependência em relação ao mundo. O corpo humano continua a pedir, continua a não poder preguiçar. Se parar, se desistir ou se ninguém resistir por ele, então o corpo será esmagado pelo mundo que suportava com esforço.

Deste receio surge com naturalidade o ideal de Novalis que quer fazer do corpo "um órgão capaz de tudo", "é o órgão necessário do Mundo"[870].

Como se o mundo sem corpo ficasse mudo, sem linguagem: porque é o corpo sobre o Mundo que faz com que este fale: "O nosso corpo é uma *parte do Mundo* – um membro"[871], lembra Novalis. O mundo exige do corpo um esforço constante; exige um *nunca descansar*. És quem fala – e tens de comer.

MEDICINA E LITERATURA

Bachelard, em *A poética do espaço,* avança com a seguinte proposta:

proporção aritmética direta relativamente à qualidade da imaginação de quem o usa". Tal facto, no entanto, não estaria totalmente comprovado. Os protagonistas do livro de Laurence Sterne discutem, a certa altura, se "é a imaginação que determina o nariz" ou se "é o nariz que determina a imaginação". (Sterne, Laurence – *A vida e as opiniões de Tristram Shandy*, 1997, p. 333, Antígona)

870 Idem, p. 27.
871 Idem, p. 67.

"Se eu fosse psiquiatra, aconselharia o paciente com angústia, quando a crise se manifestasse, a ler um poema de Baudelaire, a pronunciar muito suavemente a palavra baudelairiana dominadora, a palavra *vasto*, que transmite calma e unidade, essa palavra que abre um espaço, que abre o espaço ilimitado"[872].

Falemos da *medicina das palavras*, da medicina dos sons. Como se os sons fossem medicamentos aéreos[873] e as palavras, mais do que isso, funcionassem sonora e cerebralmente, ativando a inteligência e dentro desta os instintos de defesa. Palavras como coisas que defendem o corpo, o protegem e o tratam[874].

Um médico do espaço. Pensar no espaço como um doente. Alguém que não pode manifestar toda a força potencial que tem. Os médicos do espaço correm para o espaço como para um ferido. Remendam o espaço como uma tecedeira.

MEDICINA E IGNORÂNCIA ORGÂNICA

Ainda nesta questão da saúde, parece-nos oportuno lembrar este diálogo escrito por Paul Valéry, em *A ideia fixa*, sobre as terapêuticas que se vão sucedendo:

872 Idem, p. 202.
873 Claro que o pressuposto para tudo isto era aprendermos, como lembra Bachelard, "a explorar com o ouvido a cavidade das sílabas que constituem o edifício sonoro de uma palavra". (Bachelard, Gaston – *A chama de uma vela*, 1989, p. 47, Bertrand Brasil)
874 É interessante constatar que ao mesmo tempo que existe uma relação entre uma certa ordem e o corpo, também o corpo pode servir de base referencial para este termo absolutamente não corpóreo, não físico, não tocável (por assim dizer): *o infinito*. Borges, numa entrevista, lembrou que os "índios pampas contavam pelos dedos assim: um, dois, três, quatro, muitos". E conclui: "O infinito começava no dedo polegar". (Bravo, Pilar; Paoletti, Mario – *Borges verbal*, 2002, p. 106, Assírio & Alvim)
Há ainda um poema de Sylvia Plath que me parece elucidativo:
"Sobrevivo ao instante,/ Pondo em ordem a manhã./ Estes são os meus dedos, este o meu filho". (Plath, Sylvia – *Ariel*, 1996, p. 145, Relógio d'Água)

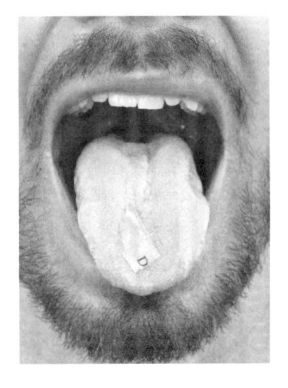

" – O que cura em 1880 prejudica em 1890.
– Sim. É um período de uns dez anos. Questão de moda, parece-me bem. Questão de progresso, sobretudo.
– Mas, e se também existisse outra coisa?
– O quê?
– Uma mudança íntima...
– De quê?
– Do Homem? Uma mudança dos... gostos das nossas células e, portanto, das suas reações?"[875]

Como se o mais íntimo do organismo e as suas células tivessem também este *instinto que busca o novo*, instinto que se cansa do velho, do habitual. Instinto que quer voltar a não perceber, que quer *ignorar para poder experimentar*, como na observação de uma personagem de Valéry: "o imenso e inexpugnável privilégio da ignorância [...] permite-me todos os ensaios"[876].

Esta é a tal ignorância que faz, ignorância que quer experimentar.

Porque os hábitos, esses já não nos exigem experimentações, mas sim: acomodações. E poderemos ver tal fenómeno a nível celular ou a nível do pensamento.

Na introdução de *O ar e os sonhos*, Bachelard defende que "uma perturbação da função do irreal repercute-se na função do real"[877]. Uma imaginação doente poderá ter, por consequência, uma realidade doente. Um imaginário deficiente diminui o organismo, fragiliza-o. Pelo contrário, a imaginação pode servir para resolver problemas práticos, reais e até íntimos: "a vida sentimental tem uma verdadeira fome de imagens"[878].

A imaginação como terapia, que varre – limpa – o real que incomoda, prejudica e faz adoecer.

D

---

875   Valéry, Paul – *La idea fija*, 1988, p. 82-83, Visor.
876   Idem, p. 83.
877   Bachelard, Gaston – *O ar e os sonhos*, 1990, p. 7, Martins Fontes.
878   Idem, p. 116.

SOLIDÃO[879]

Ao poeta Loys Masson, Bachelard aponta uma qualidade que envolve a manipulação dos canais de percepção: "Que mestria no manejo das combinações desses aparelhos de sonhar: ver e ouvir, ultraver e ultraouvir, ouvir-se ver"[880]. Ver e ouvir como se fizessem o mesmo, mas de outra maneira, como se pertencentes a uma única estrutura[881].

Podemos considerar neste ponto que *ver a mais* é um excesso (a que podemos chamar *método*) que coincide com o *ver diferente*; assim como *ver a menos* é ainda um *ver diferente*, e não, atente-se, um ver diminuído – tal como *ouvir a mais* e *ouvir a menos* também podem ser considerados métodos. Ou seja: o *menos* e o *mais* não se relacionam unicamente com a quantidade, mas com uma *mudança*: ver ou ouvir menos não é ver e ouvir pior, mas sim mudar a forma de ouvir; *mudar a maneira de receber.*

---

879 Sobre a necessidade de solidão escreveu María Zambrano: "a identidade pessoal nasce, realmente, da solidão, dessa solidão que é como espaço vazio necessário que estabelece a descontinuidade". (Zambrano, María – *O homem e o divino*, 1995, p. 246, Relógio d'Água)
Kierkegaard, a este propósito, lembra a frase de um poeta: "eu vivi bem, porque o meu esconderijo era bom, era muito bem escolhido". E louvando este "recanto secreto" que cada um deverá escolher individualmente, diz, mais à frente: "Tudo quanto perturbar a solidão ficará marcado com o sinal da culpa, e o casto comércio do silêncio, uma vez ofendido, nunca mais perdoará". Nada mais importante que o esconderijo. (Kierkegaard, Sören – *O banquete*, 1997, p. 42-43, Guimarães Editores)
De facto, como escreve Kierkegaard em outra obra, "a interioridade não interessa ao mundo", mas é indispensável. (Kierkegaard, Sören – *Ponto de vista explicativo da minha obra como escritor*, 1986, p. 111, Edições 70)
Para Kierkegaard, "todo o homem tem bom coração quando está só", pelo contrário, "quando se torna multidão", na expressão feliz do filósofo dinamarquês, "assiste-se ao aparecimento de abominações". A multidão é coisa sem responsabilidade, e por isso mesmo, perigosa: "é tão ridículo 'imputar' uma falta à 'multidão' como declarar o vento culpado". (Idem, p. 143-144)
Kierkegaard associa ainda o silêncio à capacidade de agir: "o silêncio dá a medida da aptidão para a ação", pois "se alguém está seguro de si, seguro do poder, e se resolve agir, não diz nada". (Idem, p. 126-127)
880 Idem, p. 187.
881 No entanto, há distinções a fazer. Num sarcástico texto, intitulado *Pálpebras nos ouvidos*, Baltasar Gracián, diz que "temos pálpebras nos olhos, mas não nos ouvidos", porque é por aí que a Natureza quer que nós aprendamos. E define uma diferença essencial entre as coisas visíveis e o que se ouve: "As coisas visíveis tendem a permanecer; se não olhamos para elas agora, podemos fazê-lo mais tarde, mas a maioria dos sons passa rapidamente e temos que agarrar a oportunidade pelos cabelos". Como se fosse urgente escutar, mas não ver. (Gracián, Baltasar – *Espelho de bolso para heróis*, 1996, p. 76-77, Temas da Actualidade)

LEITURA E SILÊNCIO E OS MÚSCULOS DA LARINGE

O silêncio – a ausência de linguagem ou de ruído explícitos – é um espaço em branco, não ocupado, por definir. Neste espaço por definir surgem naturalmente acontecimentos como o de *falar interiormente*.

Se pensarmos neste falar interiormente como num silêncio não completo, num silêncio, digamos, *pela metade* – dele podemos aproximar a leitura silenciosa. Falar interiormente é como ler silenciosamente, *mas sem livro*, sem qualquer objeto como referencial de partida. O que está implícito numa leitura silenciosa ou numa leitura que se suspende ou mesmo numa escuta – escutar pode ser, de certa maneira, entendido como um outro *falar interior*, falar interiormente as palavras que se ouvem naquele momento[882] – o que está implícito em todas estas ações, então, em que um determinado corpo não fala *exteriormente*, é algo de determinante e que Wittgenstein coloca nestes termos concretos, fisiológicos: será que "ao falar-se interiormente, os músculos da laringe são inervados?"[883]

É necessário pensar em *questões levantadas filosoficamente* e que *só poderão ser respondidas* a nível da experiência de outras áreas da ciência.

Eis um exemplo de uma dessas outras questões (ainda de Wittgenstein): o que acontece fisiologicamente durante o cálculo mental?[884] Não é a filosofia que pode responder a esta pergunta, mas é a filosofia que deve fazer esta pergunta.

LEITURA EM SILÊNCIO E MOVIMENTOS

Continuemos nas perguntas que fazem pensar. Questiona Wittgenstein:

"Como é que se ensina uma pessoa a ler para si própria em silêncio? Como é que sabe quando ela é já capaz? Como é que ela própria sabe que faz o que lhe é exigido?"[885]

Ler um livro antigo. Leitura antiqueda. Tentando perceber a história. Tentando perceber a relação entre as personagens. Tentando não dobrar o canto das folhas.

---

882 Para Lao-Tzu, escutar "é transmitir sabedoria" (Lao-Tzu – *Wen-Tzu: a compreensão dos mistérios*, 2002, p. 80, Teosófica)
883 Wittgenstein, Ludwig – *Tratado lógico-filosófico/Investigações filosóficas*, 1995, p. 589, Fundação Calouste Gulbenkian.
884 Questão colocada por Wittgenstein. (Idem, p. 590)
885 Wittgenstein, Ludwig – *Tratado lógico-filosófico/Investigações filosóficas*, 1995, p. 390, Fundação Calouste Gulbenkian.

4 O corpo na imaginação   443

Eis três questões de rajada que o filósofo como que atira para depois outros especialistas desenvolverem.

De facto, como é que os outros sabem?, como reconhecer o silêncio do leitor que absorve com intensidade[886], e como distinguir esse silêncio daquele outro: do silêncio de quem não faz ruído, mas que não absorve, do silêncio desatento?

Alberto Manguel dá uma pista:

"Nos textos sagrados, em que cada letra, o número de letras e a sua ordem foram ditados pela divindade, uma compreensão total requer não apenas os olhos, mas também todo o resto do corpo: oscilando segundo a cadência das frases e levando aos lábios as palavras sagradas, para que nada do que é divino se perca na leitura"[887].

No fundo, todas as leituras são como que divinas: têm de ser apreendidas pelo corpo, apreendidas pelo corpo dos pés à cabeça. *Ler até aos pés*, ler até à bacia, ler até aos músculos, *ler até aos ossos*. A leitura, a verdadeira, não termina nos olhos, começa aí, pelo contrário, um longo trajeto, um longo trajeto em que a leitura, em que as letras, vão circular pelo organismo, a partir dessas fendas de entrada que são os olhos.

Manguel acrescenta um episódio familiar: "A minha avó lia o Antigo Testamento desta forma, formando as palavras com os lábios e balouçando-se para trás e para a frente ao ritmo da sua oração"[888]. Uma leitura que provoca movimentos, uma leitura que corresponde àqueles movimentos.

Digamos que ler interiormente um texto, ler em silêncio um texto, *é fazer os movimentos certos de leitura*, os movimentos que a leitura exige, *as contrações e os relaxamentos musculares* que uma leitura atenta pressupõe.

Pelos movimentos do teu corpo vejo que não estás a ler com atenção, eis o que se poderia dizer.

No limite, poderia existir uma *modalidade de explicar o corpo que lê*, uma modalidade aprendida, treinada, que pudesse conduzir especialistas a diagnósticos que nos pareceriam até mágicos. Um exemplo: pelos movimentos do teu corpo enquanto lê, consigo não apenas perceber se lês atentamente, mas perceber o que lês,

---

886   "Penso que já falei uma vez do mandarim que esperava pela sua execução numa fila de delinquentes, absorvido num livro, enquanto à sua frente a decapitação prosseguia". (Jünger, Ernst – *Drogas, embriaguez e outros temas*, 2001, p. 487, Relógio d'Água)
887   Manguel, Alberto – *Uma história da leitura*, 1998, p. 57, Presença.
888   Idem, p. 57.

que livro lês. Como se alguém pudesse dizer: pela forma como os teus músculos se contraem, pelo *percurso narrativo dos teus músculos*, consigo dizer que lês um livro de filosofia. Por aquele outro percurso narrativo dos músculos de um leitor consegue-se perceber que ele lê poesia.

O corpo lê, e tal expressão deve ser levada à letra, e desde a letra.

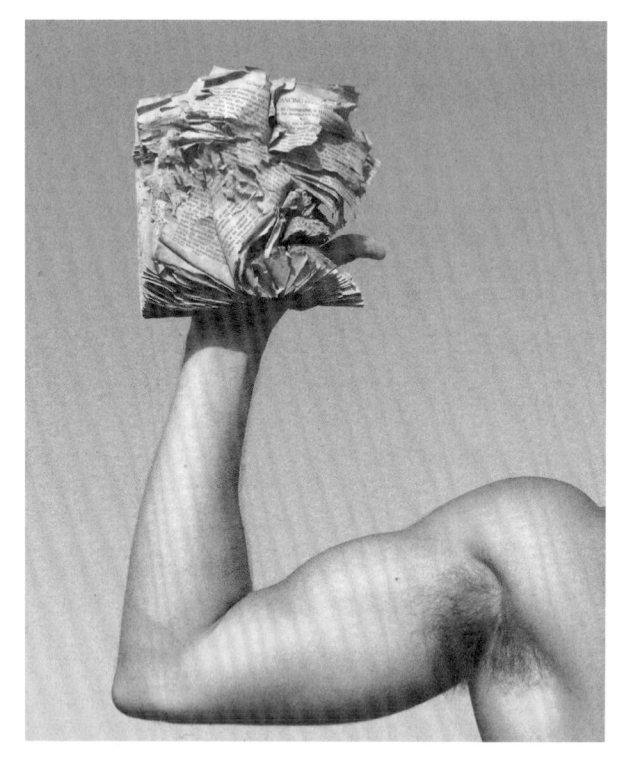

Músculos e leitura.

LEITURA E CRIAÇÃO

Chegamos a algo essencial que pode ter o seu ponto de alavanca nesta afirmação aparentemente simples de Wittgenstein: "Leio uma história e imagino todo o género de imagens enquanto leio"[889].

A leitura será provavelmente o meio que dá mais espaço para a criação interior de imagens. E trata-se mes-

---

[889] Wittgenstein, Ludwig – *Fichas (Zettel)*, 1989, p. 140, Edições 70.

mo de espaço, de metros quadrados, de espaço vazio que o indivíduo pode utilizar individualmente colocando imagens por cima de *um espaço sem imagens*, por cima de um espaço de letras – o espaço do livro.

Logo no início das suas *Investigações filosóficas*, Wittgenstein escreve: "Pronunciar uma palavra é como tocar uma tecla do piano da imaginação"[890].

Como se a palavra, de facto, acionasse um *pensamento visual*, chamemos-lhe assim, acionasse um filme – relação de uma coisa com aquilo que a envolve – ou pelo menos uma fotografia – a imagem da própria coisa.

Há, nesta construção material da imaginação, a partir da leitura, um maior espaço para habitar do que aquele que existe, parece-nos, no momento em que se vê um filme, ou seja, no momento em que o nosso corpo está diante de imagens. Na leitura de um texto as imagens *interiores* ocupam um espaço praticamente vazio, um espaço que tem apenas indicações gerais, referenciais que são as palavras. Pelo contrário, quando o corpo atento está diante de uma imagem, a construção possível de imagens interiores luta, logo à partida, com uma imagem que já existe, exterior, pública. Há, pois, um conflito, uma batalha que pode ser ganha ou perdida. É como se ao lermos palavras, pudéssemos escolher o canal de televisão (canal que passa sucessivas imagens), sem qualquer obstáculo, enquanto face a imagens a tentativa de colocar um canal de televisão a rodar embate com uma outra força, uma outra vontade, que insiste em impor o seu canal, as suas imagens. Como se existissem dois elementos com a posse do controlo remoto de uma única televisão. Ler um livro ou ver um filme são, então, parece-nos, dois meios desiguais de pôr em movimento a imaginação individual[891].

---

890 Wittgenstein, Ludwig – *Tratado lógico-filosófico/Investigações filosóficas*, 1995, p. 177, Fundação Calouste Gulbenkian.
891 Numa perspectiva um pouco lateral a este raciocínio, Pasolini definia o cinema como "a escrita da realidade", a "língua escrita da ação" – a ação escrevia-se, defendia Pasolini, através das imagens. (Pasolini, Pier Paolo – *As últimas palavras de um ímpio: conversas com Jean Duflot*, 1985, p. 107, Distri)

PRAZER DE TEXTO – PRAZER DE CORPO

Wittgenstein, continuemos nele, é afirmativo: mostra que aquilo a que nos habituámos (e por isso esquecemos de pôr em causa, *de pensar sobre*) é por vezes o mais estranho e, dentro destas estranhezas esquecidas, está esta:

"Não consideres óbvio mas sim surpreendente que as imagens dos artistas e as narrativas dos poetas produzam prazer, que ponham o espírito em movimento"[892].

O prazer corporal provocado por um texto deve ser pois visto como algo admirável, espantoso, estranho[893].

Esta relação direta entre prazer físico, corporal, *de pele*, e as palavras, a leitura de um texto, surge desenvolvida magistralmente em *O prazer do texto*, de Roland Barthes: "Leio em *Bouvard et Pécuchet* esta frase, que

---

892 Wittgenstein, Ludwig – *Tratado lógico-filosófico/Investigações filosóficas*, 1995, p. 442, Fundação Calouste Gulbenkian.
893 Assim como o prazer físico de criar: "É muito melhor preocuparmo-nos com ideias maravilhosas do que com a próxima refeição, ou a renda da casa". (Miller, Henry – *Sexus*, s/data, p. 148, Livros do Brasil.) Mas porquê?

me dá prazer: 'Toalhas, lençóis, guardanapos, pendiam verticalmente, presos por molas de madeira e cordas estendidas'"[894].

Uma frase simples a sair da materialidade do suporte das letras para a materialidade que suporta a existência humana: o corpo. Não como se fossem feitos da mesma matéria – palavras e carne – mas como se, pelo menos, soubessem falar um com outro, comunicar, dialogar, influenciar-se. *Palavras cerebrais e excitantes fisiologicamente.* Perdem, assim, qualquer sentido, as divisões ingénuas entre inteligência e pele, racionalidade e sensação.

A leitura a certa altura torna-se mesmo um vício, um vício corporal, orgânico, não intelectual, o livro como uma substância tóxica, criadora de dependência. Como escreve François Jacob: "Haja um aviso numa paisagem, e a paisagem desaparece; leio o aviso [...] Uma coisa, para mim, é antes de mais a palavra com a sua sequência de letras"[895]. Não há matéria, há letras; e não há corpo, mas c-o-r-p-o. Este vício da leitura, do ler, esta necessidade de sentir organicamente por via das palavras vira o mundo de pernas para o ar. O mundo real, concreto, torna-se uma nota de rodapé das palavras; como se as coisas fossem, afinal, apenas comentários e observações feitas às palavras e não o inverso. Como se, enfim, as coisas estivessem no mundo *para facilitar o entendimento das palavras, e não o inverso*.

PESOS E IMAGENS

A propósito da poesia de Edgar Alan Poe, Bachelard alude a uma "química poética que acredita poder estudar as imagens fixando para cada uma delas o seu peso de devaneio interno, a sua matéria íntima"[896]. Esta química do imaterial seria assim uma ciência de medir o não medível e de pesar o não pesável. A imagem literária é, escreve Bachelard, "uma realidade física"[897].

Encontrando o livro certo.

---

894   Barthes, Roland – *O prazer do texto*, 1988, p. 65, Edições 70.
895   François Jacob, em *Estátua interior*, citado por Pereira, Henrique Garcia – *Arte recombinatória*, 2000, p. 92, Teorema.
896   Bachelard, Gaston – *A água e os sonhos*, 1998, p. 48, Martins Fontes.
897   Bachelard, Gaston – *O ar e os sonhos*, 1990, p. 260, Martins Fontes.
      Novalis, entre muitos outros, desenvolve, em diversos fragmentos, o tema da relação poesia, ciência e filosofia. Vejam-se alguns exemplos: "atingir diversas ideias com um só golpe"; "A

VER E OUVIR LETRAS

José António Marina reflete sobre o desenvolvimento da criança: a criança, sintetiza, "nasce à espera da linguagem"[898]. A criança está, defende, como que ansiosa por poder falar; e precisamente porque vê.

Ver é, digamos, o prefácio, uma preparação para a palavra. Há, no desenvolvimento da criança, nos primeiros três anos, um balanço constante entre o ver, o fazer e o falar. E haverá um momento para a criança, na expressão de Marina, em que as "coisas que vê são demasiado poderosas"[899].

Estamos, pois, perante (e como tal se mantém durante toda a vida), por um lado, o *poder do visível* e, por outro, o *poder do audível*; imagem e som.

Note-se que a palavra escrita como que concilia estes dois poderes: é uma imagem, é algo que se vê: um conjunto de letras – um trajeto de traços – que, ao mesmo tempo, falam, apresentam um som potencial, um som que não existe de facto nelas, nas palavras escritas, mas sim em quem as vê ou lê. A palavra escrita tem um **poder duplo** – vê-se e ouve-se; ao contrário por exemplo,

---

forma perfeita da ciência tem de ser poética"; "Quanto mais poético mais verdadeiro"; "A Filosofia é a teoria da poesia"; "A Poesia é, entre as ciências, a *juventude*"; "Toda a ciência se torna poesia – depois de se ter tornado filosofia". (Novalis – *Fragmentos de Novalis*, 1992, p. 33, 43, 69, 53, 93, 109, Assírio & Alvim)
898 Marina, José António – *Teoria da inteligência criadora*, 1995, p. 78, Caminho.
899 Idem, p. 79.

da palavra oral que não se vê[900].

Alguém poderá pois dizer: *Não vejo o que tu dizes, não me queres escrever?*

Ou poderá ainda dizer: Quero *ver* o que tu dizes, por favor, escreve-me.

Um leitor entusiasmado poderá, em suma, dizer, frente às palavras de um livro: *o que vejo e ouço é demasiado poderoso*. E por não suportar tal poder, o leitor poderá ver-se obrigado a fechá-lo.

RESPIRAÇÃO E ÉTICA

Atentemos na respiração; nela Bachelard vê uma "fisiologia aérea" fundamental; por exemplo, no "pensamento indiano", os "exercícios respiratórios" adquirem "um valor moral. São verdadeiros ritos"[901].

A respiração não é apenas processo fisiológico[902] de um corpo que quer sobreviver, é também um processo ético de um corpo que quer sobreviver, mas de *determinada maneira*. A ética não é mais do que a decisão primeira *de não viver de qualquer modo*, de não deixar que as circunstâncias determinem, a cada momento, as ações do indivíduo. A ética procura impor as ações

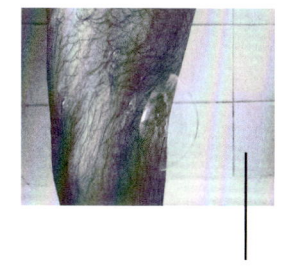

---

900   É no entanto bem conhecida a crítica que Platão fez à escrita em *Fedro*: a escrita "tornará os homens mais esquecidos, pois que, sabendo escrever, deixarão de exercitar a memória, confiando apenas nas escrituras..." (Platão – *Fedro*, 1994, p. 121, Guimarães Editores) Oscar Wilde, num ensaio intitulado *O crítico como artista*, defende a escrita como consequência do bom ouvido, e escreve: "Sim, a escrita fez muito mal aos escritores. Temos de voltar à voz". (Wilde, Oscar – *Intenções: quatro ensaios sobre estética*, 1992, p. 97, Cotovia)
      Nas sociedades sem escrita, escreve Jacques Le Goff, "a memória coletiva parece ordenar-se", entre outros interesses, em redor da "identidade coletiva". (Le Goff, Jacques – *Enciclopédia Einaudi* (v. I: *Memória-história*, 1984, p. 16, Imprensa Nacional-Casa da Moeda) A escrita, pelo contrário, permite uma maior individualização da linguagem: posso escrever para mim, egoisticamente; falar, por seu turno, envolve uma comunicação, uma relação com o outro.
901   Bachelard, Gaston – *O ar e os sonhos*, 1990, p. 243, Martins Fontes.
      Na mesma linha, Eliade estudou com demorada atenção a alquimia chinesa, onde sob "influência indiana" se considerava a "retenção da respiração" como um meio "de imobilização do fluxo psico-mental" – manipular a respiração é pois manipular o intelecto, o pensamento. (Eliade, Mircea – *Ferreiros e alquimistas*, 1987, p. 98, Relógio d'Água)
      Ainda nesta relação entre fisiologia e moral, Jünger, referindo-se aos homens capazes das maiores infâmias, escreve que entre eles "vemos homens fortes, saudáveis, talhados para atletas. Perguntamo-nos para que lhes serve fazer desporto". (Jünger, Ernst – *O passo da floresta*, 1995, p. 36, Cotovia)
902   Mas é-o, em primeiro lugar; como diz Yourcenar: a respiração é o ato que obedece a uma ordem "de um senhor mais forte", que não sabemos quem é. (Yourcenar, Marguerite – *A obra ao negro*, 1988, p. 146, Círculo de Leitores).
      Cunha e Silva lembra que é o oxigénio que "liga" o corpo à terra: o "oxigénio é o *topos* do corpo". (Silva, Paulo Cunha e – *O lugar do corpo*, 1999, p. 203, Instituto Piaget)

antes de qualquer constrangimento: *agirei assim independentemente do que aconteça*.

A ginástica respiratória é, neste sentido, como lembra Bachelard, uma "psicologia respiratória"[903].

As contabilidades fisiológicas em redor da respiração ignoram que esta não é só uma troca de produtos químicos, mas também o momento de uma certa *relação social* com o mundo.

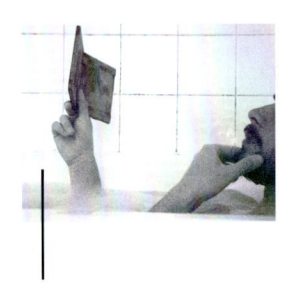

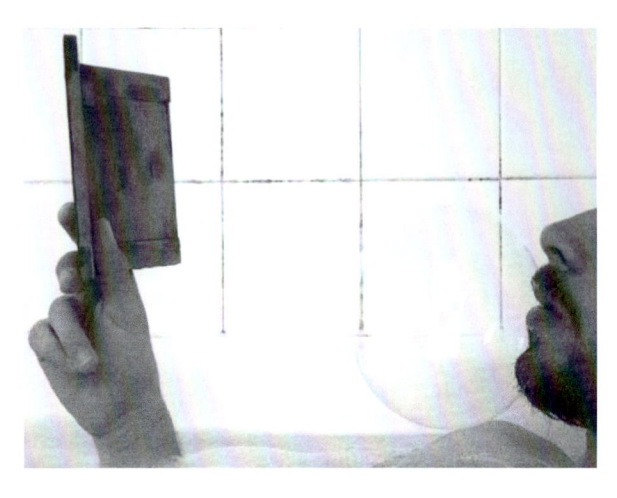

RESPIRAÇÃO, LINGUAGEM E APRENDIZAGEM

A respiração é também o suporte da linguagem verbal, da linguagem que comunica com o Outro.

Nesta relação entre respiração e linguagem verbal, Bachelard associa o processo fisiológico da respiração a um tipo específico de linguagem literária: a poesia. Como se esta fosse, diríamos, a consequência de uma respiração com um *ritmo inteligente*; a poesia, escreve Bachelard num dos seus entusiasmos, "é uma alegria do sopro", é "a evidente felicidade de respirar"[904].

Dizer poesia em voz alta – uma experiência que qualquer um pode ensaiar – será então a experiência de uma respiração entusiasmada que escolheu, desenvolvendo as palavras de Bachelard, ser um *ar feliz* e não apenas

---

903 Bachelard, Gaston – *O ar e os sonhos*, 1990, p. 243, Martins Fontes.
904 Idem, p. 245.

um ar composto de substâncias químicas.

Bachelard fala de "uma economia dirigida dos sopros, uma administração feliz do ar falante"[905].

Esta expressão – "administração feliz do ar falante" – coloca a poesia, quando dita, como uma espécie de gestão de ritmos de respiração, diríamos: uma *gestão de tempos de entrada de oxigénio e de tempos de saída de substâncias prejudiciais*, aproveitando-se, num mesmo momento, para *expulsar substâncias más e libertar sons bons*; sons com exatidão emocional e intelectual – os da poesia. Como diz Bachelard, há "poesias que *respiram bem*" e "poemas que constituem belos esquemas dinâmicos de respiração". A linguagem da poesia poderá funcionar assim como um sopro que acalma; as suas palavras, escreve Bachelard, "abrandam em nós os tumultos"; "uma verdade aérea" e "o poema é por vezes um maravilhoso calmante".

Estamos portanto no reino da mistura entre linguagem e corpo: fisiologia como base da linguagem e linguagem como meio de interferir na fisiologia – tanto do emissor das palavras como do receptor, do ouvinte. Estaremos perante uma *fisiologia de falante* e uma *fisiologia de ouvinte*: o corpo de quem fala é diferente do corpo de quem ouve. Emitir sons racionais terá uma repercussão fisiológica intensa, eventualmente até uma repercussão celular, eis uma hipótese. Poderemos assim conceber diferenças entre o funcionamento dos órgãos de quem fala e de quem ouve; num aparelho científico determinado poderemos mesmo pensar que será possível um dia detectar *mitocôndrias de falante e mitocôndrias de ouvinte*; respiração que fala e respiração que ouve.

Que a respiração está diretamente ligada à forma de dizer as palavras já o sabíamos, mas a respiração poderá então também estar diretamente ligada à *forma como ouvimos as palavras*; poderemos pensar numa respiração que influencia o aparelho auricular. Verdade que instintivamente todas as pessoas, depois de um esforço físico, já sentiram: *a respiração ofegante não permite ouvir*; todo o ensino pressupõe a calma do aluno, isto é: a sua respiração pausada. Não há escola capaz de ensinar o aluno que não consegue suspender uma respiração ofegante. Haverá uma ligação, portanto, entre

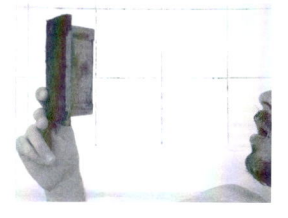

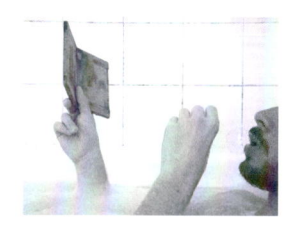

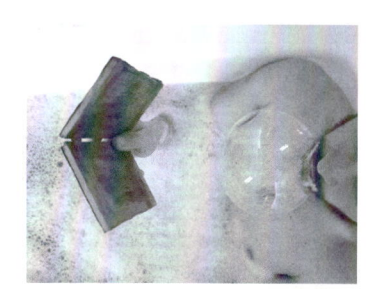

---

905 Idem, p. 245.

os períodos longos de respiração, neste caso, inspiração – períodos nos quais a informação pode entrar – e a aprendizagem. Na respiração ofegante da pessoa que acabou de fazer um esforço físico intenso, os tempos de inspiração são constantemente interrompidos por expirações, e mesmo as inspirações exigem atenção total do corpo, situação nada propícia para quem pretenda ouvir ou aprender.

PULMÕES E POESIA

Bachelard, a propósito dos estudos de Charles Nodier[906] que estabelecem "uma etimologia fundada nos órgãos vocais"[907] e uma "etimologia mímica", avança para a exemplificação de alguns exercícios respiratórios a partir do som das palavras. Um deles seria executado pela alternância da repetição de duas palavras: vida e alma (*vie* e *âme*): a palavra *vie* inspira, a palavra *âme*, expira. "Em vez de inspirar um ar anónimo", escreve Bachelard, "é a palavra vida (*vie*) que se tomará a largos pulmões, e a palavra alma (*âme*) que se entregará, docemente, ao universo". O atleta ou o homem cansado devido a uma corrida ocasional, ou até o homem tranquilamente sentado numa cadeira, qualquer destes homens poderá então substituir as palavras de ordem *inspira-expira* por *vie-âme*; desta maneira o "exercício respiratório" não seria "uma maquinaria vigiada por um higienista"[908].

---

906 Ver p. 246-248 de Bachelard, Gaston – *O ar e os sonhos*, 1990, Martins Fontes.
907 Idem, p. 246.
908 Idem, p. 247-248.
    Estaríamos perante um dia ritmado "pela respiração vida-alma, vida-alma, vida-alma".

RESPIRAÇÃO/POESIA

Bachelard, ainda na mesma obra, desenvolve o conceito de "obrigações pneumáticas"[909] dos poemas, obrigações respiratórias: *o poema tem de saber respirar*. O verso dito "viveria de uma realidade aérea que se infla e se distende, ao mesmo tempo que é animado de um movimento sonoro que se acelera e se desacelera".

Ao contrário dos "poemas cronometrados" teríamos poemas sem pressa; com a velocidade exata e necessária.

Para Bachelard, o poema, como já atrás aludimos, é constituído por uma "matéria aérea", "sopro"; uma "realidade pneumática", realidade pulmonar, "uma

---

Na *Fonética mimológica* de Charles Nodier, citado por Bachelard em *O ar e os sonhos*, estas diferenças são descritas detalhadamente; por exemplo, na palavra *âme*, "os lábios, apenas entreabertos para deixar escapar um sopro, tornam a fechar-se, sem força, um contra o outro", enquanto para a palavra *vie* a "mimologia" seria "exatamente contrária": os lábios "separam-se suavemente e parecem aspirar o ar". Bachelard propõe ainda a expressão o "silêncio que respira".

909 Idem, p. 248.

criação da felicidade de respirar"[910], algo que um exame fonético não alcança pois neste "o sopro é trabalhado, martelado, laminado, abalroado, empurrado". Como escreve Paul Valéry: "Um poema é uma duração no decorrer da qual, leitor, eu respiro uma lei que foi preparada; dou meu sopro e as máquinas da minha voz"[911].

Esta expressão – respiração de uma lei – parece essencial. Respirar uma lei é transformar a palavra humana na palavra que instala a ordem na relação entre pessoas, na palavra (a lei) que impõe a ordem na cidade e também no processo fisiológico, corporal, no processo respiratório. Respirar uma lei é pôr em ordem a respiração e, consequentemente, pôr em ordem a linguagem. Pôr em ordem, neste caso, remete para a procura de um certo ritmo.

Os órgãos do corpo e a sua matéria concreta tornam-se assim *inteligentes*. Bachelard, por exemplo, fala do ser falante como ser consciente de que possui "uma garganta ricamente inervada", "despertada pelos poemas". Neste sentido, a linguagem já gasta, que perdeu força por ser repetida milhares de vezes, "é uma censura nervosa" que através de "normas esclerosadas" inibem "as ressonâncias permitidas às cordas vocais"[912].

Estaríamos assim prolongando este raciocínio, frente à possibilidade de existência de *doenças verbais*, *doenças causadas pelo verbo*; doenças orgânicas provocadas pela falta de qualidade das palavras ditas e também, claro, ouvidas. A garganta doente, a garganta frágil, a garganta que fracassa, não é apenas aquela que por diversas contingências tosse ou apresenta danos físicos concretos, a garganta que não encontra frases novas, frases surpreendentes, essa garganta também fracassa e poderá pois deprimir-se, perder autoestima, adoecer.

Na leitura muda, por exemplo, de que já falámos, temos uma voz que lê alto *dentro do organismo* e não dentro do mundo, estamos pois em presença, na expressão de Bachelard, de "alegrias vocais sem falar"; as leituras silenciosas exibem "um poder de declamação muda". Por outro lado, a boa palavra é aquela que "é desejada antes de ser palavra falada", a poesia pura, lembra Ba-

Nuvem (foto de interior). Captura.

---

910 Idem, p. 249.
911 Citado em Bachelard. (Idem, p. 249)
912 Idem, p. 250.

chelard, forma-se "no reino da vontade antes de aparecer na ordem da sensibilidade". O desejo de determinadas palavras "precipita-se para animar as massas musculares"; o organismo ativa-se pelas palavras, alguns músculos contraem-se, outros relaxam-se; o corpo move-se, então, nesta espécie de competição muda que é a leitura, esforço de intensidade elevada, esforço imóvel.

Ler não é um ato fácil, não é um movimento imediato, não é como agarrar um copo: "ler demora bastante, apesar de tudo, não acham?", pergunta o romancista Martin Amis através de uma das suas personagens, "Demora tanto para se ir, digamos, da página vinte e um até à página trinta. Quer dizer, primeiro é a página vinte e três, depois a página vinte e cinco, depois a página vinte e sete, depois a página vinte e nove, sem contar com os números pares"[913]. Não é tarefa então para preguiçosos físicos, não é tarefa para músculos perros. É um ato que demora. Ler é *obrigar o olhar a caminhar muito lentamente*, a avançar a uma velocidade mínima. No início, mesmo, letra a letra (quando se aprende a ler) e depois palavra a palavra, por vezes mesmo agrupando palavras; mas sempre permanece esta marca: a de uma certa lentidão, a de uma certa demora, a de um certo esforço; ler é um ato de resistência física, de *paciência física da visão*.

BOCA E TERRITÓRIO VERBAL

As palavras não pertencem apenas ao mundo da linguagem e do relacionamento entre homens, são também movimentos bucais, movimentos ínfimos, de pormenor, mas de grande importância. A linguagem verbal é expressão de uma série de movimentos mínimos.

Michel Serres estabelece ainda um outro espaço, não anatómico, esse espaço virtual onde as palavras se movem: "*Dico*, eu falo, a minha voz difunde-se pelo ar, em redor, ocupando impudentemente um volume maior do que o do meu organismo pequeno, assim o rouxinol defende pela música um nicho que o cão tem por meio da sua urina"[914]. Falar é também cada

---

913 Amis, Martin – *Money*, 1989, p. 214, Livro Aberto.
914 Serres, Michel – *As origens da geometria*, 1997, p. 71, Terramar.

vez mais, na cidade, definir um espaço à volta do corpo – as palavras são *prolongamentos do corpo*; insultos e ameaças, em particular, são frases que prometem um avanço explícito do organismo; as ameaças são *organismo antes do organismo,* são uma promessa do orgânico, do biológico – pois são promessa (verbal) de atos (corporais).

BOCA: COMER E BEBER

Há na boca uma concentração invulgar de atos fundamentais. Em primeiro lugar, o ato de comer e beber. Para Bachelard, "toda a água" começa por ser "um leite" ou, mais propriamente "toda a bebida feliz é um leite materno"[915]. A própria linguagem é determinada, em primeiro lugar, por preocupações corporais. Lembra Bachelard: "A primeira sintaxe obedece a uma espécie de gramática das necessidades. O leite é, então, na ordem da expressão das realidades líquidas, o primeiro substantivo, ou mais precisamente, o primeiro substantivo bucal"; a boca e os lábios são "o terreno da primeira felicidade positiva".

Antes de a criança falar, come; ainda antes, suga. Porém, quer falar.

Falar e comer fundem-se. A este propósito, Alberto Manguel relata um episódio elucidativo:

"O professor sentava o menino ao colo e mostrava-lhe uma lousa onde se encontravam escritos o alfabeto hebraico, um excerto das Escrituras e as palavras: 'Que a Tora seja a tua ocupação'. O professor lia em voz alta cada uma das palavras e a criança repetia. Em seguida, a lousa era coberta de mel, que a criança lambia, assimilando desta forma as palavras sagradas"[916].

Neste sugestivo episódio, o assimilar é levado à letra, à letra mesmo; o memorizar é também um mastigar, um digerir. "Também eram escritos versículos da Bíblia em ovos cozidos descascados e em bolos de mel, que a criança comia depois de ter lido os versículos em voz alta ao professor".

---

915 Bachelard, Gaston – *A água e os sonhos*, 1998, p. 121, Martins Fontes.
916 Manguel, Alberto – *Uma história da leitura*, 1998, p. 83, Presença.

COMER PARA RESOLVER A QUESTÃO DA PROPRIEDADE

A questão da alimentação é algo que interessou sobremaneira a um poeta como Novalis. É nos lábios que começa tudo ("Os lábios são tão importantes para a sociabilidade, tanto quanto eles merecem um beijo", escreveu[917]). Atentemos então neste fragmento de Novalis:

"Todo o gozar, toda a posse e toda a assimilação é comer, ou, melhor dizendo, comer não é mais do que uma tomada de posse"[918]. Como se comer fosse a aquisição, por intermédio da boca, de uma propriedade: *tudo o que eu como é meu*, ninguém mo poderá tirar. Esta é uma percepção que está presente em muitas disputas infantis por um doce, por exemplo, disputas essas que terminam no momento em que a posse se torna inegável: uma das crianças, vencendo com as mãos, rapidamente *atira* o doce para dentro da própria boca e com isso consegue dizer: finalmente é meu![919]

Eis a primeira e a mais importante propriedade, a do alimento; eis a primeira e mais relevante sensação desse *prazer de proprietário*: o estômago saciado. Prazer de proprietário que, no entanto, está constantemente a ser posto em causa: *é a propriedade mais efémera, a dos alimentos*, pois estes rapidamente se perdem nos diversos ofícios internos do corpo; em suma: desaparecem. Poucas horas são necessárias para que aquele que há pouco se apresentava como um proprietário satisfeito se torne impaciente, infeliz, sofredor; enfim: com fome. E fome da propriedade básica, da propriedade que possibilita a sobrevivência, o continuar vivo. "São horas de jantar, ou de partir para quem amo?", pergunta uma personagem de Llansol[920], mas em certos momentos não há duas opções.

Sacrificar a terra como se sacrifica um animal. A matança da terra – anterior à matança do cordeiro ou de qualquer outro animal. Uma forma moderna e primitiva de pedir algo àquilo que é mais forte do que nós e que já tinha nome, muito antes de ti. Ainda sei o que pedir, mas já não sei a quem – eis o dilema do doente moderno; o dilema de quem acabou de ser atingido por uma bala. Ainda sei o que pedir – a salvação – mas já não sei a quem.
Pois. Se já não sabes o que sacrificar, volta ao início e sacrifica a terra.

---

917 Novalis – *Fragmentos de Novalis*, 1992, p. 61, Assírio & Alvim.
Atente-se também nos namoros descritos por Bilitis, mulher nascida no século VI a. C., e na importância da boca mesmo quando utilizada para contactos *indiretos*:
"Ele toca a flauta depois de mim, e tão suavemente o faz que mal o oiço.
Não temos nada a dizer-nos, tão juntos estamos; as nossas canções, porém, umas às outras querem responder e, à vez, sobre a flauta se unem as nossas bocas". (Louys, Pierre – *As canções de Bilitis*, s/data, p. 49, Fora do Texto)
918 Novalis – *Fragmentos de Novalis*, 1992, p. 63, Assírio & Alvim.
919 Esta deliciosa passagem de *Memórias de Adriano*: "Comer um fruto é fazer entrar em si próprio um belo objeto vivo, estranho, alimentado e favorecido como nós pela terra; é consumar um sacrifício em que nos preferimos às coisas. Nunca trinquei o pão das casernas sem ficar maravilhado por a digestão daquela massa pesada e grosseira poder transformá-la em sangue, em calor, talvez em coragem". (Yourcenar, Marguerite – *Memórias de Adriano*, 1987, p. 13, Ulisseia)
920 Llansol, Maria Gabriela – *Lisboaleipzig 1: o encontro inesperado do diverso*, 1994, p. 13, Rolim.

Por vezes a terra é aquilo que vem de cima.

ALIMENTAÇÃO E ESPÍRITO

Novalis relaciona ainda, embora de um ponto de vista diferente, a alimentação com uma série de atributos do espírito: "todo o gozo espiritual se pode exprimir pelo comer", escreve. Na amizade "o que se passa é que nos alimentamos do amigo".

E Novalis não fica por um comer metafórico, fala na morte do amigo e no "saborear a cada dentada a sua carne"; e prossegue: a "assimilação física é suficientemente misteriosa, para ser uma bela imagem do *sentido* espiritual – e serão, de facto, o sangue e a carne tão repugnantes e ignóbeis?" A esta questão responde: "não está longe o tempo em que teremos uma ideia mais elevada do corpo orgânico"[921]. Precisamente porque "é o que há de repugnante nas partes orgânicas que nos leva a suspeitar da existência, no seu interior, de algo sublime".

Não há em Novalis uma distinção clara entre o que está dentro e o que está fora e, neste particular, alimento, palavra e respiração são a manifestação de um trânsito constante: o exterior, para Novalis, "não é mais do que um interior *distribuído*"[922].

---

921 Novalis – *Fragmentos de Novalis*, 1992, p. 65, Assírio & Alvim.
922 Idem, p. 95.

Esta ideia parece-nos fundamental desenvolver: o exterior é um interior que se distribui pelo espaço. O exterior era *antes* interior, o interior exterior. O interior distribui-se, espalha-se pelo exterior, ganha comprimento e largura, aumenta de volume: o corpo, *o organismo, torna-se mundo*. E, no sentido contrário: o exterior concentra-se, perde comprimento e largura, perde volume, ocupa menos espaço e entra, pela respiração e pela alimentação, no corpo. *O mundo torna-se organismo.*

ALIMENTAÇÃO E LINGUAGEM

Neste particular, como escreve Novalis[923], o comer é "uma vida acentuada". Para este *investigador da linguagem*, "comer, beber e respirar correspondem à tripla repartição do corpo em sólido, líquido e gasoso. Todo o corpo respira, apenas os lábios comem e bebem; justamente o órgão que, por meio de sons variados, selecciona o que o espírito preparou e que recebeu através dos restantes sentidos"[924]. As palavras são, num certo entendimento, uma re-transformação dos alimentos: *como para falar*, como para conseguir ter palavras, *alimento-me para ser verbal*. De facto, é como se estivéssemos não perante duas matérias mas uma única em dois estados completamente distintos: o alimento digerido em estado sólido transformado, através de percursos longos e perturbadores, em sopro inteligente, nessa *expiração com sentido* que é a fala. (Escreve Adélia Prado: "Com a boca entendo de tudo, capim, feijão cru, milho, talo de couve, a parte de dentro da casca das bananas e certas partes do frango, de menor cartaz"[925].

Aqui, um entendimento pela saliva, uma *racionalidade que mastiga*.)

A fala é assim uma *respiração humana*, no seu sentido literal, uma forma de expirar que se distingue

---

923 "Viver significava comer e comer significava viver", diz-se, também, a certa altura, no romance *Os Sonâmbulos*. (Broch, Hermann – *Os sonâmbulos* (v. II, Esch ou A anarquia, 1989, p. 200, Edições 70)
Walter Benjamin, por seu turno, chama a atenção para a comunidade que o ato de comer instala: "Esta é a maior objeção à forma de vida do celibatário: ele toma as suas refeições sozinho. [...] só em comunidade se faz jus à comida; ela deve ser partida e repartida para fazer efeito. Sem olhar a quem: antigamente, um mendigo à mesa enriquecia qualquer refeição" (Benjamin, Walter – *Rua de sentido único e infância em Berlim por volta de 1900*, 1992, p. 93, Relógio d'Água)
924 Novalis – *Fragmentos de Novalis*, 1992, p. 61, Assírio & Alvim.
925 Prado, Adélia – *Solte os cachorros*, 2003, p. 24, Cotovia.

das formas de respirar de todos os outros animais. O homem não respira como os outros seres vivos *porque fala*; não respira como os animais porque verbaliza, ou seja: *por vezes respira não para sobreviver*, não por instinto, mas porque quer convidar ou ameaçar, esclarecer ou cantar.

Um pequeno Atlas suportando uma pequena porção de terra.

4.2
Movimento e intenção

Movimento e intenção

FAZER OU SER FEITO?

A questão do sujeito e do objeto das ações do nosso corpo não é, ao contrário do que se pensa, óbvia.

Valéry escreve a este propósito: "se não se pode fazer mais que uma coisa, e apenas de uma maneira, essa coisa faz-se como por si mesma; e portanto a dita ação não é verdadeiramente humana (porque o pensamento não é necessário), e nós não a compreendemos"[926]. Estamos na questão das alternativas; se não temos poder de decisão, se não podemos fazer isto, aquilo ou aquilo, então essa coisa que se faz não somos nós que a fazemos pois não poderemos evitar que ela seja feita. *Só aquilo que podemos evitar, podemos fazer.* Senão, o que "fazemos faz-nos mais a nós mesmos que nós o fazemos".

Ou seja, determinadas ações que o nosso organismo faz, como é exemplo evidente o ato de respirar, não são nossas ações, mas sim ações delas mesmo: a respiração como que age por cima de um corpo, por vontade própria. A respiração tem então uma *vontade própria*, vontade essa que não se identifica com a vontade do sujeito[927]. Por isso mesmo Valéry questiona:

Projeto.

---

926 Valéry, Paul – *Estudios filosóficos*, 1993, p. 148, Visor.
927 Pelo contrário, como lembra Wittgenstein, o movimento do braço, "eu não diria que vem quando vem". "Este é o domínio no qual podemos dizer, com sentido, que uma coisa não nos acontece simplesmente, mas sim que nós a *fazemos*. 'Não preciso de esperar até que o meu braço se levante – eu posso levantá-lo'". (Wittgenstein, Ludwig – *Tratado lógico-filosófico/Investigações filosóficas*, 1995, p. 474, Fundação Calouste Gulbenkian)

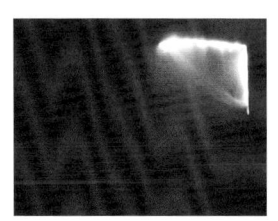

"Que somos senão um equilíbrio instantâneo de uma multiplicidade de ações ocultas que não são especificamente humanas?" Ações ocultas que poderíamos especificar como sendo ações que estão a ser feitas enquanto nós estamos a fazer outra coisa, enquanto nós, o nosso corpo, a nossa consciência, a nossa atenção, está virada para outro lado. Especifica Valéry: "A nossa vida está tecida desses atos locais, nos quais não intervém a decisão [...]. O Homem anda; respira; recorda; mas em tudo isso não se distingue dos animais"[928]. Tal como os animais não sabe como faz essas coisas[929].

Pelo contrário, lembra Valéry, para construir uma casa é necessário um projeto, uma vontade dirigida, e esta sim é uma produção humana, é um fazer humano; fazer humano que "funciona por gestos sucessivos, bem separados, limitados". Numa obra humana, os atos "diferentes e independentes exigem a sua presença pensante"[930]. É um pensador que faz e só um pensador o poderia fazer.

CONSTRUIR, VIVER

Há pois dois mundos no homem: o mundo estúpido do funcionamento dos órgãos internos e das funções instintivas como o respirar (estúpidos ou com a mesma inteligência de centenas e centenas de outros seres vivos) e o mundo de construções que resultam da vontade e do pensamento. Para Valéry, como para outros pensadores, estes dois mundos estão a uma grande distância. Tanta distância que, diríamos, por vezes parecem pertencer a dois seres. Como se não fossem duas ações do mesmo ser, mas duas ações de dois seres. Quase parece que **não é o mesmo indivíduo que respira e que resolve um cálculo matemático**. O que parece sim é que um indivíduo respira *enquanto outro* resolve um cálculo

---

928 Valéry, Paul – *Estudios filosóficos*, 1993, p. 149, Visor.
929 Não confundir com os movimentos que são intencionais, mas aos quais, por serem habituais, não damos importância. Há uma diferença entre o ato de respirar e o ato de andar. Há movimentos que fazemos sem consciência, movimentos que fazemos, de certa maneira, porque somos empurrados. Como escreve Clarice Lispector: "Começou então a descer o declive, suavemente encorajado nas costas pelo próprio declive". (Lispector, Clarice – *A maçã no escuro*, 2000, p. 55, Relógio d' Água) Este movimento, apesar de induzido pela *inclinação* da paisagem, e de ser quase inconsciente, continua a ser um movimento humano, pois precisamente: pode ser travado. Por decisão, a personagem poderia deixar de descer o declive. E isso já é muito.
930 Valéry, Paul – *Estudios filosóficos*, 1993, p. 149, Visor.

matemático, e é como se esses dois indivíduos (essas duas coisas) estivessem por acaso reunidos no mesmo *espaço*, no mesmo corpo.

Fazer uma casa na pedra.

O QUE DIZ O MOVIMENTO?

"Fizeste um movimento com a mão", escreve Wittgenstein, "querias dizer alguma coisa com esse movimento? – pensei que quisesses dizer que me aproximasse de ti"[931].

Temos aqui o olhar sobre o movimento idêntico ao olhar que existe sobre uma frase, movimento como um discurso, com um objetivo que pode ou não estar explícito, massa ou *matéria* que pode ser interpretada:

---

931 "Se movo algo, então movo-me", escreve Wittgenstein: um movimento do corpo não modifica apenas o mundo em que toca, empurra ou agarra, modifica ainda o próprio corpo. No limite, tal como no gesto que amachuca e modifica a forma de um prato de plástico, por exemplo, qualquer movimento representa uma *alteração da personalidade* do sujeito que executa. (Wittgenstein, Ludwig – *Fichas (Zettel)*, 1989, p. 21, Edições 70)

4.2 Movimento e intenção

O que quereria dizer ele (aquela pessoa) quando fez aquele movimento com a mão? Há várias hipóteses: "ele pode ter querido dizer alguma coisa, ou nada". Eis a forma afirmativa e provocatória de Wittgenstein pensar.

Tal como na linguagem, onde, vezes sem conta, dizemos uma frase que quer dizer outra frase, também nos movimentos poderemos indiciar outros movimentos. Poderemos conceber um *submovimento* (tal como o subtexto para o texto).

Existem, claro, e são a maioria, *movimentos que fazem aquilo que querem fazer*, movimentos que revelam tudo, sem submovimento, movimentos completos, plenos, no sentido em que nada escondem, nada simbolizam. E podem existir, então, movimentos que não fazem tudo aquilo que querem fazer, *não dizem tudo*: movimentos *contidos*, movimentos *com pudor*. Aliás, no processo de sedução amorosa – como bem explicou Barthes – quase todos os movimentos são contidos e não extensos, nunca dizem tudo o que querem dizer; no início da sedução nem a linguagem nem os movimentos explicitam o: amo-te. Este *amo-te* surge apenas em forma de vestígio: há vestígios da declaração *amo-te* tanto nas frases como nos movimentos do ser apaixonado que ainda não se quer declarar. O jogo de sedução amorosa é, aliás, o jogo de perceber, de bem interpretar os vestígios de outra frase e de outros movimentos que existem nas frases e nos movimentos do outro. Há quem interprete bem, há quem ouça bem as subfrases e veja bem os submovimentos; e há também quem tudo interprete erradamente: e não perceba, até à última, que o outro está apaixonado ou, pelo contrário, veja e ouça nas frases e nos movimentos indícios de uma paixão que, afinal, não existe.

Existe assim toda uma terminologia aplicada ao discurso verbal que pode também ser aplicada ao *discurso muscular*, ao *discurso gestual*. Alguns exemplos: movimento subentendido, movimento explícito e implícito, etc.

TEXTOS-MÃO, TEXTOS-BRAÇO

Adélia Prado descreve assim a sua tentativa de caça a um rato:

"Pé ante pé me achego, é preciso um subagir de gato para pegar a ladrona"[932].

Este subagir é como que um agir baixinho, um *agir na parte detrás das ações, um agir segundo que se passa nos bastidores do primeiro agir, daquele que se vê.* No exemplo referido, é como se na parte da frente agisse enquanto humana, e na parte detrás como gato. Nada de mais diferente.

Estamos pois no âmbito da *interpretação dos movimentos*. Tal como se interpreta um texto, uma frase, um verso, também se interpreta um movimento: o que queria ele dizer com isto? *O movimento é um texto interpretável*, é um texto de alteração de posicionamento de músculos, texto de contrações e relaxamentos musculares. Quanto mais um texto é ambíguo ou quanto mais um movimento é ambíguo, maior o número de interpretações. Tal como para a linguagem, também para o movimento há situações em que é importante ser claro, dizer o que se tem a dizer e não restar qualquer dúvida sobre o sentido. Por exemplo, se a nossa intenção é *informar o outro*, poderemos falar de *movimentos informativos,* movimentos *objetivos*.

Mas se há linguagem quotidiana, funcional, há ainda a linguagem literária, a da poesia, etc. E o que se pede a uma linguagem não se pede a outra. Um verso não quer informar, não é essa a sua função. Nesse sentido, um verso poderá ser tanto mais forte quanto menos diz *explicitamente* e mais diz nessa parte detrás das letras, nesse subverso, nesse outro verso, nesse segundo verso que existe debaixo do primeiro. Aliás, em poesia, poderemos mesmo falar da existência de milhares de versos debaixo de um único, milhares de interpretações possíveis. Seguindo o mesmo raciocínio, também poderemos falar de *movimentos em prosa* e *movimentos em poesia*; movimentos informativos – e as *ordens* são disso o grande exemplo; numa ordem queremos que o outro perceba muito rapidamente o nosso gesto – e *movimentos em verso*, se assim nos podemos exprimir, movimentos ou gestos que não são claros, que deixam

Uma cara feita de folhas amarrotadas, uma cara feita de páginas que fracassaram enquanto texto e assim avançam como substituição de peças.

A mão que se desfaz em livro. A mão do leitor que lê de mais.

---

932   Prado, Adélia – *Solte os cachorros*, 2003, p. 123, Cotovia.

um rasto de estranheza. Se o homem não entendeu uma frase fará tudo para a entender, investigará; se não entendeu um conjunto de gestos de uma pessoa ficará intrigado e sentirá necessidade de os perceber – que querias tu dizer com aquele gesto?

É uma *ação do quotidiano, do dia a dia* – pensar os movimentos dos outros, interpretá-los; *textos corporais* com que lidamos a cada segundo.

Olho.

MOVIMENTOS VOLUNTÁRIOS E INVOLUNTÁRIOS E SUA INTERPRETAÇÃO

É evidente que nesta questão da interpretação dos movimentos é significativo o facto de o movimento ser voluntário ou involuntário. Em princípio, nos movimentos voluntários poderemos colocar mais intenções e subintenções; movimentos voluntários são *manipuláveis*, são *pré-pensáveis* pela pessoa que os executa. Ao contrário dos movimentos involuntários; estes não têm um *antes*, e por isso surgem sem ambiguidades, sem segundas intenções. Por exemplo, se uma luz forte incidir nos nossos olhos baixamos as pálpebras automaticamente. Neste exemplo, não fará muito sentido perguntarmos: o que querias tu dizer com esse gesto de baixar as pálpebras? Havia aí alguma mensagem subliminar?

Pelo contrário, o conjunto de gestos que coloca pouco vinho no copo do outro não é um gesto involuntário e, por isso, fará todo o sentido o outro perguntar: o que

4 O corpo na imaginação 467

queres tu significar com isso? Queres que eu beba pouco? Queres que eu primeiro experimente o vinho para ver se gosto?

Entramos, pois, claramente na questão da diferença entre atos voluntários e involuntários. Nestes últimos, teremos de inscrever, na linha de Wittgenstein, os atos interiores e não apenas aqueles que normalmente servem de exemplo destas reações involuntárias: o tal fechar de pálpebras, etc. Wittgenstein propõe, neste sentido, que se comparem dois tipos de expressões:

"Compara estas ordens:
Levanta o braço!
Imagina...!
Planeia... na cabeça!
[...]
Concentra a atenção em...!
Olha para esta figura como um cubo!
Com estas:
[...]
Suspeita ser este o caso!
Acredita ser assim!
Convence-te firmemente de que...!"[933]

A grande diferença entre estes dois tipos de expressões, segundo Wittgenstein, não estaria no facto de as primeiras ordens exigirem ao outro movimentos voluntários – movimentos que partem da sua vontade (apesar de, algo paradoxalmente, obedecerem à vontade do outro), por exemplo, o "levanta o braço!" – e as segundas movimentos involuntários, a grande diferença estaria sim, antes, no facto de "os verbos do segundo grupo" não designarem "ações". Acrescentaríamos: não designarem ações *exteriores*.

Suspeitar, *acreditar*, *convencer-se* de algo, eis ações do pensamento, movimentos do interior e não do exterior, movimentos do pensamento.

E como escreve Wittgenstein: "Não se manda no interior como se manda no exterior". Ou seja: podes "dar uma ordem ao teu braço; mais difícil é comandares as tuas intenções"[934]. Em suma: as intenções, as suspeições, as crenças, pertencem, de certa maneira, ao mundo dos movimentos involuntários, neste caso: *movimentos involuntários interiores*. É tão difícil controlares

---

[933] Wittgenstein, Ludwig – *Fichas (Zettel)*, 1989, p. 25-26, Edições 70.
[934] Idem, fragmentos 51-52.

4.2 Movimento e intenção

as tuas intenções e as tuas crenças como controlares as tuas pálpebras face à luz intensa dirigida aos olhos. Tal como dizemos *eu não queria ter fechado os olhos, eles fecharam-se!*, poderemos dizer *eu não queria ter esta intenção, eu não queria crer nisto, eu não queria querer isto* – isto tudo aconteceu *contra minha vontade*[935].

---

[935] Mas a intenção também se treina, também se aperfeiçoa. O encenador Eugenio Barba desenvolve muito a questão da "execução da intenção na imobilidade" como um treino essencial para o ator. O bom ator é o que domina não apenas os movimentos, mas muito antes disso: domina, manipula as intenções (mesmo que na imobilidade total). Há momentos, explica Barba, em que o "movimento se bloqueia" – não há movimento exterior, mas "o interior não se bloqueia: o ator sabe o que está por fazer mas não deve antecipá-lo". É aqui que entra um conceito oriental definido como *sats*. O *sats* é, segundo Barba, "o momento no qual a ação é pensada-executada por todo o organismo que reage com tensões também na imobilidade". Já existe "um empenho muscular, nervoso e mental" dirigido a um objetivo, embora o corpo esteja ainda imóvel. Como define Barba: "é a mola antes de saltar". É, se quisermos, o momento em que o corpo é por completo intenção e ainda não é, está só à beira de o ser, movimento.
Daí que faça todo o sentido uma frase aparentemente estranha, dirigida a um ator: "Você não mantém o ritmo certo quando está parado!" O ator fica confuso, mas é mesmo assim. Barba, o encenador, explica: "Estar em pé, atento a um rato – este é um ritmo" (um ritmo, note-se, na imobilidade, na posição imóvel de espera), já "estar atento a um tigre" exige um ritmo de espera imóvel bem diferente. Há, portanto, diferentes ritmos na imobilidade – diferentes tensões – que se devem às diferentes intenções. (Barba, Eugenio – *A canoa de papel: tratado de antropologia teatral*, 1994, p. 84-92, Hucitec)

QUERER O QUERER

Wittgenstein tem no entanto uma afirmação que põe em causa o que atrás referimos. Nas suas *Investigações filosóficas*, a dado ponto escreve: "também sou capaz de produzir um ato de querer. Neste sentido eu produzo o ato de querer ir nadar ou saltar para a água"[936].

Como se o organismo, neste caso, fosse uma máquina produtora de vontades e desejos, como se estes fossem coisas concretas, visíveis, pelo menos para o próprio: *eu olho para dentro de mim e vejo as minhas vontades*, vejo tão claramente como, cá fora, vejo o azul de uma parede. Mas não nos parece que seja assim. Uma minha intenção é muito menos visível para mim do que a forma ou a cor de uma cadeira que não está dentro de mim. O que está fora de mim é, para mim, mais claro.

O ato de *querer* pode ser visto como *algo que acontece* ou como *algo que eu faço acontecer*. Neste segundo caso, teríamos de questionar: o *querer* também se treina? Será possível aperfeiçoar intenções?

De novo, este ponto essencial: se não existem as duas possibilidades: eu falhar e eu conseguir – então é porque *isso*, esse feito, não depende da minha vontade, não é manobrável por mim, *mas sim por outra mão*.

Para Wittgenstein há ainda outra característica importante que distingue os tipos de movimento: "o movimento voluntário", escreve, "caracteriza-se pela ausência de surpresa"[937]. Em oposição, o ato involuntário surpreenderia quem o faz (ou *quem é o espaço* onde essa coisa é feita), isto é: o fechar de olhos instintivo face à luz excessiva surpreende o indivíduo. Aparece quando não se espera. Aparece por efeito de uma ordem exterior (vinda do mundo) e não interior (vinda do corpo). Por isso surpreende. Porquê? Porque o mundo não é controlado por nós, o exterior não se comporta como nós queremos, não obedece às nossas ordens.

Claro que neste ponto também faz sentido colocar-se a seguinte questão: *será que os atos que o nosso corpo faz são tanto mais nossos quando menos nos surpreendem*?

Faz sentido também colocar-se a questão da *inten-*

---

936 Wittgenstein, Ludwig – *Tratado lógico-filosófico/Investigações filosóficas*, 1995, p. 474, Fundação Calouste Gulbenkian.
937 Idem, p. 479.

sidade da propriedade: estes movimentos pertencem-me mais do que aqueles – apesar de todos serem feitos pelo meu corpo?

Poderá ainda falar em *fazer-se*, quando se fala de pálpebras que se fecham automaticamente face à luz?

FAZER O QUE SE OUVE – O CASO DAS ORDENS

A relação entre palavras e atos ganha, como já assinalámos, uma dimensão importante quando as palavras são ordens: isto é, quando são instruções claras para se cumprir determinados comportamentos; ou seja, no limite: quando são instruções para fazer determinados movimentos. *Uma ordem impõe movimentos ou a sua suspensão mais ou menos súbita*; é uma construção verbal que exige um *determinado trajeto muscular*.

É necessário, neste ponto, chamar a atenção para a diferença entre obedecer através do movimento – a uma ordem verbal e repetir ou copiar os movimentos que outro faz. *Obedecer não é copiar*. Seguir (com o corpo) instruções verbais não é copiar (como o espelho) os movimentos de Outro. Digamos que, se alguém faz um movimento e pede para o *Outro* repetir (repete o meu movimento!), há como que uma ordem que faz com que o corpo obediente tente *transformar os movimentos que viu em movimentos que faz*. Trata-se de uma *transformação do visto em ato*: *o que vi torna-se trajeto muscular*, discurso muscular. Transforma-se a percepção visual em movimento próprio. Pelo contrário, quem cumpre uma ordem verbal, uma indicação verbal sobre o tipo de movimentos que deve fazer, está a transformar, não o visto – porque quem ordenou não exemplificou, falou – mas sim o *escutado* em movimento. Estamos aqui face a dois tipos de tradução: *do ver para o fazer*, no primeiro caso; e, no segundo caso: *do ouvir para o fazer*. No primeiro caso transformamos *visões em movimentos*, no segundo transformamos *palavras em movimentos*.

Wittgenstein escreve precisamente que há uma "identidade" distinta em eu fiz "o que ele fez", comparando com: eu fiz "o que ele ordenou"[938], e chama a atenção para o facto de as ordens muitas vezes não serem compreendidas. Por exemplo, uma pessoa pode afirmar:

"Não posso cumprir a ordem, porque não compreendo o que queres dizer"[939].

E neste caso não se trata de uma desobediência, mas de uma incompreensão. Eu não obedeço, não porque me revoltei; eu não obedeço porque não percebi, porque não consegui traduzir, ou traduzi mal, as palavras em atos. A tradução da língua das palavras para a língua dos atos emperrou. *Sou um mau tradutor*, poderá desculpar-se o revoltoso que se finge ingénuo para não obedecer.

O que nos importa sobremaneira aqui é esta possibilidade de palavras de um (ordens, indicações) se transformarem nos movimentos de outro[940]. E o espantoso é precisamente quando esta passagem do verbal para o físico é perfeita: eu *faço* exatamente aquilo que tu *disseste* para eu fazer. Estamos num âmbito que, por ser habitual, perdeu o seu cunho de extraordinário, mas, se olharmos atentamente para esta *transformação* de mundos, não poderemos deixar de a considerar invulgar.

No fundo, estamos constantemente a transformar palavras em movimentos, a traçar, a traduzir uma lin-

---

938   Wittgenstein, Ludwig – *Fichas (Zettel)*, 1989, p. 75, Edições 70.
939   Idem, p. 74.
940   "O soldado distraído que, ao receber a ordem 'Direita volver!', se vira para a esquerda e depois, com a mão na cabeça, diz 'Claro, direita volver' e se vira para a direita – o que é que lhe ocorreu? Uma interpretação?" (Wittgenstein, Ludwig – *Tratado lógico-filosófico/Investigações filosóficas*, 1995, p. 436, Fundação Calouste Gulbenkian)

4.2 Movimento e intenção

guagem noutra, sempre, ininterruptamente, nos dois sentidos. Vemos o outro a fazer algo (com o corpo) e falamos – repreendemos, elogiamos; ouvimos determinadas palavras e respondemos, agindo, contra ou a favor, ou em seguimento das palavras. Eis pois que a linguagem e os movimentos estão como que mergulhados e misturados. Dizemos que de um lado há linguagem e do outro movimentos apenas para facilitar o raciocínio porque, de facto, na maioria das situações, é impossível distinguir o que é efeito da palavra ou do ato, o que acontece porque se falou, do que acontece porque se agiu. Na verdade, o que acontece, ou mais propriamente: os *acontecimentos humanos* – na relação entre os homens, nas relações estabelecidas na *polis – são acontecimentos musculares e verbais*, são acontecimentos ao mesmo tempo de linguagem e movimento. Mais do que isso, não existe este *e* que liga: o acontecimento humano é verbo-muscular; o acontecimento humano é *corpóreo-linguístico* ou *linguístico-corpóreo*; o homem na sua relação com os outros homens tem e utiliza *músculos verbais* e *verbos musculares*.

Conselhos de um cubo.

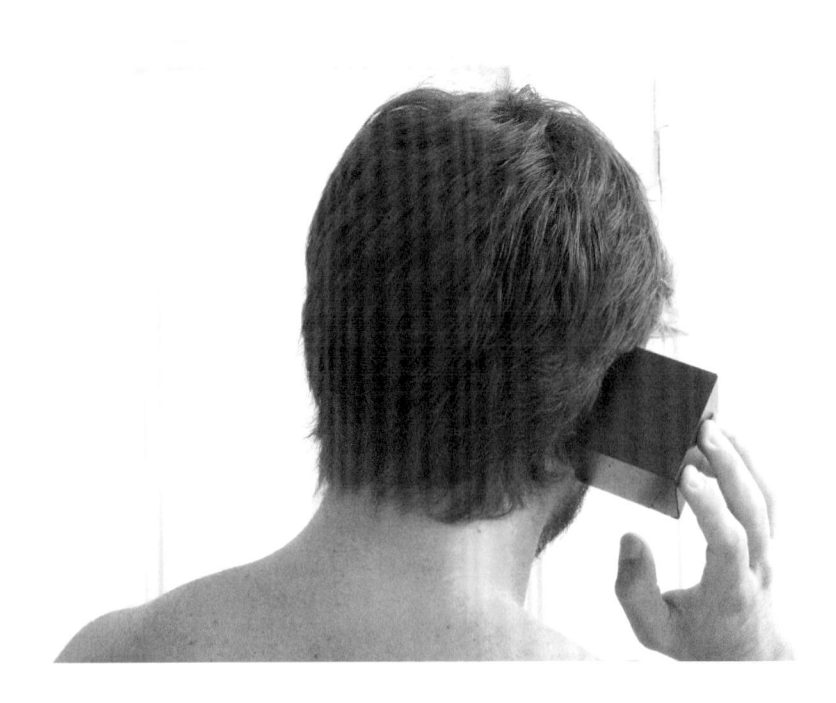

4.3 Imaginação e pensamento - Wittgenstein e outros desenvolvimentos

e porque aquele homem pareça não querer nunca mais usar o pensamento nem para combater outro pensamento – foi fisicamente que de súbito se rebelou em cólera [...] e com a voracidade ele todo tentou se tornar apenas orgânico.
Clarice Lispector

Pensamento, matéria e linguagem[941]

AGIR E CONHECER

Num sonho paradigmático, ainda em redor das teorias de Einstein, Alan Lightman apresenta uma espécie de vagabundos (sem-abrigo) que têm a particularidade de conhecer já o futuro. Um desses viajantes do futuro "é obrigado a assistir aos acontecimentos sem neles to-

---

[941] Há um capítulo de *O homem sem qualidades*, de Robert Musil, que tem este invulgar titulo: *Um capítulo que pode ser saltado pelas pessoas que não possuam opinião pessoal acerca da utilização do pensamento.* (Musil, Robert – *O homem sem qualidades*, s/data, p. 132, Livros do Brasil)

mar parte, sem neles interferir"⁹⁴². Sabe o que vai acontecer (tem um *conhecimento excepcional, sabe de mais*), mas nada pode alterar (está desprovido de ação). E eis o que sucede: esse viajante sente "inveja das pessoas que vivem no seu próprio tempo, que podem agir livremente, sem pensar no futuro..."

Ele, o viajante do futuro, aquele que tem uma informação privilegiada, não pode agir, em suma: "Perdeu a sua personalidade".

O importante neste pequeno conto é a relevância dada ao *agir* relativamente ao *conhecer*.

Aqui parece mais importante ter a possibilidade de agir do que conhecer, saber. Mas tal discussão continua, e jamais terminará⁹⁴³.

Valéry, a este propósito, escreveu algumas páginas importantes sobre o histórico encontro entre Napoleão, símbolo do "império fundado sobre a inteligência em ação", e Goethe, símbolo do império "da inteligência em estado de liberdade"⁹⁴⁴. Naquele que também foi o encontro entre o poder e a cultura. Desse encontro saíram as célebres palavras de Napoleão a Goethe: "Você é um Homem", numa demonstração do respeito que a Pura ação – Napoleão – ainda assim guarda pelo *Puro pensamento*.

Claro que esta divisão entre ação-pensamento é sempre um pouco artificial e forçada – o próprio Valéry escreveu que "não existe teoria que não seja um fragmento, cuidadosamente preparado, de alguma autobiografia"⁹⁴⁵. Ou seja, a teoria – a organização do pensamento – tem uma ligação fortíssima e inabalável às ações sucessivas que, a certa distância, formarão aquilo a que chamamos biografia de um animal.

PENSAMENTO E CÉREBRO

"Isso de pensar não é nada!"⁹⁴⁶, gritavam elementos de grupos anarquistas.

Estamos aqui perante a brutal proximidade entre

---

942 Lightman, Alan – *Os sonhos de Einstein*, 2000, p. 15, Asa.
943 Walter Benjamin defende a tese de que os fenómenos são salvos pelas ideias que formamos a partir deles; se não fosse assim, eles desapareceriam. (Guerreiro, António – *O acento agudo do presente*, 2000, p. 95-96, Cotovia)
Rubem Fonseca, por seu turno, lembra o pavor de se morrer no momento em que se está a pensar em algo estúpido (Fonseca, Rubem – *Feliz ano novo*, 1980, p. 160, Contexto)
944 Valéry, Paul – *Estudios literarios*, 1995, p. 127, Visor.
945 Valéry, Paul – 1957, *Teoría poética y estética*, 1998, p. 78, Visor.
946 Marcus, Greil – *Marcas de baton: uma história secreta do século vinte*, 1999, p. 81, Frenesi.

espírito, pensamento e, por outro lado, a matéria – mortal, mesquinha, cortável. Como tal estranheza está clara, por exemplo, na personagem Thomas de *Os visionários*, do escritor Robert Musil; personagem que abre a gaveta onde guarda uma pistola e ameaça Maria (outra personagem) mostrando como o raciocínio humano está sempre à beira de se transformar em coisa informe:

"Mais dois minutos e eu livrei-me de ti, posso espalhar o teu cérebro na parede!"[947]

O teu cérebro, que neste momento exibe essa espantosa capacidade para raciocinar, esse cérebro que pode estar agora envolvido num percurso filosófico ou empenhado na resolução de um problema de Física ou de Matemática, essa ferramenta única, humana, pode rapidamente transformar-se em matéria igual a tantas outras. "Posso espalhar o teu cérebro na parede", eis a ameaça que junta e mistura, em poucas palavras, espírito e matéria, esperança e desesperança, humanidade e animalidade.

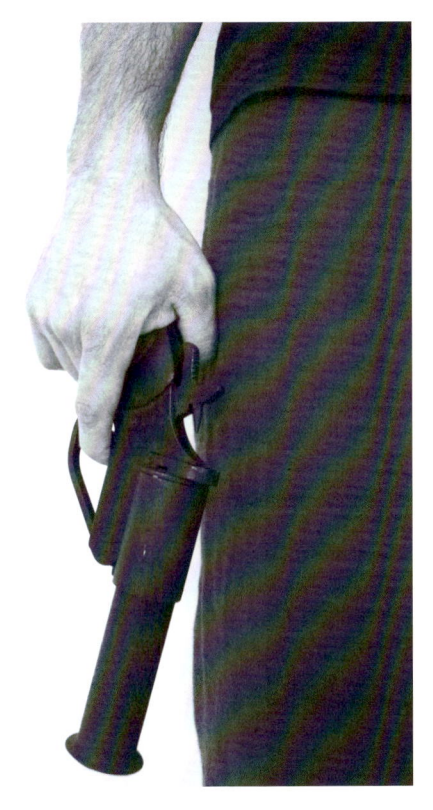

---

947 Musil, Robert – *Os visionários*, 1989, p. 128, Minerva.

GRAMÁTICA PROFUNDA
(ESCULPIR POR DENTRO)

Wittgenstein lança os conceitos de "gramática de superfície" e "gramática profunda"[948]. Dois conceitos importantes. Numa frase – pública, diremos assim – existe aquilo que todos ouvem e aquilo que quem a diz sente – as intenções. Há uma atividade mental que acompanha as frases ditas e essa atividade mental terá uma outra gramática, uma "gramática profunda"[949].

Mas como há claramente uma ligação, tocar na superfície é tocar no profundo; e poderemos então desenvolver o raciocínio inverso. Aperfeiçoar os nomes é aperfeiçoar o pensamento, é aperfeiçoar as ideias; como um escultor que esculpindo o nome, o exterior, está afinal, ao mesmo tempo, a esculpir o essencial.

"Tu me chamas Aton, sabes porém que o próprio nome está a necessitar de aperfeiçoamento. Quando assim me chamas, não me estás a chamar pelo meu nome último e final"[950].

Será este nome final, esta linguagem perfeita, que exibirá o perfeito pensamento[951].

PENSAMENTO E FISIOLOGIA

Wittgenstein coloca a hipótese de poder não existir uma relação entre o pensamento e uma fisiologia de suporte, entrando num campo extremamente ambíguo através de uma analogia: tal como "nada na semente corresponde à planta" também poderá acontecer que nada na estrutura do cérebro corresponda aos pensamentos: "É, pois, perfeitamente possível que determinados fenómenos psicológicos *não possam* investigar-se fisiologicamente"[952]. E coloca depois este exemplo: "Vi este homem há anos: agora vi-o outra vez, reco-

---

948 Wittgenstein, Ludwig – *Tratado lógico-filosófico/Investigações filosóficas*, 1995, p. 490, Fundação Calouste Gulbenkian.
949 Idem, p. 491.
950 Mann, Thomas – *José o Provedor*, s/data, p. 173, Livros do Brasil.
951 De um pequeno texto de Kafka:
"Só ao entrar no meu quarto me sinto um pouco pensativo, mas sem que, enquanto subia as escadas, tivesse encontrado alguma coisa que merecesse ser pensada. Não me ajuda muito abrir por completo a janela e o facto de a música ainda tocar num jardim". (Kafka, Franz – *Os contos*, 2004, p. 38, Assírio & Alvim)
952 Wittgenstein, Ludwig – *Fichas (Zettel)*, 1989, p. 136, Edições 70.

nheço-o, lembro-me do seu nome. E por que razão tem de haver uma causa desta memória no meu sistema nervoso? Por que razão tem algo, seja o que for, de ser armazenado ali *em qualquer forma?* Por que razão *teve* ele de deixar um rasto?"

Trata-se de uma questão importante: tal como os acontecimentos do mundo aparecem e desaparecem, alguns deixando atrás de si rastos, vestígios, mas muitos nada deixando – um *nada* que nos poderá quase levar a questionar: aconteceu, não aconteceu? – se tal sucede no exterior por que não pensar também que poderá suceder no interior[953], na história interior, nos acontecimentos que o pensamento produz?

Wittgenstein questiona:

"Por que não poderia haver uma regularidade psicológica à qual não correspondesse nenhuma regularidade fisiológica?"

E provoca: "Se isso perturba o nosso conceito de causalidade, é então a altura de ele ser perturbado"[954].

Estamos, pois, diante de uma perturbação: esta hipótese assusta porque há como que um intervalo, um espaço não preenchido, um salto que a racionalidade normal não tolera.

Pergunta Wittgenstein:

"Por que não poderia existir uma lei natural relacionando um estado inicial e um estado final de um sistema, mas não cobrindo o estado intermédio?"[955] Uma planta, diremos, que surgisse logo no minuto a seguir à semente.

Wittgenstein ataca pois a ideia-base de que a matéria é o suporte do pensamento, de que uma – a matéria – será a causa e o pensamento, a consequência:

"O preconceito a favor do paralelismo psico-físico é fruto de interpretações primitivas dos nossos conceitos. Com efeito, se se admite uma causalidade entre fenómenos psicológicos que não seja mediada fisiologicamente, pensa-se que se está a acreditar numa entidade mental gasosa".

Porém, como o mesmo Wittgenstein lembra (*Fichas*, fragmento 113): é mais difícil entender a aplicação da pa-

Máscara.

---

953 "Pensamos nas coisas", escreve Wittgenstein, "mas como é que estas coisas entram nos nossos pensamentos? Pensamos no sr. Smith sem termos necessidade de que ele esteja presente". (Wittgenstein, Ludwig – *O livro azul*, 1992, p. 76, Edições 70)
954 Wittgenstein, Ludwig – *Fichas (Zettel)*, 1989, p. 136-137, Edições 70.
955 Idem, p. 137.

lavra "pensar" (e outros "verbos filosóficos") do que termos ligados à mecânica como, por exemplo, "pregar".

Vemos mais facilmente na nossa cabeça a imagem do "pregar" do que a imagem do "pensar": "O pensar de uma pessoa é uma atividade que tem lugar no interior da consciência, numa reclusão em comparação com a qual a reclusão física parece ter lugar em público"[956].

Ou seja: dentro da cabeça vemos melhor o que se situa fora dela do que aquilo que existe nela mesma. Eis um paradoxo (ou não): para ver os próprios olhos necessito de um espelho.

A dificuldade é: onde existe um espelho na nossa cabeça? Faz falta claramente ao homem um 2º cérebro para entender o 1º.

---

[956] Wittgenstein, Ludwig – *Tratado lógico-filosófico/Investigações filosóficas*, 1995, p. 593, Fundação Calouste Gulbenkian.

RIGOROSA LOCALIZAÇÃO DOS PENSAMENTOS

Esta provocação de Wittgenstein deve fazer-nos pensar, antes de a atacarmos. De facto, se formos ao limite, à diferenciação dos produtos da inteligência, se separarmos, como fios de cabelo, um pensamento de outro, se os numerarmos: pensamento 1, pensamento 2, pensamento 3 – a partir de uma separação de assuntos, por exemplo, mas também de momentos (dia/hora) pois se eu pensar sobre o mesmo assunto em dias diferentes poderei classificar esses pensamentos como pensamentos diferentes – enfim, existem inúmeras possibilidades de classificação, mas o importante é admitir a possibilidade de o raciocínio humano poder ser dividido em parcelas, como a boa tradição cartesiana recomenda, e se, para cada um desses *acontecimentos mentais* – pensamentos – exigirmos uma causa, um ponto de partida, uma base material fisiológica, então teremos de exigir um espaço para cada pensamento distinto; numa correspondência infantil: pensamento 1 veio deste espaço, deste *metro quadrado de fisiologia* (ou milímetro quadrado fisiológico), e o pensamento 256 virá deste outro milímetro quadrado de cérebro.

Claro que outras hipóteses entram quase, no limite, no misticismo, na crença, na tal "entidade mental gasosa" de que fala Wittgenstein[957]. É evidente também o inverso: a relação entre matéria e os atos imateriais do pensamento é óbvia[958].

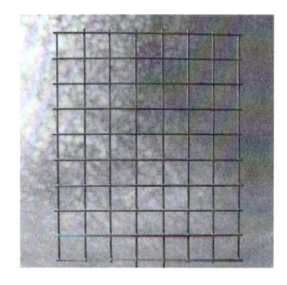

Analisar o céu. Dividir o céu em vários bocadinhos (quadrados) para investigar a crença. Como é que se prova a existência ou a não existência de Deus? Certamente de outra maneira.

---

[957] Como é que nos vêm as ideias? Eis uma pergunta relevante.
"De repente deixamo-nos dominar/ por uma ideia/ e perseguimos essa ideia/ e não conseguimos deixar/ de ir atrás dessa ideia". (Bernhard, Thomas – *Minetti* seguido de *No alvo*, 1990, p. 76, Cotovia)
Ainda segundo uma tese de Kabakov, formulada a partir de uma proposta de Vernadsky, astrónomo de Moscovo, a noosfera "é uma espécie de arquivo eternamente vivo que contém todos os pensamentos" humanos. As ideias vão para lá, *evaporam-se* e alojam-se na noosfera, de tal maneira que "sem ajuda de livros nem de outros objetos materiais", qualquer pessoa pode "'examinar' as ideias do Antigo Egito, da Grécia, da Europa Moderna". Segundo Kabakov (e Vernadsky), isto "explicaria muitos dos mistérios do mundo da cultura, em concreto o facto de que ideias similares surjam simultaneamente em distintos pontos do planeta". (Kabakov, Ilya y Emilia – *El palácio de los proyectos* (catálogo), 1998, p. 28, Museo Nacional Centro de Arte Reina Sofia)

[958] Olhemos para um exemplo de Oliver Sacks:
"Os casos de maior gravidade destes estados encefalíticos ou pós-encefalíticos revelaram que *todos* os aspectos do ser e do comportamento – as percepções, os pensamentos, os apetites e os sentimentos não assumem menos importância do que os movimentos – também podiam ser conduzidos a uma paralisação virtual por um processo parkinsoniano ativo e forçado". Movimentos e pensamentos ficavam estáticos devido a lesões cerebrais localizadas. (Sacks, Oliver – *Despertares*, 1992, p. 48, Relógio d'Água)

PENSAMENTO E LINGUAGEM (DE NOVO)

Há uma ligação do pensamento com a linguagem que importa desenvolver. Afirma Wittgenstein: "Podemos dizer que o pensamento é essencialmente a atividade que opera com signos"[959].

Podemos esforçar-nos, mas é difícil conceber pensamento sem linguagem, no limite: sem signos. Pensar é mesmo escrever algures, ou talvez antes: desenhar ou filmar (pôr em movimento os desenhos).

A "atividade que opera com signos" – esclarece Wittgenstein – é "realizada pela mão, quando pensamos por intermédio da escrita; pela boca e pela laringe, quando pensamos por intermédio da fala". Estamos pois perante a mão que pensa, a laringe que pensa[960]. (Num dos manifestos dada escreve-se: "O pensamento faz-se na boca"[961].)

Aliás, se quisermos ser absolutamente materialistas neste raciocínio teremos de o levar até ao fim, quer concentremos as atividades do pensamento no cérebro ou noutras partes do corpo. E, no fim de tudo, no fim da diferenciação, no fim da divisão em partes cada vez mais pequenas, o pensamento – a atividade do raciocínio – terá de estar na célula: *célula que pensa* – e mesmo no átomo; ou então *entre* estas estruturas orgânicas, como uma coisa que não pousa em lado nenhum, mas simplesmente circula, viaja entre um ponto e outro da matéria. No entanto, o ato de pensamento terá mesmo de estar em algum lado; mesmo que sempre em movimento, o movimento filma-se, observa-se – nenhum movimento é feito sobre o nada, mas sim sobre ou sob um certo espaço. Se recusamos atirar o pensamento para teorias espirituais – inagarráveis – teremos então, obrigatoriamente, de o colocar algures na matéria do corpo.

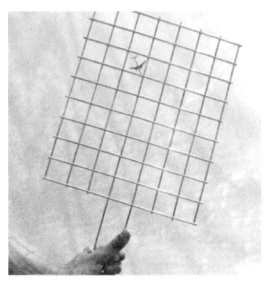

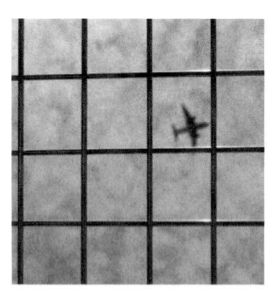

Instrumento rudimentar – localização dos aviões.

---

959 Idem, p. 32.
960 No entanto, como escreve Llansol, por vezes: "era tão visível que o corpo te queria sair do pensamento". (Llansol, Maria Gabriela – *Ardente texto Joshua*, 1998, p. 95, Relógio d'Água)
961 Tzara, Tristan – *Sete manifestos dada*, 1987, p. 39, Hiena.

ONDE SE PENSA?

Wittgenstein dá particular atenção, na sua obra *O livro azul*, ao pensamento gerado pela linguagem, e vê no pensamento "processos que ocorrem no espírito e que apenas são possíveis neste meio". Prosseguindo nesta associação, escreve: "Somos levados a comparar o meio mental com o protoplasma de uma célula, por exemplo, de uma amiba"[962]. Logo a seguir, Wittgenstein abandona esta imagem. No entanto, há algo aqui que importa prosseguir.

Quanto se designa o pensamento como atividade orgânica estabelece-se implicitamente a necessidade de um meio privilegiado, de um meio onde uma tal ação possa surgir. Tal como certos produtos da natureza se desenvolvem mais num certo meio – de maior ou menor humidade – também o pensamento deverá ter o seu meio especial, a sua localização privilegiada.

Há a tendência imediata para colocar o pensamento no seu meio por excelência – onde a *terra* lhe será mais propícia – o cérebro. No entanto, o corpo humano tem outros meios, outros sítios, onde o pensamento se dá bem, diríamos.

Homem e o céu (duelo).

NÃO HÁ PROBLEMAS FORA DA LINGUAGEM

Tudo é um problema de linguagem – defende Wittgenstein – e um problema surge *na* linguagem e *pela* linguagem. Tudo mesmo:

"'Não podes ouvir Deus a falar com outrem, só o podes ouvir se fores tu a pessoa a quem a palavra é dirigida' – isto é uma observação gramatical"[963].

No limite, até a crença em Deus é, para Wittgenstein, em primeiro lugar, uma questão gramatical: só é questão porque a gramática a pode enquadrar, receber – pensar numa coisa será "como pintar ou alvejar uma coisa?"[964]; e ainda Wittgenstein: será o pensamento "uma coisa que se desenrola numa dada altura, ou uma coisa espalhada pelas palavras?"

As palavras, nesta segunda hipótese, como sendo uma área (espaço) sobre a qual o pensamento cai.

---

962 Idem, p. 33.
963 Wittgenstein, Ludwig – *Fichas (Zettel)*, 1989, p. 156, Edições 70.
964 Wittgenstein, Ludwig – *Aulas e conversas*, 1991, p. 117, Cotovia.

4.3 Imaginação e pensamento - Wittgenstein e outros desenvolvimentos

Wittgenstein analisa a localização do pensamento e a sua relação com a gramática escrevendo que, quando se diz que o pensamento está localizado no cérebro ou na cabeça, se deverá perceber a relação que a gramática desta frase tem com a gramática da "expressão 'pensamos com a nossa boca', ou 'pensamos com um lápis numa folha de papel'"[965].

E esclarece:

"A principal razão da nossa forte inclinação para falar da cabeça como a sede dos nossos pensamentos é possivelmente a que se segue: a existência das palavras 'pensamento' e 'pensar' paralelamente à de palavras que denotam atividades (corporais), como escrever, falar, etc., leva-nos a procurar uma atividade diferente destas mas a elas análoga, correspondente à palavra 'pensamento'".

Assim, para Wittgenstein, em parte localizamos o pensamento no cérebro, devido a uma analogia gramatical: "Quando as palavras na nossa linguagem vulgar têm, à primeira vista, gramáticas análogas, tendemos a tentar interpretá-las de modo análogo; isto é: tentamos manter a analogia a qualquer preço. [...] como as frases se encontram num qualquer *lugar*, procuramos um lugar para o pensamento".

Escrevemos com a mão, falamos com a boca, corremos com as pernas, pensamos com a cabeça: *eis um conjunto de simplificações da localização espacial dos atos*. Isto é, tal como poderá ser considerado redutor dizer que escrevemos com a mão (se pudéssemos conceber uma mão autónoma desligada de tudo o resto, seria muito provável que a mão nada escrevesse: mão sem linguagem) ou que corremos com as pernas (da mesma maneira, se concebêssemos um organismo-pernas, unicamente constituído por pernas, de baixo a cima, poderíamos talvez prever que tais pernas imperiais não se moveriam) também poderemos considerar redutor circunscrever o pensamento ao cérebro. Esta necessidade de responder ao *onde* (onde tem origem aquilo que faço?) é um dos problemas a considerar – e uma necessidade que leva muitas vezes a respostas precipitadas.

Talvez não se possa conceber aquilo que definiria como **uma atividade sem quando** – porque ela terá de acontecer, portanto estará num momento – mas será

Primeiro medir, depois disparar.

---

965 Wittgenstein, Ludwig – *O livro azul*, 1992, p. 33, Edições 70.

eventualmente mais plausível conceber **uma atividade sem onde**. No entanto considerar esta possibilidade já é demasiado estranho. É por não considerarmos, precisamente, à partida, esta possibilidade – a possibilidade da existência de uma *atividade sem onde* – que uma série de problemas se colocam (e também, diga-se, uma série de avanços e resoluções). *Exigimos um onde!*, eis aquele que poderia ser o lema de toda a investigação filosófica materialista[966].

COMPREENDER

E o que significa afinal dizer que o outro compreende? Valéry esclarece de uma forma útil:

"*Compreender* consiste", define Paul Valéry, "na substituição mais ou menos rápida de um sistema de sons, de durações e de signos por uma coisa muito distinta, que é em suma uma modificação ou uma reorganização interior da pessoa a quem se fala". Isto é: "a pessoa que não compreendeu *repete*, ou faz repetir as palavras"[967]. Ter compreendido é, de facto, conseguir dizer de uma outra maneira; é conseguir modificar a

Se com o lápis não és capaz de traçar uma linha na paisagem então utiliza o lápis enquanto matéria e ele mesmo será, assim, o traço que procuras.

---

966 Wittgenstein, na mesma obra – *O livro azul* –, alude à questão da auto-observação do pensamento (p. 33-35), e refere como poderemos desenvolver dois raciocínios: um que torne absurdo considerar uma localização para o pensamento e outro que, pelo contrário, torne indispensável a fixação dessa localização. Esses dois raciocínios – que chegam a conclusões opostas – são lógicos e aceitáveis.
967 Valéry, Paul – *Teoría poética y estética*, 1998, p. 85, Visor.

expressão linguística mantendo, porém, um certo centro, um centro como que invisível, mas que constitui *a ideia*. Compreender não é repetir ou memorizar um conjunto de palavras. Pelo contrário: é poder esquecer a ordem e o tipo de palavras, é ter capacidade para substituir uma frase por outra sem perder o sentido escondido da primeira. Compreender tem assim uma relação com a criação de novas frases com igual centro.

LINGUAGEM E MOVIMENTO

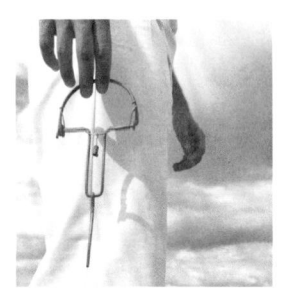

Ligado a isto está a questão: é evidente que uma pessoa "tem certas sensações sinestésicas" mas como podem elas descrever-se a "não ser, talvez, através de gestos?"[968] Como transformar sensações cinestésicas em substantivos, adjetivos e verbos?

A melhor forma de descrever sensações cinestésicas talvez seja então dizer: faz isto, faz este movimento; e sente. E não a descrição verbal: eu senti isto, depois aumentou a intensidade disto, etc., etc. Em certas ocasiões, a linguagem verbal poderá não ser tão explícita como o movimento.

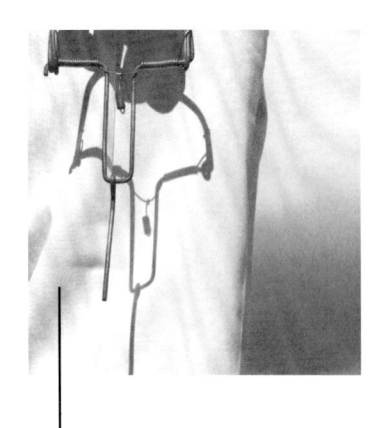

LINGUAGEM: LETRA E PENSAMENTO

Wittgenstein separa a linguagem em duas partes: "Somos tentados a pensar", escreve o filósofo no seu tom provocador, "que o mecanismo da linguagem é composto por duas partes; uma parte inorgânica, a manipulação dos signos, e uma parte orgânica, a que podemos chamar a compreensão destes, a atribuição de sentido a estes signos, a sua interpretação, o pensamento"[969].

As palavras podem ser vistas assim, em primeiro lugar, como coisas inorgânicas, coisas que não crescem; que não mudam por si, mas apenas pelo olhar e pela atenção dos outros. Pelo contrário, o sentido e o uso que se dá aos signos, atividades que "parecem decorrer

---

968 Como exprimir uma emoção musical? Para Wittgenstein, por exemplo, a melhor maneira de explicar uma emoção musical é através de gestos. (Wittgenstein, Ludwig – *Aulas e conversas*, 1991, p. 74, Cotovia)
969 Wittgenstein, Ludwig – *O livro azul*, 1992, p. 28, Edições 70.

num meio fora do vulgar, o espírito"[970], são atividades orgânicas: é o pensamento que faz existir a linguagem, que a tira do ornamento, do conceito de traço ou desenho informe. As palavras só não são desenhos – traços – sem sentido porque existe o pensamento.

Se suspendermos o pensamento, se suspendermos a atividade orgânica iniciada *interiormente* pela leitura de uma frase, por exemplo, se apenas nos concentrarmos no órgão da visão, se apenas, enfim, *virmos* as palavras, então estas assumirão o seu ponto de partida inorgânico, morto: são a decoração de uma folha de papel, um qualquer delírio estético, mais ou menos organizado, que alguém decidiu colocar sobre uma superfície branca e receptiva.

Frente a frases numa Língua em que não entendemos uma única palavra estamos nesta situação: a parte orgânica da linguagem, a parte que ativa o pensamento está bloqueada, não consegue caminhar. A Língua que não entendemos é uma Língua apenas *para os nossos olhos*, não para o nosso pensamento. É uma língua que se vê ou ouve, mas não se pensa. É como que uma coisa que fica no exterior do nosso corpo, como a cor ou uma forma.

LOCALIZAÇÃO MATERIAL DO IMATERIAL

Há, nesta questão da localização material de acontecimentos, como o pensamento ou as sensações, um conjunto de perplexidades que nascem da aproximação de elementos que, à partida, parecem estranhos entre si: um certo rigor topográfico e quantitativo fixado a um conjunto de sensações e acontecimentos interiores do organismo que parece não ter fronteiras, limites, tempos exatos de começo e de final; enfim, acontecimentos – como os pensamentos e sensações – que parecem substâncias, chamemos-lhes assim, informes, não descritíveis e que, portanto, à partida não parecem representáveis no espaço.

Wittgenstein põe a questão desta forma:
"No caso de termos sempre avaliado comprimentos a olho, sem nunca os termos medido, como poderíamos avaliar um comprimento em centímetros medin-

Rosto que acabou de ser atacado (22 armadilhas).

---

970 Idem, p. 28.

do-o? Isto é, como interpretaríamos a experiência da medição em centímetros?"[971]

E depois esclarece o exemplo:

"O problema é o seguinte: qual a relação existente entre, por exemplo, uma sensação táctil e a experiência da medição de uma coisa por recurso a uma vara de metro?" Estamos aqui, nestes exemplos, dentro da perplexidade da passagem entre dois mundos, sensação e medida: como *sentimos* uma medida? Como é possível, que, olhando para uma mesa, sem utilizarmos régua, possamos dizer: isto tem um metro, dois, três?

Trata-se aqui de uma questão de tato, de sensações tácteis. Mas como ligar, por exemplo, a sensação de rugosidade ou de atrito à sensação de medida?

Como medimos com os olhos fechados? (e podemos fazê-lo).

Medição interior esta, afinal, medição semelhante a uma sensação. Tocamos um metro e meio de mesa; isso significa, perguntamos, que sentimos um determinado comprimento como sentimos calor ou frio nas mãos?

Régua.

Utilizar instrumentos de medida como arma (uma síntese do século xx).

---

971   Wittgenstein, Ludwig – *O livro azul*, 1992, p. 37, Edições 70.

Imaginação e pensamento

IMAGINAÇÃO E IGNORÂNCIA

Escreve Wittgenstein: "Há uma maneira de olhar para as máquinas e instalações elétricas (dínamos, estações de rádio, etc., etc.) que vê estes objetos como combinações de cobre, ferro, borracha, etc., no espaço, sem qualquer compreensão preliminar"[972]. Não se trata de entender e depois observar: *observo sim antes do processo de entender*, maneira de olhar que pode "conduzir a resultados interessantes". É análogo, escreve Wittgenstein, "a olhar para uma proposição matemática como um ornamento". Como se tudo fosse inaugurado pelo olhar.

Esta forma de olhar não poderá ser considerada falsa: estamos a ver as coisas que existem à nossa frente, não estamos a inventar ou a acrescentar visões ao que vemos. Estamos a descrever o que vemos como alguém que não sabia nada antes, como alguém que realmente está a ver, pela primeira vez, e não a ver depois de pensar. *É um ver que surge antes do pensar.* Como escreve Wittgenstein: "o que é característico e difícil" neste tipo de visão, é que ela "olha para um objeto sem qualquer ideia preconcebida" – o filósofo utiliza mesmo a expressão: que se olha "de um ponto de vista marciano", como alguém que acabou de aterrar, que *começou agora a olhar*.

VER E PENSAR

A visão deverá ser entendida como *a forma ver de pensar*, mas o *ver* não se reduz a um direcionar do olhar para um determinado objeto. Aliás, como escreve Wittgenstein nas suas *Investigações filosóficas*: "Quem olha para o objeto não tem que necessariamente pensar nele", podemos olhar para algo e pensar noutra coisa. *O pensamento é independente do movimento dos olhos*, diremos, no entanto não é independente da experiência de visão, o que é uma diferença significativa. Assim, prossegue Wittgenstein, "quem tem a experiên-

---

972 Wittgenstein, Ludwig – *Fichas (Zettel)*, 1989, p. 155, Edições 70.

cia visual, [...] *pensa* também naquilo que vê". Porque quando a visão deixa de ser neutra e passa a ser uma experiência, nós estamos lá, na nossa visão – o nosso pensamento está lá – ver e pensar misturam-se; como que dois atos que se fazem um único; ou como escreve Wittgenstein: "a iluminação súbita de um aspecto parece ser meio experiência visual, meio pensar"[973]. Metade-metade.

TIPOS DE VISÃO E IMAGINAÇÃO

Mas há diferenças entre o que já vimos muitas vezes e o que nos surge à frente dos olhos como novidade. É como se aquilo que já foi visto muitas vezes pudesse ser observado sem a participação do cérebro; pudesse ser visto, digamos, de um modo *estúpido*. Poderemos então designar a visão que vê o que já não surpreende como *visão estúpida*, e a visão que vê o que ainda não tinha visto, como *visão inteligente*. Visão estúpida não porque não consiga pensar, mas porque já não tem necessidade de pensar. E visão inteligente como aquela que ainda necessita do pensamento[974]. Dentro desta linha, para

---

973 Wittgenstein, Ludwig – *Tratado lógico-filosófico/Investigações filosóficas*, 1995, p. 544, Fundação Calouste Gulbenkian.
974 "Subitamente uma pessoa vê diante de si aparecer uma coisa que não reconhece (pode ser um objeto que lhe seja bastante conhecido, mas numa posição fora do habitual, iluminada de outra maneira); o não reconhecimento dura talvez alguns segundos. É correto dizer que ela tem uma experiência visual diferente da da pessoa que reconhece o objeto instantaneamente?", questiona Wittgenstein. (Wittgenstein, Ludwig – *Tratado lógico-filosófico/Investigações filosóficas*, 1995, p. 545, Fundação Calouste Gulbenkian)

Wittgenstein, a percepção poderá ser entendida como um acontecimento interior, *acontecimento* mesmo:

"O que eu realmente *vejo* tem que ser aquilo que, pelo efeito do objeto, acontece em mim"[975]. O *que* vejo acontece em mim, fórmula importante. O que vejo tem efeitos dentro do meu corpo, algures nos órgãos, ou entre os órgãos, a consequência de uma visão toma forma. A visão ganha *forma orgânica* dentro do meu corpo.

Explica Wittgenstein: "Aquilo que acontece em mim é então uma espécie de cópia, qualquer coisa para que eu próprio também posso olhar, que posso ter diante de mim; quase que como uma *materialização*".

O que vejo faz-me sentir, e sentir é um acontecimento, é um facto, algo que pode ser assinalado na biografia pessoal e íntima de cada um: eu, no dia tal, às tantas horas e minutos, senti *is*to. A visão pensada materializa algo dentro do corpo.

E é nesta linha de raciocínio que surge mais uma das inquietantes questões de Wittgenstein:

"Quando eu vejo a imagem de um cavalo a galope [...] galopa também a minha impressão visual?"[976]

ESCUTAR, VER, CRIAR

Há, portanto, nos órgãos sensoriais, no momento em que *recebem* algo do exterior, a produção direta de *outro* algo que não se confunde com a construção imaginária. Num certo momento os órgãos sensoriais como que *copiam* (*ou traduzem*) para dentro do corpo o que está a acontecer no mundo e que é visto, escutado, cheirado, saboreado, etc. Por outro lado, as *produções artísticas* da imaginação acontecem autonomamente, são *ficções* – se compararmos o que acontece dentro da cabeça com o que acontece fora e se designarmos este fora por *Verdade* ou *Realidade*.

Wittgenstein a este propósito questiona:

"Gostaríamos de dizer: o som imaginado está num *espaço* diferente do ouvido (Questão: Porquê?)"[977]

Estamos no centro de um problema importante: é necessário estabelecer uma diferença entre ouvir uma

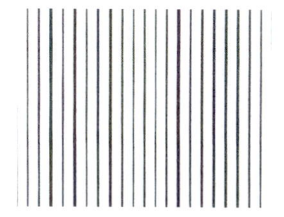

---

975 Idem, p. 549.
976 Idem, p. 554.
977 Wittgenstein, Ludwig – *Fichas (Zettel)*, 1989, p. 139, Edições 70.

música que realmente está naquele momento no mundo que diretamente nos rodeia, e ouvir uma música dentro da cabeça (não a cantando) no momento em que essa música *não está no mundo* que diretamente nos rodeia. É que o nosso corpo tem esta capacidade: pode recordar sons, imagens (mais dificilmente cheiros, sabores – o que é estranho), isto é: pode como que repetir em diferido, dentro da cabeça, em espaço completamente privado, o que recebeu do mundo, do espaço público, visível[978].

Wittgenstein diferencia:

"Ouvir está relacionado com escutar, formar uma imagem de um som, não". E conclui ser esta a razão "porque o som ouvido está num espaço diferente do som imaginado"[979].

Isto é, podemos dizer que o ouvido não imagina. Os ouvidos ouvem, mas não imaginam um som. O som é imaginado no cérebro; o cérebro cria uma *imagem* que reproduz um *som*; e aqui estamos logo diante de uma perplexidade insanável: como é que uma imagem consegue reproduzir um som? Tratar-se-á provavelmente de uma fusão de meios, de uma invulgar capacidade de fusão que o cérebro manifesta, provocando, diga-se, uma inveja de base nos outros meios exteriores de que o homem dispõe. É como pensarmos num filme mudo que nos permitisse ouvir claramente algo. Fenómeno estranho, mas que podemos tentar reproduzir no exterior. Faça-se, por exemplo, a experiência: veja-se e ouça-se um vídeo de um cantor. Várias vezes durante vários dias. Mais tarde, coloque-se esse mesmo vídeo sem som e olhe-se para ele, para as suas imagens. Teremos então a experiência de ouvir, embora não exista som: *ouvimos através de imagens, ouvimos image*ns. Provavelmente conseguiremos até acompanhar, com sincronismo quase perfeito, as variações da música. O nosso cérebro atira som para dentro de uma imagem calada.

---

[978] Numa hipótese delirante, Burroughs põe em causa esta questão do pensamento ser por natureza privado e fala em "ventríloquos da telepatia" que "projetam pensamentos desleais nos cérebros daqueles que querem ver prejudicados". (Burroughs, William S. – *As terras do poente*, 1989, p. 90, Presença)

[979] Wittgenstein, Ludwig – *Fichas (Zettel)*, 1989, p. 140, Edições 70.

VER E IMAGINAR

Pensemos nas imagens produzidas pela imaginação e pela visão. Estamos, antes do mais, face a duas imagens.

Wittgenstein escreve: "a conexão entre imaginar e ver é forte; mas não existe *semelhança*". Têm muitas ligações, têm muitos pontos comuns, mas não são a mesma coisa, não são o mesmo acontecimento.

E acrescenta, como forma de prova: "Os jogos de linguagem empregando estes conceitos são radicalmente diferentes – mas estão relacionados"[980].

E a linguagem, claro, não é um assunto de superfície. Se utilizamos linguagem diferente para falar de duas coisas – eis uma das teorias-base de Wittgenstein – então é porque essas coisas são *diferentes*. Eu não posso falar da mesma maneira daquilo que é diferente. Eu não falo da mesma maneira porque são coisas diferentes.

Ver e imaginar não são ações semelhantes – embora próximas – também porque partem de sistemas fisiológicos distintos, chamemos-lhe assim, e são resultado de comportamentos distintos:

"Uma diferença: 'tentar ver algo' e 'tentar conceber uma representação de algo'. No primeiro caso, diz-se: 'Olha, ali!', no segundo 'Fecha os olhos'"[981].

Abrir os olhos, fechar os olhos. Eis dois símbolos: um, o primeiro, o da visão; o segundo, o da imaginação. Se queres imaginar, mesmo tendo os olhos abertos, te-

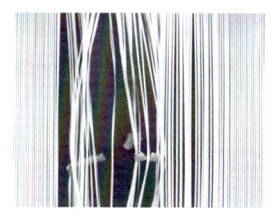

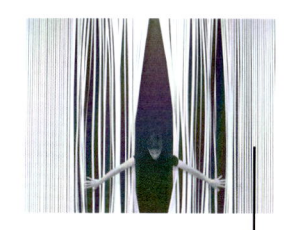

---

980 Idem, p. 140.
981 Idem, p. 140.

rás que os fechar como que simbolicamente, *baixar as pálpebras da atenção* – se assim nos podemos exprimir – mas da atenção que especificamente se dirige para o exterior[982].

A visão depende do mundo; ver – e eis uma definição possível[983] – ver é como que *uma resposta ao mundo visível;* ver é uma *resposta ao mundo que ocupa visivelmente espaço* – repare-se, por exemplo, que ver *não é uma resposta a um gás transparente,* enquanto sentir o cheiro desse gás sim.

Pelo contrário, imaginar não depende do mundo, não é uma resposta, pelo menos direta, imediata, no mesmo momento – poderá, quando muito, ser uma resposta diferida. No entanto, note-se, a diferença está localizada não apenas no momento, mas também no tipo de resposta.

Eu posso imaginar um elefante no momento que quiser, mas não posso ver um elefante no momento que quiser; apenas no momento em que o referido bicho estiver à minha frente. E, portanto, temos logo aqui uma diferença radical entre ver e imaginar: *ver obedece ao tempo,* está fixo a um *tempo;* imaginar não obedece ao tempo, tem liberdade *total na escolha do momento em que se manifesta.* Pode até, no limite, contrariar o visível, isto é: pode contrariar o que existe naquele momento no mundo para ser visto; no exato momento em que sucede algo à minha frente, eu imagino outro acontecimento. Posso estar diante de um cão e colocar o que vejo num ponto secundário do meu cérebro *imaginando* um elefante, imagem que dominará a minha visão do momento. Neste caso, temos a imaginação – a tal visão interior – sobrepondo-se à visão exterior.

Uma espécie de vitória sobre o mundo (temporária, claro). Mas, como dissemos, as diferenças não são apenas quanto ao momento, mas também quanto ao tipo

---

982 "Lóri era uma mulher, era uma pessoa, era uma atenção, era um corpo habitado olhando a chuva grossa cair". (Lispector, Clarice – *Uma aprendizagem ou O livro dos prazeres*, 1999, p. 127, Relógio d'Água)
Estamos perante um corpo habitado, corpo com interior, corpo com a atenção ligada, atenção em movimento, atenção com o motor a trabalhar. A atenção e o interior do corpo como que ligados: a atenção habita o corpo, evita que o corpo seja algo vazio, uma sala vazia ou um compartimento rodeado apenas de pele. Estar atento é dar então uma função ao corpo, é tornar os órgãos coisas que agem, é responsabilizar os órgãos: estar vivo exige de nós atenção!

983 Definição entre outras, pois todos têm a palavra – mesmo os olhos. Valéry, depois de todo o trabalho da Física, questiona se "a retina não teria, também ela, as suas opiniões sobre os fotões e a sua teoria da luz". (Valéry, Paul – *Teoría poética y estética*, 1998, p. 78, Visor)

4 O corpo na imaginação 493

de imagens: o que eu vejo é o que está visível, e não ver efetivamente o que está visível entrará no campo do desvio, da doença física ou da doença mental; na imaginação não vemos porque não queremos e há claramente uma construção individual. Uma construção feita pelo indivíduo e não pelo mundo. E essa construção individual da imaginação aumenta exponencialmente as possibilidades de acontecimentos.

Além de poder imaginar um elefante, em qualquer momento, na ausência do animal, também posso imaginar dois elefantes, um por cima do outro, um com as patas no dorso do outro, ou três, seis, vinte, uns por cima dos outros, num malabarismo pesado e num imaginário infantil. Quanto à possibilidade de ver no mundo isto que a minha imaginação me faz ver, isso já é outro assunto. Digamos que as possibilidades de imagens do imaginário são *infinitamente maiores* que as possibilidades da visão de coisas e acontecimentos exteriores, e tal é óbvio, mas deve ser lembrado. No início do seu estudo sobre a imaginação, Jean-Paul Sartre diz, precisamente, que se "sente incapaz de contar as aparições a que se dá o nome de imagens"[984]. Quando fechamos os olhos vemos muito mais coisas. A irrealidade não é contabilizável.

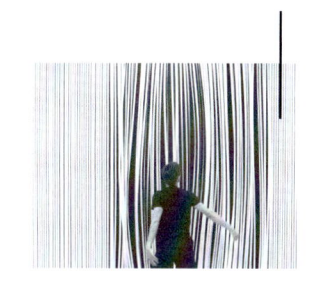

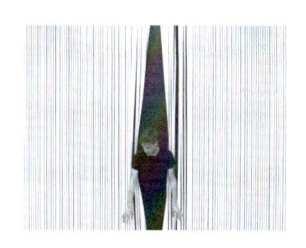

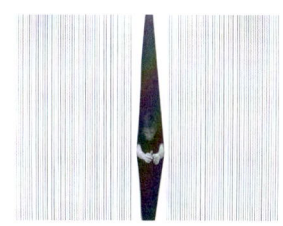

---

[984] Sartre, Jean-Paul – *A imaginação*, s/data, p. 8, Difel.

EXPERIÊNCIA EXTERIOR E INTERIOR

Estamos ainda na diferença entre experiência real e representação interior de experiências. Chamando-se experiência real à experiência que é partilhada por outros.

Há, porém, algo que fica no meio. Se pensarmos numa experiência exterior, mas sem testemunhas: alguém que sozinho no seu quarto faz uma careta medonha nunca feita em público, esse ato, essa experiência aparentemente exterior também não é partilhada por outros, isto é: tem o mesmo grau de privacidade que os pensamentos ou a imaginação. Acreditar que alguém imaginou algo (imaginar é o que por definição o corpo faz sem hipótese de existirem testemunhas) é o mesmo que acreditar que alguém fez algo fechado sozinho num quarto. As duas são experiências privadas. Os outros necessitam da crença e não dos olhos para acreditarem que aconteceu[985].

E entramos num campo mais uma vez difícil, que Wittgenstein também aborda: o campo onde as visões da imaginação ganham tal força dentro do mundo de um indivíduo que combatem ou até vencem as visões dos olhos, caindo-se, a certa altura, na indecisão entre o que será mais real ou verdadeiro. Escreve Wittgenstein a este propósito:

"Se alguém realmente dissesse 'Não sei se agora estou a ver uma árvore ou a ter uma representação dela', pensaria primeiro que ele queria dizer: 'ou apenas a imaginar que está ali uma árvore'". Mas poderia dizer-se: "as suas representações têm tal vivacidade que ele as pode tomar por impressões sensoriais"[986].

Muitas das descrições místicas entrariam neste campo: nestes casos, o indivíduo tem a certeza de que o que aconteceu na sua cabeça é verdade, ou seja, de uma for-

---

[985] A estranha ideia de crença permite diálogos destes (entre a Rainha e a Alice no clássico de Lewis Carroll):
"Eu tenho só cento e um anos, cinco meses e um dia" (disse a Rainha).
"– Não posso acreditar! – disse Alice.
– Ah, não podes? – disse a Rainha, num tom de comiseração. – Tenta novamente; respira fundo e fecha os olhos. – Alice riu-se.
– Não vale a pena tentar – disse. – Uma pessoa não pode acreditar em coisas impossíveis.
– Suponho que não tens ainda muita prática – disse a Rainha. – Quando eu era da tua idade, fazia-o durante meia hora todos os dias. Olha, houve alturas em que cheguei a acreditar em seis coisas impossíveis antes do pequeno-almoço".
(Carroll, Lewis – *Alice no outro lado do espelho*, 1978, p. 70-71, Europa-América)

[986] Wittgenstein, Ludwig – *Fichas (Zettel)*, 1989, p. 140, Edições 70.

ma simples: acredita que aconteceu. E tal é uma contestação abrupta do conceito de acontecimento ou facto. Alguém poderia perfeitamente dizer: eu imaginei, pensei isto, portanto isto aconteceu, isto é um facto. A questão de o acontecimento ter *acontecido* num espaço distinto não será suficiente para dizer: não aconteceu. Poderemos falar, então, em dois tipos de acontecimentos: acontecimentos no mundo (exteriores, visíveis) e acontecimentos no interior do corpo. Nesse sentido, diremos, podemos ter duas histórias: *a do mundo que rodeia o corpo* e a *da parte do corpo que se esconde do mundo*: "Aquilo que é imaginado não o é no mesmo *espaço* daquilo que é visto"[987], escreve Wittgenstein na mesma linha. Temos portanto dois espaços para viver uma única vida. Ou dois espaços para viver duas vidas.

No final, há sempre, pelo menos, um resto.

987 Idem, p. 140.

A POSSE DO IMAGINADO

Mas olhemos ainda para uma afirmação de Wittgenstein esclarecedora e, ao mesmo tempo, intrigante, e que nos remete para outro tema central: a questão da posse do imaginado. Afirma Wittgenstein: "se eu tenho a imagem mental de uma coisa, ou se realmente *vejo* objetos, então *tenho*, de facto, uma coisa que o meu vizinho não tem"[988].

Estabelece-se pois uma diferença, uma oposição, entre Eu e o Outro ou os Outros. Eu tenho algo que os outros não têm: *tenho uma imagem*. Mas Wittgenstein avança com a questão ao ponto de a colocar assim: "isso de que falas e que dizes só tu teres, até que ponto é que de facto o *tens*? Está na tua posse? Nem sequer o *vês*? Não deverias de facto dizer que ninguém o tem?"

A posse de uma imagem mental ("Quando uma pessoa descreve aquilo que está a imaginar, a imagem que é descrita é a imagem mental"[989]) – eis a questão que está em jogo. Wittgenstein avança assim para uma ideia que se poderá exprimir da seguinte forma: as imagens mentais não pertencem ao sujeito, não têm sujeito; como se as imagens mentais por entrarem e saírem de uma cabeça não pudessem ser consideradas propriedade de ninguém: são do mundo. Poderíamos formular pois a

---

988 Wittgenstein, Ludwig – *Tratado lógico-filosófico/Investigações filosóficas*, 1995, p. 397-398, Fundação Calouste Gulbenkian.
989 Idem, p. 388.

questão desta maneira: *o meu braço pertence-me mais do que a imagem que eu tenho do meu braço.*

Wittgenstein, mais uma vez, é esclarecedor (quase) nos exemplos que utiliza. Ele chama à imagem mental de uma sala: "sala visual", e escreve: "'Sala visual' é aquilo que não tem dono". Como um animal vadio, diríamos. E prossegue: "Eu posso tão-pouco possuí-la como posso passear nela, ou olhar para ela, ou apontar para ela". Se "não pode pertencer a ninguém", então, nessa medida, "também não me pertence"[990]. Não me pertence, escreve Wittgenstein, "porque quero aplicar-lhe a mesma forma de expressão que aplico à própria sala material, onde estou sentado". Como se só existisse uma forma de pertença, uma forma de posse. É evidente que eu não tenho a posse da imagem do meu braço, como tenho o meu braço, mas esta sensação de posse pode ter vários graus, várias intensidades. Poderemos dizer que o meu braço é *mais meu* que a imagem que eu tenho do meu braço, no entanto, ambas as coisas *são minhas*, pertencem-me, sem qualquer partilha: o meu braço e a minha imagem sobre o meu braço são meus. *Mais meu, menos meu; mas meu.*

Digamos que as imagens só permitem uma posse frágil, uma espécie de *posse intermédia*: está entre ser meu e deixar de o ser; uma posse *efémera*, um pouco como o objeto que eu sei que não me pertence, mas que me é passado para as mãos, com o pedido: guarda-o durante uma semana. Da mesma maneira, nós guardamos algo que não é nosso, mas também não é de ninguém – uma determinada imagem mental – durante um certo tempo, uns minutos, um segundo e, depois, largamo-la. Wittgenstein dá outro exemplo desta sensação insólita de propriedade:

"Pensa na imagem de uma paisagem, uma paisagem fantástica, na qual está uma casa. Uma pessoa pergunta: 'A quem é que pertence a casa?' – De resto, a resposta a esta pergunta podia ser: 'Ao camponês que está sentado no banco diante dela'. Mas depois este camponês não pode, por exemplo, entrar em sua casa"[991].

Paradoxos e perplexidades irresolúveis, de certo, mas sobre os quais podemos pensar.

---

[990] Idem, p. 398.
[991] Idem, p. 399.

OBJETO DA IMAGINAÇÃO

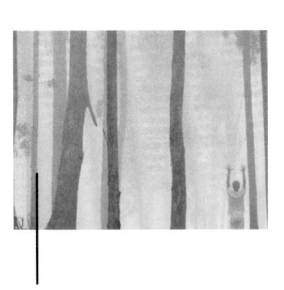

"Como se pode imaginar o que não existe?", pergunta Wittgenstein, e a resposta que dá logo a seguir é clara: "Se o fazemos, imaginamos combinações não existentes de elementos existentes"[992].

Ligar de outra maneira o que já existe é colocar no mundo coisas inexistentes, porque uma nova ligação entre os velhos A e B transforma A e B; inventa-os: "Um centauro não existe, mas a cabeça, o tronco e os braços de um homem e as patas de um cavalo existem"[993].

Digamos que o centauro é uma *cópia desastrada*, uma *cópia errada* tanto de um homem como de um cavalo: cada elemento não foi para o sítio certo, perdeu-se no caminho, foi parar *aonde não devia*[994].

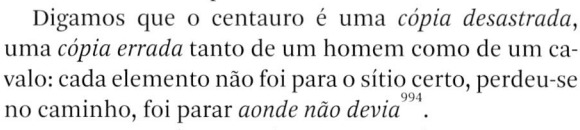

Prossegue Wittgenstein, com um dos seus auto-diálogos:

"Mas não poderemos imaginar um objeto completamente diferente de qualquer um existente?"[995]

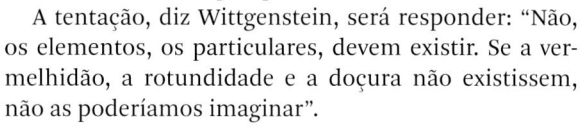

A tentação, diz Wittgenstein, será responder: "Não, os elementos, os particulares, devem existir. Se a vermelhidão, a rotundidade e a doçura não existissem, não as poderíamos imaginar".

Eis que encontramos um patamar importante: a imaginação tem por base algo que já existe, que já foi inventado; há sempre, pelo menos, uma analogia; algo no inventado, no criado de novo, que faz lembrar, que remete para uma coisa que todos já conhecem.

Não para o percebermos, que tal tarefa é impossível por completo, mas para o podermos pensar, para isso o objeto de pensamento terá que ser precisamente um objeto: uma "coisa", qualquer que ela seja; coisa que tem partes que o meu pensamento conhece, reconhece. Imaginar não é portanto uma atividade executada sobre o vazio.

---

992 Wittgenstein, Ludwig – *O livro azul*, 1992, p. 66, Edições 70.
993 Idem, p. 66.
  Umberto Eco dá outros excelentes exemplos de animais monstruosos compostos da junção de qualidades de diversos entes como "a criatura com olhos nos ombros" e outras... (Eco, Umberto – *O nome da rosa*, 1988, p. 280-281, Difel)
994 Note-se que mesmo uma combinação de elementos já existentes provoca estranheza, como é exemplo a fotografia de um "sereio" – e não de uma sereia –, foto de 2002 de Marcos López, onde um homem de barba e pelos no peito surge com rabo de peixe. Se fosse uma mulher não provocaria estranheza (mesmo sendo já uma imagem fictícia – digamos – a da sereia; a alteração de sexo é aqui provocadora). (López, Marcos – *Horror y animalidad*, Revista Lapiz, n. 199-200, p. 34 e seguintes, ano 23)
995 Wittgenstein, Ludwig – *O livro azul*, 1992, p. 66, Edições 70.

No seu *Tratado lógico-filosófico*, Wittgenstein escreve: "É óbvio que o mundo imaginado, por muito diferente que seja do real, tem que ter algo – uma forma – em comum com o real"[996]. Há, portanto, uma ligação entre o imaginado e o real, mesmo que ténue: como se o pensamento não suportasse o absolutamente estranho, o absolutamente Outro. A imaginação ainda assenta na já clássica fórmula: o *familiarmente estranho*.

O CONCEITO DE ABSURDIDADE

No seu modo enigmático que deixa sempre, ao mesmo tempo, uma porta de saída, Wittgenstein avança para um outro termo que nos parece relevante. Ele escreve: "há algo de correto no facto de se dizer que a imaginabilidade é um critério para a absurdidade"[997].

Estamos aqui em redor de dois conceitos que Wittgenstein não desenvolve particularmente, mas sobre os quais deveremos refletir.

Tal como para a Química ou para a Física existem conceitos que diferenciam substâncias, tais como durabilidade e outros, também para a relação entre pensamento e experiência poderemos definir certas

---

[996] Wittgenstein, Ludwig – *Tratado lógico-filosófico/Investigações filosóficas*, 1995, p. 53, Fundação Calouste Gulbenkian.
[997] Wittgenstein, Ludwig – *Fichas (Zettel)*, 1989, p. 69, Edições 70.

características que determinam critérios que separam substâncias; neste caso, substâncias do pensamento ou substâncias da imaginação. Isto é, poderemos pensar, e será uma sua característica-base, no grau de *absurdidade* de um pensamento – este pensamento é *mais* ou *menos* absurdo; sendo tanto mais pensamento absurdo quanto *mais afastado da experiência que pode ser vista*. Diremos, no limite, que o grau de absurdidade de um pensamento dá, em oposição, a sua aproximação ao que não é visível; ou, por outras palavras, ao *que é visível apenas para um*, ao que é visto pelo pensamento de um indivíduo, mas que não é visto por todos os outros seres que com ele interagem.

Estamos pois perante uma visão única, não partilhável – e tudo o que não é partilhável aproxima-se de ser considerado absurdo pelos outros, pelos *não iniciados* – em oposição à visão comum, da comunidade, esta sim partilhável. A imaginabilidade de um acontecimento poderá ser medida por graus, por intensidades; poderemos falar em *mais imaginável* e *menos imaginável*; ou: este acontecimento era *inimaginável*, em contraponto a este acontecimento era *previsível*. Ninguém imaginou – ou seja, dito de outra forma, ninguém o pensou antes de realmente acontecer no mundo – isto é: ninguém o fez *acontecer antes* nos pensamentos, em oposição ao: era previsível: todos – ou uma grande maioria – fizeram-no acontecer no pensamento antes de ter acontecido na realidade.

A imaginação mede-se e quantifica-se através então de uma distância – que vai do máximo de previsibilidade e realização efetiva no mundo até ao máximo de imprevisibilidade e de impossibilidade de existência no mundo.

UM OUTRO TIPO DE CEGUEIRA

O mundo, como é evidente, depende do nosso imaginário. Wittgenstein escreve: "Se imaginares isto, mudado desta maneira, tens esta outra coisa"[998]. O mundo muda, não apenas a minha ideia sobre o mundo.

Nesta questão, a vontade individual é determinante.

---

[998] Wittgenstein, Ludwig – *Tratado lógico-filosófico/Investigações filosóficas*, 1995, p. 575, Fundação Calouste Gulbenkian.

Estamos no mundo em que a vontade do solitário se sobrepõe a uma eventual vontade do mundo: "Ver um aspecto e imaginar estão sujeitos à vontade". Mas tal é contestável. Ou seja, existe "a ordem 'Imagina *isto*' e 'Agora vê a figura *assim*', mas não existe a ordem 'agora vê a folha da árvore como sendo verde'".

Ver algo poderá, afinal, pensamos, não depender totalmente da vontade: a folha da árvore é verde, diretamente, sem ser necessário o uso da imaginação; a imaginação é então consequência pura da vontade: eu decido imaginar, não decido ver. Decidir imaginar é precisamente *decidir ver de uma outra maneira*. Decidir não ver *assim*, para ver *ao-contrário-de-assim* ou *outra-forma-do-assim*.

E Wittgenstein junta a esta discussão uma questão-chave, perguntando:

"Poderia haver pessoas a quem faltasse a faculdade de *ver* uma coisa *como* sendo outra?"

Isto é, existirão pessoas incapazes de imaginar, de construir-fazer imagens mentais que deturpam o que é visto, *que vão noutra direção*?

E como seria esta falta? – pergunta Wittgenstein – "Que consequência teria? – Seria este defeito comparável à cegueira cromática, ou à falta de ouvido absoluto?"[999]

Esta *cegueira da imaginação* poderia ser pensada precisamente como um tipo de cegueira, diremos, como um tipo de deficiência, deficiência não na visão normal, na visão real, não na visão das coisas que se concretizam e que existem, mas, pelo contrário, deficiência na *visão das possibilidades*, na *visão do que não existe*, do que não se concretizou, na visão do que perdeu na competição entre possibilidades que lutavam para se tornarem efetivas no Mundo. A folha é verde, eis o facto; o verde ganhou na luta entre cores possíveis, mas quando olho para ela (para a folha) e *decido imaginar*, eu posso vê-la azul, e este azul é uma cor possível, falsa se a quiser comparar com o exterior concreto, mas que existe mentalmente e portanto tem uma certa *verdade interna*.

Wittgenstein designa esta impossibilidade de ver as coisas como sendo outras coisas como "cegueira espiritual", cegueira aparentada com "a falta de 'ouvido

---

999 Idem, p. 575-576.

musical'"¹⁰⁰⁰; mas poderíamos designá-la ainda como cegueira da criatividade, *cegueira inventiva* (não cegueira que inventa, mas precisamente *cegueira na parte que inventa*). Quantos terão esta cegueira na imaginação? Como poderá ela ser diagnosticada e, depois, tratada?

Eis uma deficiência, uma falta no indivíduo a que se dá pouca atenção. Precisamente porque o real, o concreto, exige a outra visão: a visão que vê o visível. E esta é, apesar de tudo (apesar de tudo) a mais importante.

De resto, felizmente, há muitos outros assuntos.

1000 Idem, p. 576-577.

Síntese

I
O corpo no método

1.1 ESPANTO E FRAGMENTO

1 valorização de um espanto agressivo
2 chegar a afirmações que colocam questões
3 circulação em redor do que não tem resposta
4 multiplicar conceitos
5 ligação entre acaso e conhecimento
6 ligações cronológicas livres: todas as ideias são contemporâneas
7 investigação irrepetível e individual (não visa leis)
8 alcançar, a custo, conceitos não definitivos
9 investigação que exige ser contestável
10 permitir a entrada do pensamento dos outros
11 não chegar a "resultados", aumentar a lucidez através da colocação de múltiplas hipóteses
12 utilização do fragmento: impõe uma urgência, uma impossibilidade de diferir, acelera a linguagem e o pensamento

1.2 LINGUAGEM E BELEZA

13 a estética do argumento (a sua beleza) influencia o próprio argumento e a intensidade da adesão dos outros
14 pensar através dos lugares raros que existem com maior intensidade na linguagem literária
15 procurar uma aproximação grosseira à exatidão
16 procurar uma exatidão que inaugure infinitas interpretações e não as encerre
17 metáforas literárias como meio indispensável
18 na metáfora localiza-se a liberdade de associação entre ideias, a liberdade de ligações

1.3 IDEIAS E CAMINHO

19 uma teoria é um sistema de ligações, uma maneira racional de aproximar uma coisa ou uma ideia de outras
20 nenhuma teoria central

21 multiplicar as possibilidades de verdade, multiplicar as analogias, as explicações possíveis e as ligações

II
O corpo no mundo

2.1 OS OUTROS

22 as leis são linguagem que separa o Bem do Mal, fundamentando uma moral comum
23 as leis são um sistema de domínio, tal como a força
24 há leis fisiológicas naturais (pertencem ao indivíduo) e leis artificiais (pertencem ao coletivo)
25 a lei atua no exterior das ações, não na sua origem
26 a lei impõe um sistema de movimentos aceites coletivamente e um outro sistema de movimentos não aceites pelo coletivo
27 os músculos expressam uma moral
28 qualquer julgamento racional é também julgamento muscular
29 as posições morais são posições musculares 
30 as leis são músculos morais coletivos
31 cada cultura determina um conjunto de movimentos, um tipo de sofrimento e de dor
32 a medicina normalizada normaliza a relação com o sofrimento e com a morte
33 a dor não é apenas fisiológica, é também cultural
34 sem desejo ou perigo o Mundo exterior torna-se neutro
35 a guerra é o momento decisivo em que o perigo salienta a identidade entre existência e matéria 
36 a guerra valoriza a concepção de um Corpo-Pátria (de uma fisiologia política): o corpo só estará completo se o país conservar as suas fronteiras intactas
37 uma hipótese na relação entre técnica e imaginação: a previsibilidade dura do metal e das máquinas tranquiliza o Homem e este, tranquilo (sem medo do que é sólido), poderá ser mais imaginativo

2.2 AS CIRCUNSTÂNCIAS

38 a ação humana quer alterar a História e a Natureza
39 de cada movimento humano sobra um resto que o Homem não controla
40 as nossas ações, em vez de reduzirem a desordem (ou aquilo que não se controla), aumentam-na, pois geram movimentos extra
41 espírito: local do indivíduo onde a visão do mundo se modifica
42 velocidade do espírito: velocidade de interpretação dos acontecimentos que resulta na ética de um indivíduo num certo momento
43 a ética como algo que pode ser medido, em último caso, pela velocidade (metros/segundo) face a determinado acontecimento
44 duas modalidades do agir: o agir no exterior – os acontecimentos recebem os teus gestos; e o agir no interior – a tua visão do mundo, a tua interpretação dos acontecimentos recebe os teus gestos
45 a utopia da felicidade coincide com a utopia da velocidade certa do Homem em relação aos acontecimentos
46 as leis – as limitações aos movimentos individuais – constituem um ponto de referência para a velocidade média das ações humanas dentro de uma cidade
47 amanhã terei mais possibilidades que hoje: eis o progresso
48 há uma velocidade média da verdade, como se a verdade se tornasse mais visível quando se consegue olhar o real a um certo ritmo
49 a verdade surgirá da combinação exata entre duas velocidades: a do observador e a da coisa observada
50 sem observador não há verdade
51 na cidade, alargar os movimentos e os percursos é alargar a experiência; a não ser que a experiência venha até nós
52 podemos construir situações (experiências) artificiais – tornar o corpo emissor da própria existência
53 movimentos receptores da existência: movimentos que recebem os acontecimentos e tentam adaptar--se a eles
54 movimentos emissores da existência são, em oposição, os que criam deliberadamente situações concretas, alteram as condições momentâneas de existência

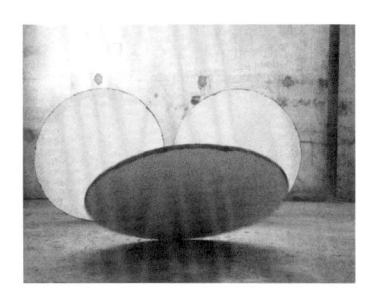

55 os espaços definem situações
56 os nossos percursos no espaço definem uma geografia existencial
57 há um percurso muscular individual que determina uma biografia

2.3 AS LIGAÇÕES

58 o corpo será constituído pela carne – fisiologia viva – mais o incorpo: parte do corpo constituída por ligações (afectos negativos ou positivos) que a carne viva estabelece com o Mundo (pessoas, objetos, animais, lugares, ações-hábitos)
59 há ligações coletivas, previsíveis, não imaginativas, ligações, enfim, que ligam coisas próximas; e, do outro lado, existem ligações individuais, privadas – no sentido em que não pertencem a mais ninguém e não são copiáveis, mas surpreendentes –, ligações que só podem ser realizadas por indivíduos livres
60 a ética é um outro nome para o sistema das ligações afectivas
61 a ética individual poderá ser vista como um índice fisiológico
62 mais do que pelas palavras, um indivíduo manifesta o tipo de ligações com os outros através dos movimentos
63 podemos considerar os sentimentos como acontecimentos individuais
64 o estado de enamoramento não é apenas um estado emocional, mas um estado intelectual
65 deve substituir-se a frase *já não sinto assim porque estou apaixonado* pela frase *já não penso assim porque estou apaixonado*
66 na voz, a frase pertence ao indivíduo que a diz, na escrita não pertence ao indivíduo que a escreve. A frase escrita pertence à cidade, deixa de ser privada, passa a ser política
67 sujeita à máquina a frase torna-se emocionalmente indiferente, mesmo que exprima sentimentos extremos
68 o teclado é uma máquina de neutralização emocional: a separação entre palavra e coisa aumenta
69 existem dois tipos de desejo: um desejo fraco que só para no prazer e se dirige a ele; e um desejo forte que não visa o prazer, mas sim a ação, o movimento, um certo fazer no mundo. No limite, este desejo forte desejará, sim, um outro desejo

70 o desejo não tem falta de, nem quer o prazer; tem algo a mais – tem força – e quer ainda mais força
71 a ligação é uma força, não é uma contemplação
72 a ligação primeira do corpo ao mundo é o alimento, este é o primeiro afecto
73 os afectos são movimentos que sentem; movimentos: isto é, alterações corporais, modificações do corpo no espaço
74 a partir de Deleuze pode falar-se em duas formas de ligação: a de que resulta a tristeza – diminuição da capacidade para agir; e a de que resulta a alegria – aumento da capacidade para agir
75 ligações tristes são as impostas pelo exterior, ligações alegres as que resultam do desejo do indivíduo
76 a complexidade do Homem não depende da sua estrutura anatómica, mas sim da sua capacidade de desejo e de ligação
77 qualquer animal pode desejar, mas não desejar como o Homem
78 o Homem é o portador dos melhores desejos
79 o Homem pensa melhor porque deseja melhor; é mais imaginativo nos seus desejos
80 o desejo e a imaginação de possibilidades aparecem antes da inteligência
81 o Homem quer fazer porque tem desejo, consegue fazer porque tem cérebro

2.4 O DISCURSO E A AÇÃO

82 as ações e os pensamentos não desaparecem como desaparece uma coisa
83 o que existiu e já não existe, para a memória, é ainda uma coisa
84 no limite, a mais importante coisa feita pelo Homem será aquela que se aproxime da durabilidade máxima, da imortalidade
85 o Homem é aquele que faz aparecer objetos no mundo
86 só se fazem, vendem e compram coisas que duram mais do que uma vida humana porque os homens inventaram uma maneira coletiva de serem imortais – a cidade
87 o movimento humano abre o mundo, não o fecha como acontece com o agir da máquina – fechar o mundo é saber o que vai surgir nele

88 o discurso humaniza a ação pois explica-a tanto quanto possível; isto é: tenta traduzir em palavras movimentos orgânicos executados no espaço
89 o movimento humano pressupõe uma Razão Verbal, uma razão explicável pelo verbo. A linguagem justifica, explica e interpreta os movimentos musculares
90 o ato humano pode ser argumentado, contra-argumentado, discutido. Quando não o pode, estamos no campo do perigo, da violência e do horror
91 há espectadores de ações e espectadores de palavras
92 por vezes podemos visualizar melhor os movimentos através das palavras: eu percebo melhor o que tu fizeste se tu não o fizeres de novo, se o relatares
93 a existência individual é definida por uma diferença no discurso e nas ações; a multidão tem um discurso e uma ação comuns
94 só quem partilha a mesma visão do mundo pode partilhar discurso e ações
95 o indivíduo tem a possibilidade de utilizar exclusiva e individualmente as palavras; a cidade tende a uniformizar o vocabulário. Aos poucos a função de individualizar a linguagem é remetida para os poetas, considerando-se que os outros cidadãos não necessitam de um discurso individual, mas apenas de um discurso que seja entendido
96 há um fascínio pelo poeta – utilizador de frases únicas – e pelo herói – aquele que faz atos únicos
97 a experiência para ser comunicável tem de ser digerível pela linguagem; a linguagem tem de entender a experiência concreta, corporal – as ações, os movimentos –, senão a experiência será impartilhável, será puramente egoísta: estará fora do mundo
98 a linguagem é, ela própria, uma experiência física, uma experiência no mundo. Experimentar frases é como experimentar correr a determinada velocidade ou experimentar saltar
99 existe o atleta da linguagem – o mundo da linguagem é um mundo de experiências do corpo
100 não entender o que queres dizer significa não entender as tuas experiências, não entender o teu corpo
101 o organismo é feito para a palavra
102 uma frase que digo é uma parte do meu corpo que mostro

103 tal como há lugares-comuns na linguagem, há lugares-comuns na experiência e portanto: perigos e seguranças comuns
104 a literatura é uma experiência corporal individual
105 a linguagem individual é uma resistência: nela procura-se uma experiência corporal individual

III
O corpo no corpo

3.1 CORPO E IDENTIDADE

106 o corpo é rodeado e rodeia – é um corpo espacial – influenciado e influenciando o espaço
107 o corpo também rodeia e é rodeado pelo tempo; o corpo não é apenas uma coisa que tem coisas à sua volta, é também um tempo que tem memória e projeção
108 cada ato no mundo constrói a identidade
109 agir é um jogo que coloca a nossa identidade como sendo um elemento frágil, manipulável
110 não se deveria falar de identidade individual, mas sim de uma identidade definida por um par: observador e observado
111 como os imaginários são individuais há uma multiplicidade de identidades (eu sou cem mil, tu és cem mil)
112 há uma insatisfação humana paradoxal: o Homem tem tudo, incluindo a sensação de que lhe falta algo
113 construção da identidade: conjunto de experiências no mundo que se vão acumulando em camadas que se sobrepõem, confundem e misturam
114 a ética individual depende da estabilidade da identidade
115 o organismo pode pensar em questões inúteis para a sua sobrevivência prática – pode criar e pode tentar entender o mundo
116 mesmo as grandes abstrações mentais são expressas, no último momento, por um conjunto mínimo de contrações musculares
117 o movimento como pensamento que age, que se explicita, que ocupa espaço, que altera o espaço

118 duas formas de vermos os pensamentos: através da palavra e através do movimento
119 qualquer movimento, por minúsculo e por pouco importante que seja, é um ato político, um ato na cidade
120 qual a quantidade de movimento que traz saúde? Saúde física, moral, intelectual, espiritual, social? – eis uma pergunta relevante
121 há movimentos individuais e movimentos coletivos – estes pertencem à cidade: foram impostos por ela e não pelo homem
122 há uma anatomia individual, mas há também uma anatomia e uma fisiologia de cidade
123 podemos localizar geográfica e civilizacionalmente os movimentos
124 os movimentos do corpo humano pertencem ao esqueleto que os sustém e à vontade individual, mas pertencem ainda à História, à Geografia, à Economia e às Leis de um país
125 há movimentos que recebemos e movimentos que emitimos
126 quanto mais uma coisa está afastada do centro da existência, mais o corpo a detecta, a separa e a identifica
127 aquilo de que sinto o peso não sou eu
128 o corpo está no meio do belo e do feio, da limpeza e da sujidade
129 o horror do corpo: no limite somos confundíveis com qualquer coisa do mundo
130 o corpo não é uma unidade interna: ao mesmo tempo num sítio posso ter prazer, noutro dor
131 a sensação de existir é uma sensação composta por milhares de sensações simultâneas
132 o conceito de corpo deve interferir na linguagem e na gramática
133 o conceito de corpo é expresso obrigatoriamente por um erro e por um abuso sobre a gramática: *o meus corpos no mundos*. Só assim a linguagem poderá definir e enquadrar a sensação de que o meu corpo é um único e, ao mesmo tempo, é muitos. Tal como o mundo
134 sem a atenção interior direcionável, o nosso corpo seria um bloco unitário
135 o nosso corpo acaba (tem os seus limites) onde já não somos capazes de sentir dor: se já não nos

dói, já não é o nosso corpo, mas sim o mundo; a dor dói noutra coisa, não em mim

136 a certeza da existência do próprio corpo é a base de todas as outras certezas e crenças

137 admitir determinadas frases é admitir certos pensamentos e admitir certos pensamentos é admitir certas possibilidades reais

138 algumas seguranças ilusórias dependem do esquecimento da possibilidade de exprimir determinadas frases ou passam pela perseguição intelectual dessas frases "inaceitáveis"

139 eu posso agir sobre o meu corpo: há uma coisa que é para mim um objeto – e essa coisa é o meu corpo – e há outra coisa na qual (dentro da qual) eu sou sujeito – e essa outra coisa é ainda o meu corpo

140 no entanto, pelo espelho e pela confirmação vinda dos outros, confirmamos que não há dois corpos, não há duas matérias – uma ao lado da outra –, há um único corpo, uma única matéria que ocupa espaço. Este, um dos paradoxos

141 há uma loucura normal – porque repetida em todos os corpos humanos: o organismo individual está em dois lugares que se podem opor – um pode fazer mal ao outro

142 há uma fenda insanável que divide um corpo em dois

143 a sociedade age contra a perigosa multiplicação de identidades do corpo

144 não existe um mundo comum, um mundo de coisas e acontecimentos partilhados. Cada organismo tem um organismo e um mundo. Há tantos mundos quantos organismos, ou talvez mais

3.2 RACIONALIDADE E LIMITES

145 o movimento como uma novidade, uma libertação do passado

146 a imobilidade é não sair da posição anterior, é uma ligação fixa ao passado

147 pensar e agir são dois fazeres paralelos

148 o pensamento reflexivo é um acessório da existência; uma espécie de luxo

149 os instintos exibem a racionalidade máxima, simplificada, que diz: não quero morrer!

150 são os movimentos estúpidos (instintivos, não racionalizados) que nos salvam; como se não pensar fosse mais rápido
151 o primeiro olhar aceita espantar-se, o segundo exige explicar
152 a oração é o símbolo da linguagem não quantificável, não racionalizável e não argumentável
153 as palavras são, em primeira análise, movimentos físicos – uma modalidade atlética de pormenor
154 a linguagem, antes de ser a capacidade de um ser pensante, de um ser racional que dá um sentido aos sons, é uma capacidade física, orgânica, muscular
155 a palavra falada é expressão de um movimento orgânico extremamente subtil
156 o sopro da respiração que, em vez de se abrir num A se fecha num O, manifesta uma flexibilidade atlética invejável
157 há também na voz um polegar oponível, que manipula os sons
158 linguagem e movimento tornam-se assim uma e a mesma coisa. Falar é um movimento. É mesmo o movimento humano por excelência, o movimento que mais carrega a marca humana, o movimento que mais diferencia o Homem dos outros seres vivos
159 o pensamento imaginativo é aquele que avança, não como na marcha mas como na dança: com saltos, piruetas e outros movimentos imprevisíveis
160 diversos autores falam de movimentos do pensamento. Poderemos dizer que o pensamento move-se, anda, acelera, salta, dança; é o movimento mais interno de todos, mais de dentro e mais dentro
161 pensamento imaginativo: execução dentro da cabeça de novos movimentos do pensamento
162 o pensamento que repete e reproduz, repete os velhos movimentos: é um pensamento de hábitos, pensamento que age sempre da mesma maneira, que repete os gestos
163 o pensamento é o movimento humano por excelência
164 os movimentos do pensamento tornam-se (ou são) movimentos das mãos, e estes tornam-se (ou são) movimentos da linguagem
165 como é visível no método de alguns criadores, uma boa pergunta – ou seja, uma boa utilização da linguagem, uma expressão imaginativa da linguagem

- é aquela que obtém bons movimentos (uma boa imaginação corporal). Sem boa linguagem não há bons movimentos
166 há uma fusão entre músculos, pensamento e verbo: há uma linguagem muscular, assim como há músculos linguísticos – músculos que agem de acordo com a criatividade verbal das perguntas e da linguagem no geral
167 à certeza de que se vai morrer – ponto de referência – poderá contrapor-se a certeza de que se pode jogar
168 o jogo é uma manifestação explícita, quase obscena, de que um corpo está vivo. Um corpo vivo que joga diz ao mundo: tenho tanta energia que até posso desperdiçá-la
169 afastar-se do mundo é dizer: eu decido a cada momento qual o objeto do meu pensamento
170 a capacidade para construir ficções permite-nos o afastamento em relação ao mundo exterior
171 estar atento a ficções é um prazer que só aqueles que não têm inimigos nas proximidades podem usufruir; é um direito oferecido pela civilização pacífica
172 propõe-se um conjunto de modalidades desportivas que sejam simultaneamente exteriores – no sentido em que exigem movimentos corporais, técnicas, etc. – e interiores
173 criar modalidades desportivas com jogadas exteriores e jogadas interiores simultâneas: jogos físico-imaginários
174 este tipo de modalidades desportivas permitiria pôr em causa estes dois mundos do organismo humano, exibindo a sua separação e a sua autonomia: no momento em que faço algo com os meus músculos posso fazer algo completamente diferente com o meu pensamento e com a linguagem

3.3 SAÚDE – DOENÇA

175 a saúde, de um ponto de vista médico, objetivo, pode ser entendida como uma distância; algo, no limite, traduzível em metros: uma distância entre o corpo vivo e o corpo morto (o cadáver)
176 a "saúde pública" é um termo quase ficcional: não há saúde pública, não há saúde coletiva, há sim, sempre, saúde individual, saúde de um indivíduo

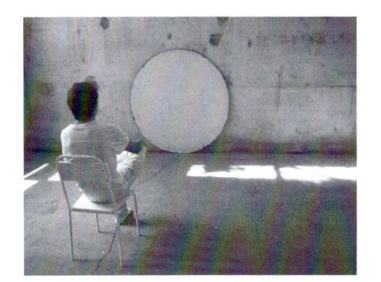

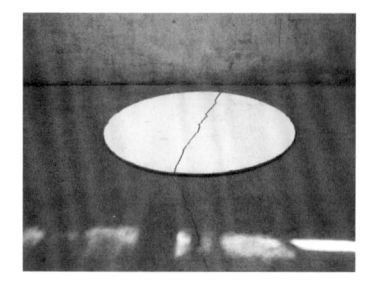

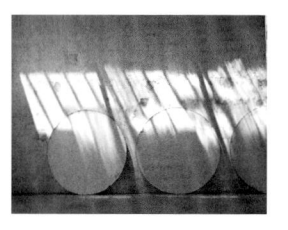

177 o corpo não é apenas uma matéria, um mero objeto de existência espacial, o corpo contém algo mais, algo que dá o carácter humano a esta matéria fisiológica, algo que não pesa, que não tem quantidades, que não tem unidade de medida

178 leis e corpo: dois limites à nossa liberdade

179 há uma medicina de situações: criamos uma situação para nos curarmos. No fundo prescreve-se uma ficção, um imaginário. A ficção e a imaginação curam

180 um corpo saudável não é somente um corpo fisiologicamente saudável, mas ainda um corpo de imaginário saudável

181 os lugares-comuns da linguagem colocam a saúde do corpo em causa pois constroem um imaginário débil

182 o que escolhemos para comer, o que escolhemos para ouvir e falar, o que escolhemos para ocupar a nossa cabeça, o nosso pensamento, o que escolhemos fazer: tudo influencia a saúde

3.4 CORPO E DOR

183 a "dor insuportável" coloca o corpo – todas as suas partes – ao serviço dessa dor, sendo que neste caso serviço significa *atenção virada para*

184 a dor ou a doença como uma limitação política da liberdade corporal. Política, porque o corpo é tanto menos influente na cidade quanto mais uma determinada dor ou doença o impedem de sair para fora, falando e atuando de modo livre

185 uma *polis saudável* será assim uma *polis* de corpos saudáveis

186 os cuidados de saúde pública são, portanto, cuidados de política pública

187 a democracia e a liberdade individual surgem assim, em primeiro lugar, apenas com a libertação em relação a certos níveis de dor

188 a saúde política de uma cidade depende do somatório da saúde orgânica dos seus cidadãos

189 o tato funciona como meio de confirmação social: aquilo que é meu é aquilo em que eu posso tocar, sem autorização de ninguém

190 propriedade legal e tato são, pois, dois elementos que se cruzam
191 a partir de uma certa intensidade de dor eu não percebo o mundo
192 estamos perante um egoísmo biológico: só a minha dor afecta a minha inteligência; ou: a dor dos outros não interfere na qualidade da minha inteligência
193 evitar a dor para poder pensar, eis uma síntese do ser humano
194 foge-se à dor porque a dor é má ou foge-se à dor porque não pensar é inaceitável?
195 entre a ausência de dor e a inteligência, o ser humano, o ser racional por excelência, o ser das invenções, da filosofia e da tecnologia, optaria, provavelmente, pela ausência de dor. Em suma, tese-base: provavelmente, no Homem, o medo da dor suplanta o medo de ser estúpido
196 há uma atenção interior que pode ser subdividida
197 as sensações do corpo são uma espécie de micromovimentos. E sentir é um conjunto de movimentos musculares ínfimos
198 damos nomes às sensações que sentimos para manter uma aparência de racionalidade
199 há um conflito entre a intensidade da dor e a importância de outros movimentos, pensamentos ou palavras
200 a dor sentida também depende da qualidade da manipulação da atenção interior; depende da capacidade de direcionarmos a nossa atenção para outro lado que não o lado da dor
201 alguém que age tornando visíveis os seus atos: ações no espaço; alguém que age, não tornando visíveis os seus atos: ações no tempo
202 Wittgenstein fala na hipótese de poder existir uma "dor inconsciente" – e esta associação nova de palavras é o exemplo de uma questão nova
203 se alterarmos a linguagem, se alterarmos as normais associações de palavras, estamos a construir novos conceitos, isto é: novas formas de explicar e interpretar acontecimentos
204 a imaginação aplicada à linguagem é um meio para pensar o corpo: novas frases pensam um novo corpo

205 tentemos então pensar, de novo, todas as frases que explicam o corpo e as suas ações
206 o novo uso da linguagem, as novas combinações linguísticas, são novas tentativas de compreensão e explicação. Novos modos (novos ângulos) de direcionar os olhos

IV
O corpo na imaginação

4.1 IMAGINAÇÃO E LINGUAGEM – BACHELARD E OUTROS DESENVOLVIMENTOS

207 atenção livre como atenção sem objetivos didáticos
208 o olho aberto é um órgão do mundo, o olho fechado torna-se órgão do corpo
209 só é quantificável o que não surpreende
210 no olhar da imaginação olha-se para ver algo de novo
211 domesticar o novo para descobrir a fórmula da repetição: a imaginação é o inverso disto
212 a imaginação é o mundo dos sins consecutivos: é um estado de receptividade de possibilidades
213 há uma vigilância afectiva: alguém procura amizade nas coisas que não conhece
214 há uma realidade pública e uma realidade privada; a realidade não partilhável é o imaginário individual 
215 perder a função do irreal, perder o imaginário, é menos grave que perder a noção do real; mas é ainda uma perda significativa: somos individuais, e não apenas Homens, porque imaginamos (pensamos *além* do que existe)
216 o olhar de quem imagina, de quem quer ver para imaginar melhor, não pretende chegar a um fim, pretende descobrir novos pretextos para continuar
217 o ver da imaginação não é um ver correto, é um ver errado, um ver que distorce 
218 o potencial de ativação do imaginário poderá ser considerado como uma qualidade das coisas, para além do comprimento, largura, volume, cor, forma, tipo de material, etc. Há objetos de grande e de pequeno potencial de ativação do imaginário
219 os cruzamentos são os pontos onde a realidade se começa a afastar da ciência da previsibilidade: os

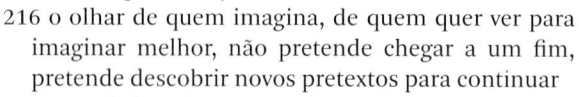

cruzamentos baralham, recolocam tudo outra vez no início, abrem possibilidades

220 existe o *e* na linguagem porque existe o *e* entre as coisas do mundo

221 a imaginação é uma máquina de contestação do fim da História

222 a História não termina enquanto a imaginação estiver à frente da matéria

223 a imaginação funda uma nostalgia de possibilidades futuras

224 aquilo em que posso pensar torna-se numa possibilidade de verdade

225 a imaginação é uma máquina de produzir realidades possíveis

226 a minha morte não é real. A minha morte pertence à minha imaginação – ideia fundadora do Homem

227 o imaginar a própria morte funciona como um instinto: o instinto de sobrevivência principal – imaginamos, mesmo que inconscientemente, que podemos morrer desta e daquela forma

228 imagino muitos perigos, eis aquilo de que o Homem se pode orgulhar. Ou, dito de outra maneira: imagino muitas mortes, imagino-me em muitas mortes

229 a imaginação torna-se então a marca principal da força humana. Ainda não morri porque sou capaz de imaginar as possibilidades de morte. E evitá-las

230 a qualidade do imaginário dá a responsabilidade do Homem: eu já sou responsável porque já tenho consciência de que sou mortal

231 o mundo industrial é aquele em que o imaginário é comum e no qual, portanto, o indivíduo dá uma ordem à forma atribuindo-lhe uma função

232 a imaginação é um começo. Nesse sentido, funda-se num esquecimento (do industrial) e não numa memória

233 as mãos pensam manualmente, pensam por processos de movimento explícito, pensam dentro do mundo e da matéria, e não fora do mundo como fazem os pensamentos do cérebro

234 as grandes alterações que a mão humana provoca ou provocou no mundo são pré-fabricadas nesse sítio interior que é o cérebro – a mão é um dos pontos-limite de expressão do pensamento

235 a mão imaginativa é um órgão não obediente, órgão criativo, órgão das possibilidades. O mau funcionamento da mão será, portanto, a redução das suas possibilidades

236 as diferenças de biografia manual exibem diferenças de imaginário

237 a doença e a imaginação individualizam a biografia

238 as frases, tal como as mãos, separam e juntam as coisas do mundo; interferem no mundo

239 uma máquina tem o seu imaginário já encerrado. Pelo contrário, as mãos do homem que trabalha diretamente na matéria estão atentas ao imprevisto. Cada erro funciona como cruzamento, ou seja: como ponto onde é possível mudar de direção

240 a razão é uma imaginação velha, antiga: tornou-se comum, pertença do coletivo

241 a energia que dá forma a uma coisa é uma energia carregada de informação

242 contar histórias é por vezes um artesanato invisível: há uma mão verbal – mão que acompanha a narrativa

243 um conjunto de necessidades orgânicas que fala, eis uma das possíveis definições de Homem

244 podemos falar numa medicina das palavras, numa medicina dos sons

245 a imaginação pode funcionar como terapia que varre – limpa – o real que incomoda, o real que prejudica, o real que faz adoecer

246 ler interiormente um texto, ler em silêncio um texto, é fazer os movimentos certos de leitura, os movimentos que a leitura exige, as contrações e os relaxamentos musculares que uma leitura atenta pressupõe

247 a leitura é um ato privilegiado para o desencadear da imaginação – as imagens interiores podem ocupar um espaço praticamente vazio, um espaço que tem apenas indicações gerais, referenciais – que são as palavras

248 há uma fisiologia de falante e uma fisiologia de ouvinte: o corpo de quem fala é diferente do corpo de quem ouve

249 a linguagem imaginativa envolve uma gestão de tempos de entrada de oxigénio e de tempos de saída de substâncias prejudiciais; num mesmo momento expulsam-se substâncias más e libertam-se sons bons

250 as palavras são assim prolongamentos do corpo e daí a possibilidade de existência de doenças verbais: doenças causadas pelo verbo; doenças orgânicas provocadas pela falta de qualidade das palavras ditas, ouvidas (lidas, etc.)

251 a fala é uma respiração especificamente humana. O homem não respira como os outros seres vivos porque fala. Isto é, é o único ser que por vezes respira não apenas para sobreviver

4.2 MOVIMENTO E INTENÇÃO

252 há dois mundos no homem: o mundo irracional do funcionamento dos órgãos internos e das funções instintivas, como o respirar, e o mundo de construções que resultam da vontade e do pensamento

253 podemos conceber nos movimentos um submovimento

254 há movimentos que não fazem tudo aquilo que querem fazer, não dizem tudo

255 o subagir é um agir segundo, um agir na parte detrás das ações; um segundo agir que se passa nos bastidores (escondidos) do primeiro agir, daquele que se vê

256 o movimento é um texto interpretável

257 estamos constantemente a interpretar os movimentos dos outros. Por vezes também os nossos

258 a questão da intensidade da propriedade: será que podemos dizer que os movimentos voluntários nos pertencem mais do que os involuntários?

259 uma ordem verbal (mundo da linguagem) impõe movimentos corporais (mundo orgânico)

260 dois tipos de tradução fundamentais: do ver para o fazer e do ouvir para o fazer. No primeiro caso, transformamos visões em movimentos, no segundo palavras em movimentos

261 há uma passagem do verbal para o físico (por exemplo, no cumprimento de uma ordem)

262 os atos humanos são uma mistura dos dois Mundos: verbal e muscular; o acontecimento que existe devido ao Homem é corpóreo-linguístico ou linguístico-corpóreo; o Homem na sua relação com os outros homens e com as coisas *tem e utiliza verbos musculares e músculos verbais*

4.3 IMAGINAÇÃO E PENSAMENTO – WITTGENSTEIN E OUTROS DESENVOLVIMENTOS

263 aperfeiçoar os nomes é aperfeiçoar o pensamento, é aperfeiçoar as ideias

264 as palavras não são desenhos sem sentido (traços) porque existe o pensamento

265 compreender é não repetir

266 ter compreendido é conseguir dizer de uma outra maneira; é conseguir modificar a expressão linguística mantendo, porém, o centro que constitui a ideia

267 os pensamentos são acontecimentos mentais

268 tendemos a simplificar a localização espacial dos atos e dos pensamentos

269 a investigação filosófica materialista exige um *onde*

270 não é possível definir uma atividade sem *quando*, no entanto é possível conceber uma atividade sem *onde*

271 a melhor maneira de descrever sensações sinestésicas, talvez seja fazer um movimento. E não utilizar a descrição verbal

272 ver é uma forma visual de pensamento

273 visão que não repete: visão que imagina

274 ver é uma resposta ao mundo visível

275 diferença radical entre ver e imaginar: ver obedece ao tempo, está fixo a um tempo; imaginar não obedece ao tempo, tem liberdade total na escolha do momento em que se manifesta

276 as possibilidades da imaginação são infinitamente maiores do que as possibilidades da observação de coisas e acontecimentos exteriores

277 as imagens só permitem uma posse frágil, uma espécie de posse intermédia; uma posse efémera

278 a imaginação ainda assenta na importante fórmula: o familiarmente estranho

279 a absurdidade de um pensamento: tanto mais absurdo quanto mais afastado da experiência que pode ser vista

280 a imaginabilidade de um acontecimento poderá ser medida por graus, por intensidades – mais imaginável e menos imaginável

281 poderá existir uma deficiência na visão das possibilidades: cegueira da criatividade, cegueira inventiva
282 como poderá ser tratada a eventual cegueira da imaginação?
283 por favor, não te esqueças, evita a cegueira na parte que inventa

Nota final

Este *Atlas* surge de circunstâncias muito particulares: o texto central – com inúmeras alterações, cortes, etc. – nasceu da tese de doutoramento. Neste contexto devo especiais agradecimentos à Faculdade de Motricidade Humana da Universidade de Lisboa pela enorme liberdade dada à realização deste trabalho e um muito especial agradecimento ao generoso Manuel Sérgio. Neste contexto ainda, devo igualmente fortes agradecimentos a Paulo Cunha e Silva, Maria João Reynaud, Carlos Neto e Daniel Tércio. Numa fase posterior, devo também agradecimentos a Nuno Nabais.
Ainda algumas notas:
Alguns dos fragmentos deste *Atlas* foram editados em diferentes revistas.
Todas as imagens são de Os Espacialistas, coletivo de artistas plásticos que admiro e com quem tenho trabalhado em diferentes ocasiões. Agradeço muito especialmente ao arquiteto e amigo Luís Baptista.
As legendas (que escrevi *a posteriori*) formam com as imagens um livro paralelo que, ao mesmo tempo, cruza o texto-base.

Este livro tem, como é evidente, vários caminhos de leitura. Há o diálogo entre o texto-base e as notas de rodapé; e depois as imagens, as legendas, os itálicos, que vão, sozinhos ou em conjunto, formando novas significações.
Gosto da ideia de este livro ser lido desde o início ao fim ou exatamente ao contrário; ou ainda por saltos, por fragmentos, capítulos ou entradas e saídas rápidas. O leitor entra onde e quando quiser e sai também, claro, quando e onde quiser (e um livro ter muitas saídas de si próprio sempre me pareceu sensato).

Este livro é dedicado a Bernardo Sassetti. Gostávamos muito dele; faz muita falta.

os apontamentos de Wittgenstein reunidos em *Aulas e conversas* terminam assim: "e é tudo, exceto mais confusões".

Descubra a sua próxima
leitura em nossa loja online

dublinense .COM.BR

Composto em ARNHEM e impresso
na IPSIS, em CUCHÊ FOSCO
90g/m², em OUTUBRO de 2023.

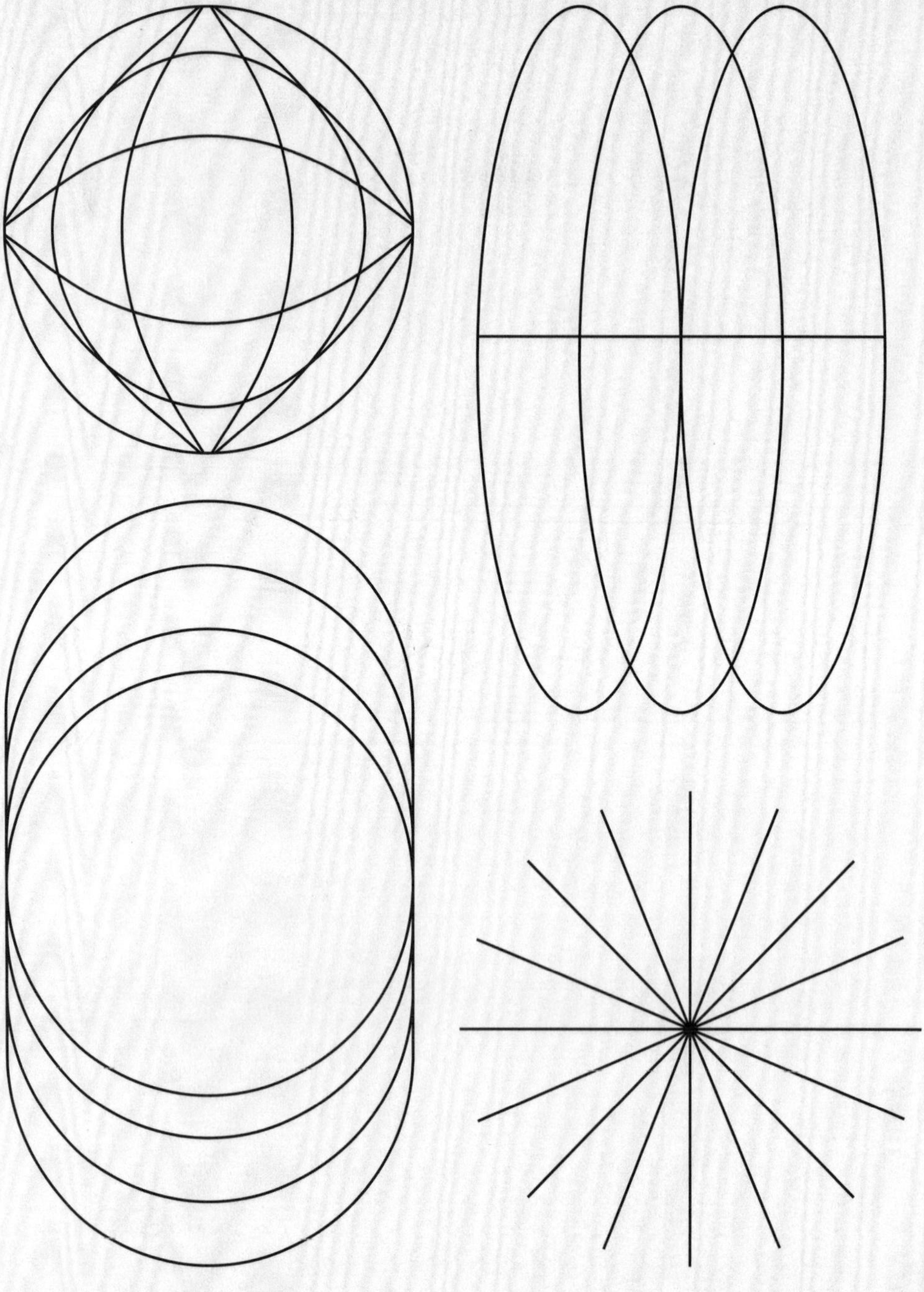